LUCY ROBINSON

Der Tag, an dem wir verschwanden

LUCY ROBINSON

Der Tag, an dem wir **verschwanden**

Roman

Ins Deutsche übertragen von
Sonja Fehling

INK
EGMONT

Die Originalausgabe erschien 2015 unter dem Titel
The Day We Disappeared bei Penguin Books UK.

Deutschsprachige Erstausgabe März 2016 bei INK
verlegt durch EGMONT Verlagsgesellschaften mbH,
Gertrudenstraße 30–36, 50667 Köln

1. Auflage
Redaktion: Freya Gehrke
Satz: Greiner & Reichel, Köln
Printed in the EU (675292)
ISBN 978-3-86396-089-6

www.egmont-ink.de

MIX
Papier aus verantwortungsvollen Quellen
FSC® C083411

Ein kleines Mädchen sitzt am Rande eines Feldes. Lange Präriegrashalme kitzeln es am Kinn. Es kann die Gänseblümchen riechen, die in Ketten um seinen Hals hängen; ein herber, saftiger Geruch, der es an saure Milch bei Gewitter erinnert. Die Kleine lehnt sich nach hinten gegen die Bruchsteinmauer und beobachtet einen Käfer, der an ihrem Schienbein heraufkrabbelt. Hier gibt es viele Käfer; Käfer und juckende Stellen auf der Haut und leuchtend grüne Grashalme, die mit kleinen Härchen übersät sind.

Die Sonne klettert höher in den Himmel hinauf. Das Mädchen möchte am liebsten hinüber auf die andere Seite des Feldes gehen und sich unter die uralten Buchen setzen, deren schaukelnde grüne Blätter wie ein Kaleidoskop über dem Kopf aussehen und zwischen deren knorrigen Wurzeln man sich so wunderbar verstecken kann.

Ihre Mutter ist immer noch im Wald. Die Kleine möchte losgehen und sie suchen, darauf bestehen, dass sie mit dem Spiel weitermachen. Doch sie kann nicht. Obwohl sie nicht genau versteht, warum, weiß sie, dass sie bei der Mauer bleiben muss, versteckt hinter den langen Grashalmen, bis ihre Mutter zurückkommt.

Später werden sie Äpfel pflücken gehen und eine Tarte Tatin backen, was auch immer das ist.

Sie schnuppert an ihrem Unterarm, der ganz heiß ist und so einen komischen malvenartigen Geruch absondert, und sie fragt sich, wie lange es noch dauern wird, bis irgendetwas passiert. Dieses Spiel gefällt ihr nicht.

Weiter entfernt in der Mitte der Wiese, wo das Gras kürzer ist, formen Gänseblümchen eine blühende Decke, die seltsam flimmert in der unnachgiebigen Hitze des Tages. Die Kleine wünscht sich, sie hätte nie vorgeschlagen, Verstecken zu spielen.

Wieder hört sie ein Geräusch aus den Tiefen des Waldes, einen furchtbaren, angsteinflößenden Laut, und sie fängt an, zu weinen.

Kapitel 1

Kate

Verwirrt starrte ich in den Heuboden hinein.

Das war ja überhaupt kein Heuboden.

Das war ein viereckiger weißer Raum mit einem Einzelbett und einem Aufkleber am Kleiderschrank, auf dem »I ♥ PONYS!« stand. Was mich aber noch mehr enttäuschte, war ein nicht satirisch gemeintes Poster von Mark Waverley, meinem neuen Arbeitgeber, wie er neben einem Pferd stand und in die Kamera starrte. Der Fotograf mochte ihm vielleicht gesagt haben, er solle geheimnisvoll und ein wenig verführerisch gucken, doch das war ihm nicht gelungen. Er sah aus wie ein Vollidiot. Attraktiv, aber dennoch ein Vollidiot.

Die junge Frau, die mich die Treppe hinaufgeführt hatte, beobachtete mich amüsiert und mit unverhohlenem Mitleid. *Sie weiß, dass ich tatsächlich einen Heuboden erwartet hab.*

»Alles okay, Süße?«, fragte sie in ihrem typisch nordenglischen Geordie-Dialekt, und in der wettergegerbten Haut rund um ihre Augen blitzten Lachfalten auf.

»Ja! Das ist … Das ist ein schönes Zimmer!«

»Klar«, stimmte sie mir zu, aber es war offensichtlich, dass sie es nicht ernst meinte. »Sehr hübsch eingerichtet.«

Ich lächelte. »Nicht ganz so toll wie die anderen.«

Aber immerhin befand es sich im Dachgeschoss des Hauses – eines Hauses, in dem es ziemlich hektisch zuging. Für mich reichte das.

»Ich bin Becca«, sagte die junge Frau, während sie sich das breite flauschige Stirnband vom Kopf zog, das sie draußen getragen hatte. »Und es tut mir leid, dass du das schlechteste Zimmer abbekommen hast. Die Praktikanten kriegen leider immer das hier! Aber zumindest bist du ganz oben, das verringert die Wahrscheinlichkeit, dass Joe nackt hier reingestürmt kommt.«

»Joe?«

»Einer von den anderen Pferdepflegern. Notgeiler kleiner Mistkerl.« Sie bemerkte, wie ich blass wurde. »War nur 'n Witz, Süße. Joe ist zwar 'ne alte versaute Hure, aber er fragt immer vorher.«

»Hahahaha«, antwortete ich matt. »Fragt immer vorher. Na toll.«

Damit Becca nicht merkte, dass ich kurz vor einem hysterischen Anfall stand, kratzte ich alles zusammen, was irgendwie Ähnlichkeit mit einem breiten Lächeln hatte – einem von der Sorte, die die gängigen Zeitschriften wohl als *überschwänglich* bezeichnet hätten.

»Ist das dein erster Job in einem Reitstall?« Ihr Blick glitt hinunter zu meinen brandneuen roten Hunter-Gummistiefeln.

»Ja. Ist wahrscheinlich an meinen Gummistiefeln unschwer zu erkennen.«

Becca, die auf mich nicht den Eindruck machte, als ob sie sich über anderer Leute Schuhe lustig machen würde, zuckte nur die Achseln. Sie hatte eine Bubikopf-Frisur, trug einen Nasenring, und zwischen ihren tätowierten Fingern steckte eine erloschene selbst gedrehte Zigarette – wie ein alter, kranker

Rüssel, der sich aufgegeben hatte und in ihrer Hand gestorben war.

Genauso fühlte ich mich langsam auch. Wie ein alter, kranker Rüssel, der aufgegeben hatte und … *Meine Güte, hörst du wohl damit auf!*, schalt ich mich innerlich. *Ich bin Kate Brady, das fröhliche kleine Ding aus Dublin! Kate Brady suhlt sich nicht in der Schlimmen Scheiße! Nicht jetzt und auch nicht später!*

»Genau, erster Job«, sagte ich etwas beherzter. »Aber Pferde sind mir nicht vollkommen fremd.«

»Das hoffe ich doch, Süße!«

Gott! Viel fehlte dazu aber auch nicht.

Becca schmiegte sich an meine Heizung, um sich aufzuwärmen; es herrschten nicht gerade angenehme Temperaturen hier drin. »Letzte Woche hatten wir so 'ne ganz piekfeine junge Praktikantin«, erzählte sie mir. »Achtzehn, frisch von der Landwirtschaftsschule … Eins von diesen Mädels, die sich eher auf den Besen stützen, als damit zu fegen, du verstehst?«

»Klar«, entgegnete ich kopfschüttelnd und machte mir eine gedankliche Notiz.

»Und weißt du, was dieses dumme Huhn an ihrem ersten Tag gesagt hat?«

»Was denn?«

»Sie hat gesagt: ›Das hier ist ja wie in 'nem Jilly-Cooper-Roman. Ich kann's kaum erwarten, endlich Mark zu treffen – er sieht so heiß aus!‹. Und ich dachte nur: ›Tötet mich auf der Stelle!‹«

»Nein!« Ich zwang mich zu einem Kichern. »Die hat gedacht, sie kann hier den ganzen Tag Champagner trinken und in der Gegend rumpoppen?«

»Genau.« Becca schüttelte den Kopf. »Die war hier, um ihren persönlichen Rupert Campbell-Black zu treffen, die dumme Kuh.«

»Rupert Campbell-Black!«, schrie ich. »Oh mein Gott!« Ich hätte genau dasselbe gesagt wie sie.

Becca fuhr sich mit den Händen durchs Haar, das müde herunterhing und ziemlich schmuddelig war. Wobei diese Beschreibung eigentlich auf alles an ihr zutraf: Oben an ihren langen Strümpfen hingen Heureste, und ihre Fleecejacke war voller Löcher. Tattoos blitzten unter jedem Stück Kleidung hervor, das sie anhatte, und aus ihrem Zimmer, das sich am Fuß der Treppe direkt gegenüber von meinem befand, kam gedämpfte Techno-Trance-Musik.

Becca war das genaue Gegenteil sämtlicher Charaktere in den Jilly-Cooper-Romanen, die ich gelesen hatte, aber ich mochte sie jetzt schon. Sie hatte so etwas Schelmisches im Gesicht, und außerdem hatte sie sich mit rührender Liebenswürdigkeit um mich gekümmert, seit ich vor einer halben Stunde verschüchtert die Gemeinschaftsküche betreten hatte – mit zitternden Händen und wildem Blick.

Hoffentlich werden wir Freundinnen, dachte ich. Eine Verbündete konnte ich dringend gebrauchen.

»Sex und Partys und so was.« Becca sah wehmütig aus. »Das hier ist wahrscheinlich der einzige Vielseitigkeitsstall, in dem es all das nicht gibt. Wenn sie Rock 'n' Roll will, hätte sie die Straße runter zu Carolines Stall gehen und dort anfangen sollen.«

»Caroline?«

»Caroline Lexington-Morley!«

»Na*tür*lich«, murmelte ich.

Becca schien gar nicht aufzufallen, dass ich keine Ahnung hatte, von wem sie redete. »Am Abend, bevor die Turniere losgehen, sind Caroline und ihre Pferdepfleger immer die Ersten an der Bar, während wir in Marks Transporter festsitzen und seine Stiefel polieren. Er ist ein uncharmantes Arschloch, Süße, und er sieht nicht mal gut aus. Jilly Cooper würde nie so 'ne Figur erfinden.« Sie massierte sich die Ferse und blickte mit einem gespielt grimmigen Gesichtsausdruck zu Marks Poster hinüber. »Neulich hat jemand einen Artikel in der *Elle* über ihn geschrieben – der Mädchenschwarm des Olympiateams. Mark Waverley? Die Frau muss auf Drogen gewesen sein! Der ist doch hässlich wie 'ne Kröte!«

Überrascht drehte ich mich wieder zu dem Poster um. Obwohl er so böse dreinblickte, sah der Mann eindeutig gut aus: groß, dunkelhaarig, klassisch attraktiv. Ähnlich wie Colin Firth, befand ich, allerdings ohne dessen sanften Blick. Er hatte nichts von einer Kröte. Andererseits sah Becca auch nicht so aus, als würde sie sich sehr für Männer interessieren. Und diese Kälte in Marks Gesichtszügen – dieser leichte Hauch von angestautem Ärger – gefiel mir auch nicht.

Ich hatte Mark Waverley bei den Olympischen Spielen 2012 in London gesehen und seinen Hintern bewundert – und die ruhige, unerschrockene Art, mit der er durch den monströsen Geländeparcours geritten war. Aber damals war ich auch noch ein anderer Mensch gewesen. Alles, worüber ich mir hatte Sorgen machen müssen, waren solche Dinge wie Regenponchos oder die Länge der Schlange im Burger-Restaurant gewesen. Hätte mir jemand gesagt, dass ich nur wenige Jahre später mein Leben aufgeben und für Mark Waverley arbeiten würde, im tiefsten Südwesten Englands, hätte ich erst gelacht, dann geweint und mir wahrscheinlich anschließend einen Strick genommen.

»Na ja«, sagte ich schließlich, »er sieht nicht so aus, als würde er sich in seiner Haut wohlfühlen.«

Becca brach in schallendes Gelächter aus. »Mark Waverley fühlt sich wohler in seiner Haut als alle Männer, die ich je getroffen hab! Wenn er sich nur mal ein bisschen unwohler fühlen würde, dann wäre er vielleicht nicht so ein Arschloch, Süße. Das ist dir doch sicher beim Vorstellungsgespräch aufgefallen.«

Ich runzelte die Stirn. »Na ja, eigentlich …«

Becca fuhr fort: »Wenn ich mich hier nicht um so wunderschöne Pferde kümmern dürfte, hätte ich schon vor Jahren gekündigt. Der hat sie echt nicht mehr alle – hier geht's manchmal zu wie in 'nem Arbeitslager.«

Ich fühlte, wie ich innerlich zusammenbrach, obwohl ich wild entschlossen war, selbstbewusst aufzutreten. Hatte ich mich etwa in einen Albtraum hineinmanövriert, der genauso schlimm war wie der, den ich gerade hinter mir hatte? War das hier, genau wie alles andere, was ich in letzter Zeit getan hatte, nur eine weitere schwerwiegende Fehleinschätzung?

Alles ist gut, Kate Brady, bläute ich mir entschlossen ein. *Das mit Jilly Cooper war nur ein flüchtiger Gedanke! Du bist nicht blöd, nur ein kleines bisschen neben der Spur im Moment. Und offen gesagt: Wenn dieser Job hier harte Arbeit beinhaltet, dann umso besser. Du brauchst etwas, das dich auf andere Gedanken bringt.*

»Also, dein Typ, Mark Waverley, war beim Vorstellungsgespräch gar nicht dabei«, gestand ich. »Ich hab nur Sandra kennengelernt, das Vergnügen mit Mark steht mir dann wohl noch bevor.«

Becca hörte mit ihrer Fersenmassage auf. »Sandra? *Sandra* hat dich eingestellt?« Sie fing an, zu grinsen.

»Ja. Ist das so ungewöhnlich?«

»Das ist sogar *verdammt* ungewöhnlich, Süße!«

Sandra war wahnsinnig entzückend gewesen: wie eine Tasse heiße Schokolade in Menschengestalt, die sich angeregt mit mir darüber unterhalten hatte, wie gut Pferde dufteten und wie unglaublich stolz sie auf ihren Sohn war. »Wie er sozusagen aus dem Nichts aufgestiegen ist und es bis ins Spitzenteam geschafft hat, und das in nur sechs Jahren!«, hatte sie mit verklärtem Blick zu mir gesagt, als ob ich wüsste, was genau das zu bedeuten hatte. »Mark ist ein ganz besonderer Mann – ich bin mir sicher, es wird Ihnen viel Spaß machen, für ihn zu arbeiten. Wenn Sie die Stelle denn überhaupt möchten, Kindchen?«

»Ja, natürlich«, hatte ich geantwortet, und plötzlich hatten wir uns die Hände geschüttelt und sie hatte mir gesagt, dass ich das Team als Stallpraktikantin unterstützen würde, Unterkunft inbegriffen und Beginn nächste Woche, falls das in Ordnung sei?

»Das ist perfekt«, hatte ich geflüstert und mich an meinen ersten Hoffnungsschimmer seit langer Zeit geklammert. Das könnte sie sein, die Fahrkarte ohne Rückschein raus aus meinem Leben, nach der ich mich so gesehnt hatte, während ich nie wirklich daran geglaubt hatte, dass es so etwas überhaupt gab. Es war mir egal, dass ich keine Bezahlung bekommen würde. Ich würde ein Dach über dem Kopf haben, Essen auf dem Tisch und viele Kilometer zwischen mir und meinem Problem. Hier, im Schoße der Hügel von Exmoor, würde ich sicher sein, umgeben von Leuten und trotzdem abgeschirmt von der Welt.

Becca sah immer noch perplex aus. »Sandra hat also das Vorstellungsgespräch geführt, ja? Also, Mark würde das seiner Mum nur dann erlauben, wenn er schon absolut sicher war, was dich angeht.«

Irgendetwas stimmte hier nicht. »Echt?«

»Sandra ist ziemlich verpeilt, das ist alles, Süße, und ich hab noch nie gehört, dass sie die Bewerbungsgespräche führt. Aber Mark hat sich deinen Lebenslauf bestimmt genau angeschaut. Wird sicher alles super sein.«

Hab ich's dir nicht gesagt?, meldete sich die Schlimme Scheiße zu Wort. *Hab ich nicht gesagt, dass das Ganze ein bisschen zu einfach war? Hab ich nicht?*

Nach dem Vorstellungsgespräch hatte ich mich gewundert, wie leicht es gewesen war, einfach so hereinzuschneien und einen Job in einem der angesehensten Vielseitigkeitsställe des Landes zu ergattern. Ich wusste fast nichts über Pferde und noch weniger über Vielseitigkeitsreiten, aber mir war mehr als bekannt, wer Mark Waverley war: Er war einer der Besten, und das nicht nur in Großbritannien, sondern auf der ganzen Welt. Wie ungewöhnlich, dass es für ihn okay war, wenn eine blutige Anfängerin in seinem Reitstall herumfuhrwerkte! Mann, hatte ich ein Glück gehabt: Ich hatte nichts weiter tun müssen, als Sandra beizupflichten, dass ihr Sohn ein großartiger Reiter war! Das war ja echt zu schön, um wahr zu sein!

So, wie es sich anhörte, schien sich genau diese Befürchtung jetzt zu bewahrheiten. *Bitte nicht*, flehte eine ängstliche kleine Stimme in meinem Innern. *Ich brauche diese Stelle unbedingt.*

Abrupt ließ ich mich auf den Rand meines Bettes sinken, woraufhin die Schlimme Scheiße gackernd auflachte. Sie hatte mich wieder in ihrem Visier.

Schlimme Scheiße bezeichnete alles und jedes, was das Leben weniger schön machte. »Kate Brady hat ein Talent zum Glücklichsein«, sagten die Leute oft. »Sie ist immer gut drauf!«

Das Problem war, dass die Schlimme Scheiße in letzter Zeit überhandgenommen hatte. Ich war noch nie weniger gut drauf gewesen. *Komm schon, Brady*, flehte ich. *Kämpfe.*

»Okay … Worauf würde Mark denn in meinem Lebenslauf genau schauen?«, fragte ich kläglich. Heiße Tränen der Verzweiflung stiegen mir in die Augen, während ich mich auf die Erniedrigung vorbereitete, die Beccas Antwort mit sich bringen würde. Ich hatte keine Kraft mehr, um zu kämpfen.

Becca zuckte die Achseln. »Ach, du weißt schon, das Übliche halt. Erfahrung mit Pferden, gutes Stallmanagement, ausreichende Reitkenntnisse – wobei: so schnell wirst du hier nicht auf ein Pferd steigen. Du musst einfach 'ne Wahnsinnsbegeisterung mitbringen!«

»Und, ähm, nur um das richtig zu verstehen, das hier *ist* ein Praktikum, oder? Auch wenn man dafür viel Erfahrung haben muss?«

»Gott, ja! Kannst du dir vorstellen, dass wir hier 'nen blutigen Anfänger reinlassen? Unter Marks Leitung?«

Ich versuchte alles, um die Tränen zurückzudrängen. Ich legte den Kopf zurück und atmete tief durch, aber ich konnte sie nicht aufhalten. Ein dicker Tropfen der Scham und Verzweiflung rollte mir aus dem Auge, gefolgt von einem zweiten. Und dann strömten sie mir über die müden Wangen und fielen auf meinen steifen neuen Goretex-Mantel.

Dieser Job war nicht die Lösung. Absolut nicht. Morgen früh würde ich meine Sachen packen müssen. Und dann? Angst regte sich in meinem Bauch wie ein flinkes schwarzes Tier.

Becca kam zu mir herüber. »Gibt es ein Problem, Süße?«, fragte sie munter. »Natürlich gibt's ein Problem«, ergänzte sie dann. »Ist ja offensichtlich. Sag's Tante Becca. Wir kriegen das schon wieder hin.«

Ich weinte, bis ich keine Tränen mehr hatte.

Becca kramte in ihren Taschen herum und fand ein feuchtes, zusammengeknülltes Taschentuch und einen komischen dunkelblauen Handschuh mit Noppen. »Du kannst eins dieser beiden hier zum Naseputzen nehmen«, bot sie mir an. »Aber wenn ich du wäre, würde ich deinen schönen neuen Ärmel benutzen.«

Langsam und traurig wischte ich mir die Nase an meinem schönen neuen Ärmel ab. »Ich werde so was von gefeuert«, sagte ich schließlich.

»Ach, das denken wir alle. Vor allem wenn der Hitler da drüben uns zusammenscheißt«, entgegnete Becca und gestikulierte zu Mark Waverleys Poster hinüber. »Aber du kriegst das schon hin, kleine Maus. Du schaufelst ja schließlich nur die Scheiße weg.«

Ich wischte mir die Hände an der Jeans ab und lächelte mutlos. »Nein, ich werde ganz sicher gefeuert. Ich hab überhaupt keine Ahnung von Pferden«, gestand ich ihr. »Ich bin in meinem ganzen Leben noch nie in einem Reitstall gewesen, geschweige denn in so einem.«

Becca neigte den Kopf zur Seite. Offenbar kam sie gar nicht auf die Idee, dass ich tatsächlich die Wahrheit sagen könnte.

Ich holte tief Luft. »Im Prinzip haben Sandra und ich uns nur lange über Mark unterhalten, darüber, wie nett er doch ist, und sie hat mir den Job direkt angeboten.«

Becca runzelte die Stirn. »Aber dein Lebenslauf, Süße, ich verstehe das nicht …«

»Ich hab gar keinen geschickt. Ich hab nur per E-Mail auf die Internetanzeige geantwortet und geschrieben, wie sehr ich Pferde liebe und dass ich bereit bin, hart zu arbeiten und … Ich hatte ja keine Ahnung! Es hieß, das hier wäre ein Praktikum!«

»Stimmt. Aber sicher …«

»Nichts sicher. Ich wollte aus Dublin weg, hab diese Anzeige für ein Einstiegspraktikum in Somerset gesehen, und bumm.«

Becca dachte kurz nach. »Und du hast dich noch nie um Pferde gekümmert? Überhaupt nie?«

Ich beugte mich hinunter und öffnete den Reißverschluss meines Koffers. Darin befanden sich einige Topshop-Jeans, ein hübscher Cardigan aus Merinowolle und an der Seite ein Paar braune Stiefeletten aus Wildleder und ein Rock. Außerdem eine ziemlich unbescheidene Auswahl an Gesichtspflegeprodukten. »Glaubst du«, fragte ich, »dass ich so packen würde, wenn ich mich schon mal um Pferde gekümmert hätte?«

Becca lugte in den Koffer. »Oh.«

Ich legte den Kopf in die Hände, und Becca sog hörbar die Luft ein, während sie über meine Situation nachdachte. Ich fragte mich, ob man mich überhaupt hier übernachten lassen würde, und bei diesem Gedanken fing ich erneut an, zu weinen.

»Ach, nicht weinen«, sagte Becca geistesabwesend. »Noch ist nicht alles verloren.«

»Es ist so was von verloren«, entgegnete ich schluchzend. »Und als Tüpfelchen auf dem i hab ich hier auch noch alles durcheinandergebracht.«

Becca tätschelte mir den Arm. Auf der Hand hatte sie ein Tattoo von einer kleinen Maus. »Das ist schon okay«, beruhigte sie mich. »Wir können einfach 'ne neue Anzeige schalten, gar kein Problem. Mark wird wahrscheinlich seine Mum anschreien, sie wird sagen, dass es ihr leidtut, dann lachen wir alle darüber, und du kannst dir 'nen neuen Job suchen. 'nen besseren!«

»Aber es gibt keinen besseren«, murmelte ich. »Der hier war der beste. Ich brauche diesen Job mehr, als du ahnst ...«

Während ich weinte, tätschelte Becca mir weiter den Arm und beobachtete mich mit einer Faszination im Blick, die ich unter anderen Umständen komisch gefunden hätte. »Süße«, sagte sie schließlich, »hast du dir ein kleines Problemchen eingebrockt?«

Ein kleines Problemchen. Fast hätte ich darüber gelächelt.

»Also, damit kenne ich mich aus«, fuhr Becca sanft fort. »Und wenn du den Job behalten musst, helfe ich dir, es zu vertuschen. Aber du musst mir schon sagen, worum es geht.«

In diesem Moment war ich so verzweifelt, dass ich fast in Erwägung zog, ihr die ganze Geschichte zu erzählen. »Na ja«, begann ich, nachdem ich mir die Nase geputzt hatte. Besser, ich blieb erst mal bei den Schlagzeilen. »Ich hatte so eine Art Nervenzusammenbruch.«

Becca sah mich aufmunternd an. »Hatten wir den nicht alle mal?«

»Ich wollte in Dublin bei Google Karriere machen, aber ich musste kündigen, weil ich nicht mit dem Stress umgehen konnte.«

Zu meiner Überraschung fing Becca an zu kichern. »Bist du etwa aus dem Irrenhaus geflohen?«, fragte sie. »Und jetzt sind dir ein Haufen Psychiatertypen auf den Fersen?«

»Ähm, ich hoffe nicht. Ich bin auch nicht durchgedreht, nur ziemlich heftig an meine Grenzen gestoßen. Burn-out, du weißt schon.«

Becca schlug sich auf die Schenkel. »Haha! Burn-out! Gibt's ja nicht.«

Verkniffen lächelte ich. »Der Job war okay, *ich* war das Problem. Ich meine, sie haben alles getan, um mich zu unterstützen … Aber ich spinne halt ein bisschen. Ich hab mich übernommen und alles zu nah an mich rangelassen, verstehst du?«

Becca nickte mitfühlend, aber ich konnte sehen, dass sie sich bemühte, nicht zu lachen.

Ich holte tief Luft. »Ich bin hierhergekommen, weil ich – buchstäblich – frische Luft gebraucht hab. Ich wollte irgendwohin, wo ich eine Zeit lang nicht über Dublin und die Schlimme Scheiße nachdenken muss.«

Becca schaffte es nicht, sich länger zusammenzureißen. Zuerst prustete sie nur, doch dann gab sie auf und brach in schallendes Gelächter aus. »Süße, was du brauchst, ist 'ne Gehirntransplantation! Ich fass es nicht! Du hast deine Stelle gekündigt, weil du unter Stress gelitten hast, und dann suchst du dir 'nen *Pferdestall* aus, um dich zu erholen? Wo du zwölf Stunden am Tag körperlich schuften musst? Was hast du dir denn dabei gedacht?«

»Ähm …«

»Hättest du nicht in 'nem Imbisswagen oder so was arbeiten können, Schnucki? Oh Gott, das ist echt zum Schreien.«

So erschöpft und verängstigt ich auch war, ich musste lächeln. Becca rollte sich mit einem imaginären Gewehr in der Hand über mein Bett, ging vor meinem Fenster in Angriffsposition und nahm jemanden ins Visier. Mit ihrem Bubikopf und den dunklen Augen sah sie ziemlich überzeugend aus, fand ich.

»Bumm«, flüsterte sie in ein imaginäres Headset. »Beide feindlichen Angreifer ausgeschaltet. Dieser Bereich ist gesichert, ich wiederhole: Dieser Bereich ist gesichert. Alle Psychospezialisten, die Kate Brady verfolgt haben, wurden ausgelöscht.« Sie rollte sich zurück und setzte ihren Gefechtshelm ab. »Es wird alles gut, Süße. War 'ne knappe Kiste, aber ich hab die Lage unter Kontrolle.«

Ich musste kichern, was momentan ziemlich selten vorkam. »Klingt lächerlich, oder?«

»Das tut es tatsächlich, Süße, aber du hast mich echt aufgeheitert. Eine Flüchtige in unserer Mitte!«

Wir lachten beide, und ich war sehr dankbar, dass diese völlig Fremde ihren Feierabend opferte, um sich meine Schlimme Scheiße anzuhören. Zumindest in Ansätzen.

»Körperlich geht es mir gut«, beharrte ich. »Nur meine Psyche hat das Ganze nicht mehr gepackt. Die harte Arbeit macht mir nichts aus, Becca. Ich brauche einfach mal 'ne Auszeit.«

Becca betrachtete mich, während es in ihrem Gehirn sichtlich arbeitete. »Okay, Süße, lass uns darüber reden, was wir machen.« Ihr Lächeln war verschwunden, obwohl auf ihrem Gesicht immer noch ein warmer Ausdruck lag. »Ich kann dir helfen, deinen Job zu behalten, wenn du willst, aber ich muss wissen, ob es dir damit wirklich ernst ist. Wenn du einfach nur abgehauen bist, um auf einem netten Hof rumzuhängen und mit den hübschen Pferdchen zu spielen, bist du hier am falschen Platz.«

Ich schüttelte den Kopf. »Auf keinen Fall. Ich will 'nen festen Tagesablauf, ich will körperliche Arbeit, und ich will irgendwo leben, wo es ganz anders ist als, na ja, in Dublin. Ich bin nicht hier, um mit den hübschen Pferdchen zu spielen.«

Becca stützte das Kinn auf die Fingerspitzen und musterte mich eingehend. Sie hatte eine kleine süße Stupsnase, die genauso aussah wie die von meiner Mum. »Das hier ist einer der härtesten Jobs überhaupt, Kate. Pferdepfleger überleben nur, weil sie das alles unbedingt wollen. Man bekommt nie genug Schlaf, man arbeitet bei Schnee und strömendem Regen, man darf nie krank werden oder müde sein, und man hat nicht viel Kontrolle über sein Leben. Die Pferde stehen immer an erster Stelle. Deine Familie zum Beispiel – du wirst in nächster Zeit keinen Urlaub bekommen, um rüber nach Irland zu fliegen. Ist das okay für dich?«

Ich atmete tief ein. »In den nächsten Monaten rechnet meine Familie sowieso nicht mit mir«, sagte ich wahrheitsgemäß. »Begeistert sind sie davon nicht, aber – na ja, sie werden's überleben.«

Ich lächelte, weil mein schlechtes Gewissen mich zu überwältigen drohte und ich nicht wusste, was ich sonst tun sollte.

»Okay. Also, zu alldem kommt noch hinzu, dass Mark ein Arschloch ist, und Tiggy – die Stallmanagerin – ist nur dann nett, wenn du nach ihren Regeln spielst. Oh, und Joe ist zwar ein lieber Kerl, aber auch ein geiler Bock.«

»Super.«

Sie lächelte schief. »Das ist kein leichter Job. Bist du sicher, dass du ihn willst?«

»Absolut«, antwortete ich.

Becca nickte, offensichtlich zufrieden. »Dann vergessen wir

dieses Gespräch. Du wirst dir deinen süßen Hintern wundarbeiten und Dublin und deinen ›Burn-out‹ innerhalb von fünf Minuten vergessen haben. Deal?«

»Deal. Aber was ist mit all dem Kram, den ich über Pferde wissen müsste?«

»Erst mal lernst du, wie man Scheiße wegschaufelt, Kleine, und dann bringen wir dir den Rest bei. Lass das mal Tante Becca machen.«

»Aber wenn Mark Waverley so schlimm ist, wie du sagst, verlierst du deinen Job.«

»Sehr edel gedacht. Aber wo willst du hin, wenn ich dir nicht helfe?«

Gute Frage. Um mich herum herrschte eine gähnende Leere; eine Welt, die mir nicht mehr freundlich gesinnt war. »Irgendwas finde ich schon.«

Becca grinste. »Kate, du Süße, das klappt schon alles. Bis Marc sich überhaupt mal die Mühe macht, dich nach deinem Namen zu fragen, wirst du genug wissen, um alles zu vertuschen.«

Langsam atmete ich aus. Vielleicht war das hier doch die Lösung. »Warum tust du das für mich?«, fragte ich Becca.

Zu meiner Überraschung errötete sie. »Nicht so wichtig«, murmelte sie. »Das muss dich gar nicht kümmern, Süße. Okay, haben wir einen Deal?«

Ich streckte meine Hand aus – weich, zart und weiß, wie sie war – und ergriff die raue, gerötete und schmutzige Hand von Becca. »Wir haben einen Deal«, sagte ich leise. »Und was immer du für Gründe hast, mir zu helfen: danke.«

»Es gibt ’ne Menge zu lernen«, verkündete Becca, deren Wangen immer noch glühten. »Aber wir kriegen das schon hin.« Sie zog ein Päckchen Tabak und Zigarettenpapier aus der Jackentasche und drehte sich mit erstaunlicher Fingerfertigkeit eine Zigarette. Plötzlich hatte ich dieses Geordie-Mädel mit dem Bubikopf und dem Nasenring unglaublich gern. Am liebsten hätte ich Becca an ihrer schmutzigen Fleecejacke gepackt und die ganze Nacht umarmt. Ich fühlte mich so verloren und allein, so vollkommen abgeschnitten vom gesamten Universum, dass meine persönlichen Grenzen tot darniederlagen. Ich hätte auch ein Huhn umarmt, wenn es nett zu mir gewesen wäre.

»Richte dich erst mal ein, und dann komm runter und lern die anderen kennen. Später gebe ich dir dann 'ne Unterrichtsstunde.«

Ich zwang mich zu meinem schönsten Lächeln. Es musste aussehen, als hätte ich Migräne. »Super! Danke! Ich bin in 'ner Minute unten!«

»Cool. Bis gleich.«

»Ach, Becca?«

»Ja?«

»Wann fangen wir morgens an?«

»Um sieben.« Sie klang so lässig, als wäre das eine total normale Zeit, um wach zu sein. Von der Arbeit im Matsch und bei Kälte ganz zu schweigen.

Ich ließ mich zurück auf mein ziemlich mittelprächtiges Bett sinken.

»Wirst du dich jetzt umbringen, Süße?«

»Ja.«

»Richtig so. Ich lass dich dann mal allein.« Während sie den Raum verließ, summte sie die Trancemusik mit, die aus ihrem Zimmer kam.

Ich schob den Riegel vor meine Tür und ging hinüber zum Fenster, um die Vorhänge zuzuziehen. Als ich über den von Flutlicht beschienenen Hof hinweg zu den samtig schwarzen

Wiesen dahinter blickte, fühlte ich erneut eine schwache Hoffnung in mir aufkeimen. Ich musste einfach nur von Tag zu Tag leben und darauf vertrauen, dass ich der ganzen Sache gewachsen war. Ich hatte ohnehin nur die Wahl, entweder das hier zu machen oder in mein altes Leben zurückzukehren, was nicht möglich war. Mal ganz abgesehen von dem Dante-mäßigen Inferno, dem ich entflohen war, ging ich mit schmerzlicher Gewissheit davon aus, dass meine Familie und Freunde mir das, was ich getan hatte, nie verzeihen würden.

Nein, *das hier* war jetzt mein Leben. Es war der 17. März, und in drei Tagen hatten wir offiziell Frühlingsanfang. Der Frühling würde allmählich in den Sommer übergehen und nie mehr zum Winter zurückkehren, und wenn ich wusste, was gut für mich war, würde ich es ganz genauso machen.

Als ich mich abwandte, nahm ich aus dem Augenwinkel eine plötzliche Bewegung am Rande der Dunkelheit wahr, und mir blieb fast das Herz stehen. Meine Muskeln waren ganz schlaff vor lauter Angst, während ich mich wieder zurück zum Fenster drehte, um zu sehen, was da draußen vor sich ging.

Von den Weiden her trottete ein großer grauer Hund über den Hof auf Mark Waverleys Haus zu. Ein helles Flutlicht ging an. Unten wurde eine Tür zugeschlagen, und aus der Küche drang Gelächter die dreiunddreißig Stufen herauf, die zwischen mir und dem Rest der Welt lagen. »Fröhlichen St. Patrick's Day!«, rief jemand.

Ich zog die Vorhänge zu und atmete.

Ein.

Aus.

Ein.

Aus.

Kapitel 2

Annie

Zu viert saßen wir in diesem französischen Restaurant nahe der U-Bahn-Station Clapham Common. Keiner von uns konnte sich den Namen merken.

Wir nannten es Le Clöbb – französisch(artig) für »der Club« –, weil das Restaurant für uns genau das geworden war. Es war absurd, dass wir uns so weit weg von unseren Wohnvierteln treffen mussten: Ich lebte in Lower Clapton, Tim in Bethnal Green, Claudine in Chiswick und Lizzy in Chelsea. Aber Claudine bestand darauf, dass wir uns dort trafen, und mit Claudine legte man sich nicht an.

Sie war die angriffslustigste und einschüchterndste Frau, die wir kannten, gleichzeitig jedoch auch eine der humorvollsten und loyalsten. Sie liebte uns alle wahnsinnig, brachte uns zum Lachen, bis uns die Tränen kamen, und solange wir uns gut mit ihr stellten, funktionierte auch die Freundschaft gut. Für mich war dieser wunderschöne kleine Rottweiler definitiv eine Kraftquelle, die meinem Leben ansonsten vollkommen fehlte. Wenn ich vermeiden wollte, dass ich irgendwann über den Rand der Erde fiel und in den Weltraum abdriftete, brauchte ich eine reißsichere Leine, und diese Rolle hatte vor zehn Jahren Claudine übernommen – ohne Rücksprache oder Anweisung. Ich war ihr dankbar dafür und würde es auch weiterhin sein. Tim und Lizzy konnten sich schließlich nicht bis in alle Ewigkeit um mich kümmern.

Vor einigen Jahren hatte Claudine verkündet, dass sie nur in »diesem fürschterlischen Land« leben könne, wenn sie beim Auswärtsessen richtiges Entenconfit oder Tatar bekäme, deshalb hatten wir zugestimmt, uns nur in französischen Restaurants zu treffen. Das brachte Claudine zum Schweigen und bot mir eine wunderbare Entschuldigung dafür, Brot, Käse und all die anderen Dinge zu essen, die ich mir sonst verbot. (»Aber ich esse doch nur gluten- und laktosefreie Produkte!«, jammerte ich dann, während ich mein Baguette in einen riesigen gebackenen Camembert tunkte.)

Nachdem wir fast jedes französische Restaurant in ganz London ausprobiert hatten, hatte Claudine ohne Nennung von Gründen verkündet, dass dies hier ihr Lieblingsrestaurant war. Und hier saßen wir nun bei unserem monatlichen Treffen: Le Clöbb.

Es gab allerdings ein Problem: »Isch *asse* Clapham«, sagte Claudine und versetzte ihrem Stuhl einen kleinen Tritt, als wäre er Clapham persönlich. »Isch muss ein anderes Restaurant suchen. Meine Seele stirbt jedes Mal, wenn isch in dieses Loch komme.« Obwohl Claudine zweisprachig aufgewachsen war, sprach sie mit einem starken französischen Akzent, weil sie keinen Sinn darin sah, englisch zu klingen.

»Claudie-Schatz, benimm dich«, rief Lizzy, die heute Abend wunderschön aussah mit ihrem orangefarbenen Lippenstift und einem von diesen Stepprröcken, auf die die Trendsetter von heute so standen. »Wir kommen hier nur wegen *dir* her, mein kleines Fröschlein. Und das, obwohl ich Clapham selber hasse.«

Tim gehörte nicht zu den Leuten, die irgendetwas oder irgendjemanden hassten, deshalb lächelte er nur nachsichtig. Genau wie ich, da ich Konflikten tunlichst aus dem Weg ging. »Fröhlichen St. Patrick's Day!«, prostete ich und hob mein Glas.

Der Ober kam an unseren Tisch, um unsere Nachtischbestellungen aufzunehmen, und wie immer sprach er nur Französisch. Vor einigen Jahren war Claudine als unsere Dolmetscherin in den Streik getreten – »Ihr seid eine Schande für euer Land«, hatte sie mit finsterem Gesichtsausdruck gemurmelt –, daher hatte Tim ein Jahr lang einen Abendkurs in Französisch besucht, um uns zu retten. So war Tim Furniss eben. Absolut großartig.

Da ich mich wie immer null entscheiden konnte, sprang Tim ein. »Ich hab dir 'ne Crème brûlée bestellt. Aprikose. War das okay?«, fragte er, nachdem der Ober gegangen war. »Ich meine, wo du doch keinen Zucker isst?« Sein Lächeln fiel ein wenig zu frech aus.

»Ach, Gott, na ja. Ist ja nur dieses eine Mal.«

Er grinste.

»Schh, Tim. Crème brûlée ist perfekt, danke.«

Genau wie Claudine war Tim ziemlich gut darin, mich aus meiner lähmenden Unentschlossenheit herauszureißen, nur dass der arme Kerl es schon seit unserer Teenagerzeit tun musste. Mit sechzehn war ich zu einer furchtbaren Selbsthilfegruppe gegangen, und Tim hatte sich damals an der Tür herumgedrückt. Er hatte genauso deprimiert ausgesehen, wie ich mich gefühlt hatte. Innerhalb weniger Tage waren wir unzertrennlich geworden. Tim Furniss war mein Fels in der Brandung, mein rettender Anker. Heute Abend hatte er mir einen Artikel mitgebracht, den er in irgendeiner klugen Fachzeitschrift gefunden hatte. Es ging darum, dass viele Therapeuten und Fachleute für psychische Gesundheit – nicht nur alternative Therapeuten wie ich, sondern richtige Psychotherapeuten, Psychologen und sogar Psychiater wie Tim – grundsätzlich selbst verrückt seien. Und dass das schon in Ordnung gehe, weil wir eben alle nur Menschen seien, die sich durch den wilden Sumpf des Lebens kämpfen würden. Durch diese Aussage fühlte ich mich wesentlich besser.

Manchmal war ich ziemlich traurig darüber, dass meine Psyche so unberechenbar war. Ich war zweiunddreißig; das war doch nicht richtig. Welche Zweiunddreißigjährige hatte so viel Angst davor, Entscheidungen zu treffen, dass ihr bester Freund ihr den Nachtisch aussuchen musste? Welche Zweiunddreißigjährige verbrachte so viel Zeit damit, sich Sorgen zu machen, dass sie eigentlich nie etwas unternahm? Ganz zu schweigen davon, dass sie noch nie einen festen Freund gehabt hatte. Und nur einmal Sex. Na ja, anderthalb Male. Aber halber Sex war wirklich nur ein winziges Detail in diesem ganzen Desaster.

Es gab Weinnachschub. Wir tranken mehrfach auf den St. Patrick's Day, und alle wurden zunehmend betrunkener. Der Nachtisch kam, und Claudine fing an, mit finsterem Blick Lizzy in die Mangel zu nehmen, weil die so viele Lover hatte.

»Ich bin vierunddreißig, Schatzi«, entgegnete Lizzy achselzuckend. »Zwei Freunde gleichzeitig zu haben, ist einfach nur praktisch.«

Neugierig betrachtete ich meine Schwester und fragte mich, ob sie wirklich so dachte.

»Aber das sind rischtige Bezie'ungen, du 'ure!«, rief Claudine. Vor einigen Jahren hatte Claudine sich in einen ihrer Osteopathie-Patienten verliebt (und ihn prompt geheiratet), einen stark behaarten Mann aus Melton Mowbray namens Sylvester. Ein- oder zweimal im Monat bot Sylvester »Gongduschen« für einen Zehner pro Sitzung an, saß jedoch ansonsten nur herum, spielte Computerspiele und furzte. Überraschenderweise – wenn man bedachte, was für eine beeindruckende Frau Claudine war – vergötterte sie diesen Furzer. Sie hatte sich ihrer Ehe mit Haut und Haaren verschrieben und war sehr streng mit allen, die ihre eigene Beziehung nicht ernst nahmen.

»Lizzy, mein schmutziges kleines Kohlköpfschen, diese Männer glauben, dass sie deine Freunde sind! Sie verbringen das Wochenende mit dir! Isch wette, samstagmorgens strahlen sie disch beide an und flüstern nette Sachen in dein Ohr! *Merde*, du bist sehr schlimm!«

»Du hast recht!«, sagte Lizzy kichernd und stürzte sich auf ihre *Tarte au citron*. »Sie himmeln mich beide an! An dem einen Wochenende treffe ich mich mit Freddy und am nächsten mit Tom. Beide denken, dass ich mich an ihrem jeweils freien Wochenende um Dad kümmere. Haha!«

»Abscheulisch«, knurrte Claudine. »Verkommen.«

»Oh, Lizzy«, sagte ich seufzend. »Lass Dad da raus.«

»Oh, *Annie*.« Lizzy seufzte zurück. »Krieg dich wieder ein. Ich hab ja nicht gesagt, dass er an Krebs stirbt oder so was, nur dass er einsam ist und Gesellschaft braucht. Was ja auch stimmt, also tu jetzt nicht so fromm.«

Es stimmte tatsächlich. Lizzy und ich fuhren regelmäßig nach Bakewell, um Dad Gesellschaft zu leisten – getrennt, damit er mehr Besuche bekam. Wir aßen Kuchen und hörten Musik, schauten uns alte Fotos an und schmiedeten Renovierungspläne für das Haus, die wir sowieso nie in die Tat umsetzen würden. Wenn ich mit dem Zug zurück nach St Pancras fuhr, tat mir immer das Herz weh. Er ertrug seine Einsamkeit so demütig, so klaglos.

»Glaubst du denn, dass aus einem dieser Männer irgendwann mal was Festes wird?«, fragte Tim.

Lizzy dachte darüber nach. »Ernsthaft? Nein. Sie sind beide was Besonderes, jeder auf seine Weise, aber ich will keinen von ihnen als Vater meiner Kinder.«

»Solltest du dich dann nicht besser von ihnen trennen?«, fragte Tim zurückhaltend.

»'ör auf Tim, Lizzy«, zischte Claudine. »Du musst sie freilassen. Du bist eine Prostituierte 'öchsten Grades.«

Ich fand nicht, dass Lizzy eine Prostituierte irgendwelchen Grades war, aber ihr buntes Liebesleben bereitete auch mir Sorgen. Mal ganz abgesehen von der Tatsache, dass sie immer noch die gleichen dysfunktionalen Muster wiederholte, die sie sich als Teenager angewöhnt hatte – ich konnte einfach nicht aufhören, mir Sorgen zu machen, eines Tages würde einer ihrer Freunde herausfinden, dass sie ihm Hörner aufgesetzt hatte, und sie umbringen oder so was. In meinem Kopf lief immer wieder ein Film ab, in dem mir ein wütender Exfreund aus ihrer Wohnung entgegenkam, in der Hand einen blutigen Hammer, und ich musste dann die Beerdigung organisieren, während in meinem Innern vor lauter Kummer sämtliche Organe kollabierten.

»Hör mal, *ich* halte dich zwar nicht für eine dreckige Hure«, begann ich, »aber ich finde schon, das alles ist nicht so ganz gesund, Lizzy Lou …«

»Halt du dich da mal schön raus.« Sie grinste. »Von jemandem mit *deinem* Liebesleben lasse ich mich bestimmt nicht therapieren!«

Claudine, die keine Loyalität kannte, war ganz ihrer Meinung.

Ich wurde knallrot. Meine extrem gestörte Beziehungshistorie war ein Lehrbuchbeispiel für jeden Psychologen, wobei ich nicht sagen würde, dass die von Lizzy irgendwie besser wäre. Mum war gestorben, als ich sieben gewesen war und

Lizzy neun, und seitdem hatten wir die ganze Palette klassischer Verhaltensmuster an den Tag gelegt: die Angst, verlassen zu werden, Furcht vor Intimität und eine ansehnliche Bandbreite an emotionalen Verteidigungsmechanismen und Bewältigungsstrategien. Mein Muster war, Männern aus dem Weg zu gehen und aus sicherem Abstand von denjenigen zu fantasieren, die ich nicht haben konnte, während Lizzy Hunderte wilder und oft schmerzlicher Affären hatte und dabei nie wirklich jemanden nah an sich heranließ.

Es war nervig. Jahrelang war ich immer mal wieder zur Psychotherapeutin gegangen. Ich lief schon über vor lauter Selbsterkenntnis, und trotzdem war ich anscheinend nicht dazu fähig, mich zu ändern. Ich sehnte mich danach, samstags mit einem netten Freund zu kuscheln – das ganze Programm mit Mundgeruch beim Aufwachen und Morgenlatte –, doch in der Realität ließ mich schon der bloße Versuch in schiere Panik verfallen. Stattdessen »genoss« ich nun freitags einen Verwöhnabend hinter meiner dreifach verschlossenen Haustür und »schwelgte« im Luxus meiner selbst gemachten Avocado-Gesichtsmasken und buddhistisch angehauchten Meditationen, während ein Teil von mir insgeheim bitterlich schmerzte, wenn ich mir vorstellte, wie andere Menschen gerade ihre zukünftigen Partner in trendigen Bars kennenlernten, in die ich mich nicht hineintraute.

Währenddessen hinterließ Lizzy, mit ihrer schimmernden Mähne aus welligem goldblondem Haar und ihrer wunderschönen Porzellanhaut, einen Pfad von verwüsteten Männern, die sie einfach nicht aufgeben wollten und bei dem Versuch, ihr Herz zu gewinnen, oft zugrunde gingen.

»Dein Liebesleben, Annie«, sinnierte Lizzy lächelnd. »Was hat Kate Brady noch mal gesagt, als sie das letzte Mal hier war?«

»Dass mein Liebesleben genau richtig ist«, murmelte ich.

»Nein, Schatzi. Kate hat gesagt – und verzeih mir, dass ich das wörtlich zitiere, aber es ist einfach so gut –, sie hat gesagt, dein Liebesleben wäre wie ein Telefonanruf bei einer Sonntagabendsendung im Provinzradio. Ich fand das total genial.«

Ich wurde noch röter. Kate Brady war ein kleines Miststück. Wir hatten uns vor einigen Jahren während einer meiner (vielen) Rucksacktouren durch Asien kennengelernt, und ich hatte sofort wahnsinnig für sie geschwärmt. Sie war die sonnigste, sorgloseste Frau, die mir je begegnet war, mit ihrer Mähne von tiefrotem Haar, den großen grünen Augen und diesem bezaubernden irischen Akzent. Alle liebten Kate Brady wegen ihrer unerschütterlichen Fröhlichkeit und weil sie es rundweg ablehnte, sich in der – wie sie es nannte – Schlimmen Scheiße zu suhlen. Hätte sie nicht in Dublin gewohnt, hätten wir aus ihr ein vollwertiges Mitglied von Le Clöbb gemacht. So war sie nun die einzige Privatperson, der wir Zugang zu unseren monatlichen Treffen gewährten, wenn sie nach London kam.

»Ich mache bloß Witze, Kleine«, sagte Lizzy und berührte mich an der Schulter.

»Weiß ich«, entgegnete ich und musste schlucken. »Aber du hast trotzdem recht. Du *und* Kate. Es ist nicht gerade toll.«

Lizzy schob mir eine Haarsträhne hinters Ohr. »Du machst das schon richtig so«, beruhigte sie mich sanft. »Genau richtig.«

Ich nickte.

»Und außerdem«, sie wandte sich an Tim – wahrscheinlich, um die Aufmerksamkeit von mir abzulenken, »wenn Annie schon nicht zum Zuge kommt, können wir uns doch zumindest drüber freuen, dass es bei Tim so gut läuft, nicht wahr, Timmy?« Sie lachte so dreckig, dass sie Chaucer damit alle

Ehre gemacht hätte, während sich alle Augen auf Tim richteten.

»Danke«, sagte Tim mit seinem wunderschönen weichen Derbyshire-Akzent. »Ich nehme an, du stalkst mich im Internet?«

»Stimmt! Erzähl uns alles!«

»Wir stehen noch ganz am Anfang«, wiegelte er ab. »Bis jetzt haben wir uns vielleicht ein halbes Dutzend Mal getroffen.«

Lizzy krähte triumphierend, und Claudine murmelte eine Auswahl an französischen Wörtern, die sich gewaschen hatte.

»Sie heißt Mel«, ergänzte Tim.

Ich zupfte an einem Fussel auf meinem Pullover herum.

»Sie ist neunundzwanzig«, fuhr er fort, »und sie ist im gleichen Yogakurs wie meine Schwägerin Miranda. Miranda hat sich gedacht, dass sie mir gefallen würde.« Gespannt beugte Lizzy sich vor und wartete auf Tims Urteil. »Und das tut sie.«

»Juhu!«, rief Lizzy. »Tim sitzt wieder im Sattel!« Wenn Lizzy betrunken war, vergaß sie jegliche vornehme Ausdrucksweise.

Tim starrte sie an – vielleicht etwas angewidert –, doch dann lächelte er. »Sie gefällt mir sogar sehr. Aber, wie ich schon sagte, wir stehen noch ganz am Anfang.«

»*Fantastique*, mein kleiner Koala«, murmelte Claudine. »Isch 'offe, wenigstens *du* be'andelst deine Bezie'ung mit dem nötigen Respekt.« Sie warf Lizzy einen finsteren Blick zu, doch die beachtete sie gar nicht.

Unterdessen hielt ich mir innerlich eine Strafpredigt, weil mir angesichts dieser Neuigkeiten ganz schwer ums Herz wurde – wie immer, wenn Tim eine Frau kennenlernte.

Tim und ich waren nicht füreinander bestimmt: Vor Jahren hatten wir es mal miteinander versucht, und es war grauenvoll gewesen. Ein heißer Fummel-Monat »zusammen«, der mit dem anderthalbmaligen Sex begonnen und mit drei Monaten

Sendepause geendet hatte, was es vorher noch nie zwischen uns gegeben hatte. Als wir uns schließlich wieder getroffen hatten und uns darüber einig gewesen waren, dass wir so etwas nie wieder versuchen würden, war mir ein riesiger Felsbrocken vom Herzen gefallen.

Trotzdem fühlte ich immer noch einen ziehenden Schmerz, wenn er mit einer anderen ausging. Eine nagende Traurigkeit, weil nicht ich diejenige war; weil wir es nie geschafft hatten, etwas gegen das Problem zu unternehmen, dass wir nicht zusammenpassten. Tim wäre ein fantastischer Freund gewesen, wenn wir nur aufeinander gestanden hätten. Bei ihm hätte ich mich sicher gefühlt.

»Das sind ja tolle Neuigkeiten, Tim«, sagte ich und lächelte meinen großen, gut aussehenden, schick angezogenen besten Freund an, der hübsche gebügelte Hemden trug und unter den Achseln nach Zitrone duftete. »Freut mich für dich.«

Lizzy bestellte noch eine Flasche Wein. »Zeit zum Feiern«, rief sie viel zu laut. »Unser Timmy datet 'ne knackige Yogatante!«

Tim erklärte sich damit einverstanden, die Flasche Bordeaux zu bezahlen, die Lizzy sich nicht leisten konnte, und zwinkerte mir zu. »Annie hat auch Neuigkeiten«, verriet er.

»Du gehst aber nischt mit jemandem aus, oder?«, flüsterte Claudine entsetzt.

Ich musste lachen. »Nein. Aber wenn es so wäre, hätte mich deine Reaktion wirklich gerührt.«

»*Désolée*, meine kleine Schnapskartoffel.« Sie grinste. »Isch bin scheußlisch. Das Glück der anderen ist mir unangenehm, nischt wahr? Erzähl uns deine Neuischkeiten!«

»Ähm, na ja, ich hab 'nen neuen Job!«, verkündete ich, jetzt wieder bester Laune. Natürlich war es okay, wenn Tim sich bis über beide Ohren verliebte. Es würde ohnehin alles gut werden, denn ich hatte einen funkelnagelneuen Job und einen umwerfenden neuen Chef, in den ich mich aus sicherem Abstand verlieben konnte, ohne befürchten zu müssen, dass diese Liebe je erwidert werden würde.

»Du altes Schlitzohr!«, rief Lizzy entrüstet. »Ich will alles wissen!«

Es war ziemlich schnell gegangen. Meine Privatpraxis als Masseurin und Reikiheilerin hatte während der Wirtschaftsflaute einen finanziellen Sturzflug hingelegt. Die meisten Leute hatten beschlossen – vernünftigerweise, muss ich zugeben –, dass Heilung nicht oberste Priorität hatte, wenn man kurz davorstand, sein Zuhause zu verlieren. Ich hatte es nicht geschafft, meine Praxis in London Fields zu halten, und war nun gezwungen, stundenweise Räume anzumieten – in Zentren für alternative Heilmethoden, die über die ganze Stadt verteilt lagen und von denen sich nur zwei in der Nähe meines Hauses im Osten Londons befanden.

Unter der Woche praktizierte ich in Balham, Marylebone, Farringdon und Dalston und alle vierzehn Tage in Kliniken in Bethnal Green und Wandsworth. Am Wochenende arbeitete ich in Kent und manchmal sogar in Surrey. Nachdem ich diesen anstrengenden Quer-durch-die-Stadt-Terminplan nun drei Jahre lang mitgemacht hatte, war ich erschöpft, stand kurz davor, hinzuwerfen, und war unfähiger, meinen vermeintlich gesunden Lebensstil aufrechtzuerhalten, als je zuvor. Außerdem sah ich immer mehr wie ein fetter alter Büffel aus anstatt wie eine strahlende und energiegeladene Alternativtherapeutin.

Ich vermisste mein eigenes Behandlungszimmer schmerzlich – einen wunderschönen alten Raum in der östlichsten Spitze von London Fields, fünf Fahrradminuten von meinem Haus entfernt. Die Praxis hatte ich gemeinsam mit Claudine gegründet, die Osteopathin war, sowie einem anderen Mädel namens Tessa, die als Ernährungstherapeutin arbeitete. Von unseren Räumen hatte man einen Ausblick auf riesige Linden gehabt, die ihre raschelnden Finger quer über den ganzen Park ausgestreckt hatten, und ich hatte mich nie mit der U-Bahn oder dem Zentrum von London auseinandersetzen müssen, die beide eine Angst in mir auslösten, die sich immer schwerer in Schach halten ließ.

Mein Arbeitsplatz war wie der Garten Eden gewesen. Sogar eine Sprechstundenhilfe hatten wir gehabt.

Jetzt befand ich mich dagegen in der flammenden Hölle – einem trostlosen Durcheinander aus U-Bahnen, Zügen und Bussen, vollgepackt mit beunruhigend wütenden Leuten und unbegrenzten Möglichkeiten, meine Oyster Card oder andere Fahrscheine zu verlieren. Ich hasste das. Es kostete mich meine ganze Kraft, mich jeden Tag in die U-Bahn zu zwingen; all diese Menschen, die ich nicht kannte und denen ich nicht traute, all diese Gerüche und Keime, potenziellen Terroranschläge und beengten Räume.

Derzeit konnte ich mich kaum noch an meinen festen Entschluss erinnern, das Leben anderer verbessern zu wollen, was mich überhaupt erst dazu motiviert hatte, meinen Beruf zu erlernen. Jetzt fühlte sich alles an wie ein einziges Trauma.

Tim, Lizzy und Claudine hatten natürlich auch noch andere Freunde; die Le-Clöbb-Treffen waren nur ein Punkt in ihrem Terminkalender. Bei mir war es irgendwann einmal genauso gewesen. Momentan allerdings war Le Clöbb die vollständige Zusammenfassung meines Soziallebens, weil ich das Selbstvertrauen und die Energie verloren hatte, mich um weitere Kontakte zu bemühen.

Wir hatten schon mehrfach über meine Arbeit diskutiert. Lizzy hatte mir dazu geraten, ein Darlehen bei der Bank aufzunehmen und so lange mit der privaten Praxis durchzuhalten, bis die Rezession vorbei war, aber sie verstand auch nicht viel von Geld. Sie hatte das Gehirn einer genialen Wissenschaftlerin – als Einzige in unserer Familie – und verbrachte ihre Tage damit, wahnsinnig komplizierte Algorithmen zu entwickeln, die sich irgendwie in Software für Smartphones umwandeln ließen. Zwar verdiente sie gut, aber sie lebte, als wäre sie der Geschäftsführer von Apple und nicht ein winzig kleines Rädchen im Konzerngetriebe. Dad und ich hatten ihr schon mehrfach aus der Patsche helfen müssen.

Claudine, die keine Probleme damit gehabt hatte, eine andere Klinik zu finden, und nun eimerweise Geld scheffelte, wurde normalerweise ganz still, wenn das Thema darauf kam. Sie war großartig darin, lautstark Ratschläge zu erteilen, dafür aber umso schlechter im Händchenhalten. Und Tim hatte zwar tolle Vorschläge, wie man inmitten der ganzen Hektik seine Ruhe finden konnte, aber wenn es darum ging, einen neuen Job für mich aufzutreiben, war auch er mit seinem Latein am Ende.

Eine Zeit lang hatte ich einen ausschweifenden Blog verfasst – als ob das irgendwie helfen würde –, hatte aber wieder damit aufgehört, weil es mir unangenehm war, mich selbst so ins Licht der Öffentlichkeit zu stellen. Die Öffentlichkeit wusste sowieso schon genug über mich.

Und so war der Graben der Unzufriedenheit und Frustration in mir noch tiefer geworden, und es hatte sich leise knurrend die Angst eingeschlichen. Wozu ich fähig war, wenn ich mich so richtig schlecht fühlte, hatte ich nicht vergessen.

Und dann, vorgestern, war das Ende des Tunnels aufgetaucht, scheinbar aus dem Nichts. Ein Engel namens Stephen Flint war in meine Klinik in Farringdon gekommen, und seitdem war alles anders.

Als mein vorletzter Massagetermin vorbei gewesen war, hatte ich am Rande mitbekommen, dass im Empfangsbereich eine gewisse Unruhe herrschte. Es hatte eine ganze Weile gedauert, bis ich mich wieder beruhigt hatte – ich war natürlich sofort überzeugt gewesen, wir würden ausgeraubt –, doch schließlich hatte ich mich doch in den Empfangsbereich vorgewagt. Dort wartete schon mein nächster Klient, der anscheinend der Grund für die ganze Aufregung war. Irgendwie hatte er es geschafft, Dorota, unsere normalerweise stumme und zurückhaltende Sprechstundenhilfe, in kreischendes Gelächter zu versetzen.

Erstaunt wandte ich mich zu ihm um und betrachtete ihn. Er war ein typischer Klient aus dem Stadtzentrum – wohlhabend, sehr gut angezogen, attraktiv. Sein fast greifbarer Charme, das kraftvolle elektrische Feld, das ihn umgab, war allerdings weniger typisch. Dorota strahlte wie ein Honigkuchenpferd.

»Oh, Mann.« Er lächelte. »Wir haben Sie gestört. Es war ihre Schuld«, behauptete er und deutete mit dem Kinn in Dorotas Richtung.

Dorota kreischte.

Interessiert betrachtete ich den Klienten: Seine langen Beine steckten in einer teuren Röhrenhose, und er hatte durchdringende hellblaue Augen. Sein aschblondes Haar war akkurat gestylt, und obwohl es schon fast acht Uhr abends war, hielt er einen Pappbecher mit Espresso in der Hand. Ich wünschte, ich hätte nach Hause gehen können, anstatt einen koffeinierten Geschäftsmann massieren zu müssen, der mit slowakischen Sprechstundenhilfen flirtete, während seine Frau wahrscheinlich gerade die Kinder ins Bett brachte.

Später würde ich mich an diesen Moment erinnern. Den Moment, bevor Stephen Flint mir irgendetwas bedeutet hatte. Ich war barfuß, hatte das Haar zu einem unordentlichen Zopf geflochten und trug einen langen Rock, den ich in Indien gekauft hatte. Außerdem roch ich nach Geranienöl. Ich war noch Annie Mulholland. Ich saß noch am Steuer meines Lebens.

»Tut mir leid«, entschuldigte er sich mit einem rebellischen Grinsen. »Ab jetzt benehme ich mich.«

»Kein Problem. Stephen Flint, ja? Kommen Sie mit nach hinten.«

»Danke.« Er war schon aufgestanden – meine Güte, war der groß – und schüttelte mir die Hand. »Und Sie müssen Annabel sein. Wie geht es Ihnen?« Er fragte das, als würden wir uns schon seit Jahren kennen.

»Äh, nehmen Sie Platz. Kann ich Ihnen ein Glas Wasser anbieten?«

»Oh, na gut. Wenn's denn sein muss.« Grinsend setzte er sich hin und blickte mich aus seinen strahlenden eisblauen Augen an, während ich ihm das Wasser gab und die Tür schloss. Ich hatte Glück, dachte ich bei mir, dass ich mich mit männlichen Kunden im Behandlungszimmer wohlfühlte, obwohl ich es in anderen Situationen hasste, mit Männern allein zu sein. Das war eine kleine Erinnerung daran, dass ich meinen Job liebte, trotz des ganzen Ärgers, den er momentan mit sich brachte.

»Ist das Ihre erste Massagebehandlung?«, begann ich und stellte fest, dass ich einen eingerissenen Daumennagel hatte. Im Raum roch es nach Massageöl und Müdigkeit; ich war froh, dass ich in einer Stunde nach Hause fahren konnte.

»Ja«, sagte Stephen. »Eine der Wellnessberaterinnen in meiner Firma hat mich angewiesen, mich massieren zu lassen. Fürchterliche Frau. Ich kann ihr nichts abschlagen, obwohl ich derjenige bin, der ihr Gehalt bezahlt.«

Ich fing an, mir gedankliche Notizen zu machen. Stephen Flint war der Gründer von FlintSpark, einer riesigen internationalen Medienagentur. Was auch immer das war. Während er sich weiter über seine Wellnessberaterin ausließ, erinnerte ich mich daran, dass ich letztes Jahr eine seiner Angestellten massiert hatte, eine nette junge Frau aus Australien, die so unter ihrem direkten Vorgesetzten gelitten hatte, dass sie schließlich zurück nach Australien gegangen war.

Stephen Flint wirkte wie ein Mann, der über einen solchen Vorfall in seiner Firma bestürzt wäre. »Ich habe eine peinliche Besessenheit entwickelt, was das Wohlergehen meiner Mitarbeiter betrifft«, erklärte er voller Eifer. Er hatte seine preisgekrönten Geschäftsräume um jede erdenkliche Mitarbeiter-Attraktion erweitert, einschließlich eines Wellness-Teams. »Jeder muss sich einmal im Monat mit einem der Wellness-Coachs treffen, ob sie wollen oder nicht. Wenn es jemandem nicht gut geht, findet der Coach das raus. Der schickt den Mitarbeiter dann in eine Beratung, zu einem Business-Coach, einem Ernährungsexperten oder was auch immer, und wir bezahlen die ersten sechs Sitzungen. Alles streng vertraulich, wir wissen nie, wer wohin geschickt wurde. Mit Ihnen startet mein Coach einen weiteren Versuch, mein Stresslevel zu senken.« Er kicherte wie ein ungezogener Schuljunge. »Sie meint, meine körperliche Gesundheit sei in Gefahr. Sie will, dass ich Grünkohl esse, mich massieren lasse und mit Yoga anfange. Yoga!«

Stephen hatte FlintSpark 2001 gegründet. Mittlerweile war seine Firma eine der erfolgreichsten in der Branche, und überall auf der Welt schossen Zweigstellen wie Pilze aus dem Boden. Er hatte einen wahnsinnig stressigen Terminplan und stand unter extremem Druck. (»Vollkommen selbst verschuldet«, sagte er gut gelaunt. »Aber hey, Gott nimmt sich nie einen Tag frei, also tue ich es auch nicht. Ich bin nämlich der Anführer des Volkes.«) Nichtsdestotrotz hatte er zugestimmt, sich ab und an massieren zu lassen, da diese Klinik auch nur ein paar

Häuser entfernt lag vom hochmodernen verglasten Hauptsitz seiner Firma in Farringdon.

»Ich bin nur hier, damit mein Coach Ruhe gibt«, gestand er. »Und damit will ich weder Sie noch Ihre Arbeit beleidigen – aber seien wir mal ehrlich, an Leute wie mich ist Ihr Talent doch vollkommen verschwendet. Es fängt ja schon damit an, dass ich hier mit einem doppelten Espresso aufgetaucht bin.«

Entgegen meiner sonstigen Art musste ich lächeln. Mit Männern wie Stephen Flint fühlte ich mich nicht besonders verbunden, aber wenigstens war er ehrlich. »Massage ist an niemanden verschwendet«, entgegnete ich. »Selbst wenn Ihre Investition in Ihre eigene Gesundheit sich nur auf eine Massage pro Woche beschränkt, ist das ein Anfang. Es gibt alle möglichen Forschungsberichte über den Nutzen von nur dreißig Minuten.«

»Tatsächlich?« Stephen stützte das Kinn in die Hände und sah mich eindringlich an. Er trug eine modische schmale Krawatte. »Und würden Sie dem zustimmen? Glauben Sie, dass Massagen wirklich einen Unterschied machen?«

»Natürlich! Sonst würde ich den Job nicht machen. Menschen dabei zu helfen, sich gut zu fühlen … sich zu entspannen … ein bisschen zur Ruhe zu kommen … das ist …« Grundlos errötete ich. »Das bedeutet alles für mich«, ergänzte ich, überrascht von meiner eigenen Ehrlichkeit. Es bedeutete tatsächlich alles für mich. Wenn ich mir schon nicht selbst helfen konnte, zur Ruhe zu kommen, konnte ich es wenigstens bei anderen tun.

»Okay.« Stephen schien fasziniert zu sein. »Sie machen diesen Job also schlichtweg, weil Sie Menschen helfen wollen?«

»Ja.«

Sein Mund verzog sich zu einem strahlenden Lächeln. »Wie erfrischend«, sagte er nach einer langen Pause. »Wie absolut erfrischend, so etwas zu hören. Die Welt braucht so großzügige Menschen wie Sie. Ich wusste von der ersten Sekunde an, dass ich die Richtige gefunden habe.«

Mein Gesicht war knallrot, und ich hatte keine Ahnung, wieso. »Na ja, ich bin ja nur ein paar Meter von Ihrem Büro entfernt«, murmelte ich.

»Das auch.« Er lachte leise. »Okay, Annabel, dann geben Sie mal Ihr Bestes. Und holen Sie auch gerne den Hammer raus, wenn Sie bei den knotigen Stellen angekommen sind.«

Natürlich war Stephen voller Knoten. Was eine Schande war, denn er hatte einen wunderschönen Körper: glatt, gebräunt und perfekt proportioniert. Wie so viele Männer seines Typs schlief er während der Massage ziemlich bald ein, und am Ende wirkte er wie ein frisch gewickeltes Baby, eingehüllt in Handtücher, mit schweren Lidern und entspannten Gesichtszügen. »Oh mein Gott«, stöhnte er. »Oh mein Gott, das war unglaublich! Annabel, ich kann Ihnen gar nicht genug danken.« Erneut schloss er die Augen und grinste schläfrig. »Sie sind umwerfend …«

Während er sich anzog, ging ich nach draußen. Peinlicherweise hörte ich, wie mein Handy klingelte – in meiner Handtasche, die noch im Behandlungsraum lag. Ich musste mir mehr Mühe geben, daran zu denken, es auszuschalten. Es hätte einen furchtbaren Eindruck gemacht, wenn es während der Behandlung geklingelt hätte – Stephen hätte mich beim Verband der alternativen Therapeuten melden können, und dort hätte man mich vielleicht aus dem Register gestrichen. Und was sollte ich tun, wenn ich nicht mehr als Masseurin arbeiten konnte? Andere Fertigkeiten hatte ich nicht, ich …

Schh, bremste ich mich innerlich. *Entspann dich, Annie. Bald bist du zu Hause.*

Manchmal konnte ich die Schlimme Scheiße sogar besiegen, wie Kate Brady sagen würde. Meistens gelang mir das allerdings nicht. Ich machte mir eine gedankliche Notiz, bald mal wieder mit ihr zu skypen; das letzte Mal war ewig her.

Dorota war schon nach Hause gegangen und hatte im Empfangsbereich nur eine Lampe mit gedämpftem Licht angelassen. Nach einem kompletten Morgen in Marylebone, einem kompletten Nachmittag in Farringdon und einem eilig in der Ringbahn verschlungenen Mittagessen dazwischen war ich wahnsinnig erschöpft. Ich legte mich aufs Sofa, massierte mir vorsichtig mit meinen immer noch öligen Händen die Füße und schloss die Augen.

»Ich fürchte, ich muss Sie wecken«, erklang eine leise Stimme. Ich bekam die Panik. Aus dem Halbdunkel eines Raumes, den ich nicht kannte, starrte mich ein Mann an.

»Ich konnte es nicht über mich bringen, mich ohne Bezahlung hinauszuschleichen.« Er lächelte.

Selbst in der dämmrigen Beleuchtung waren seine Augen strahlend blau. Oh Gott. Stephen. Klient. Schlaf. Ich blöde, blöde Kuh. »Es tut mir so leid«, setzte ich an. Ich spürte schon, wie sich auf meinem Gesicht und Hals rote Flecken bildeten. »Ich muss eingedöst sein, während Sie sich angezogen haben.« Mein Herz raste immer noch, während ich meinen Körper in eine sitzende Position hievte. Stephen setzte sich neben mich. »Nein, nein, ruhen Sie sich aus«, protestierte er, als ich aufstehen wollte. Da mir vom Schock immer noch die Knie weich waren, tat ich, was er sagte.

»Also, es gibt wirklich keinen Grund, sich zu entschuldigen.« Stephen faltete einige nagelneue Geldscheine zusammen und betrachtete mich. Sein Gesichtsausdruck war freundlich, amüsiert, fast zärtlich, und der Abdruck des Lochs vom Massagetisch war immer noch zu sehen. »Sie haben so süß und friedlich ausgesehen. Um nicht zu sagen, völlig erschöpft.«

»Ich bin erschöpft.« Ich hatte nicht die Energie, ihn anzulügen.

»Langer Tag?«

Ich nickte. Er klang so mitfühlend, dass ich irgendwie die Grenze vergaß, die ich normalerweise zwischen mir und den Klienten zog. »Sehr langer Tag. Die Arbeit ist toll, aber auch körperlich anstrengend.«

»Ja, das kann ich mir vorstellen. Ihr Masseure müsst wahrscheinlich ziemlich viel trainieren, um fit zu bleiben.«

»Ich hab nicht viel Zeit zum Trainieren«, gestand ich. »Oder mich richtig zu ernähren. Früher hab ich immer selbst gekocht.«

Ich räusperte mich und versuchte, mich ein wenig aufzurichten, aber das Sofa hatte etwas Hypnotisches an sich, genau wie das schummrige Licht und der überraschend einfühlsame Mann. Normalerweise waren meine Gespräche mit den Klienten ziemlich einseitig: lange Monologe ihrerseits über sich und ihre Probleme, untermalt von mitfühlenden Kommentaren meinerseits. Und das gefiel mir ganz gut. Ich genoss es, wenn die Aufmerksamkeit auf jemand anderem lag. Doch hier saß jemand, der so mitfühlend war, dass er das Scheinwerferlicht auf *mich* richten wollte.

»Es ist schade«, sagte Stephen, »dass jemand, der anderen helfen möchte, nicht genug Zeit hat, sich selbst zu helfen.«

Darüber hatte ich noch nie nachgedacht. Aber er hatte recht.

»Vielleicht sollte ich Sie bei meinem nächsten Massagetermin lieber zum Yoga schicken, während ich in einen frühen Feierabend gehe und Sie trotzdem bezahle.«

Müde lächelte ich. »Um ganz ehrlich zu sein: Ich glaube, wenn ich momentan versuchen würde, Yoga zu machen, würde ich sterben! Ich bin überhaupt nicht fit … Aber das ist 'ne schöne Idee.«

»Ich weiß, wie Sie sich fühlen«, antwortete er und überraschte mich damit erneut. »Ich erlaube mir irgendwie nie, mal innezuhalten, weil ich glaube, ich wäre dann so kaputt, dass ich mich nie wieder aufraffen würde.«

Ich blickte ihn an, direkt in seine funkelnden Augen. Jetzt, wo er es erwähnte, konnte ich die Müdigkeit darin erkennen. Und eine Wärme, die ich von einem Mann wie ihm nicht erwartet hätte. »Sie meinten aber, es wäre selbst verschuldet«, erinnerte ich ihn nach einem Moment des Schweigens.

Stephen gähnte, streckte sich und lehnte sich auf dem Sofa zurück. Dann legte er die Füße auf den Beistelltisch, einfach so, und wandte das Gesicht zur Decke. »Es ist vollkommen selbst verschuldet«, bestätigte er reflektiert. »Aber so bin ich nun mal. In der Geschäftswelt gibt es nicht viele Menschen, die so effektiv führen können wie ich. Ich hoffe, das klingt jetzt nicht arrogant. Ich meine nur: Um für die Belegschaft gleichzeitig Anführer, Vorbild und Freund zu sein, muss man sein eigenes Leben ein Stück weit opfern. Na ja, ein ziemlich großes Stück weit. Man muss die Rolle der Mutter, des Vaters, des Bruders und des nervigen rechthaberischen Opas einnehmen.«

Ich starrte auf seine wahnsinnig teuren Schuhe und amüsierte mich über die Vorstellung, dass dieser extrem attraktive Mann ein nerviger rechthaberischer Opa sein könnte. »Haben Sie einen Privatjet?«, fragte ich aus einer Laune heraus.

»Die Firma hat einen«, gab er zu, »und mir ist das peinlich, aber im Grunde genommen müssen wir einen haben, bei so vielen Zweigstellen im Ausland. Deshalb pflanze ich mehr verdammte nachhaltige Wälder an als Bauern Karotten. Ich bin der ultimative von Schuld geplagte Kapitalist.« Plötzlich lächelte er mich an, so intensiv, dass ich das Gefühl hatte, er könne in meine Seele schauen. »So viele Dinge in meinem Leben wirken wahrscheinlich großspurig und protzig«, vermutete er,

»aber ich schätze, solange ich unter dieser ganzen Oberfläche nett bleibe, ist es in Ordnung.«

»Das schätze ich auch.« Wir blickten uns immer noch in die Augen.

Doch der Moment ging vorüber. »Okay, dann kassiere ich Sie mal besser ab«, sagte ich.

»Um wie viel Uhr sind Sie morgen wieder hier?« Er gab mir einige Scheine, und ich stand auf, um einen Quittungsblock zu suchen. »Können Sie überhaupt mal ausschlafen?«

Ich erklärte ihm, dass ich im halben Stadtgebiet von London arbeitete und hier nur an zwei Nachmittagen in der Woche war.

»Meine Güte. Kein Wunder, dass Sie müde sind! Also, ich hoffe, es kocht Ihnen wenigstens jemand ein schönes Abendessen und verwöhnt sie mit einer entspannenden Massage, ganz für Sie allein.« Er zog seinen Mantel an, Wolle mit grauem Fischgrätmuster.

»Äh, nicht heute Abend.« Ich hatte keine Lust, ihm zu erzählen, dass ich allein lebte.

»Nein?«

»Nein.«

»Oje! Also, Annie Mulholland, dann bestehe ich aber darauf, dass Sie sich etwas richtig Teures zu essen bestellen. Die Sorte, die mit einer Flasche Chablis und einem Blumenstrauß angeliefert wird.«

Stephen sah aus, als wäre es ihm sehr wichtig, dass ich einen schönen Abend hatte, vielleicht sogar noch wichtiger, als dass sein eigener Abend toll würde. Ich war beeindruckt, dass er sich nicht nur meinen Namen gemerkt hatte, sondern auch noch mutig genug war, mich mit Annie anzusprechen.

Einen Augenblick lang wünschte ich mir, *er* wäre da, wenn ich nach Hause käme, und würde mit diesem Lächeln und diesen warmen, durchdringenden Augen eine hübsche Schüssel mit irgendwas Gesundem darin auf den Tisch zaubern. Und dabei gut aussehen und sich ganz wie eine Führungspersönlichkeit benehmen.

Die Realität sah allerdings so aus, dass ich in einem dunklen, einsamen Haus ankommen und wahrscheinlich zwei Portionen Mousse au Chocolat essen würde, bevor ich in den Schlaf fiel.

»Könnten Sie nicht in nur einer Klinik arbeiten?«, beharrte Stephen. »Damit Ihr Leben nicht so ein ständiger Marathon ist?«

Ich erklärte ihm, so kurz wie möglich, wie es zu meiner beruflichen Situation gekommen war.

»Sie Arme«, bedauerte er mich. Ich reichte ihm seine Quittung und zuckte mit den Schultern.

»Sie haben wirklich Talent für das, was Sie tun, Annie. Das war die schönste Stunde, an die ich mich seit Langem erinnern kann. Ihre administrativen Fähigkeiten sind allerdings unterdurchschnittlich, fürchte ich. Sie haben die Quittung auf September ausgestellt, und wenn ich mich nicht täusche, haben wir heute den 15. März.«

»Oh Gott, das tut mir leid! So was passiert mir ständig – es treibt mich in den Wahnsinn!« Ich stellte ihm eine neue Quittung aus und dachte, dass dies wahrscheinlich die längste Unterhaltung war, die ich seit Jahren mit einem Mann geführt hatte, der nicht Tim oder mein Dad war.

»Ich werde meine Wellnessleute bitten, Sie zu kontaktieren«, sagte Stephen. »Sollten Sie Interesse daran haben, Ihre Dienstleistungen regelmäßig in unserem Unternehmen anzubieten, können wir eine direkte Bezahlung vereinbaren. Dann müssen Sie das nächste Mal, wenn ich komme, nicht mit Bargeld hantieren.«

»Oh! Ja, darüber würde ich gerne mit Ihren Leuten sprechen!«

»Ausgezeichnet.«

»Danke«, entfuhr es mir unvermittelt. »Danke, dass Sie sich so viele Gedanken machen. Das ist sehr nett.«

»Wir Männer sind nicht alle böse«, erklärte Stephen, während ich ihm die neue Quittung aushändigte. »Einige von uns sind sogar ganz nett.«

Ich senkte den Kopf und beschäftige mich eingehend mit dem Quittungsblock. *Wenn du wüsstest*, dachte ich.

»Ich hab mal ein Buch gelesen«, fuhr er fort, »über einen Mann, der festgesteckt hat. Sein Leben hatte sich so weit von der Richtung entfernt, die er eigentlich einschlagen wollte, dass er sich kaum noch selbst gekannt hat. Er war traurig, erschöpft und hat sich gefühlt, als wäre er ganz allein auf der Welt.«

»Oh. Echt?«

»Dieser Mann wusste nicht, was er tun soll, also hat er angefangen, sich während des Tages immer wieder selbst zu umarmen. Er hat sich gesagt, dass schon alles gut wird.« Stephen schwieg kurz. »Das hat mich berührt. Ich hab's dann selbst versucht, und es war wirklich angenehm. Vielleicht könnten Sie das ja auch irgendwann mal probieren.«

Nachdem er gegangen war, stand ich einige Minuten lang im Empfangsbereich. Das hatte ich absolut nicht erwartet.

Ich ging nach Hause, aß zwei Gläser Mousse au Chocolat von Gü und fiel in den Schlaf, nachdem ich mir die ersten fünfzehn Minuten einer Dokumentation von Jeremy Paxton über den Ersten Weltkrieg angesehen hatte. Ich umarmte mich nicht selbst.

Um acht Uhr fünfzehn am nächsten Morgen bekam ich einen Anruf.

»Hier ist Stephen Flint«, sagte eine vage vertraut klingende Stimme. »Wie geht es Ihnen?«

Der Typ mit den blauen Augen. Er musste sich auf meiner Webseite umgesehen haben. Zu meiner Überraschung gefiel mir die Vorstellung ganz gut.

Ich sah zu, wie die vollgestopfte Straßenbahn in die Homerton Station einfuhr. Drinnen quetschten die Menschen sich gegen die Türen wie Essiggurken in einem Glas. Der Anblick war ziemlich entmutigend. Über mir breitete sich ein schmutzig brauner Himmel aus, und wenn ich mir nicht den Weg in die Bahn erkämpfte, würde ich pitschnass werden.

»Hi Stephen«, sagte ich und spannte unruhig meinen Körper an, während ich mich innerlich für das Gedränge wappnete.

»Würden Sie gerne bei uns im Haus arbeiten?«, fragte Stephen so beiläufig, als hätte er gefragt: »Möchten Sie eine Tüte Chips?«

Ich hatte es geschafft, mich in die Bahn zu schieben, aber meine abgetragene Burma-Tasche war zwischen dem Bauch einer Schwangeren und einem Aktenkoffer eingeklemmt. Ich versuchte, sie daraus hervorzulocken, ohne den Bauch zu quetschen.

»Hallo?« Es hörte sich an, als hätte Stephen gerade ein Café betreten. »Einen doppelten Espresso, bitte«, sagte er in die andere Richtung. »Können Sie mich hören, Annie? Ich hab Sie gefragt, ob Sie gerne bei uns im Haus arbeiten würden. Ihre Massage war wirklich erstklassig, und wenn ich jemanden wie Sie einstelle, werden unsere Wellnesscoachs glücklich sterben. Sie wollen doch nicht weiter Ihre Sachen durch ganz London schleppen, oder? Hier könnten wir Ihnen den Behandlungsraum Ihrer Träume bieten. Sanftes Licht. Sauerstoffproduzierende Pflanzen. Panflötenspieler.«

Der überfüllte Waggon wurde vollkommen still. Ich war gegen einen alten Mann mit Pudelmütze gedrängt worden, der nach Tod roch. Er tat nichts anderes, als schlecht zu riechen, aber mein Herz klopfte schon vor Angst, weil er so nah war.

»Mmh?«, murmelte ich. Bot Stephen Flint mir gerade ernsthaft einen Job an? Ich drückte den Rücken durch, um so viel Abstand wie möglich zu dem Mann mit der Pudelmütze zu halten.

»Vielleicht versuche ich sogar, eine kleine Snackbar für gesundes Essen einzurichten.« Ich konnte ihn grinsen hören. »Hanfriegel und Rote-Bete-Saft und, äh, andere eklige Sachen.«

Ich hätte gern gelacht, aber ich hatte ernsthaft Angst, dass mich dann einer der anderen Fahrgäste umbringen würde. Die Atmosphäre war leicht aufgeladen.

»Kommen Sie doch vorbei und schauen Sie sich an, wie wir arbeiten«, lud Stephen mich ein. »Unser Gebäude wird Sie umhauen. Wir haben Billardräume, ein Fitnessstudio mit Kursen und einen Yogaraum, Musikzimmer, Restaurants, die von einigen der weltbesten Chefs geleitet werden, und sogar ein kleines Spa. Berühmte Musiker geben bei uns Konzerte. Wir haben drei Portiers und zwei süße Bürohunde, die jeden entstressen, der gerade einen schlechten Tag hat. Wir sind entschlossen, Google dieses Jahr den Titel ›Arbeitgeber des Jahres‹ abzuringen.«

Kate Brady arbeitete für Google in Dublin. An dem Tag, als wir uns kennengelernt hatten, in einer der wenigen Touristenbars in Bangladesch, war mir die Kinnlade bis zum Boden heruntergeklappt, als sie mir von den dortigen Büros erzählt hatte. In jener heißen Nacht hatten wir uns mit bangladeschischem Reisbier betrunken und über unsere jeweiligen Jobs nachgesonnen, und obwohl ich immer nur als alternative Therapeutin hatte arbeiten wollen, war ich seltsamerweise neidisch gewesen. Ich hatte festgestellt, dass ich mich danach sehnte, in einer Firma wie der von Kate zu arbeiten, wo ich einen festen Tagesablauf hätte und jemand meinen Tag organisieren würde. Irgendwo, wo es nett und sicher war, wo ich einfach zwischen den Hunderten anderen Angestellten verschwinden konnte.

Und nun bot mir jemand, den ich vor zwölf Stunden kennengelernt hatte, am Telefon genau das an, und zwar an einem Ort, den ich in fünfundzwanzig Minuten mit dem Fahrrad erreichen konnte. *Es macht wahnsinnig viel Spaß, in diesem Büro zu arbeiten*, hatte Kate gesagt. *Es ist schöner als bei mir zu Hause, Annie! Wenn ich könnte, würde ich da einziehen!*

»Sie haben mir die beste Massage meines Lebens gegeben«, fuhr Stephen jetzt fort. »Wenn meine Mitarbeiter alle vierzehn Tage ebenfalls in diesen Genuss kämen, wären sie im siebten Himmel. Wir würden Sie sehr gut bezahlen, und Sie bekämen sämtliche Vergünstigungen für Arbeitnehmer. Kommen Sie doch wenigstens mal vorbei.« Er zögerte. »Ich hoffe, Sie nehmen mir das nicht übel, aber es kam mir so vor, als ob Sie mal eine Auszeit gebrauchen könnten.«

»WÜRDEN SIE BITTE IHRE VERDAMMTE TASCHE DA WEGNEHMEN?«, schrie die Besitzerin des schwangeren Bauchs. »ICH BIN SCHWANGER.«

»Fette Kuh«, murmelte ein Mann auf meiner anderen Seite.

»Gib's mir«, flüsterte der alte Mann mit der Pudelmütze.

Ich konnte schon fast Kate Brady rufen hören: *Bist du BEKLOPPT? Jetzt mach schon!*

»Ja«, sagte ich zu der Stimme am Telefon. »Ich kann morgen früh vorbeikommen.«

»Und er hat dich einfach so eingestellt?«, fragte Lizzy atemlos. »Heute Morgen?« Ihre Wangen waren ganz rot vor Begeisterung.

»Ja. Und zum ersten Mal war ich tatsächlich fähig, eine Entscheidung zu treffen! Ich hab sofort Ja gesagt!«

Lizzy kreischte.

»Es klingt, als wollte er dir an die Wäsche«, brummelte Claudine. »Er kann disch nischt einfach so einstellen! Er weiß doch gar nischts über disch!«

»Total verrückt, oder?«, sagte ich strahlend, ohne Claudine zu beachten. »Und stellt euch mal vor, er hat mir fast ZWANZIGTAUSEND Pfund mehr angeboten, als ich jetzt verdiene! IST DAS ZU FASSEN? Und dann hat er mir diesen unglaublichen Bereich auf der obersten Etage gezeigt, wo man einen Ausblick über ganz London bis raus aufs Land hat, und gesagt, sie würden das zu einem maßgeschneiderten Annie-Reich umbauen. Das hat letztendlich den Ausschlag gegeben. Ich glaube, einen besseren Behandlungsraum kann man nicht designen. Fantastische Aussicht und trotzdem die totale Privatsphäre, es ist echt beeindruckend!«

»So 'at er es genannt?«, fragte Claudine. »Ein maßgeschneidertes Annie-Reisch?«

»Ja. Ist das nicht nett?«

»Das ist es.« Widerwillig lächelte Claudine. »Das ist sogar sehr nett. Aber isch glaube trotzdem nischt, dass mir gefällt, was isch so von ihm 'öre. So ver'ält sisch kein guter Geschäftsmann!«

Ich seufzte. So etwas war nicht ungewöhnlich für Claudine. »Claudie, ich bin Massagetherapeutin, keine Hedgefonds-Managerin. Ich hab ihm gezeigt, dass ich super massieren kann, und er will mich einstellen, weil er seine Wellnessangebote erweitert. Hätte er mit mir ein fünfstündiges Bewerbungsgespräch führen sollen, oder was?«

»Ja.« Sie gab einen ärgerlichen Laut von sich.

»Ach, Claudie-Schatzi, krieg dich wieder ein«, bat Lizzy zärtlich, und Claudine musste lachen.

»Tut mir leid«, entschuldigte sie sich bei mir. »Isch bin schlimm.«

Ich liebte meine Freunde. Wenn meine Therapeutin mich dazu aufgefordert hatte, mich auch mit anderen Leuten zu treffen, hatte ich oft dagegengehalten, dass Le Clöbb die besten Mitglieder der Welt hatte – warum also sollte ich mir die Mühe machen? Sie hatte dann immer erwidert, darum gehe es ja nicht, woraufhin ich so getan hatte, als hätte ich sie nicht gehört.

»Wie sind denn die Büros?«, fragte Lizzy. »Ich hab gehört, die sind legendär.«

»Das sind sie. Und, was noch viel wichtiger ist, das Essen ist KOSTENLOS! Stephen hat mich zum Frühstück eingeladen, mit Bio-Eiern, Mangos und allem Drum und Dran, und ich war dermaßen begeistert, dass ich ein Plunderteilchen hab mitgehen lassen. Außerdem ist uns Stephens Wellnessberaterin über den Weg gelaufen, als wir gerade gehen wollten, und die hat sich als Jamilla rausgestellt, unsere Nachbarin bei der alten Praxis in Hackney, Claudie. Erinnerst du dich? Das alles ist echt zu schön, um wahr zu sein. Aber vielleicht bin ich ja auch verrückt geworden. Ich meine, es ist ein riesiges Unternehmen.«

»Du meinst, weil es dort Leute mit richtigen Jobs gibt?«, fragte Lizzy mit einem Lächeln. »Schatzi, damit hast du doch gar nichts zu tun. Du wirst durch deine eigene Privatpraxis schlurfen wie 'ne seltsame alte Dame – die du ja sowieso schon bist –, nur mit dem Unterschied, dass du dieses Mal garantiert Klienten hast.« Sie schenkte mir noch mehr Wein nach. »Du wirst reich sein! Du kannst dir anständige Klamotten kaufen!«

»Niemals«, entgegnete ich lächelnd.

»Isch *beste'e* darauf, dass du dir anständige Kleidung kaufst, mein kleiner Champignon«, verkündete Claudine. »Isch lass disch nischt in Batik bei einer Medienagentur arbeiten.«

»Das hast du dir wirklich verdient, Prinzessin«, ging Tim dazwischen. »Du warst nicht glücklich in den letzten Jahren.«

Begeistert, dass ich die Unterstützung von Le Clöbb hatte, erlaubte ich mir, mich so richtig zu freuen. Ich hatte mir Sorgen gemacht, so eine gedankenverlorene, vergessliche, Räucherstäbchen abbrennende Einsiedlerin wie ich, die ab und zu tatsächlich Clogs trug, würde vielleicht nicht in eine Firma wie diese passen, aber die anderen hatten recht: Das musste ich auch gar nicht. Ich würde mich dort oben in meinem wundervollen, friedlichen Annie-Reich aufhalten, einer kleinen Oase der Gesundheit und Freundlichkeit, weit entfernt von der Geschäftsmeute.

»Es ist wahrhaftig passiert«, murmelte ich benommen. »Dieser kleine Hippie hier hat sich 'nen fetten Job bei den Reichen und Schönen geangelt.«

»Das ist alles?«, fragte Lizzy. »Das ist alles, was du dazu zu sagen hast? Du willst dich nicht zum Beispiel mit uns über – hm, weiß auch nicht – deinen gut aussehenden neuen Chef unterhalten?«

Ich spürte, wie mein Gesicht rot wurde wie eine Tomate. »Er ist nur mein Chef, Lizzy. Dazu gibt es nichts zu sagen.«

Stephens Hand hatte meine gestreift, als wir heute den Aufzug betreten hatten, und fast hätte ich einen dieser spontanen Orgasmen gehabt, von denen man immer in Zeitschriftenartikeln über komische Leute liest. Mir war nicht entgangen, dass ich bei Stephen keine Panik bekam, wie sonst immer, wenn ich engeren Kontakt zu Männern hatte. Und ebenso wenig war mir entgangen, dass ich seine Gesellschaft sogar genossen hatte, anstatt mich dadurch gestresst zu fühlen.

»Ist er verheiratet? Hat er 'ne Freundin? Ist er psychisch gesund?«

»Ich bin mir sicher, er ist verheiratet. Hat wahrscheinlich

’ne Familie in Surrey – oder in ’ner trendigen Gegend in Essex vielleicht. Wo war noch mal dieses Essex-Dorf, das letzten Samstag im ›Ziehen Sie nach Sowieso‹-Artikel im *Guardian* stand? Wo es den Pub mit den Michelin-Sternen gab? In so ’ner Gegend wohnt er bestimmt. Mit seiner Frau und seinen …« Ich verstummte.

»Wie ich sehe, hast du dir bisher echt wenig Gedanken über ihn gemacht«, merkte Lizzy an.

»Natürlich hab ich mir Gedanken über ihn gemacht. Er war wahnsinnig nett zu mir. Wie ein Ritter in strahlender Rüstung. Aber das bedeutet nicht, dass ich *auf ihn stehe*.«

Natürlich bedeutete es das. Stephen hatte mich heute zum Mittagessen eingeladen, um mir das ganze Paket persönlich anzubieten. Doch anstatt mich in ein formelles Restaurant mit gestärkten Tischdecken auszuführen, wo ich mich ziemlich unwohl gefühlt hätte, war er mit mir in ein drolliges kleines Bio-Café gegangen, wo wir uns über Indien, Boybands und Hunde unterhalten hatten.

Er hatte uns Bio-Wein bestellt – eine Neuheit –, und ich hatte mich ein kleines bisschen betrunken. Als er mir das attraktivste Jobangebot gemacht hatte, das mir je untergekommen war, hatte ich zu meinem Schrecken mitansehen müssen, wie zwei peinliche Freudentränen in mein Glas fielen.

»Ah, sehen Sie?« Stephen hatte breit gegrinst. »Genau deshalb wollte ich Ihnen das Angebot persönlich unterbreiten!«

»Damit Sie mir beim Weinen zusehen können?«

»Haha. Genau.« Er stützte das Kinn auf die Hände und blickte mir direkt in die Augen. »Natürlich ist dafür eigentlich meine Personalabteilung zuständig, aber – ach, ich weiß auch nicht. Erzählen Sie niemandem, dass ich das gesagt habe, aber es bedeutet mir mehr, als Sie sich vorstellen können, wenn jemand sich so darüber freut, für diese Firma arbeiten zu dürfen.

Meine Firma. Etwas, das *ich* geschaffen habe. Dafür lohnt sich der ganze Aufwand.« Verstohlen blickte er sich um. »Ehrlich, wenn Sie jemals irgendwem erzählen, dass ich das gesagt habe, muss ich Sie leider umbringen. Ich bin eigentlich als harter Hund bekannt.«

Wieder tropfte es zweimal in den fruchtigen Rioja unter mir. Er hatte recht. Ich *freute* mich tatsächlich.

»Reiß dich zusammen«, ermahnte ich mich im Stillen. Kein Mann außer meinem Dad und Tim hatte mich je weinen sehen: Das hier war einfach furchtbar! Dabei hatte Stephen Flint etwas so Normales an sich, etwas so *Sicheres*. Etwas so Warmes und Attraktives und … »HÖR AUF«, zischte ich.

»Ja, hören Sie sofort auf«, fiel Stephen streng mit ein.

Für einen Moment berührte er mich am Arm. Es war der Schock meines Lebens. »In unserem Gespräch neulich Abend klang es so, als hätten Sie in den letzten Jahren eine ziemlich harte Zeit durchgemacht.«

Ich traute meiner Stimme nicht, deshalb brachte ich kein Wort heraus.

»Und obwohl es vollkommen unprofessionell von mir ist, Ihnen das jetzt zu erzählen, Annie: Ich habe auch gerade eine harte Zeit hinter mir. Und die hat mich ziemlich aus der Bahn geworfen. Deshalb freut es mich sehr, wenn ich Ihnen helfen kann.«

Ich war überrascht. Männer wie er hatten keine harten Zeiten. »Männer wie ich haben keine harten Zeiten?«, fragte er, als könnte er meine Gedanken lesen. »Da würden Ihnen alle in der Firma zustimmen. Sie halten mich für eine Verkaufsmaschine, den Großen Starken Geschäftsführer. Ich bin aber immer noch ein Mensch.« Er lächelte. »Auch ich bin noch nicht immun gegen schlechte Zeiten. Ich weine gerne mal in ein Glas Rotwein, wie jeder andere auch.«

Am liebsten hätte ich nachgefragt, weil ich wissen wollte, was bei einem Mann, der so attraktiv und erfolgreich war wie er, überhaupt falschlaufen konnte, aber ich brachte immer noch keinen Ton heraus. Ich aß mit einem Mann zu Mittag! Und auch wenn ein zwangloses Mittagessen für die meisten Leute keine große Sache gewesen wäre – schließlich passierte ja nichts, abgesehen von einem vagen Gefühl der Verbundenheit, weil wir beide undefiniert-beschissene Zeiten durchlebt hatten –, war dies ein enormer Schritt für mich.

»Wie sind Sie darauf gekommen, FlintSpark zu gründen?«, bekam ich schließlich zustande. »Sie sind noch sehr jung für einen Konzernchef.«

»Für wie alt halten Sie mich denn?«

Hitze stieg mir in die Wangen. »Ich weiß nicht. Bitte lassen Sie mich nicht raten.«

»Ich bin achtunddreißig. Und das Ganze war, ehrlich gesagt, ziemlich leicht. So ist das in der Geschäftswelt. Wenn man Talent dafür hat, braucht man nicht ein halbes Leben, um an die Spitze zu kommen.«

Ich trank noch mehr von dem bösen Mittagswein. Je betrunkener ich wurde, desto leichter fiel es mir, hier zu sein und dieses … dieses *Dings* zu machen. Ich wartete darauf, dass mir die üblichen Gedanken durch den Kopf gingen – *er versucht, mich in eine Falle zu locken; wahrscheinlich lässt er einen fiesen Vertrag aufsetzen, aus dem ich nie wieder herauskomme; bald findet er raus, dass ich eine totale Lusche bin, und feuert mich* –, aber nichts davon passierte. Ich fühlte mich einfach nur gut.

»Wie alle anderen auch hab ich in einem Graduiertenprogramm angefangen«, erklärte Stephen, »und nach sechs Monaten wurde ich gefeuert, weil ich ›zu gut‹ war. Das hat man mir so gesagt, und ich erzähle Ihnen das übrigens nicht, weil ich eingebildet bin. Ich hab danach noch in einigen anderen Firmen gearbeitet, aber dort war es ähnlich – die Leute haben sich von mir bedroht gefühlt. Irgendwann hatte ich das alles satt und habe beschlossen, mein eigenes Unternehmen zu gründen. Einige Kunden sind mit mir mitgegangen, weil sie wussten, sie sind in guten Händen. Dann hab ich einen Haufen stinkreicher Risikokapitalgeber davon überzeugt, in mein Unternehmen zu investieren, und bumm, hier sind wir nun.«

»Wow.« Man stelle sich vor, zu so was in der Lage zu sein! »Wie haben Sie die Investoren davon überzeugt, Ihnen so viel Geld zu geben?«

»Ach, ich hab das Blaue vom Himmel heruntergelogen«, sagte Stephen leichthin. Als er meinen Gesichtsausdruck sah, fügte er hinzu: »Die erwarten, dass sie belogen werden, Annie – und sie lügen einen genauso an. Solange, wie sie alle Geld verdienen, sind sie auch alle glücklich. Diese Typen lachen sich kaputt, wenn sie sich ihren Kontostand angucken.«

Ich hasste dieses Geschäftsgebaren.

»Es ist unschön«, gab Stephen zu, »manchmal sogar sehr unschön, aber es ist das, wozu ich geboren bin. Und ich spende buchstäblich Millionen an Wohltätigkeitsorganisationen. Wir haben in den ländlichen Gegenden von Kambodscha fünf Schulen gebaut und weltweit Projekte gegen Analphabetismus gegründet. In einigen der ärmsten Länder der Welt haben wir Brunnen gebohrt, Ärzte zur Verfügung gestellt und die Infrastruktur finanziell unterstützt. Ich reise in jede einzelne Gemeinde, der wir helfen. Es ist nicht alles schlecht, wissen Sie. Und, wie ich schon sagte, ich bin immer noch ein ganz netter Kerl geblieben. Ein Durchschnittstyp, der sich nie so richtig daran gewöhnt hat, tagsüber Alkohol zu trinken, und der momentan leicht angetrunken ist. Ups. Können wir bitte reichlich Nachtisch bestellen?«

Ich blickte Stephen an und hatte einen Gedanken, der mich

gleichzeitig erregte und erschreckte: *Ich frage mich, wie es wohl wäre, dich zu küssen.* Ab diesem Moment hörte ich auf, zu trinken.

Le Clöbb sah immer noch so benebelt aus, wie ich mich fühlte.

»Ich muss ein Foto von ihm sehen«, beschloss Lizzy. Als ich mein Handy anstellte, poppte peinlicherweise direkt eine Google-Bildersuche von ihm auf. »Ha! Du hast ihn gestalkt!« Kichernd schnappte Lizzy sich mein Handy. »Ach du Scheiße«, murmelte sie. »Kleines, der ist aber echt *heiß*.«

Claudine entfernte gelassen das Handy aus Lizzys Händen und warf einen Blick darauf. Eigentlich hatte ich damit gerechnet, sie würde bei Stephens Anblick ein paar sexy klingende französische Wörter von sich geben, doch zu meiner Enttäuschung zog sie die Augenbrauen zusammen. »Oh«, sagte sie.

Ich holte mir das Handy zurück. »Was soll denn das heißen?«

Sie zuckte die Achseln. »Er gefällt mir nischt.«

»Was? Wieso?«, fragte Lizzy. »Bist du blind geworden?«

Claudine runzelte die Stirn. »Er gefällt mir einfach nischt. Er sieht so … so offensischtlisch aus.«

»Leute, er ist nicht mein Freund. Er ist nur mein neuer Chef. An dem ich NICHT INTERESSIERT BIN.«

Claudine musterte mich einige Sekunden lang. »Okay. Okay.«

Claudine war nie mit den Männern einverstanden, die ich toll fand. Es war, als wollte sie, dass ich Single blieb. Es war, als wollte sie, dass ich im Mai dreiunddreißig wurde und nur anderthalbmal Sex gehabt hatte. »Sogar Kate gefällt er«, log ich. Er würde ihr ganz sicher gefallen – sie würde ihn lieben, aber ich wollte sie erst morgen anrufen und ihr meine Neuigkeiten erzählen.

Tim umarmte mich von der Seite, was Lizzy, die uns gegenübersaß, mit Interesse beobachtete. Sie war davon überzeugt, dass wir heimlich ineinander verliebt waren.

»Auf unsere geniale Annie!«, sagte Tim und hob sein Glas. »Noch mal: Gut gemacht, Prinzessin. Ich bin so stolz auf dich.« Glücklich seufzte ich. Ich fühlte mich wohl in seiner nach Zitrone duftenden Achselhöhle, bis Claudine dazwischenfunkte und erklärte, sie finde immer noch, Stephen sehe falsch und selbstgefällig aus und seine Methode, Leute einzustellen, klinge vollkommen unsachlich und unprofessionell.

»Du hättest Tim heiraten sollen«, behauptete meine Schwester lallend, nachdem Tim und Claudine nach Hause gewankt waren. Ganz typisch für Lizzy wartete sie auf ein UberTaxi, und ganz typisch für mich wartete ich mit ihr, weil es mich nervös machte, so spät in der Nacht noch mit der U-Bahn zu fahren. Außerdem konnte ich mich nicht entscheiden, ob ich mir nicht auch ein Taxi bestellen sollte.

»Timmy«, fuhr Lizzy fort. »Ihr beiden seid wie Bruder und Schwester, verdammt. Manchmal bin ich richtig eifersüchtig, weißt du das?«

»Ach, halt die Klappe.«

»Im Ernst«, beharrte sie und starrte mich an. Auf einmal – und das passierte nicht oft – hatte ich Lizzys volle Aufmerksamkeit. »Tim und du seid die nettesten Menschen auf der Welt, und es ist bescheuert, dass ihr nicht zusammen seid. Ich bin mir ziemlich sicher, dass du ihn liebst.« Das Ganze schien sie sogar traurig zu machen. »Und er liebt dich. Kate hat genau das Gleiche gesagt, als sie Neujahr hier drüben war.«

»Ich liebe ihn nicht«, wiederholte ich zum millionsten Mal. »Und er mich auch nicht. Ich würde Tim gerne lieben, Lizzy, aber ich tue es nicht, und so ist es nun mal. Kate sollte es bes…besser wissen … Gott, ich bin betrunken. Wo bleibt dein Taxi?«

»Das kommt gleich. Geh nach Hause! Mir passiert schon nichts.«

»Nein.«

»Idiotin.«

»Nervensäge.«

»Hab dich lieb.«

»Hab dich lieber.«

Es herrscht eine Hitzewelle, sagen alle. Zwei Wochen wird sie dauern! Bis zum Ende des Sommers! Vielleicht sogar bis in den Herbst hinein!

Für das Mädchen gibt es in diesem Moment keinen Herbst, keinen September, kein Bewusstsein von irgendetwas, das noch kommen könnte. Es gibt nur die flirrende Hitze, den Geruch von torfigem grünem Gras und das behutsame Spalten von Gänseblümchenstängeln. Die Kleine richtet ihre ganze Aufmerksamkeit auf die perlmuttfarbenen Halbmonde an ihren Fingernägeln und auf die haarigen kleinen Gänseblümchenstängel mit ihrem sonderbaren Geruch. Jedes Mal, wenn sie ein neues Gänseblümchen pflückt, hält sie den Atem an und lässt ihn erst dann wieder entweichen, wenn sie den Stängel durch den Schlitz der vorherigen Blume gefädelt hat. Mit ihrer Mutter bastelt sie eine Kette aus Gänseblümchen, doch falls Mum keine Lust mehr auf das Spiel hat, zeigt sie es nicht.

Sie streicht dem Mädchen mit der Hand übers Haar und den Zopf entlang, den sie ihm heute Morgen zu flechten versucht hat. Es war das erste Mal, dass die Kleine danach gefragt hat. Die Bitte – so förmlich und klar ausgedrückt – hat die Mutter zum Lachen gebracht, und sie hat ihre Tochter mit Küssen bedeckt.

»Heute hätte ich gern einen geflochtenen Zopf«, hat das Mädchen gesagt, vollkommen überzeugt davon, dass seine Mutter die Fähigkeit besaß, es genauso zu machen wie die anderen Mütter. »Ich will, dass du oben auf meinem Kopf anfängst, damit ich so aussehe wie Carrie. Sie sagt, das heißt ›französischer Zopf‹.«

Aus dem Zopf hängen kleine blonde Hörnchen heraus, und im unteren Drittel hat er einen Knick, sodass er aussieht wie der gebrochene Fischschwanz einer Meerjungfrau, doch die Kleine ist begeistert. Lächelnd hat sie vorhin vor dem Spiegel gestanden und den Zopf ehrfurchtsvoll in beiden Händen gehalten, als fiele er sonst ab.

»Was würdest du denn heute Morgen an deinem Geburtstag gern machen, mein Schatz?«, hat ihre Mutter gefragt. Sie hat ihre Tochter an diesem Tag von der Schule befreit. Kein Kind sollte seinen siebten Geburtstag in einem heißen Klassenzimmer verbringen müssen, mit Trillerpfeifen, Regeln und lauter Büchern. Sie ist sich immer noch nicht schlüssig, ob sie nicht ihre beiden Mädchen aus der Schule nehmen und die Hausunterrichtsgruppe einrichten soll, über die sie sich mit zwei anderen Müttern im Dorf unterhalten hat. Es kommt ihr einfach nicht richtig vor, wie es im Moment ist. Kinder in diesem Alter sollten mehr draußen sein und spielen. Schließlich leben sie hier mitten in einem Nationalpark! Das ist doch das beste Klassenzimmer, das ein Kind sich wünschen kann.

Heute allerdings geht es nur um ihr siebenjähriges Mädchen mit dem dicken geflochtenen Zopf in dem weißen Baumwollkleid. Sie wird alles tun, was ihre Tochter sich wünscht. Noch heute liebt sie das Kind mit der gleichen Heftigkeit wie damals vor sieben Jahren, als es aus ihrem Bauch gekommen ist: ein zerknautschtes, verwirrtes Bündel, so perfekt, dass sie kaum atmen konnte, als sie es zum ersten Mal in den Armen gehalten hat.

»Ich will den ganzen Tag draußen sein«, hat ihre Tochter verkündet. »Lass uns erst ein paar Ketten aus Gänseblümchen machen,

und danach können wir ja ein paar Geburtstagsblumen für mich pflücken. Und Äpfel, lass uns Äpfel suchen gehen.«

Die Frau hat gelächelt. Mein kleiner Hippie, *hat sie stolz gedacht. »Wir gehen hinter die Woodford-Farm«, hat sie gesagt. »Da wachsen noch ganz viele Gänseblümchen.«*

Kapitel 3

Kate

An meinem ersten Arbeitstag in Mark Waverleys Reitstall stolperte ich die dreiunddreißig Stufen zur Küche hinunter und fühlte mich, als hätte man mir mit einem Zaunpfahl auf den Kopf geschlagen. Es war sechs Uhr dreißig, immer noch pechschwarz draußen und beißend kalt, und es fühlte sich an, als wären höchstens fünf Minuten vergangen, seit Becca gestern spätnachts ihre Unterrichtstunde beendet hatte.

Mir war schlecht vor lauter Nervosität und Müdigkeit. Obwohl ich vor Erschöpfung wie ein Stein ins Bett gefallen war, hatte ich noch stundenlang wach gelegen, meine Familie vermisst und mich gefragt, ob ich sie irgendwie kontaktieren könnte. Die darauffolgende Einsicht, dass es nicht ging, war furchtbar gewesen. Ich dachte oft, dass es eine Form von Kummer gab, bei der man nicht weinen konnte, und in diesem Moment war ich genau davon übermannt worden. Als hätte man mir ein Kissen aufs Gesicht gepresst.

Ich brauchte Toast. Ich konnte den Tag ohne Dusche beginnen, ohne eine Zeitung und ganz sicher ohne den Kontakt zu anderen Menschen. Ohne Toast aber konnte ich den Tag nicht beginnen.

Joe, der Pferdepfleger, saß vor einem Heizkörper und aß ein Stück Käse. Trotz der Eiseskälte trug er nur ein gestreiftes T-Shirt und Reithosen, und obwohl es noch wahnsinnig früh am Tag war, hatte er ein breites Grinsen im Gesicht. Er strich sich die Haare aus den frechen Augen und zwinkerte mir zu.

»Galway!«, sagte er strahlend und klopfte auf den Stuhl neben sich. »Komm her zu mir und erzähl mir Geschichten von den Twelve Bens Mountains. Und füttere mich mit Käse.«

Ich zögerte. Gestern Abend war ich in die Küche gekommen, und sobald ich den Mund aufgemacht hatte, war ein Leuchten in Joes Augen getreten. »Ja, wen haben wir denn da? 'ne rothaarige kleine Lady aus Eire für mich. In die könnte ich mich glatt verlieben!«, hatte er begeistert gerufen. »Fröhlichen St. Patrick's Day, liebe Kameradin.«

»Fröhlichen St. Patrick's Day«, hatte ich unbehaglich geflüstert.

»Seltsamer Dialekt, den du da hast, meine grünäugige Königin. Aus Mayo, vielleicht?«

»Galway«, hatte ich gekrächzt.

»Aus dem Wilden Westen«, hatte er grinsend gesagt. »Klasse!« Joe war ein bisschen größer als ich und so dünn und muskulös wie ein Windhund. Genau wie alle anderen hier war er noch ziemlich jung, aber sein Gesicht war schon wettergegerbt – vermutlich, weil er sich die ganze Zeit in den ungeschützten Hügeln von Exmoor aufhielt.

»Dann erzähl mal, Galway.« Er hatte mir ein Glas Wein eingeschenkt. »Was führt dich hierher?«

»Hab meinen Job in Dublin gekündigt, um mal was anderes zu machen«, hatte ich ihm aufgetischt. Der Wein hatte widerlich geschmeckt, aber ich hatte ihn gebraucht wie die Luft zum Atmen. »Hab's ohne Pferde nicht mehr ausgehalten. Pferde sind mein Leben.«

Becca, die gerade dabei gewesen war, Socken auf das Wäschegestell über dem AGA-Herd zu hängen, hatte anerkennend gelächelt.

Joe hatte mich leicht betrunken gemacht, mir gesagt, ich sei wunderschön, und mich zweimal gefragt, ob ich ihn heiraten würde.

Jetzt, um sechs Uhr fünfunddreißig, biss er in aller Ruhe mundgerechte Stücke von einem großen Block Cheddar ab und hatte einen Plauderton drauf, als wäre es noch gestern Abend. »Ich hab 'nen Kumpel, Sean Burke, oben in Kilgevrin. Kennst du Kilgevrin?«

»Nein … Ich bin schon vor Jahren nach Dublin gezogen.«

»Das ist 'n ziemliches Drecksloch, Galway. Aber egal, jedenfalls …«

Während ich am Toaster stand und die Feuchtigkeit aus meinem Brot gesogen wurde, klinkte ich mich gedanklich aus. Von meiner Müdigkeit mal ganz abgesehen, war ich mir nicht sicher, ob ich dem hier wirklich gewachsen war. Dem Ganzen.

Pech, wies ich mich innerlich zurecht. *Du kannst nirgendwo anders hin, du erinnerst dich?*

Mein Toast sprang hoch, und ich begab mich auf die Suche nach einem Teller. Ich musste das hier hinkriegen, und das war wesentlich leichter, wenn ich aufhörte, an zu Hause zu denken. Und an die ganze Schlimme Scheiße.

»Galway?«

Joe aß immer noch direkt vom Käseblock. Kleine Krümel fielen auf die großen Terrakottafliesen. »Galway, stellst du dir da drüben gerade Sex mit mir vor?«

Ich schüttelte den Kopf und zwang mich zu einem Lächeln. Gestern Abend mit dem Wein intus und zwischen den vielen Leuten in der warmen Küche hatte ich ihn ganz lustig gefunden. Jetzt fiel mir das allerdings ziemlich schwer. *Komm schon*, ermahnte ich mich sanft. *Lächle, Brady.*

Joe packte seinen Käse ein und legte ihn in den riesigen amerikanischen Kühlschrank. »Oh, Galway, du wirst mich total wild machen«, sagte er gut gelaunt, während er sich einen Pullover überzog. »Du und dein wunderschönes rotes Haar. Okay, ich gehe dann mal und sattle Kangaroo. Am besten gibst du mir deine Nummer, damit ich dich anrufen kann, falls ich irgendwas brauche.« Er setzte sich eine Reitkappe auf.

»Meine Nummer?«

»Das hier ist 'n großer Hof«, erklärte er und kramte sein Handy hervor. »Wir rufen uns alle dauernd an.« Er stellte sich vor mich, das Handy in der Hand.

Widerwillig holte ich meins heraus und suchte nach meiner Nummer.

»Ich werd' nie verstehen, warum manche Leute ihre eigene Nummer nicht kennen.« Joe lachte leise und tippte die Zahlen ein.

»Sagt der Mann, der Cheddar zum Frühstück isst und Heiratsanträge bei der ersten Begegnung macht«, versuchte ich mich an einem lockeren Scherz. Ich zwang mich sogar, wenigstens ansatzweise zu lächeln.

»Großartig!« Joe steckte sein Handy wieder ein. »Jetzt kann ich dir schmutzige SMS schicken … Mein Gott, Galway, jetzt werd' doch nicht so blass. Ich verarsche dich nur!«

Er zog seine Handschuhe an und musterte mich. Einen Moment lang verlor sich das freche Funkeln in seinem Blick, und ein Hauch von Mitgefühl zog über sein Gesicht. »Mach dir keine Sorgen, Galway«, sagte er freundlich. »Wir beißen nicht. Es sei denn, du bittest darum.«

Er verließ das Haus, und ich fing an, mechanisch meinen Toast zu essen, während ich mich gegen die Stange des AGAs lehnte. *Du lernst das schon noch*, versicherte ich mir. *Du lernst schon noch, locker zu bleiben. Das hier sind alles anständige Leute, Kate Brady, hier wird es dir gut gehen.*

Das Haus für das Stallpersonal war eine wunderschöne alte Dreschscheune mit einer großen, im mexikanischen Stil gefliesten Küche, die früher einmal ein Getreidespeicher gewesen war. Im Erdgeschoss gab es verschiedene Freizeiträume. »Damit es sich nicht wie ein Studentenwohnheim anfühlt«, hatte Sandra mir bei meinem Bewerbungsgespräch erklärt. Es gab ein Wohnzimmer, ein Billardzimmer, ein Fernsehzimmer und sogar ein Lesezimmer, aber es schien, als würden fast alle Pferdepfleger, die für Mark Waverleys Reitstall arbeiteten, ihre Zeit in der Küche oder in der Wäschekammer verbringen, um die ganzen Sachen für die Pferde zu waschen und zu trocknen.

Jeder außer mir hatte ein hübsches großes Zimmer mit einem Ausblick auf die hügelige Moorlandschaft, die irgendwann am Bristolkanal endete – wobei: Meine Aussicht auf den Hof war auch nicht schlecht. Die Szenerie war wirklich hübsch: ein altes Stallgebäude aus Stein, das einen großen quadratischen Hofplatz umgab, mit einer immer noch funktionierenden Eisenpumpe in der Mitte. Es sei ungewöhnlich und reines Glück, über so viele alte, noch erhaltene Ställe zu verfügen, hatte Sandra mir erzählt – und keine dieser hässlichen Metall-Scheunen im amerikanischen Stil. Die Türen und das Gebälk waren in einem dunklen Marineblau gestrichen, das sich majestätisch von den goldgelben Steinen der Stallwände abhob. Hinter dem Haupthof breitete eine uralte Eiche ihre Blätter über ein weiteres längliches Stallgebäude aus Stein.

Gestern Abend hatte ich auch Tiggy, die Stallmanagerin, kennengelernt, die ganz nett gewesen war. Auf eine sehr selbstbewusste Das-ist-mein-Reich-und-wenn-du-mir-dumm-kommst-mache-ich-dich-platt-Art. Wie alle modischen Frauen, die mit Pferden arbeiteten, war sie blond und hatte sich die Haare zu einem unordentlichen Dutt hochgebunden. Außerdem hatte sie eins dieser attraktiven, kompetent wirkenden Gesichter, von der Natur mit rosigen Wangen und guten Zähnen ausgestattet.

Tiggy. Mein Gott, die Frau war echt filmreif.

Fast alle Tätigkeiten, die Becca mir gestern erklärt hatte, beinhalteten, Pferdeäpfel von A nach B zu karren. »Pferde sind Vegetarier«, hatte Becca mich getröstet, »deshalb riecht es gar nicht so schlimm, Süße. Ihre Pisse stinkt allerdings ziemlich von dem ganzen Ammoniak, und sie furzen dich gerne mal an, wenn du ihnen den Schweif bürstest.«

Ihr letzter Rat hatte sich auf Joe bezogen. »Lass dich nicht darauf ein«, hatte sie gesagt. »Er hat's bei allen probiert. Er sieht super aus, wenn man auf den Typ steht, aber das ist die Filzläuse nicht wert, Süße. Okay?«

»Ich mag vielleicht den Arsch eines Pferdes nicht von seinem Ellbogen unterscheiden können«, hatte ich geantwortet, »aber ich weiß, dass ich nicht auf der Suche nach was Romantischem bin.«

»Sprunggelenk«, hatte Becca lächelnd entgegnet. »Pferde haben keine Ellbogen. Sie haben Knie und Sprunggelenke.«

Ich aß meinen Toast auf und dachte darüber nach, was ich als Nächstes tun sollte. Bisher waren weder Becca noch Tiggy nach unten gekommen, und außer herumzustehen und Toast zu essen, den ich vor lauter Nervosität nicht mal schmecken konnte, fiel mir absolut nichts ein.

Ich schlenderte über den warmen Küchenboden – er war beheizt, wie ich dankbar feststellte – und starrte auf ein Schwarz-Weiß-Foto von Mark Waverley auf einem wunderschönen Pferd. Er trug Zylinder, Frack und weiße Handschuhe und ließ sein Pferd eine ziemlich steife, angeberische Bewegung machen. Das – wie ich mich von den Olympischen Spielen her erinnerte – war dieses bekloppte Dressurzeugs, wo die Reiter die Pferde dazu brachten, auf einem langen rechteckigen Platz Ballett zu tanzen.

»Bei dieser Prüfung hat er sechsundzwanzig Punkte bekommen«, erzählte Becca, die gerade in die Küche kam. »Das war 'ne verdammte Sensation. Ich glaube nicht, dass irgendwer in den letzten Jahren so 'ne Prüfung geritten hat.«

Höflich lächelte ich. »Oh, okay.«

Becca seufzte. »Du hast keine Ahnung, wovon ich rede, oder?«

»Nein.«

»Mark ist ein Vielseitigkeitsreiter, okay? Das heißt, er nimmt an Turnieren teil. Dressur, Geländeritt und Springen, alles im selben Wettbewerb. So wie beim Triathlon, schätze ich.« Becca nahm eine Großpackung Cornflakes aus einem der Küchenschränke. »Während des Dressurteils bekommt man Strafpunkte für alle Fehler. Soll heißen, Mark hat nur sechsundzwanzig Strafpunkte bekommen. *Niemand* schafft so 'nen Punktestand.«

»Echt?«, entgegnete ich, ehrlich beeindruckt. »Dann ist er also richtig gut?«

»Der Beste«, erwiderte Becca stolz. »Er mag ein Arschloch sein, aber er ist ein wunderbarer Dressurreiter. Besonders auf Stumpy.«

»Dressur, Springen, Geländeritt«, wiederholte ich in dem Bewusstsein, dass ich das alles schnell lernen musste. »Dressur, Springen, Geländeritt. Ganz schön viel zu tun für ein Pferd an einem Tag.«

Becca lächelte. »In Marks Klasse finden solche Sachen über drei bis fünf Tage statt«, erklärte sie. »Ansonsten würde das Pferd buchstäblich tot umfallen. Und Mark und wir anderen auch.«

Betrübt schüttelte ich den Kopf. »Ich bin die totale Niete«, murmelte ich. »Die werden mich innerhalb von Sekunden durchschauen.«

»Quatsch, Süße. Aber wenn ich das mal so sagen darf: Mit so 'ner Einstellung wirst du nicht weit kommen.«

»Hrmpf.«

»Wir bleiben einfach bei der Geschichte, dass du einige Jahre nichts mehr mit Pferden gemacht hast und deswegen ein bisschen eingerostet bist. Es ist ihnen wirklich egal, Süße. Die haben genug andere Sorgen.«

Tiggy kam entschlossen in die Küche marschiert und roch geradezu nach Effizienz und gutem Stammbaum. »Hopp, hopp, Leute«, befahl sie. »Packen wir's an.«

Doch bevor einer von uns noch die Zeit hatte, irgendetwas anzupacken, öffnete sich die Tür, und die Atmosphäre verdüsterte sich ganz plötzlich. »Morgen«, grüßte eine männliche Stimme knapp.

»Morgen!«, flöteten wir alle.

Mark Waverley. Ohne Reitkappe sah er jünger aus. Und attraktiver, mit seinem dunklen Haar und der leicht gebräunten Haut, der markanten, etwas römisch aussehenden Nase und den wachsamen Augen. Irgendetwas an ihm brachte mich ein wenig aus dem Gleichgewicht. Und das nicht auf eine gute Art und Weise.

»Wer sind Sie?«, fragte er. Seine Augen taxierten mich, als wäre ich ein neues Pferd, wobei er mit dem, was er sah, nicht gerade glücklich zu sein schien. Vielleicht hatte ich ja schlechte Sprunggelenke.

»Kate«, stellte ich mich vor und schüttelte seine Hand mit festem, selbstsicherem Druck. »Kate Brady, Ihre neue Praktikantin. Schön, Sie kennenzulernen. Ich bin ein großer Fan Ihrer Arbeit.«

Ich bin ein großer Fan Ihrer Arbeit?

»Sie sind Irin«, sagte er ausdruckslos.

»Das stimmt. Ich hab gehört, wir wären die besten Stallpraktikanten der Welt.«

Mark starrte mich nur an.

»Ich bin bewaffnet und gefechtsbereit!«, fügte ich mit leiser werdender Stimme hinzu.

»Ich hab ganz vergessen, dass Sie heute anfangen.« Mark blickte sich im Raum um, wo plötzlich alle verstummt waren und aufgehört hatten, zu essen. Stattdessen machten sie ihre Jacken zu oder rollten bunte Pferdebandagen zusammen. »Meine Mutter hat Sie eingestellt, ohne mir Ihren Lebenslauf weiterzuleiten oder mir irgendetwas über Sie zu erzählen«, fuhr Mark in seinem kalten, leicht gleichgültigen Tonfall fort. »Würden Sie zum Mittagessen ins Haupthaus kommen und Ihren Lebenslauf mitbringen? Dann können Sie uns ein bisschen mehr von sich erzählen. Punkt ein Uhr«, ergänzte er und wandte sich ab.

Becca lächelte mir ermutigend zu.

»Die Reithalle ist nicht geharkt«, sagte Mark zu Tiggy. »Ich hab dir gestern Abend gesagt, dass ich da drinnen um Viertel nach sieben Bodenarbeit machen will.«

»Wir erledigen das sofort!«, entgegnete Tiggy, während Mark davonging, ohne sich mit solchen Höflichkeiten wie »Danke« oder »Auf Wiedersehen« aufzuhalten.

»Kümmer dich besser darum«, wandte Tiggy sich an Becca. »Zeig Kate, wie man den Panzer bedient. Zack, zack, Mädels ...«

Becca murmelte vor sich hin, Joe sei ein faules Arschloch, weil er gestern Abend in der Halle sein eigenes Pferd geritten und sich nicht die Mühe gemacht hatte, anschließend zu harken. »Na, dann mal los, Süße«, trieb Becca mich seufzend an.

Und dann waren wir auch schon draußen in der eiskalten Luft, wo es immer noch stockdunkel war, abgesehen von den alten schwarzen Hängelampen, die die Außenwände des Stallgebäudes zierten und von einem Lichthof aus Nieselregen umgeben waren. Kies knirschte wie Eis unter meinen dämlichen Gummistiefeln, und ein tödlicher Wind trieb mir die Tränen in die Augen.

Das ist er, dachte ich emotionslos. *Der erste Tag vom Rest meines Lebens.*

»Ich muss mir dringend ein paar richtige Klamotten kaufen.« Ich zitterte, während wir knirschend um das Gebäude herum zum Eingang des Stallblocks gingen. »Heute noch.«

Als wir das Tor öffneten, kam uns eine seltsame Mischung aus Gerüchen entgegen. Einige davon kannte ich – Pferdeäpfel, Stroh –, aber die anderen verwoben sich zu einem mir völlig fremden Geruchsteppich.

»Klamotten kaufen?« Becca schnaubte. »Du hast 'ne größere Chance, übers Wochenende nach New York zu fliegen, als mal eben kurz nach Minehead zu fahren, Süße. Unsere zwanzig Minuten Mittagspause reichen grad mal für 'ne Suppe, und heute bist du in der Zeit drüben bei Mark. Den Vormittag über bringe ich dir bei, was du sagen kannst, und während du 'nen Berg Scheiße wegschaufelst und 'nen Haufen Eimer mit Eiswasser füllst, hörst du gut zu, okay?«

Missmutig nickte ich.

»Aber zuerst muss ich dir zeigen, wie man die gefährlichste Maschine von ganz Somerset bedient, auch bekannt als der Panzer. Der harkt die Reithalle, stapelt Strohballen auf und bringt jeden um, der Feierabend machen will.«

»Ich hasse diesen Job«, murmelte ich.

Becca brach in lautes Gelächter aus. »So gefällst du mir«, rief sie. »Genau so gefällst du mir!«

Als die Mittagspause kam, war ich mir sicher, dass ich sterben würde. Meine Finger konnte ich gar nicht mehr fühlen, meine Beine waren wundgescheuert an der Stelle, an der meine Gummistiefel die steifen Nähte meiner Jeans in die Haut gepresst hatten, und meine Lippe blutete, wo ich einen Teil davon abgekaut hatte. Ich stank nach Pferdeurin, und in meinen Haaren hing überall Einstreu.

Bis jetzt hatte ich an diesem Morgen noch null Kontakt zu Pferden gehabt. Ich hatte die Reithalle geharkt, Pferdeäpfel aus der Führungsanlage gekratzt, Pferdeäpfel in einem der Paddocks aufgesammelt und eine beschissene Stunde damit verbracht, Pferdeäpfel auf einem gigantischen Misthaufen zu einer Skulptur zu formen. Aus einem extrem isolierten Wasserhahn hatte ich einen nicht enden wollenden Strom an Eimern mit eiskaltem Wasser befüllt und hatte noch mehr Pferdeäpfel aus einem Bereich entfernt, in dem Joe und Mark eine endlose Parade von Pferden für das Training gesattelt und abgesattelt hatten.

Nur die Pferdeäpfel und ich, ohne Pause, den ganzen Morgen lang.

Während ich mit der Misthaufen-Skulptur beschäftigt gewesen war, hatte Becca versucht, mir die Namen für die verschiedenen Fellfarben von Pferden beizubringen. Ich war so unfähig darin, sie mir zu merken, dass wir schließlich in Gelächter ausgebrochen waren. Und zwar so richtig. Wir hatten oben auf dem Misthaufen gestanden, der in der beißenden Kälte einen unangenehm riechenden Dampf abgesondert hatte, und hatten uns eine ganze Weile nicht mehr eingekriegt.

Und während wir so gekrümmt über unseren Mistgabeln gehangen und vor lauter Lachen geweint hatten, war Mark an uns vorbeigeritten und hatte zu uns herübergeschaut. Er hatte nicht gerade begeistert ausgesehen, aber ich hatte einfach nicht aufhören können. So hatte ich seit Wochen nicht mehr gelacht.

Als die Mittagspause anbrach, musste ich so dringend auf die Toilette, dass ich fast geweint hätte, als Tiggy vor mir in das Klo im Erdgeschoss marschierte. »Aaah«, stöhnte ich und hüpfte vor der Tür von einem Fuß auf den anderen.

»Das ist ein ganz fieses Miststück«, raunte Joe mir zu, der gerade vorbeikam. »Wenn du willst, schlage ich mich für dich mit ihr.«

»Oh bitte, schlag dich nicht, mit niemandem«, sagte ich verzweifelt, »sonst pinkele ich mir am Ende noch in die Hose, und dann falle ich auf der Stelle tot um.«

Joe kugelte sich vor Lachen und trabte in Richtung Küche davon. »Ich liebe dich, Galway«, rief er. »Ich werde dich immer lieben, meine rothaarige irische Königin.«

Mir fiel auf, dass ich lächelte, was mich ziemlich überraschte. Und dann fiel mir auf, dass es mir eigentlich insgesamt ziemlich gut ging. Dass ich sogar ganz glücklich mit dem Ablauf des Morgens war, auch wenn ich mich fühlte, als müsste ich sterben. Es war schön gewesen, mich ganz in der körperlichen Arbeit zu verlieren, einen festen Ablauf zu haben und für das Wohlergehen von jemand anderem außer mir selbst verantwortlich zu sein.

Als die Dunkelheit sich aufgelöst hatte und unsere Umgebung sichtbar geworden war, hatte ich erneut gesehen, wie unglaublich schön es hier war: das strahlende Grün der Wiesen – dessen Leuchtkraft noch durch die schroffen braunen Hügel verstärkt wurde, die sich dahinter erhoben –, gesprenkelt mit gelbem Ginster, kieselgrauen Steinen und weißen Schafen.

Seit fast *sechs Stunden* hatte ich nicht mehr an die Schlimme Scheiße gedacht! *Kate Brady ist heute nicht zu stoppen!*, sagte ich mir innerlich, während Tiggy das Klo abzog. *Die macht das Ding!*

Kurze Zeit später ließ ich meine tauben, eiskalten Oberschenkel auf das ebenfalls eiskalte Porzellan plumpsen und erlaubte mir, einige Momente lang auf meiner Wolke der hoffnungsvollen Möglichkeiten dahinzuschweben.

Doch dann rief Becca durch die Toilettentür: »SÜSSE! Du hast dein Mittagessen bei Mark vergessen!«

Ich schoss aus der Toilette heraus, als stünde sie in Flammen. Im Laufe meiner morgendlichen Arbeit hatte ich keinen direkten Kontakt zu Mark gehabt, aber mich hatte es schon gefröstelt, wenn ich nur ab und zu einen Blick auf ihn erhascht hatte, während er in der Reithalle seine Runden geritten war – ein stummer Schatten, der all die Menschen, die um ihn herum beschäftigt waren, völlig ausblendete.

»Wenn er dich irgendwas Unangenehmes fragt, lüg einfach«, riet Becca mir, während ich die eingefrorenen Füße wieder in meine Gummistiefel schob. Schmerz schoss mir durch den linken Hacken, an dem sich schon Blasen gebildet hatten. »Und pass auf Maria auf. Sie benimmt sich, als würde sie Mark hassen, aber sobald sie dich für eine Bedrohung hält, wird sie dich plattmachen …«

»Na toll«, rief ich, während ich nach draußen rannte. »Ich kann's kaum erwarten.«

Was zur Hölle waren das für Leute?

Das ist nicht wichtig, rief ich mir in Erinnerung. Ich würde mich mit ihnen abfinden müssen.

Während ich über den alten Hof rannte, der unsere Scheune vom Hauptgebäude trennte, drehte ich mir die Haare zu einem Dutt zusammen. Die Sonne, die zögerlich hinter einer breiten grauen Wolkendecke hervorgeschlüpft war, erhellte kurzzeitig die gelblichen Steine des Bauernhauses und hob die hölzernen Windungen der Glyzinien hervor, mit denen die Süd- und Westwände bedeckt waren. Tief sog ich die kalte Somerset-Luft ein und betete um Gnade.

Sandra öffnete die Tür – in einer Schürze, auf der »SEXY GRANNY!« stand. Mit ihrer rundlichen, molligen Figur, dem Haarreif und der Brille, die ihre freundlichen Augen vergrößerte, sah sie sehr mütterlich aus, und sie roch nach Selbstgebackenem und Eau de Cologne. »Ah, Katie«, sagte sie freundlich. »Willkommen! Wie geht es Ihnen, Herzchen?« Sie unternahm einen schwachen Versuch, uns einen Pfad durch den riesigen Stapel aus Gummi- und Reitstiefeln zu bahnen, der die Haustür so gut wie blockierte.

»Kate«, korrigierte ich sie lächelnd. »Und mir geht's gut, danke, Sandra. Wie geht es Ihnen?«

»Ich liebe Ihren Akzent!« Ihr Kichern war anscheinend die Antwort auf meine Frage. »Kommen Sie mit durch. Mark und Maria haben eine kleine Meinungsverschiedenheit über irgendetwas, aber sie werden sich freuen, Sie zu sehen. Dirk?«, wandte sie sich an einen Labrador, der in einem Gästeklo lag und einen quietschenden Spielzeug-Brokkoli im Maul hatte. »Dirk, möchtest du nachher mit mir nach Wootton gehen? Ich brauche Briefmarken …«

Dirk biss in den Brokkoli, dass es laut quietschte, und Sandra winkte mich in ein altmodisches Esszimmer mit hohen Fenstern hinein, die auf eine schon länger nicht mehr gepflegte Rasenfläche hinausgingen. Außer einem Tisch und einem Foto von Mark beim Springreiten, das in einem schäbigen Rahmen steckte, gab es in dem Zimmer nicht viel – wenn man von den verblassten Flecken auf den holzvertäfelten Wänden absah, wo vielleicht einmal riesige Ahnenporträts gehangen hatten. Ansonsten gab es noch vier Stühle, die sich am gegenüberliegenden Ende des Tisches zusammendrängten, und über dem

Raum lag eine Atmosphäre von leiser Schwermut, die einen starken Kontrast zu unseren fröhlichen Unterkünften auf der anderen Seite des Hofes bildete.

In einer Ecke des Zimmers stand ein Spielhaus aus Plastik, aus dem eine Kinderstimme rief: »WO BLEIBT DAS STEAK? WO BLEIBT DAS VERDAMMTE STEAK, DAVE? ICH HAB HIER DREI OFFENE BESTELLUNGEN, DAVE!«

»Ana Luisa!«, keifte eine dunkelhaarige Frau, die mit Mark und einem Berg von Papieren am Tisch saß.

»Hör auf, zu fluchen, Schatz«, fügte Mark hinzu.

Maria hatte einen sehr exotischen Akzent. Spanisch vielleicht. Sie war eine feurige südamerikanische Schönheit, und das Haar fiel ihr in dramatischen Wellen über die schlanken Schultern. Sie trug eine Lederhose, einen wahnsinnig teuer aussehenden schwarzen Rollkragenpullover und eine Rolex. Ich hatte immer gedacht, so was hätten die Leute nur in Filmen an.

Ana Luisa in ihrem Spielhaus verstummte. Dann fuhr sie fort: »Du und Dad, wollt ihr jetzt euer verdammtes Steak oder nicht?«

Für einen kurzen Moment erhellte der Ansatz eines Lächelns Mark Waverleys Gesicht. »Also, wirklich«, setzte er an.

»ES REICHT!«, schrie die Frau am Tisch. »Geh nach oben in deine Ssimmer! Unsere Bestellung ist gestrichen!«

Es folgte ein Wettstreit, wer lauter schreien konnte, in dessen Verlauf ein dunkelhaariges, etwa sechsjähriges kleines Mädchen laut polternd aus dem Spielhaus gestürmt kam, mit der Faust dagegenschlug und dann – fluchend über seine Mutter – aus dem Zimmer stampfte.

»Hallo«, begrüßte mich Mark. Sein Haar war ganz platt gedrückt von der Reitkappe, die er den ganzen Morgen getragen hatte. »Meine Tochter wollte uns heute das Mittagessen von ihrem Spielhaus aus servieren, aber wie es scheint, hat ihr imaginärer Sous-Chef, Dave, ein bisschen zu lange für die Steaks gebraucht.« Wieder lächelte er halb, und obwohl es nur eine Sekunde dauerte, fühlte ich mich etwas weniger nervös. »Sie guckt zu viel Gordon Ramsay«, ergänzte Mark.

»Sie ist wahnsinnig«, bemerkte Maria mürrisch. »Aber das passiert, wenn Kinder werden vernachlässigt, *no*? Maria Waverley«, schnurrte sie, stand auf und legte ihre schlaffe Hand in meine, als wäre sie die Queen. Sie hatte etwas Beeindruckendes und zugleich Furchteinflößendes an sich.

»Kate Brady!«, erwiderte ich strahlend. Die fröhliche Dublinerin zu spielen war meine beste und einzige Option. »Ich bin die neue Stallpraktikantin. Schön, Sie kennenzulernen.«

Maria musterte mich von oben bis unten, beschloss dann, dass ich keinerlei Bedrohung – welcher Art auch immer – für ihre Ehe darstellte, und setzte sich wieder neben Mark. »Wir haben eine Streit«, verkündete sie. »Weil meine Mann, er versteht nichts von die Geschäft. Kate, er hat gekauft eine Pferdetransporter, den er nur kann bessahlen, wenn er gewinnt jede Jahr Badminton und Burghley, in die gansse nächste Jahrtausend! Haha!«

»Haha?«, echote ich.

»Maria«, sagte Mark müde. »Welchen Teil von ›Ich habe zum ersten Mal seit Jahren einen Sponsor‹ verstehst du nicht?«

»Welche Teil von ›Ja, aber deine Sponsor ssahlen dir nicht genug, um ssu kaufen diese Transporter‹ verstehst *du* nicht, Liebling?«

Mark schob den Stapel Papier auf die Seite und bedeutete mir, mich zu setzen. »Mum?« rief er. »Gibt es was zum Mittagessen?«

»Natürlich, Schatz«, antwortete Sandra und kam mit einer großen Suppenschüssel und einem Brett mit Brot herein. Mir kam der Verdacht, dass sie sich die ganze Zeit hinter der Küchentür versteckt und darauf gewartet hatte, dass sie gerufen wurde. Das hier war einer der seltsamsten Orte, an denen ich je gewesen war.

Die Suppe roch wie Blumenkohlauflauf, und dazu gab es ein rundes, ofenfrisches Brot.

»Mmh, dieses Brot duftet, als wäre es von Gott persönlich gebacken worden«, rief ich in die Stille hinein. »Das könnte ich komplett allein aufessen!«

Mark starrte mich an und fragte sich wahrscheinlich, ob ich nicht mehr alle Tassen im Schrank hatte.

»Das glaube ich, mi amor«, bemerkte Maria zuckersüß, den Blick auf meinen Bauch gerichtet.

»Haben Sie Ihren Lebenslauf dabei?«, fragte Mark, ohne seine Frau zu beachten. Die beiden schienen viel Zeit damit zu verbringen, sich gegenseitig zu ignorieren. »Und ich sollte Ihnen wahrscheinlich sagen, dass ich meine Mutter nicht darum gebeten hatte, an meiner Stelle ein Bewerbungsgespräch zu führen. Leider hat uns jemand aus dem Team verlassen, während ich auf dem Festland war und einigen Nachwuchsreitern die Prüfung abgenommen habe, und Mum hat es selbst in die Hand genommen, das entstandene Personalproblem zu lösen.«

»Ihre Mum und ich haben uns sehr gut unterhalten«, mühte ich mich ab. »Sie war so nett!«

Maria grunzte. »Ich kann mir vorstellen: Sandras Fähigkeiten, zu fuhren eine Bewerbungsgespräch, sind bestimmt noch schlechter als deine, Liebling.« Sie schenkte Mark ein säuerliches Lächeln, als hätte sie gerade in eine Zitrone gebissen.

Das war ja wie in einer Sitcom! Dass es denen nicht peinlich war, sich so aufzuführen. Ich fand sie beide furchtbar und war noch nie zwei so unglaublichen Arschlöchern begegnet.

Innerlich den Kopf schüttelnd nahm ich einen Löffel von der heißen, käsigen Suppe.

Mark wandte sich jetzt wieder mir zu. »Also, wie ich gerade schon sagte ...«

»Bitte mailen Sie mir Ihre Lebenslauf, *querida*«, unterbrach Maria ihn brüsk. »Fur unsere Akten.«

Mark atmete tief ein. »Bitte mailen Sie *mir* Ihren Lebenslauf«, forderte er mich auf. »In der Zwischenzeit können Sie mir ja etwas über Ihre Berufserfahrung erzählen.«

»Na ja«, setzte ich an. »Ich hab zum ersten Mal mit drei Jahren auf einem Pony gesessen, und seitdem hab ich ...«

»Sie sehen nicht aus wie eine Reiterin!«, befand Maria lächelnd und starrte demonstrativ auf meine großen Brüste.

Ich errötete.

»Sie sagten gerade ...« Mark warf einen Blick auf seine Armbanduhr.

»Ich sagte gerade, dass ich mit drei Jahren zum ersten Mal auf einem Pony gesessen hab und am Strand entlanggaloppiert bin. Das war der schönste Moment meines Lebens. Ich hab meine gesamte Kindheit mit Reiten verbracht, und als ich nach Dublin gezogen bin, hab ich ein Pferd draußen in Bray untergestellt.«

»Waren Sie im Pony Club?«, fragte Mark.

»Ja!«

»Haben Sie Ihre B-Prüfung abgelegt?«

Ich erstarrte. *Habe ich?* B klang nicht gut genug für Mark Waverleys Reitstall. »Ich hab sogar die A-Prüfung gemacht.«

»Tatsächlich?«

»Ja. Ich, äh ...«

»IHR KÖNNT MICH ALLE MAL!«, schrie eine Kinderstimme aus dem Flur. Ana Luisa trug einen kleinen, mit Strasssteinen übersäten Rucksack auf den Schultern und war auf dem Weg nach draußen. Mit einem Stilbewusstsein, das ich nie haben würde, hatte sie für ihre Abreise ein seidenes Kopftuch und eine riesige Sonnenbrille ausgewählt. Sie glühte richtiggehend vor Zorn – eine Mini-Bombe auf zwei Beinen. »IHR KÖNNT MICH ALLE! ICH GEHE!«

»Viel Gluck«, rief Maria. Mark wollte ihr nachgehen, aber Maria packte ihn mit ihrer manikürten Hand am Arm und fesselte ihn damit wieder an den Tisch und an ihre Diskussion. *Oh Mann, geh und halt sie auf*, dachte ich traurig. *Nimm das süße kleine Mädchen in den Arm.*

»Becca wird sich kummern um sie«, sagte Maria, als sie meinen Gesichtsausdruck bemerkte. »Ana Luisa macht das ständig. Tupische Verhalten fur ein Kind, das wird vernachlässigt von seine Workaholic-Vater, *no*?«

Mark drehte sich wieder zu mir um. An seiner Schläfe pochte eine Ader. »Hat meine Mutter Ihnen gesagt, dass Sie eine Probezeit haben?«

Sandra, die am anderen Ende des Tisches ihre Suppe aß, hielt sich die Hände vor den Mund. »Oh, das habe ich ganz vergessen.«

»Genau deshalb möchte ich dich bitten, das Einstellen von Personal in Zukunft mir zu überlassen, Mum«, wies Mark sie scharf zurecht. Falls seine Worte Sandra verletzt hatten, zeigte sie es nicht.

»Sie haben einen Monat Probezeit«, teilte er mir mit. »Aber das heißt leider nicht, dass Sie auch garantiert einen Monat bleiben dürfen. Ich habe weder Millionen noch einen hochmodernen Reitstall wie alle anderen im Championatskader, und das bedeutet, ich muss bei der Entscheidung, wen ich einstelle, doppelt so pingelig sein.« Ich machte mir eine gedankliche Notiz, herauszufinden, was dieses Championatsdings war. »In meinem Stall gibt es also keinen Platz für Irrtümer. Jeder kleinste Fehler kann uns empfindlichen Schaden zufügen.«

Zum ersten Mal starrte er mir direkt in die Augen, als sollte ich unter seinem Blick verdorren und sterben – was mir mehr als recht gewesen wäre.

Doch anstatt tot umzufallen, lächelte ich. »Natürlich, Käpt'n! Ich werde Sie nicht enttäuschen.«

Mark wandte die dunkelblauen Augen ab, als könnte er meinen Anblick nicht ertragen.

»Also, Kate«, schnurrte Maria, »warum haben Sie sich ausgesucht Marks Reitstall ssum Arbeiten?«

»Na ja, wissen Sie, Maria, Pferde sind meine Leidenschaft«, antwortete ich allen Ernstes. »Ich habe eine sehr erfolgreiche Karriere bei Google in Dublin aufgegeben, um in der Vielseitigkeitsbranche neu anzufangen. Aber ich habe ein Abkommen mit mir selbst geschlossen: Wenn ich es tue, dann nur bei den Allerbesten.« Ich warf Mark einen flüchtigen Blick zu. »Und hier bin ich, bei dem besten Vielseitigkeitsreiter des Landes!«

Einen kurzen Augenblick lang trat Stille ein, die schließlich von Maria durch ein unschönes Auflachen beendet wurde. »Jesus«, sagte sie prustend und sprach das Wort auf südamerikanische Weise aus. *Chesús.* Das kam mir noch abfälliger vor als das gute alte »Jesses«. »Sie sind alle gleich.« Mit diesem Kommentar stand sie auf und verließ das Zimmer. Kurze Zeit später hörte ich sie nach ihrer Tochter rufen.

Eigentlich wartete ich darauf, dass Mark sich entschuldigen würde, um das Verhalten seiner Frau irgendwie wiedergutzumachen, aber er sagte keinen Ton.

»Ich hab das ernst gemeint«, mühte ich mich verzweifelt ab. »Es ist wirklich eine Ehre, für Sie zu arbeiten. Den Allerbesten von dem ganzen Haufen, Sie wissen schon. Haha.«

»Kate. Sie heißen doch Kate, oder?«

Ich nickte.

»Kate. Die meisten Vielseitigkeitsreiter genießen es, wenn man ihnen in den Arsch kriecht. Die Branche ist voll von sich besaufenden, egozentrischen Bescheuerten, die ihre Pferde dopen, sich hinter teurer Ausrüstung und Make-up verstecken und sich bei jedem Turnier im Champagnerzelt fotografieren lassen. Die freuen sich sehr über Schleimereien.«

Innerlich schrumpfte ich vor Scham zusammen. Ich konnte spüren, wie Sandra rechts neben mir stumm ihren Sohn anflehte, Erbarmen mit mir zu haben. »Klingt nach einem Haufen Blödmänner«, war mein lahmer Versuch einer Antwort.

»Ich bin keiner von denen, Kate. Ich steuere hier ein ziemlich schwerfälliges Schiff. Ich habe keine Zeit, auf Partys zu posieren und mir von anderen sagen zu lassen, wie toll ich bin. Wenn Sie so was wollen, dann arbeiten Sie besser bei Caroline Lexington-Morley. Wonach ich suche – und bitte seien Sie sich dessen bewusst –, sind die aufmerksamsten, sorgfältigsten, unermüdlichsten Pferdepfleger der Branche. Ohne solche Leute habe ich nämlich keine Chance, zu gewinnen.«

»Klar, natürlich«, entgegnete ich lächelnd, mit einem verbindlichen und bestätigenden Gesichtsausdruck. Ich mochte keine Leute, die unbedingt gewinnen wollten.

»Mein Personal muss meine Pferde mehr lieben als mich, denn *sie* sind die wichtigsten Leute hier. Ich will, dass sie respektiert, geliebt und umsorgt werden, aber nie verhätschelt. Für *sie* stehen Sie morgens um sechs Uhr auf, nicht für mich.«

»Verstanden.« Es gefiel mir, dass er seine Pferde als Leute bezeichnete. Davon abgesehen gefiel mir allerdings gar nichts von dem, was ich gerade gehört hatte. »Also, zuerst die Pferde, dann Sie und ganz zum Schluss ich. Ich denke, damit kann ich arbeiten.«

Mark lachte nicht.

»Erzählen Sie uns doch von Ihren Ponys, Liebes«, bat Sandra freundlich und schob sich die grauen Strähnen ihres Bobs hinters Ohr. Sandra und die Hunde waren das einzig Nette an diesem Mittagessen. Dirk, der Labrador, hockte auf ihrer einen Seite und ein gewaltiger grauer Irischer Wolfshund auf der anderen.

»Ich hatte ein Pony namens, äh, Frog?«, dachte ich mir aus.

Sandras Augen leuchteten auf. »Oh, was für ein schöner Name!«, rief sie. »Frog! Hast du gehört, Mark? Das ist fast so gut wie Stumpy!«

Mark, der sich gerade einen mit Pferdehaaren übersäten Fleecepullover anzog, reagierte nicht.

»Und wie alt waren Sie, als Sie Frog bekommen haben?«, wollte Sandra wissen.

»Vier.« Ich versuchte, mich an das zu erinnern, was Becca mir über die Größe von Pferden erzählt hatte. »Er war, äh, eins sechsundfünfzig hoch.«

Marks Blick war wieder zu mir geschwenkt. Irgendetwas ging hier vor sich, das ich nicht genau bestimmen konnte. »Zeit, wieder an die Arbeit zu gehen«, erklärte er. »Da sie zu spät gekommen sind, werden wir dieses Gespräch später fortsetzen müssen. Bitte sorgen Sie dafür, dass Sie in Zukunft pünktlich sind.«

Schweigend und traurig sagte ich meiner Suppe Adieu.

»Dann gehe ich mal weiter Scheiße wegschaufeln!«, verkündete ich strahlend. Ich war Kate Brady. Ich würde mich nicht unterkriegen lassen.

In der Tür hielt Mark inne. »Mailen Sie mir Ihren Lebenslauf«, erinnerte er mich. Und genau in dem Moment, als ich beschloss, dass er einer der unfreundlichsten Menschen war, die mir je begegnet waren, lächelte er.

Seine Tochter kam hereingestürmt, warf sich in seine Arme und erzählte ihm, wie sehr sie ihre Mutter hasste. Mark hob sie hoch und trug sie huckepack hinaus auf den Hof. Und wenn ich mich nicht komplett verhört hatte, sagte er zu ihr, dass er ganz ihrer Meinung sei.

Sandra und ich blickten uns an. Ich hatte das Gefühl, als hätten wir beide eine Menge zu sagen, aber keiner von uns sprach es aus. Sie stellte das Geschirr zusammen, murmelte heiter vor sich hin, sie müsse in die Stadt fahren, und verließ das Zimmer. Die Hunde tapsten hinter ihr her. »Das ist Woody«, sagte sie noch und zeigte auf den Irischen Wolfshund.

Und dann war ich ganz allein. Einen kurzen Moment lang schloss ich die Augen, und obwohl sich gerade alles so unangenehm neu anfühlte, versuchte ich, mir in Erinnerung zu rufen, dass es nicht anders zu erwarten gewesen war. Die merkwürdigen Arbeitgeber, die seltsame Atmosphäre: Am Anfang fühlte es sich nie richtig an.

Alles ist gut, sagte ich mir im Stillen. *Wirklich. Mach einfach nur immer einen Schritt nach dem anderen, und eh du dich's versiehst, ist es Abendessenszeit. Du machst das ganz toll!*

Ich war mir nicht sicher, ob ich mir das glaubte, aber ich stand trotzdem auf und zog mir Beccas Ersatzpaar Noppenhandschuhe über die bereits mit Blasen übersäten Hände. »Packen wir's an«, sagte ich in den leeren Raum hinein. »Packen wir's an, verdammt noch mal. Oh Gott.«

Kapitel 4

Kate

»Was zum Geier haben Mark und Maria eigentlich für ein Problem miteinander?«, fragte ich Becca. Wir näherten uns dem Ende meines ersten Arbeitstages, und die Abenddämmerung streckte ihre langen, kalten Finger über den Hof. Unser Atem, der den ganzen Tag in feuchten kleinen Wölkchen vor unseren Mündern gestanden hatte, verdichtete sich nun zu weißen Schwaden. Becca zeigte mir, wie viel Heulage jedes Pferd bekam. Das war eine süß riechende, etwas feuchte Heuvariante, deren Zweck Becca mir zwar erläutert hatte, den ich allerdings prompt wieder vergessen hatte.

»Ach, Süße, frag mich nicht nach Mark und Maria!«, murmelte Becca, während sie einen Ballen Heulage in eine Schubkarre lud. »Die zwei sind total bekloppt. Haben sie sich angeschrien?«

»Hauptsächlich angezischt. Ihre Tochter hat allerdings ziemlich viel geschrien. Die ist echt krass!«

Becca grinste. »Ich liebe diesen kleinen Teufel«, sagte sie, und ihre Stimme klang auf einmal ganz zärtlich. »Sie weiß besser über sich Bescheid, als das einer von ihren furchtbaren Eltern je bei sich selbst hinkriegen würde.«

Nachdenklich nickte ich. Ana Luisas Sprache mochte für eine Sechsjährige ungewöhnlich heftig sein, aber sie war die Einzige in dem Zimmer gewesen, die ihren Gefühlen Ausdruck verliehen hatte. Ihre Mutter war ganz zerfressen von ihrer passiven Aggression gewesen und ihr Vater zur Salzsäule erstarrt, während Sandra und ich nur zusammengekauert dagehockt hatten wie zwei Labradore.

»Maria hat sie abgekanzelt, und dann hat sie versucht, von zu Hause abzuhauen.«

Becca kicherte leise. »Klar. Wie immer.«

»Oh! Echt?«

Ein undefinierbarer Ausdruck huschte über Beccas Gesicht. »Mhm. Aber wir finden sie immer wieder.«

»Wo geht sie denn hin?«

»Meistens in mein Zimmer.«

»Wie seltsam! Aber jetzt, wo du's sagst: Maria meinte, du würdest sie finden. Wie kommt das?«

Becca schien die Fragerei nicht zu behagen. »Weiß nicht.«

Ich beließ es dabei. Schließlich hatte ich genügend Leichen in meinem eigenen Keller, und davon abgesehen hatten wir die erste Box erreicht, über deren Tür sich ein hübscher kastanienbrauner Kopf reckte. Dessen Besitzer schien sich sehr über die Heulage zu freuen, die ich mitbrachte. »Kangaroo« stand auf seinem Namensschild.

Nervös lächelte ich, freute mich aber auch gleichzeitig, endlich einem Pferd gegenüberzustehen. Ich war zwar den ganzen Tag von Pferden umgeben gewesen, die gestriegelt, geritten und gefüttert worden waren – und von denen einige, sehr zu Tiggys Entsetzen, wie ein Haufen Verrückter in den Paddocks über den steinhart gefrorenen Boden galoppiert waren oder Bocksprünge veranstaltet hatten –, aber kennengelernt hatte ich noch kein einziges.

Als ich jetzt allerdings dieses herrliche Tier betrachtete, zögerte ich. Nicht nur, dass es gigantisch groß war. Mir wurde auch klar, dass ich nicht den blassesten Schimmer hatte, wie ich mich ihm nähern oder was ich zu ihm sagen sollte. Nicht mal, wie ich ihm Heu geben sollte. »Äh, hi, Kangaroo!«, begann ich unsicher und streckte meine freie Hand in Richtung seines Gesichts aus. Kangaroo schwang den Kopf zurück in seine Box.

»Oh«, machte ich und lachte, um meine Enttäuschung zu verbergen. »Kangaroo mag mich nicht.«

Becca lächelte. »Komm mal her, Süßer«, gurrte sie leise und streckte ihre eigene Hand aus. Irgendwann kam Kangaroo herüber und schnüffelte mit seiner hübschen weichen Nase daran, die ich am liebsten geküsst hätte.

»Sie spüren, wenn jemand nervös ist«, erklärte Becca. »Sie nehmen alles wahr. Entspann dich einfach, Süße, er ist 'n ganz Lieber.«

In letzter Zeit hatte ich mich eher selten entspannt, aber ich versuchte trotzdem, meinen Körper etwas zu lockern, und konzentrierte mich nur auf das wunderschöne Pferd vor mir. Er war die reinste Augenweide. Glatt, muskulös, perfekt gestriegelt und behaglich eingehüllt in eine schicke rote Stalldecke mit Marks Initialen in der Ecke.

»Hi«, begrüßte ich ihn. »Hi, Kangaroo.«

Obwohl er immer noch nicht so ganz von mir überzeugt schien, fraß Kangaroo mir schließlich einige Büschel Heulage aus der Hand. Dann gingen wir weiter zur nächsten Box mit dem Schild »Stumpy«. Der war gerade draußen und wurde von Mark longiert, daher füllte ich nur unter Beccas Aufsicht seine Heuraufe auf.

Was für wunderschöne Name, dachte ich, als ich seine Boxentür hinter mir schloss. Kangaroo und Stumpy. Irgendwo gab es noch einen Harold und einen Alfie. Und noch diverse andere, deren Namen ich mir nicht merken konnte, doch sie waren alle gut. Nicht so ein Schwachsinn wie »Sugar« oder »Neptune«. Ich fragte mich, wer ihnen so süße Namen gegeben hatte. Sicherlich nicht Mark.

»Haben sie sich denn dauernd in den Haaren?«, fragte ich, während wir uns weiter vorarbeiteten. »Mark und Maria?«

Becca nickte. »Manchmal frage ich mich, ob wir hier in 'nem verdammten Militärlager sind und nicht in Somerset. Das Problem ist, seine besten Pferde gehören ihr, also kann er ihr nicht einfach sagen, sie soll sich verpissen.«

Ich stellte die Schubkarre ab. »Ihr gehören seine Pferde? Ernsthaft? Warum gehören sie nicht ihm?«

Becca schälte etwas Heulage vom Haufen ab und brachte sie in eine Box, auf der »Steve« stand. Der schnappte sich einen Bissen voll und ließ dann die Hälfte davon auf Beccas Kopf fallen. Lachend rieb sie ihm über den Nasenrücken. »Danke, Steve«, sagte sie. »Ein Pferd, das bei einem Vier-Sterne-Turnier antreten kann – höher geht's nicht –, kostet um die zweihunderttausend«, erklärte sie. »Deshalb gehören selbst den reichsten Reitern nicht alle ihre Pferde. Zara Phillips eingeschlossen, Süße. Das große Geld haben bei diesem Spiel nur die Eigentümer.«

Zweihunderttausend!

»Marks Pferde gehören allen möglichen Leuten, aber seine fünf besten – einschließlich Stumpy, sein Spitzenpferd – gehören Maria. Oder, genauer gesagt, Marias Dad. Aber sie hat das Sagen. Daddy unterschreibt nur die Schecks und stolziert bei den Turnieren in den Eigentümer-Zelten herum.«

»Gott.« Ich reichte Becca noch mehr Heulage. »Dann führen die beiden also eine Zweckehe?«

Beccas Gesichtsausdruck verfinsterte sich. »Eine Zeit lang waren sie mal ineinander verliebt«, antwortete sie düster, »aber dann haben sie festgestellt, dass sie beide Arschlöcher sind. Maria wollte allerdings weiterhin von Marks Erfolg profitieren, und Mark ist auf Marias Vermögen angewiesen. Die Situation ist echt heftig, Süße, und ich sag das nicht nur so. Sich mit den beiden einen Transporter zu teilen, ist schlimmer als der Tod.« Sie rückte eine Reihe von Schaufeln und Mistgabeln gerade.

»Genau darüber haben sie sich beim Mittagessen gestritten«, erzählte ich, während wir weitermachten. »Den Pferdetransporter.«

»Das ist keine Überraschung. Der hat ihn auch dreihundertsiebzigtausend gekostet.«

»Dreihundert…WAS?« Ehrfürchtig starrte ich hinüber zu dem riesigen silbernen Truck. »MARK WAVERLEY, TEAM GBR« stand auf der Seite. Von dem Geld hätte ich mir ein ganzes Herrenhaus kaufen können!

»Der Wohnbereich ist wie ein Palast«, fügte Becca hinzu. »Schlafplätze für acht Leute, Flachbildfernseher, Kleiderschränke und Fußbodenheizung. Es gibt sogar ein Klo und 'ne Dusche!«

»Wow«, stieß ich hervor. »Er sollte *da* einziehen. Sein Haus ist so runtergekommen und traurig.«

»Die Waverleys hatten mal Geld – du siehst ja, wie groß das hier alles ist –, aber als Marks Vater gestorben ist, hat er ihnen 'nen Haufen Schulden hinterlassen, und sie mussten fast alles verkaufen, um sich über Wasser zu halten. Ist alles 'n bisschen *Downton-Abbey*-mäßig, Süße.«

Ich drehte mich zu dem gigantischen Koloss von einem Pferdetransporter um. »Also, wenn ihr zu Turnieren fahrt, schlaft ihr alle da drin?«

»Klar.« Becca signalisierte mir, ihr noch mehr Heulage hinüberzuwerfen.

»Mark und Maria auch?«

Becca stoppte neben der Schubkarre. »Wieso interessierst du dich so für die beiden?«, wollte sie wissen.

»Äh … nur die Faszination des Grauens.« Ich zog mir die Mütze über die Ohren, da ein beißender Wind über den Hof fegte. »Meine Eltern sind immer noch so glücklich miteinander, dass ich es komisch finde, wenn ich Paare sehe, die sich hassen. Ich meine, warum sind sie dann zusammen?«

»GALWAY!« Joe kam uns entgegen, auf einem großen schwitzenden Pferd, das zur Seite tänzelte und auf seinem Gebissstück herumkaute. Gelassen saß Joe auf dem Rücken des Tiers und grinste zu mir herunter. »Kuscheln wir nachher ein bisschen?«

»Nein, tun wir nicht«, teilte ich ihm fröhlich mit.

»Ach, Galway! Komm schon!«

Ich nahm mir etwas Heulage und brachte sie in die nächste leere Box. »Ich hab kein Interesse an Sex mit dir«, erklärte ich Joe, der sich vom Pferd geschwungen hatte und den Sattelgurt löste.

»Kannst du ihn abschwammen?«, fragte er Becca. »Ich muss noch mit diesem Kindskopf Harold ausreiten, bevor es so richtig dunkel ist.«

»Kannst du das bitte grad selbst machen, Süßer?«, entgegnete Becca. »Ich bin immer noch dabei, Kate zu zeigen, wie das alles hier funktioniert.«

Joe zog einen Schmollmund. »*Ich* will Kate zeigen, wie das alles hier funktioniert. Wie *ich* funktioniere. Ich will sie zärtlich lieben und die ganze Nacht in meinen Armen halten. Und morgen früh will ich ihr Cornflakes und 'ne Tasse Tee ans Bett bringen.«

Becca hob einen Besen auf und ließ ihn drohend durch die Luft sausen. »Wenn du oder dein notgeiler Pimmel sich diesem Mädel hier nähert, haue ich dich um. Und jetzt verpiss dich.«

»Sie steht auf dich, Galway.« Joe zwinkerte mir zu und führte das Pferd davon.

»Okay, welche Farbe hat das Pferd, das Joe da hat?«, fragte ich, während er davonging. »Würdest du das als getigert bezeichnen?«

Becca, die knallrot angelaufen war, brach in schallendes Gelächter aus. »Das ist ein Rotschimmel, Süße«, berichtigte sie mich. »Wobei mir ›getigert‹ besser gefällt!«

Wir waren gerade dabei, die Schubkarre erneut mit Heulage vollzuladen, als Mark in den Hof kam und neben sich an einem Strick das schönste Pferd führte, das ich je gesehen hatte. Es war derselbe Hengst wie auf dem Foto im Esszimmer: strahlend weiß – abgesehen von dem dunkelgrauen Schmutz, der seine Beine hinaufkroch, weil er draußen auf dem Trainingsplatz gewesen war –, mit hübschen abgerundeten Ohren, die wie kleine Satellitenschüsseln aussahen. Sein liebes, offenes Gesicht wurde von einer unheimlich weich aussehenden weißen Mähne und Stirnfransen eingerahmt. Begeistert starrte er auf unsere Schubkarre voller Heu. »Hü-hü-hü«, wieherte er, und ich verliebte mich auf der Stelle in ihn. »Stumpy muss mehr longiert werden«, sagte Mark an Becca gewandt. »Er fällt ständig auf die innere Schulter. Hier«, wandte er sich an mich. »Schwammen Sie ihn ab und geben ihm dann seine Waffeldecke?«

Seine was?

Er hielt mir den langen Führstrick hin und drehte sich wieder zu Becca um, die versuchte, ihn in ein Gespräch zu verwickeln, während sie ein Auge auf mich hatte. »Ich werde Tigs sagen, sie soll mehr Longieren in den Trainingsplan einbauen.«

»Also, Tiggy hat gesagt, sie hätte *dir* diese Aufgabe übertragen«, entgegnete Mark barsch und ging davon, während Becca nervös neben ihm hertrabte. »Ich will das jetzt sofort klären. Ist sie in der Sattelkammer?«

Ich fummelte an dem Führstrick herum und blickte hoch zu dem großen, kraftvollen Tier – einem Meisterwerk der Natur. Stumpy betrachtete mich und drehte dabei eins seiner ulkigen dicken Ohren nach hinten. Er schien nicht mehr annähernd so glücklich zu sein wie noch vor zehn Sekunden bei Mark. »Dann komm mal mit«, raunte ich nervös und bewegte mich auf den Waschplatz zu, den Joe gerade verließ.

Stumpy hinter mir rührte sich nicht. Voller Angst, Mark könnte sich umdrehen und uns sehen, zog ich ein bisschen fester an dem Strick. »Bitte, Stumpy«, flüsterte ich. »Komm mit.«

Stumpy schwang beide Ohren nach hinten und weigerte sich, auch nur einen Schritt zu tun. Man musste nicht viel von Pferden verstehen, um zu wissen, dass das eine ziemlich schlechte Ausgangssituation war.

Becca, die alles mit angesehen hatte, stieß Mark geradezu in die Sattelkammer.

Ein letztes Mal zog ich an dem Strick, doch wenn Stumpy überhaupt etwas tat, dann lehnte er sich zurück. Verzweifelt ging ich wieder zu ihm und stellte mich neben seine Schulter. »Bitte sag mir, was ich falsch mache.« In der Hoffnung, dass es helfen würde, streichelte ich ihn am Hals. Direkt unterhalb seiner Mähne hatte er einen seltsamen Haarwirbel, der aussah wie ein kleiner Hurrikan. Ich strich mit den Fingern darüber. Plötzlich drehte Stumpy den Kopf zu mir. Er betrachtete mich mit einem seiner großen freundlichen Augen, das von langen Wimpern gesäumt war, und beschnupperte mich ausgiebig. *Was ist denn mit dir los, du komischer Vogel?*, schien er zu fragen.

Mir fiel ein, was Becca mir erklärt hatte – dass Pferde wahrnehmen können, in welcher seelischen Verfassung wir uns befinden. »Na, komm!«, sagte ich fröhlich. »Komm, alter Junge!«

Ich zog an dem Strick, doch anstatt sich zu bewegen, blickte Stumpy mich nur weiter an und schnupperte behutsam an mir.

Selbstsicher zu klingen, würde nicht reichen. Das Pferd wusste, dass ich nicht ruhig war.

Ich holte tief Luft und schloss die Augen, während ich weiterhin über Stumpys warmen, glatten Hals strich. Ich konnte seine Muskeln unter meinen Händen fühlen und nahm den süßen, beruhigenden Geruch nach Pferd wahr. *Entspann dich*, sagte ich mir im Stillen.

Nichts passierte.

Entspann dich, wiederholte ich.

Plötzlich landete etwas Warmes, Schweres auf meiner Schulter, und ich öffnete die Augen. Stumpy hatte sein weiches, samtiges Maul auf mir abgelegt, als wäre es die natürlichste Sache der Welt. Durch meine Jacke hindurch konnte ich seinen warm dampfenden Atem spüren, und plötzlich entspannte sich mein Körper – einfach so, ohne weitere Anstrengung. Zum ersten Mal seit Monaten.

»Danke«, sagte ich leise und streichelte Stumpys dunkelgraue Nasenspitze, die sich unter meiner Hand hin und her bewegte wie ein lustiger kleiner Hamster. Ohne Vorwarnung gab ich ihm ein Küsschen. Und dann gingen wir seelenruhig zum Waschplatz hinüber: Ich blieb an Stumpys Schulter, und wie ein freundlicher Riese trottete er neben mir her. Ein Gefühl von Erfolg und totaler Freude durchströmte mich. Was für ein lieber Kerl Stumpy war. Ich empfand tiefe Dankbarkeit dafür, dass ich jetzt hier war und mich um ihn kümmern durfte, und nicht in meinem alten Leben, wo ich so viel Angst gehabt und mich so machtlos gefühlt hatte.

»Danke«, raunte ich erneut. »Danke, du wunderschöner Kerl.«

Erst als wir den Waschplatz erreicht hatten, bemerkte ich,

dass Mark die ganze Zeit schweigend auf der anderen Seite des Pferdes mitgelaufen war.

»Sie haben sein Halfter vergessen«, bemerkte er knapp, zog das komplizierte Longierhalfter herunter, das Stumpy umhatte, und ersetzte es durch eine simplere Variante. Mit einer Handbewegung, die höchstens zwei Sekunden dauerte, band er Stumpy an einem Stück Bindegarn fest, das an einem Ring von der Wand hing.

»Guter Junge«, murmelte er sanft und kraulte das Pferd zwischen den Ohren. »Das hast du ganz toll gemacht.« Als hätte er Stumpy unter Drogen gesetzt, senkte das Tier den Kopf auf Höhe von Marks Bauch. »Du Frechdachs.« Mark grinste und war plötzlich ganz menschlich. Mit einem wunderschönen Lächeln im Gesicht kraulte er Stumpy weiter am Kopf und streichelte mit der anderen Hand dessen abstehendes Ohr.

»Er ist mein Liebling«, erzählte er mir, während ich wie Falschgeld an Stumpys Schulter stand und verwundert diese vollkommen unerwartete Szene beobachtete. »Meine Achillesferse. Er stammt aus unserer eigenen Zucht, deshalb fühle ich mich ein bisschen so, als ob ich sein Vater wäre.«

»Er ist wunderschön«, sagte ich. »Absolut umwerfend.«

Mark war sichtlich erfreut. »Und was für ein toller Name!«, ergänzte ich.

Mark lächelte sein Pferd an, als würde er jeden Moment vor Stolz platzen. Diese intensive und völlig überraschende Liebesbekundung verursachte ein Prickeln in meinen Augen.

»Sein Turniername ist Distant Thunder.«

»Donnergrollen. Klingt wie ein Furz«, bemerkte ich grinsend. Marks Blick, der im verschwindenden Licht nun graublau aussah, fuhr zu mir herum. Sein Lächeln war verschwunden.

»Okay dann, du Kindskopf«, murmelte er und kraulte Stumpy ein letztes Mal. »Zeit, dich abzuschwammen.«

»Sie vertrauen Ihnen, wenn Sie ihnen vertrauen«, sagte er zu mir gewandt. »Und sie mögen es nicht, wenn sie über den Hof gezogen werden. Sie müssen neben ihnen hergehen.«

Stumm nickte ich und war entsetzt, dass er das alles mitbekommen hatte.

»Aber da Sie ja schon von Kindesbeinen an auf dem Pferd sitzen, wissen Sie das natürlich längst.« Auf einmal lächelte er wieder. »Nehmen Sie sich in Acht. Er mag Sie.«

Ich drehte mich um und stellte fest, dass Stumpy mich mit der Nase am Ellbogen berührte. Ohne darüber nachzudenken, streckte ich die Hand aus, um ihn zwischen den Ohren zu kraulen, genau wie Mark es getan hatte, und genau wie eben ließ Stumpy vergnügt den Kopf hängen und sandte seinen warmen Atem über meine kalten Beine. »Ich mag ihn auch«, gestand ich strahlend. »Er ist das schönste Pferd, das ich je gesehen hab. Hallo, Stumpy. Hallo, du Lieber.« Stumpy schob seinen Kopf noch näher an meine Beine heran und schloss halb die Augenlider.

Mark versuchte, sich ein Lächeln zu verkneifen, doch es gelang ihm nicht. »Ich liebe ihn«, erklärte er. »Wie verrückt. Es ist hoffnungslos.«

Dann schüttelte er den Kopf, als ob es ihn verblüffte, diese Worte aus seinem Mund kommen zu hören. Abrupt machte er auf dem Absatz kehrt und marschierte eilig auf das hintere Stallgebäude zu. »Schwammen Sie ihn ab«, rief er mir noch zu.

Ich blickte ihm nach, bis Stumpy mich in den Hintern stupste, weil er weiter gekrault werden wollte.

Nachdem ich an diesem Abend noch lange mit Becca Sättel und Zaumzeug geputzt hatte und sie mich währenddessen gezwungen hatte, den Namen von jedem einzelnen Stück Leder auswendig zu lernen, schleppte ich mich nach oben in mein

Zimmer und rief über Skype meine Familie an. Ich tischte ihnen eine Reihe von Lügen auf und hasste mich dafür.

Bevor ich ins Bett ging – und mir in einem für diese Jahreszeit wenig geeigneten Hemdchen einen abfror –, warf ich noch einen prüfenden Blick durch den Spalt zwischen meinen Vorhängen. Überrascht stellte ich fest, dass Mark Waverley in einen dicken Mantel gehüllt vor Stumpys Box stand und die Arme um den Hals seines Pferdes gelegt hatte. Fasziniert starrte ich zu ihm hinüber, zu dieser einsamen Gestalt, die von einer knisternden Aura aus Unbehagen umgeben war, und spürte einen Funken Neugier in mir aufkeimen. Stumpy versetzte Mark einen Stups mit seinem Maul, als wollte er ihn um ein Leckerli anbetteln. Tatsächlich steckte Mark die Hand in seine Manteltasche und gab Stumpy irgendetwas zu fressen, woraufhin das Pferd ihn erneut mit dem Maul anstupste und noch mehr haben wollte. Selbst aus dieser Entfernung konnte ich sehen, dass Mark lachte.

Ana Luisa kam nach draußen und stellte sich neben ihren Dad, der ihr einen Arm um die Schultern legte und sie fest an sich drückte. Stumpy streckte seine Nase in das Gesicht des kleinen Mädchens, und Ana Luisas quietschendes Lachen drang bis nach oben in mein Zimmer. Ich betrachtete diese seltsame kleine Familie dort unten und fühlte, wie meine Augen sich mit Tränen füllten, als ich an meine eigene Familie dachte. *Es tut mir so leid*, dachte ich und hoffte, dass sie mich irgendwie hören konnten. *Es tut mir so leid. Ich hab euch alle so lieb.*

Mark gab Stumpy einen Kuss auf die Nase, und genau in dem Moment, als ich mich abwandte, blickte er hoch zu meinem Fenster.

Kapitel 5

Annie

Einen Monat später

Als ich an meinem ersten Arbeitstag das Bürogebäude von FlintSpark betrat, beschloss ich, dass es hiermit offiziell war: Dies war der erste Tag vom Rest meines Lebens.

Zitternd vor lauter Aufregung und Nervosität stand ich in der imposanten Eingangshalle, durch die aus allen Richtungen Menschen strömten – Menschen, die trendige Klamotten trugen und Worte wie »programmatisch« und »Synergie« benutzten.

Mein Gott, schrieb ich in einer Nachricht an Kate, während ich darauf wartete, dass Stephens persönliche Assistentin nach unten kommen würde, um mich abzuholen. *Was hab ich getan?*

Kates WhatsApp zeigte an, dass sie seit Mitte März nicht mehr online gewesen war, und mittlerweile hatten wir den 15. April. Ich machte mir eine gedankliche Notiz, sie heute Abend anzurufen. Dass sie E-Mails ignorierte, war vollkommen normal. »Ich verbringe den ganzen Tag in diesem verdammten Internet«, sagte sie immer. »Also erwarte nicht, dass ich das auch noch in meiner Freizeit tue.« Dass sie allerdings auch ihr Handy schon so lange nicht mehr benutzt hatte, war ziemlich seltsam.

»Annie Mulholland!«

Ich schrak zusammen. An sich hatte ich Stephens Assistentin Tash erwartet, doch hier stand der Mann höchstpersönlich, in einem perfekt sitzenden Hemd und mit einem sonnengebräunten Teint, den er im März noch nicht gehabt hatte. Er lächelte sein Eine-Million-Watt-Lächeln, das ich im Laufe des letzten Monats irgendwie zwanghaft hatte googeln müssen. In natura war es allerdings umwerfender, als ein Internetfoto das je hätte rüberbringen können. *Dieser Mann*, dachte ich in meinem von Glücksgefühlen umnebelten Hirn, *sieht so was von gut aus.*

»Oh! Hi!«, quiekte ich.

»Kommen Sie und heilen Sie diese Firma. Und die Welt.« Strahlend gestikulierte Stephen in Richtung Sicherheitsschranken. »Genau wie Michael Jackson, nur dass Sie weder seltsam noch tot sind.« Er legte mir eine Hand auf den Rücken und führte mich durch die Menge hindurch. Viele Leute starrten ihn an, und diejenigen, die sich in seiner Hörweite befanden, verstärkten ihren Gebrauch von bescheuerten Medienwörtern noch. »Plattformen«, »sich abheben« und – was? – »low-hanging fruits«? Tief hängende Früchte? Ich verstand nur Bahnhof.

»Es ist wirklich schön, Sie hierzuhaben«, fuhr Stephen fort und beachtete die anderen gar nicht.

»Es ist schön, hier zu sein. Vielen Dank, dass Sie mich abholen. Ich hatte eigentlich Tash erwartet.«

»Sie ist meine Assistentin, nicht mein Dienstmädchen. Und außerdem wollte ich Sie persönlich begrüßen. Sind Sie gut hergekommen?« Er zog seine Karte an der Sicherheitsschranke durch und öffnete damit die Glastüren.

»Ja, und ich freue mich sehr darauf, hier anzufangen«, sagte ich. »Wobei ich eigentlich fragen müsste, was ›low-hanging fruits‹ sind. Und was ›programmatisch‹ heißt. Und noch diverse andere Wörter. Hätte ich, bevor ich hier anfange, besser erst die ganzen Fachbegriffe lernen sollen?«

Stephen lachte, und ich war wie berauscht. »Überhaupt nicht. Ich verbiete Ihnen sogar, diese und jegliche andere Branchenterminologie zu benutzen. Ich habe Sie als ganz normalen Menschen eingestellt, und nicht, damit hier noch jemand diesen Schwachsinn wiederkäut.«

Ich grinste und dachte im Stillen, wie ungewöhnlich ich es fand, dass ein Mann in Stephens Position so sympathisch war. Dass er bereit war, mich persönlich zu begrüßen, obwohl ich sicher zu den Leuten gehörte, die ganz unten auf seiner Gehaltsliste standen.

Stephen Flint war – das hatte ich im Zuge meiner, ähem, nächtlichen Internetrecherchen herausgefunden – ein ganz hohes Tier. Die Art von Mann, bei dem man schon von Glück sagen konnte, wenn man dessen persönliche Assistentin kontaktieren durfte, geschweige denn den Chef selbst. Er war einer der Geschäftsmänner und innovativen Denker des Landes, über die am meisten geschrieben wurde, der Kopf eines riesigen Imperiums, ein Musterbeispiel für jeden jungen Menschen, der »es schaffen« wollte.

Ich konnte nicht verstehen, warum jemand wie er einen schlampigen, verschüchterten, herumeiernden Hippie wie mich einstellen wollte und nicht irgendeine schicke Blondine, die ein Power Spa in Chelsea leitete.

Hör sofort auf damit, du Riesenschaf, hörte ich Kate sagen. *Hab mal'n bisschen Vertrauen in dich!*

»Ich bin sehr gerührt, dass ich vom Big Boss persönlich abgeholt werde«, hörte ich aus meinem Mund kommen, während wir auf den Aufzug warteten. Und dann spürte ich einen leichten Anflug von Panik. »Oh, äh, ich hoffe, Sie halten mich jetzt nicht für sentimental.«

»Ach, ich bin selbst ziemlich sentimental.« Er deutete auf eine sich öffnende Aufzugtür. »Geradezu besorgniserregend sentimental. Ich höre furchtbare Musik, bastele immer noch Valentinskarten für meine Oma, und ich verschenke gern Blumen, Pralinen und selbst aufgenommene Mixtapes. Ich meine, wer nimmt denn heutzutage noch Kassetten auf? Ich bin ein hoffnungsloser Fall!«

Stephen sollte nicht merken, dass ich Aufzüge hasste. Deshalb versuchte ich, mir nicht vorzustellen, der Aufzug würde stecken bleiben, und stellte mir – natürlich – genau das vor.

»Ich finde Blumen, Pralinen und selbst aufgenommene Kassetten gar nicht sentimental«, widersprach ich, während ich mir vorstellte, wie wir im Aufzug gefangen waren und uns der Sauerstoff ausging. »Früher hab ich mir immer gewünscht, dass mir jemand so was schenkt!«

»Aber jetzt nicht mehr?« Wir fuhren nach oben.

»Nein, ich hab nur ...« Was denn? *Ich bin schon mein Leben lang Single, weil ich Angst vor Männern habe?* Ich wurde rot. Der Aufzug kam abrupt zum Stehen, und die Türen glitten lautlos zur Seite. Puh.

Stephen lächelte mich an. »Also, wenn Sie eine selbst aufgenommene Kassette haben wollen, brauchen Sie es nur zu sagen«, bot er mir an. »Aber behalten Sie diese *Sentimental Journey* bitte für sich, ja? Immerhin leite ich hier ein milliardenschweres Unternehmen.« Wir bogen ab und gingen einen hell erleuchteten Flur entlang. Lampen hingen auf unterschiedlicher Höhe von der Decke, an Schnüren, die man nicht sehen konnte. Unter uns faulenzte London vor sich hin wie ein sanftmütiges Tier, das in der Frühlingssonne döste.

Als Stephen mich in mein Annie-Reich führte, stockte mir der Atem. Alles, worum ich gebeten hatte, war da, und sogar noch mehr: der beheizte Spezialtisch mit dem extraweichen Polster; Wachse und Öle, die so hochwertig waren, dass ich mich fast nicht getraut hatte, darum zu bitten; Blumen und Topfpflanzen, eine Hightech-Stereoanlage und ein funkelnagelneuer schnittiger Mac, der in meinem kleinen Büro nebenan stand. Außerdem ein MacBook Air für den Fall, dass ich irgendwann einmal zwei Computer gleichzeitig benutzen wollte. Also, darum hatte ich definitiv nicht gebeten. Die Krönung des Ganzen war allerdings ein großer Kuchen mit meinem Namen darauf und dem Schriftzug »HERZLICH WILLKOMMEN!«, in leicht zittrigen Buchstaben verfasst.

»Den hab ich selbst gebacken«, verkündete Stephen. »Deshalb ist er auch ziemlich mies. Aber die Geste zählt, stimmt's?«

Ich starrte ihn an. Starrte und starrte. Der Chef eines Konzerns hatte *mir einen Kuchen gebacken.* Mit Ausnahme einer Biokiste vom Premierminister persönlich hätte mich nichts mehr überraschen können. »Sie ... *Sie* haben mir einen Kuchen gebacken?«

»Hatte ich Ihnen nicht gesagt, dass ich mich um meine Angestellten kümmere?«, fragte er grinsend. Normalerweise hätte so eine Bemerkung blöd geklungen, aber aus seinem Mund tat sie es nicht. Wahrscheinlich weil er es ehrlich meinte. »Der Kuchen ist gluten-, zucker- und laktosefrei, deshalb schmeckt er auch eklig, aber das macht nichts. Um fünf habe ich eine kleine Willkommensparty für Sie organisiert, da können Sie sicher jemanden überreden, ihn zu essen.«

»Woher wussten Sie das?« Ich hatte das Gefühl, gleich würde ich in Tränen ausbrechen. Noch nie hatte ein Mann so was Nettes für mich getan. »Woher wussten Sie, dass ich nichts esse, was Gluten, Laktose oder Zucker enthält?«

»Weil Sie Massagetherapeutin sind, Reiki praktizieren und nach ätherischen Ölen riechen.« Er blickte aus dem Fenster und lächelte, wie über einen Gedanken, der ihm gerade durch den Kopf ging. Mir fiel die zarte Haut neben seinem Auge auf, die kleinen Äderchen, die wie Flüsse auf einer entfernten Landkarte aussahen. »Und Sie tragen Batikröcke. Natürlich essen Sie nichts, was Gluten, Laktose oder Zucker enthält, Annie Mulholland.«

Jemand von FlintSpark hatte meine Kliententermine für die ersten zwei Wochen organisiert und mir freundlicherweise den Morgen freigelassen, um »mir meinen Raum einzurichten«. Ich legte einige Handtücher heraus und ging dann – mein Raum ordnungsgemäß »eingerichtet« – meinen Sicherheitsausweis abholen. Über die Jahre hatte ich gelernt, dass Feng-Shui nur ein Bonus war, nicht mehr. Viel wichtiger war die Beziehung zwischen mir und den Klienten: meine Fähigkeit, die Energien und den Rhythmus ihrer Körper zu erspüren, und ihre Fähigkeit, den unaufhörlichen Lärm in ihren Köpfen auszuschalten. Meine beste Massage überhaupt hatte ich in einem drückend heißen Raum in einer stinkenden Gasse in Peking bekommen, und nur meine glühenden Augenlider hatten es mir erspart, die Kakerlaken zu sehen, die unter mir auf dem Boden herumgekrabbelt waren.

Davon abgesehen sah dieser Raum auch so schon umwerfend aus und konnte gut auf meine Einrichtungsideen verzichten. (Claudine sagte immer, mein Haus sei eins der schlimmsten dokumentierten Verbrechen gegen den guten Geschmack.)

Den Rest des Morgens nutzte ich dazu, einen Spaziergang durch die ungewöhnlich vielen Lounges, Bibliotheken, Restaurants und Spielzimmer im FlintSpark-»Büro«-Gebäude zu unternehmen. Wie schaffte es eigentlich noch irgendjemand, hier zu *arbeiten*? Man kam sich ja vor wie auf einem Festival! Es gab dicke Teppiche mit Dschungelmotiven, kunstvoll verzierte Tische aus China und wunderschöne Lampen im Industriedesign. Das Fitnessstudio – oder zumindest die kleine Ecke, die ich von der Tür aus hatte einsehen können – war so gestaltet, dass man das Gefühl hatte, sich im Weltraum zu befinden. Hätte ich gewollt, hätte ich unterhalb von Jupiter Bankdrücken machen können oder ein paar Dehnübungen auf der Matte neben einem Trupp fieser Aliens.

Über die Aliens musste ich lächeln, weil ich instinktiv wusste, dass sie Stephens Idee gewesen waren. Ich stellte mir vor, wie der Schalk in seinen Augen aufgeblitzt war, als er seinen Einfall einem verdutzten Innenarchitekten unterbreitet hatte, und prompt spürte ich ein wohliges Ziehen in der Magengegend.

Von den Restaurants war ich natürlich besonders angetan. Kostenloses Essen! Unbegrenzt kostenloses Essen! Ich holte mir etwas Müsli mit Joghurt und ein knusprig frisches Plunderteilchen, bekam dann jedoch ein derart schlechtes Gewissen wegen Stephens Ohne-alles-Kuchen, dass ich die Sachen wieder zurückbrachte, mir stattdessen einen Spirulina-Smoothie nahm und versuchte, mich nicht zu sehr an dessen Geschmack zu stören.

»Ich denke, es geht hier mehr um das Brand Storytelling«, sagte gerade ein Mann mit runden Brillengläsern und Bart, der am Ende meines Tisches saß und sich mit einem anderen Mann mit runden Brillengläsern und Bart unterhielt.

Bartmann II pikste ein Stück Flusskrebs mit der Gabel auf und dachte kurz nach, während er es sich in den Mund steckte. »In Ordnung. Aber solange wir noch keinen Deep Dive gemacht haben, sollten wir, denke ich, zurückhaltend sein.«

Mein Gott.

Beim Verlassen des Restaurants traf ich zu meiner großen

Freude auf Jamilla, die damals, als Claudine und ich uns mit unserer eigenen Praxis niedergelassen hatten, im Nachbargebäude gearbeitet hatte. Mittlerweile war sie FlintSparks leitende Wellnessberaterin und der Grund, warum Stephen überhaupt einen Massagetermin bei mir gehabt hatte. »Hey!«, flüsterte ich, weil ich mich nicht wichtig genug fühlte, um an einem Ort wie diesem die Stimme zu erheben. »Jamilla!«

»Oh, hi«, erwiderte sie mit einem glasigen, geistesabwesenden Ausdruck in den Augen. Ich fragte sie, wie es ihr gehe, aber mehr als ein paar vage Andeutungen, bei ihr sei alles okay, bekam ich nicht.

Ich runzelte die Stirn. So hatte ich sie nicht in Erinnerung. Wollte sie nicht, dass ich hier arbeitete? Mochte sie mich nicht mehr? »Hör mal, lass uns später quatschen«, sagte sie, als sie meinen Gesichtsausdruck bemerkte. »Sorry, ich bin nur, äh …«

Ich beließ es dabei. Auch Wellnesscoachs durften mal einen schlechten Tag haben. Die nächsten fünfzehn Minuten verbachte ich damit, mein Annie-Reich wiederzufinden, bevor mir klar wurde, dass ich mich auf der falschen Etage befand.

Als ich endlich doch dort ankam, war ein Handwerker gerade dabei, seine Sachen zusammenzupacken. Er hatte ein breites Schild über der Tür angebracht, mit der Aufschrift »Innerer Friede« und einem großen Pfeil im Retro-Look, der nach unten zeigte. Das Schild war von Hollywood-Glühbirnen umgeben und machte mich unverhältnismäßig glücklich, genau wie ein riesiger Blumenstrauß, an dem mein Name stand, und einige nette Willkommensmails von der Personalabteilung und anderen Leuten, deren Berufsbezeichnungen ich nicht verstand. Der Himmel hatte es sich auf großen, grauen Kissen bequem gemacht, und meine Räume, die fast inmitten dieser feuchten Wolkendecke zu schweben schienen, wirkten wie ein buntes Himmelstor auf einem Zwischengeschoss. Ich drückte meine Nase gegen die kühle Glasscheibe und fragte mich, was die Annie Mulholland von vor zehn Jahren wohl von alldem gehalten hätte.

Wahrscheinlich nicht viel. Die zweiundzwanzigjährige Annie hatte allerdings auch – trotz ihrer ganzen Hippietendenzen und ihrer Ablehnung westlicher Werte – einen Großteil ihrer Zeit in Therapie verbracht, weil fast alles sie unglücklich gemacht hatte. Jetzt – hier in diesem Moment, während mein Atem heiße Kreise aus Kondenswasser an der Fensterscheibe bildete – kam es mir so vor, als würde ich vielleicht bald eine Kostprobe davon erhalten, wie es war, sich normal zu fühlen.

Meinen ersten Termin hatte ich um ein Uhr dreißig, und man hatte mir versprochen, mir bis Mittag eine Namensliste in mein kleines Büro zu legen. Bis jetzt war jedoch noch nichts angekommen, und es war schon ein Uhr fünfundzwanzig.

»Wir haben sie auf dem Schreibtisch abgelegt«, sagte das Mädel, dessen Kontaktnummer man mir gegeben hatte. »Neben Ihrem Computer.«

»Oh Gott, es tut mir so leid. Ich hab eine der Bedienungsanleitungen für den Computer weggeschmissen, weil ich zweimal die gleiche hatte … Wahrscheinlich hab ich die Klientenliste mit in den Müll getan. Meine Güte, was für ein schlechter Start …«

Ich durchwühlte meinen Papierkorb nach dem Terminplan, fand jedoch nichts. Es war schon eine dieser effizienten Ninja-Putzfrauen da gewesen.

Ich hockte immer noch über dem leeren Papierkorb, als Stephen Flint hereinkam.

»Oh. Erwarten Sie Ihre Klienten immer unterm Schreibtisch?«

Ich streckte den Kopf hervor. Meine Haare hatten sich bereits aus ihrem geflochtenen Zopf gelöst und hingen mir ins Gesicht. »Ehrlich gesagt, ja. Das ist ein uraltes schamanisches Ritual.« Sofort wurde ich rot. Ich hatte gerade einen Witz gemacht! Vor einem Mann!

Stephen lachte. »Alles okay?«

»Ja, alles super. Ich hab meine Terminliste von heute Nachmittag weggeschmissen. Und die Putzfrau hat sie schon mitgenommen. Es tut mir leid, Stephen, normalerweise bin ich nicht so chaotisch.«

Schamlos gelogen. Ich musste besser werden in diesen Dingen. Unbedingt.

Stephen war total gelassen. Er streckte mir seine warme Hand entgegen und half mir unter dem Tisch heraus. »Also, Sie brauchen sich gar nicht so viele Gedanken zu machen. *Ich* bin Ihr erster Klient. Ich hab mich einfach vorgedrängelt.«

»Oh!«

Plötzlich hatte die Vorstellung, mit den Händen über Stephens Rücken zu streichen, etwas schockierend Aufregendes an sich.

Grenzen, ermahnte ich mich scharf. »Sehr schön«, sagte ich und eilte in den Behandlungsraum, damit Stephen meine roten Wangen nicht bemerkte. »Jamilla wird bestimmt sehr zufrieden mit Ihnen sein.«

Stephen grinste. »Sie ist nie zufrieden mit mir.«

Seine Schultern waren überall mit kleinen Sommersprossen bedeckt, und während er ein- und ausatmete, stellte ich mir vor, dass sie meine Hände ausfüllen würden wie warme kleine Kieselsteine. Er hatte noch mehr Knoten als vorher, und seine Muskulatur in der Lendengegend war ziemlich verkrampft. Ich dachte an das, was er mir erzählt hatte, dass er ein ziemlich beschissenes Jahr gehabt hatte, und wünschte, ich könnte ihn in den Arm nehmen. Solche Jahre kannte ich selbst nur zu gut.

Ich legte mein gesamtes Gewicht in meine verschränkten Handflächen und fühlte, wie seine Muskeln sich lockerten, streckten und entspannten. Ich liebte jede einzelne Minute von seiner Stunde: er und ich, der gemächliche Rhythmus unseres Atems und die Wolken, die langsam vorbeizogen.

Massagen waren meine einzige Konstante, seit ich mit Ach und Krach die Schule beendet hatte, erschöpft und hoffnungslos, mit nicht mehr als einer schlechten mittleren Reife in der Tasche. Ohne Massagen – und die damit verbundene Auszeit von meiner Psyche, die sich anfühlte, als würde sie nie wieder gesund werden – hätte ich, da war ich mir ziemlich sicher, nicht überlebt.

Nach oben, zur Seite, kreisen. Nach oben, zur Seite, kreisen. Ich begann bei Stephens verspanntem Trapezmuskel und ertappte mich dabei, wie ich zärtlich auf die weichen Härchen in seinem Nacken starrte.

Vorsicht, warnte ich mich innerlich.

Dort, wo ich das Massieren gelernt hatte, hatten wir uns auf Chakren und Biorhythmen konzentriert und nicht auf solche Themen wie Ethik. Das bedeutete allerdings nicht, dass ich mir nicht im Klaren darüber war, wo die Grenze lag.

Andererseits: Worüber machte ich mir hier eigentlich Sorgen? Stephen war ganz sicher verheiratet. Und wenn nicht, dann hatte er bestimmt eine Beziehung mit einer dynamischen Frau. Und wenn nicht, dann wäre er niemals interessiert an …

HÖR AUF DAMIT, DU SCHAF, blaffte Kate mich in meiner Vorstellung an. *Hör auf, dich in der Schlimmen Scheiße zu suhlen!*

Eins von Stephens blauen Augen öffnete sich einen Spaltbreit, während ich auf Zehenspitzen hinausging, damit er sich anziehen konnte. »Sie haben mich total fertiggemacht«, behauptete er stöhnend. »Hilfe …«

Ich setzte mich an meinen Schreibtisch, wartete, bis er sich angezogen hatte, und grinste dabei wie ein Teenager. Ich genoss es, diese Wirkung auf meine Klienten zu haben, aber dass ich sie auch auf Stephen Flint hatte, genoss ich ganz besonders.

Um elf Uhr siebenunddreißig abends schrieb er mir eine SMS.

Ich war gerade in der Wanne, einen Finger in den Bauchnabel gesteckt, und dachte erneut über Kate nach, deren Handy aus gewesen war, als ich versucht hatte, sie anzurufen. Ein kleiner Teil von mir machte sich Sorgen, obwohl Kate härter im Nehmen war als ich und es ihr ganz sicher gut ging. So, wie ich sie kannte, hatte sie wahrscheinlich ein Sabbatjahr genommen und war nach Venezuela oder irgendwo anders hingeflogen, um eine Schule zu bauen. Ein wenig seltsam war nur, dass sie mir nichts davon erzählt hatte: Während unserer schon acht Jahre andauernden engen Freundschaft hatten wir nie länger als eine Woche nicht miteinander gesprochen.

Davon abgesehen dachte ich auch über den fantastischen Abend nach, den ich gehabt hatte. Auf meiner Willkommensparty hatte Stephens persönliche Assistentin Tash mir erzählt, dass ich zu einem geheimen Konzert eingeladen war, das heute Abend im Veranstaltungsbereich im Keller stattfinden sollte. Nachdem ich irgendeinen bärtigen Typen erwartet hatte, der furchtbare Folkmusik singen würde, war ich ziemlich erstaunt, als stattdessen Elton John hereingeschlendert kam. Er performte sechs Lieder und ging dann wieder, unter dem tosenden Beifall des Publikums.

»Das ist total SURREAL!«, schrie ich Stephen ins Ohr, der etwa auf der Hälfte von Eltons Konzert aufgetaucht war. »ICH KANN NICHT GLAUBEN, DASS DAS TATSÄCHLICH PASSIERT!«

Stephen war sichtlich erfreut. »So läuft's bei uns.« Er berührte mich kurz an der Schulter. »Schön, Sie lächeln zu sehen«, sagte er, bevor er sich abwandte und mit Jamilla sprach, die jetzt lockerer wirkte. Vorher hatte sie mir erzählt, dass sie schon eine Weile keinen Kontakt mehr zu Claudine hatte, und ich hatte im Stillen gedacht, dass ich ihr das nicht verübeln konnte. Momentan stand Claudine kurz davor, so richtig beleidigend zu werden. Erst letzte Woche hatte sie zu mir gesagt, ich sei ein naives Kind, wenn ich anfinge, für meinen Chef zu schwärmen. »Sei doch nischt so blöd, wenigstens dieses eine Mal«, hatte sie gesagt. »Männer wie er sind schlescht. Und sie 'aben auch kein Interesse an Frauen wie dir.«

Danke, hatte ich gedacht. *Herzlichen Dank.* Ich fragte mich, ob Claudine auch noch so verdammt unverschämt wäre, wenn sie Stephen kennenlernen und sehen würde, dass er ein wirklich netter Kerl war.

Jamilla, die immer noch neben mir in der Menge stand, hörte mit einem leichten Lächeln im Gesicht Stephen zu. Trotz ihrer besseren Laune sah sie immer noch erschöpft aus. Stephen klopfte ihr freundlich auf den Rücken und schlenderte dann weiter. Es gefiel mir, dass er sich bemühte, mit jedem zu sprechen, egal, welche Stellung derjenige hatte.

In dieser Nacht schwebte ich auf meinem Fahrrad nach Hause, völlig von den Socken und überglücklich. Meine Welt war, wie mir jetzt auffiel, in den letzten Jahren ziemlich zusammengeschrumpft. Ich hatte meine Zeit zwischen der U-Bahn, stummen Behandlungsräumen und erschöpftem, traumlosem Schlaf aufgeteilt. Ich hatte die Energie und den Mut verloren, die mich früher zu Rucksacktouren durch Asien angetrieben hatten, und irgendwie hatte ich auch die Fähigkeit verloren, mit anderen Menschen umzugehen, was nicht gut war. Plötzlich konnte ich jedoch wieder den Himmel sehen, und das auf so wunderbare Weise.

Als mein Handy im Schlafzimmer piepte, wusste ich, dass es Stephen war, obwohl es keinen einzigen Grund dafür gab, warum ausgerechnet er mir eine SMS schreiben sollte – schon gar nicht um diese nächtliche Uhrzeit.

Ich hielt sechzig Sekunden durch, bevor ich mich aus der Badewanne hievte und nachsah.

Ich bin so froh, dass Sie für uns arbeiten. Sie sind traumhaft! Alle schwärmen jetzt schon von Ihnen! X

Soll ich antworten?, fragte ich mich. *Natürlich*, befand mein wild tippender Daumen.

Sehr gern!! Danke, dass Sie mich bei sich aufgenommen haben!!

Zu viele Ausrufezeichen.

Als seine Antwort in meinem Posteingang ankam, verwandelte sich meine Aufregung in etwas, das mir nicht besonders vertraut war.

Nach meiner Massage heute ist mir klar geworden, dass ich wirklich etwas für meine Gesundheit tun möchte. Lernen, wie man entspannt, gesund essen – all die Dinge, zu denen Jamilla mich immer antreiben will. Aber es waren Sie und Ihre tolle Arbeit, die mich davon überzeugt haben, dass es Zeit ist für eine Veränderung. Noch mal danke, Annie. x

Ich nahm das Handy mit ins Bett und legte es auf ein japanisches Seidenkissen, als wäre es eine heilige Reliquie.

»REISS DICH ZUSAMMEN«, flüsterte ich wütend in den leeren Raum hinein. »ER IST DEIN CHEF.«

Aber ich konnte es nicht. Mir war es nie gelungen, meine Schutzmauern in Gegenwart von Fremden zu verlassen, besonders dann nicht, wenn es Männer waren. Bei Stephen Flint hatte sich meine Mauer allerdings in Luft aufgelöst. Es war April; es war Frühling. Vielleicht war heute ja wirklich der erste Tag vom Rest meines Lebens.

Kapitel 6

Kate

Sechs Uhr dreißig morgens, an einem Dienstag im April. Eine junge Frau geht bei Tagesanbruch durch eine einsame Landschaft. Um sie herum hat sich ein Netz aus zarter weißer Spitze ausgebreitet, eine Million kleiner Wasserperlen, aus dem Ärmelkanal geschöpft und hoch über Exmoor hinweggetragen, bevor sie sich auf den Feldern niedergelassen haben. Der Pfad der Frau verläuft parallel zur Schlehdornhecke, in deren Blütenmeer ein Schwarm frühmorgendlicher Hummeln bereits emsig seine Arbeit verrichtet. Alle paar Schritte dreht die junge Frau sich um und betrachtet die kleinen Fußspuren, die sie hinterlassen hat, als wollte sie prüfen, ob sie immer noch allein ist. Sie lauscht, strengt sich an, ein Geräusch auszumachen, doch alles, was sie hören kann, ist ein stetiges Tropf, Tropf, Tropf aus dem kleinen Buchenwäldchen hinter ihr. Weiter vorn im Fenster des alten Steinbauernhofes taucht ein schwaches Licht auf, und sie geht darauf zu, erleichtert und zugleich enttäuscht, dass ihre Einsamkeit ein Ende hat.

Manchmal tat ich das. Betrachtete mich selbst, als wäre ich Teil eines Drehbuchs: eine einsame Frau, die durch die verlassene Landschaft spaziert und alle paar Schritte überprüft, ob ihr Jäger auf der Fährte sind. So etwas taten wahrscheinlich nur Verrückte, aber es half mir, wachsam zu bleiben. »Vergiss nie den Mann, der dir auf den Fersen ist«, murmelte ich vor mich hin und schlüpfte auf den Hof, ohne das Tor quietschen zu lassen, das Sandra immer zu ölen vergaß. »Vergiss nie, dass jederzeit irgendein Schweinehund auftauchen und dich schnappen kann, Kate Brady …«

Ich kicherte. Ich klang nicht wie eine Exangestellte von Google aus Dublin, die davongelaufen war, um sich bei den Pferden zu verstecken, sondern wie ein alter Mann in einer Spelunke irgendwo in der Wildnis Connemaras. Was gut war – Joe meinte nämlich, ich würde mich schon langsam wie eine Engländerin anhören. »Schäm dich, Galway«, hatte er kopfschüttelnd gesagt und ein missbilligendes »Ts, ts« ausgestoßen.

Die Gerüche vom Reitstall wehten zu mir herüber, und ich sog tief den Atem ein. *Danke, lieber Gott, für diesen Ort.* Hier musste ich nur darüber nachdenken, ob die Wassereimer voll waren, ob ich Mark für den nächsten Tag das richtige Zaumzeug gesäubert hatte und ob wir noch genug Heulage oder Einstreu hatten. Becca hatte recht gehabt: Ich hatte schnell gelernt, und zwar deshalb, weil hier, in dieser abgelegenen Ecke von Somerset, Ruhe und Einfachheit herrschten und nicht der permanente Lärm, der mein altes Leben bestimmt hatte.

Abgesehen von einem früh aufgestandenen Star, der mich aus dem Taubenschlag heraus beobachtete, schien der Hof leer zu sein; die meisten Pferde schliefen wahrscheinlich noch. Ich spürte eine Woge der Zuneigung für meine wunderschönen Freunde, die gerade ausgestreckt in ihren Boxen lagen und darauf vertrauten, dass bald Menschen vorbeikommen würden, um sie zu füttern, zu trainieren und lieb zu haben – so wie jeden Tag, komme, was wolle. Sie waren so vertrauensvoll, diese Wesen, so sanftmütig. Ganz besonders einer.

In der hinteren Ecke des Hofes hing bereits ein hübscher weißer Kopf über der Boxentür. Stumpy gab ein leises Wiehern von sich, als ich mich ihm näherte, seine Satellitenschüsselohren reckten sich weit nach vorn, und freudig fokussierte er den Blick auf mich.

»Hallo, du Frechdachs«, sagte ich leise und steckte die Hand in die Tasche, um die Karottenstücke herauszuholen, die ich dabeihatte – was er genau wusste.

»Hüü-hüü-hü-hüü«, raunte er, und ich tat das, was ich jeden Morgen tat: Ich lächelte selig wie ein kleines Mädchen. Ich war total verliebt. Feuer und Flamme. Auf ewig verloren.

»Ach, du bist einfach so *toll*«, sagte ich und küsste ihn auf die Nase. Sanft stupste er mich an – er wollte endlich seine Karotte haben. Erst Essen, dann Liebe, teilte er mir mit. Komm schon, Kate Brady, du kennst meine Prioritäten.

Ich gab ihm ein Stück Karotte, kraulte ihn unter den Stirnfransen und lächelte, als er seinen großen Kopf hängen ließ und die Augenlider schloss. »Ich hab dich lieb, Stumpy«, flüsterte ich. »Du bist das netteste Wesen, das ich je getroffen hab Ich wünschte, du wärst ein Mann. Obwohl: eigentlich nicht. Männer sind furchtbar! Aber du, mein Junge, du bist perfekt.«

Ich küsste eins seiner jetzt schlapp herabhängenden Ohren, ließ meine Nase über sein feines, weiches Haar gleiten und strich mit den Wimpern über die Spitze seines Ohrs. Alles an der Arbeit auf diesem abgeschiedenen Hof half mir dabei, zu heilen, doch wenn es eine Sache gab, eine Person, die dafür verantwortlich war, dass ich wieder anfing, zu leben, dann war es Stumpy. (Er war definitiv eine Person. Mehr als viele Menschen, die ich kannte.)

Ich hatte ziemlich schnell festgestellt, dass Stumpy meine oft unausgeglichene Psyche widerspiegelte. War ich aufgewühlt, wusste Stumpy das. Wenn ich morgens nach einem meiner immer noch regelmäßig auftauchenden Albträume erschöpft an seiner Schulter lehnte, stand er ganz ruhig da, und wenn ich traurig war, weil ich die ganze Zeit meine Familie belog, blies er mir in den Nacken. Wenn ich zusammenzuckte, weil mein Handy klingelte, oder furchtsam auf ein Auto starrte, das die Zufahrt heraufkam, versteifte er sich oder drehte sich weg und demonstrierte mir damit ganz deutlich, dass er meine Ängstlichkeit unerfreulich fand. Was auch immer in mir vorging, das Pferd spürte es und brachte mich zurück in die Spur, egal, wie schlimm es war.

Er war das reinste Wundertier. Vor mir lag immer noch ein weiter Weg, aber mit Stumpy an meiner Seite würde ich eines Tages wieder ich selbst sein, da war ich mir sicher.

»Guck dir an, was du mit mir angestellt hast!«, warf ich ihm vor und küsste ihn erneut auf die Nase. »Hier, guck! Das ist doch erbärmlich! Ich benehme mich wie ein liebeskranker Trottel!«

»Auf mich hat er die gleiche Wirkung«, erklang eine Männerstimme. Mark gab Stumpy ein Bonbon und klopfte ihm den Hals, dann gab er auf und küsste ihn – obwohl ich ihm dabei zuschaute – ebenfalls auf die Nase. Er errötete, konnte sich aber dennoch nicht davon abhalten. »Sie sind also tatsächlich seinem Charme erlegen?«, fragte er, ohne mir direkt in die Augen zu schauen.

»Wie hätte ich das verhindern sollen? Er ist schließlich das süßeste Pferd der Welt.«

Stumpy hob den Kopf und legte das Maul auf Marks Scheitel, obwohl der sich gut einen Meter achtzig über dem Boden befand und die Position sichtlich unbequem für das Pferd war. »Runter mit dir, du alter Blödmann.« Mark grinste.

Er wandte sich um und sah mich mit diesem schiefen Gesichtsausdruck an, den ich so langsam als Lächeln identifizieren konnte. »Sie kommen jeden Morgen hierher«, bemerkte er.

»Stumpy wartet schon immer auf Sie. Manchmal machen Sie erst noch einen Spaziergang, aber besuchen tun Sie ihn immer. Jeden Tag, bevor wir anderen auf sind. Sie wirken dabei immer so glücklich.«

Wie hatte er mich sehen können? (Und warum beobachtete er mich?)

»Mein Schlafzimmer geht auf den Hof hinaus«, erklärte er fast freundlich, als wollte er verhindern, dass ich mich unbehaglich fühlte.

»Oh, verstehe.« Ich konzentrierte mich darauf, kleine Stückchen von Stumpys Einstreu aus dessen Mähne zu entfernen. »Mit ihm hat man doch einen guten Start in den Tag, finden Sie nicht, Chef?«

Ich wusste nicht, was ich von Mark halten sollte, er verwirrte mich. In vielerlei Hinsicht war er genau das, was Becca gesagt hatte – kalt, einsilbig, desinteressiert am Leben seiner Teammitglieder. Und trotzdem ertappte ich ihn manchmal dabei, wie er eine weiche Seite von sich zeigte, die mich unglaublich berührte – hm, genau genommen hatte er mich auch ertappt: Wir schienen eine seltsame Gewohnheit zu haben, uns immer in irgendwelchen sentimentalen Momenten mit Stumpy über den Weg zu laufen.

»Okay«, sagte Mark, »wie läuft es denn hier für Sie? Der Monat Probezeit ist heute um.«

»Oh.« Scheiße, das hatte ich ganz vergessen. Was, wenn er fand, dass ich den Anforderungen nicht gewachsen war? Was sollte ich dann machen?

»Das waren die besten vier Wochen meines Lebens«, antwortete ich schlicht. Die Vorstellung, gehen zu müssen, war unerträglich für mich; es wäre also reine Zeitverschwendung gewesen, unbeteiligt und professionell zu klingen. »Ich liebe die Arbeit, die Leute, die Pferde, und ich liebe es, Ihnen beim

Reiten zuzusehen. Wie Sie zu den Pferden sind – ich wusste nicht, dass Turnierreiter so liebevoll mit ihren Pferden umgehen, und …«

Ich verstummte und wagte es jetzt doch, ihn anzusehen. Zu meinem Erstaunen verzog er das Gesicht zu einem richtigen Lächeln, genau in dem Moment, als unsere Blicke sich trafen. Ein breites wunderschönes Lächeln, das die Haut um seine Augen knittern ließ wie Transparentpapier. »Äh, danke. Wobei ich eigentlich dachte, wir wären uns einig: kein Arschkriechen.«

Ich versuchte, das komische Schwebegefühl in meinem Magen zu ignorieren. »Tut mir leid. Keine Schmeicheleien mehr. Ich finde, Sie sind ein furchtbarer Reiter.«

Das entlockte Mark tatsächlich ein leises Lachen. »Sie arbeiten sehr gut«, lobte er mich. »Es würde mich freuen, wenn Sie bleiben. Eigentlich möchte ich Ihnen sogar – auch wenn es ziemlich gering ausfallen wird – ein kleines Gehalt anbieten. Schließlich haben Sie kein Pferd hier eingestellt.«

Er rieb über Stumpys samtweiches Maul. »Es sei denn, Sie möchten Ihr Pferd holen«, setzte er beiläufig hinzu. »Alternativ könnten wir das auch *so* machen, wenn Sie wollen.«

»Nein, nein!«, entgegnete ich schnell. »Und Sie brauchen mich auch nicht zu bezahlen. Ich bin zufrieden hier. Ihre Mum versorgt uns wunderbar mit Essen, und die Arbeit macht mir Spaß.«

»Okay, das ist schön, zu hören, Kate, aber ich möchte Ihnen trotzdem etwas zahlen.«

»Nein!«, rief ich, viel zu laut. »Tut mir leid, ich meine, nein, danke, ist schon in Ordnung. Heben Sie sich Ihr Geld für die Turniersaison auf, Chef. Sie werden es brauchen.«

»Lehnen Sie gerade mein Geld ab?«

»Ja. Geld spielt keine Rolle für mich. Ich hatte einen guten Job in Dublin.«

»Können wir Sie irgendwie anders bezahlen? Möchten Sie vielleicht ein paar Reitstunden? Ich sehe Sie nie ausreiten …«

»Nein, wirklich! Es ist alles gut! Ich genieße mein Scheißeschaufeln mehr, als Sie denken!«

Mark sah immer misstrauischer aus. »Ein paar freie Tage? Ich könnte Ihnen ein Ticket nach Dublin kaufen, damit Sie Ihre Familie besuchen können.«

»Ach, nö, mit denen kann ich skypen.«

»Kate«, begann Mark vorsichtig, »Sie benehmen sich ziemlich merkwürdig. Ich möchte Sie bezahlen. Bitte sagen Sie mir, wie.«

Ich zermarterte mir das Hirn. Worum könnte ich bitten, damit er mich in Ruhe ließ? Wie sollte ich ihm erklären, dass er mir schon allein dadurch den Hintern rettete, dass ich hierbleiben durfte?

»Ein Turnier!«, rief ich schließlich. »Nehmen Sie mich irgendwann mit zu einem Turnier. Das wäre toll! Badminton vielleicht – damit würden Sie mir einen Traum erfüllen!« Badminton war nicht weit weg, und ich wusste, dass ich unter normalen Umständen niemals würde mitfahren dürfen. Wenn Mark noch mehr Leute brauchte als Tiggy, was äußerst selten vorkam, nahm er Becca mit. »Ich möchte Sie aber nicht unter Zugzwang setzen«, fügte ich eilig hinzu. »Ich weiß, Sie brauchen Ihre besten Leute in Badminton. Belton Park wäre auch okay, wenn das besser passt.«

»Badminton also, abgemacht«, sagte Mark, ohne mit der Wimper zu zucken. »Irgendwo müssen Sie ja mal anfangen. Und das ist ein guter Ort dafür. Total meschugge – altmodischer geht's nicht. Melonenhüte, Jagdstöcke, verrückte alte Frauen mit Perlenketten. Ich nehme nur zwei Pferde mit, Tigs ist also nicht gerade überlastet.«

»Sind Sie sicher?«

Er zuckte die Achseln. »Wieso nicht?«

»Aber was ist mit Becca?«

»Wie schon gesagt: Ich nehme nur zwei Pferde mit«, wiederholte er geduldig. »Becca kommt zu den Turnieren mit, bei denen ich mit vier oder mehr Pferden antrete.« Sein Gesichtsausdruck verfinsterte sich. »Wobei: wenn es nach Maria ginge, würde ich mit allen verdammten fünf Pferden ihres Vaters an den Start gehen.«

Unbehaglich trat ich von einem Bein aufs andere, nicht sicher, ob ich etwas dazu sagen sollte. »Möchten Sie denn nicht mit allen an den Start gehen?«

»Nein! Abgesehen davon, dass es gegen die Regeln verstößt, wäre es auch unmöglich. Ich würde tot umfallen.« Er machte eine Handbewegung, die wohl »lassen wir das« bedeuten sollte. »Also, möchten Sie mitkommen?«

»Äh, ja!«, rief ich begeistert. »Vielen, vielen Dank, Mark. Das ist toll!« Ich drehte mich zu Stumpy um, der an einem Stück Heu herumkaute, das an meiner Schulter klebte. »Ich komme mit nach Badminton und schau dir zu!«, erzählte ich ihm. »Ich schau dir dabei zu, wie du über die höchsten und furchterregendsten Hindernisse der Welt springst, kleiner Stumpman!«

Wieder hörte ich Mark leise lachen, und bevor ich noch darüber nachdenken konnte, stimmte ich mit ein. »Ihr Typ da hält uns sicher für die totalen Vollidioten.« Ich deutete auf Stumpy.

»Blödsinn. Er hält uns für ganz toll.«

Uns. In meinem Kopf wurde es ziemlich laut. Ich musste diese Unterhaltung beenden. »Also, danke noch mal«, sagte ich. »Dann halte ich Sie mal besser nicht länger auf.«

»Okay«, sagte Mark. Genau wie ich fing er an, sich zurückzuziehen und das zarte Band, das wir geknüpft hatten, wieder zu lösen. »Dann ist das also geklärt. Sie bleiben. Sehr schön. Ich werde Mum sagen, dass sie Sie als festes Teammitglied auf die Webseite setzen soll.«

»NEIN!« Stumpy fuhr erschrocken zusammen und schwang die Ohren zurück. »Bitte tun Sie das nicht! Ich bin da genau wie Sie. Ich mag den ganzen Rummel nicht …«

»Oh«, sagte Mark nach einem verwirrten Moment des Schweigens. »Sie sind wirklich seltsam«, fügte er mit einem erneuten breiten Lächeln hinzu. »Sie wollen sich nicht von uns bezahlen lassen, sagen mir, dass der Turniername meines Pferdes wie ein Furz klingt, streunen um sechs Uhr morgens zwischen meinen Weiden herum … Nehmen Sie Drogen?«

Mark hatte noch nie mit mir herumgeschäkert. Es war so schön, ihn lächeln zu sehen.

»Das ganze Sortiment.«

»Na super.« Er lachte. »Wir veranstalten nachher einen Umtrunk, um Sie offiziell im Team willkommen zu heißen, da können Sie ja was von Ihren Drogen abgeben.«

»Oh, wie schön.« Ich strahlte. »Die Kollegen sind echt klasse.«

»Ich bin froh, dass Sie sie alle mögen. Joe nervt hoffentlich nicht allzu sehr?«

Letzte Nacht war Joe um elf Uhr in mein Zimmer gestürmt gekommen und hatte geschrien: »GALWAY! MEINE LENDEN STEHEN IN FLAMMEN! ICH HALTE ES NICHT MEHR AUS! HAB DOCH ENDLICH ERBARMEN MIT DIESEM MANN HIER UND REITE MIT IHM AUS!«

Becca hatte von ihrer Tür aus eine Satsuma nach ihm geworfen und gebrüllt, sie würde ihn umbringen. Daraufhin hatte er zurückgebrüllt, sie sei eine eifersüchtige alte Lesbe, und ich hatte im Bett gesessen und vor Lachen geheult – erstaunt darüber, wie gut ich dort hineinpasste.

»Nein, Joe ist in Ordnung«, erwiderte ich und lächelte zärtlich.

Mark bemerkte meinen Gesichtsausdruck. »Oh«, sagte er. »Oh, verstehe.«

»Oh Gott, nein, ich bin nicht hinter Joe her!«

Es folgte eine lange Schweigepause, während der wir beide verlegen die Hand ausstreckten und Stumpy streichelten, dem unsere Unterhaltung vor seiner Tür langsam langweilig wurde. Schließlich machte Mark auf dem Absatz seines Reitstiefels kehrt und marschierte davon. »Sie sollten vielleicht mit der Fütterung anfangen«, rief er.

Ich blickte ihm nach und dachte: *Ich will nicht, dass du denkst, ich würde auf Joe stehen.*

Und dann: *Das ist bedenklich.*

Erst viel später hatte ich Gelegenheit, Becca von meiner bestandenen Probezeit zu erzählen, als wir Jolene abschwammten beziehungsweise Harold sattelten. Der hatte ziemlich schlechte Laune und versuchte andauernd, Becca in den Hintern zu beißen.

»Hau ab«, schimpfte sie und schlug ihm auf die schnappenden Zähne. Harold reagierte darauf, indem er seine Beißversuche verdoppelte, und Becca musste zur Seite gehen. »Was ist denn los mit dir, Schätzchen?«, fragte sie ihn und stemmte die Hände in die Hüften. »Bist du besessen?«

»Mark meinte, er lässt den Chiropraktiker kommen«, berichtete ich ihr. »Er macht sich Sorgen, dass was mit Harolds Rücken nicht stimmt.«

Becca streichelte das Pferd, bis es mit dem Beißen aufhörte.

»Ich hab Neuigkeiten!«, flüsterte ich.

»Was denn, Süße?«

»Ich hab meine Probezeit bestanden! Ich bleibe!«

Becca fuhr herum. »Kate!«, rief sie, kam zu mir herübergesprungen und umarmte mich. Normalerweise war sie nicht so der körperliche Typ. Ich war gerührt. »Das sind ja super Neuigkeiten, Süße!« Glücklich lächelte ich und dankte mir im Stillen noch einmal dafür, dass ich nach Somerset abgehauen war. »Also bleibst du? Auf unbestimmte Zeit?«

»Ja!« Eilig zog ich das Wasser von Jolenes Hinterbeinen ab. Ich wollte ihr schnellstens eine Decke überziehen, bevor sie sich zu sehr abkühlte. »Dein Typ meinte, ich würde sehr gut arbeiten, und hat mir sogar Gehalt angeboten! Er nimmt mich mit nach Badminton, und heute Abend schmeißt er einen Umtrunk, um meinen Einstand zu feiern.«

»Echt?« Becca hielt inne.

»Ja!«

»Er nimmt dich mit nach Badminton? Und schmeißt 'ne Party für dich?«

»Total verrückt, ich weiß!«

Becca ging zu Harolds Sattel zurück. »Verstehe«, sagte sie. Etwas an ihrem Tonfall brachte mich dazu, mich umzudrehen. Normalerweise waren Beccas Bewegungen wunderschön flüssig und geschmeidig, jetzt allerdings zog sie plötzlich die Schultern hoch und wirkte ganz angespannt. Harold begann wieder, nach ihr zu schnappen, und dieses Mal versetzte sie ihm einen heftigen Schlag gegen die Schulter. »LASS DAS.«

Beleidigt drehte Harold sich weg, und Becca rief Joe herüber, der gerade ankam. »Ich hab Harolds Straßenstollen drangemacht«, teilte sie ihm mit. »Er gehört ganz dir.« Und bevor Joe noch die Chance hatte, sich bei ihr zu bedanken, oder ich, ihr Gesicht richtig zu sehen, ging sie davon.

Einer der vielen Begriffe, die ich in letzter Zeit hatte nachschlagen müssen, war der Championatskader, der ständig erwähnt wurde. Ich hatte herausgefunden, dass es sich dabei um eine Art Programm handelte, das die Pferd/Reiter-Kombinationen unterstützte, aus denen sich das Team GBR zusammensetzte – »Viel Training, Lehrgänge in Pferdeheilkunde und sonstige Unterstützung«, hatte Becca mir erklärt, »wofür sie normalerweise 'ne Stange Geld hinblättern müssten.« Mark war seit fünf Jahren in dem Programm und hatte mit einer ganzen Reihe fantastischer Pferde dort trainiert (die alle Marias Vater gehörten). Derzeit nahm er mit Stumpy teil: Er plante, mit ihm bei den Weltreiterspielen anzutreten, die später in diesem Jahr stattfinden würden.

Von Zeit zu Zeit besuchte Marks Trainer Pierre den Hof, und dann kam auch Caroline Lexington-Morley herüber, um mitzutrainieren.

Heute übten sie Springreiten im Außenparcours.

Es war ein warmer Frühlingstag, und während Mark und Caroline über den Platz galoppierten, standen die Schafe auf der Wiese nebenan wie versteinert in der Sonne, was ziemlich lustig aussah. Schwerelos zogen Wolken über den Himmel, und im Buchenwäldchen unterhielten die Tauben sich träge miteinander. Eigentlich wäre es ein perfekter Nachmittag gewesen, doch Becca war in eine düstere Stimmung verfallen und hatte beim Mittagessen kaum ein Wort gesagt.

Draußen auf dem Trainingsgelände flirtete Caroline ungeniert mit Mark, und ich ertappte mich dabei, dass ich dem Ganzen mehr Beachtung schenkte, als mir lieb war.

»Es geht mich ja nichts an«, sagte ich zu Joe, der am Koppelzaun lehnte und mit großem Interesse das Training verfolgte, »aber ist Caroline nicht verheiratet?«

Joe lächelte. »Klar, Schnuckelchen«, entgegnete er. »Aber das hält in der Branche selten jemanden ab.« Er wandte sich wieder um und sah Mark zu, der gerade in perfektem Timing über eine ziemlich heftig aussehende Reihe von Hindernissen segelte und dabei optimal das Gleichgewicht hielt. Mittlerweile wusste ich, dass die Reihen als Kombinationen bezeichnet wurden und dass es ziemlich schwierig war, sie gut zu reiten. Mark und Stumpy aber waren seelenruhig und ließen das Ganze aussehen, als wäre es ein Kinderspiel.

»Grandios«, kommentierte Joe anerkennend. »Absolut grandios.«

Caroline – die mit ihrem pinken Lippenstift und ihren teuren Lederhandschuhen geradezu aufdringlich selbstbewusst wirkte – rief: »Gott, Waverley! Kannst du nicht wenigstens mal für eine *Minute* grottenschlecht sein, Schatzi?«

Mark galoppierte wieder an und ritt die Kombination noch einmal. »Großartig«, rief Caroline.

Lass ihn in Ruhe, hörte ich mich denken.

Mit solchen Gedanken ist jetzt augenblicklich Schluss, ermahnte ich mich im Stillen. Ich konnte bereits spüren, wie sich die Panik in meinem Bauch langsam nach oben schraubte. Entschlossen richtete ich den Blick auf Stumpy und ignorierte Mark.

Stumpy gab beim Traben einen seltsamen Laut von sich, eine Art tiefes, hohles Quietschen. »Was ist das für ein Geräusch?«, fragte ich Joe in dem Moment, als Mark gerade neben dem Zaun anhielt, an dem wir lehnten.

Doch Joe war nicht mehr da.

»Welches Geräusch?«, fragte Mark.

»Oh. Ähm … Das Geräusch, das Stumpy macht, wenn er trabt.«

»Luft in seinem Schlauch«, erklärte Mark und wandte sich ab, um Caroline zu beobachten, die jetzt an der Reihe war.

»Schlauch?«

Mit einem eindeutigen Lächeln um die Augenwinkel drehte

Mark sich wieder zu mir um. »Das Ding, das ihm hinten zwischen den Beinen hängt und seinen Penis schützt.«

Ich starrte auf Stumpys Hals. Ich traute mich nicht, auf seinen Schlauch zu gucken. Oder Marks Schlauch. Schritt. Gesicht. Egal, was.

Hilfe.

»Oh«, sagte ich schlicht. »Luft. Klar.«

»Jep.«

Ich bemühte mich, nicht zu lachen – wirklich –, aber es war zwecklos. Stumpy hatte einen quiekenden Schritt! Das war echt filmreif! Obwohl ich mein Bestes gab, mich zurückzuhalten, brach ich in schallendes Gelächter aus, und Mark stimmte sofort mit ein. Stumpy blickte mich an, als hätte ich sie nicht mehr alle, woraufhin ich noch mehr lachen musste. Wir lachten, bis mir die Tränen herunterliefen, und hörten erst damit auf, als Ana Luisa anmarschiert kam und ihrem Dad ein Büschel Unkraut durch den Zaun entgegenstreckte. Mark bedankte sich herzlich bei seiner Tochter und wies mich noch an, eine besonders schöne Vase für den Strauß herauszusuchen, dann prustete er erneut los.

»Wieso lacht ihr?«, fragte Ana Luisa ungeduldig, und ich musste flüchten, weil ich nicht in der Lage war, diese Frage zu beantworten.

Ich stellte das Sträußchen in ein altes Marmeladenglas und platzierte es auf einer der vielen wackligen Kommoden, die an den Wänden der Sattelkammer standen. Und selbst als Maria auf der Suche nach Mark hereingestürmt kam und keifte, ich sei nicht hier, um faul herumzusitzen, konnte ich nicht aufhören, zu grinsen.

Die Frau sieht ihrem kleinen Mädchen dabei zu, wie es eine der Gänseblümchenketten an seine Nase presst. Das Gesicht der Kleinen verzieht sich zu einem ulkigen verwirrten Ausdruck.

»Wieso stinken Gänseblümchen so, Mum?«, fragt sie schließlich. »Obwohl sie doch so schön aussehen?«

»Die Natur hat sie so gemacht.« Die Mutter lächelt. »Die Gänseblümchen finden wahrscheinlich auch, dass wir komisch riechen.«

Ihre Tochter kichert. Sie ist so schön, *denkt die Mutter. Mit ihrer Porzellanhaut, den hübschen großen blauen Augen, den kleinen Elfenöhrchen und den sanften Gesichtszügen – ein Zeichen ihrer besonderen Gabe, zu allen Menschen Vertrauen zu fassen. Sie schließt Freundschaften, wo immer sie auch hingeht, marschiert auf ihren schlanken Beinchen auf Fremde zu und stellt sich vor – die hochmütige Befangenheit, die ihre ältere Schwester so lähmt, kennt sie nicht. Manchmal gibt sie den Leuten auch die Hand und sagt sogar: »Wenn Sie möchten, dürfen Sie mich auf die Wange küssen.« Sie ist der reinste Sonnenschein.* Ein Freigeist, genau wie ihre Mutter, *heißt es im Dorf.*

»Hier«, sagt die Frau. »Creme dich noch mal ein. Die Sonne brät uns wie Spiegeleier.«

Die Kleine bastelt weiter an ihren Blumenketten. »Du sollst das machen«, verlangt sie. »Ich hab Geburtstag.« Sie lächelt ihrer Mutter kurz zu und freut sich, als die Erwachsene kichern muss.

»Frechdachs«, sagt die Mutter. Sie fängt bei den zierlichen Ärmchen ihrer Tochter an und schiebt ihr dann die Träger des weißen Baumwollkleids über die Schultern, um sie auch dort einzucremen.

Ohne Vorwarnung dreht die Kleine sich zu ihr um und küsst sie auf die Nase. »Ich hab dich lieb, Mummy«, sagt sie, und die Frau denkt: Wenn ich heute sterben müsste, würde ich vollkommen glücklich gehen.

Sie beschließt, später mit Bert über die Afrikareise zu sprechen. Vielleicht ist es noch zu früh dafür. Vielleicht sollte sie ihre wunderbare kleine Familie erst eine Weile zu Atem kommen lassen. Hat sie nicht alles, was sie will, genau hier? Hat sie nicht die Art von Glück erfahren, die jeden Sonnenaufgang in den Bergen übertrifft, jeden verlassenen Strand, jeden weiten Himmel, den sie auf ihren Weltreisen gesehen hat? Sie weiß, Bert würde alles tun, worum sie ihn bittet, aber sie weiß auch, dass er bei diesem Plan nicht vollkommen mit dem Herzen dabei ist. Eine beinah unanständige Woge der Liebe durchströmt sie, für diesen ruhigen, großzügigen Mann, den sie geheiratet hat, mit dem offenen Gesicht und den langen, spinnenartigen Fingern, der sanften Stimme und der unerschütterlichen Liebe, die er für sie empfindet. Heute beginnt er mit seinem Roman. An diesem Morgen ist sie so stolz auf ihn gewesen, dass sie sein kleines Arbeitszimmer verlassen musste, damit er die Tränen in ihren Augen nicht bemerkte.

»Okay«, verkündet ihre Tochter jetzt und hängt sich vorsichtig die letzte Blumenkette um den Hals. »Lass uns Verstecken spielen.«

Ihre Mutter willigt ein und verreibt den letzten Tropfen Sonnencreme auf dem Nacken ihres kleinen Mädchens.

Es wird das Letzte sein, was sie je für sie tun wird.

»Du versteckst dich zuerst«, sagt sie. Ihr Kind rennt über die Wiese davon und ruft: »MACH DEINE AUGEN ZU UND ZÄHL BIS ZEHN! NEIN, ZWANZIG! NEIN, DREISSIG! ZÄHL BIS EINE TRILLION MILLIARDE TAUSEND MILLIONEN!«

Für den Rest ihres Lebens wird die Kleine sich wünschen, sie hätte sich umgedreht und ihrer Mutter all das direkt zugerufen, anstatt den heißen Luftströmen, die über der Wiese schweben. Sie wird sich wünschen, sie hätte gesehen und sich nicht nur vorgestellt, was sich hinter ihr befunden hat: ihre Mutter, die auf der Rückseite der Woodford-Farm auf einem Teppich aus Gänseblümchen sitzt und lachend die Hände über die Augen gelegt hat.

Mehr als alles andere wird sie sich wünschen, dies wäre ihre letzte Erinnerung an ihre Mutter, und nicht die andere, die sie – auch nach fast drei Jahrzehnten – immer noch nicht auslöschen kann.

Kapitel 7

Annie

Es war Samstag, und Tim und ich waren im *Counter*, einem Café in Hackney Wick. Während die warme Maisonne emsig höher hinauf in den Himmel kletterte, saßen wir draußen auf dem Holzsteg des Cafés, aßen *Huevos Rancheros* mit scharfer Chorizo-Soße und dicken Scheiben Sauerteigbrot und sahen zu, wie das Licht funkelnd auf der Wasseroberfläche des River Lea auf und ab tanzte. Lizzy hatte uns abgesagt, weil sie einen Kater hatte, und Claudine hatte verkündet, sie würde eher ein Schwert schlucken, als in Hackney abzuhängen.

»Wow«, bemerkte Tim lächelnd. Gerade tuckerte ein schmales Boot vorbei, in dem eine junge Frau mit knallrot geschminkten Lippen saß, die einen Gymnastikanzug mit Leopardenmuster anhatte – und sonst nichts. Hinter ihr rekelte sich das Olympiastadion ausladend in der Sonne.

Hackney war nicht mehr das, was es vor vierzehn Jahren gewesen war, als ich mein kleines Häuschen abseits der Mördermeile angemietet hatte. Zum Glück hatte mein uralter Vermieter anscheinend nicht gemerkt, dass es sich zu einem sehr trendigen und teuren Wohnviertel entwickelt hatte, deshalb bezahlte ich immer noch weniger Miete, als andere Freunde von mir mittlerweile für ihre Zweizimmerwohnungen hinblättern mussten. *Ich sollte ihm wirklich mal sagen, was sein Haus wert ist*, dachte ich schuldbewusst. Das Problem war, dass ich mich – obwohl er wahrscheinlich supernett war –, nie dazu durchringen konnte, ihn anzurufen, weil er dann womöglich zu mir nach Hause kommen und sich dort mit mir allein unterhalten wollte.

Tim erzählte mir gerade von Mel, die offenbar mit dem Gesicht nach unten schlief und allergisch gegen Schweinefleisch war.

»Die Arme«, sagte ich. »Ich weiß, wie sie sich fühlt. Ich darf ja auch keine Getreide- und Milchprodukte essen.« Woraufhin ich ein Stück getoastetes Sauerteigbrot dick mit Butter bestrich.

Tim schien ganz begeistert von Mel zu sein, und erleichtert stellte ich fest, dass ich mich wirklich für ihn freute. »Vielleicht kriegen wir's ja langsam gebacken«, sagte ich hoffnungsvoll. »Ich hab 'nen anständigen Job gefunden und du 'ne anständige Freundin. Hat ja auch nur sechzehn Jahre gedauert, Tim.«

»So lange kennen wir uns schon? Echt?«

Ja, tatsächlich. Als ich Tim zum ersten Mal begegnet war, an meinem ersten Tag in der Selbsthilfegruppe, hatte er einen Kapuzenpullover und diese klobigen Turnschuhe angehabt, die immer nach feuchtem Hund riechen. Er war schon drei Wochen lang zu der Selbsthilfegruppe gegangen, und in dem Moment, als ich den Raum betreten hatte, war er zutiefst verzweifelt auf mich zugekommen. »Wenn wir wirklich so verrückt sind wie diese Leute hier, sollten wir uns überlegen, ob wir uns nicht jetzt sofort umbringen«, hatte er gesagt, der Junge mit der Neunzigerjahre-Boyband-Frisur und dem Flaum am Kinn. Mit düsterem Gesicht hatte er zu der Gruppe von deprimierten Teenagern hinübergestikuliert, die am hinteren Ende des Gemeindesaals im Kreis saßen.

»Ich fürchte, ich bin wirklich verrückt«, hatte ich entschuldigend geantwortet. »Ich hab 'ne Akte vom Psychologen als Beweis.«

Tim hatte traurig mit dem Kopf genickt. »Ich auch. Ist es nicht schon schlimm genug, Teenager zu sein? Müssen wir auch noch durchgeknallt sein?«

Und man sehe ihn sich heute an: groß, gepflegt gekleidet, glücklich und erfolgreich, ein kluger Psychiater mit einer großen Wohnung in Bethnal Green und nun auch noch mit einer Freundin! »Jetzt müssen wir dir nur noch 'nen anständigen Mann besorgen«, meinte er. »Dann haben wir alles komplett und leben glücklich bis ans Ende unserer Tage.«

Ich dachte darüber nach, ihm etwas zu erzählen, ließ es dann aber doch bleiben. Was genau hätte ich ihm sagen sollen? *Ach ja, ich bin in meinen Chef verknallt, also hab ich hoffentlich auch bald 'ne richtige Beziehung?*

»Was ist los?« Tim musterte mich auf diese nervige Art, die so viel hieß wie: *Ich kann sehen, was du denkst.* »Was geht da drinnen vor?«

»Nix.«

»Duhu!«, drohte er.

»Nichts. Ehrlich.«

»Annie! Du lügst.«

Ich beschäftigte mich eingehend mit meinen Eiern, malte mit ihnen Kreise in der öligen Chorizo-Soße, bis mein Teller ganz orange war, und konzentrierte mich auf das Klirren des Bestecks und das leise Summen der Gespräche um uns herum.

»Hat es mit deinem Chef zu tun?«

»Keine Ahnung.«

»Es hat mit deinem Chef zu tun!«

Schließlich nickte ich. »Es gibt aber nichts zu erzählen, Tim, also mach dir keine Gedanken. Er ist einfach nur sexy und witzig, das ist alles. Ich komm schon drüber hinweg, wie immer.«

Tim steckte sich den letzten Bissen seiner *Huevos Rancheros* in den Mund. »Also ist er vergeben. Was für 'ne Überraschung.«

Das war zwar noch nicht offiziell bestätigt, aber ich hatte die Befürchtung, dass es gar nicht anders sein konnte. Leider. Eine Zeit lang hatte ich mich noch der Hoffnung hingegeben, Stephens harte Zeit würde mit einer Trennung zusammenhängen. Als seine Assistentin Tash jedoch gestern über sein Haus gesprochen hatte, war immer von »sie« die Rede gewesen, und außerdem steckte in seinem Portemonnaie das Foto eines Kindes. Hinzu kam, dass er mir gestern während seiner Massage erzählt hatte, er würde übers Wochenende nach Paris fahren, und dorthin fuhren Männer nur mit einer Frau im Schlepptau.

»Ich hab alles unter Kontrolle«, behauptete ich. »Es ist nur 'ne vorübergehende Schwärmerei. Nichts von Bedeutung.«

Tim legte die Fingerspitzen aneinander und betrachtete mich.

»Hör auf damit, Tim.«

»Okay ...«

»Mach dir lieber Gedanken über deine Freundin. Die kann keine Schinkensandwiches essen.«

Tim lachte, und die leicht angespannte Atmosphäre war durchbrochen. Ich würde über meine Schwärmerei hinwegkommen. Wobei es nicht gerade hilfreich war, dass Stephen dauernd zur Massage kam. Allein in dieser Woche hatte er schon drei gehabt – »Ich bin total süchtig«, hatte er begeistert erklärt –, und je besser ich seinen Körper kannte, desto schwerer war es, keine Gefühle dafür zu entwickeln. Oben am Nacken hatte er eine kleine Einkerbung, weil er einmal beim Friseur mit einem Rasiermesser geschnitten worden war, und auf seinem linken Knöchel war ein Muttermal mit einer seltsam aussehenden Ellipse darum wie bei einem Planeten. Mir gefiel sein Körper viel zu sehr.

Es hatte auch nicht gerade geholfen, dass er mir nach meinem ersten Monat bei FlintSpark einen gewaltigen Präsentkorb hatte schicken lassen, um sich dafür zu bedanken, dass »meine Führungsriege so entspannt ist wie ein frisch gepudertes Baby«. Der Korb war voller teurer Nahrungsergänzungsmittel auf natürlicher Basis und frischer Sachen vom Markt gewesen. Nicht zu vergessen eine kurze Sporthose von Reebok! Stephen hatte sich gemerkt, dass ich nie Zeit hatte, zu trainieren oder zu kochen!

Meine Beziehung zu meinem Chef verwirrte mich sehr.

Nein, tat sie nicht.

Doch.

Oh Mann.

Tim und ich verließen das Café und betrachteten die im Stour Space nebenan ausgestellten Bilder. Nach weniger als einer Minute beschlossen wir allerdings, dass wir sie scheußlich fanden, und schlenderten stattdessen durch die Mittagssonne, über den Hertford Union Canal und dann am River Lea entlang. Dabei unterhielten wir uns über Lizzy, die mittlerweile einen dritten Freund in ihr Portfolio aufgenommen hatte, was schon manische Züge nahelegte.

»Sehnst du dich nicht auch manchmal danach, dass bei Le Clöbb einfach mal alle normal sind?« Ich seufzte. »Irgendwie steckt immer mindestens einer von uns in der Schlimmen Scheiße, in welcher Form auch immer.«

Tim hob einen Stein auf und versuchte, ihn über den Fluss in Richtung Olympiapark hüpfen zu lassen. Der Kiesel traf auf dem Wasser auf und ging sofort unter. »Also, ich wünsche mir nicht, dass wir alle normal sind«, antwortete er nachdenklich.

»Wobei: Ich weiß, was du meinst. Das Leben ist wie ein bunter Wandteppich, Prinzessin: Es gibt Höhen und Tiefen, Glück und Unglück. So ist die natürliche Ordnung.«

»Das Leben ist wie ein bunter Wandteppich, hm?« Ich grinste.

»Ja, das hab ich leider so gesagt. Aber du weißt schon, was ich meine.«

»Jep.«

»Übrigens, wo wir gerade von Schlimmer Scheiße reden, gibt's was Neues von Kate? Hat sie sich bei dir gemeldet?«

»Nein, aber ich denke, ihr geht's gut. Ich hab sie auf dem Festnetz angerufen, und irgendein Mädel ist drangegangen, das meinte, sie hätte Kates Zimmer für 'ne Zeit gemietet, weil Kate verreist ist. Ich schätze, sie hat einfach nur vergessen, mir Bescheid zu sagen. Sie wird sich schon melden.«

»Puh, das klingt beruhigend«, sagte Tim.

»Ja. Allerdings hoffe ich für sie, dass sie nicht ohne mich nach Asien geflogen ist.«

»Aber falls doch, erlaube ich dir nicht, ihr hinterherzufliegen. Du hast jetzt 'nen richtigen Job, Prinzessin, und es ist an der Zeit, mal ein paar Wurzeln in London zu schlagen.«

Tim ging öfter mal auf mich los, weil ich die Tendenz hatte, ans andere Ende der Welt zu fliegen. Genau wie meine Therapeutin hielt er es nicht für gesund; er behauptete, ich würde das nur dann machen, wenn meine Angst außer Kontrolle geriet, und es gehe mir nur darum, abzutauchen. Emotional abzutauchen: wegzurennen, zur Seite auszuweichen, anstatt mich den steilen Bergpfad hochzukämpfen, der zu einer gesunden Psyche führte.

Natürlich hatte er recht, aber ich fand, ich hatte ein Anrecht darauf. Trotz Tims Ausbildung und der vielen Gespräche, die wir im Laufe der Jahre über meinen Geisteszustand geführt hatten, war ich immer noch der Meinung, dass er einfach nicht verstand, wie anstrengend es für mich war, den Kopf über Wasser zu halten. Wenn die Arbeit, die man leisten musste, um sich ausgeglichen zu fühlen, ein ständiger Kampf war, hatte ich dann nicht das Recht, ab und zu mal abzutauchen? Ich meine, zumindest verkroch ich mich sechs Monate lang an einem tollen Ort und nicht in meinem Bett.

Und außerdem – wie ich ihm schon tausendmal zu erklären versucht hatte – ging es hier gar nicht nur ums Abtauchen. Ich *liebte* es, zu reisen. Ich liebte die Landschaften, den weiten Himmel, die Freiheit. Vor allem aber liebte ich das überraschende Gefühl von Sicherheit, das ich auf Reisen hatte. Ich gab meinen Rucksack am Gepäckschalter auf, ging durch die Sicherheitsschranke, und schwupps war es so, als würde meine ganze Seele aufatmen. Plötzlich war ich nur noch irgendeine Frau, ein namenloses Gesicht in einem Meer von Reisenden. Am anderen Ende nahm ich dann meine Tasche entgegen, tauchte in das feuchtwarme Gedränge aus wartenden Rikscha-Fahrern ein, und keiner wusste – oder interessierte sich dafür –, wer ich war.

Ich blickte in den Himmel, eine dünne Decke aus strahlendem Blau. »So bald werde ich nicht wegfliegen, du brauchst dir also keine Sorgen zu machen. Äh, Tim?«

»Ja?«

»Liebst du Mel?«

Tim runzelte die Stirn, hob noch einen Stein auf und unternahm einen weiteren erfolglosen Versuch, ihn hüpfen zu lassen. »Lieben?«

»Ja, genau. Das Wort mit dem L am Anfang. Und? Liebst du sie?«

»Jemanden zu lieben ist so, als ob man am Tropf hängt«, erklärte Tim nachdenklich. In seinem Blick lag eine Gefühlstiefe, die mich überraschte. »Und in diesem Tropf befindet sich das Leben selbst. So ein Gefühl hab ich bei Mel nicht – noch nicht … Aber sie ist toll. Ich denke, ich könnte mich tatsächlich richtig in sie verlieben.«

Ein Beagle, der seinem Herrchen ausgebüxt war, rannte an uns vorbei. »Wow«, sagte ich überrascht. Verstohlen blickte ich zu meinem Freund, der gerade in seiner eigenen Welt war. »So was hatte ich noch nicht. Das mit den intravenösen Drogen.«

Tim zuckte die Achseln. »Das heißt nur, du hast noch nicht den Richtigen gefunden. Oder es zumindest noch nicht zugelassen.«

»Oh Mann. Bitte keine Psychologie.«

»Ich bin Psychiater.«

»Dann eben keine Psychiatrie.«

Tim stöhnte verzweifelt auf und murmelte irgendetwas in Richtung ich sei eine echte Zumutung und würde sogar die diagnostischen Fähigkeiten seiner klügsten Kollegen auf die Probe stellen.

Doch ich hörte gar nicht hin. Irgendetwas stimmte nicht in diesem Bild. »Äh, Tim, vergiss mal für 'ne Sekunde, dass ich 'ne Zumutung bin. Können wir stattdessen bitte drüber reden, in wen du denn schon so tropfmäßig verliebt warst?«

Tim sah weg. »Wie?«

»Du hast mir grad auf ziemlich haarsträubende Art erläutert, wie es sich anfühlt, wenn man jemanden liebt. Und ich will wissen, bei wem du so was schon mal gefühlt hast.«

Tim blickte sehr unbehaglich drein. »Ich …«, begann er. Ich wartete.

»Das wird halt so gesagt«, erklärte er schließlich. »In Büchern und Filmen. Und sogar in Psychologie-Fachbüchern. Ich hab nicht aus persönlicher Erfahrung gesprochen.«

Für mich hatte das ganz anders geklungen. Aber ich beließ es dabei. Tim und ich wussten beide, wann es Zeit war, aufzuhören. Vielleicht war er auch schon bis über beide Ohren in Mel verliebt und wollte es nur nicht zugeben.

Wir setzten unseren Spaziergang fort.

Ein Stück entfernt von uns machte ein Mann Fotos vom Wasser und balancierte dabei unsicher auf der ausgemergelten Grasfläche des Ufers, während seine teuer aussehende Kamera gefährlich nah über der zitternden Wasseroberfläche baumelte. »Wenn er reinfällt, lache ich mich tot«, bemerkte ich, obwohl ich das wahrscheinlich nicht tun würde. Und dann, als ich den Kopf des Mannes von der Seite sah, die Form seiner Nase, wurde mir klar, dass es Stephen war.

Abrupt blieb ich stehen. Ich drehte mich um und wollte in die andere Richtung gehen, dann wandte ich mich wieder zurück, allerdings nur, um mich erneut umzudrehen und einige Schritte in die entgegengesetzte Richtung zu machen. Schließlich blieb ich ganz stehen, völlig gelähmt von meiner Unentschlossenheit.

»Annie?«, fragte Tim.

»Komm mit«, zischte ich und ging erneut weg. Tim folgte mir, ziemlich verwirrt. »Das ist er! Das ist mein CHEF!«

Tim blickte sich um. »NICHT HINGUCKEN!«, flüsterschrie ich.

Doch es war zu spät. Stephen musste gespürt haben, dass wir auf dem Weg ins Stocken geraten waren. Er drehte sich zur Seite und richtete sich dabei ein wenig auf. Die Linse seiner Kamera reflektierte einen Sonnenstrahl und leitete ihn blitzend in mein knallrotes Gesicht um.

»OH!«, brüllte ich. »HI!«

Stephen hängte sich die Kamera um den Hals. »Verfolgen Sie mich?«, rief er und kam beschwingten Schrittes herüber zu uns, ein strahlendes Lächeln im Gesicht. »Hallo«, begrüßte er Tim freundlich.

»Äh, Stephen, Tim, Tim, Stephen«, stellte ich die beiden einander vor. Ein Gefühl des Glücks durchströmte mich, wie immer, wenn ich Stephen sah. Gleichzeitig fragte ich mich, was um alles in der Welt ein Mann wie Stephen Flint hier in der Wildnis von Hackney machte.

»Hi, Sportsfreund«, sagte Stephen und schüttelte Tim die Hand. Zu meiner großen Überraschung hatte er Turnschuhe an, die allerdings aussahen, als hätten sie fünftausend Pfund gekostet.

Tim scharrte mit seinen fünfunddreißig Pfund »teuren« Chucks über den erdigen Boden, während Stephen wissen wollte, was uns hierhergeführt habe.

»Ich wohne hier«, erzählte ich ihm. »Na ja, in Lower Clapton. Wir haben gerade im Counter Café gefrühstückt. Kennen Sie das?«

Stephen strahlte. »Na klar! Das ist ja witzig – wir sind fast Nachbarn.«

Tim und ich starrten ihn an. »Sie wohnen in Hackney?«

Stephen riss seine Kamera hoch und machte schnell ein Foto von unseren erstaunten Gesichtern. »Skandal!« Er blickte auf sein Display. »Unternehmerarschloch lebt im OSTEN LONDONS! Ich hab ein Haus am Clapton Square.« Er hob einen Stein auf und ließ ihn in perfekten Sprüngen übers Wasser hüpfen.

»Ha! Das klingt ja so, als ob Sie ein ganzes Immobilienportfolio hätten!«, entgegnete Tim grinsend, als wäre der Gedanke vollkommen absurd. Er konnte ja nicht wissen, wie reich Stephen war.

»Um ehrlich zu sein, das hab ich auch«, gab Stephen zu. »Schrecklich, ich weiß.« Er zog eine entschuldigende Grimasse und brachte uns damit alle zum Lachen. Es war einfach unmöglich, Stephen nicht zu mögen. Sogar die leicht radioaktiv wirkende Ente, die an uns vorbeipaddelte, sah aus, als würde sie sich sofort mit ihm paaren wollen, wenn er ihr nur einmal zublinzelte.

»Ich dachte, Sie sind dieses Wochenende in Paris«, sagte ich.

»Die Reise hab ich circa fünfzehn Minuten nach meiner Massage bei Ihnen abgesagt. Ich hab beschlossen, mal auszuschlafen, einen Spaziergang zu machen, ein paar Fotos zu schießen ... Sie hatten recht«, fügte er hinzu. »Ich brauchte mal ein bisschen Erholung.«

Ich strahlte.

»Annie ist toll«, wandte Stephen sich an Tim. »Eine große Hilfe für mich und eine echte Bereicherung für FlintSpark. Außerdem übt sie einen äußerst guten Einfluss auf uns fiese alte Kapitalisten aus.«

Während die beiden Männer anfingen, sich über Stephens Kamera zu unterhalten, starrte ich aufs Wasser, aufgekratzt und ein bisschen durcheinander.

Es gefiel mir, wie Stephen sich selbst auf die Schippe nahm. Und dass er nicht in Surrey, sondern im Osten Londons wohnte und an einem Samstag durch die Gegend streifte, um Fotos vom Wasser zu machen – so wie ich während meiner Reisen. Vor allem aber gefiel mir, dass er kein Kind auf dem Arm hatte oder mit irgendeiner schönen Frau Händchen hielt.

Mein Bauch war voll mit Chorizo, und die Maisonne wärmte meinen Körper von außen, während drinnen mein Herz wie wild gegen meine Brust hämmerte.

»... mit Chorizo-Soße? Gott, die sind wirklich einmalig!« Stephen blickte mich an.

»Hm?«

»Ich fragte gerade, ob Sie je die *Huevos Rancheros* mit Chorizo-Soße probiert haben? Gott, die sind wirklich einmalig!«

Tim und ich sahen uns an. »Genau die hatten wir gerade!«

Ungebeten ging mir das Lied »Can't Take My Eyes Off You« durch den Kopf.

»Das bestellen wir jedes Mal«, erzählte Tim. »Allerdings ist das 'ne ziemliche Herausforderung – wenn ich nicht auf meinen Teller aufpasse, isst Annie mir meistens alles weg.«

Stephen legte den Kopf schief. »Sie beide sind ein tolles Duo. Sie lachen sogar zur gleichen Zeit. Sind Sie schon lange zusammen?«

Ich lief knallrot an. »Oh, nein! Wir sind nur sehr alte Freunde!«

»Ach, hören Sie auf. Sie passen zusammen wie Topf und Deckel!«

Verzweifelt schüttelten wir beide den Kopf, und ganz allmählich breitete sich ein schuldbewusster Ausdruck auf Stephens Gesicht aus.

»Oh, Mist«, murmelte er, als ihm klar wurde, dass er ins Fettnäpfchen getreten war. »Trotz der Tatsache, dass ich ein internationales Unternehmen leite, habe ich leider ein ziemliches Talent dafür, genau das Falsche zu sagen. Tut mir leid. Ich gehe jetzt besser. Noch ein paar alberne Fotos machen. Vorhin habe ich eine halbe Stunde damit verbracht, eine schwimmende Coladose zu fotografieren. Wenn man sich dabei ertappt, dass man so was macht, gehört man wohl wirklich nach Hackney.«

Lächelnd sah ich ihn an. »Ich komme immer noch nicht darüber hinweg, dass Sie hier wohnen.«

»Ha. Da haben Sie's. Ich bin nicht der, für den Sie mich halten, Annie. Es war schön, Sie zu sehen – und Tim, nett, Sie kennenzulernen.«

»Gleichfalls«, sagte Tim und schüttelte erneut Stephens Hand.

»Wow«, entfuhr es Tim, während wir davongingen. »Sogar *ich* steh auf ihn. Der Mann hat echt Ausstrahlung.«

»Ach, hör auf«, rief ich. Und dann: »Aah, Tim. Sieht er nicht *toll* aus?«

Tim nickte. »Ja, das tut er.«

»Ich wünschte, er wär Single«, klagte ich mit einem verzweifelten Lächeln. »Und nicht so nett. Wenn ich nämlich auch nur die kleinste Chance bei ihm hätte, würde ich es sogar auf meine alten Tage noch mal mit dem Flirten probieren.«

Tim musterte mich. »Ach, tatsächlich?«

»Ja. Ich will in ein großes Paarungshorn blasen und mich dann auf ihn stürzen!«

»Davon würde ich dir abraten.«

Wir lachten, aber ich spürte, dass Tim mir irgendetwas nicht sagen wollte. »Geh es nur langsam an«, war sein einziger Kommentar.

Später am Abend legte ich mir die Karten. Natürlich nur aus Neugier. Eigentlich stand ich nicht so auf Tarot, aber ich hatte die Karten auf einer meiner Reisen geschenkt bekommen und fand es ganz nützlich, sie zu befragen, bevor ich mich in meine neueste Manie stürzte.

Ich zog den Ritter der Kelche und das Ass der Kelche, was neue Liebe, neue Anfänge, Aufregung und Glück bedeutete, und als Zugabe ein bisschen Ritter-in-strahlender-Rüstung.

Ich untersagte mir, das Ganze mit Stephen in Verbindung zu bringen, und knickte in weniger als sechzig Sekunden ein. Ich dachte an das Sonnenlicht, das sich in seinen Augen gespiegelt hatte, an seine schönen Hände, die seine Kamera gehalten hatten, als wäre sie sein Kind, und ich dachte daran, wie locker er sich mit meinem lieben Freund Tim Furniss unterhalten hatte. War er mein Ritter der Kelche? Mein Ass der Kelche? Die intravenöse Droge, von der Tim gesprochen hatte?

Nein, schrie der kleine Teil in mir, der noch weitestgehend gesund war. Stephen war mein Chef, er leitete ein riesiges Unternehmen. Die Tatsache, dass ich mich so gut mit ihm verstand, war nur Zufall, und dass er ein Haus am Clapton Square besaß, war kein Zeichen.

Dieser Gedankengang funktionierte ganz gut, bis um zwanzig nach zehn mein Handy piepte und ich eine SMS von Stephen bekam.

Es war schön, Sie heute zu sehen. Auch auf die Gefahr hin, dass Sie mich jetzt wegen Belästigung anzeigen: Sie haben wirklich hübsch ausgesehen. Diese verrückten Ethno-Sachen, die Sie tragen, stehen Ihnen richtig gut (und ich hätte nie gedacht, dass ich mal so was sagen würde). Stephen X

Kapitel 8

Kate

Mein offizieller Willkommensumtrunk wurde um sieben Uhr im Paddock neben dem Trainingsplatz abgehalten. Da wir sofort mit dem Trinken anfingen, ging es ziemlich schnell ziemlich lustig zu.

Um neun Uhr, als wir alle lostorkelten, um unsere abschließende Runde bei den Pferden zu machen, war Mark immer noch nicht in Sicht. Erfolglos versuchte ich, mich davon abzuhalten, Sandra nach ihm zu fragen.

»Oh, der sitzt mit Maria und Ana Luisa beim Abendessen«, antwortete sie. »Ich habe heute Nachmittag bei Normington's ein paar schöne Schweinekoteletts eingekauft, für nur vier Pfund. Ingesamt!«

Sie ließ einen weiteren Burger durch den Grillrost in die heißen Kohlen fallen, seufzte und nahm einen Schluck von ihrem Campari Orange. Es war Sandras Idee gewesen, eine Grillparty zu veranstalten – eine wirklich schöne Idee –, allerdings hatte sie ein Talent dafür, das ganze Fleisch, das sie gekauft hatte, zu ruinieren.

Ich sagte ihr, die Sache mit den Koteletts klinge nach einem tollen Schnäppchen, nahm mir einen verkohlten Burger, damit sie sich wegen ihrer nicht vorhandenen Grillfähigkeiten nicht ganz so schlecht fühlte, und schlenderte davon. Ich war traurig und fühlte mich dumm. Warum hatte ich geglaubt, Mark würde mitfeiern? Er hatte lediglich gesagt, er würde einen Umtrunk für das Team organisieren. »›Team‹ bedeutet ›nur wir Pferdepfleger‹, du Hornochse«, murmelte ich vor mich hin. »Seine Sklaven. Seit wann ist er Teil des Teams?«

Ich beschloss, mich so richtig zu betrinken.

Becca, deren plötzlicher Stimmungsumschwung mir immer noch ein Rätsel war, hatte anscheinend die gleiche Idee gehabt. Sie saß etwas abseits von uns allen auf dem Zaun, rauchte eine selbst gedrehte Zigarette nach der anderen und arbeitete sich stetig durch einen Tetra Pak Shiraz hindurch. Als ich ihr einen Burger brachte, schüttelte sie nur den Kopf. »Mir geht's gut«, antwortete sie kurz angebunden auf meine Frage, ob alles in Ordnung sei, und fummelte dann an ihrer Weinpackung herum, bis ich wieder ging.

Eine halbe Stunde später wankte Sandra in Richtung Bett und kam nach nicht einmal fünf Minuten wieder zurück. Sie gestand, Mark und Maria hätten wieder einmal einen schlimmen Streit und sie habe Ana Luisa Ohrstöpsel gegeben. »Ich hätte keinen Moment länger im Haus bleiben können«, sagte sie. Mit zitternden Händen nahm sie einen weiteren Campari Orange von Joe entgegen, der sich überraschend liebevoll um sie kümmerte. »Maria ist wirklich ein Miststück. Sie will ihn dazu bringen, mit allen möglichen Pferden, die noch gar nicht so weit sind, an den Start zu gehen, nur damit sie und ihr Dad jedes Wochenende in einem anderen Champagnerzelt herumsitzen können. Dieses Miststück! Dieses kleine Miststück! Mein armer Mark! Die ganze Zeit schreit sie ihn an, obwohl die Kleine schon im Bett ist!«

Sandra ließ sich auf einen Stuhl sinken und brach in Tränen aus. »Das ist einfach zu viel«, schluchzte sie in Joes Armen. »Viel zu viel, Joseph. Es ist, als ob sich die Vergangenheit wiederholt.«

Ich hielt es für unangemessen, mich als Neuankömmling in die Angelegenheit einzumischen, und außerdem schien Joe alles unter Kontrolle zu haben. Trotzdem tat es mir im Herzen weh, Sandra weinen zu sehen. Sie war Marks Managerin, persönliche Assistentin, Pressesprecherin und Buchhalterin und hatte anscheinend niemanden außer ihm. Wie traurig, dass eine Familie, die nach außen hin so erfolgreich und glamourös wirkte, in Wahrheit kaum mehr war als eine leere Hülle. In der Personalscheune herrschte eine freundliche, warme, respektvolle und fröhliche Atmosphäre; im Haupthaus gab es nur Geschrei oder Schweigen.

Ich musste an meine eigene Familie denken, und in meiner Brust dehnte sich ein Schmerz aus, der mir fast die Luft abschnürte. Ich hatte sie auf so furchtbare Art getäuscht. Und meine Freunde auch. Was für ein Monster war ich nur? Ich fragte mich, ob sie mir je verzeihen würden, wenn sie die Wahrheit herausgefunden hatten. *Es tut mir so leid, was ich getan habe*, dachte ich. *Mum, Dad, ihr alle, es tut mir mehr leid, als ihr je wissen werdet.*

Ich goss mein Glas voll.

In einem Taxi kamen Carolines Pferdepfleger angefahren, nachdem sie gehört hatten, dass es bei den Nachbarn kostenlosen Alkohol gab, und die Party wurde schon bald ziemlich wild. Sogar Dirk und Woody, die Hunde, waren betrunken – dank Joe, der ihnen Cider eingeflößt hatte. Als Tiggy Wind davon bekam, versohlte sie ihm den Hintern mit einem Führstrick. »Hör auf, mich zu verprügeln, du alte Schlägerin«, maulte Joe und rieb sich den Hintern. »Galway, Tiggy ist schon wieder auf mich losgegangen. Kommst du her und streichelst meinen armen kleinen Hintern, Schnucki?«

»Ganz sicher nicht.«

»Ach, Galway. Ich FLEHE dich an.«

»Nein!«

»Verdammt noch mal.«

So betrunken wie schon seit Wochen nicht mehr torkelte ich, eingehüllt in eine Pferdedecke, zu Joe hinüber. Der stand traurig neben dem Grill und wippte leicht im Takt zu »What is Love« von Haddaway, das gerade aus Sandras tragbarem Radio kam.

»Genau da unten«, flüsterte er und zeigte auf seine Pobacke. »Hilf mir, Galway, du süßes Schnuckelchen. Ich bin das Opfer einer schrecklichen Misshandlung.« Lachend rieb ich über Joes Pobacke, was Carolines Stallmanager mit den Worten »Jetzt bist du fällig« kommentierte. Ich entgegnete, damit könne er durchaus richtig liegen: Einen knackigeren Hintern als den von Joe hatte ich noch nie in meinen Händen gehabt.

»Noch ein bisschen, Galway«, verlangte Joe und lächelte dabei wie ein frecher kleiner Engel. »Vielleicht ein bisschen weiter nach vorn.«

»Joseph!«, rief Sandra. »Benimm dich!« Doch mittlerweile lachte sie wieder. Alle lachten, außer Becca, die immer noch ein Stück abseits der Gruppe auf dem Zaun saß.

»Becca!«, rief ich kichernd. »Hilf mir!«

Sie blickte zu Joe und mir herüber, sah, dass Joe mir den Arm um die Taille gelegt hatte – und so tat, als wollte er meinen Hals küssen, während er stöhnend irgendein Volkslied über rote Rosen zum Besten gab –, und schüttelte den Kopf. »Ich gehe ins Bett«, verkündete sie. »Nacht zusammen.«

Mit einem Karateschlag befreite ich mich aus Joes Armen und lief ihr nach, doch bevor ich noch die Chance hatte, sie einzuholen, drehte sie sich um. »Nicht, Süße«, sagte sie. Im Licht der Laternen wirkten ihre Züge so angespannt wie das Fell einer Trommel. »Ich bin müde, angepisst und muss ins Bett. Morgen früh bin ich wieder ganz die Alte.«

Zum ersten Mal seit diesem Morgen schaute sie mir direkt in die Augen. In ihrem Blick lag eine Frage, die ich nicht verstand. »Was immer ich verbrochen hab, es tut mir leid«, sagte ich hilflos. »Ich dachte, du freust dich, wenn ich bleibe. Mir ist gar nicht klar, was ich eigentlich gemacht hab.«

»Du hast gar nichts gemacht«, antwortete sie schließlich, nachdem sie heftig ausgeatmet hatte. »Überhaupt nichts, Kate. Und zumindest darüber sollte ich froh sein.«

Erneut wandte sie sich zum Gehen, aber ich hielt sie am Arm fest. »Becca, bitte sag mir, was los ist.«

»Süße«, begann sie und starrte auf den Boden, »lass mich bitte los und geh wieder zu deiner Party.«

Mit diesen Worten marschierte sie davon, und ich ließ sie ziehen, weil ich viel zu verwirrt war, um irgendetwas zu unternehmen.

Gegen Mitternacht waren wir alle in einer schlimmen Verfassung. Wir hatten die Party in die Personalscheune verlagert, und Sandra war ins Bett gegangen. Von Becca war nichts zu sehen, aber die Hunde hatten es irgendwie hineingeschafft und lagen nun vor dem AGA-Herd, alle viere von sich gestreckt – und sturzbetrunken. »Guckt mal, was ich gemacht hab«, rief Joe kichernd, kuschelte sich an Woody und legte sich eins von dessen schlaffen Beinen um die Taille. »Guckt mal! Gott wird mich für meine Sünden bestrafen!«

Während Tiggy mit Carolines Stallmanager tanzte – dem affektiertesten Kerl, den ich je gesehen hatte –, spielten die anderen am Tisch Strip-Poker, worum ich einen großen Bogen machte. Zu betrunken, um zu tanzen oder auch nur gerade zu stehen, legte ich mich neben Joe und die Hunde auf den Boden. Dirk öffnete eins seiner schläfrigen Augen, schlug ein paarmal mit dem Schwanz auf den Boden und schlief dann weiter.

Joe rollte sich herum, sodass er direkt neben mir lag. Er sang eine Textzeile von The Cure mit, wo es darum ging, dass wir uns küssten, während der Himmel auf uns herabfiel. Joe war immer am Lächeln, immer nett zu allen, und wenn man gerade nicht gut drauf war, fiel ihm immer ein passender Spruch ein, um einen aufzuheitern. *Ich würde dich nicht von der Bettkante stoßen*, dachte ich und blickte ihm lächelnd in die liebevollen grünbraunen Augen. *Ich würde dich wirklich nicht von der Bettkante stoßen, wenn ich nicht schon so wahnsinnig verknallt in unseren Chef wäre.*

Entsetzt rollte ich mich weg von Joe. *HÖR AUF DAMIT!*, befahl ich meinem Kopf. *Findest du nicht, du hast schon genug Probleme, verdammt?*

Joe robbte mir hinterher und umarmte mich von hinten. »Kate«, raunte er und vergrub die Nase in meinen Haaren. »Katie-Schatz, können wir ein bisschen rumknutschen? Bitte? So ganz unverbindlich? Ich stehe das nicht mehr länger durch.«

Als würde ich mich selbst aus einer Ecke heraus beobachten, sah ich zu, wie ich mich wieder zurückrollte, sodass ich Joe gegenüberlag. Ich hatte Angst. Und das nicht, weil ich mich nur Zentimeter entfernt von Joes Gesicht befand. Ich hatte Angst, weil mein Herz gerade zugegeben hatte, dass ich in Mark Waverley verknallt war.

»Hi, du Sexbesessener«, sagte ich matt. »Scheint so, als würden wir auf dem Boden liegen.«

»Ist mir egal, wo wir liegen.« Er lächelte. »Ich muss dich einfach küssen, Katie. Ein Mann kann auch nicht ewig nur flirten.«

Ich darf nicht in Mark verknallt sein, rief ich innerlich. *Ausgerechnet in Mark. DAS DARF NICHT SEIN.*

Und so – ohne mir darüber Gedanken zu machen, dass ich mich in einem Raum voller Betrunkener befand, Tratsch sich in dieser Branche wie ein Lauffeuer verbreitete und Joe die größte Hure von Westengland war – ließ ich zu, dass Joe sich vorbeugte und mich küsste. Ein langer, weicher Kuss auf die Lippen, der nach Cider roch und nach Barbecue-Soße schmeckte. Ich spürte, wie Joe den Mund zu einem Lächeln verzog, und erlaubte meinem, dasselbe zu tun.

Dann entdeckte uns einer der Leute am Tisch und verkündete lautstark, Kate und Joe hätten Sex vor dem Herd. In diesem Moment öffnete sich die Küchentür, Mark Waverley kam herein, und das Erste, was er sah, war, dass Joe und ich zwischen seinen Hunden auf dem Boden lagen und uns küssten. Ihm wich jegliche Farbe aus dem Gesicht. Die Zeit stand still, während er auf mich herunterblickte und ich zu ihm hinauf.

»Oh, hallo Chef«, sagte Joe und winkte ihm zu. »Wie läuft's?«

Als ich einige Minuten später betrunken nach oben stolperte – während in meinem Innern ein Wirrwarr aus Schamgefühlen und Selbsthass herrschte –, sah ich, dass in Beccas Zimmer noch Licht brannte. Ich hielt inne. Becca war enttäuscht von mir – auf die gleiche bekümmerte Art wie meine Eltern früher, wenn ich ungezogen gewesen war –, und ich hatte nicht die leiseste Ahnung, wieso. Ich wusste nur, dass es mir überhaupt nicht gefiel. Ich wollte, dass alles wieder so wurde wie vorher. Becca war die einzige Freundin, zu der ich zurzeit Kontakt hatte. Ich brauchte sie. Und – was noch viel wichtiger war – ich hatte sie sehr gern.

Während ich die Treppe hochgetaumelt war, hatte ich die Haustür zuknallen hören – Mark war gegangen –, und dann hatte sich das leise Gemurmel der schockierten Partygäste in ein Brüllen verwandelt. »Ich hab mit Galway rumgeknutscht!«, hörte ich Joe rufen. »Wusste ich's doch, dass ich sie irgendwann rumkriege! Oh, ihr werdet sehen, bald treiben wir's miteinander in der Futterkammer.«

Ich hätte heulen können.

Während ich mich innerlich verfluchte für meine Dummheit, meinen Egoismus und dafür, dass ich so ein verdammt schwacher Mensch war, klopfte ich an Beccas Tür und fiel geradezu in ihr Zimmer.

»Hallo.« Ich wusste, dass ich wie eine kaputte alte Alkoholikerin aussah, aber das war mir egal. Ich wollte mich einfach nur entschuldigen für das, was auch immer ich getan hatte, damit wir das Problem zusammen aus der Welt schaffen konnten.

»Du hast also mit Joe rumgemacht«, stellte Becca fest und zog sich die Bettdecke bis zum Kinn, die mit einem zarten Blümchenmuster bedruckt war – das war so ziemlich der untypischste Bettbezug, den ich bei Becca erwartet hätte. »Das Geschrei war nicht zu überhören.«

Ich verzog das Gesicht. »Ich hasse mich. Wirklich, Becca, also bitte hass du mich nicht auch noch. Das krieg ich schon ganz allein hin, ehrlich.«

Becca starrte mich an, dann lächelte sie. Es war ein trauriges Lächeln, aber immerhin ein Anfang. »Ich hasse dich nicht«, gab sie seufzend zu. »Es ist unmöglich, dich zu hassen. Außerdem bist du meine Freundin.« Sie errötete leicht und zog die Decke noch höher. »Mich hasse ich, Süße.«

Da das Zimmer gerade ein bisschen Schlagseite bekam, setzte ich mich auf den Boden. Es gefiel mir immer weniger, so betrunken zu sein. Warum kam einem das anfangs immer vor wie eine gute Idee?

»Wenn du *dich* hasst und ich *mich*, hebt sich das vielleicht gegenseitig auf«, schlug ich vor.

»Interessante Logik«, erwiderte sie und setzte sich auf. »Willst du mit drunter?« Sie lüftete die Decke. Wie ein ungezogener Hund kroch ich in Beccas Bett. Nachdem sie die Grillparty verlassen hatte, musste sie geduscht haben: Sie roch nach künstlichen Himbeeren und sauberem Haar.

»Bitte sprich mit mir«, flehte ich. Meine Augen füllten sich mit Tränen. »Bitte sag mir, was los ist, Becca. Ich ertrag das nicht, wenn wir nicht miteinander reden.«

»Ich auch nicht.« Sie zupfte an einigen Fusseln auf ihrem Bettbezug herum, vielleicht, um die Fassung wiederzugewinnen. »Mark«, gestand sie schließlich. »Ich liebe ihn.«

Abrupt drehte ich den Kopf und starrte sie an.

»Nein, ich liebe ihn nicht. So lange, wie das Ganze jetzt schon vor sich hin dümpelt, ist es wohl eher eine Art von Besessenheit. Aber egal, ob Liebe oder Besessenheit, ich kann nicht damit aufhören.«

»Dann bist du nicht lesbisch?«, rutschte es mir heraus. Wow. Ich hätte nicht gedacht, ich könnte mich noch mehr hassen als noch vor zehn Sekunden. »Oh Gott«, sagte ich, »was für 'ne blöde und unverschämte Frage. Bitte antworte einfach gar nicht darauf. Tut mir echt leid, Becca.«

Sie kicherte. »Nein, ich bin nicht lesbisch, Süße. Wobei meine Mum der Ansicht ist, dass ich 'ne ziemlich gute Vorstellung abliefere. Sie ist Psychologin und glaubt, ich ziehe mich an wie eine stereotypische Lesbe, um mich vor einer intimen Beziehung mit einem Mann zu schützen, oder so ähnlich.«

Dümmlich nickte ich. Das war mir zu gehirnlastig für diese Uhrzeit.

»Vor vier Jahren hatte Maria 'ne Affäre«, erzählte Becca offen. »Was ziemlich Ernstes. Dafür hat sie sich sogar von Mark getrennt und Ana Luisa hiergelassen. Nett, oder? Den Typen hat sie in Gatcombe kennengelernt, einer von der Fédération Équestre Internationale. Sie hat beschlossen, dass der für sie noch nützlicher ist als Mark, und 'ne Woche später hat Mark die beiden in Burghley in einem Transporter erwischt. Er hat sie endlich mal zusammengeschrien – was schon lange überfällig war –, und dann hat sie ihn verlassen, einfach so, weil sie keine Kritik duldet. Sandra war völlig fertig, und Mark ist sogar ein paar Tage nicht mehr aufs Pferd gestiegen. Damals war ich die einzige andere Frau auf dem Hof, deshalb haben sie mich ins Haus geholt, um mich mit um Ana Luisa zu kümmern.«

Einen Moment lang schwieg sie. »Ich hab dieses Kind geliebt. Sie war so verdammt traurig, Kate. So verloren und ängstlich und durcheinander. Als Mark die Sprache wiedergefunden hat, ist er ins krasse Gegenteil verfallen und hat nicht mehr aufgehört, zu reden. Er hat mich Tag und Nacht zugetextet, über seine *Gefühle*, ihre Beziehung, sogar über die Beziehung zu seinem Dad. Ich meine … Gott!«

Tief berührt hörte ich ihr zu.

»Er war so geschockt, weil Maria tatsächlich gegangen ist, und hat sich total Sorgen gemacht, dass die Kleine dadurch irgendeinen Schaden erleiden könnte. Er hat's nie zugegeben, aber er hat auch ziemlichen Schiss gehabt, dass Maria ihm die Pferde wegnimmt. Er hat geweint, Kate, jeden Tag.«

Eine Träne löste sich aus Beccas Augenwinkel. Heftig rieb sie sich mit ihren rissigen Händen über das Gesicht, doch sie konnte die Tränen nicht aufhalten. »Und ich dumme Kuh, die noch nie 'ne richtig enge Beziehung mit 'nem Mann hatte, war total verwirrt und hab gedacht, das würde was bedeuten. Und daraufhin hat mein dämliches Herz beschlossen, dass ich ihn liebe. Und dass er vielleicht dasselbe für mich fühlt.«

Ich legte ihr den Arm um die tätowierten Schultern.

»Hat er natürlich nicht, Süße. Nachdem er mich zwei Wochen lang vollgequatscht hat, war es vorbei, weil Maria beschlossen hat, zurückzukommen, und damit war er wieder in seinem beschissenen alten Leben gefangen. Er hasst es, Süße, aber er ist so beschäftigt, dass er keine Zeit hat, darüber nachzudenken. Er hat die Pferde, die Vorzeigefrau, das durchgeknallte Kind und seine Mum, die fröhlich vor sich hin trällert und so tut, als wäre alles supertoll.«

Becca fing an, zu schluchzen. »Er hat sie einfach wieder zurückgenommen, im selben Moment, in dem sie beschlossen hat, dass er ihr viel zu viel nützt, um ihn aufzugeben. Als ob ihr sein Glück total egal wär.« Ihre Schultern erbebten. »Ich kann immer noch nicht fassen, was für ein Vollidiot ich gewesen bin, Süße. Es tut mir so leid, dass ich heute Morgen so miese Laune hatte. Ich war nur eifersüchtig, weil er dich mit nach Badminton nehmen will und 'nen Umtrunk für dich organisiert hat, obwohl er für mich nicht mal 'ne Tasse Tee gekocht hat. Und ich war neidisch, weil er bei dir mehr als einen Satz zustande kriegt. Ich hab mir eingeredet, dass er auf dich steht. Und du auch auf ihn.«

Damit barg sie das Gesicht an meiner Schulter und begann, laut zu weinen.

Ich drückte sie fest an mich und wiegte sie in meinen Armen. Dabei summte ich ein Lied, das meine Mum mir immer vorgesungen hatte, wenn ich hingefallen war und mir wehgetan hatte. Irgendwann hörte Becca schließlich auf, zu weinen.

»Hör mal«, sagte ich, nachdem sie sich wieder beruhigt hatte. »Ich stehe nicht auf Mark. Und er steht auch nicht auf mich. Ich hab gerade Joe geküsst, du erinnerst dich? Zwischen Mark und mir ist nichts. Kein Funken, nichts. Da war nie was, und da wird auch nie was sein. Glaubst du mir das?«

Beccas Augen waren ganz rot und glasig. Sie wollte mir glauben. Sie wollte mir das, was ich gerade gesagt hatte, fast so sehr glauben wie ich selbst.

In diesem Moment wusste ich, dass das, was ich gerade gesagt hatte, stimmen musste. Da war nie etwas gewesen, und da würde auch nie etwas sein. Punkt. Ich entspannte mich ein wenig. Derzeit war ich echt super darin, die Schlimme Scheiße zu verdrängen. Ich würde meine verwirrten Gefühle bezüglich Mark einfach in den stetig wachsenden Zutritt-verboten-Bereich meines Gehirns abschieben und dann mit meiner Arbeit weitermachen.

»Danke, Süße«, murmelte Becca schließlich. Ihre Stimme zitterte, aber ich konnte spüren, dass ihre unerschütterliche Stärke langsam zurückkehrte. »Ich glaube dir. Danke, Kate.«

Kapitel 9

Annie

In der Woche nach meiner unerwarteten Begegnung mit Stephen in Hackney ertappte ich mich dabei, wie ich heimlich Lippenstift auftrug, wenn ich mit dem Rücken zu ihm stand, und mir mehr als einmal die Haare zu einer welligen, voluminösen Frisur föhnte. Solche Täuschungsmethoden waren nicht gutzuheißen. Eines Tages traf ich mich mit Claudine in der Firma zum Mittagessen. In der Sekunde, als sie mich sah, verfinsterte sich ihr Blick. »Isch wusste es!«, zischte sie. »Du stehst auf deinen Chef! Annie, du machst dir etwas vor. Männer wie Stephen sind *schlescht*.«

Am nächsten Tag wartete ich sehnlichst darauf, dass Stephen zu seinem Massagetermin vorbeikam. Ich hatte mir vorgenommen, eine Liste mit Gründen zusammenzustellen, warum Claudine mit ihrer Einschätzung falschlag.

Doch Stephen kam nicht, weder in dieser Woche noch in der nächsten. Genau genommen sollten fast drei Wochen vergehen, bevor ich ihn wiedersah. Tash erzählte mir schließlich, dass Stephen in Hongkong war. »Und er hat da drüben viel zu viel Spaß«, befand sie und verdrehte die Augen. Ich verdrehte daraufhin ebenfalls die Augen und fühlte mich elend.

Dauernd sah ich auf dem Handy nach, ob er mir wieder eine seiner tollen SMS geschickt hatte, doch es kam nichts. Ich verbrachte einen ganzen Abend damit, stinkenden Comté-Käse aus dem Delikatessengeschäft in der Chatsworth Road zu essen und dabei im Internet Zeitungsartikel über Stephen zu lesen und ihn auf Facebook zu stalken. Irgendwann fing ich an, mich selbst zu verfluchen. Konnte ich mich nicht *einmal* – nur für eine Woche oder wenigstens einen Tag – auf normale Art verlieben, in einen normalen Mann?

Als ich im *Spectator* ein Interview mit ihm fand, aus dem eindeutig hervorging, dass die Journalistin hin und weg von ihm gewesen war, aß ich noch mehr Käse und gab schließlich meinem (leider gleichgültigen) Wohnzimmer gegenüber zu, dass ich mich in Stephen Flint verknallt hatte.

Am siebten Abend seiner Abwesenheit, als es gerade zehn Uhr geschlagen hatte, klingelte mein Handy, und die Nummer war unterdrückt. Ich stürzte mich auf das Telefon, als wäre es das letzte auf Erden.

Dann wartete ich ein paar Sekunden. »Äh, hi?« So lässig hatte ich noch nie geklungen.

»Annie, altes Haus«, rief Kate Brady. »Wie schaut's?«

»Kate …« Der Klang ihrer Stimme löste ein warmes Gefühl in meinem Innern aus, und ich schloss die Augen. »Mensch, ich dachte schon, ich höre nie wieder was von dir. Wo *warst* du?«

Kate lachte leise. »Ich weiß, Süße, tut mir leid. Ich hab mich aufs Land geflüchtet.«

»Was? Geflüchtet? Mit wem?«

»Mit mir, Annie. Mit mir und 'nem Haufen Pferde. Ich hab 'ne super Zeit hier, und das, obwohl ich meistens aussehe wie ein Misthaufen.« Dann legte sie mit ihrem Bericht los und erzählte mir ganz locker – als wäre das etwas, das die Leute andauernd täten –, sie habe die Schnauze voll gehabt von Dublin und beschlossen, sich ein Sabbatjahr auf dem Land zu nehmen.

»Ich genieße es«, schwärmte sie. »Es ist wie im Traum, Annie. Die Morgen sind wunderschön, und bisher ist das Wetter echt klasse … Ich könnte hier bis in alle Ewigkeit bleiben.«

Wir unterhielten uns noch eine Weile über ihr Leben auf dem Hof. Es klang wundervoll, aber aus irgendeinem Grund hatte ich die ganze Zeit das Gefühl – ohne genau sagen zu können, warum –, dass es da noch etwas gab, das sie mir nicht erzählte. Doch ich bohrte nicht nach. Fast mein ganzes Leben lang hatten Ärzte und Psychologen in meinem Kopf herumgestochert, und daraus hatte ich gelernt, mich zurückzuhalten, wenn jemand über etwas nicht mit mir sprechen wollte.

»Und was machst *du* so?«, wollte Kate wissen. »Wie geht's dir?«

»Ich stehe nackt vor dem Spiegel in meinem Schlafzimmer«, gestand ich.

»Oh, okay. Super.«

Vor ihrem Anruf hatte ich mich gerade angestarrt und mich gefragt, was Stephen wohl denken würde, wenn er mich je nackt sah. Ein Mann mit dem Aussehen eines Filmstars und der dazu passenden Garderobe zog einer kalkweißen jungen Frau die abgetragene indische Baumwollunterwäsche vom schwabbeligen Körper – einer Frau mit einem, wie ich fand, ziemlich durchschnittlichen Aussehen, mal abgesehen von ihrem schönen langen blonden Haar. Neben Stephen und dessen leicht gebräunter Haut würde ich aussehen wie eine alte weiße Plastiktüte. Und wieso fragte ich mich eigentlich, wie er mich nackt finden würde? Ja, er verhielt sich überraschend nett, was er wahrscheinlich bei jedem tat, und er hatte mir diverse nächtliche SMS geschickt – vermutlich vom Schreibtisch aus, so, wie ich seinen Terminplan kannte. Aber jetzt war er verreist und dachte nicht mehr an mich. Es gab also überhaupt nichts zu erzählen.

Dennoch fühlte ich mich ziemlich allein mit meiner Schwärmerei. Claudine hatte unmissverständlich deutlich gemacht, dass ihr das, was sie von Stephen hörte, nicht gefiel. Mit ihr konnte ich mich also nicht darüber unterhalten, und als ich Lizzy gegenüber mit meiner kleinen Schwärmerei herausgerückt war, hatte sie mir trotz ihrer anfänglichen Begeisterung davon abgeraten, mich mit meinem Chef einzulassen. Selbst Tim hatte sich komisch benommen, als ich versucht hatte, mit ihm zu reden.

Deshalb sprach ich nun mit Kate darüber. Ich erzählte ihr alles: von seiner Hand auf meinem Rücken, seinen SMS und dem seltsamen Gefühl, nach Jahren des Winterschlafs endlich wieder aufzuwachen, was ausschließlich mit Stephen zu tun hatte, da war ich mir sicher.

»Na klar lässt du dich darauf ein«, sagte Kate, als ich geendet hatte. »Wenn der nicht mit dir flirtet, Annie, fress ich 'nen Besen. Denk immer dran: Du bist zwanzigmal so hübsch, wie du glaubst. Du weißt doch, alle meine Jungs in Dublin sind total verrückt nach dir.«

Verlegen lächelte ich. Einer von ihnen hatte sich mit mir auf einen Drink treffen wollen, als er kürzlich in London gewesen war. Ich hatte mich dazu durchgerungen, Ja zu sagen, hatte das Treffen dann jedoch drei Stunden vorher abgesagt, weil ich leichtes Herzrasen gehabt und nichts hatte essen können. »Claudine mag ihn nicht.«

»Ach, Annie, die mag doch *niemanden*. Außer ihrem dicken, furzenden Ehemann. Süße, trau dich einfach. Wenn er mit dir ausgehen will, sag Ja. Was kann denn schlimmstenfalls passieren?«

Dann, eines Morgens, war er wieder da.

Es war elf Uhr, und ich bereitete mich gerade auf meine nächste Klientin Jamilla vor. Stattdessen kam jedoch Stephen hereingetrottet, völlig erschöpft und ganz grau im Gesicht. »Annie!«, krächzte er. »Gott sei Dank! Ich habe gerade vierzehn Stunden in einem Flugzeug gesessen. Ich sterbe. Sie sind die Einzige, die mich erlösen kann.« Er ließ sich in einen Lehnstuhl fallen, der in der Ecke des Raumes stand, und sah dabei eher wie ein müder kleiner Junge in einem zerknitterten Anzug aus und nicht wie ein Multimillionär.

»Hey«, begrüßte ich ihn lässig. »Hatten Sie eine gute Reise? Haben Sie Jamilla ihren Massagetermin abgeluchst? Eigentlich wäre sie die Nächste.« Ich tat so, als hätte ich irgendetwas an meinen Massageölen zu tun – mir zitterten die Hände.

»Nein.« Stephen schlüpfte hinter den seidenbespannten Sichtschutz, um sich umzuziehen, und ließ mich leicht verwirrt zurück. Normalerweise wartete ich nebenan, während meine Klienten sich umzogen, aber der Gedanke daran, dass er nur durch ein Stück Seide von mir getrennt war … »Jamilla ist nicht mehr bei uns.« *Wumms.* Seine Klamotten landeten auf dem Boden.

»Echt? Wieso das denn?«

»Oh, wir mussten sie entlassen.«

»Was?«

»Sie hat versucht, uns aus dem Markt zu drängen. Oder besser gesagt: Sie hat der Konkurrenz bei dem Versuch geholfen, uns aus dem Markt zu drängen.«

Wumms.

Ich starrte auf den Seidenstoff. »Nein! Das kann nicht sein!«

Stephens Kopf tauchte über dem Sichtschutz auf. »Leider doch. Ihr sind schon seit einigen Wochen kleinere Fehler unterlaufen, aber ich hab gedacht, sie hat vielleicht private Probleme. Dann habe ich allerdings eine Buchprüfung durchführen lassen, in einer Abteilung, mit der sie überhaupt nichts zu tun hat … Tja, wie sich herausgestellt hat, lag ich mit dieser Annahme leider falsch. Sie … Ehrlich gesagt, Annie, ich sollte eigentlich gar nicht darüber sprechen. Zumindest nicht, bis die Fakten sich bestätigt haben.«

Ich konnte es nicht fassen. »Okay … Aber *was* …? Wie? Ich kapier's einfach nicht.«

»Mike und ich haben noch einen tollen Nachmittag mit den Buchprüfern vor uns, und wahrscheinlich auch mit dem Betrugsdezernat, um Licht in die ganze Angelegenheit zu bringen.« Stephen seufzte. »Was ich wirklich nicht gebrauchen kann.«

In einen Bademantel gekleidet kam er hinter dem Sichtschutz hervor. »Ich hab sie immer für eine fantastische Mitarbeiterin gehalten«, erzählte er mir. »Die ganze Sache nimmt mich wirklich mit. All die Wellness-Ratschläge, die sie mir gegeben hat … Dabei war ihr meine Gesundheit völlig egal.«

»Aber wie? Ich meine, *wie* konnte sie einen Betrug begehen? Sie war doch nur ein *Wellnesscoach*!«

Stephen lächelte gepresst. »Ein Wellnesscoach mit Zugang zu allem und jedem. In eurem Bereich sehen wir das mit den Sicherheitsmaßnahmen ziemlich locker, aber ich fürchte, das wird sich ändern.«

Ich war wie vor den Kopf geschlagen. Jamilla war mir immer so sympathisch gewesen.

Leicht in Panik wegen dieser Neuigkeiten, fragte ich mich, was wohl passieren würde, wenn jemand von meinen Internetrecherchen über Stephen Wind bekäme. Galt *das* schon als Herumschnüffeln? Würde man mich rausschmeißen? Durften sie mein Handy und meinen Computer zu Hause durchsuchen? Mein Herz begann zu rasen. Ich musste vorsichtiger sein. *Hör auf, dich so bescheuert aufzuführen.*

»Jedenfalls habe ich jetzt keinen Wellnesscoach mehr, solange wir noch keinen Ersatz für sie gefunden haben«, sagte Stephen gerade. »Sie, Annie Mulholland, müssen den Anführer des Volkes wieder auf die Beine bringen. Ihr Pech.« Er lachte leise. »Ihr *großes* Pech. Ich war ziemlich unartig, mein Körper ist total verspannt.«

»Unartig? Inwiefern?« Ich war mir nicht sicher, ob ich das wirklich wissen wollte.

»Insofern, als dass ich zu viel gearbeitet und nicht genug geschlafen habe«, antwortete Stephen und setzte sich auf den Rand der Massageliege. Der Arme sah völlig fertig aus.

Danke, lieber Gott.

Und: *Reiß dich verdammt noch mal zusammen, Annie.*

»Mein Gott, sind Sie gut«, befand er gähnend, nachdem ich fertig war. »Ich bin heute Morgen todmüde aus dem Flieger gestiegen, dann hab ich das mit Jamilla erfahren und war so richtig am Boden. Aber jetzt fühle ich mich so stark wie … wie ein Löwe!« Er gab ein leises, schläfriges Brüllen von sich.

»Schön, dass Sie so viel aus den Massagen ziehen«, sagte ich. »Das freut mich.«

»Und das ist eins der Dinge, die ich so an Ihnen mag«, gestand Stephen, der Löwe. Seine Mähne war ganz verstrubbelt, und ich konnte mich nicht daran erinnern, jemals in meinem Leben so verknallt in jemanden gewesen zu sein. »Sie wollen andere wirklich glücklich machen. Sie sind sehr lieb, wissen Sie das?«

Ich zwang mich, nach nebenan in mein Büro zu gehen, damit er sich anziehen konnte. Er hatte mir nicht zum ersten Mal gesagt, dass er mich für einen netten Menschen hielt. Hatte er tatsächlich recht damit?

Dann hörte ich, wie er prustend auflachte. »Ähm, Annie?«

»Ja?«

»Kommen Sie doch bitte mal her.«

Ich ging durch bis in den Massageraum. Stephen hielt sein Handy hoch. »Ich habe das hier vom Tisch genommen, weil ich dachte, es wäre meins. Anscheinend ist es aber Ihres. Als ich es angemacht habe, ist nämlich ein Bild von mir aufgepoppt.«

Oh Gott! Oh nein. Ich betete, dass es nicht das Bild war, das ich heute Morgen gegoogelt hatte, bevor er gekommen war.

Es *war* das Bild von Stephen, das ich heute Morgen gegoogelt hatte, bevor er gekommen war.

»Können Sie mir das erklären? Stalken Sie mich?«

Mir fiel nichts ein – *nichts* –, was ich hätte sagen können.

»Meine Freundin wollte wissen, wer Sie sind«, behauptete ich schließlich aus lauter Verzweiflung. »Sie arbeitet in der Medienbranche und dachte, sie wäre Ihnen vielleicht schon mal begegnet …«

So geschockt war ich noch nie gewesen. In meinem ganzen Leben nicht. Wieso zum Geier hatte ich mein Handy dort liegen lassen? Und was *dachte* ich mir eigentlich dabei, Bilder von meinem Chef zu googeln?

Oh, bitte lass mich auf der Stelle sterben.

»Ist schon in Ordnung«, sagte Stephen grinsend. Dann blickte er mich prüfend an. »Ehrlich, Annie, es ist okay. Ich halte Sie doch nicht ernsthaft für eine Stalkerin. Bitte, das muss Ihnen überhaupt nicht peinlich sein!« Schweigen. »Bitte.«

Draußen hatte sich die Sonne durch einige Wolken hindurchgeboxt, und in der Musiklounge nebenan spielte jemand Klavier. Leise summte Stephen die Melodie mit, während er etwas auf seinem Handy las. *Er hat es schon wieder vergessen,* sagte ich mir. *Es ist alles gut. Du musst einfach nur damit aufhören, ihn zu stalken.*

»Okay.« Stephen steckte sein Handy ein. »Ich habe gerade beschlossen, mir einen Kaffee zu gönnen, bevor ich zurück unter Tage gehe. Hätten Sie Lust, mich zu begleiten?«

»Äh, ich hab noch bis mittags Klienten«, setzte ich an, doch Stephen unterbrach mich.

»Tash wird sich darum kümmern. Ich habe nämlich einen Vorschlag, über den ich gerne mit Ihnen sprechen würde, Annie Mulholland.«

»Okay!«, hörte ich mich sagen. »Klingt super.«

Stephen führte mich um die Ecke zu einem süßen, winzig kleinen Café mit alten Holzbänken und Bergmannslichtern. Als wir durch die Tür kamen, drehten sich mehrere Leute zu uns um, und mein dämlicher Kopf fing an, zu glühen wie eine Warnleuchte. Stephen war sicher der bestaussehende Mann von ganz London, und mit dem war ich jetzt hier in diesem Café. Wobei mich schon allein die Tatsache beeindruckte, dass ich überhaupt mit einem Mann in einem Café war.

»Oje«, entfuhr es ihm, als wir auf die Theke zugingen. »Ich wette, Sie trinken keine koffeinhaltigen Getränke …«

»Nach dem Schock brauche ich jetzt einen Kaffee.«

Gerade als wir das Gebäude verlassen hatten, war die Polizei eingetroffen. »Betrugsdezernat«, hatte Stephen düster gemurmelt und kurz gezögert, weil er wahrscheinlich gebraucht wurde. Doch dann hatte er die Achseln gezuckt. »Ach, egal«, hatte er gesagt. »Mike ist der beste Firmenanwalt der Welt. Wenn er das nicht allein hinkriegt, schmeiße ich ihn raus.«

»Annie, das war nur ein Scherz«, hatte er hinzugefügt, als er meinen Gesichtsausdruck bemerkt hatte.

Dann waren wir einfach gegangen, und ich hatte mich gefragt, was in aller Welt in Jamillas Leben so schiefgelaufen war, dass sie sich genötigt gesehen hatte, zu solchen Mitteln zu greifen. Mir war schlecht geworden bei dem Gedanken, dass sie jetzt in irgendeinem Zimmer mit lauter Polizisten und Anwälten festgehalten wurde. Das überstieg fast meine Vorstellungskraft.

Wir setzten uns auf eine Bank am Fenster und sahen beim Warten zu, wie das Leben im sonnigen Viertel Clerkenwell an uns vorbeizog. »Sie haben recht«, erklärte ich an Stephen gewandt. »Eigentlich trinke ich keinen Kaffee, aber in Wahrheit stehe ich total drauf. Ich hab mal einen Reiki-Lehrgang in Melbourne gemacht, vor ungefähr zehn Jahren, da hab ich meinen ersten richtigen Flat White getrunken.«

Stephen lächelte. »Das war bestimmt eine Offenbarung.«

»Ich konnte es gar nicht fassen, dass Kaffee so gut schmecken kann! Als australischer Kaffee endlich nach London gekommen ist, hab ich geweint. Verraten Sie das aber bitte nicht meiner Ernährungsberaterin. Ich trinke nichts mit Koffein. Oder Alkohol. Und ich esse auch keine Lebensmittel, die Zucker enthalten. Oder Gluten. Oder Laktose.«

»Haha! Sie sind wirklich witzig, Annabel Mulholland.«

Es kostete mich Mühe, nicht bis über beide Ohren zu grinsen. Typen wie Kate Brady waren witzig, nicht ich!

»Meinen ersten richtigen Kaffee hatte ich in Sydney«, erinnerte Stephen sich. »Mittlerweile trinke ich nur noch handgerösteten Flat White.« Er grinste. »Wir sind schon ein bisschen bekloppt.«

Nachdem man uns den Kaffee an den Tisch gebracht hatte, kamen wir irgendwie auf Urlaubsgeschichten aus unserer Kindheit zu sprechen. Es stellte sich heraus, dass wir beide an dem gleichen kleinen Strand in Wales gewesen waren und sogar auf demselben Campingplatz gewohnt hatten. »Was hab ich diese Waffeln geliebt, die es immer in dem kleinen Laden gab«, erinnerte Stephen sich. »Kennen Sie die noch? Diese runden Dinger? Mein Gott …«

»Oh ja! Ich hab meinen Dad immer so lange genervt, bis er uns welche gekauft hat.« Vermutlich war ich leicht rot im Gesicht und ein wenig zu laut, aber das alles kam so überraschend. Ich hatte noch nie jemanden getroffen, der Tresaith kannte, geschweige denn dort als Kind nackt am Strand herumgelaufen war! Und die Waffeln! Diese Waffeln!

»Gott, diese Waffeln, Annie Mulholland.« Stephen trank einen Schluck von seinem Kaffee und betrachtete mich. »Mir ist aufgefallen, dass Sie ein paarmal Ihren Vater erwähnt haben, aber nicht Ihre Mutter. Haben Sie kein gutes Verhältnis?«

Sofort verschwand das Lächeln aus meinem Gesicht. »Doch …« Mein Herz setzte einen Schlag aus, wie immer, wenn mich jemand nach meiner Mutter fragte. »Sie ist gestorben, als ich klein war.«

Fassungslos blickte Stephen mich an. »Oh, das tut mir so leid«, sagte er. »Ich hätte nicht fragen sollen. Ich … Ach Gott, es tut mir wirklich leid.«

»Schon okay.« Ich presste die Hände zusammen, um mir Kraft zu geben. »Sie ist an meinem siebten Geburtstag gestorben. Manchmal kann ich mich sogar noch an ihr Gesicht erinnern. Ihr richtiges Gesicht, meine ich, nicht das von den Fotos. So ist mir wenigstens noch etwas von ihr geblieben.«

Stephen sah ganz beklommen aus. »Oh Gott, Sie Ärmste.« Ohne Vorwarnung legte er seine Hand auf meine. Wärme schoss mir wie ein Feuerstrahl durch den Arm, und ich war ganz verwirrt. Dann schämte ich mich. So etwas sollte ich nicht fühlen, während ich über Mum sprach. Wobei: Hätte Stephen Mum nicht sogar gefallen? Nachdem sie sich mit seinem Unternehmerdasein abgefunden hätte?

Schüchtern betrachtete ich Stephens Gesicht, über das sich ein düsterer Schatten gelegt zu haben schien.

»Ich habe meine Mum kurz nach Weihnachten verloren«, erzählte er völlig überraschend. »Sie hatte Lymphdrüsenkrebs. Und ich weiß, man kann noch so oft sagen, es sei ›okay‹, aber das ist es nicht. Nicht richtig jedenfalls.«

»Oh nein«, murmelte ich erschüttert.

»Oh doch, leider.« Stephen ließ sich zwar nichts anmerken, aber ich kannte seinen Schmerz: Bei mir war er nie verheilt und schnitt noch immer messerscharf.

»Das tut mir so leid«, flüsterte ich. Wenn ich mir vorstellte, ich müsste so viel Kummer ertragen und gleichzeitig stark sein, weil ich eine Firma mit Tausenden von Angestellten leitete – ich würde mich in einem Loch verkriechen.

Stephens Handy klingelte – zum ungefähr vierten Mal, seit wir hier waren –, und plötzlich wurde er wütend. »Verpisst euch«, schnauzte er. »Verpisst euch, verdammt noch mal.«

Ich zuckte zusammen. So berechtigt die Wut von jemandem auch sein mochte, ich fühlte mich nie wohl, wenn ich Zeuge davon wurde.

»Tut mir leid«, entschuldigte er sich und schaltete das Handy aus.

»Das ist, äh, schon in Ordnung. Meine Güte, ich hatte ja keine Ahnung. Kein Wunder, dass Sie sich so mies fühlen.«

Im Radio lief gerade »Raspberry Beret« von Prince, und ich musste an Dads lustige Anekdoten über seine Tanzerfahrungen mit Mum denken. Demnach war sie ganz verrückt aufs Tanzen gewesen, hatte in der Küche, im Garten und auf jeder Wiese getanzt … »Als sie mit dir schwanger war, hat sie mich sogar in diese kleine Disco in Bakewell geschleift«, erzählte Dad immer und lächelte dann. Ihm gefiel es, so zu tun, als hätte er sie für verrückt gehalten, aber sein Gesichtsausdruck verriet ihn jedes

Mal. Für ihn war sie die wundervollste Frau der Welt gewesen. »Immer wenn dieses ›Raspberry Beret‹ lief, ist sie herumgewirbelt wie ein Teenager«, hatte er einmal gesagt. »Hat sich gedreht und gedreht, während du in ihrem Bauch geschlummert hast. Die Leute im Dorf waren jedes Mal begeistert. Sie dachten, deine Mum wäre jetzt völlig übergeschnappt.«

Aus einer spontanen Laune heraus teilte ich diese Erinnerung mit Stephen.

»Sie klingt wie eine tolle Frau.« Er schwieg. »War es bei ihr auch Krebs?«

Forschend blickte ich ihn an. Wusste er davon? Manchmal fanden Leute heraus, wer ich war, taten aber so, als ob sie von nichts wüssten. Das hasste ich.

Soweit ich erkennen konnte, hatte Stephen nicht die leiseste Ahnung.

Aber ich konnte ihm nicht davon erzählen. Ich öffnete den Mund, um etwas zu sagen, aber ich brachte keinen Ton heraus.

»Ist schon okay«, beruhigte er mich, als er meinen verzweifelten Gesichtsausdruck bemerkte. »Es ist wirklich okay – ich hätte Sie nicht danach fragen sollen.« Er seufzte. »So ein großer Verlust grenzt einen irgendwie ein bisschen aus, oder? Man hat diese leise Ahnung, dass die Welt anders geworden ist und sich der eigene Platz darin verändert hat. Als wäre man Teil einer anderen Rasse, von der man vorher noch nie etwas gehört hat und zu der man auch nicht gehören will.«

Genau so fühlte ich mich, wobei in meinem Fall noch diese schreckliche Furcht hinzukam, dass mich jemand erkennen könnte. Das Wissen, dass die Leute, sobald ich meinen Namen nannte, angestrengt das Gesicht verzogen, während sie sich zu erinnern versuchten, wo sie schon mal davon gehört hatten. Und dann diese peinliche Verlegenheit – dieser *Schock* –, wenn es ihnen schließlich einfiel.

»Also, Tim scheint ein netter Typ zu sein«, sagte Steven sanft. »Er passt sicher gut auf Sie auf. Zumindest hoffe ich das.« Er spielte mit seinem Kaffeeglas, drehte es vor sich auf dem Tisch hin und her.

»Tim? Ja, er ist ein echter Freund.«

»Sind Sie sicher, dass das alles ist? Sie beide haben so … so harmonisch gewirkt!«

»Ganz sicher.«

»Oh, okay.« Stephen sah richtig zufrieden aus.

»Tim und ich … Wir sind nur gute Freunde. Und das schon lange.«

Jetzt lächelte er sogar. »Schön. Es hat so was Bedrückendes an sich, wenn man als Single glücklichen Pärchen über den Weg läuft. Man denkt, man ist ganz zufrieden damit, an einem Samstagmorgen allein spazieren zu gehen, und dann … Ach, stimmt ja, *so* sieht das aus, wenn man glücklich ist.«

In meinem Innern machte sich ein komisches Gefühl breit. »Aber Sie sind doch gar nicht Single«, stieß ich fast verzweifelt hervor. »Sie haben doch ein Kind!«

Stephen sah irritiert aus. »Nicht, dass ich wüsste. Wie kommen Sie darauf?«

Das Herz schlug mir bis zum Hals. Erst das Gespräch über Mum und jetzt das. Das war zu viel. Ich spürte, wie meine Schutzmauern sich aufbauen wollten, doch sie wurden blockiert: Ich saß immer noch hier, war immer noch ungeschützt.

»Ach, wegen dem Foto, an der Wand in Ihrem Büro«, murmelte ich. »Von dem Kind. Und, äh, in Ihrem Portemonnaie ist auch eins, das ist mir gerade an der Kasse aufgefallen …«

Stephen lachte. »Sie stalken mich also doch! Sie verhalten sich wie eine echte Stalkerin!«

»Oh, nein, nein, ich hab nur gedacht … Sie wissen schon, die Fotos, Ihre Reise nach Paris …«

»Ich habe keine Frau – noch nicht mal eine Freundin –, und an dem Wochenende wollte ich eigentlich allein nach Paris fahren, um Fotos zu machen. Und ein Kind habe ich auch nicht, fürchte ich. Aber einen verdammt hübschen kleinen Neffen. Barnaby.«

»Ich hab Sie wirklich nicht gestalkt, Stephen. Ich …«

»Sind Sie sicher?« In seinen Augen leuchtete etwas auf.

»Absolut.« Meine Wangen waren glühend heiß.

»Ach, Annie, ich mache doch nur Spaß! Bitte, Sie sehen ja völlig geschockt aus! Ich bin überzeugt, dass Sie viel Wichtigeres zu tun haben, als mich zu stalken.«

Ich war nicht fähig, irgendetwas zu sagen. Ich hasste mich. Dafür, dass ich so irre und kompliziert war.

»Hören Sie, eigentlich wollte ich Sie etwas fragen«, fuhr Stephen fort – vielleicht in dem Versuch, mir einen Rettungsanker zuzuwerfen. »Hätten Sie vielleicht Lust, mich und meine Führungsriege nächsten Monat nach Südfrankreich zu begleiten? Wir gönnen uns ein verlängertes Wochenende in einem Château in der Nähe von Saint-Émilion, und die Bande verlangt danach, dass Sie mitkommen und uns massieren. Wir brauchen jemand Nettes in unserer Mitte, Annie. Sonst gibt es nur Wein, Zigarren und Gespräche über schwanzverlängernde Autos. Bitte kommen Sie mit!«

Ich war sprachlos.

Lächelnd lehnte er sich in seinem Stuhl zurück und musterte mich aus diesen ungewöhnlich leuchtenden Augen. »Ich fände es schön, wenn Sie mitkämen«, erklärte er schlicht. »Egal, was mein Team will. *Ich* will Sie dabeihaben. Ich mag Sie. Sie sind wie eine frische Brise in meinem Unternehmen.«

»Ich … Was ist denn mit meinen anderen Klienten?«, brachte ich heraus.

Stephen lachte nur. »Ach, kommen Sie. Wollen Sie wirklich mit mir diskutieren?« Sein Blick traf meinen. »Also, Annie?«

»Zwei meiner besten Freunde haben Geburtstag«, murmelte ich. Tim und Claudine waren am gleichen Tag geboren. Le Clöbb hatte ein stillschweigendes Abkommen geschlossen, dass niemand während dieser doppelten Feierlichkeiten verreisen durfte. Doch mein Herz hämmerte, und ich wusste, ich würde Ja sagen. Nicht, weil ich ein leidenschaftlicher Frankreichfan war und der Gedanke, an einem Sommerabend durch zartgrüne Weinberge zu spazieren, ein Glücksgefühl in mir auslöste. Nicht einmal, weil ich mich dann durch alle Käsesorten jenseits des Ärmelkanals essen konnte. Nein, ich würde Ja sagen, weil ich in Stephens Augen lesen konnte – auch wenn das total lächerlich war, vollkommen absurd und absolut unerklärlich –, dass er plante, mich zu verführen. Und ich wusste, dass ich, aus welchem Grund auch immer, endlich – *endlich* – bereit war, mich verführen zu lassen.

Kapitel 10

Kate

Das Erste, was mir auffiel, als Marks Transporter brummend auf den Anhänger-Parkplatz von Badminton fuhr, war, dass dort alle aussahen wie Mitglieder eines Geheimbunds. Es gab ein ansehnliches Regiment von attraktiven, schlanken Frauen, die das Haar zu unordentlichen Dutts hochgebunden hatten, ärmellose Shirts trugen und mit vollkommener Selbstverständlichkeit riesige Pferdetransporter fuhren. Dem gegenüber stand das passende Regiment von großen, schlanken, rotgesichtigen Männern mit Namen wie Harry, Horatio oder Hugo. Und die Nachhut bildete ein Heer von Frauen mittleren Alters mit Filzhüten, aufgestellten Krägen und Perlenohrringen, die mit Kaffeebechern und erstaunlich folgsamen Hunden über das Gelände marschierten.

Während Mark den Sicherheitsleuten seine Parkerlaubnis zeigte, kam ich zu dem Schluss, dass es nicht das vornehme Getue war, was mir so seltsam vorkam. Einige von ihnen leisteten sicher Schwerstarbeit; die konnten sich von mir aus so wohlerzogen verhalten, wie sie verdammt noch mal wollten. Nein, es war mehr dieses Gefühl, ein Paralleluniversum betreten zu haben.

Auf der A46 waren wir an drei parkenden Polizeiwagen vorbeigefahren, und ich war immer noch nervös. Bei ihrem Anblick war mir das Herz stehen geblieben, und selbst jetzt zitterten mir noch die Hände. *Die Polizei ist nicht wegen dir hier, du Dummkopf*, schimpfte ich im Stillen, als Mark und Tiggy aus der Fahrerkabine sprangen. *Hör auf, dich so bescheuert aufzuführen!*

Ich blieb noch einen Moment sitzen, um wieder einen klaren Kopf zu bekommen und meinen Körper zu beruhigen. Mit grimmiger Entschlossenheit verlangsamte ich meinen Atem und schöpfte Trost aus den vertrauten Gerüchen, die durch das offene Fenster kamen: Pferdefutter, Huföl, Anti-Fliegen-Spray.

Ein … und aus.

Ein … und aus.

Hinter mir im Transporter wieherte Stumpy.

Ich würde es schaffen. Ich würde aussteigen und mithelfen, und in den nächsten Tagen würde ich bei allem, was ich tat, stets ein Lächeln im Gesicht tragen.

Seit Mark Joe und mich knutschend auf dem Küchenboden erwischt hatte, war er wieder dazu übergegangen, nur dann mit mir zu reden, wenn er musste. Jeden Tag lief er mit versteinerter Miene herum und hatte sich erneut von seiner Umgebung distanziert. Ich konnte nicht leugnen, dass ich enttäuscht war, doch auf lange Sicht würde sein kühles Verhalten mir das Leben erleichtern, das wusste ich. Er war wieder Mark Waverley, die verschlossene Tür, und ich war wieder Kate Brady, die kleine Freche aus Dublin.

Ich stieg genau zum rechten Zeitpunkt aus dem Transporter aus, um noch mitzubekommen, wie Stumpy Mark die Rampe herunterzog. Das Pferd war ganz aufgeregt. Seinen Kopf trug es bestimmt zweieinhalb Meter über den Boden erhoben, und es tänzelte herum wie ein junges Fohlen. »Hüühühühühüüü!«, wieherte Stumpy und scherte so zur Seite aus, dass er direkt in Tiggy hineinlief.

»Lass das«, rief sie und gab ihm einen Klaps auf den Schenkel. Dann marschierte sie die Rampe hoch, um den stampfenden und wiehernden Harold zu beruhigen.

»Ist alles okay mit den beiden?«, fragte ich Mark. So hatte ich noch keins der Pferde reagieren sehen.

Mark blickte mich flüchtig an. »Wie sie eben so sind, wenn man beim Turnier ankommt. Sie kennen das ja«, fügte er hinzu.

»Oh … ja.« Ich errötete. »Richtig. Die kleinen Biester!«, schob ich hinterher, und mir fiel auf, dass Mark lächelte, während er Stumpy festband. Sofort ging es mir besser.

Kurz darauf machte Mark sich mit Sandra, die mit ihrem klapprigen Renault Clio hinter uns hergefahren war, auf den Weg zur Meldestelle. Tiggy und ich führten die beiden Pferde unterdessen die schmale Hauptstraße des Dorfes Badminton entlang, und als die Stallgebäude in Sicht kamen, begann Stumpy plötzlich wieder zu tänzeln.

»Du kleiner Frechdachs«, schalt ich ihn, während er mich durch einen gewaltigen alten Torbogen in den Hof vor den Stallungen zog.

Dort herrschte ein Gewirr aus Menschen mit Pferden und wuschelköpfigen jungen Männern mit Walkie-Talkies in der Hand, und überall standen Schilder und Anzeigetafeln herum. Die wunderschönen historischen Stallungen mit der goldgelben Steinfassade schlossen sich direkt an das herrschaftliche Gebäude von Badminton House an. In den Gärten gab es sogar einen kunstvoll angelegten Ententeich, damit auch noch das letzte Pferd merkte, dass es nun beim Adel wohnte. Die beiden von Mark sollten in dem Bereich »unter der Uhr« untergebracht werden, der so hübsch war, dass ich ganz sentimental wurde. Ich hatte wuchtige provisorische Stallblöcke erwartet, nicht etwas, das so aussah wie die Kulisse von *Black Beauty*.

»In diesem Bereich geht's ziemlich laut zu, aber man ist so richtig mittendrin«, erzählte mir Tiggy.

»Es ist wunderschön«, sagte ich seufzend und führte Stumpy in seine historische Box mit den eleganten roten Wänden und gewundenen Eisengittern. An der Tür stand bereits sein Name. »Kaum zu glauben, dass ich wirklich hier bin!«

Ich entfernte Stumpy die Bandagen und tastete dann sein Hinterbein nach Stellen ab, die warm oder geschwollen waren. Vor drei Wochen hatte er eine Schwellung an der Fessel gehabt, und es war die Hölle los gewesen: Mark hatte sofort entschieden, ihn aus dem Turnier zu nehmen, woraufhin Maria ihm damit gedroht hatte, mit sämtlichen Pferden ihres Vaters zu einem anderen Reiter zu gehen – also Stumpy, Harold, Madge, Alfie und Kangaroo –, wenn er nicht erst abwartete, ob Stumpy sich wieder erholen würde. Das waren Marks beste Pferde, die wahrscheinlich alle das Zeug dazu hatten, das Turnier in Badminton zu gewinnen.

Hätte ich mir nicht verboten, auch nur eine Sekunde über Mark nachzudenken, hätte es mir das Herz gebrochen. Jedes Mal, wenn ich mit Maria zu tun hatte, war ich schockiert von ihrer Härte, ihrer beiläufigen Grausamkeit und ihrem unglaublichen Mangel an Respekt für den Mann, den sie geheiratet hatte. Wenn Mark sich, wie Becca angedeutet hatte, tatsächlich an sie gefesselt fühlte, weil er sonst ohne Pferde dastünde, musste ihm sein Leben unsagbar trostlos vorkommen.

Stumpys Bein war in Ordnung. Puh.

Später, nachdem ein Gewitter wie ein Feuergefecht über dem Gelände niedergegangen war, ging Mark mit Stumpy zur Verfassungsprüfung vor dem Badminton House. Wie Tiggy mir erklärte, wurden die Pferde dort auf eine ziemlich altmodische, aber auch recht unterhaltsame Art vorgeführt, um ihren Gesundheitszustand zu überprüfen. »Geh hin und guck's dir an«, sagte sie. »Ich brauche dich hier nicht. Oh, und achte besonders auf Joachim Fürst – das ist einer von Marks größten Rivalen. Ein Deutscher. Vögelt mit Maria.«

Abrupt blieb ich stehen. »Er macht *was*?«

Tiggy zuckte die Achseln. »Er vögelt mit Maria«, wiederholte sie und befestigte eine Schablone auf Harolds Kruppe. »Das wissen doch alle.«

»Auch Mark?«

Sie runzelte die Stirn. »Bin mir nicht sicher«, verkündete sie dann. »Jemandem so was zu sagen ist nicht gerade ein Spaziergang, oder? ›Deine Frau vögelt mit deinem Rivalen und alle wissen davon.‹«

Als Mark und Stumpy durch den Torbogen bei den Ställen kamen, rastete das Publikum völlig aus. Ich sah zu, wie die beiden über den Kies trabten – immer noch geschockt von dem, was ich gerade erfahren hatte. War das eigentlich allen egal? Mark wurde von seiner Frau betrogen, verdammt noch mal! Die Mutter seines Kindes trieb es mit einem seiner stärksten Konkurrenten!

Mir fiel die Anspannung in Marks Unterkiefer auf, während er vor den mit Melonen behüteten Richtern neben seinem Pferd herlief, und ich wusste, wie sehr er die Aufmerksamkeit hasste. Caroline Lexington-Morley, die vor ihm dran gewesen war, hatte einen kurzen Rock und hochhackige Schuhe angehabt und war von den Kameras geradezu aufgefressen worden. Sie und Mark hätten nicht unterschiedlicher sein können.

Plötzlich empfand ich ein fast überwältigendes Mitgefühl für meinen so ruhigen, introvertierten Chef. Er arbeitete so verdammt hart für diese Turniere, steckte jedes Körnchen an

Energie hinein, und dann ging seine Frau hin und machte ihn zum Gespött der Leute. Ich wollte ihm so gern helfen, aber wie? Was konnte ich denn schon für einen Mann tun, der mich nicht einmal an sich heranließ?

Versprüh einfach nur gute Laune, riet mir meine innere Stimme.

»Schön gemacht!«, lobte ich, als wir Stumpy gemeinsam zurück zu den Stallungen führten.

Mark warf mir einen dankbaren Blick zu. »Ehrlich?«

»Ehrlich, Chef. Ich war beeindruckt. In der Hose haben Sie 'nen richtigen Knackarsch.«

Es war gewagt, aber zu meiner großen Erleichterung lachte Mark. »Oh. Danke.«

»Gern geschehen, Käpt'n!«

Stumpys Hufe klapperten laut über das unebene Kopfsteinpflaster.

»Ich hasse diesen ganzen Scheiß«, gab Mark zu. »Am liebsten würde ich das alles gar nicht mitmachen.«

»Ich weiß«, entgegnete ich mitfühlend. »Und ich kann es Ihnen nicht verübeln.«

»Tatsächlich?«

»Ja. Was auch immer Sie von mir denken, Mark, mir macht so viel Aufmerksamkeit und Trubel auch keinen Spaß. Deshalb genieße ich es auch so, auf Ihrem Hof zu arbeiten.« Ich hielt kurz inne. »Das ist echt der schönste Job, den ich je hatte.«

Zu meinem Erstaunen blickte Mark mich jetzt direkt an und lächelte – sein erstes Lächeln in meine Richtung seit ziemlich langer Zeit. »Danke«, sagte er leise, und ich lief rot an, weil ich wusste, dass er mir tatsächlich dankbar war.

Du hast eigentlich niemanden, der so richtig für dich da ist, dachte ich, während Mark Stumpy an Tiggy übergab. *Deine Mum liebt dich, aber sie ist keine große Hilfe. Deine Tochter liebt dich, aber sie ist erst sechs, und deine Frau vögelt hinter deinem Rücken mit jemand anderem. Deine Angestellten haben viel zu viel Angst vor dir, um ein kumpelhaftes Verhältnis zu dir aufzubauen, und für richtige Freundschaften hast du keine Zeit.*

Kein Wunder, dass er so eine enge Beziehung zu Stumpy hatte. Er war einsam. Eigentlich hatten wir eine ganze Menge gemeinsam, Mark und ich.

Als Mark sich umwandte, bemerkte er, dass ich ihn beobachtete. »Kommen Sie mit, die Geländestrecke ablaufen?«, lud er mich ein. Seine Wangen verfärbten sich, sobald die Frage aus seinem Mund war. »Tiggy braucht Sie im Moment nicht«, erklärte er schnell. »Ich glaube, sie ist froh, wenn sie sich eine Weile nicht um Sie kümmern muss.«

Drei Stunden später, als die Sonne das unebene Dach der alten Scheune berührte, die sich am Rande des Anhänger-Parkplatzes befand, saß ich in der Kabine unseres Transporters und gönnte mir heimlich einen Brandy aus Sandras Vorrat.

Es gab zwei Gründe, warum ich allein trank, während alle anderen beim Abendessen waren. Der erste war Angst. Mark und Stumpy konnten es gar nicht lebend durch diesen Parcours schaffen! Er war *monströs*! Mark hatte gesehen, wie ich mich in einen breiten Graben gelegt hatte, der längsseitig von einem wuchtigen Baumstamm überspannt wurde – ein sogenannter Trakehner-Sprung. Zuerst hatte ich mich nur hingelegt, um zu sehen, wie viele Körper meiner Größe wohl nebeneinander dort hineinpassten, und dann hatte ich nicht mehr aufstehen können, weil mich die Vorstellung, dass Stumpy versuchen würde, über diesen Abgrund zu springen, so schockiert und geängstigt hatte.

Der zweite Grund, warum ich trank, war, dass mich die letzten drei Stunden ernsthaft verwirrt hatten. Mark war richtig aufgeblüht, während wir in der strahlenden Nach-dem-Gewitter-Sonne herumgelaufen waren und uns angeregt über die Geschichte des Parcours unterhalten hatten. »Aber das wissen Sie ja sicher schon alles«, hatte er gesagt, als wir vor einem riesigen See gestanden hatten, in den er hinein- und dann wieder herausspringen musste. »Das brauche ich Ihnen doch gar nicht mehr zu erzählen.«

»Stimmt«, hatte ich gemurmelt und war einem edel gekleideten Typen mit Sportsonnenbrille ausgewichen, der in rasanter Geschwindigkeit mit seinem Golfbuggy an mir vorbeigefahren war. »Aber es ist, äh, sehr hilfreich, es von einem Profi zu hören.«

Mark hatte gelacht. Ein süßes, raues Lachen, das sich über sein ganzes Gesicht ausgebreitet hatte und die Poloshirt-tragenden Mädels, die uns über den Parcours gefolgt waren, dazu veranlasst hatte, ganz unverblümt Fotos von ihm zu schießen. »Ach, Kate«, hatte er mit einem Blick auf meine gefühlt tomatenroten Wangen gesagt. »Wie lange wollen Sie denn damit noch weitermachen?«

Oh, Scheiße.

»Kate Brady«, begann Mark, immer noch mit einem Lächeln im Gesicht – einem umwerfenden, scheuen Lächeln, das sogar die Schönheit des Herrenhauses komplett in den Schatten stellte. »Ich weiß, dass Sie keine Ahnung von Pferden haben! Das Pony Frog hat es nie gegeben, und in Ihrer Kindheit sind Sie auch nicht auf Ponys durchs Gelände galoppiert. Davon abgesehen hab ich sehr starke Zweifel, dass Sie überhaupt schon mal ein Pferd angefasst haben, bevor Sie auf meinen Hof gekommen sind.«

Ich hatte nur dümmlich auf die breite Mitsubishi-Werbetafel gestarrt, neben der Mark aus dem See springen sollte. »Ähm, was haben Sie gerade gesagt?«, hatte ich schließlich entgegnet.

Mark hatte den Kopf zurückgeworfen und gelacht. »Kate«, hatte er gerufen und war auf mich zugekommen. Mein Magen hatte angefangen zu hüpfen. *HÖR AUF DAMIT*, hatte ich ihn innerlich angezischt. *DENK AN BECCA. DENK AN DIE SCHLIMME SCHEISSE. UND DANN, MAGEN, DENK AN ALL DIE GUTEN DINGE IN DEINEM NEUEN LEBEN, UND HÖR AUF, ZU HÜPFEN.*

»Kate, das Erste, was Sie mir erzählt haben, war, dass Sie mit drei Jahren auf einem einen Meter sechsundfünfzig großen Pferd gesessen haben und galoppiert sind. Das war, äh, ziemlich erstaunlich.«

Ich seufzte. Ein paar Wochen nach diesem peinlichen Mittagessen hatte ich an all das zurückgedacht, was ich gesagt hatte, und mir war leicht schlecht geworden. Ich wusste, meine Geschichte war lächerlich, aber ich hatte gehofft, sie würden denken, sie hätten sich verhört.

Hilflos blickte ich zu Mark hinüber, weil ich keine Ahnung hatte, was ich sagen sollte. Dann blickte ich wieder weg, weil er einfach umwerfend aussah, wie er mich so direkt angrinste, während der Wind kleine Wellen durch sein Haar sandte und sein Gesicht in der Nachmittagssonne leuchtete.

»Und Frog«, ergänzte er kichernd. »Der Name ist wirklich grandios.«

Ich merkte, wie meine Mundwinkel zu zucken begannen. Wie hatte ich je glauben können, damit durchzukommen? Ich war die totale Lachnummer!

»Sie haben mir erzählt, Sie hätten im Pony Club die A-Prüfung bestanden, obwohl die in ganz England nur von etwa zehn Leuten pro Jahr abgelegt wird. Und mal ehrlich, Kate, jedes Mal, wenn Sie in den ersten zwei Wochen den Mund aufgemacht haben, war es offensichtlich. So ziemlich alles, was Sie von sich gegeben haben, war totaler Blödsinn.« Er ließ sich ins

Gras plumpsen, weil er nicht mehr konnte vor Lachen. »Und trotzdem haben Sie einfach weitergemacht!«

»Oh Gott.« Ich setzte mich neben ihn und senkte den Kopf, weil ein Fotograf seine Kamera auf uns richtete. Darauf musste ich in Zukunft besser aufpassen.

Mark lachte so heftig, dass ich nicht anders konnte, als mit einzufallen. Je mehr er lachte, desto mehr musste auch ich lachen, und so ging es eine gefühlte Ewigkeit weiter.

»Warum haben Sie mich denn nicht rausgeschmissen?«, fragte ich schließlich. »Warum haben Sie mich eingestellt? Sie haben gesagt, Sie brauchen die besten Pferdepfleger der Welt.«

»Ich habe Sie eingestellt, weil Sie mir sympathisch waren«, verkündete er schlicht und wandte sich mir zu. Wider besseres Wissen drehte ich mich ebenfalls zu ihm um. »Sie haben mich mit Ihrem irischen Charme rumgekriegt. Ich hatte diesen schlimmen Streit mit Maria, und Sie sind einfach reingeschneit und haben einen Haufen Lügen erzählt. Mit Ihrem netten Lächeln im Gesicht und Ihrer sprühenden guten Laune. Sie waren sehr witzig.«

»Allein mit ›witzig‹ wird man aber noch keine gute Pferdepflegerin.«

»Nein.« Jetzt wandte Mark sich zum See um. »Das stimmt. Aber mit Verzweiflung, und die war bei Ihnen reichlich vorhanden.«

Ich schluckte. »Wie meinen Sie das?«

»Kate.« Marks Stimme klang freundlich. Gefährlich freundlich. »Ich weiß, wie das ist, wenn man verzweifelt ist und das Gefühl hat, in der Falle zu sitzen, deshalb wollte ich Ihnen helfen.«

Ich dachte an Maria, an die furchtbaren Dinge, die sie letzte Woche gesagt hatte, weil Mark Stumpy aus dem Turnier hatte nehmen wollen. Sie hatte ihn als Feigling beschimpft und als kümmerlichen Wurm; sie hatte geschrien, er sei eine Enttäuschung für ihren Vater, der so viel Geld in ihn investiert habe; und beendet hatte sie das Ganze mit den Worten, er mache sich in der Branche zum Gespött, was überhaupt nicht stimmte.

Ja, wahrscheinlich hatte Mark so einige Erfahrung damit, in der Falle zu sitzen und verzweifelt zu sein.

»Na ja, dann danke«, sagte ich schließlich. »Sie haben recht, ich war verzweifelt. Sogar sehr verzweifelt.«

»Sie Arme. Ich hab gehört, Sie hatten einen Burn-out, drüben in Dublin.«

»Oh. Wer hat Ihnen denn davon erzählt?«

»Tiggy.«

Ich hatte mir schon gedacht, dass es nur eine Frage der Zeit war, bis Mark davon Wind bekam. Becca hätte es für sich behalten, das wusste ich, aber irgendwann hatte Joe angefangen, Fragen zu stellen, und um zu verhindern, dass er seine eigenen Schlüsse zog, war ich schließlich damit herausgerückt. Doch wenn Joe etwas wusste, machte es natürlich die Runde.

»Es tut mir leid, dass ich gelogen hab«, murmelte ich.

Mark schüttelte den Kopf – es war nicht schlimm.

»Und danke noch mal, dass Sie mir eine Chance gegeben haben«, ergänzte ich. »Ich hoffe, das Risiko hat sich für sie gelohnt.«

»So langsam mausern Sie sich zu einer richtig guten Pferdepflegerin«, befand er. »Sie sind mit vollem Eifer dabei, genau, wie ich es erwartet habe. Deswegen haben Sie auch alles so schnell gelernt.« Leichte Röte stieg ihm in die Wangen, und natürlich nahmen meine Wangen sich direkt ein Beispiel daran. »Sie machen das großartig, Kate. Ich weiß, ich bin nicht sehr gut darin, so was zu kommunizieren – oder überhaupt irgendwas –, aber ich schätze Sie sehr. Sie sind das Beste, was meinem Reitstall seit Langem passiert ist.«

Ich konnte nicht aufhören, ihn anzusehen, in diese geheimnisvollen Augen zu blicken, die langsam ihre Geheimnisse preisgaben.

»Ihr Reitstall ist auch ohne mich toll«, entgegnete ich matt. »Sie müssen überhaupt nichts verbessern, Mark. Das wäre Quatsch!«

»Na ja, er ist ganz okay«, wiegelte er ab, nicht überzeugt.

»Er ist mehr als okay! Das ist der verdammte König unter den Reitställen!«

»Ach, Kate! Das ist doch nicht wahr. Dieser Stall ist runtergekommen, chaotisch, schlecht aufgebaut und alles fällt auseinander. Wenn Sie mal einen richtigen Vielseitigkeitsstall sehen, wissen Sie, was ich meine.« Gegen die tief stehende Sonne hielt er sich eine Hand über die Augen. »Aber wie Sie wahrscheinlich schon gehört haben, hat mein Vater unser gesamtes Vermögen versoffen, bevor er sich, äh, selbst zu Tode gesoffen hat, als ich zwölf war. Es ist also nichts mehr übrig. Wir tun, was wir können, auch wenn wir uns zum Gespött der Leute machen mit unserem maroden Hof. Und solange keine zwanzig steinreichen Pferdebesitzer und Sponsoren bei mir Schlange stehen und mir ihr Geld in den Rachen werfen, wird dieser Zustand auch so bleiben.«

Geschockt starrte ich ihn an. »Das wusste ich nicht«, flüsterte ich. »Gott, Mark, es tut mir so leid. Ich dachte, er wäre an Krebs gestorben oder so was. Das ist wirklich schrecklich.«

»Letzten Endes war es besser für Mum, dass er gestorben ist«, sagte Mark. »Er war in einer fürchterlichen Verfassung, schon seit Jahren. Jemandem dabei zuzusehen, wie er sich selbst zugrunde richtet, gegen den eigenen Willen, ist schlimm.«

Kein Wunder, dass es so schwierig ist, an dich ranzukommen, dachte ich traurig. *Du Ärmster.* Ich stellte mir den kleinen

Mark vor, der verängstigt dabei zusah, wie sein Vater immer weiter zerfiel. Es tat mir im Herzen weh.

Mark musste jeden Cent in den Ausbau der Personalscheune gesteckt haben, während er selbst in einem Haus mit veralteter Elektrik und Löchern im Dach lebte.

»Ich kann Ihnen gar nicht sagen, wie leid mir das tut, Mark«, sagte ich leise. »Aber das beweist doch auch, dass Ihr Reitstall – nein, Ihre ganze Karriere – ein Wahnsinnserfolg ist, und Sie werden mich nicht vom Gegenteil überzeugen.«

Mark schien erfreut zu sein, allerdings auf eine müde Art. »Danke. Und bitte entschuldigen Sie, ich weiß nicht, warum ich Ihnen auf einmal von Dad erzählt hab.«

»Vielleicht, weil Sie darüber reden wollten?«

Mark errötete.

»Es gibt sicher Merkwürdigeres«, bekräftigte ich, »als einen Menschen, der sich seinen Kummer von der Seele reden will.« Ich hielt den Atem an. War das zu viel? Ging ich zu weit?

Anscheinend nicht. Mark lächelte. »Über Gefühle sprechen? Ich? Sie sind gefeuert.«

Wir teilten einen ungezwungenen Moment des Schweigens.

»Also, wenn ich irgendwas für Ihren Reitstall tun kann, sagen Sie es mir«, bot ich ihm schließlich an. »Sie haben mir mehr geholfen, als Sie ahnen.«

»Hm, Sie könnten ein bisschen Ihre Google-Magie spielen lassen und uns ein paar Millionen Pfund beschaffen. Das würde helfen.«

»Haha«, entgegnete ich, in der Hoffnung, dass er das nicht ernst gemeint hatte. »Aber eins kann ich auf jeden Fall tun: schuften bis zum Umfallen. Wenn Sie mich brauchen, arbeite ich auch an meinen freien Tagen, Sie müssen es nur sagen. Ich möchte Sie wirklich unterstützen.«

»Interessante Methode, sich von einem Burn-out zu erholen«, befand Mark. Er sah mich an, als hätte ich sie nicht mehr alle.

»Na ja, das war mehr psychisch als körperlich. Ich bin glücklich hier, und Glück gibt einem Energie.«

»Ja, da ist was dran«, meinte er nachdenklich. »Aber Sie müssen nicht schuften bis zum Umfallen. Machen Sie einfach weiter wie bisher. Sie tun uns wirklich gut, Kate, mit Ihren schlechten Witzen und Ihrer frechen Schnauze.«

In diesem Moment landete eine Fliege auf seiner Nase, und am liebsten hätte ich die Hand ausgestreckt und sie fortgewischt, um sein Gesicht zu berühren. Stattdessen blieb ich reglos sitzen.

»Okay«, sagte Mark, »wir machen besser weiter mit dem Parcours. Danke«, setzte er hinzu, »für, äh, Sie wissen schon. Gespräche und so.«

Wir standen auf. »Ich möchte noch etwas sagen«, ergänzte Mark, und in seiner Stimme konnte ich sowohl Nervosität als auch Entschlossenheit hören. »Ich hoffe sehr, Sie bleiben auf dem Hof – ich will Sie nämlich in meinem Team haben, Kate Brady. Und das meine ich wirklich so.«

Im Transporter goss ich mir noch einen Brandy ein. Ich musste mich wieder in den Griff kriegen. Dringend.

Das Mädchen hat sich ein gutes Versteck ausgesucht, das ist ihm klar, aber hätte Mummy es nicht trotzdem längst finden müssen? Der Bach ist sehr laut an dieser Stelle, wo ein Haufen glatter Steine, die aussehen wie Pilzhüte, einen kleinen Damm gegen das kalte Wasser gebildet hat. Die Kleine hat ihre Mummy nicht »Ich komme!« rufen hören. Und wegen der Findlinge und Büsche, die sich überall um sie herum befinden, kann sie sie auch nicht sehen.

Mittlerweile ist eine Ewigkeit vergangen.

Langsam und vorsichtig steht sie auf und versucht, den Platz auf der Wiese zu finden, wo sie vorher gesessen haben. Keine Spur von Mummy. Vielleicht hätte sie nicht so weit weglaufen sollen.

Sie kratzt sich am Schlüsselbein, dort, wo die Gänseblümchenketten ihre Haut berühren. Kleine Schweißperlen haben sich auf ihrer Brust gebildet, und sie wischt sie fort, während sie erneut den Bach durchwatet. Ihr Gesichtsausdruck ist immer noch fröhlich; voller Erwartung, weil ihre Mutter sie in wenigen Augenblicken entdecken wird und sie beide laut quietschen werden. Rufen und lachen und sich wahrscheinlich gegenseitig über die Gänseblümchenwiese jagen.

Von der anderen Seite des Bachs hat die Kleine eine bessere Sicht. Immer noch nichts zu sehen von Mummy.

Über die Schulter blickt sie hinüber zum Wald. Sie hat ein starkes Bauchgefühl, dass ihre Mummy dort ist, obwohl sie sich nicht vorstellen kann, was sie dort tun sollte.

Sie geht auf die Bäume zu.

Ein Stück tiefer in den Wald hinein haben sie und Lizzy eine kleine Höhle aus heruntergefallenen Ästen gebaut. Sogar gefegt haben sie, sodass alles ganz sauber ist. Im Moment ist es kühl im Wald und blassgrün, doch bis vor Kurzem gab es hier noch einen weichen, lilafarbenen Teppich aus Abertausenden von Glockenblumen. Mummy hat ihnen erlaubt, so viele davon zu pflücken, wie in eine kleine Vase passten, aber nicht mehr. »Wir sind Naturfreunde«, hat sie gesagt.

»HAB DICH GESEHEN!«

Da ist sie! Mummy! Sie ist noch ziemlich weit entfernt und nur zu sehen, weil sie auf einem Pfad steht. Sie – oh! Sie unterhält sich mit jemandem! Das kleine Mädchen blinzelt und erkennt den Mann wieder, den sie manchmal im Dorf sehen, den mit den dünnen Beinen. Er hält Mummy am Arm fest, und sie scheint sich gleichzeitig auf ihn zu und von ihm weg zu bewegen. Tanzen sie miteinander? Die Kleine zieht die Nase kraus. »Mummy!«, ruft sie. Jetzt ist sie nicht mehr so fröhlich. Sie wollte, dass dieser Morgen nur ihr und ihrer Mutter gehört, nicht dem Mann aus dem Dorf mit den dünnen Beinen.

Ihre Mutter kann sie nicht hören, weil sie schreit. Die Kleine mag es nicht, wenn ihre Mutter schreit. Das kommt auch ziemlich selten vor, und dann nur, weil jemand irgendetwas Schlimmes gemacht hat.

Oh-oh, denkt sie. Der Mann muss wirklich sehr ungezogen *sein. Nur komisch, dass er nicht zurückschreit. Vielleicht weiß er, dass er dann Ärger bekommt.*

Er und Mummy bewegen sich jetzt weiter fort, Mummy windet sich und schreit und macht seltsame zuckende und tanzartige Bewe-

gungen. Dem Mädchen wird klar, dass seine Mummy so bald nicht wiederkommen und mit ihm Verstecken spielen wird: Sie macht irgend so was blödes Erwachsenes, hat sich nicht einmal umgedreht, als ihre Tochter nach ihr gerufen hat. Die Kleine marschiert zurück zu der Gänseblümchenwiese, um dort zu warten.

Sie ist sauer auf den Mann mit den dünnen Beinen und sauer auf ihre Mummy. Es ist doch ihr Geburtstag.

Sie beschließt, noch eine Kette aus Gänseblümchen zu basteln, doch aus irgendeinem Grund schafft sie es nicht, damit anzufangen. Sie ist so traurig und unruhig und hat Durst. »Mummy«, ruft sie, aber sie weiß, dass ihre Mutter sie nicht hören kann.

Ohne zu verstehen, warum, kriecht sie hastig auf das hohe Gras neben der alten Steinmauer zu. Sie hat das Gefühl, hier draußen auf der Gänseblümchenwiese beobachtet sie jemand, und sie möchte unsichtbar sein.

Sie sitzt im Schatten der Mauer, und lange Halme aus Präriegras kitzeln sie am Kinn. Sie betrachtet den Wald und lauscht angestrengt auf ein Zeichen von ihrer Mutter.

Mummy hat mit ihr und Lizzy geschimpft, weil sie den Mann aus dem Dorf mit den dünnen Beinen ausgelacht haben. Sie hat zu Lizzy gesagt, er sei krank und habe Freundlichkeit und Respekt verdient. Vielleicht überlegt sie es sich jetzt anders, *denkt das Mädchen. Gerade hat der Mann nicht sehr freundlich ausgesehen.*

Unvermittelt greift sich die Kleine an den Hals und reißt sich die Gänseblümchenketten ab.

Sie bleibt in ihrem Versteck und wartet, bis ein Geräusch aus dem Wald sie plötzlich hochfahren lässt. Ein Schrei. Ein lauter, angstvoller Schrei, der abrupt endet.

Sie kauert sich enger an die Mauer und fängt an, zu weinen.

Kapitel 11

Annie

Ich erreichte das Château, gerade als die Sonne, die aussah wie ein riesiger Lampion, ihre letzten orangefarbenen Strahlen über die Terrasse sandte, wo Stephen mit seinem Team Champagner trank. Die Luft war durchtränkt von Jasminduft, und Gläserklirren verwob sich gedämpft mit dem schläfrigen Gezwitscher der Vögel. Tash winkte mir von der Tür aus zu und strahlte Ruhe und Ordnung aus in ihrer glatten Leinenweste. Über ihr erhob sich die mit Efeu und Jasmin bedeckte Fassade des Schlosses, rissig und pockennarbig wie eine alte Hand.

Bevor ich aus dem Flughafenshuttle ausstieg, hielt ich einen Moment inne. Und plötzlich, in dieser flachen Senke, am Ende einer langen Auffahrt, über der sich das Blätterdach der Platanen wölbte, traf mich eine Erkenntnis: *Stephen ist hier, und es ist nicht mehr ausgeschlossen, dass er mich mag. Vielleicht sogar so sehr, dass er einen Annäherungsversuch startet.*

Claudine hatte mit Abscheu reagiert, als ich ihr von Stephens Einladung erzählt hatte. »Du arbeitest erst seit zwei *Monaten* da!«, hatte sie gefaucht. »Nach so kurzer Zeit lädt man doch niemanden zu einem Wochenendausflug ein! Das bietet man erst an, wenn jemand kontinuierlisch im Sinne von langfristisch für einen gearbeitet 'at! Er ist ein Schleimer! Er will disch bloß verführen!«

Ich hatte lächeln müssen, weil Claudine tatsächlich »kontinuierlisch im Sinne von langfristisch« gesagt hatte. Sie war so lustig. Allerdings hatte mein Lächeln sie nur noch mehr aufgeregt, und so hatte ich am Ende einfach das Thema gewechselt. Kate Brady, die in Sachen Männer völlig unvoreingenommen war, hatte meinem Vorhaben aus vollem Herzen zugestimmt, und ich verließ mich auf ihr Urteil.

»*Et voilà*«, sagte der Fahrer zum zweiten Mal.

»Entschuldigung. *Pardonnez-moi.*« Ich stieg aus und zog meinen neuen Trolley den Kiesweg entlang auf Tash zu. Trolleys waren doch echt bescheuert! Ich hätte meinen Rucksack mitnehmen sollen.

»Hey!«

»Hey, Tash! Das ist ja der Wahnsinn hier!«

Grinsend nahm sie mir den Koffer ab. »Ja, oder? Alle sind ganz begeistert. Ich glaube nicht, dass uns an diesem Wochenende irgendwer Probleme macht.«

»Da sind sie ja, Miss Mulholland.« Mein Magen hüpfte vor Freude. Mit großen Schritten kam aus Richtung Terrasse Stephen auf uns zu und zog dabei einen eleganten langen Abendschatten hinter sich her.

Als er mich auf beide Wangen küsste, war ich wie gebannt. Sein Gesicht berührte meins, nur für eine Sekunde – warm, rau und leise duftend.

»Ich kümmere mich um sie«, sagte Stephen an Tash gewandt. »Du solltest die Füße hochlegen – du hast heute viel zu hart gearbeitet.«

»Hab ich nicht!«, protestierte Tash. »Ich hab doch nur die Telefonkonferenz eingerichtet und dafür gesorgt, dass …«

»Oh Mann«, unterbrach Stephen sie. »Du sollst mir nicht widersprechen. Geh 'ne Runde schwimmen und nimm dir was von diesem herrlichen stinkenden Époisses-Käse. Ich zeige Annie das Haus.«

Dankbar gab Tash nach.

Draußen herrschte immer noch Hitze, aber im Inneren des Châteaus war es kühl wie in einem Kloster. In der großen, stilvoll eingerichteten Küche nahm mir eine Frau lächelnd den Koffer ab und reichte mir ein Glas Champagner, dann schlenderten Stephen und ich gemeinsam durch das Erdgeschoss. Sein Arm streifte meinen, als wir in der Tür zu einer *bibliothèque* stehen blieben, und ich fühlte, wie jede Zelle meines Körpers vibrierte.

»Der Eigentümer dieses Châteaus ist ein großer Liebhaber des Surrealismus«, erzählte Stephen gerade, »was sich sehr gut trifft – mir geht's nämlich genauso. Hier drinnen gibt es einige wunderschöne Erstausgaben von Biografien, von Le Corbusier über Éluard bis zu Picasso.«

Er wandte sich um und blickte mich an. »Hmm. Zu protzig?«

»Nein!«, entgegnete ich. »Ich bin auch ein Fan des Surrealismus! Penrose mag ich allerdings am liebsten. Ich hab vor Kurzem sein Haus in Sussex besichtigt. Es war wunderschön.«

Stephen grinste. »Penrose, hm? Okay. Wenn Sie mir bitte folgen möchten, Madam.« Er führte mich durch einen unebenen Korridor zu einem etwas kleineren Raum, der neben einigen niedrigen Sofas eine ziemlich schräge Sammlung von Gemälden aus sämtlichen Epochen der Kunst enthielt. Draußen vor den Fenstern bewegten sich die Blätter der Bäume im Wind und ließen das Licht der Abendsonne durchs Zimmer tanzen.

Stephen machte eine Handbewegung in Richtung Kamin, über dem eine wilde Collage aus fantastischen Motiven hing, die nur von Roland Penrose erschaffen sein konnte. Ich keuchte auf. »Verdammte Scheiße, das gibt's ja nicht!«

Stephen brach in prustendes Gelächter aus. »Haben Sie gerade tatsächlich ›Verdammte Scheiße‹ gesagt, Annie?«

Ich war zu beeindruckt von dem Gemälde, um mich zu schämen. »Ja. Kommen Sie! Schauen Sie sich das Bild an! Ist das Notre-Dame da hinter d… Oh mein Gott. Es ist Notre-Dame. Ich kann nicht fassen, dass ich das zu sehen kriege!«

Für einen kurzen, wunderschönen Moment legte Stephen mir den Arm um die Schultern. »Sie sind sogar noch toller, als ich dachte«, befand er und trat dann vor, um einen genaueren Blick auf das Bild zu werfen. »Von den Jungs konnte sich keiner dafür begeistern.« Schwindlig von all den Eindrücken folgte ich ihm in der warmen Schneise, die sein Körper hinterlassen hatte. Irgendwo in den Tiefen des Hauses ertönte eine Klingel. Das hier war alles so perfekt, dass es schon ans Absurde grenzte.

Während wir dastanden und die Collage anstarrten, fragte ich mich, wie ich damit klarkommen würde, wenn ich das alles falsch verstanden hatte und Stephen mich einfach nur auf die gleiche kollegiale Art mochte wie Tash. Ich stellte mir vor, wie ich mich auf ihn stürzte – natürlich nur in einem Moment totaler geistiger Umnachtung – und er mich sanft, aber bestimmt von sich schob, um mich anschließend zu feuern, woraufhin ich noch mal von vorn anfangen musste und …

Dann drehte ich den Kopf zur Seite, stellte fest, dass Stephen mich anblickte, und sofort hörten meine sorgenvollen Gedanken auf. Das war nicht das Gleiche wie bei Tash. Ich hatte zwar keine Erfahrung mit Männern, gegenseitiger Anziehung und eindeutigen Signalen, aber trotzdem wusste ich, dass dieser Blick etwas bedeutete. *Heilige Mutter Gottes*, dachte ich, schockgeschwächt. *Es könnte tatsächlich passieren, dass ich einen Mann küsse.*

Nach einem langen Moment des Schweigens öffnete Stephen den Mund, um etwas zu sagen, gerade in dem Augenblick, als jemand vom Personal hereinkam und uns mitteilte, auf der Terrasse würden Cocktails serviert.

Seufzend löste Stephen den Blickkontakt.

»Na, dann kommen Sie mal, meine Surrealismus-liebende Masseurin«, sagte er. »Gehen wir Cocktails trinken.« Doch er rührte sich nicht. Irgendwann streckte er sehr langsam und sehr überlegt die Hand aus, ergriff meinen geflochtenen Zopf, der mir über die Schulter gerutscht war, und legte ihn mir auf den Rücken. Dann strich er sanft mit der Hand darüber, um ihn gerade zu richten. »Dieser Zopf ist wirklich hübsch«, befand er. »Gefällt mir richtig gut.«

Ich ballte die Hände zu Fäusten – als würde mir das dabei helfen, mich auf das Hier und Jetzt zu konzentrieren. »Sind Sie sicher, dass Sie mich draußen dabeihaben wollen?«, fragte ich matt. »Sollte ich nicht eigentlich, äh, den Abend mit den anderen Assistenten verbringen?«

Für einen Moment sah Stephen verwirrt aus. Dann lachte er leise. »Sie sind als Gast hier«, erklärte er. »Als *mein* Gast. Natürlich will ich, dass Sie mit uns Cocktails trinken. Und außerdem ist nur Tash hier. Wir alle können auch ohne unsere Assistentinnen überleben, wissen Sie. Bei mir zu Hause koche ich selbst und putze sogar die Toilette. Nein, tue ich nicht. Das war gelogen. Aber ich könnte es, wenn ich wollte.«

»Flint?«, rief eine Stimme aus dem Korridor. »Flint? Wo steckst du?« Rory Adamsons dicker Bauch erschien in der Tür, gefolgt von Rory selbst. Er hatte einen Sonnenbrand, war ziemlich angeheitert und sah aus irgendeinem Grund unheimlich niedlich aus ohne seinen Anzug.

»Oh, hallo, Anna«, sagte er erfreut. »Schön, dass Sie mitgekommen sind und uns ein bisschen verwöhnen! Flint, wir

müssen noch mit Chicago über den Abschluss reden, bevor wir zu betrunken sind. Und danach betrinken wir uns *richtig*.«
Rory war Stephens rechte Hand. Die beiden hatten dieselbe Privatschule besucht: Dort waren sie zwar nicht die dicksten Freunde gewesen – wie Stephen mir einmal gestanden hatte –, aber immerhin hatten sie sich so gut verstanden, dass Stephen Rory vor neun Monaten erfolgreich seinem vorherigen Arbeitgeber abgeworben hatte.

»Rory Adamson, du alter Trottel«, rief Stephen. »Sie heißt Annie.«

»Oh, klar!« Rory war ehrlich zerknirscht. »Tut mir leid, Annie. Wir kriegen hier die ganze Zeit diesen wunderbaren *Grand Cru* aus Saint-Émilion eingeflößt und sind alle besoffen. Als könnte ich jemals den Namen unserer Massagequeen vergessen.«

Ich grinste. »Verziehen. Ich komme mit raus auf einen Drink, wenn das okay ist.«

Nur einen kurzen Augenblick lang, eine winzige, kaum wahrnehmbare Millisekunde, blickte Rory seinen Vorgesetzten scharf an. *Sie kommt doch nicht wirklich mit, oder?* Ohne mit der Wimper zu zucken, hielt Stephen dem Blick stand.

Als er mich aus dem Zimmer führte, zitterte ich, weil mir urplötzlich wieder vor Augen stand, dass Stephen Flint – so menschlich, witzig und selbstironisch er auch sein mochte – ein ziemlich mächtiger Mann war. Egal, wie sehr er mir gefiel, es würde mich viel Mut kosten, einfach loszulassen und ihm vollkommen zu vertrauen. Doch ich war bereit, es zu versuchen.

Als die letzten violetten Lichttupfen vom Himmel verschwanden, wurde das Abendessen serviert, unter einem wunderschönen Baldachin aus Lichterketten, die zwischen die Obstbäume gespannt worden waren. Wir saßen an einer perfekt hergerichteten Tafel: gestärkte Tischdecken, glänzendes Besteck, Wildblumen in Vasen – und natürlich Unmengen an Wein, bei dem die einzelne Flasche wahrscheinlich mehr kostete als die monatliche Miete für mein Haus.

Um mich herum verschlangen Stephens Leute ihre Steaks wie keulenschwingende Steinzeitmenschen. Ich dagegen kriegte kaum einen Bissen herunter. Über uns raschelten die Bäume gemächlich im Wind, Besteck traf klirrend auf Porzellan, das Summen der Unterhaltung erfüllte die Luft, doch ich hörte nur Stephens Stimme.

Das war die intravenöse Droge, von der Tim gesprochen hatte. Ich war überrascht von ihrer gewaltigen Kraft. Rechts von mir fuhr Patrick, der Chefbuchhalter, lallend mit seiner Lobeshymne auf meine Massagefähigkeiten fort: Er liebe die Art, wie ich mit meinem Körpergewicht auf seine verspannten Muskeln drücke und darauf herumknete. Jeder hier unterhielt sich mit mir übers Massieren. Vermutlich konnten sie sich nicht vorstellen, dass ich auch noch andere Gesprächsthemen hatte. Aber das war mir egal. Ich hörte sowieso nicht zu.

Stephen unterhielt sich mit Janique, seinem Seniorberater, und alles, was ich hörte, war seine Stimme.

In der Tasche meines langen Rocks vibrierte mein Handy.

ICH BEFEHLE DIR, NACH HAUSE ZU KOMMEN, schrieb Claudine. *Wir müssen reden. Mit deinem Chef ins Bett zu gehen ist ein großer Fehler! Das nimmt ein böses Ende. Ganz sicher.*

Ich löschte die SMS und ließ das Handy zurück in meine Tasche gleiten. Es reichte. Ich hatte mich bemüht, Verständnis zu zeigen, anzuerkennen, dass dies nur Claudines Art war, mich vor potenziellem Ärger zu beschützen – aber das war mein Ärger, nicht ihrer. Ich war es leid, mich bevormunden zu lassen. Die »Kleine« zu sein. Hatte ich nicht schon genug Zeit damit verbracht, mich klein zu fühlen? Mich zu verstecken?

Vergangenes Wochenende hatte sie sogar extra ein Notfalltreffen anberaumt, um einen letzten Versuch zu starten, mir die Reise nach Frankreich auszureden beziehungsweise mir jeglichen intimen Kontakt zu Stephen zu untersagen. »Er ist über'aupt nischt gut für disch«, hatte sie in einem ziemlich entschiedenen Tonfall verkündet, obwohl sie Stephen noch nie gesehen oder auch nur ein einziges Mal mit ihm gesprochen hatte. »Isch rate dir davon ab, Geschleschtsverkehr mit ihm zu 'aben, Annie. Besser gesagt: Isch verbiete es dir.«

Zum ersten Mal überhaupt – vor allem, weil ich anscheinend keine Wahl hatte, was meine Gefühle für Stephen anging – hatte ich ihr direkt widersprochen. »Ich höre, was du sagst, Claudie, und du magst recht haben damit … Aber ich fürchte, du kannst mich nicht stoppen. Nicht mal *ich* kann mich stoppen.«

»'eutzutage schlafen Frauen nischt mehr mit ihren Chefs!«

»Herrgott noch mal, Claudie! Natürlich tun sie das! Und wieso auch nicht? Wir sind beide erwachsen. Wen stört's, dass er mein Gehalt zahlt? Mach doch keine feministische Debatte daraus. Dafür gibt's überhaupt keinen Grund. Hier geht es nur um zwei Menschen, die sich offensichtlich gern haben. Mehr nicht, du alte Zynikerin!«

Claudine hatte aufgekeucht. Einen Moment lang hatte sie mich mit mörderischem Blick angestarrt und dann – mit voller Absicht – ihr Messer in meinen Scone gerammt. »Isch verbiete es«, hatte sie wiederholt. »Potenzielle Bezie'ungen musst du be'utsam und überlegt ange'en. Bei diesem Schleimer ist nischts be'utsam und überlegt. Isch verbiete es – 'ast du ge'ört? Isch verbiete es!«

Doch ich hatte ihrem Blick standgehalten. Ich hatte genug von ihrem bekloppten Beziehungsgerede. Genug von ihrer Überzeugung, sie könne mich mittels liebevoller Führung von meiner Vergangenheit erlösen. Und genug von ihrer Art, von Stephen zu sprechen, als wäre er ein typisches Managerarschloch mit ständig wechselnden Frauen, obwohl er sich doch gerade als das komplette Gegenteil herausstellte. »Pech, Claudie. Ich fahre nach Frankreich. Und wenn sich dort die Möglichkeit bietet, mit ihm zu schlafen, dann nutze ich sie.«

Mit diesen Worten hatte ich über den Tisch gegriffen und ihren Scone gestohlen.

Stephen beobachtete mich. Zwar unterhielt er sich weiter mit Janique, und ich nahm mein Gespräch mit Patrick wieder auf, aber die ganze Zeit über hielt er meinen Blick.

Ich wusste nicht, was ich da gerade tat. Ich trank zu viel Bordeaux und zog die Schuhe aus, um das Gras zwischen den Zehen zu spüren. *Bleib mit der Erde verbunden*, ermahnte ich mich im Stillen. *Fühl den Boden.*

Dieses Mantra beruhigte mich ein wenig. Aber nicht genug.

Am nächsten Morgen wachte ich schon früh auf, verkatert und gleichzeitig erfüllt von einer rastlosen Energie. Die Dämmerung sandte schmale Lichtstreifen durch die alten Fensterläden vor meinem Schlafzimmer, und unter der edlen Patchworkdecke, die ich mir letzte Nacht noch übergelegt hatte, war es jetzt drückend heiß. Ich stieg aus dem Bett, dankbar für die Kühle des Steinbodens unter meinen Füßen, und öffnete die Läden. Unterhalb meines Schlafzimmers befand sich ein Rechteck aus klarem blauem Wasser, durch das ein Mann schwamm. Wie ein Messer, das durch weiche Butter glitt, zog er seine Bahnen: gerade, genau und ohne Widerstand. Das Wasser um ihn herum warf kaum Wellen. Irgendwo in der

Nähe gab ein Hahn ein halbherziges Krähen von sich, vielleicht betäubt von der aufkommenden Hitze.

Der Mann erreichte das Ende des Pools und machte eine perfekte Wende.

Stephen! Obwohl er letzte Nacht bis mindestens drei Uhr geblieben war, schwamm er schon bei Tagesanbruch hier im Pool. Ich beobachtete, wie seine Rückenmuskeln spielten und sich zusammenzogen, betrachtete seine schlanken, kraftvollen Arme. Ich war nicht verrückt. Da unten im Pool schwamm der attraktivste Mann der Welt – daran bestand kein Zweifel –, und er hatte eindeutig Signale in meine Richtung gesandt. Ich hatte also jedes Recht, ein bisschen durchzudrehen.

Ich bin total brav und vernünftig, schrieb ich Claudine zurück. Und dann marschierte ich in meinem neuen Seidenpyjama nach unten, eingewickelt in mein altes Umhängetuch aus Nordargentinien, das sich beim Packen doch wieder in meinen Koffer geschlichen hatte. Aus der Küche drangen Topfgeklapper, Stimmengewirr und blecherne Musik, ansonsten herrschte Stille im Haus. Es konnte auch nicht viel später sein als sechs.

Behutsam tapste ich über den Steinboden und musste grinsen, als ich an dem Zimmer mit der Roland-Penrose-Collage vorbeikam. Stephen und ich hatten so viele Gemeinsamkeiten. Wen interessierte es schon, dass er ein Multimillionär und außerdem mein Chef war?

Ich schlüpfte durch eine alte Terrassentür und ging schnellen Schrittes um das Haus herum durch eine kleine Allee aus Lindenbäumen, die sich sanft im Wind bewegten. Kurze Zeit später erreichte ich die hintere Terrasse, an die der Pool grenzte. Stephen war immer noch da und zog seine Bahnen. Am Beckenrand stand ein Paar süßer abgewetzter Pantoffeln, auf denen Stephens Armbanduhr lag – so eingerollt, als würde sie versuchen, sich an die Form seines Handgelenks zu erinnern.

Am liebsten hätte ich sie mir umgelegt. Und wäre mit den Füßen in die alten Pantoffeln geschlüpft. Stattdessen setzte ich mich auf eine Marmorbank und wartete darauf, dass er sich umdrehte und auf mich zu schwamm.

»*BONJOUR!*«, rief er und kam tatsächlich auf mich zu geschwommen. »*Comment ça va, ma jolie?*«

Ich grinste ihn an. Obwohl ich mir nicht einmal die Mühe gemacht hatte, in den Spiegel zu blicken, und einfach mit meinem alten Tuch nach draußen marschiert war, hatte er mich trotzdem »meine Schöne« genannt. Aber eigentlich war das ja auch klar. Alle Frauen waren schön, wenn sie verliebt waren, oder?

Halt!, mahnte ich mich zur Vorsicht. *Kein Grund, schon von Liebe zu sprechen.*

»Mir geht's gut«, rief ich. »Was für ein wunderschöner Morgen!«

»Grandios, nicht wahr?« Er zog sich aus dem Pool. Sanft glitt das Wasser von seinem muskulösen, braun gebrannten Körper, den ich langsam so gut kannte, und ich wandte den Blick ab. Es war nicht richtig. Es war nicht anständig. *Vergib mir, Vater, ich habe ein ernsthaftes Verlangen, zu sündigen …*

»Warten Sie einen Augenblick, dann zeige ich Ihnen noch mehr schöne Sachen. Das hier ist mir von allen Châteaus in ganz Frankreich das liebste!«

Ich lachte. »Wow, ich würde auch gern sämtliche Schlösser Frankreichs kennen.«

»Ach … oh. Ich bin ein Angeber.« Er blickte beschämt drein. »Begleiten Sie mich trotzdem nach drinnen zu einem unanständigen Frühstück?«

»Unanständig?«

»Kommen Sie.« Er zog sich ein gestreiftes Baumwollhemd und alte Cargo-Shorts über, die an einem Baum gehangen hatten. In Shorts hatte ich ihn noch nie gesehen. Natürlich standen sie ihm perfekt.

Wir gingen nebeneinander her und unterhielten uns ganz locker. Schon nach kurzer Zeit führte Stephen mich durch eine Seitentür, und ich fand mich in der Hauptküche wieder. Sie war riesig. Ein Großteil des Raumes wurde von glänzenden Metallflächen und zweckmäßigen Regalen mit Töpfen eingenommen, doch der Bereich, den wir betreten hatten, sah noch aus wie vor hundert Jahren. Es gab einen per Fußpumpe betriebenen Wasserhahn und alte geriffelte Arbeitsflächen aus Holz, die mit Porzellangeschirr und halb ausgetrunkenen Kaffeetassen übersät waren. Bleche mit Croissants warteten darauf, in den Ofen geschoben zu werden. Das Küchenpersonal lächelte uns freundlich zu, fuhr jedoch damit fort, *Chocolatines* zu formen und pralle goldene Orangen auszupressen.

»Guten Morgen, Mr Flint«, sagte die Frau, die das Kommando innezuhaben schien. »Ich hoffe, Sie haben gut geschlafen. Soll ich Ihnen das Übliche bringen?«

»Gern, Sylvie!«, entgegnete Stephen. »Gleich lernen Sie meine Lieblingsbeschäftigung kennen!«, flüsterte er mir verschwörerisch zu und sah dabei aus wie ein kleiner Junge.

»Husch, husch.« Resolut schob Sylvie uns zu einer altmodischen Küchentheke beim Fenster hinüber. Ich nahm neben einigen Kisten mit Zitronen und einem Haufen frischer Minzeblätter Platz, die auf einem Geschirrtuch trockneten. Schon nach kurzer Zeit stellte Sylvie zwei unterschiedliche Becher mit heißer Schokolade vor uns hin – echter, cremiger französischer Schokolade –, und dazu gab es Brioche zum Eintauchen. Es folgten noch etwas Brot und einige Schälchen mit halb aufgebrauchter Marmelade und Butter, dann wandte Sylvie sich zum Gehen. *»Bon appétit«*, murmelte sie noch, bevor sie sich diskret davonschlich.

»Aah.« Seufzend nahm ich einen Schluck von der samtigen Schokolade.

»Versuchen Sie die hier mal«, raunte Stephen ehrfurchtsvoll und reichte mir die Marmelade. »Das ist Feige. Aus dem Obstgarten. Einfach unglaublich.«

Das war sie. So wie alles hier – besonders die Tatsache, dass es Stephens unanständiges Geheimnis war. »Den ganzen förmlichen Kram kann ich nur bis zu einem gewissen Grad ertragen«, erzählte er mir und steckte sich dabei ein schokoladengetränktes Stück Brioche in den Mund.

Irgendwann lehnten wir uns zurück – satt und zufrieden –, und sahen dem Küchenpersonal bei der Arbeit zu. »Das macht Sie bestimmt stolz«, sinnierte ich, »all diese fleißigen Leute zu sehen, die ihr Bestes geben, um Sie und Ihre bedeutende Firma zufriedenzustellen.«

Stephen runzelte die Stirn. »Ich schätze schon. Ich hoffe nur, die halten mich nicht für einen reichen Idioten.«

»Das haben Sie schon öfter gesagt«, entgegnete ich. »Ich halte Sie überhaupt nicht dafür, und ich glaube auch nicht, dass es hier jemand tut. Um ehrlich zu sein, fällt es mir ziemlich schwer, Sie mit Ihrem Job in Verbindung zu bringen. Sie kommen mir so …« Ich verstummte, peinlich berührt.

»So was?«

»So bodenständig vor.« Ich errötete. »Und so normal.« *Du bist ein Butterkleckse-in-der-Marmelade-Typ*, dachte ich, sagte es aber nicht laut. *Und das gefällt mir sehr gut.*

Es folgte ein langer Moment des Schweigens, während Stephen mich anblickte und ich auf mein Brot starrte. Schließlich aß ich einige Bissen davon. »Ich bin froh, dass Sie so denken«, gestand Stephen. »Es würde mich wirklich traurig machen, wenn Sie mich für jemanden halten, der sich in irgendwelchen spießigen Altherrenclubs herumtreibt.«

Ich aß weiter.

»Sie sind allerdings auch anders, als Sie zu sein scheinen«, befand er lächelnd. »Sie laufen in diesen Klamotten herum, tun ganz erdverbunden und moralisch und so, und trotzdem hauen Sie so richtig rein beim Essen und haben auch keine Scheu vor Hochprozentigem. Ihre Ernährungsberaterin würde sich schämen.«

»Würde sie nicht.«

Stephen lachte. »Ach, kommen Sie, Annie.«

Ich betrachtete die Stelle, an der sich mein gebuttertes Brot, die Marmelade, die heiße Schokolade und der Berg Brioche befunden hatten, und dachte an den ganzen Käse, den ich später noch essen wollte. »Ich war mal ganz gut darin«, gestand ich grummelnd. »Aber irgendwann bin ich eingeknickt. Es ist echt schlimm.«

Stephen konnte gar nicht aufhören, zu lachen. »Aber das Leben hat doch gar keinen Sinn ohne Käse und Wein. Und Kuchen. Und Brot. Ganz zu schweigen von Flat White.«

»Offiziell darf ich Ihnen da nicht zustimmen. Inoffiziell stimme ich Ihnen völlig zu.«

In der Küche wurde jetzt das Tempo erhöht. »Besser, wir gehen«, meinte Stephen. »Aber ich bin froh, dass wir zusammen gefrühstückt haben.«

»Wieso haben Sie mich eigentlich eingeladen?«, wagte ich mich mutig vor.

»Weil ich will, dass Sie mich so sehen, wie ich wirklich bin.«

»Ich geh besser unter die Dusche«, murmelte ich. »Um acht ist mein erster Massagetermin.«

»Haben Sie einen schönen Vormittag«, sagte Stephen. »Bis später dann. Ich habe heute Abend einen Termin bei Ihnen.«

Nachdem ich an diesem Morgen drei Massagen gegeben hatte, unternahm ich am Nachmittag einen Spaziergang entlang der Dordogne. Stephen und seine Gang waren zu irgendeinem Weinberg bei Saint-Émilion gefahren, und Tash begleitete sie als Fahrerin, daher waren nur ich, Sylvie und ihre Küchenmannschaft im Haus. Sie stellte mir ein wunderschönes kleines Picknick zusammen, mit *Saucisson*, Brot, grünem Salat und dickem, cremigem Ziegenkäse, und wickelte alles in ein kariertes Tuch ein. Wie in einer Szene aus einem Kindermärchen.

Es war ein perfekter Nachmittag. Ich stöberte durch einen Secondhand-Buchladen, der in einer langen Scheune neben dem Fluss untergebracht war, und kaufte eine alte Ausgabe der *Vogue* mit Lee Miller auf dem Cover.

Als ich weiterging, beobachtete ich zwei Verliebte ein Stück vor mir, die immer wieder anhielten, um sich zu küssen, und musste mich auf eine Bank setzen – die ansteigende Aufregung in meinem Innern war kaum noch auszuhalten.

Mit zitternden Händen bereitete ich den Behandlungsraum für Stephens Massage vor. Als ich gehört hatte, wie er und seine Leute zurückgekommen waren – ganz offensichtlich betrunken und in bester Laune –, war ich so nervös geworden, dass ich mich nicht einmal getraut hatte, das Zimmer zu verlassen, um Hallo zu sagen.

Ich sprach nie mit Mum und hatte auch nie daran geglaubt, dass sie mir wie eine Art sanfter, allgegenwärtiger Schatten überallhin folgte. Genau das war auch ein Teil des Problems: Ich hatte mir immer vorgestellt, sie wäre in irgendeinem schrecklichen, brutalen Fegefeuer gefangen. Manchmal allerdings konnte ich sie für einen flüchtigen Moment spüren. Ein Hauch hier, ein warmes Kissen dort, und jetzt – nur einen

Wimpernschlag lang – konnte ich sie riechen. *Lavendel*, dachte ich. Mum hatte für fast alles Lavendelöl benutzt.

Ich schloss die Augen und sog ihren Duft ein. Irgendwie wurde die Atmosphäre im Raum friedlicher, und mein Atem beruhigte sich. Ich würde es schaffen.

»Hallo!« Ohne Vorwarnung kam Stephen herein, freudestrahlend und in Topform. »*Bonsoir*, Annie! *WUNDERSCHÖNEN BONSOIR!* Was für ein Abend! Ich will keine Massage, ich will wieder nach draußen in diese tolle Landschaft. Begleiten Sie mich?«

»Ja, gern.«

Ungesehen von den anderen verließen wir das Haus durch die Hintertür und vermieden es beide, den Grund für diese Heimlichkeiten anzusprechen. Nach einem kurzen Spaziergang einen steinigen Pfad entlang, der irgendwann an einem Kreidefelsen endete, betraten wir ein raschelndes Waldstück und bahnten uns einen Weg den Hügel hinauf. Begleitet von der abendlichen Geräuschkulisse sprachen wir über unsere Familien. Zu meinem Erstaunen hatte Stephen sich von einer unserer früheren Unterhaltungen her gemerkt, dass ich eine Schwester namens Lizzy hatte, die als Programmiererin arbeitete und zwei Jahre älter war als ich. Er war einfach unglaublich! »Ist sie Ihnen ähnlich?«, wollte er wissen.

»Nein! Sie hat ungefähr so viel Ähnlichkeit mit mir wie ein buddhistischer Mönch. Wobei Lizzy wenig Buddhistisches an sich hat. Und sogar noch weniger Klösterliches.«

»Aber ein paar Gemeinsamkeiten wird's doch geben. Ich wette, ich könnte Sie im Gesicht Ihrer Schwester erkennen.«

Der Wald verflüchtigte sich und gab den Blick frei auf herrliche Weinberge, die sich in sanften grünen Linien durch den hügeligen Erdboden zogen.

»Wahrscheinlich würden Sie Teile von mir wiedererkennen«, antwortete ich zweifelnd. »Meine Schwester würde Sie allerdings umhauen, sie sieht aus wie ein richtiger Filmstar. Womit ich nicht sagen will, dass ich 'ne Hackfresse bin, aber Lizzy könnte definitiv über den roten Teppich laufen.«

»Schauspielerinnen sind doch nicht echt«, befand Stephen. »Vor allem nicht diese Jolie. Vermutlich bin ich der einzige Mann auf der Welt, der nicht auf die steht, aber sie macht mir irgendwie Angst. Nicht nur wegen ihrer riesigen Lippen, sondern generell. Außerdem hat sie Jen Brad ausgespannt, und das werde ich ihr nie verzeihen.«

Ungläubig blieb ich stehen und sah ihn an. »Sie haben das jetzt nicht wirklich gesagt, oder? Sind Sie in Wahrheit 'ne Frau?«

Stephen versuchte, sich das Lachen zu verkneifen – ohne Erfolg. »Ich bin total verrückt nach dir«, sagte er plötzlich. Er hörte auf zu lachen, doch seine Lippen blieben zu einem Lächeln verzogen. »Ich kann nicht essen, nicht schlafen. Ich kann überhaupt nichts machen, außer an dich zu denken: wie du dich bewegst, wie sich deine Hände auf mir anfühlen, wie aus deinem Zopf immer diese kleinen blonden Hörnchen abstehen. Ich kann nicht aufhören, mir deine süße kleine Stupsnase anzuschauen mit diesen vielen Sommersprossen, die aussehen wie hüpfende kleine Flöhe. Und dieser Seifenduft auf deiner Haut, dieses Glöckchengeklingel an deinem Rock, wenn du mich bearbeitest, und dass es dir scheißegal ist, dass ich ein reicher Geschäftsmann bin. Ich kann nicht aufhören, an den Abend zu denken, als wir uns das erste Mal begegnet sind, und daran, wie offensichtlich du mich loswerden wolltest, weil du so müde warst, und wie friedlich und süß du ausgesehen hast, als ich dich schlafend im Empfangsbereich gefunden hab, eingekuschelt auf dem Sofa wie 'ne kleine Maus. Und ich muss immer daran denken, wie du dir auf die Lippe beißt, wenn du nachdenkst, und wie du lachst, dieses niedliche, leise Kichern. Ich muss dauernd an diese lustigen Ökoklamotten denken, die du immer trägst, und daran, wie anständig und ruhig du immer bist. Ich mache mir Sorgen, dass du in diesen Tim verliebt bist und dass ich dein Chef bin und das alles hier völlig unangebracht ist, und ich weiß nicht, was ich machen soll. Das Ganze frisst mich total auf – ich komme mir schon vor wie irgend so eine bedauernswerte Shakespeare-Figur, die durch den Wald läuft und sich dabei ständig auf die Brust schlägt. Ich bin fertig, Annabel Mulholland, total fertig. Ich kann nicht …«

Ich erinnere mich nicht mehr daran, wie es passierte, wer den ersten Schritt machte. Ich weiß nur, dass Stephen plötzlich aufhörte, zu sprechen, weil wir uns küssten. Entgegen meiner Befürchtung zitterte ich nicht vor Angst, stattdessen brannte in meinem Innern ein wahres Feuerwerk ab. Ich war wie berauscht. Stahlhart presste Stephens Körper sich gegen meinen, und ich nahm den leichten Duft seines Eau de Cologne wahr. Seine Küsse waren hungrig, innig, und er zog mich noch enger an sich.

Wieder war ich mir nicht sicher, wie es passierte, aber plötzlich hatte ich mein Top nicht mehr an – es war irgendwo zwischen den Rebstöcken neben Stephens T-Shirt gelandet – und sein nackter Oberkörper lag auf mir. Kleine Feuer der Erregung flackerten auf und brannten bald lichterloh. Ich hatte keine Kontrolle mehr über meinen Körper.

»Annie …«, stöhnte Stephen, während er meinen Hals mit Küssen bedeckte. Hektisch versuchten wir, uns die restlichen Klamotten vom Körper zu reißen, dann lag ich auf der nackten Erde und Stephen auf mir. Bevor ich wusste, wie mir geschah, oder noch die Zeit hatte, über solche Dinge wie Verhütung nachzudenken – oder die Steine, die sich mir in den Rücken bohrten, oder die Biene, die laut neben meinem Ohr summte –, passierte es: leidenschaftlicher, heftiger Sex, der mir nur für einen kurzen Moment wehtat, bevor die Hormone wieder die Kontrolle übernahmen und ich nach oben bis in den Weltraum flog.

Danach hielt Stephen mich so fest in seinen Armen, dass ich kaum atmen konnte. Ich wollte aber sowieso nicht atmen. Völlig fertig lag ich neben ihm und spürte, wie mir vor Erleichterung und Stolz – und allem möglichen anderen – eine Träne aus dem Augenwinkel lief.

Ich war nicht gebrochen. Unter all den Gefühlen – dem Schmerz und der Angst – war ich immer noch eine Frau: eine normale, funktionsfähige Frau, die endlich bereit war, sich wieder dem Rest der Menschheit anzuschließen.

Stephen gab mir einen Kuss auf den Scheitel, zog mich noch enger an sich, und sagte mir, es sei unglaublich gewesen. Und dann taten wir es erneut. Auf *meine* Initiative hin.

Ich hab's voll drauf mit diesem ganzen Sex und so, jubelte ich innerlich.

Ach, halt die Klappe, dachte ich dann, peinlich berührt.

Als wir uns wieder auf den Weg zum Château machten, war es dunkel, und das Abendessen hatte schon begonnen. Ich konnte nicht sprechen, und meine weiblichen Organe hatten einen Schock. Wie einen Rettungsring hielt ich Stephens Arm umklammert.

»Äh, okay dann«, setzte Stephen an, als wir erneut den Steinpfad betraten. »Sind Sie öfter hier, Mademoiselle?«

Tief atmete ich ein, weil plötzlich die Düfte des Abends auf mich einströmten: Meeresfrüchte, Knoblauch, Jasmin. Stephens Körper. Als wir schließlich in der Eingangshalle ankamen, blieben wir auf dem knarrenden Holzboden stehen.

»Ich will nicht mit den anderen essen«, murmelte Stephen und entfernte sich von dem Lichtstreifen, der unter der Esszimmertür hindurchdrang. »Gehen wir auf mein Zimmer? Ich will dich nicht gehen lassen.«

Dieser Rausch. Dieser alles übertreffende Rausch. Diese Hormone, diese knisternden Neuronen, diese Funken sprühenden Synapsen. Dieser pulsierende, strömende Rausch. *Warum habe ich mein gesamtes Erwachsenenleben damit verbracht, davor wegzulaufen?*, fragte ich mich, während Stephen ganz langsam die Hand über meinen zitternden Bauch gleiten ließ.

Stunden später, als die Sonne schon untergegangen ist und die Felder in grauer Stille daliegen, entdeckt ein Polizist das Mädchen im Schatten der Mauer, zusammengerollt zu einer steifen Kugel. Er bringt es nach Hause, wo eine Reihe weißer Autos mit blauen Lichtern warten.

Eine Polizistin führt die Kleine hinüber zur Couch, bittet sie, sich zu setzen, und erklärt ihr, dass ihre Mutter nicht mehr lebt. Doch das weiß Annie schon. Aus einem der Zimmer im ersten Stock dringen schreckliche Laute nach unten – Laute, die sich eher wie Dschungeltiere anhören, nicht wie Daddy. Aber Annie weiß, dass diese Geräusche von Daddy kommen; ab und zu kann sie ihn »Georgie, oh Georgie, nicht meine Georgie, bitte nicht« rufen hören.

Lizzy hat sich in den Schlaf geweint. Wie ein im Kampf bezwungenes Tier liegt sie zusammengekauert in einem Sessel.

Die Polizistin scheint darauf zu warten, dass Annie zu weinen anfängt, doch sie ist mucksmäuschenstill. Als die Polizistin fragt, ob sie verstanden habe, was sie ihr gerade gesagt habe, nickt Annie nur.

Sie starrt auf den Kamin, wo ein unförmiger Weidenkorb steht, den Mummy einmal in einem fernen Land gekauft hat. Um ihn herum verteilt liegen noch die Schuhe von gestern Abend, als sie alle zusammen »wirf den Schuh in den Lumpenkorb« gespielt haben. Drüben auf dem Holztisch steht ein Becher, in dem sich noch die Reste des Zimttees befinden, den Mummy gestern getrunken hat. Und über dem Stuhl hängt ein breiter Seidenschal, den sie zusammen auf diesem Dingsbums gekauft haben, das sich Flohmarkt nennt, wo es so viele stinkende Klamotten gegeben hat.

Vollkommen regungslos sitzt Annie da, die Hände im Schoß gefaltet, und als Mrs Wilson aus dem Dorf kommt und sie fragt, ob sie ein Sandwich möchte, schüttelt sie den Kopf.

»Oder vielleicht ein Taschentuch, Süße?«, versucht es die Polizistin erneut. »Etwas Limonade? Ein schönes Glas Milch?«

Ich gab keine Antwort, denn ich war schon gegangen, war aus meinem Leben verschwunden, genauso wie Mum aus ihrem verschwunden war – nur dass man mich nicht in eine Kiste gelegt und begraben hatte. Ich musste hierbleiben.

Kapitel 12

Kate

Drei Tage nach Beginn des Turniers in Badminton stand ich in der Menge und blickte auf einen Geländesprung namens *Vicarage Vee*, der – wie Mark mir erzählt hatte – zu den bekanntesten Hindernissen des Parcours gehörte. Die Luft war heiß und feucht, und die gewaltigen Menschenmassen, die in den letzten zwei Tagen herbeigeströmt waren, hatten sich noch einmal verstärkt. Vor Angst pochte mir das Blut in den Schläfen, als ich mir vorstellte, wie Mark und Stumpy durch diesen unmöglichen Parcours galoppierten. *Bitte*, betete ich fieberhaft zu meinem Gelegenheitsgott, *bitte, lieber Gott, ich bitte dich, mach, dass sie heil da durchkommen. Ich werde alles tun – sogar mich auf einen Sherry mit Maria treffen, wenn du willst. Ich könnte auch eine richtige Katholikin werden oder in einem Tierheim arbeiten oder eine Niere spenden. Aber bitte mach, dass ihnen nichts passiert.*

Jetzt, wo ich aus meiner täglichen Routine in Somerset herausgerissen war, fiel es mir viel schwerer, das Gefühl von Ruhe aufrechtzuerhalten, das ich in den letzten Wochen verspürt hatte. Aufdringliche Szenen aus der Vergangenheit – aus dem ganzen verdammten Chaos – hatten mich in den letzten zwei

Nächten wach gehalten, während ich versucht hatte, in meiner schmalen Koje zu schlafen, obwohl Mark nur wenige Meter von mir entfernt gelegen hatte. Und so sehr ich mich auch anstrengte, ich konnte die starken körperlichen Reaktionen nicht kontrollieren, die mich heimsuchten, wenn ich in seiner Nähe war. Als er zum Beispiel gestern seine Dressurprüfung abgelegt und dann am Ende seinen Zylinder gelüftet hatte, um sich vor den Richtern zu verbeugen, war ihm der Morgenwind sanft durchs Haar gestrichen. Ich hatte mich gefühlt, als hätte man mir einen Schlag ins Gesicht versetzt. »Du bist wunderschön«, hatte ich geflüstert, und dann war mir schlecht geworden, weil ich befürchtet hatte, es könnte jemand – mich eingeschlossen – gehört haben.

Gestern Abend hatte ich versucht, mich davonzustehlen und mit Tiggy etwas trinken zu gehen, aber Mark hatte mich abgefangen und total nett und locker gesagt: »Wollen wir nicht einen Spaziergang mit unserem Lieblingspferd machen?« Und schwupps hatte ich mich – Déjà-vu – vor einem romantischen Sonnenuntergang wiedergefunden, mit einem Pferd, das ich liebte, und einem Mann, den …

Einem Mann, den ich nichts.

»Lassen wir Stumpy ein bisschen grasen«, hatte Mark vorgeschlagen, als wir eine große Weide mit einem offen stehenden Flügeltor erreicht hatten. »Ich will nicht, dass er die ganze Zeit im Stall steht.«

Stumpy hatte sich das nicht zweimal sagen lassen, und während er die Wiese eines ahnungslosen Bauern abmähte, setzten wir uns auf eine alte Steinmauer. Jedes Mal, wenn ich zu meinem großen weißen Freund hinüberblickte, musste ich lachen; nach der Dressurprüfung hatte Tiggy ihm die Zöpfe entflochten, und nun sah seine Mähne aus, als hätte man ihm eine Dauerwelle verpasst.

»Pferd zu sein ist ganz schön erniedrigend«, stellte ich fest. »Dauerwellen, Menschen, die einen in Babysprache anreden – und nicht zu vergessen dieser ganze lächerliche Dressurkram.«

»Was meinen Sie mit ›dieser ganze lächerliche Dressurkram‹? Stumpy liebt das!«

Ich lachte. »Kann nicht sein. Es sieht total albern aus! Das macht doch keinem Pferd Spaß!«

»Da würde Stumpy Ihnen aber widersprechen. Wenn er Dressur hassen würde, wäre er sicher nicht so gut darin.«

Ich liebte es, wie locker Mark sich mit mir unterhielt, wenn er weit weg von zu Hause war. Hier, in dieser Postkartenidylle, war er wie ein anderer Mann; ein Mann, der keine Angst hatte, zu lächeln und zu lachen und der Welt zu zeigen, wer er wirklich war.

»Außerhalb des Reitstalls sind Sie ganz anders«, sagte ich.

Mark blickte mich an, und ich fühlte kleine, prickelnde Schauer auf meinem Rücken.

»Viel fröhlicher«, ergänzte ich und wünschte, ich hätte gar nicht erst damit angefangen. »Ihnen machen die Turniere richtig Spaß, oder?«

»Ja, das tun sie.« Er seufzte.

Schweigen.

»Ich lebe für die Turniere«, fuhr Mark schließlich fort, »obwohl sie anstrengend sind. Aber eigentlich …« Er verstummte, und ich wandte den Blick ab. Wenn ich ihn zu lange ansah, passierten so seltsame Dinge.

»Eigentlich was?«

»Nicht wichtig.«

»Sicher?«

»Ach, scheiß drauf«, platzte es aus ihm heraus. »Scheiß drauf, Kate. Die Wahrheit ist: Ich genieße es, nicht bei Maria zu sein.« Geräuschvoll stieß er den Atem aus. »Und auch wenn es schlimm ist, so was zuzugeben: Es erleichtert mich sehr, es mal auszusprechen.«

Damit hatte ich nicht gerechnet.

»In der Sekunde, in der ich mit dem Transporter vom Hof fahre, fühle ich mich …« Er suchte nach dem passenden Wort. »Frei.«

»Oh.«

»Und fürs Protokoll …«, er seufzte, »… ich hasse mich echt dafür, so was zu sagen. Ganz abgesehen davon, dass es respektlos ist, hinter Marias Rücken über sie zu reden – Ana Luisa soll auf keinen Fall denken, ich wäre auch froh, *sie* los zu sein. Das bin ich nicht. Ich liebe sie. So sehr, dass es manchmal richtig wehtut.« Plötzlich füllten seine Augen sich mit Tränen. »Aber Sie haben recht: Die Turniere machen mir Spaß. Es kommt mir vor, als würde ich hier eine andere Welt betreten, wo ich … ein wertvoller Mensch bin.« Angestrengt konzentrierte Mark sich auf seine Hand, mit der er Stumpys Führstrick so fest umklammert hielt, dass die Knöchel weiß hervortraten.

»Sie sind ein wertvoller Mensch«, konnte ich mich nicht abhalten, zu sagen.

Mark reagierte nicht. Er starrte nur weiter auf seine Hände. »Bei mir zu Hause fühlt sich das nicht so an«, entgegnete er schließlich. »Da bin ich ein ziemlich wert*loser* Mensch.«

Verlass sie, dachte ich traurig. *Du bist viel zu gut für sie.* Mark verdiente jemanden, der ihn liebte, der ihn respektierte. Am liebsten hätte ich geschrien: *Himmel, Arsch und Zwirn, guck dir doch mal an, was du alles erreicht hast! Und das, nachdem dein Dad dir deine Kindheit genommen hat. Du bist ein Wunder, Mark, du verdienst mehr!*

Doch dann fiel mein Blick auf den lieben, süßen Stumpy, der so glücklich sein Gras kaute und dabei träge mit dem Schweif nach Fliegen schlug. Ich musste daran denken, wie Ana Luisa letzte Woche quietschend vor Begeisterung auf seinem Rücken gesessen hatte, zusammen mit ihrem Dad, der fest den Arm um ihre Taille geschlungen hatte, und in diesem Moment wurde mir klar, dass es nicht so einfach war. Mark würde alles verlieren, wenn er Maria rausschmiss.

Deshalb sagte ich nur: »Ich verstehe.«

»Irgendwie kriegen wir das sicher wieder hin.« Marks Stimme klang müde. »An Beziehungen muss man schließlich hart arbeiten, stimmt's?«

»Sehen Sie nicht *mich* an«, entgegnete ich. »Ich bin wirklich die Letzte, die Sie zum Thema Beziehungen befragen wollen.«

»Verstehe. Na ja, Maria und ich werden uns schon irgendwie wieder zusammenraufen«, entgegnete er – und keiner von uns glaubte daran.

Wir unterhielten uns so lange, bis die goldenen Felder um uns herum grau wurden, und als ich schließlich vom Boden aufstand, fühlte ich mich ganz komisch. Ich schwöre: Als Mark mich anlächelte und sagte: »Danke, Kate. Das war wirklich schön«, hatte ich ganz weiche Knie. Wie in einer Szene aus einem historischen Liebesroman.

»Daddy!«, rief eine Kinderstimme in dem Gedränge aus Pferdepflegern und Reitern vor dem Stallgebäude.

Noch bevor wir jemanden entdeckten, spürte ich, wie Mark sich versteifte. »Ana Luisa?«

Eigentlich verbrachten Maria und Ana Luisa zehn Tage in Portugal, in einer Luxusvilla, die einem von Marias Verwandten gehörte. Becca hatte mir erzählt, es sei untypisch für Maria, während eines so wichtigen Turniers zu verreisen, doch anscheinend war das Angebot einfach zu gut gewesen, um es abzulehnen. »Die richtig guten Sachen lässt sie sich nie entgehen, Süße«, hatte Becca abfällig kommentiert. »Diese widerliche alte Schlampe.«

»Daddy!«, hörte ich Ana Luisa erneut rufen. Und in diesem Moment tauchte sie zwischen den Leuten auf, in schickem Blüschen und roter Hose. »Mummy hat mich gezwungen, diese blöden Sachen anzuziehen«, beschwerte sie sich und schlang die Arme um Marks Beine. »Ich glaube, wir müssen so einen Stylisten einstellen«, fügte sie hinzu, und Mark brach in lautes Gelächter aus.

»Woher weißt du denn, was ein Stylist ist?« Er beugte sich hinunter und nahm seine Tochter auf den Arm.

»Alle wichtigen Leute wissen, was ein Stylist ist«, verkündete Ana Luisa, woraufhin Mark sie noch fester an sich drückte.

»Du spinnst«, sagte er lachend. »Aber ich freu mich so, dass du da bist!«

»*Mummy* spinnt«, befand Ana Luisa. »Ich hasse diese Sachen! Kann ich nicht Stumpys anziehen?«

»Er leiht dir sicher gern eine Decke.« Mark gab seiner Tochter einen Kuss auf den Scheitel. »Wieso seid ihr denn schon zurück? Ist alles okay?«

»Alles super«, antwortete Ana Luisa. »Mummy hat gesagt, wir müssen zurück. Sie muss sich ums Geschäft kümmern. Du weißt ja, wie sie ist.«

»Aber wo ist sie denn? Mit wem bist du hier?«

»Monica«, sagte Ana Luisa leichthin.

»Monica?«

»Sie arbeitet für diesen deutschen Mann mit dem komischen Namen.«

»Joachim?«

»Ja. Daddy, ich brauche andere Sachen.«

»Wieso hat sie dich bei Joachim Fürsts Pferdepflegerin gelassen?«

Er hat keine Ahnung, dachte ich im Stillen.

Ich brachte Stumpy in seine Box, deckte ihn für den Abend ein und hörte lächelnd zu, wie Mark mit seiner Tochter über die Vorteile von Pferdedecken anstelle von Kleidung diskutierte. Gleichzeitig kam Wut in mir auf, weil ich an Maria dachte. Während sie eine Runde mit Joachim vögeln ging, ließ sie ihre Tochter bei dessen Angestellter – ich meine, ernsthaft? Welche Mutter tat so etwas? Ich versuchte, mir vorzustellen, wie ich mich gefühlt hätte, wenn meine Mutter so etwas mit mir gemacht hätte, gab den Gedanken jedoch schnell auf. Mum wäre nie so verdammt egoistisch gewesen – das war einfach undenkbar. Ana Luisa war sechs! *Sechs!* Und es war schon fast dunkel draußen!

Wo zum Geier blieb Maria?

»Ich wollte nur sichergehen, dass du morgen mit Stumpy ssum Geländeritt antrittst«, flötete Maria, die genau in diesem Moment hereinkam, begleitet vom lauten Klackern ihrer hochhackigen Lederstiefel. »Deshalb bin ich hier.« Der schwere Gestank ihres teuren Parfüms wogte zu mir herüber.

»Oh, hallo.« Mark wollte ihr einen Wangenkuss geben, doch sie wich zurück. »Du hast deinen Urlaub abgebrochen?«

»Ich hab ihn verkurzt«, entgegnete sie. »Mein Vater hat mich darum gebeten. Er wollte die Dinge nicht uberlassen dem Ssufall.«

»Welche Dinge?«

»Na, ssum Beispiel, dass du kneifst und mit Stumpy nicht antrittst bei die Geländeritt«, erklärte Maria ihm, als würde sie mit einem schwierigen Kind sprechen. »Ich kenne dich: Du steigerst dich in Probleme hinein, die gar nicht existieren.«

Mark holte tief Luft. Wie er es schaffte, in ihrer Gegenwart ruhig zu bleiben, war mir echt schleierhaft. »Stumpys warme Fessel hat aber definitiv existiert«, erinnerte er sie. »Und das ist erst drei Wochen her. Also entschuldige bitte, wenn ich vorsichtig bin.«

»Dem Pferd geht es gut«, regte Maria sich auf. »Wahrscheinlich hat er sich die Fessel nur gestoßen an irgendwas. Die Schwellung ist doch noch zuruckgegangen am gleichen Tag! Wir lassen nicht zu, dass du gefährdest deine Platz bei die Weltmeisterschaft – wegen Kleinigkeit, die ist passiert vor Monaten.«

»Vor drei Wochen«, wiederholte Mark, doch ich konnte sehen, dass er innerlich aufgegeben hatte. »Hör mal, ich habe vor, mit ihm zu starten. Er hat die tierärztliche Kontrolluntersuchung bestanden und die Verfassungsprüfung auch, er ist also vollkommen gesund. Außerdem hat er eine wunderschöne Dressurprüfung abgelegt. Natürlich habe ich vor, mit ihm zu starten. Sollte ich allerdings feststellen, dass er für den Geländeritt nicht bereit ist, werde ich ihn sofort zurückziehen.«

»Verdammt noch mal«, keifte Maria. »Warum du suchst *immer* nach die Negative? Warum du suchst immer nach Ausreden, um nicht ssu starten mit meine Pferde?«

»Könntest du bitte *einmal* nicht vor unserer Tochter fluchen?«, flehte Mark. »Nur für fünf Minuten? Hast du in letzter Zeit mal auf ihre Wortwahl geachtet?«

»Ach! *Jetzt* machst du dir also Gedanken um unsere Tochter? *Jetzt* spielst du gute Vater!«

Ich streichelte Stumpy über den Hals. Irgendwann würde ich die Box verlassen müssen, und außerdem hatte ich den starken Verdacht, dass Ana Luisa hier weg wollte, aber ich hatte auch Angst vor Maria.

Doch dann dachte ich: *Scheiß auf sie. Ich bin Kate Brady, und ich werde nicht kuschen.*

»Hi, Maria«, sagte ich also und trat aus der Box. »Wie geht's Ihnen?«

Maria blickte mich kaum von der Seite an. »Gut.«

»Mark kümmert sich sehr gut um Ihr Pferd«, fügte ich hinzu. »Deshalb sollte es auch kein Problem sein, morgen zu starten.«

Maria wandte sich um und blickte mich an. War ich zu weit gegangen?

»*Wie* bitte?«

Eindeutig zu weit.

»Ich sagte: Mark kümmert sich sehr gut um Ihr Pferd.«

Marias Nasenlöcher bebten. »Sie haben doch sicher noch ssu tun«, sagte sie mit honigsüßer Stimme. »Wir sind beschäftigt hier.«

»Lust auf einen Hot Dog?«, fragte ich Ana Luisa.

»Au ja«, rief sie begeistert. »Und auf ein Eis und einen Burger und vielleicht noch was Süßes.«

»Einverstanden.«

Ich konnte spüren, dass Mark lächelte, als ich mit seiner Tochter davonging, auch wenn sich das noch nicht so richtig in seinem Gesicht niederschlug. *Gern geschehen*, sagte ich im Stillen. *Für dich würde ich alles tun.*

Und das, dachte ich, während ich Ana Luisas Hand ergriff, *ist ziemlich erschreckend.* Was war mit Becca? Und Maria? Und diesem selbstbewussten kleinen Mädchen, das so energisch neben mir herging?

Wenn du das nicht in den Griff kriegst, musst du kündigen, ermahnte ich mich innerlich mit zitternder Stimme.

Aber wo sollte ich dann hin?

Die aalglatte, vornehm klingende Stimme, die aus der Lautsprecheranlage kam, teilte mir mit, dass Mark Waverley und Distant Thunder die *Outlander Bank* hinter sich gebracht hatten und nun auf den *Gatehouse New Pond* zuritten. Nur noch ein Sprung, bis sie in Sichtweite kommen und das schlimmste Hindernis in Angriff nehmen würden. Mein Herzschlag hallte laut in meinen Ohren wider. Warnend bliesen die Stewards in ihre Trillerpfeifen, und der Fußgängerüberweg wurde gesperrt, um den Weg frei zu machen für meinen Chef und sein Pferd.

Und da kamen sie. Mein wunderwunderschöner Stumpy hatte die rosafarbenen Nüstern gebläht, und auf seinem Brustbein hatten sich Schweißflocken gebildet. Trotzdem galoppierte er so kraftvoll, so schnell, so selbstbewusst den grünen Hang hinauf. Leicht wie eine Feder saß Mark im Sattel, hatte den Blick auf die Sprünge vor sich gerichtet und zog bereits die Zügel straffer, damit Stumpy das passende Tempo annahm. Mein Adrenalinspiegel war so hoch, dass ich das Gefühl hatte, über der Menge zu schweben, und dort hing ich nun, zitternd und mit einem Gefühl der Übelkeit im Magen, während alle anderen die Köpfe wandten, um Mark beim Sprung über den ersten Teil des Hindernisses zuzusehen.

Stumpy sprang, als wäre es eine Kleinigkeit, und Mark hatte sich tief über seinen Hals gebeugt. Während sie durch die Luft flogen, breitete sich ein Lächeln auf meinem Gesicht aus. Gott sei Dank!

Doch bei der Landung kam Stumpy ins Stolpern. Er strauchelte und begann wie in Zeitlupe, sich zu überschlagen.

Für den Bruchteil einer Sekunde konnte ich es nicht fassen. Konnte nicht glauben, dass von allen Pferden und Reitern in diesem Turnier, von allen Sprüngen in diesem Parcours, ausgerechnet *mein* Pferd und *mein* Reiter einen Unfall haben sollten. Direkt hier, vor meinen Augen.

Nein.

Doch in einem fürchterlichen Überschlag drehte Stumpy sich um die eigene Achse, und Mark wurde aus dem Sattel katapultiert.

Nein.

Mark flog nach vorn, aber nicht weit genug. Mit einem grauenvollen knackenden Geräusch landete eine halbe Tonne Pferd auf ihm, dann war alles still. Mein Blickfeld verengte sich zu einem Tunnel, mir stockte der Atem.

Stumpy bewegte sich nicht. Und Mark unter ihm auch nicht.

Ich rannte los. Eine der Stewards versuchte, mich aufzuhalten, doch ich schubste sie weg, als wäre sie aus Papier. Stumpy gab einen schrecklichen Laut von sich, als ich bei ihm ankam, und schaffte es, sich von Mark herunterzurollen, der bewegungslos auf dem Boden lag, die Gliedmaßen in unnatürlichen Winkeln verdreht. Neben seinem geliebten Pferd sah er aus wie eine zerbrochene Puppe, die ein Kind im Gras vergessen hatte. »HILFE!«, hörte ich mich schreien. »WIR BRAUCHEN HILFE! KOMMT DOCH ENDLICH UND HELFT UNS!«

Irgendwann, als die Stewards und der Land Rover des Tierarztes am Zaun ankamen, zog man mich weg. Wahnsinnige Angst kreischte durch meinen Körper wie ein Sägeblatt. Das konnte nicht passiert sein. Nicht hier, nicht vor meinen Augen.

Ein Rettungswagen kam über den Hügel gefahren. Zwei der Stewards hielten mich auf Abstand, und ich konnte nur zusehen, flehend und schluchzend, wie über Stumpy ein weißes Zelt errichtet wurde und die Sanitäter sich um Mark scharten.

Kapitel 13

Annie

Am Tag nach meiner Rückkehr aus Saint-Émilion schleppte ich meinen erschöpften Körper ins feuchte Derbyshire, um Dad zu besuchen. Nach den fünf heißen Tagen in Frankreich kam ich mir vor wie ein schändliches kleines Flittchen, als ich bei ihm auf der Türschwelle stand. Aber ich hatte versprochen, das Wochenende bei ihm zu verbringen, und war ohnehin schon einen Tag zu spät, nachdem ich meinen Pass verloren und Stunden im Britischen Konsulat in Bordeaux verbracht hatte, um einen Notreiseausweis zu beantragen.

Den ganzen Weg nach Chesterfield hatte ich mich selbst umarmt, weil ich es immer noch nicht fassen konnte, dass die letzten Tage tatsächlich real gewesen waren. Je mehr ich mich jedoch meinem Zuhause genähert hatte, desto trauriger war ich geworden. *Ich will, dass Daddy auch so was passiert*, dachte ich. *Ich will, dass er sich wieder verliebt. Loslässt. Glücklich ist.*

»Manche Leute haben mehrere große Lieben«, sagte Dad oft zu uns, »aber ich nicht. Georgie war mein Ein und Alles. Meine Frau.« Neben seinem Bett stand ein Foto von ihnen beiden, das während ihrer Flitterwochen aufgenommen worden war. Dad blickte ganz schüchtern drein in seiner kurzen

Hose und dem Leinenhemd, die ihm wirklich gut standen, und Mum war einfach nur wunderschön in ihrer Baumwolltunika mit dem wirren indischen Muster. Gerüchteweise hatte sie ihn dazu überredet, psychoaktive Pilze auszuprobieren, und sie hatten eine wilde Nacht gehabt, in der sie durch ein kleines griechisches Dorf gerannt waren und imaginäre Rieseneichhörnchen gejagt hatten. Soweit ich das beurteilen konnte, hätte Dad so gut wie alles getan, worum Mum ihn gebeten hätte.

»Hallo, Flannie.« Mit ausgebreiteten Armen stand er in der Haustür. Als Lizzy noch klein gewesen war, hatte sie mich immer Flannabel oder Flannie genannt, und Dad hatte das so geliebt, dass er es beibehalten hatte.

»Hallo, Dad.« Ich grinste in seine Schulter hinein. Sein Bart kitzelte an meiner Wange, und für einen Moment vergaß ich die Welt um mich herum. Ich liebte meinen Daddy wahnsinnig. »Es ist so schön, dich zu sehen.«

»Gleichfalls, meine Liebe«, entgegnete er fröhlich. Ein Regentropfen landete mir auf der Nase, und Dad schüttelte die Faust gen Himmel. »Komm rein, komm rein. Ich geb dir Geld fürs Taxi.«

Ich nahm es an in dem Wissen, dass er sich dann nicht mehr ganz so mies fühlen würde, weil er mich nicht mehr vom Bahnhof abholen konnte. Trotzdem spürte ich einen Hauch von schlechtem Gewissen.

»Wie geht's dir, Dad?«

»Sehr gut, sehr gut. Ich bereite die Balkonkästen für den Herbst vor.« Obwohl diese Neuigkeit mich traurig machte, lächelte ich. Früher war Dad ein wunderbarer Gärtner gewesen; Lizzy und ich hatten es geliebt, mit ihm Kartoffeln auszugraben und uns nach Stangenbohnen zu recken, die sich spiralförmig um lange Stöcke nach oben in den Himmel gewunden hatten. Doch im Laufe der Jahre schienen Dads Kummer und sein Trauma eher angewachsen zu sein als sich zu verringern, und mittlerweile war Dad mehr oder weniger ans Haus gefesselt. Sogar in den Garten hinauszugehen, war ihm zu viel.

»Und die Arbeit?«, fragte ich ihn strahlend. »Wie läuft's da?«

»Ach, gerade hab ich ein ganz fürchterliches Projekt auf dem Schreibtisch, Liebes. Richtig bescheuert!«

Dad übersetzte literarische Romane aus dem Spanischen ins Englische. Er und Mum hatten sich in Barcelona auf einer Party kennengelernt, die einer seiner Autoren veranstaltet hatte. Mum war mit dem Fahrrad daran vorbeigekommen und hatte kurzerhand einfach mitgefeiert. Das war typisch für sie, hatte Dad erzählt.

Zu Dads Glück war Mum zu diesem Zeitpunkt bereits drei Jahre lang durch die Welt gewandert und hatte nicht mehr so richtig Lust gehabt, aus dem Rucksack zu leben. Schon bald hatte sie seinen wiederholten Bitten, ihn zu heiraten, nachgegeben, und innerhalb von drei Monaten war aus Georgie Whelan Georgie Mulholland geworden. Sie war in Dads Haus in einem Dorf namens Great Longstone mit eingezogen, in der Nähe von Bakewell, und hatte wunderschöne Bilder und Muster an die Wände gemalt.

Sie hatte Lizzy und mich zur Welt gebracht, Dad dazu überredet, mit uns allen ein Jahr lang durch Afrika zu reisen, und war dann an meinem siebten Geburtstag vergewaltigt und ermordet worden.

Einfach so. Alle Aufzeichnungen gestoppt, die Zukunft gestrichen.

Dad sagte immer, Lizzy und ich hätten ihm einen Grund gegeben, weiterzuleben, aber wir wussten beide, dass ein großer Teil von ihm mit Mum gestorben war – ein Teil, der nie zurückkommen würde. Er war ein wundervoller Vater gewesen, hatte die Ärmel hochgekrempelt, sich durch Prinzessinnen-Rollenspiele gequält und unzählige Törtchen mit uns gebacken. Um uns gesund ernähren zu können, hatte er sich das Kochen selbst beigebracht und später, als wir älter waren, darauf bestanden, Lizzy um zwei oder sogar drei Uhr morgens von der Disco abzuholen, damit sie sich nicht von einem zwielichtigen Taxifahrer nach Hause bringen ließ. Als ich mit sechzehn in der Psychiatrie gelandet war, hatte er jeden Tag von morgens bis abends bei mir gesessen, und falls es ihm Angst gemacht hatte, was da gerade mit seinem kleinen Mädchen passierte, hatte er es zumindest nie gezeigt.

Er war unser Fels in der Brandung, unser Freund, unser Daddy. Aber es gab ein Loch in seinem Innern, das nichts und niemand füllen konnte oder würde, nie mehr. So war es eben. Wir gaben seiner wachsenden Liste von Neurosen und Ängsten den nötigen Raum; wir erlaubten ihm, seinen Traum vom Bücherschreiben aufzugeben, und wir sorgten dafür, dass er sich nie für uns schämen musste.

Im Stillen brach es uns jedoch das Herz. Jedes Mal, wenn wir zu Besuch kamen, war sein Leben wieder ein Stück kleiner geworden.

Dad und ich setzten uns in die Küche, die viel ordentlicher aussah als in den Monaten zuvor. Dad hatte selbst gebackenen Zitronenkuchen auf einem alten Teller mit Chinamuster angerichtet, der überall Macken hatte und wahrscheinlich nur noch existierte, weil er einer von Mums Lieblingstellern gewesen war. Während wir uns unterhielten, scharrten draußen die Mehlschwalben in den niedrigen Dachtraufen, und die Wolken spuckten dichte Regenschauer über dem Peak District aus.

Dad erzählte mir von dem Buch, das er gerade übersetzte – einem »bescheuerten, aber trotzdem irgendwie auch schönen« Roman über einen Mann, der eine verlassene Kirche in den chilenischen Anden kauft –, und ich berichtete ihm von meinem Neustart ins Leben, der sich durch die Arbeit ergeben hatte. »Ich denke darüber nach, bald nach Tibet zu fliegen«, erzählte ich Dad, »um mich weiterzubilden. Da hab ich schon wahnsinnig tolle Massagen bekommen. Und ich will mit der Firma darüber sprechen, ob ich nicht einen Nachmittag die Woche Reiki anbiete. Ich liebe es, Dad!«

»Wundervoll«, entgegnete er. »Ich kann dir gar nicht sagen, wie glücklich mich das macht, Kleines. Noch ein Stück Kuchen?«

Dad reichte mir den Teller, dann stützte er das Kinn in die Hände und beobachtete mich mit einem seltsamen Funkeln in den Augen.

Ich erwiderte seinen Blick. Mir fiel auf, dass seine Augenbrauen – die in den letzten Jahren immer mehr Ähnlichkeit mit einem Busch angenommen hatten – gezähmt worden waren. Und er hatte ein hübsches neues Hemd an, marineblau mit orangefarbenen Stickereien, das auch bei einem modebewussten jungen Mann nicht uncool ausgesehen hätte. Zum Beispiel – mein Magen hüpfte voller Verzückung – bei Stephen.

Das gegenseitige Beobachten ging weiter.

»Wo hast du denn das Hemd her?«, fragte ich Dad.

»Aus dem Internet natürlich.« Er grinste. »Aber genug von meinem Hemd. Willst du mir vielleicht irgendwas erzählen?«

»Hä?«

Lachend lehnte Dad sich in seinem Stuhl zurück. »Über einen Mann?«

»Was für einen Mann?«

»Den Mann, wegen dem du so rot wirst, Flannie.«

Ich wollte ihm nicht von Stephen erzählen. Noch nicht. Aber …

»OOOOH! Mann, *Daddy*! Du bist echt 'ne Nervensäge!«

Dad nickte. »Und ich bin dein Vater. Du hast doch nicht ernsthaft geglaubt, ich würde das nicht merken, oder?«

»Fiesling«, murmelte ich.

»Ich bin nur dein alter Dad, Flannie«, wiederholte er. »Und ich kann sehen, dass du jemanden kennengelernt hast. Erzählst du mir von ihm, mein Schatz? Oder muss ich das alles selbst herausfinden?«

Seufzend erzählte ich ihm alles.

Na ja, fast alles. Ich ließ den Teil weg, als Stephen und ich in einem dämmrigen Weinberg dreimal Sex gehabt hatten, oder den Teil, als wir uns um zwei Uhr morgens leidenschaftlich in einem Gang geküsst hatten und dabei von einem Koch beobachtet worden waren, der sofort fröhlich »*Quel scandale!*« gerufen hatte und den wir mit einer fünfhundert Euro teuren Flasche Wein bestochen hatten, damit er die Klappe hielt. Ich erzählte Dad auch nicht, dass Stephen mir seine Liebe gestanden hatte. Sturzbetrunken, wie ich gewesen war, hatte ich ihm natürlich sofort ebenfalls meine Liebe gestanden, aber selbst ich wusste, dass das ein bisschen zu schnell ging.

Doch das machte das Ganze nicht weniger real. Ich hing an der Nadel von Tims berühmtem Tropf. »Und das ist so ziemlich alles«, endete ich schließlich mit meinem Bericht. »Wir stehen noch ganz am Anfang, Dad. Du brauchst also noch keine Hochzeitsrede zu schreiben.«

Dad runzelte die Stirn. »Da bin ich mir nicht so sicher«, entgegnete er. »Du stehst total unter Strom. So hab ich dich noch nie gesehen, Flannabel, bei keinem Mann.«

Ich bemühte mich, nicht dämlich verliebt zu grinsen, doch das war einfach unmöglich. »Aaah«, stöhnte ich.

Dad prustete vor Lachen. »Oje. Das ist ja viel schlimmer, als ich dachte!« Er lehnte sich wieder zurück und hielt mit beiden Händen seine Kaffeetasse vor der Brust fest. »Schatz«, begann er zögerlich. »Er ist doch ein guter Mann, oder? Ein anständiger Mann?«

Ich dachte an die teuren Blumen, die Stephen mir nach meiner Rückkehr nach Hause hatte schicken lassen, und das, obwohl er sechs Stunden mit mir im Britischen Konsulat in Bordeaux hatte verbringen müssen, während ich auf meinen Notreiseausweis gewartet hatte. Ich dachte auch an die SMS, die er mir heute Morgen geschickt hatte, um mir einen schönen Tag bei meinem Dad zu wünschen, und daran, dass er generell sehr lieb war und überhaupt nicht so, wie ich mir einen Konzernchef vorgestellt hatte. »Ja, er ist anständig. Und lieb. Ein wahrer Gentleman, Dad. Ich glaube, selbst du hättest nichts an ihm auszusetzen.«

Dad blickte ein wenig verlegen drein. »Tut mir leid«, entschuldigte er sich. »Es gefällt mir gar nicht, wenn du mich für einen alten Opa hältst, der sich überall einmischt …« Sein Bart zitterte leicht.

»Tue ich nicht, Dad. Überhaupt nicht. Ich weiß, du machst dir Sorgen um Lizzy und mich, und ich kann total verstehen, wieso.«

»Ich will nur sichergehen, dass er ein guter Mann ist. Der dich beschützt. Und dir nie was antut.« Mir zog sich das Herz zusammen, als ich sah, wie ihm eine Träne aus dem Augenwinkel lief. So sehr ich mir auch für mich selbst Glück und Freiheit wünschte, für meinen Dad wünschte ich es mir noch viel mehr.

»Er ist toll, Dad«, bekräftigte ich lächelnd. »Wegen ihm brauchst du dir echt keine Sorgen zu machen.«

»Habt ihr gemeinsame Freunde? Weißt du alles über seine Vergangenheit? Keine Kinder, Exfrauen oder Ähnliches?«

Ich seufzte. »Dad, hör auf. Natürlich weiß ich nicht alles über ihn. Wie ich schon sagte, wir stehen noch ganz am Anfang. Aber sollte er eine Exfrau und Kinder haben, dann hat er mir eiskalt ins Gesicht gelogen, und Stephen ist ein Mensch, der sein Herz auf der Zunge trägt. Ich glaube, sein Problem besteht eher darin, dass er nicht dazu fähig ist, *un*ehrlich zu sein.«

»Manche Männer sind gute Lügner«, beharrte Dad, und ich konnte sehen, dass er sich für diese Aussage hasste.

»Hör auf. Du brauchst dir keine Sorgen um mich zu machen, Daddy. Ich hab 'nen wirklich, wirklich lieben Mann kennengelernt. Er bringt mich zum Lachen, er ist bescheiden und großzügig, und er lebt nach einem ziemlich strengen Moralkodex. Ich hab einen von den Guten gefunden.«

Verlegen starrte Dad auf seine Hände. Ich ging hinüber und hockte mich neben ihn. »Niemand auf der ganzen Welt ist so fixiert auf seine eigene Sicherheit wie ich«, erklärte ich ihm. »Wenn ich das Gefühl hätte, mit Stephen könnte es auch nur einen Hauch von Ärger geben – selbst die winzigste Ahnung –, dann hätten meine Alarmglocken schon vor Wochen geschrillt. Ach, komm schon, Dad, das weißt du doch.«

Er seufzte, und das ganze Gewicht seiner Trauer und Angst traf mich schwer. »Na schön«, sagte er schließlich. »Es tut mir leid, Kleines. Ich hab dich sehr lieb und will nur, dass es dir gut geht.«

Später, als wir bei gemütlichem Licht im Wohnzimmer saßen und uns Schallplatten anhörten, fiel mir – sehr zu meinem Erstaunen – auf, dass Dad auf seinem Laptop Facebook in der Favoritenliste hatte. »Das gibt's ja nicht«, platzte es aus mir heraus, während er in die Küche ging, um den Abwasch zu machen. »Facebook?«

Grinsend streckte Dad den Kopf aus der Küchentür. »Tja, wer hätte das gedacht? Ich habe beschlossen, in die Welt der sozialen Medien einzutauchen.«

»Nicht möglich.«

»Doch, tatsächlich«, rief er. »Und es macht mir sogar Spaß, Flannabel. Da draußen im Netz gibt es eine ganze Menge witziger Sachen zu entdecken!«

Vielleicht kam ja, nach fast dreißig Jahren, doch ein wenig Bewegung in Dads Leben.

»Du solltest deine neu entdeckten Internetfähigkeiten dazu nutzen, selbst mal ein bisschen Dating auszuprobieren«, schlug ich behutsam vor, als Dad zurückkam.

»Musst du nicht gleich zum Zug?«, fragte Dad. Unruhig wich er meinem Blick aus und flitzte zurück in die Küche.

Heilige Mutter Gottes, dachte ich. *Hat er etwa schon jemanden kennengelernt?*

»Ich bestell mir in ein paar Minuten ein Taxi«, rief ich. »Hör auf, so zu tun, als hättest du mich gerade nicht gehört.«

Aus der Küche drang ein Räuspern. »Mein Liebesleben geht dich gar nichts an«, sagte er schließlich, und ich konnte das Lächeln in seiner Stimme hören. »Aber fürs Protokoll, du neugierige Tochter: Ja, ich probiere.«

Mit offenem Mund starrte ich in Richtung Küche. Der alte Fuchs!

Blitzschnell zog ich mein Handy aus der Tasche, um Lizzy anzurufen, steckte es jedoch wieder ein. Für Dad war das Ganze sicher auch so schon schwer genug. Das Letzte, was er jetzt brauchte, war, dass wir hinter seinem Rücken über ihn redeten. Trotzdem wurde mir ganz warm ums Herz, als ich ihn in der Küche herumscheppern hörte.

»Du brauchst kein Taxi zu rufen«, verkündete Dad, und sein Kopf tauchte erneut in der Tür auf. »Ich fahre dich.«

Ich öffnete den Mund und schloss ihn direkt wieder. »Bist du sicher?«, fragte ich schließlich so beiläufig wie möglich. Immerhin war Dad nun schon seit sechs Jahren nicht mehr dazu in der Lage gewesen, mich zum Bahnhof zu bringen.

»Natürlich«, antwortete er, und ich musste mich sehr zusammenreißen, nicht in Tränen auszubrechen.

Gerade als wir nach Chesterfield aufbrechen wollten, klingelte das Telefon im Flur. Dad war noch oben und versuchte, ein Buch zu finden, das er mir ausleihen wollte, deshalb ging ich dran. »Hallo?«

Am anderen Ende der Leitung herrschte für einen kurzen Moment Stille – keine vom Band kommende Stille, sondern eine menschliche –, dann wurde aufgelegt.

Verdutzt blickte ich die Treppe hoch in Dads Richtung. Mein lieber Daddy sah nicht nur schicker aus als sonst mit seinem getrimmten Bart, den gezähmten Augenbrauen und dem neuen Hemd. Auf einmal hatte er auch genügend Selbstvertrauen, um das Haus zu verlassen und mich nach Chesterfield zu fahren.

Und dann ergab plötzlich alles einen Sinn. Dad hatte das Internetdating nicht bloß ausprobiert – er war bereits einen Schritt weiter.

Mein lieber Daddy hatte eine *Freundin*!

Während der ganzen Rückfahrt nach London hatte ich ein Grinsen im Gesicht. Vielleicht änderte sich ja jetzt endlich etwas bei mir und meiner Familie. Vielleicht waren wir dabei, zu heilen.

Hab gestern Nacht mit 'nem anderen gevögelt, simste Lizzy mir, als der Zug in Birmingham hielt. *Ups!*

Vielleicht braucht es aber auch noch ein bisschen Zeit, räumte ich im Stillen ein. Doch wir machten Fortschritte, da war ich mir sicher.

Als ich im Bett lag, versuchte ich – wie jede Nacht –, mir Mums Gesicht vorzustellen. Ich glaube nicht, dass ich jemals damit aufhören werde.

Kapitel 14

Kate

Eine junge Frau sitzt im blassgoldenen Licht der Morgensonne. Wolken aus erleuchteten Staubflocken tanzen um sie herum. Abgesehen von dem langsamen Auf und Ab ihres Atems ist es still.

Doch es ist keine friedliche Stille. Es ist die Art von Stille, die mit Verlust einhergeht, mit Abwesenheit; eine Stille, die laut ist durch ihre bloße Existenz. Die junge Frau schließt die Augen und ruft sich die Geräusche in Erinnerung, die sie hören will: das Klappern der Hufe, das sanfte Mahlen der Zähne, das Peitschen der Schweife und das seltsam grunzende Schnauben – all die Geräusche, mit denen sie früher die vielen Risse in ihrem Leben gestopft hat. Sie fügt noch menschliche Geräusche hinzu: Lachen, Scherzen, das Befüllen der Wassereimer. In ihrem Innern fühlt sie ein Lächeln aufsteigen, doch es erreicht nicht ihr Gesicht.

Das kurze Aufbellen eines Hundes im Hof – im tatsächlichen Hof, dem stillen Rechteck aus wartenden, leeren Ställen –, bringt sie zurück in die Wirklichkeit. Zu diesem ansonsten so stillen Morgen und dem zwei Tonnen schweren weißen Wunder, neben dem sie auf einem Bett aus Stroh sitzt.

Dieser Teil war wirklich wie aus einem Film. *Er hat es geschafft!* Mein wunderschöner Stumpy hatte das fast Unmögliche möglich gemacht. Nicht nur, dass er eine Fesselbeinfraktur überstanden hatte, er war dabei auch so tapfer gewesen, dass es Mark die Tränen in die Augen getrieben hätte, wenn er es hätte sehen können. »Ich bin so stolz auf dich«, lobte ich Stumpy, wie jeden Morgen.

Langsam und vorsichtig, damit ich ihn nicht erschreckte, stand ich auf, um ihm sein Frühstück zusammenzustellen. »Du bleibst schön hier, mein Schatz.«

Stumpy blickte mich an, als wollte er sagen: »Oh Mann, hörst du endlich mal auf, mich zuzutexten? Es ist Viertel vor sieben, verdammt.«

Früher hatte es mir Spaß gemacht, das Futter zusammenzustellen: all die Gerüche nach süßem Hafer und nussigem Turniermix und die Eimer voller dicker, klebriger Zuckerrüben, wenn es draußen kalt war. Derzeit konnte ich es allerdings kaum ertragen. So positiv ich die Dinge auch zu sehen versuchte, ich konnte nicht leugnen, dass es mich traurig machte, jeden Tag nur noch zwei statt dreißig Futterrationen zusammenzustellen. In der Box neben der von Stumpy hatten wir das Pony eines Bauern eingestellt, damit er sich nicht so einsam fühlte, doch das war's. Zwei Pferde – zwei Eimer.

Als ich Stumpy sein Frühstück brachte, gab er einige freundliche Laute von sich, sah dabei allerdings ein wenig unglücklich aus. »Du vermisst dein Herrchen, stimmt's?«, fragte ich, während ich ihm sein Futter gab.

Er war schon zu sehr mit dem Fressen beschäftigt, um zu antworten.

»Ich vermisse ihn auch«, gestand ich und betrachtete traurig die große weiße Bandage an Stumpys Bein. »Ich vermisse ihn viel zu sehr.«

Einen Moment lang schloss ich die Augen und ließ Mark in meine Gedanken hinein. Seine dunklen, geheimnisvollen Augen, in denen ich langsam zu lesen gelernt hatte; seine leise Stimme, wenn er mit den Pferden sprach. Und, natürlich, die Ruhe, die ich in seiner Gegenwart zu fühlen begonnen hatte; die angenehme Erkenntnis, dass er mich witzig und erfrischend fand und überhaupt nicht für eine Nervensäge hielt.

Du hast deine Chance verpasst, Kate Brady, dachte ich unglücklich. *Er mochte dich. Er wusste nur noch nicht, wie er dir das sagen sollte.*

Verstohlen blickte ich mich um, aus Angst, dass jemand sehen könnte, was in meinem Kopf vor sich ging. Der Mann war verheiratet, verdammt noch mal!

»Galway, du alte Hure«, rief Joe und winkte mir zu, während er über den Hof marschierte. Es würde ein heißer Tag werden, und Joe sah aus wie jemand aus einer Schwulendisco in seinen Reithosen, Stiefeln und der dunkelblauen Weste am nackten Oberkörper. Hätte er noch einen Schnäuzer und eine Gerte gehabt, wäre das Outfit perfekt gewesen, aber man kann wohl nicht alles haben.

»Wie geht's, wie steht's, meine irische Königin?«

»Super«, log ich und küsste ihn auf die Wange, auf die Stelle, wohin er mit dem Finger zeigte. Neuerdings waren Joe und ich wie ein altes Ehepaar: Um uns gegenseitig zu trösten, kuschelten wir ab und zu miteinander, küssten uns jeden Morgen auf die Wange und tranken Unmengen irischen Tees, während wir auf dem Sofa hockten und Trash-TV guckten. Sogar unser eigenes Kind hatten wir, in Gestalt von Sandra, die völlig am Boden zerstört war und tägliche Betreuung brauchte (nicht zu vergessen jemanden, der für sie kochte).

»Und selbst?« Ich schlüpfte wieder in Stumpys Box, um seinen Wassereimer zu holen.

»Ach, wie's halt so geht«, erwiderte Joe. »Muss ja.«

Wäre Joe nicht im Reitstall geblieben – er hatte darauf bestanden, obwohl es keine Pferde mehr gab, die er hätte reiten können, und auch kein Geld, um ihn zu bezahlen –, hätte die Situation weitaus schlimmer ausgesehen. In der Woche nach dem Unfall hatten alle ihre Kündigung von Tiggy erhalten, die zum Glück in eine Art geschockte Betriebsamkeit verfallen war und den Verkauf von Marks eigenen Pferden organisiert hatte. Gleichzeitig hatte sie sich darum gekümmert, dass die anderen Pferde zurück zu ihren Eigentümern gebracht wurden.

Maria hatte ihre als Erstes mitgenommen, in Joachim Fürsts Transporter. »Sie ziehen nach Oxfordshire um«, mailte sie uns. »Bitte kommt nicht vorbei, um sie zu besuchen.«

Einer nach dem anderen waren auch die restlichen Eigentümer verlegen mit ihren Transportern die Zufahrt hinuntergefahren, bis an einem heißen Tag Anfang Juni der Hof fast leer gewesen war. Tiggy hatte eine Stelle im Reitstall von Sarah Hutton in Berkshire angenommen, und Becca hatte das Angebot bekommen, gleich die Straße runter in Carolines Stall anzufangen.

»Ich kann nicht gehen«, hatte sie mit Tränen in den Augen gesagt, als das Angebot eingetroffen war. »Ich kann nicht gehen, Süße, das ist doch mein Zuhause.« Sie hatte gewusst, dass ich bleiben und mich um Stumpy kümmern würde; ohne mir blöde Fragen zu stellen, hatte sie einfach verstanden, dass ich nirgendwo anders hinkonnte.

»Du musst aber«, hatte ich gesagt. »Wenn du hierbleibst, sind wir nur beide deprimiert. Bei Caroline scheint's doch ganz spaßig zuzugehen, Becca. Wahrscheinlich hast du da 'ne viel bessere Zeit.« An dieser Stelle hatte sich ein Kloß in meinem Hals gebildet. »Und außerdem«, fuhr ich fort, »wenn du Carolines Angebot ablehnst, liegt dein nächster Arbeitsplatz vielleicht fünf Autostunden entfernt, und nicht knappe fünf Minuten die Straße runter.«

Ihr war klar gewesen, dass sie die Stelle annehmen musste. Gemeinsam hatten wir ihr Zimmer ausgeräumt, und als ich ihre total Becca-untypische Blümchenbettdecke in einen schwarzen Sack gestopft hatte, war ich in Tränen ausgebrochen.

»Zeit für einen Neuanfang«, hatte Becca gesagt, nachdem das Auto vollgepackt war. Joe, der zu diesem Zeitpunkt »nur eine Woche« hatte bleiben wollen, »um mich um Sandra zu kümmern«, hatte geduldig auf dem Fahrersitz gewartet, während Becca und ich uns weinend umarmt hatten.

»Genau so was hab ich gebraucht«, hatte Becca in meine Schulter hineingemurmelt. »Ich fühle mich echt furchtbar, Süße, verdammt furchtbar sogar, aber diesen Tritt in den Hintern hab ich wirklich gebraucht. Um den nächsten Schritt zu machen, verstehst du?«

Und dann war auch sie gegangen. Es kamen keine Reitschüler mehr für Mark. Keine Trainer vom olympischen Team, keine Tierärzte, keine Vertreter für Pferdefutter, keine Sattler, Chiropraktiker oder Journalisten. Keine Ana Luisa mehr, die über den Hof rannte, uns lustige Beleidigungen zurief, in ihrem Baumhaus spielte oder ihre Freunde herumkommandierte, die zum Spielen herüberkamen.

Maria war gegangen, für immer, hatte ihre Tochter mitgenommen und war endlich mit Joachim Fürst zusammengezogen. Der hatte das Turnier in Badminton gewonnen, während man Mark mit dem Hubschrauber nach Southmead ins Traumazentrum geflogen hatte – mit Gehirnblutungen und einem Körper, der aussah wie ein durch die Schrottpresse gejagtes Auto.

In der Fachpresse waren einige ziemlich heftige Artikel über Maria erschienen, aber sie gehörte nicht zu den Menschen, die sich darüber einen Kopf machten.

Was die Presse allerdings nicht wusste – hätte ich ein bisschen mehr Mut gehabt, hätte ich es ihnen vielleicht gesteckt –, war, dass Maria Anweisung gegeben hatte, Stumpy einschläfern zu lassen, obwohl er gute Überlebenschancen gehabt hatte. Nachdem er einige Minuten lang verdreht dagelegen hatte, war es ihm gelungen, sich hochzustemmen, und er hatte nur eins seiner Vorderbeine angewinkelt. In der Pferdeklinik war ein Haarriss in seinem Fesselbein entdeckt worden, der jedoch nichts damit zu tun hatte, dass er vor einem Monat gelahmt hatte – es war nur eine unschöne Abnutzung seiner Knochenmasse, die jederzeit zum Bruch hätte führen können. Stumpys Überlebenschancen wären viel höher, hatte man uns mitgeteilt, wenn man die Fraktur sofort mit Stahlnägeln fixieren würde.

»Ich bin nicht bereit, eine OP ssu bessahlen«, hatte Maria am Telefon verkündet, als ich sie angerufen hatte, um sie über Stumpys Behandlungsmöglichkeiten zu informieren. »Und ein Pferd, das muss bleiben vier Monate in die Box, nutzt mir nichts. Sagen Sie denen, Sie sollen ihn einschläfern.«

An diesem Punkt war ich hysterisch geworden, was Marias Widerstand nur noch zu verstärken schien. Hätte Tiggy sich nicht das Handy geschnappt und sie daran erinnert, dass es sie mehr kosten würde, Stumpy einzuschläfern, als ihn Mark zu überschreiben, hätte Maria wahrscheinlich ihren Willen bekommen.

Anschließend hatte Tiggy mir das Handy wieder in die Hand gedrückt. »Ich bleibe bei Stumpy«, hatte sie gesagt. »Du fährst ins Krankenhaus. Ich weiß nicht, wie Mark das überleben soll.« Ihre Stimme hob sich zu einem verzweifelten

Schluchzen. »Aber wenn er es tut, sollte er beim Aufwachen ein fröhliches Gesicht sehen. Ich schicke auch Becca zu euch, sie kann sich um Ana Louisa kümmern, und Joe sich um Sandra. Ich komme nach, sobald ich kann … Oh Gott, Kate.«

Joe lehnte sich über die Tür von Stumpys Box. »Du bist ein ganz Hübscher«, sagte er sanft und klopfte dem Pferd auf den immer noch muskulösen Hals. »Ich bin froh, dass du nicht ins Gras gebissen hast. Du Armer, die ganze Zeit hast du diesen kleinen fiesen Haarriss mit dir rumgetragen, und keiner von uns hat's gemerkt.«

»Und? Was hast du heute noch so vor?«, fragte ich und bemühte mich, nicht über sein Outfit zu lachen. Joe, der genau wusste, worauf ich anspielte, ließ die Muskeln spielen und machte ein paar Kniebeugen. »Na ja, Galway«, entgegnete er, »ich muss noch dreißig Firmen anrufen, und dann treffe ich mich mit Terri James.« Sein Mund verzog sich zu einem zweideutigen Grinsen. »Ich schätze, wenn ich mit ihr fertig bin, kriegen wir die dreijährige Stute.«

»Du bist echt die schlimmste Hure aller Zeiten«, tadelte ich ihn. »Eine Schande für unser Land.«

Joe zuckte die Achseln. »Mark Waverley hat überlebt«, sagte er schlicht. »Er hat's geschafft, Galway. Weiß der Geier, wie, aber er hat's geschafft. Eines Tages ist er wieder so weit, ein Pferd zu besteigen, und wenn das passiert, Galway, dann – das schwöre ich – hab ich die besten verdammten Pferde des Landes so trainiert, dass er nur aufsitzen und losreiten muss.« Auf einmal wurden seine Augen ganz feucht, und er wandte sich ab. »Und wenn ich dafür diese verdammte Terri James verführen muss, Galway, dann ist das eine Pflicht, die ich bereit bin, auf mich zu nehmen.«

»Ich liebe dich, Joe«, verkündete ich zärtlich. »Du magst

vielleicht eine Hure sein, aber eine mit einem sehr, sehr guten Herz.«

Die Entschlossenheit, mit der er Marks Karriere am Laufen zu halten versuchte, war – so viel hatte ich verstanden – einfach nur Joes Art, mit den Ereignissen umzugehen. Während der schrecklichen Stunden vor der OP hatte er Sandra fest in den Armen gehalten, als wäre sie sonst in alle Richtungen zerfallen wie Sand aus einer zerbrochenen Sanduhr. Als nach fünfzehn Stunden endlich einer der Chirurgen herausgekommen war, um uns zu sagen, dass Mark überlebt hatte, und wir alle zusammengebrochen waren, hatte Joe sich um uns gekümmert – um das ganze Team. Noch in derselben Nacht hatte er für Sandra gekocht, sie ins Bett gebracht und dann die ganze Zeit auf einem Stuhl in ihrem Zimmer gesessen, damit sie nicht allein war.

Dass Joe Keenan in eine Rolle als Familienoberhaupt schlüpfen würde, hätte ich nie erwartet. Andererseits hatte ich aber auch nicht erwartet, dass Mark so schwere Verletzungen überleben oder ich ein Pferd gesund pflegen würde.

Wir humpelten uns so durch.

»Okay, Galway«, sagte Joe schließlich und wischte sich mit dem Handrücken übers Gesicht. »Hau endlich ab nach Bristol und besuch deinen Typen da.«

»Er ist nicht *mein* Typ!«

Joe sah verwirrt aus. »Ich meinte Mark, Galway. Deinen Typen. Wie man das in Irland so sagt.«

Ich spürte meine Wangen heiß werden und wischte mir über die immer noch feuchten Augen. »Sorry. Ich will nur nicht, dass du denkst, ich würde ihn für *meinen* Typen halten. Das ist er nämlich nicht, war er nie und wird er auch nie sein. Ich bin echt nicht an ihm interessiert. Überhaupt nicht. War ich auch noch nie.«

Joe starrte mich an. »Okay, Galway«, sagte er. »Danke für die Klarstellung, Schnuckelchen.«

»Wie geht's ihm?«, fragte ich eine der Krankenschwestern auf Marks Station. Sein Bett war leer, das Bettzeug zerwühlt – wahrscheinlich war er bei der Physiotherapie, aber mir blieb immer noch jedes Mal das Herz stehen, wenn er nicht in seinem Zimmer lag. Auch wenn ich das den anderen gegenüber niemals zugegeben hätte: In den meisten Nächten lag ich wach, blind vor Panik, dass Mark in diesem Moment gerade sterben könnte. Dass sein Herz vielleicht aufgehört hatte, zu schlagen, oder dass seine Brustkorbinfektion erneut aufgeflammt war. Wenn ich nicht wach lag und Panik schob wegen Mark, hatte ich Albträume, die von meiner Vergangenheit handelten, oder davon, dass die Polizei an Sandras Tür klopfte und nach mir fragte. Albträume, in denen meine Familie herausfand, dass ich sie hintergangen hatte, und nie wieder mit mir reden wollte.

Manchmal musste ich mitten in der Nacht nach draußen gehen und mich zu Stumpy setzen – nur dann beruhigte ich mich.

»Mark geht es gut«, antwortete die Schwester behutsam, »aber er hat noch einen harten Weg vor sich.«

Er kann sich immer noch nicht bewegen und ist extrem depressiv, wollte sie eigentlich sagen. »Denken Sie, er ist zumindest schon so weit, wie man es bei der Schwere seiner Verletzungen erwarten würde?«

Sie runzelte die Stirn. »Um ehrlich zu sein, hab ich noch nie so schwere Traumaverletzungen gesehen wie seine«, gab sie zu. »Von daher kann ich gar nicht beurteilen, wie weit er jetzt sein müsste. Aber das hat vor allem damit zu tun, dass ich die meiste Zeit in der Onkologie gearbeitet habe«, ergänzte sie hastig, als sie sah, dass ich kurz davor war, in Tränen auszubrechen.

»Ich bin immer noch neu hier auf der Station, Liebes. Aber ich glaube, wenn man die Anzahl der Brüche in Betracht zieht, die er sich zugezogen hat, macht er sicher fantastische Fortschritte. Am besten sprechen Sie mal mit dem behandelnden Arzt darüber, in Ordnung?«

»Danke«, sagte ich. »Das mache ich.«

Vorne auf dem Flur wurde ein Rollstuhl aus dem Aufzug geschoben. War er das? War das Mark? Durch meinen Magen ging ein nervöses Zucken. »Danke für alles, was Sie für ihn tun«, fügte ich an die Schwester gewandt hinzu. »Sie alle leisten wirklich tolle Arbeit. Er ist sicher kein einfacher Patient.«

Die Schwester lächelte. »Es ist ein Vergnügen und eine Ehre«, entgegnete sie. »Und Sie sollten sich auch bei sich selbst bedanken. Er lebt für Ihre Besuche!«

Ich blickte den Flur hinauf. Es war Mark. In einem Anflug von Panik schlüpfte ich in die Toilette. Im Rollstuhl durch die Klinik gefahren zu werden – gefangen in einem Körper, der nicht mehr funktionierte –, war der Tiefpunkt für Mark, und es machte ihn besonders verletzlich. Das letzte Mal, als ich mitbekommen hatte, wie man ihn nach dem Röntgen zurückgefahren hatte, war er leichenblass geworden und hatte kein Wort mehr mit mir gesprochen. Er hatte nur dagelegen, die Decke angestarrt und wütend gegen die Tränen angekämpft, denen er nie freien Lauf ließ.

Später hatte *ich* diese Tränen für ihn geweint und dabei mein Gesicht in Stumpys weicher weißer Mähne vergraben.

Mark lebt nicht für meine Besuche, dachte ich und hörte, wie der Rollstuhl an der Toilettentür vorbeigeschoben wurde. Ich wusste nicht, wofür er überhaupt noch lebte. Er war ziemlich depressiv und aß kaum noch etwas. Ein paarmal war sein Anwalt da gewesen, um mit ihm über das Sorgerecht für Ana Luisa zu sprechen, aber mir gegenüber erwähnte Mark diese Besuche nie. Über seine kleine Tochter sprach er gar nicht, und auch nicht über seine Bald-Exfrau oder über die Pferde, die er verloren hatte. Auch über Sandra verlor er kein Wort, noch über die drohende Pleite, die über dem Hof schwebte, oder die Schmerzen, die er sicher hatte. Er antwortete nur auf meine Fragen. Hätte er sich nicht für Stumpy interessiert, hätten wir jeden Tag schweigend beieinandergesessen.

Nicht, dass mich das von meinen Besuchen abgehalten hätte.

Ich wartete einige Minuten, bevor ich durch den Vorhang vor seinem Bett schlüpfte und so tat, als wäre ich gerade erst gekommen. Mark teilte sich das Zimmer mit zwei anderen Patienten, und wie es für ihn typisch war, ließ er die Vorhänge um sein Bett immer fest zugezogen.

»Wunderschönen guten Morgen«, versuchte ich mich an einer grauenvollen Imitation eines irischen Leprechauns. »Schön, dich zu sehen.«

Mark warf mir einen kurzen Blick zu. »Hi.«

»Wie geht's dir an diesem sonnigen Tag?«

»Beschissen.«

Das war verständlich. Schließlich erholte er sich gerade von einer Kopfverletzung, einem Beckenbruch, einer gebrochenen Hüftpfanne und einem Arm- und Beinbruch. Außerdem hatte er etwas gehabt, das sich Thoraxwandflattern nannte und ihn – genau wie die Kopfverletzung – eigentlich hätte umbringen müssen, doch wie durch ein Wunder hatte er auch das überlebt. Allerdings hatte diese Verletzung seine Lunge angegriffen und eine schlimme Rippenfellentzündung verursacht. Durch die Schäden an Becken und Hüfte konnte er immer noch nicht richtig die Beine bewegen, und die Tatsache, dass er sich den rechten Arm und das linke Bein gebrochen hatte, führte dazu, dass die Ärzte ihn noch mindestens drei Wochen im Krankenhaus behalten wollten. Oh, und an seinem Bein hatte die plastische Chirurgie eingreifen müssen, dort, wo sein Schienbein durchgebrochen war. An den Stellen, wo die Prellungen langsam verblassten, war seine Haut immer noch mit gruseligen Schatten überzogen.

»Beschissen« war also vollkommen okay.

Ich blieb am Fußende seines Bettes stehen. »Soll ich vielleicht später wiederkommen? Ich könnte erst was essen gehen …«

Mark starrte an die Decke.

»Oder ich könnte auch einfach morgen wiederkommen …«

Gleichgültig zuckte Mark mit den Schultern. »Wie du willst«, antwortete er. »Ich will dir nicht deine Zeit stehlen.«

Obwohl er sich weigerte, mich anzusehen, lächelte ich. »So viel Stress hab ich jetzt nicht mit dem einen Pferd und dessen Freund.«

Genau wie ich es vorhergesehen hatte, konnte Mark nicht widerstehen. »Wie geht's ihm?«, fragte er und drehte vorsichtig den Kopf zu mir. In seinen dunklen, feuchten Augen leuchtete etwas auf, wenn auch nur ganz leicht.

»Super«, entgegnete ich, unfähig, meine Begeisterung zu verbergen, und setzte mich auf den Stuhl neben seinem Bett. »Gestern war die Tierärztin da und hat seine Bandage gewechselt – die ist echt riesig –, und es ist zwar noch viel zu früh, um was zu sagen, aber sie hat gemeint, es sieht alles gut aus. Er ist so geduldig, Mark. So tapfer!«

Mark nickte nur, aber ich wusste, dass er jetzt allein deshalb nichts sagte, weil er nicht dazu in der Lage war.

»Wir sind alle sehr stolz auf ihn«, setzte ich sanft hinzu. »Er ist ein Kämpfer.«

Mark behielt sein Schweigen bei. Einige Minuten lag saß ich nur da, summte eine selbst ausgedachte Melodie vor mich hin und entfernte ein wenig Schmutz unter meinen Fingernägeln.

»Joe arbeitet hart daran, Sponsoren zu finden«, startete ich einen neuen Versuch, mich zu unterhalten.

Nichts.

»Oh, und deine Mum hat sich gestern die Haare schneiden lassen, was ganz gut war. So langsam hat sie nämlich ziemlich wild ausgesehen.«

Mark schloss die Augen.

»Die Schwester hat gemeint, du schlägst dich richtig gut«, fuhr ich verzweifelt fort. »Sie hat gesagt, sie hätte noch nie jemanden mit so schlimmen Verletzungen gesehen. Und jetzt schau dich an. Was du für Fortschritte machst.«

»Dann hat er's Ihnen also erzählt«, sagte Tony, der Physiotherapeut, der in weißer Hose und quietschenden Turnschuhen hereinmarschiert kam.

»Mir was erzählt?«

Mark sah ärgerlich aus.

»Wir haben ihn heute in einen Rollstuhl gesetzt und sind mit ihm durch den Haupteingang bis nach draußen gefahren!«

Perplex starrte ich ihn an, dann wandte ich mich wieder zu Mark um. »Im ERNST?«

Tony gab ein missbilligendes »Ts Ts« von sich. »Mensch, Mark«, tadelte er. »Komm schon, Kumpel! Das ist ein großer Tag! Übrigens hab ich ihm auch gesagt, er kann jetzt anfangen, sich zu duschen – es geht also aufwärts.«

Noch immer gab Mark keinen Ton von sich.

Tony sah mich an und verdrehte die Augen. »Ich bin auch nur vorbeigekommen, um dir dein Portemonnaie zu bringen«, erzählte er Mark und legte ihm die Geldbörse auf den Nachttisch. »Das hast du in der Physio vergessen.«

Er verließ den Raum, ohne dass irgendein Wort des Dankes über Marks Lippen gekommen wäre.

»Das sind ja super Neuigkeiten!«, rief ich aus. »Bestimmt freust du dich total!«

Schweigen. Schließlich wandte Mark den Kopf zu mir.

»Ich freue mich ganz bestimmt *nicht* total, Kate. Tut mir leid, wenn das nicht in deine verdammte Vorstellung von meinem Leben passt, aber so ist es nun mal. Ich bin sogar ziemlich weit davon entfernt, mich zu freuen. Ich hab Druckgeschwüre, meine Muskeln verkümmern und ich teile mir das Zimmer mit einem *Bekloppten*, der sich von seiner Frau heimlich Wodka mitbringen lässt, was mich an meinen Dad erinnert. Und die ganze Welt spricht davon, dass meine Frau mit Joachim vögelt, was anscheinend jeder wusste außer mir. Ich hab Angst, dass sie mir Ana Luisa für immer wegnehmen will, und ich hab nicht mal das Geld, um mir 'nen guten Anwalt zu nehmen, der sie stoppen könnte. Und als ob das alles noch nicht reichen würde, muss ich mir auch noch gefallen lassen, dass *du* hier jeden Tag reinmarschiert kommst, mit deiner guten Laune und deinem … verdammten irischen Trallala. Ich wünschte, ihr würdet euch einfach alle verpissen mit euren tollen Neuigkeiten hier und euren Fortschritten da und eurem aufregenden Was-weiß-ich. Von meinem Standpunkt aus gesehen – wobei: Ich stehe ja nicht mal, ich liege, verflucht noch mal – gibt es nämlich keine tollen Neuigkeiten.«

Mit brennenden Wangen starrte ich ihn an.

»Geh einfach«, fügte er hinzu. »Lass mich in Ruhe.«

Wenn ich mir vorstellte, dass meine Besuche das reinste Grauen für ihn gewesen waren, jeden Tag … Und ich Idiotin hatte mir eingebildet, er würde meine Gesellschaft genießen, während er mich in Wahrheit für die totale Nervensäge hielt.

Ich versuchte, mich zu sammeln, um einen würdevollen Abgang hinzukriegen, doch ich ertappte mich dabei, wie ich wütend auf das Portemonnaie starrte, das Tony auf dem Nachttisch deponiert hatte. Gleichzeitig bemühte ich mich, die Tränen zurückzuhalten.

Dieses Portemonnaie nahm Mark zu sämtlichen Terminen mit, fest umklammert und unter der Decke versteckt. Ich hatte die ganze Zeit gedacht, er hätte einfach einen komischen Tick entwickelt, was sein Geld anging – ein unbewusstes Bedürfnis, es bei sich zu haben, damit Maria ihm das nicht auch noch wegnahm.

Als mein Blick sich jedoch endlich wieder fokussierte, wurde mir klar, dass meine Theorie nicht stimmen konnte.

Es gab überhaupt kein Geld. Das Einzige, was sich noch in seinem traurigen leeren Portemonnaie befand, waren zwei Fotos in der durchsichtigen Einstecktasche an der Außenseite. Eins von Ana Luisa bei einer Karnevalsfeier in der Schule, wo sie sich als eine Schüssel Kirsch-Sahne-Dessert verkleidet hatte, und eins von Stumpy, der seine Nase in Richtung Kamera reckte, als wollte er sie fressen.

Während ich auf seine beiden kleinen Erinnerungsstücke blickte, wusste ich, dass Mark anfangen musste, zu kämpfen. Er konnte nicht weiter dort liegen wie ein gebrochener alter Leichnam, denn das war er nicht. Er war ein Vater und ein Sohn – und nicht zu vergessen ein medizinisches Wunder. Er hatte etwas überlebt, das man nicht überleben konnte, genau wie sein Pferd, und für ihn gab es so viele Gründe, weiterzuleben.

»Du hast zum ersten Mal seit sechs Wochen das Krankenhaus verlassen«, sagte ich schließlich. »Ich weiß, das alles ist schrecklich, aber siehst du denn nicht auch, dass es besser wird, Mark? Siehst du nicht, dass du auf einem guten Weg bist?«

Wütend verdrehte Mark die Augen.

»Du willst also nicht mal anerkennen, wie toll du dich geschlagen hast? Und auch nicht zugeben, dass deine Fortschritte mindestens so groß sind wie die gesamte Republik Irland, verdammt noch mal?«

»Ach, halt doch einfach die Klappe«, erwiderte Mark. »Du langweilst mich. Ich hab dich mal für interessant gehalten, Kate, aber du bist genau wie alle anderen.«

»Ich versuche, dir zu helfen.«

»Nein, du willst dich nur selber besser fühlen«, behauptete Mark.

Stimmte das?

»Ich hab einfach nur total hilflos dagesessen, als die mich nach draußen geschoben haben«, murmelte er. »Die hätten mich vor einen Lkw schieben können, und ich hätte nichts dagegen machen können. Kate, der Unfall ist jetzt fast sechs Wochen her. Das Ganze ist kein Riesenschritt für die Menschheit. Tony hat völlig übertrieben. Er ist ein Idiot.«

In diesem Moment platzte mir der Kragen. All die Wut, die Verzweiflung, die Angst, die Einsamkeit, das Bedauern, jedes verdammte Gefühl, das ich in den letzten Wochen hatte zurückhalten müssen, brach nun aus mir heraus.

»Ein Idiot?«, schrie ich. »Ein *Idiot*? Ist das dein Ernst, du blödes Arschloch? Er ist Physiotherapeut, verdammt noch mal, in einer der besten Wirbelsäulenkliniken des Landes! Was bildest du dir eigentlich ein?«

Mark starrte mich nur an.

»Und was zur Hölle meinst du damit, es ist kein Riesenschritt für die Menschheit? Du hättest tot sein können, verflucht!«, schrie ich mit brechender Stimme. »Du hattest Gehirnblutungen, Mark, drei deiner Rippen haben sich in deine Lunge gebohrt, und deine Oberschenkelknochen haben deine

Hüftpfanne zertrümmert. Und trotzdem kannst du dich wieder bewegen! Die Ärzte sagen, du wirst vielleicht in den nächsten Wochen entlassen! Was brauchst du denn noch, um zu kapieren, was du alles geschafft hast? Du hast überlebt, Mark! Du lebst! Und Stumpy auch!«

Mark war ganz weiß im Gesicht vor lauter Schock und Wut. Aber das war mir scheißegal.

»Ach, leck mich doch«, schrie ich. »Leck mich am Arsch, Mark Waverley! Wo bleibt deine verdammte Dankbarkeit? Wenn du mich nicht hierhaben willst, werde ich auch nicht mehr kommen, aber du kannst zumindest ein bisschen Respekt zeigen und mit Achtung über die Menschen reden, die sich ihre verdammten Ärsche aufreißen, damit du wieder nach Hause kannst!«

Zitternd vor Wut stand ich auf. »Ich hab nie erlebt, dass Stumpy so daliegt und sich beschwert. Oder jeden kleinen Fortschritt gleich wieder niedermacht. Er hat wirklich zu kämpfen, aber er erträgt das alles wie ein Gentleman. Willst du dich etwa von deinem Pferd übertrumpfen lassen? Wirklich?«

Ohne seine Antwort abzuwarten, zog ich den Vorhang zurück, ließ ihn offen stehen und schrie Mark noch zu, er sei kein verfluchter Eremit. Dann verließ ich den Raum.

»Einen schönen Tag noch, Liebes«, hörte ich die Schwester hinter mir her rufen, während ich durch den Flur in Richtung Ausgang davonrauschte.

Kapitel 15

Kate

Am nächsten Tag fuhr ich zum letzten Mal die Autobahn hoch zum Krankenhaus. Ich würde mich entschuldigen, wieder und wieder, und dann würde ich Mark anbieten, aus seinem Leben zu verschwinden.

»Du bist so ’ne blöde Kuh, Kate Brady!«, beschimpfte ich mich während der Fahrt. »’ne miese, widerliche, hässliche alte Hexe! Und ’ne Schlange, ’ne fiese, hinterhältige alte Schlange, und ein Arschloch. Du hast ’nen wehrlosen Mann angeschrien, der mit ’nem schlimmen Trauma im Krankenhaus liegt! Du bist so scheiße! Ich hasse dich!«

Es war erstaunlich, wie schnell ich damit aufgehört hatte, Mark anzuschreien, und stattdessen jetzt mich anschrie. Und das seit mittlerweile achtzehn Stunden.

Ich hatte keine Ahnung, wie schlecht es Mark psychisch ging – über so was redete er natürlich nicht gern mit mir. Aber ich musste auch nicht erst seine Krankenakte stehlen, um zu wissen, dass er an einer posttraumatischen Belastungsstörung litt. Er hatte es überlebt, bei einer Geschwindigkeit von fünfzig Kilometern pro Stunde von einer halben Tonne Pferd zerquetscht zu werden, war ins Krankenhaus geflogen worden und hatte dort insgesamt fünfunddreißig Stunden im OP verbracht – um in dieser Situation *kein* schlimmes psychisches Trauma zu erleiden, hätte Mark schon eine nicht menschliche Lebensform sein müssen. Insbesondere, da seine Frau genau diesen Moment genutzt hatte, um ihn zu verlassen und ihm sein Kind, seine Pferde und seine einzige Einkommensquelle wegzunehmen.

»Der Mann hat Albträume und Flashbacks und die ganze Zeit Schmerzen. Er kann sich kaum bewegen und muss vor den Augen der Krankenschwester in eine Bettpfanne machen. Und was machst du? Du scheißt ihn zusammen«, fuhr ich mit meiner Schimpftirade fort, während ich in Filton von der Autobahn abfuhr. »Aah!«

»Hallo, Schätzchen«, begrüßte mich die Schwester, als ich mich fünfzehn Minuten später auf die Station schlich.

»Hi, Jean«, grüßte ich zurück. Bis zu diesem Zeitpunkt hatte ich noch nicht einmal den Anstand besessen, mir ihr Namensschild anzusehen. Gott, ich war wirklich verabscheuungswürdig.

»Er ist auf seinem Zimmer«, erzählte Jean mir, als wollte sie eigentlich sagen: »Begrabt das Kriegsbeil, Kinder!«

»Ich hasse mich«, gestand ich ihr. Jean lächelte nur.

»Hi.« Zögerlich schlüpfte ich durch den Vorhang zu Mark. Meine Stimme war kaum hörbar.

Mark ließ seinen Blick über mich gleiten, dann schaute er weg.

»Ähm, wie geht's dir?«, versuchte ich mein Glück.

»Geht so.«

»Gott, Mark«, flüsterte ich. Mir stiegen Tränen in die Augen, bevor ich sie zurückdrängen konnte. »Ich kann nicht fassen, was ich zu dir gesagt habe. Das werde ich mir bestimmt nie verzeihen. Es tut mir so wahnsinnig leid.«

Erneut blickte Mark mich an.

»Ich halte dich nicht für undankbar und respektlos. Ich finde, du legst eine Tapferkeit an den Tag, wie sie sonst nur Romanhelden haben, und eine Geduld wie ein Heiliger.«

Mark schloss die Augen.

»Es tut mir leid, Mark. Ich hab gedacht, du müsstest diesen ganzen Kram hören, aber das war falsch. Du hast jedes Recht, traurig zu sein und wütend und frustriert. Für mich bist du einer der tapfersten und nettesten Menschen, die ich je getroffen hab, und du hast keine Ahnung, wie viel du für mich getan hast, nur dadurch, dass ich auf deinem Hof bleiben durfte. Du bist mein Held. Du hast mir das Leben gerettet. Und ich kann nicht glauben, dass das mein Dank dafür war …«

An dieser Stelle brach ich in Tränen aus.

»Ich schäme mich so. Ich werde nicht mehr herkommen. Ich bleibe auf dem Hof und kümmere mich um Stumpy, und wenn du nach Hause kommst, bin ich weg. Es tut mir leid, Mark Waverley. Es tut mir so leid. Du bist einer der tollsten Männer, denen ich je begegnet bin.«

Ich wandte mich zum Gehen. »Oh, und Maria ist ein absolutes Miststück«, sagte ich über die Schulter. »Und sie braucht echt 'ne Gehirntransplantation, dass sie dich verlassen hat.«

Ich öffnete den Vorhang und schlüpfte nach draußen.

»Kate.«

Ich erstarrte.

»Komm zurück.«

Tat ich nicht.

»Ich sagte: Komm zurück, du kleine Nervensäge.«

Zögernd – kaum fähig, zu glauben, was da gerade passierte – wandte ich mich um. Er lächelte. Mark Waverley lächelte.

»Komm bitte wieder hier rein.«

Ich kam.

»Schließ den Vorhang.«

Ich schloss.

»Maria ist ein absolutes Miststück«, wiederholte er langsam. »Sie braucht 'ne Gehirntransplantation.« Und dann lachte er. Mark lachte – und es war das schönste Geräusch, das ich je gehört hatte.

»Danke, Kate«, brachte er schließlich heraus und versuchte, die Lachkrämpfe etwas einzudämmen. Seine Rippen waren auf dem Wege der Besserung, aber das Lachen bereitete ihm wahrscheinlich noch Schmerzen. Trotzdem lachte er, so lange, bis seine Unterlippe auf einmal anfing, zu zittern. Plötzlich liefen ihm Tränen aus den Augenwinkeln und landeten auf seinem Kopfkissen. Ich ging hinüber zu ihm, um ihm die nassen Wangen trocken zu wischen, doch das führte nur dazu, dass meine eigenen Tränen ihm aufs Gesicht tropften.

Nach einem würdelosen Kampf mit der Taschentuchbox setzte ich mich hin, und Mark blickte mich an. *Heilige Mutter Gottes, er ist so süß.*

»Also, an deinen Methoden musst du noch ein bisschen arbeiten«, begann er, »und vielleicht hättest du die Lautstärke etwas runterregeln können, aber – auch wenn du wahrscheinlich was anderes denkst – du hast genau das gesagt, was ich hören musste.«

»Aber ich hab dich beleidigt. Und ich hab gefühlte zwanzigmal ›verdammt‹ gesagt. Ich hasse dieses Wort.«

»Ich hab ein bisschen ›verdammt‹ gebraucht.«

»Echt?«

»Echt.« Wieder lächelte er. »Ich hab nicht gerade 'ne tolle Zeit hinter mir«, fuhr er fort. »Und ich bin immer noch sehr angeschlagen. Ich hab auch noch nie in meinem Leben das Wort ›angeschlagen‹ benutzt und wünschte, ich hätte es auch nicht – dadurch komme ich mir nämlich irgendwie dumm und verletzlich vor. Aber du hast recht, Kate. Ich muss dankbar sein und respektvoll, und positiv denken. Sonst hab ich am Ende einen gesunden Körper, aber einen kranken Kopf, und was wäre das für ein Leben?«

»Ein beschissenes?«

Erneut musste Mark lachen. »Ein beschissenes.«

»Ich will aber kein beschissenes Leben haben«, sagte er leise. »Es war schon schlimm genug, dass Dad gestorben ist und ich die Verantwortung für Mum übernehmen musste und dass wir nie Geld hatten. Dann hab ich mich auch noch selbst in eine Ehe mit einem totalen Monster reingequatscht, hab ihre ständigen Affären ertragen und die ewige Angst, dass sie mir mein Kind wegnimmt. Aber aus irgendeinem Grund hat man mir eine zweite Chance gegeben, und durch dich hab ich begriffen: Ich muss diese Chance an den Eiern packen.«

»An den Eiern«, echote ich.

»Mein Arm und mein Bein sind wieder ganz und können jeden Tag ein bisschen mehr belastet werden. Das ganze Beckendrama heilt auch langsam, deshalb kann ich endlich im Rollstuhl sitzen. Meine Rippen sind wieder angewachsen, und meine Gehirn-CTs waren gut. Im Großen und Ganzen werde ich also alles wieder hinkriegen.«

»Weil du ein Wunder bist«, erinnerte ich ihn.

Mark lächelte. »Vielleicht.«

»Definitiv.«

»Okay, definitiv.« Er seufzte. »Ich denke, ein Teil des Problems ist, dass ich so unbeweglich bin. Maria hat mich als Workaholic bezeichnet. Sie meinte, ich würde mich von morgens bis abends beschäftigen, um mich nicht mit meinen Problemen auseinandersetzen zu müssen. So sehr es auch schmerzt, das zuzugeben, ich glaube, sie hat recht.«

»Oh …«

»Weißt du, vor seinem Leben davonzurennen, ist ziemlich einfach.«

»Das stimmt.« Traurig lächelte ich ihn an. »Stimmt absolut.«

»Und in meiner Branche ist es besonders einfach. Um sieben Uhr morgens steige ich auf ein Pferd, und dann tue ich den ganzen Tag nichts anderes außer reiten, bis ich so kaputt bin, dass ich ins Bett falle. Termine, Termine, Termine. Leben? Was ist das? Probleme? Hä? *Gefühle?* Totaler Schwachsinn.«

Für einen Moment schwieg er und dachte nach. »Ich schätze, das ist einer der Gründe, warum ich so extrem unglücklich bin. Weil ich die ganze Zeit mit mir allein bin. Das macht nicht besonders viel Spaß.«

»Ich verstehe, was du meinst …«

»Ich hab 'ne ganze Menge, wofür es sich zu kämpfen lohnt«, gab Mark zu. »Heute hatte ich eine ziemlich gute Therapiesitzung – zum ersten Mal wollte ich nämlich, dass es mir besser geht –, und ich hab's tatsächlich hingekriegt, mit rechts ein paar Sätze in mein Notizheft zu schreiben, was ich nicht geschafft hätte, wenn der Nerv permanent geschädigt wäre. Außerdem hat Kelly im Moment Nachtdienst«, fügte er hinzu, »und die ist echt großartig. Gerade läuft's also ziemlich gut.«

Ich lächelte, als wollte ich sagen: *Wie schön!*, und nicht: *Wer zum Teufel ist Kelly?*

»Kelly ist Tonys Frau«, erklärte Mark. »Ist das nicht witzig?«

»TOTAL WITZIG!«, entgegnete ich und brach in erleichtertes Gekicher aus.

»Also, danke«, wiederholte Mark. »Mein Kopf hat noch einen langen Weg vor sich, und dieser Körper hier auch, aber du hast mich daran erinnert, dass ich nicht ans Ziel komme, wenn ich hier vor mich hin schmore wie ein wutschnaubender alter Einsiedler.« Er grinste, und ich hatte Mühe, ihn nicht wie wahnsinnig anzuschmachten. »Vielleicht bitte ich dich sogar, die Vorhänge offen zu lassen, wenn du gehst.«

»Immer mit der Ruhe«, sagte ich. »Wir wollen's ja nicht gleich übertreiben.«

»Und wie geht's *dir*, Kate?«, fragte Mark.

»Mir … Mir geht's super«, erwiderte ich. »Besser, als du dir vorstellen kannst – nach dem, was du gerade gesagt hast.«

Es folgte ein langer Moment des Schweigens, während wir beide lächelten, und es war nicht im Geringsten unangenehm. »Oh, und heute Morgen hab ich ein Foto von Stumpy gemacht, als er sein Futter über seine gesamte Nase verteilt hat. Hier, guck.«

»Ach, Stumpy.« Wehmütig blickte Mark das Foto an. »Mein lieber Stumpy.«

»Du sollst bitte bald nach Hause kommen, soll ich dir von ihm ausrichten.«

»Ich will meine Weiden wiedersehen«, entgegnete Mark schlicht. »Und wieder auf die Beine kommen und den frischen Wind im Gesicht fühlen. Ich will mit eigenen Augen sehen, wie Stumpy über die Koppel rennt, und ich will da rausgehen und um das gemeinsame Sorgerecht für meine Tochter kämpfen.« Vorsichtig setzte ich mich auf den Rand seines Bettes, obwohl ein großes Schild mit der Aufschrift »BITTE SETZEN SIE SICH NICHT AUF DAS BETT DIESES PATIENTEN« daran angebracht war.

»Bitte komm mich weiter besuchen, Kate.« Ich sah, wie seine heile Hand zögerlich auf mich zu glitt. Ich spürte, wie sie meine berührte und dabei leicht zitterte, und ich hörte, wie Marks Atem sich beschleunigte, weil ihn diese kleine Geste so anstrengte.

Diese riesige Geste.

Und obwohl es sich gefährlich anfühlte, blickte ich ihn an.

»Wie's klingt, leistet Joe tolle Arbeit«, fuhr Mark fort. »Und Mum gibt ihr Bestes. Aber du, Kate Brady …«, nun schob er seine Hand vollständig über meine, »… du gibst mir jeden Tag einen Grund, zu leben.«

Wieder füllten seine Augen sich mit Tränen, und bevor ich wusste, was ich tat, hob ich seine gesunde Hand hoch und presste sie gegen meine Wange. So blieben wir einige Augenblicke lang sitzen.

»Ach, nicht du auch noch«, beschwerte ich mich schließlich. »Nicht noch einer, der weint. Joe hat's gestern Morgen auch schon erwischt. Ihr seid richtige Mädchen.«

Einen letzten, kostbaren Moment lang fühlte ich seine Hand an meiner Wange.

»Ich mach das alles sowieso nur für Stumpy«, fügte ich grinsend hinzu. »Nicht für dich.«

Kapitel 16

Annie

»Aha!«, rief Lizzy, als ich das Restaurant betrat. »Sie lebt also noch!« Verwirrt blieb ich stehen. Ich war im *Shane's*, einem Lokal, das sich gleich um die Ecke von meinem Haus befand. Eigentlich war ich mit Tim zu einem schnellen Abendessen verabredet, doch an seinem Tisch saßen Lizzy und Claudine.

»Äh … Ist das hier Le Clöbb?«

»Ja, verdammt, natürlich ist das hier Le Clöbb!«, erwiderte Lizzy. »Du angelst dir 'nen Freund, und dann verschwindest du völlig von der Bildfläche, Annie. Hast du echt geglaubt, du kannst Tim ganz gemütlich alles allein erzählen?«

Dümmlich starrte ich sie an. »Aber wir dürfen uns doch nur in Clapham treffen …«

Tim und Lizzy wandten sich zu Claudine um. »Na ja, wir haben uns auch schon gewundert …«, bemerkte Tim.

Herausfordernd hielt Claudine unseren Blicken stand. Und dann, zu unser aller Überraschung, fing sie hämisch an zu kichern. »Oh, meine kleinen Espadrilles.« Sie seufzte. »Ihr seid alle sehr witzisch. 'abt ihr wirklisch gedacht, isch weigere misch, irgendwo anders zu essen als in einem französischen Restaurant?«

»Ähm, ja?«, erwiderte Lizzy ungläubig.

Claudine lachte. »Haha! Also 'ätte isch noch jahrelang so weitermachen können!« Sie trank einen Schluck von ihrem Wein. »Offensischtlisch 'altet ihr misch für irgend so eine seltsame Nationalistin aus der französischen Provinz. Isch bin eine kosmopolitische Frau. Isch esse alles, und isch mag alle Restaurants. Isch 'atte nur Lust, mit eusch zu spielen.« Sie war sehr zufrieden mit sich. »Haha!«

»Du«, setzte Tim an und starrte Claudine stirnrunzelnd nieder, »bist ein echtes Miststück.«

Tim schimpfte nie mit Claudine. Und er bezeichnete auch nie jemanden als echtes Miststück. »Oh ja, das bist du«, beschwerte er sich. »Wir sind die ganze Zeit runter bis nach Clapham gefahren, nur damit du glücklich bist!«

»Isch weiß! Ihr Loser!« Claudine sprach es »Lusär« aus. Gott, wie ich sie liebte.

Ich setzte mich an den Tisch, nahm einen köstlichen Schluck von dem fruchtigen griechischen Wein – der natürlich in trendigen kleinen Messbechern serviert wurde – und lächelte. Zurzeit fühlte sich mein Leben einfach großartig an. Es war Sommer, und ich war erfüllt von wilden, aufregenden Gefühlen, die mich kaum schlafen ließen, seit Stephen und ich uns vor fast drei Wochen zum ersten Mal geküsst hatten. Ich war verrückt nach ihm, klebte an meinem Handy wie ein liebeskranker Teenager, wenn ich nicht bei ihm war – und wenn ich es war, klebte ich an seiner Seite.

»Also dann«, sagte Claudine, nachdem wir alle bestellt hatten, und klang dabei ernster als vorher. »Also dann, mein kleines Käsewürfelschen. Du musst uns natürlisch alles erzählen. Und vielleischt könntest du damit anfangen, uns zu erklären, warum du seit drei Wochen nischt mehr ans Telefon gehst.«

Dann veränderte sich ihr Gesichtsausdruck abrupt. »Tut mir

leid«, entschuldigte sie sich. »Tut mir wirklisch leid. Isch bin zwar böse auf disch, aber isch sollte wenigstens so tun, als wäre isch es nischt.«

Lizzy begann, zu lachen, aber ich wurde plötzlich still. Hatte Claudine recht? War ich wirklich abgetaucht?

»Ich finde, du solltest ganz vorne anfangen«, meinte Lizzy und fächerte sich mit der Speisekarte Luft zu. Obwohl die Fenster und die Eingangstür des Restaurants weit offen standen, war es brüllend heiß hier drinnen. »Und ich will alles wissen. Außer Sexkram – darauf kann ich verzichten.«

»Ich auch«, schloss Tim sich entschieden an, woraufhin ihm Lizzy einen ihrer Du-bist-total-verliebt-in-meine-kleine-Schwester-und-das-macht-mich-wahnsinnig-Blicke zuwarf, die ich immer zu ignorieren versuchte.

Ich erzählte ihnen alles, was mir einfiel, abgesehen von der Kleinigkeit, dass Stephen und ich buchstäblich die ganze Zeit Sex hatten. Sogar *ich* hatte eine Weile gebraucht, um mich daran zu gewöhnen. »Jeden Morgen, wenn ich aufwache, hab ich das Gefühl, ich bin auf Speed«, endete ich schließlich ganz benommen mit meinem Bericht. Ich hatte kaum mitbekommen, dass man mir das Essen an den Tisch gebracht hatte. »Ich lächle die ganze Zeit, bin total aufgekratzt, sage zu allem Ja und werde überhaupt nicht müde. Ich erkenne mich kaum wieder!«

»Wir erkennen disch auch kaum wieder«, merkte Claudine äußerst hilfreich an und spießte in ziemlich gewalttätiger Manier ein Stück lilafarbenen Brokkoli auf.

Ich erzählte ihnen von Stephens traumhaftem Haus am Clapton Square, das aussah, als hätte Gott selbst sich als Innenarchitekt selbstständig gemacht und ein Musterhaus in Hackney eingerichtet. »Buchstäblich alles in dem Haus ist der Wahnsinn. Und zwischen den ganzen wunderschönen Designermöbeln hat er auch noch Berge von alten Büchern und Fotos und so was rumstehen. Selbst sein Gästeklo ist das reinste Kunstwerk!«

Das Foto, das dort hing und den sechsjährigen Stephen dabei zeigte, wie er in seinem Garten einen Frosch sezierte, erwähnte ich nicht – bis jetzt hatte ich es noch nicht fertiggebracht, ihn zu bitten, es abzunehmen (er fand es süß und witzig; ich fand es eklig) –, stattdessen fuhr ich fort, ich sei immer schon der Meinung gewesen, Häuser würden die wahre Persönlichkeit ihrer Besitzer widerspiegeln. Und dieses Haus sprach definitiv für Stephen.

»Ist es nicht super, dass er *da* wohnt und nicht in einem Zehn-Millionen-Pfund-Haus in Kensington? Zeigt das nicht, was für ein toller Kerl er ist? Er ist einfach unglaublich! Unglaublich, ich sag's euch!«

Krieg dich mal wieder ein, ermahnte ich mich im Stillen, *da wird einem ja schlecht!* Doch es gelang mir nicht. Ich fühlte mich, als hätte ich im Lotto gewonnen. Nach all den schmerzvollen Jahren der Einsamkeit und der Leere, in denen ich unfähig gewesen war, mich auf Männer einzulassen, passierte mir nun wirklich das hier? Ich konnte es selbst kaum fassen.

»Mich hat's voll erwischt«, gab ich zu. »Ich liebe ihn. Es ist hoffnungslos.«

»*Liebe?*«, keifte Claudine und legte ihr Besteck ab. »'ast du gerade von *Liebe* gesprochen?«

Schuldbewusst nickte ich. »Mir ist klar, was du jetzt denkst, aber du liegst falsch. Wir sind nicht verrückt, und wir überstürzen auch nichts, wir *lieben* uns einfach. Wie wahnsinnig. So was passiert doch dauernd, also guck mich nicht so an! Bei dir war's genauso, Claudie, du hast Sylvester fünf Wochen nach eurer ersten Begegnung geheiratet!«

Da Claudine dagegen nichts sagen konnte, schwieg sie, allerdings nicht lange. »Du bist vollkommen durschgedreht«, befand sie. »Schätzchen, ihr seid erst seit zweiein'alb Wochen zusammen! Und jetzt sieh disch mal an: Das geht alles *viel* zu schnell!«

»Claudie …«

»Nein! Du kennst diesen Mann doch über'aupt nischt! Du führst disch läscherlisch auf!«

»Ach, Claudie!«, mischte Lizzy sich ein. »Sei doch nicht so gemein. Was ist denn mit Liebe auf den ersten Blick?«

Lizzy hätte mich zwar bis aufs Blut verteidigt, aber sie sah ebenfalls recht besorgt aus. Während sie und Claudine Tim dazu aufforderten, irgendetwas Weises über die Wahrscheinlichkeit von Liebe auf den ersten Blick zum Besten zu geben, zog ich mich gedanklich aus dem Gespräch heraus, weil ich es plötzlich mit der Angst zu tun bekam.

Was, wenn Claudine recht hatte? Was, wenn einfach nur meine Hormone verrücktspielten? Was, wenn das pure, aufputschende Glücksgefühl der letzten siebzehn Tage mehr aus einer Form des Wahnsinns heraus entstand als aus Liebe?

Seit Jahren hatte ich keinen Mann mehr an mich herangelassen. Ab und an hatte ich mich zwar zu einem Date überreden lassen – häufig erzwungen –, aber die Handvoll Männer, denen ich nicht aus lauter Panik in letzter Minute abgesagt hatte – auch wenn die meisten von ihnen sehr nett gewesen waren –, hatten tief vergrabene Erinnerungen in mir aufgewühlt, die mich frösteln ließen und mit denen ich nichts mehr zu tun haben wollte. Mit der Zeit hatten Le Clöbb mit ihren Verkupplungsversuchen aufgehört – genauso wie Lizzy und ich damit aufgehört hatten, etwas gegen Dads Ängste zu unternehmen.

Meine unerwartete Bereitschaft, Stephen zu vertrauen – und meinen Gefühlen nachzugeben –, hatte sich für mich wie ein bahnbrechender Erfolg angefühlt. Wie ein Wunder! Ich hätte es nicht ertragen können, wenn ich mir das alles nur eingebildet hätte, wenn ich einfach nur verrückt wäre.

»Hey, Prinzessin.« Tim hatte die Hand über den Tisch gestreckt und tätschelte mir den Arm. »Alles okay?«

Unglücklich zuckte ich die Achseln.

»Würdet ihr zwei bitte die Klappe halten?«, ordnete Tim an, woraufhin Lizzy und Claudine tatsächlich verstummten und erst ihn anblickten, dann mich. »Annie gibt sich hier echt Mühe«, fuhr Tim fort. »Ihr helft ihr ganz sicher nicht, indem ihr euch darüber streitet, ob sie noch alle Tassen im Schrank hat oder nicht. Und das auch noch direkt vor ihrer Nase.«

»Oh, Schatzi, tut mir leid«, entschuldigte Lizzy sich. »Ich hab dich nur verteidigt! Aber Timmy hat natürlich recht. Sorry.«

Claudine schenkte uns allen Wein nach. »Mir tut es auch leid«, sagte sie. »Aber isch meine es immer nur gut, verstehst du?«

»Ich weiß.« Natürlich wusste ich das. »Aber ich wünschte, du hättest mehr Vertrauen in mich, Claudie, und würdest zumindest die Möglichkeit in Betracht ziehen, dass ich echt glücklich bin und eine wirklich gute, mutige Entscheidung getroffen habe – anstatt nur davon auszugehen, ich wäre mal wieder durchgedreht«, entgegnete ich und kippte noch was von dem Wein runter. »Vertrau mir, Claudie. Vertraut mir *alle*. Ich hinterfrage schon selbst dauernd, ob meine Psyche verrücktspielt. Ja, es beunruhigt mich auch, nach so kurzer Zeit schon so starke Gefühle für jemanden zu haben. Und ja, ich weiß, das alles erscheint zu schön, um wahr zu sein. Aber könntet ihr mir bitte 'ne Chance geben? Und nach der bestmöglichen Erklärung suchen statt nach der schlimmsten?«

Claudine schwieg kurz, bevor sie antwortete. Mir war klar, woran sie gerade dachte. Sie erinnerte sich an das zerbrechliche neunzehnjährige Mädchen, das ich bei unserer ersten Begegnung in London während eines Seminars über Ernährung gewesen war. Ich wusste, wie sehr sie dieses Mädchen beschützen wollte; wenn nötig würde sie es sogar mit bloßen Fäusten verteidigen.

»Okay«, lenkte sie schließlich ein. »Okay, Annie, mein kleiner Apfel. Es tut mir leid. Wenn du mir sagst, zwischen Stephen und dir läuft alles gut, dann bin isch glücklisch.« Sie griff über den Tisch und legte ihre Hand auf meine. »Ehrlisch, es tut mir leid.«

Ich drückte ihre Hand. »Mir tut es auch leid. Ich hatte keine Ahnung, dass ich so mies geworden bin, was das Telefonieren angeht. Aber ich krieg mich wieder ein, versprochen, und ich werde Le Clöbb nicht mehr vernachlässigen.«

»Gruppenumarmung«, forderte Lizzy uns mit belegter Stimme auf und leitete damit eine ziemliche unbeholfene Umklammerungsrunde um den Tisch herum ein. »Ende der Gruppenumarmung«, verkündete sie. »Viel zu heiß. Außerdem stinke ich nach Schweiß.« Mit den Händen machte sie eine fächernde Bewegung in Richtung ihrer Achselhöhlen, und Tim fing an, zu kichern – entsetzt, aber auch amüsiert.

»Wo wir gerade von Beziehungen reden«, sagte ich, äußerst versessen darauf, die Aufmerksamkeit von mir abzulenken, »wie geht's eigentlich Mel?«

Über Tims Gesicht zog ein Schatten, während er sein Weinglas bis zum Rand auffüllte. »Ähm«, begann er, dann verstummte er.

»Alles okay, Tim?«, fragte Lizzy. Manchmal war sie sehr süß zu Tim – als wäre er ein Hundewelpe.

Tim ließ die Knöchel knacken, wie immer, wenn er nervös war. »Äh, Mel und ich haben uns getrennt.«

Mit offenem Mund starrten wir ihn an.

»Was?«

»Hä?«

»*Quoi?*«

Unbehaglich rutschte Tim auf seinem Stuhl hin und her. »Wir haben uns getrennt. Wenn ihr nichts dagegen habt, würde ich aber lieber nicht darüber reden. Ich bin noch ein bisschen mitgenommen. Muss das erst verarbeiten.«

»Aber …«

»Klar«, unterbrach ich Lizzy. »Wir sind für dich da, wenn du uns brauchst.«

Claudine hingegen zeigte weniger Respekt. »Wer 'at wen verlassen?«, wollte sie wissen.

Tim verzog unangenehm berührt das Gesicht. »Es war meine Entscheidung.«

»*Vraiment?*«, setzte Claudine nach. »Und wieso?«

»Lasst ihn in Ruhe«, sagte ich scharf, woraufhin Tim mich dankbar mit dem Knie anstieß. Gott, der Ärmste. Das mit mir und Stephen dauerte zwar erst zweieinhalb Wochen, aber ich wusste jetzt schon, dass ich völlig fertig wäre, wenn es zwischen uns irgendwann nicht mehr funktionieren würde. In meinem Herzen tat sich ja schon ein furchtbares Loch auf, wenn wir uns einmal zwei Stunden lang nicht wenigstens eine SMS schrieben. Ohne ihn würde ich sterben. Buchstäblich.

»Lasst uns von was anderem reden«, bat Tim. »Ernsthaft«, fügte er hinzu, als Claudine den Mund öffnete, um eine weitere Frage in seine Richtung abzufeuern.

Während Lizzy von einem ihrer Lover erzählte, den man für einen Innovationspreis nominiert hatte – was immer damit gemeint war –, schweifte ich gedanklich ab und träumte davon, vielleicht eines Tages mit Stephen zusammen in seinem Haus zu wohnen. Ich stellte mir vor, wie es wäre, eine so große Küche zu haben, und diese wunderschönen hohen Flügeltüren, die hinaus in den Garten führten.

Und dann runzelte ich die Stirn.

Stephen. Ein paar Meter von uns entfernt an einem Tisch, zusammen mit einer jungen Frau. Einem kleinen, zerbrechlich wirkenden typischen Hackney-Mädchen, dessen Outfit einem altmodischen Nachthemd glich. Dazu hatte sie leuchtend orangefarbenen Lippenstift aufgetragen und sich das Haar zu einem hohen Dutt gebunden. Sie sah aus wie eine Studentin – Kunst vielleicht – und war sicher nicht älter als achtzehn. Weil Stephen mit dem Rücken zu mir saß, hatte ich ihn vorher nicht bemerkt, doch gerade drehte er sich zur Seite, um mit dem Kellner zu sprechen. Er war es tatsächlich. Stephen. Mein Freund.

Trotz alledem, was sich in den letzten zweieinhalb Wochen zwischen uns abgespielt hatte, blieb mir das Herz stehen. Wer zum Teufel war die Kleine?

Tim, der meinen Gesichtsausdruck bemerkte, blickte hinüber zu dem Tisch. »Oh«, war alles, was er hervorbrachte, während Stephen ein Stück von seinem Steak abschnitt, es der jungen Frau auf den Teller legte und sich dabei so locker mit ihr unterhielt, als würden die beiden sich schon ein Leben lang kennen.

Mein Verstand versuchte, eine logische Erklärung für das Ganze zu finden. Zuerst einmal war sie viel zu jung. Ein Kind. Er würde doch nicht ... Und dann auch nicht in meinem kleinen Stammlokal, nur zehn Meter entfernt von meinem Haus!

Außerdem gab es da unsere wunderschöne, perfekte, gerade erst begonnene Beziehung, diese explosionsartige Energie, die seit Wochen zwischen uns herrschte! Es war absolut unmöglich, dass das alles nicht echt gewesen war! Es musste irgendeine Erklärung geben.

Anscheinend hatte Stephen unsere Blicke gespürt, denn in diesem Moment sah er plötzlich über die Schulter und entdeckte mich. Mir fiel ein riesiger Stein vom Herzen, als ich nicht mal einen Hauch von Panik in seinem Gesicht erkennen konnte. Er wirkte einfach nur erfreut. Dann winkte er mich zu sich und erklärte der jungen Frau, wer ich war.

»Äh, einen Moment«, sagte ich unbestimmt zu Le Clöbb, bevor ich hinüber zu Stephens Tisch schwebte und mich am Stuhl eines ahnungslosen Gastes festhielt, um mich abzustützen.

»Was für eine schöne Überraschung!«, rief Stephen, stand auf und küsste mich sanft auf die Wange. Die Berührung seiner Haut an meiner machte mich ganz schwindlig. »Annie, das ist meine Nichte Petra«, stellte er uns einander vor. »Petra, das ist Annie.«

Petra lächelte schwach. »Hi«, grüßte sie.

Danke, Gott, danke.

Wie um die schrecklichen Gedanken zu vertreiben, die ich gehabt hatte, schüttelte ich den Kopf und lächelte Petra an. Ich wusste sofort, dass sie eine Zicke war. Ihr Gesichtsausdruck war finster und giftig, und während der anschließenden Unterhaltung gab sie keinen Ton von sich.

»Da mache ich ausnahmsweise mal vor acht Uhr Feierabend«, erzählte Stephen strahlend, »und dann sitzen wir hier im selben Restaurant! Verrückt! Toll! Petra ist gerade erst nach Clapton gezogen, sie fängt demnächst auf der Kunsthochschule an«, fuhr er fort. »Ihr Dad, mein großer Bruder, hat mich gebeten, ein Auge auf sie zu haben. Und hiermit trete ich gehorsamst meinen Dienst an.«

Petra verdrehte nur die Augen, ich dagegen war vor Erleichterung ganz schwach auf den Beinen. »Klar«, erwiderte ich atemlos. Ich klang wie eine Geistesgestörte. »Dann bist du Barnabys große Schwester, Petra? Stephen hat ein Foto von ihm in seinem Portemonnaie. Er ist wahnsinnig hübsch!«

»Ja«, murmelte sie. Offenkundig widerte es sie an, sich mit mir unterhalten zu müssen. »Ja, er ist mein Bruder.«

»Okay dann, es war nett, dich kennenzulernen«, sagte ich zu ihr und ergriff dabei Stephens Hand, aber so, dass seine Nichte es nicht sehen konnte. Wieder gab er mir einen Kuss auf die Wange – einen langen Kuss, der nach gereinigter Haut und Zitrone roch – und sagte, er würde nach dem Essen herüberkommen und Le Clöbb Hallo sagen. »Hallo!«, rief er in ihre Richtung.

»Flannie …« Lizzy reichte mir ein Wasser, nachdem ich an unseren Tisch zurückkehrt war. »Alles okay?«

Ich trank einen Schluck. »Ähm, was?«

»Schatzi, ist alles okay mit dir? Deine Hände zittern, und du siehst aus, als ob du gleich in Ohnmacht fällst.«

Eine hübsche Kellnerin füllte unsere Gläser auf, und der plötzliche Geruch nach Wein löste Übelkeit bei mir aus.

»Das war Stephen!«, erklärte ich. »Mit seiner Nichte. Einen Moment lang hab ich gedacht …« Mir versagte die Stimme. »Ich bin echt irre!«

Claudine warf Stephen und Petra einen finsteren Blick zu. »Wo'er weißt du, dass sie seine Nischte ist?«

»Oh Mann«, fuhr Tim ihr streng über den Mund und goss mir etwas Wasser aus der Karaffe nach. »Claudie, er hat das Mädchen als seine Nichte vorgestellt. Das haben wir doch alle mitgekriegt. Und ich glaube, wenn sie seine heimliche Geliebte wäre, dann hätte sie sicher protestiert.«

Claudine fing an, Einwände vorzubringen, wurde jedoch von Tim und Lizzy zum Schweigen gebracht. Ich versuchte, durch ruhiges Aus- und Einatmen zumindest einen Anschein von innerem Gleichgewicht wiederzuerlangen.

»Es tut mir leid«, entschuldigte ich mich, nachdem die anderen ihre Diskussion beendet hatten. »Ich wünschte, jemand hätte mich vorgewarnt, dass die Liebe einen paranoid und bekloppt macht, haha!«

Tim und Lizzy tauschten einen Blick, was mich ärgerte. »Prinzessin«, begann Tim, und sein Gesicht nahm einen behutsamen Ausdruck an. »Prinzessin, du hast … äh, ziemlich verängstigt ausgesehen da drüben.«

»Als ob dein Leben auf dem Spiel stünde«, fügte Claudine wenig hilfreich hinzu.

»Na ja, wenn er mich betrogen hätte, dann wäre mein Leben jetzt auch zerstört. Ach, kommt, Leute. Das hatten wir doch schon! Es geht mir gut! Ich bin einfach nur verliebt!«

Tim setzte den Gesichtsausdruck auf, den er sonst – da war ich mir sicher – immer bei seinen Patienten anwandte. Höflich, respektvoll, aber auch ein klein wenig besorgt. »Das akzeptiere ich«, versicherte er mir sanft. »Aber geh es langsam an, okay? Entspann dich, Annie. Wenn ihr zusammengehört, dann gibt's auch keinen Grund, sich wegen irgendwas Sorgen zu machen.«

»Das sehe ich genauso, Schatzi«, stimmte Lizzy zu. »Vielleicht solltest du diese Meditationen machen, die du so gern hast – damit es dir gut geht und du im Gleichgewicht bist. Natürlich ist es ganz normal, sich ein bisschen Sorgen zu machen, aber du hast ausgesehen, als, äh, würdest du gleich sterben.«

In der Hoffnung, es würde niemandem auffallen, dass ich kaum etwas gegessen hatte, schob ich den Salat auf meinem Teller hin und her. Ich hatte keine Lust mehr, mich und meine Beziehung verteidigen zu müssen, und noch viel weniger Lust hatte ich darauf, dass sie vielleicht mit ihrer Einschätzung richtig lagen. Ich meine, Stephen hatte die vergangenen siebzehn Tage damit verbracht, mir zu sagen, wie sehr er sich in mich verliebt hatte, und trotzdem war ich ins Bodenlose gefallen, als ich ihn mit einem Teenager beim Abendessen gesehen hatte. Dieses Verhalten war nicht gesund.

Schon seit ich aufgehört hatte, zu meiner Therapeutin zu gehen, weil ich kein Geld mehr gehabt hatte, redete Tim auf mich ein. Jetzt, wo ich wieder Geld verdiente, fand er, dass ich mir auch wieder eine Therapie leisten könnte. Ich dagegen konnte nicht aufhören, zu grinsen, und sah nicht ein, warum ich mich noch einmal der düsteren Stimmung im Sessel meiner Therapeutin aussetzen sollte.

In diesem Moment allerdings fragte ich mich, ob ich es nicht vielleicht doch tun sollte. Tim irrte sich selten bei diesen Dingen: Er kannte mich in- und auswendig, und außerdem profitierte er davon, dass er seinen eigenen Mist auf ziemlich beeindruckende Art hinter sich gebracht hatte.

Tim und ich hatten uns mit sechzehn in der Selbsthilfegruppe kennengelernt, nachdem wir beide unseren psychischen Zusammenbruch erlitten hatten. Ungefähr sechs Monate vorher war Tims große Schwester an einem Gehirntumor verstorben, und Tim hatte angefangen, sich selbst zu verletzen. Ich hatte an meinem sechzehnten Geburtstag beschlossen, dass ich das Leben satt hatte. Seit Neil Derrick von Stimmen in seinem Kopf dazu gedrängt worden war, meine Mutter zu »bestrafen«, während wir auf der Woodford-Farm Verstecken gespielt hatten, waren alle meine Geburtstage schlimm gewesen. Dieser eine jedoch, neun Monate nach Beginn der Panikattacken, war unerträglich gewesen. Beim Aufwachen hatte ich mich nicht mehr an Mums Gesicht erinnern können und eine Attacke bekommen. Bis zum Mittagessen hatte ich vier weitere gehabt, und als die fünfte sich wie eine Kreissäge langsam durch meinen Körper vorgearbeitet hatte, war ich mit mir selbst übereingekommen, dass es nun reichte.

Der diensthabende Psychiater in der Notaufnahme hatte mir Antidepressiva und eine Therapie verschrieben. Irgendwann hatte eine Psychoanalytikerin sich meiner angenommen und verschiedene Dinge vorgeschlagen, die ich ausprobieren sollte. Die Schuldgefühle, Dad und Lizzy so etwas angetan zu haben, waren so niederschmetternd gewesen, dass ich alles auf ihrer Liste ausprobiert hatte, und das bedeutete – neben einigen anderen Sachen, die ich genauso ungern getan hatte –, einmal die Woche zu einer Selbsthilfegruppe zu gehen.

Die Sitzungen hatte ich als ziemlich nutzlos empfunden und war nur wegen meiner Familie weiter hingegangen – und weil ich Tim so gern mochte. Vielleicht hatte es daran gelegen, dass er selbst so zerbrechlich gewesen war, oder auch nur daran, dass er schon damals so ein wundervoller, lieber Mensch war, jedenfalls hatte ich in Tim Furniss einen Mann gefunden, bei dem ich mich sicher fühlte.

Im Laufe der Monate hatte ich allerdings dabei zugesehen, wie er sich weiterentwickelt und verändert hatte; wie er den zerlumpten Mantel der Vergangenheit abgestreift und ein gesundes, fokussiertes Leben begonnen hatte, von dem ich nur träumen konnte.

Er hatte es geschafft. Er hatte sich erholt. Und ich … Na ja, ich war weitergehumpelt, so gut es ging.

Also schön, dachte ich müde. *Wenn's denn sein muss, gehe ich eben wieder zur Therapie. Und ich lese Bücher. Ich werde alles tun, um meine Beziehung am Laufen zu halten.*

»Gebt mir einfach nur 'ne Chance, Leute«, bat ich schließlich und nahm meine Gabel wieder auf. »Ich verstehe, was ihr sagt, und ich sehe ein, dass ich mich beruhigen muss. Aber lasst mich das in meinem eigenen Tempo tun, okay?«

Tim lächelte. »Gut so, Prinzessin. Und denk immer dran: Wir haben dich lieb.«

Stephen und Petra standen auf, als wir gerade über den Nachtisch diskutierten. Bevor sie gingen, führte er Petra an unseren

Tisch und teilte Le Clöbb mit, er käme auf ein Glas Wein zurück, nachdem er Petra nach Hause gebracht habe. »Wenn das okay ist«, fügte er hinzu. »Ich will nicht ›dieser Freund‹ sein, ›der immer in alles reinplatzt‹.«

Lizzy kicherte. »So einen hatte ich mal. Aber du bist anders, das sehe ich. Wir bestehen darauf, dass du zurückkommst, Stephen. Du hast also keine Wahl.«

»Schön, dich kennengelernt zu haben, Petra!«, sagte ich – erleichtert, dass ich mich wieder gefasst hatte. »Irgendwann müssen wir uns mal auf 'nen Kaffee treffen – wir sind bestimmt Nachbarn!«

»Sind wir«, entgegnete sie.

»Oh! Dann hat er dir also erzählt, wo ich wohne? Direkt hier in der Burton Road?«

»Onkel Stephen hat mir *alles* über dich erzählt.« Sie zog eine zuckersüße Grimasse. Wie charmant!

Na ja, ich würde an der Beziehung zu ihr arbeiten, genauso, wie ich auch an mir arbeiten würde. Vielleicht – wenn ich meine Karten richtig ausspielte – würde sie mich ja sogar irgendwann als eine Art coole (oder höchstwahrscheinlich uncoole) Tante sehen.

Onkel Stephen, der mit seinen hochgekrempelten Hemdsärmeln unglaublich gut aussah, fing meinen Blick auf und zwinkerte mir zu.

Zwei Stunden später lagen wir ganz zwanglos nackt auf dem breiten Inkateppich in meinem Wohnzimmer. Stephen war das erste Mal bei mir, und nach einer kurzen Führung – die er hauptsächlich damit verbracht hatte, mich auszuziehen – hatten wir einen kleinen Marathon vor dem Kamin eingelegt, in den ich ein Meer von Kerzen gestellt hatte. Obwohl wir beide schläfrig und leicht angetrunken waren, rissen wir uns gegenseitig hin und wieder aus unserer Trägheit, um den Körper des anderen zu küssen. Einen Ellbogen hier, eine Rippe dort. Das Kerzenlicht warf lange Schatten auf Stephens gebräunte Haut, und ich dachte mal wieder, dass er aussah wie eine mythische Gottheit.

»Das ist wie im Film«, flüsterte ich schüchtern. »Mittsommersex bei Kerzenschein. Große Gefühle …«

Stephen rollte sich auf die Seite, sodass er mir ins Gesicht blicken konnte. »Annie, du hast drei Riesenschlösser an deiner Haustür und bewahrst deine Schlüssel in einem Geheimfach auf – mir gibt das eher das Gefühl, ich befinde mich in einem Thriller. Und vergessen wir nicht: Als ich vorhin zärtlich deinen Nacken geküsst hab, bist du weggerannt und hast dich übergeben.«

Ich hatte die Pille danach nicht vertragen. Die zweite innerhalb von vierzehn Tagen. Ich hasste es, sie zu nehmen; hasste es, was ihre Einnahme bedeutete und was sie mir antat. Aber das war das Problem mit der Liebe: Sie benebelte den Verstand.

»Wir müssen aufhören, ungeschützten Sex zu haben«, sagte ich. Es beunruhigte mich, dass ich nicht richtig auf mich aufpasste.

»Das stimmt.« Stephen gähnte. »Woher soll ich wissen, dass ich mir bei dir nicht irgendwelche schlimmen Krankheiten hole?«

Ich lächelte schwach. »Hmm.«

»Hey … Annie? Was ist los?«

»Nichts. Na ja, nur das mit der Pille danach. Ich hätte besser aufpassen müssen.«

Stephen gab mir einen Kuss auf die Stirn. »Ich auch. Hör auf, dir Sorgen zu machen. Uns ist ein blöder Fehler unterlaufen, und danach noch einer. Mehr nicht.«

Ich entspannte mich. »Danke. Und es tut mir leid, dass ich unsere kleine Filmszene ruiniert hab. Hier, guck!«

Ich flitzte hinüber zu meinem kleinen Hausschlüsselversteck. »Ich gehe ganz locker mit meinem Hausschlüssel um, siehst du?« Ich warf den Schlüsselbund in die Luft, und er landete auf dem Sofa. »Guck! Da liegen sie, auf dem Sofa. Für jeden sichtbar von der Straße aus. So entspannt bin ich …«

Stephen fing an, zu lachen. »Sie wären vielleicht für jeden sichtbar, wenn du die Vorhänge nicht zu hättest.«

Verloren blickte ich auf den dicken Haufen aus Schlüsseln. *Wie sie glänzen*, dachte ich. *Meine Gefängniswärter.* Natürlich konnte ich sie nicht einfach liegen lassen, sichtbar für jedermann. Dafür funkelten sie viel zu sehr. Viel zu offensichtlich. »Vielleicht brauche ich doch noch ein bisschen Zeit an der Schlüsselfront«, gab ich zu und legte sie zurück in ihr Versteck. »Also, wenn du noch ein bisschen länger damit leben kannst, dich wie in ’nem Thriller zu fühlen, wäre das toll.«

Stephen lachte leise. »Komm her.«

Ich kam. »Danke, dass du heute Abend so toll warst. Mit deinem Charme hast du sie alle umgehauen.«

»Hab ich nicht! Claudine hat mich angesehen, als wäre ich irgendeine niedere Art von Krustentier!«

Da hatte er nicht unrecht. Als er zurück an den Tisch gekommen war, hatte Claudine ihn gute fünf Minuten lang in die Mangel genommen, bis Tim eingeschritten war und ihr mehr oder weniger zu verstehen gegeben hatte, sie solle die Klappe halten. Humorvoll, wie Stephen war, hatte er das locker weggesteckt, aber ich wäre am liebsten vor Scham im Boden versunken.

Zum Glück schienen Lizzy und Tim keine Probleme mit Stephen zu haben. Lizzy waren vor Lachen die Tränen gekommen, als Stephen uns von seinem älteren Bruder erzählt hatte,

Petras Dad, der Stephen offenbar früher gern beim Schlafen Bananen und Orangen an den Kopf geworfen und in seinen Sommerferien auf einem Birnbaum gesessen und Passagen aus *Der König und ich* rezitiert hatte.

Am Ende des Abends hatte Lizzy ziemlich offenherzig verkündet, Stephen sei der beste Mann, den sie in den letzten Jahren kennengelernt habe. »Und die Krönung des Ganzen ist, dass du auch noch verdammt gut aussiehst!«, hatte sie kichernd gesagt. »Bravo! Ich glaube, du hast sogar Claudie von dir überzeugt.«

Claudine hatte erklärt, er habe nichts dergleichen getan, aber zumindest hatte sie sich dazu durchgerungen, Stephen auf die Wange zu küssen, als wir aus dem Restaurant gegangen waren. Zu meiner großen Freude hatten Tim und Stephen sich sogar ganz männlich umarmt.

»Er sieht echt gut aus«, hatte Tim geflüstert, während Stephen auf Kosten von FlintSpark zwei Taxen für Lizzy und Claudine bestellt hatte. »Und er ist total sympathisch. Der perfekte Mann.«

»Nicht wahr?« Meine Wangen waren ganz warm geworden.

Traurig hatte Tim mich angeblickt. »Ja. Ich wünschte, ich hätte ein bisschen was von seinem Charme.« Als er heimgegangen war, hatte er ganz deprimiert ausgesehen.

Armer alter Tim. Die Sache mit Mel musste ihn schwer getroffen haben.

»Das mit Claudine wird noch eine Weile dauern, aber im Großen und Ganzen fanden sie dich alle umwerfend«, erzählte ich Stephen. Eine der Kerzen flackerte, und sein Gesicht wechselte zwischen Licht und Schatten. »Und das ist auch richtig so«, setzte ich hinzu. »Du bist umwerfend.«

Stephen zog mich an sich und küsste mich. »Ich bin froh, dass sie mich mochten. Ich mochte sie auch. Und ich hoffe, ich werde eines Tages Mitglied bei Le Clöbb. Oder zumindest eine Art Ehrengast.«

»Das ist auch so was: Du hast dir gemerkt, dass wir Le Clöbb heißen! Ich war so stolz auf dich!«

»Natürlich hab ich mir das gemerkt, du Dummerchen.« Stephen strich mir mit den Fingern über den Arm. »Du redest doch ständig von ihnen.«

»Wahrscheinlich ... Ich kann mich an kaum was erinnern, das in den letzten zwei Wochen passiert ist. Die sind total an mir vorbeigerauscht.«

Wieder küsste Stephen mich. »Dein Gedächtnis ist wirklich erstaunlich«, sagte er zu mir. »Im schlechtesten Sinne. Ich frage mich ernsthaft, wie du das mit deiner Selbstständigkeit hingekriegt hast, bevor wir uns getroffen haben.«

»Das frage ich mich auch. Und glaub mir, ich hab viele, viele Fehler gemacht.«

Abrupt setzte Stephen sich auf. »Da fällt mir ein: Ich hab noch was für dich.«

Er stand auf, ging hinüber zum Flur, wo seine Arbeitstasche hing, und kam mit einem kleinen weinroten Heft zurück. »Schau mal, was heute Nachmittag auf Tashas Schreibtisch gelandet ist. Du zerstreutes Huhn.«

»WAS?« Ich setzte mich auf. »Nein! Woher? Wie?«

Grinsend reichte Stephen mir meinen Reisepass. »Bei dir ist wirklich Hopfen und Malz verloren«, befand er und kuschelte sich wieder an mich. »Sylvie vom Château hat ihn gefunden, und heute ist er per Kurier gekommen.«

»Gott«, rief ich entsetzt. »Wie konnte ich denn so blöd sein? Ich hab doch überall geguckt! Und ein Vermögen für dieses Notreisedings ausgegeben!«

Stephen drückte mir einen Kuss aufs Ohr. »Das gehört alles zu deinem verrückten Charme«, beruhigte er mich und schmiegte das Gesicht an meinen Nacken. Eine Weile lagen wir einfach so da, während das Kerzenlicht flackernd auf unsere nackten Körper schien und den dunklen Raum hinter uns erhellte. Die Hitze des Tages war endlich vergangen, und die angenehme Wärme von Stephens Körper hüllte mich ein.

Jetzt, wo ich hier lag – so vollkommen ruhig und glücklich –, konnte ich kaum glauben, wie hysterisch ich geworden war, als ich Stephen mit Petra gesehen hatte. Jetzt erschien es mir wie etwas aus einer anderen Welt.

»Einen Penny für deine Gedanken«, sagte Stephen.

Verlegen lächelte ich. »Könnte sein, dass sie dir nicht gefallen …«

»*Au contraire.*«

»Ich hab die Panik gekriegt, als ich dich vorhin mit deiner Nichte gesehen hab«, gestand ich. »Ich hatte Angst, dass sie … du weißt schon. Total bescheuert. Und gerade hab ich gedacht, wie erbärmlich es ist, wegen so was in Panik auszubrechen. Wie traurig und dämlich.«

»Ach, Annie.«

»Ich weiß.« Einen Moment lang schwieg ich. »Dass ich so ausrasten kann, macht mir Angst. Ich will nicht eine von diesen paranoiden Frauen sein.«

»Warst du denn früher auch schon so?«

Ich verstummte. Stephen wusste, dass ich keine lange Liste von Exfreunden hatte, aber dass es im Prinzip keinen einzigen gab, hatte ich ihm noch nicht erzählt. »Ich hab nie die Chance gehabt, das herauszufinden«, murmelte ich. »Es gab, ähm, nie jemanden, der so toll war wie du.«

»Okay, dann sprich mit mir«, bat er sanft. »Quäl dich nicht allein mit diesen blöden Gedanken herum. Die sind destruktiv und schlimm, und wenn du sie für dich behältst, werden sie nur noch schlimmer.«

»Ich weiß.«

Stephen zog mich enger an sich. »Annie«, flüsterte er. »Bei mir bist du in Sicherheit. Wenn du Probleme hast, will ich dir helfen.«

Ich strich ihm übers Haar. »Danke. Ich bin nur ein bisschen … ein bisschen komisch, was Männer betrifft.«

Stephen musterte mich, bohrte jedoch nicht weiter nach. Ich hatte ihm immer noch nicht von Mum erzählt.

Plötzlich lächelte er. »Wenn's dir hilft: Mir ging es genauso mit Tim. Er steht auf dich, davon bin ich absolut überzeugt.«

Mein Gott, Liebe macht einen wirklich verwundbar! Fast hätte ich laut losgelacht. »Das tut er definitiv nicht«, beruhigte ich Stephen. »Wenn ich mir einer Sache sicher bin, dann, dass Tim nicht an mir interessiert ist.«

Nur der Hauch eines Runzelns in den äußersten Winkeln seiner strahlend blauen Augen trübte Stephens Lächeln. »Ich sag's dir, er steht auf dich! Ich bin ein Mann. Ich weiß, wie wir sind.«

»Tut er nicht!«, beharrte ich, weniger überzeugt.

»Also, ich kann nur sagen, was ich sehe«, setzte Stephen nach. »Er ist attraktiv und allem Anschein nach ein netter Kerl, aber er hat ein bisschen was … Ich weiß auch nicht … *Lüsternes* an sich. Zumindest wenn er mit dir zusammen ist. Jetzt hältst du mich wahrscheinlich für ein Arschloch.«

»Tim! LÜSTERN?« Ich lachte mich halb tot. Und dann hörte ich abrupt damit auf, denn auch wenn Stephen mit seiner Behauptung falsch lag, die Vorstellung war trotzdem schrecklich.

»Ich bin mir nicht sicher, ob ich noch eine Chance hätte, wenn er erst seinen Charme spielen lässt.« Stephen lächelte, leicht verlegen. »Und ich verliere ziemlich ungern.«

»Oh, Stephen Flint«, protestierte ich kopfschüttelnd. »Das ist doch kein Wettkampf zwischen dir und Tim. Aber wenn es einen gäbe, dann hättest du ihn schon gewonnen. Ich gehöre ganz dir! Ich bin deine Siegprämie! Annie Mulholland, eine paranoide, weinerliche Verrückte, die überall in ihrem Haus billige Kerzen und stinkende Räucherstäbchen verteilt!«

Zufrieden warf Stephen mich über die Schulter und trug mich nach oben ins Bett. »Ich mag Verrückte«, erklärte er.

Kapitel 17

Kate

Eine Weile nach seiner Rückkehr auf den Hof fuhr Mark mit dem Rollstuhl den ganzen Weg hinunter bis zum Buchenwäldchen, wo ich unter einem Baum saß und einen Brief an meine Familie schrieb, den ich nie würde abschicken können.

»Hey, jetzt sieh sich das mal einer an«, rief ich. »Du bist den ganzen Weg bis hierher geflitzt!«

Es war ein drückender, trockener Nachmittag im August, und Mark saß strahlend vor mir, wie eine Figur auf einem wunderschönen Renaissance-Gemälde: olivfarbene Haut, welliges Haar, demütig und trotzdem herrschaftlich.

»Wenn du dich auch ständig im Wald herumtreibst wie ein Vagabund«, entgegnete er grummelnd.

Bei seinem Tonfall wurde ich rot: Er klang so vertraulich, so untypisch für Mark. Als er noch im Krankenhaus gelegen hatte, war alles leichter gewesen. Seine Unbeweglichkeit hatte mir Sicherheit gegeben. Ich war ihm nähergekommen, ohne mir Sorgen darüber machen zu müssen, was das alles bedeutete. Hier auf seinem Hof allerdings, wo es nur die abgegrasten, leeren Wiesen gab, die blühende Heide im Moor und sonst kilometerweit nichts – keine Krankenschwestern, keine Maschinen, kein Neonlicht –, machte mir das, was auch immer da zwischen uns war, Angst.

»Sorry, ich mag nur einfach das Filmteam nicht. Bei denen fühle ich mich so …« Ich verstummte und wedelte hilfesuchend mit den Händen.

»Wie auf dem Präsentierteller?«

Dankbar nickte ich. »Genau das.«

Mark lächelte. »Kate, sie drehen eine Doku über *mich*. Was glaubst du, wie *ich* mich fühle?«

»Total wie auf dem Präsentierteller?«

Er seufzte. »Und noch einiges mehr. Ich hab keine Ahnung, wieso ich mich auf den Scheiß eingelassen hab.« Während der letzten Wochen hatte ein Filmteam Mark bei der Vorbereitung auf seine ersten Schritte nach dem Unfall begleitet. »Wir halten uns einfach im Hintergrund«, hatte man ihm versprochen, und natürlich war genau das Gegenteil passiert. Es kam mir vor, als würde ich die Hälfte der Zeit damit verbringen, denen aus dem Weg zu gehen: Ich lief mit Baseballkappe und Sonnenbrille herum oder versteckte mich hinter den Pensionspferden, die Joe auf den Hof geholt hatte, um uns ein zusätzliches Einkommen zu verschaffen. Eigentlich hatte ich den Filmleuten direkt gesagt, dass ich nicht in ihrem Ding auftauchen wollte und auch keine von ihren Rechteabtretungserklärungen unterschreiben würde, und sie hatten auch etwas in der Art geantwortet wie: »Natürlich! Kein *Problem*! Das ist vollkommen okay für uns!«

Trotzdem traute ich ihnen nicht so richtig über den Weg und verbrachte dementsprechend ziemlich viel Zeit damit, mich zu verstecken.

»Es tut mir leid, wenn du dich hier dadurch nicht mehr wohlfühlst«, sagte Mark. Neugierig musterte er mich. »Als du meintest, du hättest kein Problem damit, hab ich schon so ein

Gefühl gehabt, dass du einfach nur nett sein wolltest. Ich hätte da nachhaken sollen.«

»Ach, kein Ding. Ich hab mal vor ein paar Jahren an so 'nem Training für verdeckte Operationen teilgenommen, ich bin also ganz gut im Verstecken.«

Mark lachte leise. In letzter Zeit tat er das ziemlich häufig. »Machst du einen auf seltsam und geheimnisvoll, Kate Brady?«

»Seltsam und geheimnisvoll«, bestätigte ich. »Unser Familienmotto. *Nescio et mirum.*«

»Du bist ziemlich *nescio* und extrem *mirum*«, stimmte Mark zu. »Wobei ich beeindruckt bin, dass du Latein kannst.«

»Ich hab eben nicht nur ein hübsches Gesicht, Chef.«

Mark lächelte. »Wie steht es mit deinen morgendlichen Spaziergängen, wo wir schon bei ›seltsam‹ sind? Seit ich unten schlafen muss, sehe ich dich gar nicht mehr.«

»Ach, ganz gut. Mir gefällt es, um diese Zeit rumzulaufen.« Hinterm Rücken kreuzte ich die Finger.

Mark war erfreut. »Ich schätze, es ist ganz angenehm, bevor sich die Hitze breitmacht. Manchmal stelle ich mir vor, wie du bei Anbruch der Dämmerung hier draußen bist, und denke: Das ist das Erste, was ich mache, wenn ich wieder richtig laufen kann.«

»Also, wenn du *ganz* nett zu mir bist, lade ich dich irgendwann mal ein, mitzukommen«, konnte ich mich nicht davon abhalten, zu sagen.

Dank der Kombination aus seinem gebrochenen linken Bein und seiner zertrümmerten rechten Hüftpfanne würde Mark erst in ein paar Wochen wieder laufen können – zum Glück, momentan ging ich nämlich nicht spazieren. Seit am letzten Dienstag ein Polizeiauto auf den Hof gefahren war, hatte ich Albträume: lange, traumatische Träume, gefolgt von Stunden, in denen ich in der Hitze meines kleinen Zimmers wach lag.

Erst wenn der Tag in goldenen Streifen unter meinen Vorhängen hindurchschien, fiel ich endlich in einen erschöpften Dämmerschlaf.

Völlig fertig gähnte ich.

»Ich hab beschlossen, dir das Reiten beizubringen«, verkündete Mark.

»So, hast du das?«

»Ja, das habe ich.«

»Und darf man auch fragen, wieso?«, versuchte ich Zeit zu schinden.

»Willst du nicht reiten lernen?«, fragte er perplex.

»Ich weiß nicht.«

»Machst du wieder einen auf seltsam und geheimnisvoll?«

Entschuldigend nickte ich. Natürlich wollte ich reiten lernen. Aber die Vorstellung, dass Mark es mir beibringen würde, fühlte sich erschreckend intim an.

»Aber du willst es schon lernen, oder?«, beharrte er.

Wieder nickte ich. Ja, ich wollte es tatsächlich.

»Doch aus Gründen, die du mir anscheinend nicht mitteilen möchtest, willst du auch *nicht* reiten.«

»So sieht's aus, Chef.«

Vor lauter Verzweiflung schüttelte Mark den Kopf. »Kate«, begann er, »ich sitze in einem Rollstuhl fest und werde monatelang nicht reiten können. Vielleicht auch nie mehr. Du kannst dir gar nicht vorstellen, wie gern ich einfach aufsitzen und durch die Wälder reiten würde. Nur das Geräusch der Hufe auf dem Erdboden und ich. Wenn du schon nicht für dich selbst reiten lernen willst, besteht dann wenigstens die Chance, dass du es für mich tust?«

»Du bist so ein Scheißkerl.« Ich schnappte nach Luft. »Das ist Erpressung!«

Mark lachte frech.

»SCHULTERN ZURÜCK!«, brüllte er zwei Stunden später. »ICH BIN DER MIT DEN GEBROCHENEN KNOCHEN, NICHT DU.«

»Das ist aber bequem so«, rief ich zurück. In den großen Spiegeln an der Wand der Reithalle konnte ich sehen, dass ich einen Buckel machte wie Quasimodo, aber aus irgendeinem Grund fühlte ich mich in dieser Position sicherer.

»DIE FERSEN NACH UNTEN, VERDAMMT NOCH MAL!« schrie Mark. »Kriegst du überhaupt *irgendwas* von dem mit, was ich sage?«

Ich trabte hinüber zu der Stelle, wo er saß, und brachte Marmalade, eins unserer Pensionspferde, vor ihm zum Stehen. »Mark«, sagte ich, »sollte ein Lehrer nicht eigentlich nett sein zu einem Schüler, der gerade seine erste Unterrichtsstunde hat? Sollte er seinen Schützling nicht motivieren und gute Laune haben und so was?«

Mark wurde von einem Streifen Sonnenlicht beschienen, der durch ein Loch im Dach fiel. »Das war noch nie meine Methode.«

»Also, wenn der Unterricht deine einzige Einkommensquelle sein soll, bis du wieder reiten kannst, schlage ich vor, du überdenkst deine Methode noch mal.«

Er lachte. »Na gut. Wie wär's mit: ›Du machst das gar nicht schlecht‹?«

»Nee, das ist genauso scheiße.«

»›Du bist auf dem richtigen Weg‹?«

»Gott, Mark. Erst nötigst du mich, reiten zu lernen, und dann beschimpfst du mich zwei geschlagene Stunden lang, während mein Arsch sich anfühlt, als hätte ihn jemand mit 'ner Käsereibe bearbeitet, und das Netteste, was du sagen kannst, ist: ›Du bist auf dem richtigen Weg‹?«

Er lachte leise. »Aber du siehst aus wie ein Buckliger, und du lässt die Zügel zu lang, deine Fußspitzen zeigen nach unten, und du reitest so schlecht wie nur was. Außerdem machst du ein so wütendes Gesicht dabei, dass du dadurch noch schlimmer aussiehst. Was soll ich denn da sagen?«

»Ich bin nicht wütend, sondern konzentriert.«

»Wie auch immer, es sieht ziemlich furchterregend aus. Aber ich sag dir was: Ich kann's noch 'ne Stufe besser als ›Du bist auf dem richtigen Weg‹. Kate, ich glaube, es gibt noch Hoffnung für dich.«

Erfolglos versuchte ich, mir das Lachen zu verkneifen. »Du bist ein echter Mistkerl, Mark Waverley. Eine widerliche, stinkende, eitrige Pestbeule.«

»Oh, Galway«, rief Joe, der an einem der Metallbalken lehnte. Ich hatte ihn gar nicht gesehen. »Du bist echt ein richtiger kleiner Charmebolzen.« Er lächelte, aber ich konnte förmlich hören, wie es in seinem Kopf arbeitete.

»Was sitzt du noch da rum?«, fragte Mark mich. »Los, weiter. Wir probieren's noch mal mit dem Trab.«

Ich stöhnte.

»Entschuldigung, aber was war denn das jetzt, bitte? Leidest du etwa wieder unter einem Burnout?«

»Hä?«

»Burn-out. Das, was du hattest, als du hierhergekommen bist.«

»Ach, das!«

»Ja, das. Das Reiten scheint dich total zu stressen. Ich möchte nicht, dass du einen Rückfall hast.«

Ich lief rot an. »Ich hab keinen Rückfall, Chef. Aber mein *Arsch* ...«

»Reiß dich zusammen«, rief Mark in einem so lockeren Tonfall, dass mich das Bedürfnis überkam, laut zu singen – und mit dem Pferd aus der Halle zu galoppieren, weit weg von hier.

Zwölf Stunden später wachte ich mit Herzklopfen auf, und meine Bettwäsche war schweißdurchtränkt.

Es war das Polizeiauto. Dieses verdammte Polizeiauto. Laut Sandra waren sie nur gekommen, um uns ein Infoblatt über das Sichern von Gebäuden zu bringen. Bei den Gillinghams war letzte Woche eingebrochen worden. Doch seit diesem Tag, an dem die Polizei langsam die Zufahrt hinaufgerollt war, erfasste mich immer wieder ein Gefühl nackter Angst.

Ich setzte mich auf, um einen Schluck Wasser zu trinken, und fragte mich, ob ich die Kraft hatte, meine Bettwäsche zu wechseln.

Morgen früh würde ich mit meiner Familie skypen.

Kapitel 18

Annie

Ich starrte den Mann an, der vor mir stand.

Ja, er war es wirklich.

Stephen Flint! Direkt hier, in St Pancras! Und er hatte unsere Zugtickets in der Hand!

»Aah«, rief ich.

»Dir auch Hallo.«

Ich schüttelte den Kopf. »Bist du wirklich hier?«

Stephen blickte sich um. »Glaub schon. Ich wollte gerade unter die Dusche, da hab ich diese Tickets auf dem Klodeckel liegen sehen. Und ich hatte so ein Gefühl, du könntest sie vielleicht gebrauchen.«

»Aah«, wiederholte ich. »Warte kurz.«

Ich rief Lizzy an, die uns gerade neue Fahrkarten besorgte, nachdem klar geworden war, dass ich – und das nicht zum ersten Mal – unsere Tickets verloren hatte. »Ich hab sie auf dem Klo liegen lassen, und Stephen hat sie hier vorbeigebracht, du brauchst also keine neuen zu kaufen«, schrie ich ins Telefon.

»Okay«, rief sie zurück. »Du Vollpfosten.«

Nachdem ich das Gespräch beendet hatte, breitete sich ein Lächeln auf meinem Gesicht aus – ein strahlendes, meinen ganzen Körper durchflutendes Lächeln, wie es mich derzeit andauernd überkam. »Ich denke, wir sollten uns überlegen, eine persönliche Assistentin für dich einzustellen«, schlug Stephen vor. »Ich meine, auf dem Klo? Ernsthaft?«

Ich schmiegte mich an ihn und küsste ihn. »Danke. Du bist mein Ritter in strahlender Rüstung. Wahrscheinlich hab ich sie da abgelegt, damit ich sie nicht vergesse.«

»Na, das hat ja super funktioniert«, bemerkte Stephen.

In letzter Zeit war ich sogar noch schusseliger geworden: Ich hatte mein Handy im Kühlschrank liegen lassen, zweimal meinen Firmenausweis verloren und mehrfach vergessen, mein Annie-Reich abzuschließen. Ich bezweifelte zwar, dass irgendjemand bei FlintSpark hereinkommen und Handtücher klauen würde, aber mein Verhalten war echt unprofessionell, und ich würde im Boden versinken, wenn Stephen je Wind davon bekäme – vor allem nach dem, was er vor ein paar Monaten wegen Jamilla durchgemacht hatte.

Gibt es irgendwas, das man gegen ein schlechtes Gedächtnis tun kann?, fragte ich mich, während Stephen mir einen Kuss auf die Stirn drückte. Im Moment war mein Kopf echt unzuverlässig.

»Stephen, du hast uns gerettet«, rief Lizzy, als sie zurückkam. »Tausend Dank.«

»Gern geschehen. Die Kleine hier ist ein echtes Sorgenkind. Allerdings ein sehr liebenswertes.« Er schlang den Arm um meine Taille.

»Wem sagst du das? Okay, dann gehen wir mal besser. Bis bald, Stephen.« Lizzy gab ihm einen Kuss auf die Wange.

»Danke noch mal«, sagte ich und schlang die Arme um meinen Freund, während Lizzy in ihrem für den Peak District wenig geeigneten Outfit – Sommerkleid und hochhackige Schuhe – davontippelte. »Ich verspreche auch, in Zukunft weniger schusselig zu sein.«

Stephen schob mir einige Haarsträhnen hinters Ohr. »Ich behalte dich im Auge«, verkündete er. »Wenn es richtig schlimm wird, bitten wir Tim um Rat. Wie auch immer, ich bin froh, dass ich dich noch mal sehe. Ich wollte dir nämlich zum Geburtstag deiner Mum noch eine Extraumarmung geben.«

Er drückte mich eng an sich, und ich spürte eine riesige Woge des Glücks und gleichzeitig auch der Trauer durch mich hindurchfluten. »Danke«, flüsterte ich gegen seine Brust. »Danke.« Während der Sommer und damit auch unsere Beziehung weiter vorangeschritten waren, hatte ich mich weiterhin nicht in der Lage gefühlt, Stephen von Mum zu erzählen. Natürlich wusste er, dass sie tot war – wir sprachen oft darüber, wie es sich anfühlte, ohne Mutter zu sein –, aber ich hatte nie den richtigen Moment gefunden, ihm zu erzählen, wie sie gestorben war und dass ich deswegen in meiner Jugend eine psychische Krise gehabt hatte. Vor einigen Wochen jedoch, als ich gerade Mittagspause machen wollte, war Stephen mit schreckensbleichem Gesicht in mein Annie-Reich gekommen.

»Sag mal«, hatte er angefangen. »Annabel Mulholland, Peak District, 1987. Georgie Mulholland war doch nicht deine Mum, oder? Oh Gott, bitte sag mir, dass ich falschliege.«

Seufzend hatte ich die Tür hinter ihm geschlossen, damit wir ungestört waren. Ich hasste es, wenn das passierte, und ich hatte noch keinen Weg gefunden, mit dem Entsetzen umzugehen, das sich in den Gesichtern der Leute spiegelte, wenn sie begriffen, dass ich *die* Annabel Mulholland war. Das arme Mädchen, dessen Mutter im Wald vergewaltigt und dann ermordet worden war, am Geburtstag ihrer Tochter während eines Versteckspiels. Das Mädchen, dessen Gesicht wochenlang auf jeder Zeitung abgedruckt worden war, dessen Name sich ins Gedächtnis einer ganzen Generation eingebrannt hatte. Als ich endlich so weit gewesen war, aufs College zu gehen, um mich auf meinen Schulabschluss vorzubereiten, war ein fürchterlicher Reporter von einem Boulevardblatt aus dem Nichts auf mich zugesprungen und hatte ein Foto von mir geschossen. »Erster Tag auf dem College für Tochter von Mordopfer« hatte die Schlagzeile gelautet.

Ich war nie wieder hingegangen.

»Tash hat mir gerade den Link zu einem alten Artikel geschickt«, hatte Stephen leise gesagt. »Sie meinte, dein Name wäre ihr immer schon bekannt vorgekommen und … Oh Gott, ich weiß überhaupt nicht, was ich sagen soll. Mein armer süßer Schatz.«

Hier im Bahnhof presste er mich jetzt fest an sich. »Ich bin mir sicher, deine Mum weiß, dass ihr rauffahrt und jedes Jahr ihren Geburtstag feiert. Es bedeutet ihr bestimmt sehr viel, dass ihr beide euch immer noch um euren Dad kümmert.«

Um mich herum ertönten Durchsagen, wurden Fahrkarten gekauft und Züge verpasst. Doch ich befand mich in meiner eigenen kleinen Sub-Dimension. Wenn Stephen bei mir war, fühlte sich alles so gut an, selbst an einem Tag wie heute. Er half mir in den Zug und bestand dann darauf, meine Reisetasche oben im Gepäckfach zu verstauen.

Damit Stephen rechtzeitig den Zug verlassen konnte, standen wir im Vorraum bei der Waggontür, küssten uns und kicherten wie zwei Teenager, während Stephen immer wieder mit meinem Zopf spielte. Irgendwann kam Lizzy nach draußen und sagte, wir sollten uns ein Zimmer nehmen.

Schließlich forderte der Zugchef alle Nichtreisenden per Lautsprecherdurchsage zum Aussteigen auf, und Stephen gab mir einen letzten langen Kuss.

Genau in diesem Moment schlossen sich die Türen.

»Scheiße. Ich klettere aus dem Fenster.«

»Nein!«, rief ich. »Bist du verrückt, das ist gefährlich. Was, wenn er Zug losfährt?« Ich hielt ihn an der Hosentasche fest – als ob ich ihn damit hätte aufhalten können …

»Ich muss raus! Heute Vormittag hab ich ein Meeting nach dem anderen!« Er fummelte am Fenster herum, während der Zug sich in Bewegung setzte.

»Du wirst dir den Hals brechen! Und das hab ich nicht für dich eingeplant! Du kannst in Leicester aussteigen.«

»Leicester?« Stephens wunderschönes Gesicht überzog sich mit Lachfalten, und er schob das Fenster runter. »ICH WILL NICHT DEN GANZEN TAG IM BESCHISSENEN LEICESTER HOCKEN! LASST MICH RAUS!«

Doch es war zu spät. Der Zug nahm Fahrt auf. Stephen und ich starrten einander an, dann brachen wir in schallendes Gelächter aus. »Dann soll's halt Leicester sein«, sagte Stephen schließlich resigniert. »Ich ruf mal besser Tash an, damit sie die Termine verschiebt. Unglaublich!«

Als wir wieder zu Lizzy stießen, war sie nicht überrascht. »Blödmänner«, betitelte sie uns. »Jetzt musst du wohl mitkommen und Dad kennenlernen, Stephen. Er wird sich sehr freuen.«

Stephen lächelte. »Das bezweifle ich«, entgegnete er. »Ich steige besser im nächsten Bahnhof aus.«

Krampfhaft dachte ich nach. Vielleicht sollte er wirklich mitkommen. Eigentlich hatte ich noch warten wollen, bis … Ja, bis was eigentlich? Bis ich wusste, dass Dad ihm vertrauen konnte? Das wusste ich doch schon!

»Also, ich finde, sie hat recht«, verkündete ich. »Dad würde sich total freuen, dich kennenzulernen. Ich hab ihm bei meinem letzten Wochenende von dir erzählt, und er war echt begeistert.«

Das war ein wenig gelogen, aber Dad hätte ohnehin jedem Mann misstraut, mit dem ich zusammen war.

Stephen sah besorgt aus. »Einfach so ohne Einladung reinzuschneien, wäre schon etwas unhöflich«, befand er. »Euer Dad freut sich bestimmt schon darauf, seine Mädchen zu sehen. Und so, wie's klingt, ist es eine große Sache für ihn, mit seinen Töchtern spazieren zu gehen, nachdem er so lange in seinem Haus eingesperrt war. Ihr solltet unter euch bleiben.«

Lizzy wischte seine Bedenken beiseite. »Quatsch. Er würde dich viel lieber kennenlernen.«

»Bist du sicher?«

»Ja!«

»Okay! Aber wenn ich das gewusst hätte, dann hätte ich ihm was mitgebracht. Ich hab ein tolles Buch über Borges, das ihm gefallen würde. Und einen schönen Rioja. Verdammt.«

Ich schlang die Arme um ihn. »Woher weißt du, dass er Rioja mag? Und Borges?«

Ich konnte spüren, wie Stephen in Lizzys Richtung den Kopf über mich schüttelte. »Diese Frau vergisst wirklich alles. Buchstäblich«, sagte er zu ihr. »Sämtliche Gespräche, die wir hatten, verschwinden einfach aus ihrem Gedächtnis. Und es scheint eher schlimmer zu werden als besser.«

Lizzy stimmte ihm zu. »In den letzten zehn Jahren hat sie fünfmal meinen Geburtstag vergessen. Einmal hat sie mich sogar Andrew genannt. *Andrew!*«

Nachdem es Stephen nicht gelungen war, uns zu einem Wechsel in die erste Klasse zu überreden, ging er durch den langen, sich dahinschlängelnden Zug, um Kuchen für uns zu kaufen, während Lizzy und ich es uns bequem machten und quatschten.

Wir hatten uns noch nicht so richtig getraut, über die Veränderungen zu sprechen, die Dad in seinem Leben vorzunehmen schien, weil wir den Zauber nicht hatten brechen wollen. Von Woche zu Woche war es jedoch immer schwieriger geworden, zu leugnen, dass da irgendetwas im Gange war. Dad ging selbst einkaufen, brachte Briefe zur Post und hatte sogar wieder angefangen, sich um den Garten zu kümmern.

»Er hat seinen Ängsten wirklich den Kampf angesagt«, bemerkte Lizzy stolz. »Und das ohne unsere Einmischung. Ist er nicht toll?«

»Wahnsinnig toll«, stimmte ich zu. »Das heute ist ein Riesenfortschritt.«

Letzte Woche hatte Dad uns per E-Mail gefragt, ob wir wie immer zu Mums Geburtstag raufkommen würden. Wir hatten beide Ja gesagt, woraufhin er – zu unserer völligen Überraschung – geantwortet hatte, er wolle mit uns einen Spaziergang durch Froggatt Edge machen – Mums Lieblingsort in den Peaks – und danach einen Tee trinken gehen, in einem Pub, zu dem Mum uns immer als Kinder mitgenommen hatte.

Lizzy und ich hatten uns gegenseitig angerufen und geweint.

»… und ich wollte eigentlich nichts sagen«, gestand ich ihr jetzt, »aber ich hab das Gefühl, er hat 'ne Freundin.«

Lizzy war fassungslos. »WAS? Erzähl mir alles, was du weißt!«, verlangte sie.

Nachdem ich ihr sämtliche Informationen gegeben hatte, sah sie etwas enttäuscht aus. »Och. Das ist alles?«

»Was meinst du damit: Das ist alles? Es gibt doch genügend Beweise! Er hat zugegeben, dass er sich verabredet, er hat das Haus geputzt, und er kauft sich neue Klamotten. Keine Jogginghosen mehr! Das entscheidende Argument ist allerdings, dass jemand angerufen und einfach wieder aufgelegt hat.« Ich kicherte. »Dieser alte Fuchs.«

»Aber woher willst du wissen, dass das nicht nur irgendein Werbeanruf war?« Lizzy war immer noch nicht überzeugt.

»Ich weiß es einfach. Erinnerst du dich noch daran, wie wir als Teenager bei den Jungs angerufen haben? Wenn die Eltern von denen drangegangen sind, haben wir auch immer sofort aufgelegt!«

»Ich nicht«, widersprach Lizzy schnaubend.

»Oh. Na ja, also, ich schon.«

»Ist mir schon klar, Flannie. Gott, ich würde mich so freuen, wenn Dad jemanden kennengelernt hat.«

»Ich mich auch. Ich hab ihn echt lieb.«

»Na ja, er dich auch«, erinnerte mich Lizzy. »Er liebt dich sehr.«

»Wer denn?«, fragte Stephen mit einem Lächeln im Gesicht und einer Tüte Kuchen in der Hand. »Tim?«

»Hä?«

»Tim liebt dich sehr?«

Lizzy blickte verwirrt drein. »Nein, wir haben von Dad gesprochen.«

»Oh! Ich Dummkopf. Tut mir leid.«

»Wobei ich davon überzeugt bin, dass Tim sie auch sehr liebt«, murmelte Lizzy.

»Oh Mann, Lizzy, hör auf dam…«

»Ich auch!«, sprang Stephen sofort darauf an. »Ich bin mir sogar ziemlich sicher! Hab ich's dir nicht gesagt, Annie?«

»Hast du. Und ich sage dir – euch beiden –: Die Wahrscheinlichkeit, dass Tim auf mich steht, ist ungefähr genauso groß wie die, dass Lizzy den Bürgermeister von London verführt.«

Lizzy runzelte die Stirn. »Ich muss gestehen, ich hatte immer schon eine Schwäche für Bozza …«, sagte sie gedankenverloren. »Stephen, das ist echt interessant. Glaubst du wirklich, Tim schmachtet Annie an? Ich glaube das nämlich schon seit Jahren.«

Um sich zu vergewissern, dass ich kein Problem mit dieser Unterhaltung hatte, blickte Stephen zu mir herüber. Aber ich hatte ein Problem damit. »Hört auf«, rief ich. »Alle beide.«

»Vorgestern Nacht ist er bei ihr aufgekreuzt«, flüsterte Stephen hörbar in Lizzys Richtung. »Spät nachts.«

»Was?«, riefen Lizzy und ich gleichzeitig.

»Du bist doch vor mir ins Bett gegangen, erinnerst du dich? Ich war noch unten und hab E-Mails beantwortet, und da hat er geklopft. Ich konnte ihn durch den Türspion sehen. Er war sichtlich betrunken, deshalb hab ich mich leise weggeschlichen. Macht er das öfter? Mir kam das nämlich etwas komisch vor.«

Die Nachricht haute mich um. Warum um alles in der Welt war Tim zu mir gekommen? Hatte Stephen vielleicht doch recht?

Lizzy war ebenfalls ziemlich geschockt. »Das ist allerdings komisch«, befand sie. »Klingt nicht nach Tim. Gott, Annie, vielleicht hat er wegen dir den Verstand verloren.«

»Ich beteilige mich nicht an diesem Gespräch. Wir reden hier über Tim, nicht über irgendeinen Freak. Er arbeitet oft bis spät im Homerton Hospital – wahrscheinlich ist er einfach auf dem Nachhauseweg bei mir vorbeigekommen.«

»Bei dir? Auf dem Weg nach Bethnal Green? Ernsthaft?«

Nach einer langen Pause, während der ich mir innerlich eingestehen musste, dass das Ganze wirklich sehr merkwürdig war, sagte Stephen: »Behalt ihn einfach nur im Auge. Wenn wir Männer etwas wollen, gehen wir ziemlich entschlossen vor!«

Lizzy schob sich ein Stück Kuchen in den Mund. Auch ihr gefiel das alles ganz und gar nicht.

Dad und Stephen verstanden sich blendend. Dad lieh meinem Freund eine Sommerregenjacke und ein Paar Wanderstiefel aus seiner ansehnlichen Sammlung – die mehr als ein Jahrzehnt lang unbenutzt herumgestanden hatte – und befand, dass Stephen darin »sehr gut« aussah. Dem konnte ich nur zustimmen. Hin und wieder wurde ich schwach und versuchte, Stephen unauffällig zu küssen, doch Dad ertappte uns jedes Mal, und dann fühlte ich mich wie ein Teenagermädchen, das man beim Fummeln mit seinem pickligen Freund erwischt hatte.

Eine gute Stunde lang spazierten Dad und Stephen vorneweg, während Lizzy und ich in ziemlichem Abstand folgten. Die schroffe, mit Büschen bewachsene Felswand des Froggatt Edge sah heute besonders schön aus: Links von uns ragte der White Edge mit seiner wilden Heidelandschaft auf, und tief unter uns schlängelte sich der Derwent durch das Tal. Nur vereinzelt wurde das endlose Blau des Himmels über unseren Köpfen durch kleine Wölkchen aufgelockert.

»Dieser Tag ist wirklich einer der schönsten überhaupt«, sagte ich zu Lizzy. »Guck dir das an: Dad geht *spazieren*.«

Lizzy nickte. »Ich kann's auch nicht fassen«, entgegnete sie sanft. »Unser Daddy.«

»Und er scheint sogar Stephen zu mögen. Hättest du gedacht, dass Dad ihm über den Weg traut, einfach so?« Gerade lachte Dad über etwas, das Stephen zu ihm sagte.

»Allerdings gibt es auch nichts, was man an deinem Freund nicht mögen könnte. Buchstäblich nichts.«

»Das macht es echt leichter, wenn man mit 'nem Mann zusammen ist, der mit jedem klarkommt. Ich hab keine Ahnung, wie er das schafft – anscheinend passt er einfach überall rein. Er ist so verdammt charmant! Und trotzdem ist das alles nicht nur ein Traum.«

Lizzy gab ein würgendes Geräusch von sich.

»Sorry.«

»Ach was, ich bin doch nur neidisch. Und du hast recht – wenn man mit jemandem zusammen ist, den alle mögen, macht das echt 'nen großen Unterschied. Wann lernt er Kate kennen?«

Über uns zog ein Habicht seine Kreise, vollkommen uninteressiert an den monumentalen Ereignissen, die sich unter ihm abspielten. »Bald, hoffe ich. Seit sie auf diesem Hof wohnt, meldet sie sich fast gar nicht mehr. Aber Stephen hätte Lust, mal rüberzufliegen und sie zu treffen, vielleicht im September. Ich muss sie nur irgendwie dazu kriegen, nicht mehr nur so schwammige und komische Andeutungen zu machen, damit wir das richtig planen können. Ich meine, ich hab nicht mal 'ne Ahnung, ob der Hof überhaupt in Irland ist! Ich weiß nur, dass er ziemlich abgeschieden liegt, ihr Handy geht nämlich nicht mehr. Sie macht ein ziemliches Geheimnis daraus.«

»Klingt so, als ob irgendwas Skandalöses dahintersteckt.«

»Wahrscheinlich, so wie ich Kate kenne. Na ja, wenn sie das nächste Mal anruft, verlange ich völlige Aufklärung und 'ne Einladung auf den Hof. Ich will unbedingt, dass sie Stephen kennenlernt – sie freut sich so für mich.«

»Ach, junge Liebe.« Lizzy strahlte. »Du bist so stolz auf ihn, das ist echt süß.«

»Deine Zeit kommt auch bald, Lizzy Lou.«

»Vielleicht.« Während sie die Landschaft betrachtete, legte sich ein leichter Schatten über ihr hübsches Gesicht. »Ich muss echt mit diesem blöden Dating-Quatsch aufhören und mal versuchen, jemanden richtig kennenzulernen, einen, mit dem ich die *ganze* Zeit zusammen sein will.« Sie klemmte sich eine Haarsträhne hinters Ohr, die sich im Wind gelöst hatte. »Wobei mir das echt Angst macht.«

Am liebsten hätte ich meine wunderschöne Schwester umarmt und ihr gesagt, dass das, was wir durchgemacht hatten, keine lebenslange Strafe war. Man konnte darüber hinwegkommen und die antrainierten Muster durchbrechen.

Aber ich vertraute darauf, dass sie das selbst herausfinden würde. Lizzy Mulholland war eine tolle Frau, und allein die Tatsache, dass wir diese Unterhaltung führten, zeigte mir, dass sie auf dem Wege der Besserung war.

Später gingen wir in einen Pub bei Hathersage, der versteckt am Flussufer lag. Obwohl es immer noch windig war, saßen wir draußen, aßen Scones mit Clotted Cream und Marmelade und teilten uns drei große Kannen Tee, die eine leicht anregende Wirkung hatten und uns vielleicht zu ein wenig mehr Offenheit verleiteten, als wir uns normalerweise gestattet hätten.

»Ich möchte einen Toast ausbringen auf diesen netten jungen Mann hier«, verkündete Dad und hob seine Tasse. »Ich finde ihn spitze.« Im Laufe der Jahre hatte Dad sich einen leichten Derbyshire-Akzent angewöhnt. Die Art und Weise, wie er »spitze« aussprach, brachte Lizzy und mich zum Schmunzeln. Glücklicher als in diesem Moment hätte ich nicht sein können: Ich war umgeben von den Menschen, die mir am meisten bedeuteten, und Dad kämpfte sich langsam zurück ins Leben.

»Es war mir so unangenehm, euch an diesem Tag zu stören, aber ich bin froh, dass ich es gemacht hab«, gestand Stephen. »Ich hätte Georgie wahnsinnig gern kennengelernt und mich bei ihr dafür bedankt, dass sie diesen wunderschönen kleinen Hippie hier auf die Welt gebracht hat … Aber ich freue mich, wenigstens dich getroffen zu haben, Bert.«

Dads Augen füllten sich mit Tränen, und er hob erneut seine Tasse. Hinter ihm landete eine Amsel auf einem Baum und begann, ein Lied zu zwitschern. »Auf meine Georgie«, flüsterte Dad, »die heute sehr glücklich gewesen wäre.« Lächelnd blickte er hinüber zu Stephen, als wollte er sich bei ihm bedanken, und eine Träne rann ihm still über das Gesicht.

»Auf Georgie«, wiederholte Stephen. Dann ergänzte er sanft: »Und auf meine eigene liebe Mum. Du fehlst mir.«

Das leuchtende Grün der moorigen Rasenfläche verschwamm vor meinen Augen, als diese sich ebenfalls mit Tränen füllten. Die Amsel trällerte weiter, eine wunderschöne wellenartige Melodie, untermalt vom Plätschern des Wassers.

»Ich glaub, ich geh mal rein und frage, ob sie hier Kuchen haben«, sagte Lizzy irgendwann. »Ist das 'ne Idee, alle Mann?«

»Ja«, antworteten alle Mann, und die gute Laune war wiederhergestellt.

Hallo Mum, sagte ich in meinem Kopf. *Ist das nicht ein wunderschöner Tag?*

Kapitel 19

Kate

»Ciao, Leute«, rief ich und winkte ein letztes Mal, bevor ich das Skype-Fenster schloss.

Einige Augenblicke lang legte ich den Kopf in die Hände und versuchte, mich zu beruhigen, bevor die Schuldgefühle mich übermannten – wie jedes Mal, wenn ich meine Familie gesehen hatte. Sie hatten immer noch keine Ahnung. »Bitte komm bald wieder nach Hause«, hatten sie gerade noch gesagt. »Du fehlst uns sehr.«

Es war jedoch nicht nur das schlechte Gewissen, das mir so zusetzte. In letzter Zeit gab es da noch etwas anderes, wenn ich mit ihnen telefonierte. Eine Schreckhaftigkeit, das frustrierende, undeutliche Gefühl, dass Ärger in der Luft lag. *Ticktack, ticktack, ticktack*, flüsterte es und weigerte sich, mehr von sich preiszugeben. Der Sommer war in den Herbst übergegangen, und das Laub an den Bäumen fing an, sich golden zu verfärben. Bald würde der Winter mit seinen eiskalten Morgen kommen, und mit ihm würde ein nicht enden wollendes Aus- und Anziehen von Pferdedecken beginnen.

Ticktack, ticktack.

Doch mein Gefühl hatte nicht nur mit dem Wechsel der

Jahreszeiten zu tun. Da war noch etwas anderes. Etwas Größeres.

Du bist schon zu lange hier, flüsterte die Schlimme Scheiße, während ich mir ein Paar Reithandschuhe überzog. *Sie werden dich entlarven …*

»Ich möchte, dass du ab jetzt Stumpy reitest«, erklärte Mark an diesem Abend. Ich war gerade auf Socken und in Reithosen in sein Esszimmer getapst – wie jeden Abend, seit er den Unfall gehabt hatte und Joe und ich uns einig gewesen waren, dass wir Sandra abends Gesellschaft leisten würden. Als Mark dann nach Hause zurückgekehrt war, hatten wir das mit dem gemeinsamen Abendessen einfach irgendwie beibehalten: Wir waren zwar kein Ersatz für Ana Luisa, aber wir sorgten für eine positive, lebhafte Stimmung.

»Was?«

»Ich möchte, dass du ab jetzt Stumpy reitest.«

»Aber du hast ihn doch in den Ruhestand geschickt!«

Mark setzte sich und schob einen Stapel Papier zur Seite, damit ich mich auf den Platz gegenüber setzen konnte. »Ihn in den Ruhestand zu schicken heißt aber nicht, dass er mit Pfeife und Bademantel im Stall hockt, Kate. Er ist noch jung und stark, und wenn er gar nicht mehr rauskommt, wird er depressiv.«

Mit offenem Mund starrte ich ihn an. Niemand durfte Stumpy reiten! Mark hatte ihn mit vier Jahren eingeritten und war seitdem sein einziger Reiter gewesen. Die Röntgenaufnahme von letzter Woche hatte allerdings gezeigt, dass Stumpys Fessel geheilt war, und nun durfte er – nachdem er monatelang mit seinem riesigen Verband hatte im Stall bleiben müssen – wieder kontrolliert Übungen machen, gefolgt von leichtem Reiten.

»Ist das dein Ernst?«

»Ja. Ich weiß doch, wie gern du ihn hast. Außerdem hab ich gehört, dass du Maria damit gedroht hast – wie war das noch? –, ihr eine zu verpassen, wenn sie Stumpy einschläfern lässt.«

Ich errötete. »Ach, die Geschichte.«

»Dann ist es also beschlossene Sache: Du wirst Stumpy reiten. Und wehe, du wirst gefühlsduselig.«

»Verstanden«, murmelte ich und kämpfte eisern gegen die Tränen an. »Ähm, wo ist eigentlich deine Mum?« Die Küche lag im Dunkeln, und Dirk und Woody, die in der Tür hockten, sahen aus, als würden sie gleich Harakiri begehen – was bedeutete, dass sie noch kein Futter bekommen hatten.

Mark blickte sich um. »Oh! Ach so. Sie ist mit George ausgegangen.«

»ECHT?«

Mark grinste. »Ja. Als sie weggegangen ist, hatte sie einen Rock an. Ich bin fast hintenüber gefallen.«

»Na, na, na«, kommentierte ich kichernd. »Wenn sie zu wild wird, muss ich wohl 'ne Ausgangssperre verhängen. Ach, die gute alte Sandra. Und der gute alte George!« George gehörte eines der Pensionspferde, die bei uns eingestellt waren. Er war ein sehr angenehmer Mensch, der jeden Tag Tweedsakko mit Krawatte trug und Sandra schon seit Ewigkeiten in den Ohren gelegen hatte, mit ihm auszugehen.

»Ana Luisa hat gesagt: ›Granny, pass auf! Wenn du zu viel Bein zeigst, kommt George vielleicht auf dumme Gedanken.‹« Lachend schüttelte Mark den Kopf, während er sich daran erinnerte. Ana Luisa verbrachte die Herbstferien auf dem Hof und machte ihren Vater damit wahnsinnig glücklich. »Meine Tochter ist echt unmöglich.«

»Sie hat sicher Hunger.«

»Wahrscheinlich. Ana Luisa?«

Nichts.

»Ana Luisa!«

»Dad, ich hab zu tun«, kam es von oben heruntergeschrien. »Stellst du das Essen bitte vor meine Tür? Und zwar bald? Ich bin am Verhungern.«

Mark und ich blickten uns an. Joe war ausgegangen, um die neue Sprechstundenhilfe des Tierarztes zu verführen, und wenn Sandra nicht da war, fungierte er normalerweise als Ersatzkoch. In diesem Moment dämmerte uns beiden, dass heute *wir* fürs Kochen zuständig waren. Gemeinsam. Und wir würden auch zu zweit essen müssen – nicht einmal die wilde Ana Luisa würde uns dabei Gesellschaft leisten.

Reiß dich zusammen, Brady, ermahnte ich mich im Stillen. *Du bist ja wohl in der Lage, mit deinem Chef zu Abend zu essen.*

Vierzig Minuten später hatten wir etwas zusammengewürfelt, das zumindest eine gewisse Ähnlichkeit mit Würstchen und Kartoffelbrei aufwies. Ich hatte die Würstchen kopfüber in den Kartoffelbrei gesteckt, sodass die Enden nach oben ragten, und Mark hatte eine ziemlich miese Soße und verkochte Erbsen zustande gebracht.

Ana Luisa hatte nicht mehr länger warten können und war nach unten gekommen, um uns anzutreiben.

»Dad!«, rief sie, als er das Gericht auf den Tisch stellte.

»Ja?«

»DAD!«

»Was denn?« Mark stemmte die Hände in die Hüften.

»Alles«, antwortete sie spöttisch. »Einfach alles. Das ist das schlimmste Essen, das ich je gesehen hab!«

»Es sieht nicht gerade appetitlich aus«, gab Mark zu. »Aber es schmeckt gut. Hier, guck!« Er zog ein Würstchen aus dem Kartoffelbrei und tunkte es in die dünne Soße. »Mmmh!«

Zärtlich wuschelte er Ana Luisa durchs Haar, doch die schlug seine Hand weg und strich sich die glänzende Mähne glatt.

»Also, als Koch bist du eine Katastrophe«, teilte sie ihm mit. »Dieses Abendessen ist eklig! Was, wenn Oma mal auszieht und George heiratet? Was willst du dann essen, Daddy? Du wirst an deinem miesen Essen verrecken!«

Mark schüttelte sich vor Lachen. »Da magst du recht haben!«

»Ich hol mir 'ne Tüte Chips, und ich möchte, dass du über das nachdenkst, was du getan hast«, befahl ihm Ana Luisa. »Ich hab dich lieb, Daddy, aber das hier war einfach nicht gut.«

Mark und mir kamen die Tränen vor Lachen, als Ana Luisa in die Küche marschierte und mit einer Tüte Chips zurückkam, die sie anklagend zwischen den Fingern baumeln ließ. »Unmöglich«, tadelte sie. »Absolut unmöglich, ihr beiden.«

Auf ihrem Weg nach draußen hielt sie kurz inne, um ihrem Dad einen Kuss zu geben, dann warf sie elegant das Haar nach hinten, wie es sich für eine richtige kleine Lady gehört, und stampfte durch die Tür davon.

Mark wischte sich die Augen. »Okay. Dann sind wir also nur noch zu zweit.«

»Stimmt. Wie bei einem Date.«

Was hatte ich da gerade gesagt? Noch nie hatte ich mich so gehasst wie in diesem Moment.

»Äh, ja …«, sagte Mark, gefolgt von: »Ähm, nein. Haha. Hahaha.«

»Das war natürlich nur ein Witz …«

Zumindest hatte Mark den Anstand, genauso peinlich berührt dreinzublicken, wie ich mich fühlte. Ich setzte mich hin und legte ein Bein auf den Stuhl neben mir. Um ihm zu demonstrieren, dass ich ganz locker war. Um *mir* zu demonstrieren, dass das hier kein Date war und auch nie eines sein würde, zog Mark mit Daumen und Zeigefinger ein Würstchen aus dem Brei und fing an, es zu essen: auf betont *lockere* Art.

In diesem Moment tauchte Ana Luisa erneut in der Tür auf. Sie lehnte sich gegen den Rahmen, die Beine über Kreuz, und musterte uns mit kühlem, abschätzigem Blick. »Ihr habt also ein Date, ja?« Sie aß einen Kartoffelchip. »Ich war vor der Tür und hab euch gehört.«

Mark setzte an, ihr zu sagen, dass Lauschen kein anständiges Verhalten war, doch sie unterbrach ihn. »Ihr *habt* ein Date, oder?«, fragte sie. »Ihr guckt beide ziemlich komisch, und Kate hat sich geschminkt, und sie schminkt sich sonst nie.« Ana Luisa blickte mich an. »Stehst du auf meinen Dad?«, fragte sie.

Eine Ladung Kartoffelbrei befand sich schon auf halbem Weg zu meinem Mund. »Was?«

»Stehst du auf meinen Dad?«, wiederholte sie. »Das tun doch alle, außer Mum. Alle Mütter in meiner Schule, die Frauen, denen er Reitunterricht gibt, und alle anderen auch. Alle stehen auf meinen Dad. Du auch?«

»Natürlich nicht!«

Ana Luisa gab sich noch nicht zufrieden. »Wieso nicht?«

Herr im Himmel.

»Ana Luisa …«, begann Mark. Ich konnte sehen, dass er sich nicht entscheiden konnte, ob ihm das Gespräch schreckliche Angst einjagte oder ihn schrecklich amüsierte. »Hör mal …«

Doch seine Tochter schnitt ihm das Wort ab. »Sie steht auf dich, Dad. Jetzt sei endlich ein Mann und frag sie, ob sie mit dir ausgeht!«

Kapitel 20

Annie

Es war Herbst, und in London wurde es kühler und bunter; die Tage waren kürzer und die Nächte eiskalt. Ich befand mich immer noch in einem Rausch der Gefühle, schwindlig vor Glück.

An diesem Abend fand ein Treffen von Le Clöbb statt, das erste nach einem ziemlich mauen Sommer.

Stephen besuchte seinen Vater in West Sussex, und um ehrlich zu sein, war ich darüber sogar erleichtert – wäre er zu Hause gewesen, hätte ich Le Clöbb wahrscheinlich abgesagt. Natürlich hätte er mich nicht davon abgehalten, meine Freunde zu treffen, aber ich bekam ein schlechtes Gewissen, wenn ich ihn in dem großen Haus allein ließ, so gestresst, wie er derzeit war.

Der arme Stephen machte gerade eine schlimme Zeit durch. In seinem New Yorker Büro lief irgendetwas schief – oder eigentlich alles, wie es schien –, und Stephen verbrachte die Hälfte seiner Zeit damit, entweder bis spät in die Nacht in London zu arbeiten oder immer wieder nach New York zu fliegen, um sich persönlich um die Sache zu kümmern. Unterdessen war sein Vater – den die Trauer mit der grimmigen Entschlossenheit eines Fünftonners überrollt hatte – plötzlich immer bedürftiger geworden und hatte Stephen mehrmals zu sich bestellt, oft noch spät abends.

Er war erschöpft. Er ernährte sich schlecht, trank zu viel, war häufig pampig und ziemlich angespannt. Ich sah ihm dabei zu, wie er von A nach B fuhr, um seinem trauernden Vater zu helfen, und ich liebte ihn dafür. Der Mann hatte die Grenze seiner körperlichen und seelischen Kräfte erreicht, trotzdem nahm er die Anrufe seines Dads entgegen und fuhr runter nach West Sussex, obwohl die Strecke hin und zurück vier Stunden dauerte und er vor lauter Erschöpfung auf dem Zahnfleisch ging.

Da ich keine Ahnung hatte, was ich für ihn tun konnte, hatte ich beschlossen, ihm einfach die beste Freundin zu sein, die ich nur sein konnte.

Tim und Claudine saßen schon am Tisch neben der Bar und unterhielten sich bei Kerzenschein. Mir wurde ganz warm ums Herz.

»Hallo!«, rief ich.

Auf Claudines Stirn bildeten sich Runzeln, die so lang waren wie ein Baguette. Und Tim sah aus, als hätte ihm jemand ein Baguette in den Hintern geschoben.

»Isch bin überrascht, dass du gekommen bist«, sagte Claudine zur Begrüßung. »Und wo ist deine Schwester? Sie kommt immer zu spät. Isch 'ab die Nase voll davon.«

»Sie ist sicher auf dem Weg«, entgegnete ich. »Was meinst du damit: Du bist überrascht, dass ich gekommen bin?«

Claudine schüttelte nur den Kopf.

»Ähm, hallo.« Ich beugte mich zu Tim hinunter, um ihm einen Wangenkuss zu geben.

Er nahm meine Hand und drückte sie sehr fest. »Ich hab dich vermisst«, begrüßte er mich leise. Er sah müde aus und ungewöhnlich verlottert.

Während der Sommer in den Herbst übergegangen war, schien Tim irgendwie immer trauriger geworden zu sein. Stephens Ansicht nach war das ein Zeichen dafür, dass er mich anschmachtete; ich dagegen glaubte, er war einfach nur noch nicht über Mel hinweg.

Claudine goss etwas Merlot ein, dann fixierte sie mich mit scharfem Blick. »Stephen 'at disch also gekidnappt und dir verboten, disch mit uns zu treffen«, stellte sie fest.

»Hä?« *Nicht die Leier schon wieder.*

Claudine hob eine Augenbraue.

»Also, er macht gerade eine ziemlich schlimme Zeit durch«, setzte ich an und warf einen kurzen Blick hinüber zu Tim – *bitte hilf mir* –, doch der schaute mich nur distanziert aus seinen glasigen Augen an. »Aber, ähm, ich hab doch nur einen Le Clöbb verpasst, oder nicht?«

»Du 'ast drei verpasst«, antwortete Claudine kühl. »Und du antwortest auch nischt auf meine SMS, und Tim sagt, du 'ast diverse Nachrischten ignoriert, die er dir auf der Mailbox 'interlassen 'at. Sag mal, Annabel, ver'ält sisch so eine alte Freundin?«

Dümmlich starrte ich sie an. »Was meinst du damit: Ich hab drei verpasst? Drei was? Mailboxnachrichten? SMS?«

Claudine sah ungeduldig aus. »Oh, bitte«, murmelte sie.

Ich kriegte langsam die Panik. So schlimm konnte ich doch nicht geworden sein. Oder doch?

Scheiße, dachte ich unglücklich. Wahrscheinlich doch. Auf meiner Mailbox waren tatsächlich Nachrichten gewesen, die ich nicht abgehört hatte, und es würde mich überhaupt nicht wundern, wenn ich auch SMS übersehen hatte. Das passierte mir schon seit Jahren. Allerdings nie in einem solchen Ausmaß, dass ich damit Le Clöbb gekränkt hätte. *Ich muss dringend was tun*, dachte ich ängstlich. *Diese Menschen würden Berge für mich versetzen, und ich schaffe es nicht mal, ihnen auf ihre SMS zu antworten?*

»Es tut mir echt leid«, entschuldigte ich mich und sackte auf meinem Stuhl zusammen. »Es ... Ich hatte einfach viel zu tun. Im Sommer haben wir mehrere Kurztrips gemacht ... und jetzt, na ja, hat Stephen ziemlich viel Scheiße an der Backe. Ich hab versucht, ihn zu entlasten: Wäsche gewaschen, mich um sein Haus gekümmert, für ihn gekocht, so was halt.«

Claudine war angewidert. »Du 'ast seine *'aus'älterin* gespielt?«

»Nein! Natürlich nicht! Und er versucht auch die ganze Zeit, mich davon abzuhalten! Aber ich helfe einfach, wo ich kann.« Ich bemühte mich, selbstsicherer dreinzublicken, als ich mich innerlich fühlte. »Das macht man doch so in 'ner Beziehung«, fügte ich hinzu.

»Ein bisschen Abwechslung wäre aber auch mal ganz schön, findest du nicht?«, fragte Tim milde. »Es kommt mir vor, als ob du fast jeden Abend bei ihm bist, Prinzessin. Und den Rest der Zeit kümmerst du dich um seine Wäsche. Denkst du nicht, es wäre gut, auch noch andere Sachen zu machen?«

Ungläubig starrte ich ihn an. Tim? Mein guter alter Tim schlug in die gleiche Kerbe? »Ich bin *nicht* die ganze Zeit bei ihm!«, rechtfertigte ich mich. »Und das mit der Wäsche war nur ein Beispiel! Stellt mich doch nicht so dar, als ob ich eine von diesen Frauen wäre!«

Claudine fixierte mich mit ihrem tödlichsten Blick. »Dann 'ör auf, disch wie eine von diesen Frauen zu *benehmen*!«

Lizzy kam an den Tisch. »Hi, ihr Lieben«, sagte sie und ließ sich, ohne einen von uns zur Begrüßung zu küssen, in ihren Stuhl fallen. Dann streckte sie die Hand aus, nahm sich meinen Wein und stürzte ihn in einem Schluck hinunter. »Bäh«, war ihr einziger Kommentar.

Wie gut, dass ich heute gekommen bin, dachte ich. *Prost, ihr alle! Auf eure Gesundheit!* Ich ging aufs Klo und bat mich selbst darum, nett zu sein und daran zu denken, dass nicht alle gerade so ein Glück hatten wie ich. Nach einem kurzen SMS-Wechsel mit Stephen fühlte ich mich besser, wie immer. Die Krankenkassen hätten ihn in ihre Leistungskataloge aufnehmen sollen, er war einfach die beste Medizin.

Als ich zurück an den Tisch kam, fragte Lizzy mich, was los sei. »Du bist ja völlig von der Bildfläche verschwunden, Schatzi.«

Ich seufzte. Nachdem Le Clöbb mich den ganzen Sommer über zur Vorsicht ermahnt hatte, war ich sehr bemüht gewesen, ihnen zu beweisen, dass alles in Ordnung war. Doch wenn Stephen in dieser schlimmen Phase einmal frei hatte – was selten genug vorkam –, hatte er die äußerst nette Angewohnheit, mich über Nacht in wunderschöne Hotels zu entführen. Was sollte ich tun? Ihm sagen: *Nee, danke?* »Ihr haltet mich alle für verrückt, oder?«, fragte ich. »Ihr glaubt alle, ich bin besessen und mein eigenes Leben spielt sich nur noch am Rande ab.«

Niemand argumentierte dagegen, und ich spürte, wie mir die Tränen in die Augen traten.

»Schon gut, Süße«, beschwichtigte Lizzy mich verhalten. »Nimm dir nur ein bisschen mehr Zeit für dich. Und beantworte deine Mails, verdammt noch mal!«

»Aber das tue ich doch!«

Le Clöbb verdrehte kollektiv die Augen.

Genauso mies ging der Abend auch weiter. Lizzy erzählte uns, dass die beiden Männer, mit denen sie zusammen gewesen war, Wind voneinander bekommen und mit ihr Schluss gemacht hatten. Sie war »ein bisschen traurig«. »Aber mehr enttäuscht von mir selbst«, gestand sie in einem Moment für sie untypischer Selbstreflexion. »Was tue ich da eigentlich?«

Tim, der wahrscheinlich genau wusste, was sie da tat, starrte sie nur an, auf eine irgendwie abwesende Art.

Ich ging erneut auf die Toilette.

Dort war alles viel fröhlicher: Ich hatte eine weitere SMS von Stephen bekommen, der gerade Essen für seinen Dad machte. *Wie läuft es bei Le Clöbb? Hast du ihnen schon unsere Neuigkeiten erzählt? Ich kann es gar nicht mehr abwarten, meine kleine Prinzessin. Buchstäblich. Ich liebe dich xxxx*

Seltsam. Tim nannte mich auch immer Prinzessin. Vielleicht führte ich mich ja wie eine auf …

Ich rief Stephen an.

»Alles okay?«, fragte er. Der Fernseher im Hintergrund wurde leiser, als Stephen sich davon entfernte, um mit mir zu reden.

Ich seufzte. »Nicht wirklich. Stephen, war ich in den letzten Monaten immer nur mit dir zusammen? Hab ich mich echt so von der Welt abgeschottet? Die anderen haben gemeint, ich bin entweder mit dir zusammen oder renne rum und erledige Besorgungen für dich.«

Am anderen Ende der Leitung trat eine Pause ein. Dann sagte Stephen: »Na ja, also, wenn ich so darüber nachdenke, warst du in letzter Zeit tatsächlich ein bisschen zu gut zu mir, meine kleine Prinzessin. Vielleicht haben die anderen recht. Vielleicht solltest du mehr Zeit mit ihnen verbringen.«

Ich biss mir auf die Unterlippe.

»Ich meine, du verbringst doch gern Zeit mit ihnen, oder nicht?«, fuhr er fort. »Sie sind doch deine besten Freunde.«

»In letzter Zeit kommen sie mir nicht sehr freundschaftlich vor«, gab ich zu, hasste mich jedoch im selben Moment dafür. *Trotzdem stimmt es*, dachte ich. *Seit ich mit Stephen zusammen bin, hatten sie immer nur Vorbehalte. Was verständlich wäre, wenn er einen miesen Charakter hätte, aber er ist der netteste Mann von ganz London!*

»Prinzessin?«

»Tim nennt mich …«

»Tim nennt dich was?« Stephen klang leicht misstrauisch.

»Nichts.« Ich wollte ihm nicht erzählen, dass Tim mich auch Prinzessin nannte. Eine innere Stimme sagte mir, dass ihm das nicht gefallen würde.

»Hör mal, Prinzessin«, begann Stephen. »Am wichtigsten ist es, seine Zeit mit den Leuten zu verbringen, die einem ein gutes Gefühl geben. Auf die man sich jedes Mal freut, selbst wenn man gerade in den Seilen hängt. Wenn Le Clöbb dir dieses Gefühl gibt, dann solltest du dich tatsächlich öfter mit ihnen treffen. Also, ich erwarte ganz bestimmt nicht von dir, dass du mir den Haushalt schmeißt, auch wenn das unglaublich lieb von dir ist.«

Aber sie geben mir kein gutes Gefühl, dachte ich. *Eigentlich geben sie mir in letzter Zeit sogar ein eher beschissenes Gefühl.*

»Geh und erzähl ihnen unsere Neuigkeiten«, drangte Stephen mich. »Ich glaube, an ihrer Reaktion wirst du alles andere ablesen können! Sie werden sicher begeistert sein.«

Er hatte recht. Das war ein guter Test.

»Ich liebe dich«, sagte ich ihm noch, bevor ich zurück ins Restaurant marschierte.

»Ich hab Neuigkeiten!«, verkündete ich, während ich mich setzte. »Ich ziehe bei Stephen ein!«

Le Clöbb starrte mich an.

»Ich hab Mr Pegler endlich gesagt, was sein Haus wert ist, und er wollte mich für die gleiche Miete weiter bei ihm wohnen lassen, aber sein Sohn hat da andere Vorstellungen. Jetzt würde es mich ein Vermögen kosten, also hab ich gekündigt. Und Stephen hat mich gefragt, ob ich bei ihm einziehen will. Also – ta-da! Ab Weihnachten wohnen wir zusammen!«

»*Was?*«, rief Claudine schließlich.

»Gott!«, flüsterte Lizzy und sah dabei ziemlich durcheinander aus.

»Oh«, lautete Tims Kommentar.

Ich musterte sie genau. Alle drei. *Keiner* von ihnen freute sich für mich. Nicht einmal Lizzy. Die brach sogar – zu meinem Entsetzen – in Tränen aus.

»Meine Süße«, brachte sie schniefend heraus, wischte sich mit dem Ärmel über die Augen und versuchte, mich von der Seite zu umarmen. »Es tut mir so, so leid. Beachte mich einfach gar nicht. Ich freue mich wirklich für dich, Schatzi. Echt, aber ich bin … Oh Gott, es tut mir leid.«

Ich wich zurück und starrte sie fassungslos an. »Aber du bist was? Was ist denn los?«

Lizzy schnappte sich eine Serviette aus dem Brotkorb und presste sie sich aufs Gesicht, sodass die Krümel abfielen und auf ihren Tränen kleben blieben. Das passte überhaupt nicht zu meiner sonst so gepflegt aussehenden Schwester. Ich wiederholte meine Frage.

»Liebe«, antwortete Lizzy traurig. »Oder besser: mangelnde Liebe. Es tut mir so leid, ich will dir nicht den Moment verderben, Schatzi, aber irgendwie hast du mir den Boden unter den Füßen weggezogen. Wir waren immer so gut darin, der Liebe aus dem Weg zu gehen, wir zwei, und dann bist du auf einmal so mutig geworden und hast Stephen erlaubt, dich zu lieben, und ich bin nur …« Sie schluchzte in ihre Serviette, bis Tim – als wäre er plötzlich von den Toten auferstanden – ihr das Päckchen Taschentücher reichte, das er immer bei sich trug.

Schließlich war Lizzys Gesicht wieder sauber. Mir fiel auf, dass Claudine noch gar nichts von sich gegeben hatte.

»'tschuldigung«, sagte Lizzy matt. »Ich benehme mich furchtbar. Aber ich bin einfach nur ein bisschen traurig und fühle mich irgendwie ausgeschlossen. Ich hab Angst, ich kriege das nie hin. Mist, vielleicht brauche *ich* ja die Therapie.«

»Das wird schon alles wieder, Lizzy Lou«, tröstete ich sie sanft. »Wenn du bereit bist für die Liebe, wird die Liebe auch für dich bereit sein – da bin ich mir hundertprozentig sicher. Du bist ein Männertraum, Süße, du hast alles, was man haben muss.«

»Das stimmt«, fiel Tim in die Lobeshymne mit ein, klang dabei allerdings nicht ganz so überzeugend. »Du bist wirklich liebenswert, Lizzy. Und wunderschön. Nicht zu vergessen superintelligent.«

Lizzy bemühte sich tapfer, zu lächeln. »Kate«, sagte sie. »Wir brauchen Kate Brady. Sie wird sich bestimmt tierisch für dich freuen, meine Süße. Und nicht so furchtbar reagieren wie wir alten Ziegen hier.«

Da war ich ganz ihrer Meinung, behielt es jedoch für mich. Ich hoffte, dass Kate mich bald anrufen würde. Ich brauchte eine Freundin, die sich immer für mich freute, egal, was ich tat und was ich so von mir gab. Eine Freundin, die nicht die ganze Zeit meine Vergangenheit vor Augen hatte, die nicht ständig zu wissen glaubte, was das Beste für mich war.

»Ja, sie wird sich sicher freuen«, stimmte ich zu. »Und, Lizzy, ich hab das eben ernst gemeint: Deine Zeit kommt bald.«

»Isch werde mir das Pflaumen-Clafoutis zum Nachtisch bestellen«, verkündete Claudine.

»Ach, wirklich?«, entgegnete ich. »Mehr hast du nicht dazu zu sagen?«

Böse funkelte Claudine mich an, und mir rutschte das Herz in die Hose. Ich hatte den Tiger geweckt. Wir alle strengten uns gewaltig an, niemals den Tiger zu wecken.

»Wisst ihr was, isch werde mir doch nischt das Pflaumen-Clafoutis bestellen«, sagte sie steif. »Wenn isch mir nämlisch diesen ganzen Mist noch einen Moment länger an'ören muss, streue isch eusch Gift in den Nachtisch. Des'alb gehe isch jetzt lieber. Isch bin es leid, Freunde zu 'aben, die nur noch über ihr Liebesleben reden. Ruft misch an, wenn ihr ein besseres Gesprächsthema 'abt.«

Und damit rauschte sie davon.

»Na, das lief ja super«, kommentierte ich.

Tim warf mir einen komischen Blick zu. »Na ja, das alles kommt ziemlich plötzlich, Annie. Du kennst ihn wirklich noch nicht lang.«

Wie läuft's?, schrieb Stephen. *Hast du's ihnen schon erzählt? Sie freuen sich bestimmt wahnsinnig für dich, oder? X*

Am Ende des Abends ging ich zusammen mit Tim zur U-Bahn. Er hatte sich für seine blöde Reaktion auf meine Neuigkeiten entschuldigt, aber wir wussten beide, dass es dafür zu spät war. Meine Freunde waren eindeutig der Überzeugung, ich hätte sie nicht mehr alle, und ich hatte Angst, dass sie damit vielleicht richtig lagen. Das alles erinnerte mich schmerzlich an die Zeit, als ich mich mit siebzehn ständig beobachtet und nach Anzeichen Ausschau gehalten hatte, ob es wieder bergab ging mit mir – dieses Warten auf das angespannte Gefühl, das die Rückkehr der Panikattacken einläuten würde.

Ich war es leid. War es leid, dass ich nie in der Lage sein würde, mir vollkommen zu vertrauen.

Während wir die Treppe zur U-Bahn-Station hinunterschlenderten – hinter einer Gruppe betrunkener junger Leute, die irgendein Lied sangen, das ich nicht kannte, weil ich offensichtlich schon zu alt dafür war –, hielt Tim plötzlich an. »Du liebst ihn wirklich, oder?«

»Ja.« Ich spürte, wie das Gefühl meinen ganzen Brustkorb ausfüllte. »Es ist genauso, wie du gesagt hast, Tim. Eine Droge. Der Atem des Lebens. All das.«

In seinen Augen konnte ich einen tiefen Schmerz erkennen. »Ach, Tim«, sagte ich sanft. »Timmy, was ist denn los? Ist es wegen Mel? Hast du immer noch Liebeskummer? Bitte sprich mit mir.«

Aber sag bitte nichts, was ich nicht hören will.

Tim starrte mich immer noch an, als wäge er ab, ob er sein Geheimnis mit mir teilen wollte oder nicht. Dann zog ein Teil von ihm sich innerlich zurück. »Mir geht's gut«, wiegelte er ab. »Ich denke nur über die Liebe nach und bin traurig – so wie Lizzy, schätze ich. Wenn man das Liebesglück von jemand anderem sieht, ist es halt schwerer, so zu tun, als würde es einem nichts ausmachen, dass man selbst niemanden hat.«

Ich legte ihm die Hand auf die Schulter und wünschte mir verzweifelt, ihm helfen zu können. »Aber du wirst auch jemanden finden! Tim, du bist einer der wundervollsten Männer, die ich kenne! Wieso solltest du dich nicht irgendwann verlieben?«

Ausdruckslos starrte Tim auf die Werbetafeln, die an uns vorbeiglitten, während wir auf der Rolltreppe abwärtsfuhren. »Ich bin schon verliebt«, gestand er, als wir unten ankamen. »Und ich hätte nie gedacht, dass es mich mal so heftig erwischt. Ich liebe diese Frau schon seit Jahren.«

Quietschend fuhr ein Zug auf dem Gleis neben uns ein, und das Geschrei einer betrunkenen Horde dröhnte durch die Türen. Die Fahrgäste strömten an uns vorbei nach oben in die Clapham Common Station, doch ich stand wie angewurzelt da, während die Rädchen in meinem Kopf sich langsam und ungleichmäßig drehten.

Tims Augen waren auf einmal feucht geworden. »Aber sie

war leider nie in *mich* verliebt«, fuhr er fort. »Und sie wird es wohl auch nie sein. Sorry, ich muss los.« Er folgte der lärmenden Menge die Rolltreppe hoch. Während ich vom Bahnsteig aus zusah, wie er sich mit traurig gebeugtem Rücken nach oben kämpfte, versuchte ich mit aller Kraft, meine Gedanken im Keim zu ersticken, bevor sie Fuß fassen konnten und Wirklichkeit wurden.

Mir war ein bisschen schlecht. Ich musste zurück zu Stephen.

Nachdem ich eine angemessene Zeitspanne abgewartet hatte, verließ ich die U-Bahn-Station und hielt ein Taxi an, das ich mir nicht leisten konnte. Aber das war mir egal. In der U-Bahn bekam ich schnell die Panik, und ich wollte Stephens Stimme hören.

Sein Handy klingelte fast bis zum Besetztzeichen, aber im letzten Augenblick ging jemand dran.

»Hallo?«, sagte die Stimme einer Frau.

Ich blickte auf mein Display. Es war definitiv Stephens Nummer.

»Hallo? Wer ist denn da?«, fragte die Unbekannte.

Wie von einem unsichtbaren Seil gezogen fiel ich zurück in den Taxisitz.

Nein. Nein, nein, nein.

Langsam kroch das Taxi an den düsteren Kneipen in der Clapham High Street vorbei, an dem dichten Gedränge aus Mädchen in Miniröcken und übergewichtigen Männern, das sich bis auf die Straße ausbreitete. Der Fahrer stellte das Radio an.

Meine Brust fühlte sich an, als hätte sich jemand daraufgesetzt.

Am liebsten hätte ich Lizzy angerufen, aber das konnte ich nicht. Niemand von Le Clöbb wollte mit mir reden.

Kate, dachte ich verzweifelt. *Ich rufe Kate Brady an.* Doch während ich fieberhaft durch mein Adressbuch scrollte, fiel mir ein, dass sie immer noch auf ihrem Hof mitten im Nichts war.

»Mum«, flüsterte ich, als mir die erste Träne aus dem Auge rollte. »Mum, ich brauche dich.«

Kapitel 21

Annie

Ich schloss die Tür zu Stephens Haus auf und legte mich direkt in sein Bett, die Knie an die Brust gezogen. Wäre ich zu mir gegangen, hätte ich damit nur zugegeben, dass es ein Problem gab.

Zwischendurch gelang es mir sogar, rational zu sein. Ich meine, wo hätte Stephen noch die Zeit für eine Affäre hernehmen sollen? Jede Minute, die er nicht im Büro war, verbrachte er mit mir. Und er war auch tatsächlich im Büro: Wenn ich auf seiner direkten Durchwahl anrief, ging immer *er* dran; außerdem hatte er mir Selfies von sich und dem Team bei der Telefonkonferenz geschickt – mit selbstmitleidigen Grimassen –, und er hatte Tash gebeten, mich anzurufen und mir zu sagen, dass er später kommen würde.

Und zu der Tatsache, dass Stephens Tag nicht genug Stunden für eine Affäre hatte, kam noch hinzu, dass er mich liebte. Und mir das auch regelmäßig sagte. Man konnte ja vieles im Leben vortäuschen, aber nicht wahre Liebe.

Was bedeutete, dass ich mich bescheuert aufführte, und total irrational. Mal wieder.

Einige Zeit später hörte ich, wie der Schlüssel in der Haustür umgedreht wurde. »Annie? Prinzessin?«

Stephen erschien an der Schlafzimmertür, völlig fertig. »Du drückst die ganze Zeit meine Anrufe weg. Was ist los, Schatz?«

»Eine Frau ist an dein Handy gegangen.«

Stirnrunzelnd blickte Stephen mich an. »Was – Tara?«

»Wer ist Tara?«

Stephen lehnte sich gegen den Türrahmen. »Oh mein Gott. Bitte sag mir, dass das hier nicht das ist, was ich denke.«

Ich sagte gar nichts, und langsam nahm Stephens Gesicht einen ärgerlichen Ausdruck an. Er sollte nicht ärgerlich gucken. Er sollte zerknirscht aussehen und mich beruhigen.

»Tara ist Dads Schwester, meine Tante«, erklärte er knapp, »in deren Haus ich meine halbe Kindheit verbracht hab. Die seit Mums Tod noch mehr wie eine Mutter für mich geworden ist. Tara ist meine Tante«, wiederholte er. »Und wenn sie an mein Handy gegangen ist, dann hat sie wahrscheinlich gedacht, es wäre das von Dad.«

Er fuhr sich mit der Hand übers Gesicht. »Gott«, sagte er zu niemand Bestimmtem.

»Du hast noch nie von ihr gesprochen«, flüsterte ich.

Stephen lehnte den Kopf nach hinten an die Wand. Als wollte er sagen: *Herr, gib mir Kraft.*

»Doch, das hab ich«, entgegnete er schließlich, und seine Stimme klang dabei freundlicher, als es sein Gesichtsausdruck vermuten ließ. »Darauf gebe ich dir Brief und Siegel, Annie. Ich glaube, ich hab sie erwähnt, als ich Le Clöbb damals im Juni kennengelernt hab. Nein, eigentlich weiß ich es sogar ganz genau. Wir haben über meine Tante Tara gesprochen und über Claudines Tante Juliette. Warum rufst du nicht einen von denen an und fragst nach?«

»Weil sie mich dann für verrückt halten.«

Stephen betrachtete mich. Schließlich kam er herüber und setzte sich auf die Bettkante. Ich erhaschte einen leisen Hauch seines Männerparfüms – teuer, kultiviert und verführerisch. Gott! Was wollte ein Mann wie er nur mit einer wie mir? »Ich zeige dir ein Foto von Tara«, bot er an und scrollte durch seine Bilder. »Hier. Das ist die Frau, die vorhin ans Telefon gegangen ist. Wenn du willst, können wir sie anrufen.«

»Dann hält sie mich auch für verrückt.«

Die Frau sah groß und ein wenig einfältig aus – definitiv nicht wie eine potenzielle Geliebte von Stephen. Ich warf einen kurzen Blick auf meinen Freund, der mit krummem Rücken dasaß und erschöpft wirkte nach einem weiteren langen Arbeitstag und einem anschließenden Abend bei seinem trauernden Vater. In diesem Moment wusste ich, dass er die Wahrheit sagte. »Es tut mir leid«, murmelte ich. »Ich hab's schon wieder getan, oder?«

Stephen zuckte die Achseln. »Ich werde jetzt nicht so tun, als wäre ich nicht sauer und auch ein bisschen gekränkt – das bin ich nämlich. Ich hab dir nie einen Grund gegeben, mir zu misstrauen, und trotzdem tust du das anscheinend.« Ich verzog peinlich berührt das Gesicht. »Aber ich verstehe schon, Annie«, ergänzte er sanft. »Ich verstehe schon.«

»Was verstehst du? Dass ich verrückt bin? Stephen, ich *will nicht* verrückt sein. Ich will glücklich sein und normal und Vertrauen haben! Ich hasse es, dass ich bei jedem immer gleich das Schlimmste annehme. Das ist schrecklich!«

Stephen nahm meine Hand. »Hör auf damit. Du hast einfach eine Menge durchgemacht in deinem Leben, und dadurch bist du halt viel … ängstlicher als die meisten. ›Verrückt‹ ist ein ziemlich unschönes Wort.« Ich strich ihm mit dem Finger über die Bartstoppeln. »In den letzten Monaten bist du mir allerdings irgendwie neurotischer vorgekommen. Vergesslicher. Mehr wie … Ich weiß nicht. Ein bisschen so, als ob du in deiner eigenen Welt lebst.«

Ich fing an, zu weinen. Scheiße. *Scheiße.*

»Ach, Annie, jetzt wein doch nicht. Das heißt ja nicht, dass ich dich für verrückt halte«, erklärte Stephen. »Aber vielleicht müssen wir dir ein bisschen Hilfe suchen. Ein Coaching vielleicht? Oder eine Beratung.« Unsicher blickte er mich an. »Ich verstehe nicht viel davon. Glaubst du, du könntest eventuell mal mit Tim reden? Er weiß doch am meisten über deine Vergangenheit, oder?«

»Ja.« Ich war zu Tode erschrocken. Passierte das gerade wirklich? Dass mir jemand anders vorschlug, mir Hilfe zu suchen? »Ich will nicht mit Tim reden.«

Stephen zog sich die Schuhe aus. »Wieso nicht?«

»Er war heute Abend so komisch.«

Stephen schob die Schuhe unters Bett und schlüpfte im Anzug neben mich unter die Decke. »Ich werde jetzt nicht sagen: ›Ich hab's dir ja gesagt.‹ Was ist passiert?«

Ich erzählte ihm alles, davon, wie feindselig Le Clöbb gewesen war, wie angegriffen ich mich gefühlt hatte und dass ich beunruhigt war, weil sie vielleicht recht hatten. Davon, dass ich mir Sorgen machte, nicht ganz richtig im Kopf zu sein. Und schließlich von meiner Angst, Tim habe vielleicht von mir gesprochen, als er mir von seiner unglücklichen Liebe erzählt hatte. »Das ist das Schlimmste«, flüsterte ich. »Die Vorstellung, dass Tim …« Ich schluckte. »… *so* an mich denkt.«

Stephen lag auf dem Rücken und starrte an die Decke.

Ich beobachtete ihn. »Woran denkst du?«

»An nichts.«

»Stephen …«

Er rollte sich auf die Seite und sah mich an. »Ich denke, dass deine Freunde mich anscheinend weder mögen noch mir über den Weg trauen. Und *du* vertraust mir offensichtlich auch nicht. Und jetzt hat dein bester Freund so gut wie zugegeben, dass er in dich verliebt ist, was ich dir schon von Anfang an gesagt hab. Ich denke, dass mir nichts von alledem gefällt, aber ich hab das Gefühl, es gibt auch nichts, was ich dazu sagen könnte. Das sind deine besten Freunde. Deine Familie. Sie haben dir geholfen, eine schlimme Zeit zu überstehen, und sie waren für dich da. Immer. Was soll ich dagegen sagen?«

Zu meiner ungemeinen Überraschung glitzerten Stephens Augen verdächtig. »Das mit dir und mir ist …«, er stockte, »… einfach wahnsinnig schön. So angenehm und ungezwungen und ganz anders als alle Beziehungen, die ich vorher hatte. Und trotzdem kommt es mir so vor, als ob es überall um uns herum nur Hindernisse gibt. Manchmal wünschte ich, wir könnten die anderen einfach alle komplett aus unserem Leben aussperren und es gäbe nur noch uns zwei auf der Welt.«

Er rollte sich zurück auf den Rücken. »Aber ich weiß natürlich, dass das Unsinn ist«, fügte er hinzu.

Ich kuschelte mich an ihn, roch seine müde Haut und den abgeklungenen Duft seines Parfüms. »Ich weiß, was du meinst.«

»Ja?«

»Ja. Im Moment macht mir Le Clöbb überhaupt keinen Spaß mehr. Ich würde dir nicht zustimmen, dass sie dich nicht mögen, aber sie … Ich weiß auch nicht … Sie unterstützen mich einfach nicht.«

Stephen zog eine Grimasse. »Tim würde dich sicher gern unterstützen.«

»Stephen, bitte nicht. Wir wissen ja nicht mal, ob er von mir gesprochen hat.«

»Ach, komm!«

Ich seufzte. Ich hatte nie auch nur den Hauch eines Signals empfangen, dass Tim in mich verliebt war. Unsere dreiwöchige Schwärmerei mit neunzehn war nicht von intensiven Emotionen ausgelöst worden, sondern von intensiver Verwirrung: *Wenn wir uns so nahestehen, dann müssen wir uns doch einfach lieben, oder?*

Und seitdem: nichts mehr. Nicht mal ein Hauch. Bei keinem von uns. Als Tim vorhin jedoch so tiefgründig geworden war und angefangen hatte, von seiner unerwiderten Liebe zu sprechen, hatte mein Körper einen Notfall-Abwehrmechanismus aktiviert. Noch bevor mein Kopf die Zeit gehabt hatte, das, was da gerade passierte, zu verarbeiten, war die Panik in mir hochgekommen. Und auch wenn ich meinem Kopf momentan nicht so ganz traute – meinem Körper, das wusste ich, konnte ich immer trauen.

Irgendwas war da. Und dieses Irgendwas wollte ich nicht dort haben.

»Ich kann verstehen, warum du lieber glauben willst, dass Tim nicht von dir geredet hat«, erklärte Stephen. »Aber ich fürchte, ich bin da anderer Meinung. Zum dritten und letzten Mal: Ich bin ein Mann. Ich weiß, wie wir ticken. Und Tim ist nicht einfach nur mal kurz in dich verknallt, mein Schatz. Ich meine, mal abgesehen von der Art und Weise, wie er dich ansieht, gibt es da immer noch den Punkt, dass er mitten in der Nacht bei dir aufgekreuzt ist, und zwar betrunken und in einem ziemlich fragwürdigen Zustand. Dann macht er auch noch mit seiner Freundin Schluss – welch Überraschung –, und das kurz nachdem das mit uns angefangen hat. Da stellt er dann auf einmal fest, dass er nicht mehr mit ihr zusammen sein kann. Und gerade eben erzählt er dir, er ist schon seit einer Ewigkeit in ›jemanden‹ verliebt und sie empfindet nicht das Gleiche für ihn!« Stephen lachte jetzt fast, obwohl er nicht gerade fröhlich klang. »Komm schon, Annie!«

Angst begann sich wie ein Haufen kleiner Würmer durch meinen Magen zu fressen.

»Er ist sicher nicht in Claudine oder deine Schwester verliebt«, sagte Stephen milde.

»Nein.«

»Und gibt es sonst noch jemanden in seinem Leben, der infrage käme? Irgendeine andere Frau, die er seit Jahren kennt?«

Ich dachte darüber nach, obwohl ich die Antwort bereits kannte. »Nein. Nur mich.«

Stephen beobachtete mich. »Annie«, begann er. »Ich will nicht, dass du dich da zu sehr reinsteigerst. Ich meine, ich weiß, du vertraust Männern nicht besonders, aus verständlichen Gründen, aber die Tatsache, dass er an dich denkt, bedeutet nicht, dass er plötzlich eine Gefahr ist oder so was.«

Zärtlich streichelte er mir über die Wange. »Prinzessin? Bist du da? Ich hab gesagt, ich will nicht, dass du dir Sorgen machst.«

Ich schauderte. Ich wollte nicht, dass Tim oder sonst jemand sich über mich Gedanken machte. Nicht *solche* Gedanken.

Die Stille wurde vom Klingeln meines Handys unterbrochen. Stephens Gesichtsausdruck sagte: *Ich wette, es ist Tim.*

Er war es.

Ich blickte auf die Uhr. Zehn Minuten nach Mitternacht. Was sollte ich tun? Die Vorstellung, die ganze Nacht wach zu liegen und nicht zu wissen, was er wollte, war sogar noch schlimmer als die Vorstellung, mit ihm sprechen zu müssen.

Stephen zuckte die Achseln. »Geh dran.«

Mein Finger zitterte, als ich über das Display wischte, um den Anruf entgegenzunehmen.

»Tim?«

»Hi du. Ich hab gerade 'nen Anruf von Gastro bekommen.«

»Was?«

»Von dem Restaurant. Du hast deine EC-Karte da liegen lassen. Die Reservierung lief auf meinen Namen, deshalb haben sie bei mir angerufen. Ich dachte nur, ich sag dir Bescheid.«

»Oh, danke«, antwortete ich, extrem erleichtert. »Ich, äh, ich schreib dir morgen. Vielleicht hole ich sie nach der Arbeit bei dir im Krankenhaus ab.«

»Du hast deine EC-Karte vergessen?«, flüsterte Stephen lächelnd. Ich nickte.

»Ich kann sie nach der Arbeit bei dir vorbeibringen, wenn du willst«, schlug Tim gerade vor. »Oder wir könnten was trinken gehen.«

»Oh, okay, äh, mal sehen.«

Tim schwieg. »Ich hab das Gefühl, ich hab heute Abend ziemlich verwirrendes und unzusammenhängendes Zeugs geredet, und ich … ich will dir das alles richtig erklären. Du bedeutest mir zu viel, um das so halb stehen zu lassen.«

»Ist schon in Ordnung«, entgegnete ich. »Das ist nicht nötig!«

»Nein, ich muss wirklich mit dir reden. Kann ich dich nach Feierabend anrufen?«

Nein, kannst du nicht. »Ähm, okay.«

»Dann gute Nacht, Prinzessin«, verabschiedete er sich. »Schlaf schön.«

Stephen zog mich an sich. »Hör sofort auf damit«, beschwor er mich. »Hör auf, dir Sorgen zu machen. Tim ist keine Gefahr für dich, Annie, er ist dein Freund. Aber ich kann mir schon vorstellen, dass du keine große Lust auf dieses ›Gespräch‹ hast.«

Ich hatte noch nie auf irgendwas weniger Lust gehabt.

Ich beobachtete einen kleinen Käfer dabei, wie er sich einen Weg über Stephens taubengraue Wand bahnte. Es war sechs Uhr dreißig und noch dunkel draußen. *Wie schnell der Herbst gekommen ist*, dachte ich, *nach der Zeit, die sich wie der Sommer meines Lebens angefühlt hat.*

In dieser Nacht hatte ich kaum geschlafen. Irgendwann hatte ich einen Wachtraum gehabt, in dem ich gedacht hatte, Tim sei im Zimmer und würde mich beobachten, und ich hatte mich weder bewegen noch sprechen noch sonst irgendetwas tun können. Ich war wie gelähmt gewesen.

Als ich wieder richtig wach geworden war, hatte ich mich ermahnt, mich nicht so albern aufzuführen. Ich hatte mir in Erinnerung gerufen, was für ein lieber, süßer, respektvoller Mann Tim Furniss war und was für eine besondere Freundschaft wir hatten. Doch die Panikstrudel hatten sich vervielfacht, und mein Herz hatte in einem Tempo gehämmert, bei dem an Schlaf nicht mehr zu denken gewesen war.

Um vier Uhr hatte ich beschlossen, heute meine Therapeutin anzurufen. Stephen hatte recht: Mein Zustand war nicht gut, und wenn das mit Tim so war, wie ich befürchtete, würde ich definitiv Hilfe brauchen.

»Er starrt dich immer so an, Mum«, hatte Lizzy gesagt, wenn Mum sie wegen ihrer gemeinen Äußerungen über Neil Derrick ausgeschimpft hatte. »Ich finde ihn komisch. Warum hat er so dünne Beine?«

»Neil ist ein ganz Lieber«, hatte Mum dann geantwortet. »Er ist nur ein bisschen anders als wir, Lizzy. Bitte sei nett zu ihm, Schatz.«

Aber Lizzy hatte recht gehabt. Neil hatte Mum immer angestarrt und sogar die Straße überquert, um ihr Hallo zu sagen, mit seiner komischen Stimme.

Stephen schlief noch, seine Brust hob und senkte sich langsam, und er hatte einen Arm quer über das Gesicht gelegt. Sein Handy vibrierte ständig von den ganzen SMS und E-Mails, die er bekam, doch er schlief weiter.

In dem Moment, als er sich langsam zu rühren begann, vibrierte mein eigenes Handy.

Tim.

Können wir uns heute um 18:30 treffen? Im Elderfield? Ich brauche wirklich jemanden zum Reden. Gib mir Bescheid. Tx

Als ich das Handy hinlegte, stellte ich fest, dass Stephens eisblaue Augen mich beobachteten. »Hallo«, begrüßte er mich und streckte sich wie eine Katze quer über das ganze Bett aus. »Was ist los?«

»Tim will sich heute Abend mit mir treffen.«

Gähnend nahm Stephen mich in den Arm. »Und was willst du?«

»Ihn nicht sehen.«

Stephen vergrub die Nase in meinem Haar. »Prinzessin, ich mache mir Gedanken, dass ich dich unnötig beunruhigt hab.«

»Hast du nicht. Ich bin schon selbst ganz gut darin, mich zu beunruhigen, ohne jede Hilfe von außen.«

Ich konnte spüren, wie Stephen in meine Haare hineinlächelte. »Möchtest du, dass ich ihn für dich abwimmele? Um dir ein bisschen Zeit zu verschaffen?«

Ich rutsche ein Stück zurück, um ihm ins Gesicht blicken zu können. »Und das würde dir nichts ausmachen?«

»Natürlich nicht.«

»Dann ja, bitte, Stephen, ich …«, setzte ich an und nahm einen tiefen Atemzug. »Ich rufe heute meine Therapeutin an und lasse mir einen Termin geben.«

Stephen zog mich erneut an sich. »Braves Mädchen. Wir kriegen das wieder hin. Ich nehme mir die Freiheit, dir heute Urlaub zu geben, damit du deine Gedanken sortieren kannst. Und ich bin ebenfalls so frei, heute Morgen nicht ins Büro zu gehen und mich stattdessen um dich zu kümmern.«

Während Stephen Tim anrief und ihm erklärte, ich habe etwas Falsches gegessen und könne heute nirgendwo hinkommen, ließ ich mir ein Bad in Stephens wunderschöner gusseiserner Badewanne ein. Dann hörte ich mein Handy klingeln und zuckte erschrocken zusammen. Als ich sah, dass die Nummer unterdrückt war, bekam ich Panik und ließ es klingeln. Auf dem Display erschien eine Mailboxnachricht. Mir wurde schlecht.

Doch es war nur Kate. Fröhlich vor sich hin plappernd erzählte sie mir von ihrem Leben auf dem Hof und sagte mir, sie würde mich komischen Kauz vermissen, aber sie käme sicher bald mal nach London. Ich musste lächeln. Gut. Wenn irgendjemand Le Clöbb wieder zusammenbringen konnte, dann unsere Freundin aus Irland.

Stephen ließ mich eine Weile in der Badewanne entspannen, bevor er selbst hineinkletterte, ohne das pausenlose gebieterische Summen seines Handys zu beachten. »Wie hat er es aufgenommen?«, wollte ich wissen.

»Er wird's überleben.« Stephen zog an einem meiner schaumigen Zehen. Der heiße Dampf befeuchtete seine Wimpern und ließ sie seesternförmig aneinanderhaften. Am liebsten hätte ich sie geküsst. »Es sei denn, er ist ein totaler Psychopath, dann wird er wohl kommen und uns töten.«

Genießerisch ließ ich mir die Füße von Stephen massieren. Ich fühlte mich seltsam losgelöst von der Welt, als wäre ich von einem Nebel umgeben. Das Einzige, was ich klar sah, waren Stephen und ich.

»Wenigstens läuft es zwischen uns gut«, sagte ich. »Alles andere ist grad suboptimal, aber das mit uns beiden fühlt sich gut an. Oh, und das mit Dad. Dass es ihm wieder so gut geht. Und mit Kate läuft's auch toll, wenn sie sich denn mal die Mühe macht, mich anzurufen. Also, ich schätze, eigentlich ist alles okay, außer das mit Le Clöbb. Und, äh, meinem Geisteszustand.«

Stephen rieb mit dem Daumen über meinen Ballen. »In letzter Zeit kommst du mir tatsächlich recht unglücklich vor, wenn du dich mit Le Clöbb getroffen hast.«

»Ich weiß.«

»Das ist ja auch schwierig«, räumte er ein. »Wenn man so tolle Freunde hat, und dann tun sie dir plötzlich nur noch weh und alles ist scheiße, und du denkst dir: Moment mal. Das hier sollten doch eigentlich die Leute sein, die mir ein gutes Gefühl geben. Die mich unterstützen.«

»Ja! Genauso fühlt es sich an.«

»Ich hatte auch mal so einen Freund«, erzählte Stephen. »Philip. Wir kannten uns schon seit Jahren. Aber irgendwann ist er einfach … keine Ahnung … blöd geworden. Es gab immer irgendeine *Sache*, irgendeinen *Knackpunkt*. Jedes Mal, wenn ich aus dem Pub gekommen bin, nachdem wir uns getroffen hatten, hab ich nur gedacht: Das war scheiße. Echt schwierig. Und so sollte es nicht sein.«

»Und was hast du dann gemacht? Ich glaube nicht, dass du mir schon mal von ihm erzählt hast. Obwohl: Bei dem Zustand, in dem sich mein Gehirn gerade befindet, ist alles möglich …«

Stephen lächelte – zu höflich, um mir zuzustimmen –, aber er wusste nur zu gut, dass ich recht hatte. »Ich hab die Freundschaft beendet. Das war hart, aber richtig so. Ich hab nicht viel Freizeit, und die wenige Zeit, die ich habe, will ich mit Leuten verbringen, die mir ein richtig gutes Gefühl geben. Eine ziemlich simple Regel, aber sie funktioniert.«

Ich schloss die Augen und sog tief den duftenden Wasserdampf ein. Ich würde mich sicher nicht in absehbarer Zeit von Le Clöbb trennen. Aber irgendwas musste sich ändern. Und zwar dringend, wenn es mit uns weitergehen sollte.

Und dann, während ich so über mein Dilemma nachdachte, tat ich etwas ziemlich, ziemlich Furchtbares.

Ich ließ einen gewaltigen, dröhnenden Unterwasserfurz fahren.

Ich erstarrte. Nein. Nein? Doch? War das wirklich passiert?

Ich öffnete ein Auge einen Spaltbreit und sah, dass Stephen mich total verblüfft anstarrte. Ich schloss den Spalt wieder. »Nein«, flüsterte ich.

»Äh, *doch*!« Stephen lachte schallend. »Doch, du hast das gerade wirklich getan. IN MEINER BADEWANNE!«

»Nein.«

Stephen bebte vor Lachen. »Doch. Doch, hast du. Und ich hab's sogar GESPÜRT. Oh Gott! BAH!«

»Nein, nein, nein …« Aber es war schon zu spät. Ich lachte und lachte und lachte, genau wie Stephen. Wir lachten, bis wir keine Luft mehr bekamen. Tränen liefen mir übers Gesicht, und ich hatte Schmerzen in der Brust. »Nein«, rief ich immer wieder.

Als wir uns endlich wieder eingekriegt hatten, nahm ich Stephens Fuß und massierte ihn, als eine Art Entschuldigung. »Kein Furzen mehr«, knurrte er. »Das verkraftet diese Wanne nicht.«

»Bei dir bin ich einfach immer so entspannt«, sagte ich. »Ich genieße jede Minute, die wir zusammen sind. Und im Moment finde ich jede Minute mit Le Clöbb schwierig. Ich muss mir eine kleine Auszeit nehmen. Tim will ich 'ne Weile nicht sehen. Claudine auch nicht. Und mit Lizzy muss ich wohl mal ein ernstes Gespräch führen, die Treffen mit *ihr* werde ich nämlich nicht aufgeben.«

Stephen betrachtete mich. »Also, wenn du das wirklich willst«, meinte er. »Ich schreibe dir ganz sicher nicht vor, dass du deine Freunde nicht mehr treffen darfst.«

»Musst du auch nicht«, entgegnete ich traurig. »Das haben sie sich selbst zuzuschreiben.« Ich fühlte mich schon entspannter. Weniger beschissen. Weniger zerrissen. Hatte ich nicht schon genug durchgemacht?

In diesem Moment rührte sich mein Handy, das auf dem Stuhl neben dem von Stephen lag. Stephen hievte sich aus der Wanne, um einen Blick darauf zu werfen. »Es ist Tim«, verkündete er.

»Oh.« Das gefiel mir nicht. »Lass es klingeln.«

Stephen setzte sich wieder zu mir in die Wanne, und ich konzentrierte mich darauf, das nervöse Gefühl zu vertreiben, das sich plötzlich in meinem Magen breitgemacht hatte. »Es ist alles gut«, beruhigte Stephen mich. »Mach dir keine Gedanken!«

Mein Handy fing erneut an zu klingeln.

»Wieder Tim«, teilte mir Stephen mit. Ich schluckte.

Als Tim zum dritten Mal anrief, war mir schlecht. »Kannst du ihn bitte abwimmeln?«, fragte ich. »Mir gefällt das nicht. Ich meine, du hast ihm doch gesagt, dass ich was Falsches gegessen hab.«

Ich sah zu, wie der Schaum von Stephens großem, starkem Körper glitt, während er über die Fliesen tapste.

»Hey, Kumpel«, grüßte Stephen höflich und schlang sich ein Handtuch um die Hüften. »Ja, ihr geht's leider immer noch schlecht, der Armen …«

Als er hinaus in den Flur schlenderte, wurde mir bewusst, dass ich mich an den Rand der Badewanne klammerte, meine Knöchel waren weiß vor Anspannung. *Ist schon gut*, beruhigte ich mich innerlich. *Alles ist gut. Tim macht sich wahrscheinlich nur Sorgen um dich.*

»Hmm«, sagte Stephen, als er einige Minuten später wiederkam. »Er meinte, er hat angerufen, weil er vor der Arbeit noch

Zeit hätte, rüberzukommen und nach dir zu sehen, wenn du das willst.«

Ich starrte Stephen an, und er lächelte aufmunternd. »Denk dran, er glaubt, du hast was Falsches gegessen.«

»Ich weiß! Aber du hast ihm doch gesagt, dass *du* dich um mich kümmerst! Wieso will er dann trotzdem vorbeikommen?«

Stephen breitete ein großes Handtuch für mich aus. »Ich hab ihm ziemlich deutlich zu verstehen gegeben, dass er nicht zu kommen braucht, Prinzessin«, erklärte er. »Du kannst dich also entspannen.«

Stephen führte mich in die Bäckerei am Rande des Clapton Square aus, wo er mir ein Stück Bananenbrot und einen starken Flat White bestellte. Eigentlich hatte ich damit gerechnet, er würde sich noch weiter darüber auslassen, was für ein besessener Spinner Tim war, doch zu meinem Erstaunen gab Stephen sich alle Mühe, mich zu beruhigen. »Vielleicht hatten wir unrecht«, überlegte er und fuhr sich mit der Zunge über die Oberlippe, um den feinen Schaum der *Crema* wegzuwischen. »Vielleicht haben wir beide da zu viel hineininterpretiert.«

»Vielleicht«, lenkte ich zweifelnd ein. »Vielleicht waren wir zu schnell.«

Wirklich glauben konnte ich das allerdings nicht. Somit war es auch eigentlich keine große Überraschung, als ich einen Blick aus dem Fenster warf – an dem der Regen wie zähflüssiger Sirup herabrann – und sah, wie Tim aus Richtung Mare Street auf uns zukam.

»Scheiße«, flüsterte ich. »Stephen, er ist hier …« Mir blieben die Worte im Halse stecken.

Stephen lugte nach draußen. »Nee, oder?«, sagte er ärgerlich. »Lass sie doch mal in Ruhe, du Idiot.« Er legte mir die Hand auf den Arm. »Es ist alles gut. Ich gehe raus und sage ihm, er soll sich verziehen.«

Für den Bruchteil einer Sekunde dachte ich darüber nach, Stephen aufzuhalten – schließlich wollte ich nicht der Grund für eine Szene sein –, doch plötzlich war es mir wichtiger als alles andere, dass Tim Furniss nicht in diesen Laden kam. Deshalb nickte ich. Stephen stand auf und schlüpfte aus der Bäckerei, in dem Moment, als Tim in den Clapton Square einbog.

Mit einem hohlen Gefühl in der Brust duckte ich mich und wartete darauf, dass etwas passieren würde. Dass Tim wieder in Richtung Mare Street gehen oder Stephen zurückkommen würde. Doch nichts passierte.

Ich zählte zehn Atemzüge.

Es passierte immer noch nichts. Der Regen strömte weiter über die Fenster, und ein Kleinkind kam zu mir und starrte auf mein Bananenbrot.

Nichts passierte.

Als ich es nicht mehr länger ertragen konnte, ging ich nach draußen.

Die beiden standen vor Stephens Haus und diskutierten heftig. Bevor ich noch die Zeit hatte, zu entscheiden, was ich tun sollte, stürmte Tim die Straße hinunter auf mich zu. Er hatte mich sofort entdeckt. »Annie«, rief er. »Annie, hör mir zu …«

In den Träumen, in denen ich von einem Mann verfolgt wurde, war ich nie in der Lage, zu rennen: Hilflos konnte ich nur mit den Füßen strampeln, und irgendwo in meinem Hals bildeten sich komische Laute. In der Realität konnte ich allerdings schneller rennen, als ich je in meinem Leben gerannt war. Ich sprintete los, vorbei an der Bibliothek und dem schäbigen Maklerbüro, während Tims Stimme sich im Geräusch eines beschleunigenden Busses der Linie 38 verlor. Ich bog um die

Ecke in die Lower Clapton Road, rannte an dem Krimskramsladen vorbei und in eine Gruppe schmieriger Bauarbeiter hinein.

Als Stephen mich fand, hatte ich gerade vor dem Pfandhaus an der Ecke haltgemacht und starrte ausdruckslos auf mehrere Reihen vergoldeter 18- und 21-Karat-Anhänger, die einsam und verlassen dalagen; weggeworfene Zeugnisse längst vergangener Geburtstage. Der Regen hatte aufgehört, doch der Asphalt war immer noch nass. Busse fuhren rumpelnd vorbei. In meinem Innern machte sich ein Gefühl der Hoffnungslosigkeit breit.

»Ach, Prinzessin.« Stephen legte die Arme um mich.

Müde schmiegte ich mich an ihn. Ich sehnte mich nach einer Schlaftablette.

»Was war denn los, Annie?«

In der Hoffnung, dass er aufhören würde, mir Fragen zu stellen, presste ich mich fest an ihn.

»Annie?«

»Überreaktion«, murmelte ich in seinen Mantel hinein. »Eine ziemlich heftige. Sorry. Wenn wir nach Hause kommen, rufe ich meine Therapeutin an. Vielleicht auch meinen Hausarzt. Ich lasse nicht zu, dass das hier irgendwelche Macht über mich gewinnt, Stephen. Versprochen.«

Stephen küsste mich auf die Stirn. »Komm«, sagte er, nahm meine Hand und führte mich weg.

»Was hat Tim gesagt?«

Stephen seufzte. »Er hat nur immer wieder gemeint, er muss dich sehen und es kann nicht warten. Und ich hab gesagt: ›Junge, sie will dich nicht sehen. Und auch sonst niemanden.‹ Daraufhin hat er mich dann mit allem Möglichen beschimpft. Er war ein bisschen verstört. Aber, Annie, ich glaube nicht, dass er hierherkommt und dich umbringt. Ich hätte darüber keine Witze machen sollen – jetzt hab ich ein schlechtes Gewissen.«

»Ist er hinter mir hergelaufen?«, fragte ich, während Stephen mich zurück in Richtung Clapton Square lenkte.

»Nein. Er hat nur zugeschaut, wie du weggerannt bist. Er hat traurig ausgesehen, und dann ist er gegangen, allerdings nicht, ohne mich noch als Wichser zu bezeichnen.«

Einige Minuten später drückte Stephen mich in einen Sessel und gab mir einen Brandy. »Vielleicht brauchst du irgendwelche Medikamente gegen Angstzustände oder so was«, schlug er vorsichtig vor. Ich hatte wieder angefangen, zu weinen. »Du kommst mir sehr angespannt vor, Prinzessin …«

»Vielleicht.« Ich schlug die Hände vors Gesicht. »Vielleicht bin ich das. Stephen, bitte verlass mich nicht. Versprich mir, dass du mich nicht verlässt.«

Kapitel 22

Kate

»Du vögelst also mit dem Chef, Galway?«, fragte Joe, während wir eines Abends das Zaumzeug putzten.

Ein Backenstück fiel mir aus der Hand in den Wassereimer.

»Oje.« Joe kicherte. »Galway wird rot. Wie konntest du mir das antun, meine Königin? Wie konntest du nur?«

Ich fischte das Backenstück aus dem Eimer. »Ich vögele nicht mit dem Chef. Und ich hab's auch nicht vor …« Ich verstummte. »Verdammt, Joe, hör auf damit, das ist mir peinlich!«

»Galway«, begann er, »zufälligerweise finde ich, dass du und der Chef ein wunderschönes Paar abgeben würdet. Du tust immer so, als wärst du ein männermordendes Weibsstück aus Dublin, aber mir machst du nichts vor, Schnuckelchen.«

»Was?«

»Du bist genauso eine Romantikerin wie er.«

»Ach, halt die Klappe«, knurrte ich. »Und fürs Protokoll: Ich werde nicht rot.«

»Doch, Galway, wirst du.«

»Werd ich nicht.«

»Ach, Galway.«

»Wovon redet er, Süße?« Becca stand in der Tür. Fast hätte ich laut aufgekeucht.

»Himmel«, rief ich und starrte sie an. »Du siehst toll aus, Becca!«

Während der letzten Monate hatte Becca sich die Haare wachsen lassen, sie allerdings bei jedem Besuch unerbittlich zu einem Pferdeschwanz zusammengebunden. Heute jedoch fielen sie ihr über die Schultern, frisch gefärbt in einem Kastanienbraun und so gestylt, als käme sie gerade vom Friseur. Becca trug keine Reithose, sondern Jeans und – mir blieb der Mund offen stehen – einen hautengen Pullover! Was kam als Nächstes? Bei dem Tempo, das sie vorlegte, würde sie sich demnächst schminken und Parfüm auflegen! Wobei irgendetwas in mir hoffte, dass sie das nicht tun würde. »Hör auf, mich so anzusehen«, grummelte sie. »Carolines Pferdepflegerinnen haben mich bei so ’ner Datingseite angemeldet und mir heute Nachmittag ’nen Föhn geschenkt. Meinen ersten. Ich komme mir total bescheuert vor.«

Ich stand auf, um sie zu umarmen, konnte es dann aber irgendwie nicht über mich bringen. »Du siehst zu hübsch und sauber aus«, erklärte ich und drückte ihr stattdessen die Hand. »Ich freue mich so, dass du datest! Waren schon irgendwelche Guten dabei?«

»Gott, nein. Einer bekloppter als der andere. Aber es hat trotzdem Spaß gemacht.«

Wir lächelten uns zu und erkannten damit schweigend an, welche Fortschritte sie gemacht hatte.

»Du siehst wirklich hübsch aus, Becca«, bemerkte Joe und stand auf. »Eigentlich siehst du sogar so hübsch aus, dass ich dich vielleicht frage, ob du Lust hast, nachher mit mir was trinken zu gehen.«

Vollkommen entsetzt blickte Becca ihn an. »Joe, Schätzchen«, entgegnete sie deutlich. »Ich date, weil ich gern *nette* Männer kennenlernen möchte. Nicht 'ne Hure aus Irland.«

Joe lachte nur leise.

»Geh und hol den Wein aus dem Kühlschrank«, sagte ich zu Becca. »Ich passe auf, dass er nicht hinter dir herkommt.«

Joe stieß einen Pfiff aus, als Becca davonging und ihr welliges Haar im Dämmerlicht glänzte. »Du bist echt erbärmlich«, schimpfte ich Joe aus. »Sie bläst sich *einmal* die Haare in Form, und schon schleichst du um sie herum wie ein räudiger Köter.«

Joe klimperte mit den Wimpern. »Was hast du gerade gesagt, Galway? Sie bläst?«

Er duckte sich, um nicht das Stück Sattelseife an den Kopf zu bekommen, das ich in seine Richtung warf. »Krieg dich wieder ein, Galway! Das ist doch *die* Lösung! Du kannst den Chef verführen – denn heiliger Gott im Himmel, der Mann schreit förmlich danach, dass du endlich in die Puschen kommst, Mäuschen –, und ich mach mir ein paar kuschlige Nächte mit Becca. Und danach können wir alle zusammen Geschenke unterm Weihnachtsbaum öffnen, Kinder kriegen und Spaß haben. Wäre das nicht super, Galway?«

Becca kam mit dem Wein zurück. »Becca, es tut mir leid, aber Joe redet davon, Kinder mit dir zu kriegen«, berichtete ich. *Und er hat gesagt, Mark würde förmlich danach schreien, dass ich endlich über ihn herfalle*, hätte ich am liebsten hinzugefügt. Tat er das? Wirklich? Hatte er Joe irgendetwas erzählt? In meinem Innern brach eine Mischung aus leichter Aufregung und Panik aus.

»Du kannst dich direkt wieder verpissen, Schätzchen«, sagte Becca zu Joe. »Eher würde ich es mit 'nem Ziegenbock treiben. Okay, dann lasst uns mal dieses Ding hier öffnen …«

Marks Dokumentarfilm würde an diesem Abend um neun Uhr im Fernsehen laufen, und Sandra hatte in ihrer Begeisterung fast jeden eingeladen, der ihr je über den Weg gelaufen war. Seit Tagen bereitete sie schon das Essen vor, obwohl wir kaum genug für uns vier hatten. »Schweinepastete«, hatte sie heute Morgen vor sich hin gemurmelt. »Schweinepastete – ich will, dass jeder ein Stück Schweinepastete bekommt …«

Becca hockte sich auf eine Truhe, auf der ein Stapel sauberer Stalldecken lag. »Wie geht's Mark?«, fragte sie.

»Er läuft jetzt ohne Stock!«, entgegnete ich strahlend. »Noch keine langen Strecken, aber es ist ein Riesenfortschritt. Er ist so tapfer, Becca, man kann ihm ansehen, was für Schmerzen er dabei hat.«

Becca war begeistert.

»Galway himmelt ihn total an«, verkündete Joe. »Und er sie auch. Heilige Mutter Gottes, du hättest die beiden in den letzten Wochen sehen sollen, Becca – es war so rührend, mir ist ganz warm ums Herz geworden.«

Schallend lachte er in die anschließende Stille hinein. »Okay, ich geh dann mal unter die Dusche, damit ich dich später verführen kann, Becca. Galway muss noch eine Trense putzen – pass auf, dass sie sich nicht drückt.«

»Hau ab, Joe«, rief Becca. Dann blickte sie mich ernst an und hob die Augenbrauen.

»Joe redet Quatsch«, behauptete ich, nachdem unser Kollege sich aus dem Staub gemacht hatte. »Mark steht nicht auf mich. Und ich auch nicht auf ihn. Du kannst also aufhören, mich so anzugucken.«

»Verstehe.« Becca zwinkerte mir zu.

»Hör auf! Da ist nichts! Gar nichts! Und da war auch nie was!«

Becca goss mir etwas Wein ein. Etwas klimperte – sie trug tatsächlich Armreifen. »Kate, Süße, du brauchst dir keine Gedanken um mich zu machen. Ich war in *dem* Moment über ihn hinweg, als ich gegangen bin, genauso, wie ich es mir schon gedacht hab. Ich hab nur festgesteckt, Kleine. Ich war total im Trott und hab mir eingeredet, Mark wäre die Lösung für all meine Probleme.«

Ich konzentrierte mich darauf, Stumpys Gebissstück zu reinigen.

»Ach, Süße, schau mich mal an.«

Widerwillig legte ich das Gebiss hin und blickte ihr in die Augen. »Kate«, begann sie sanft, »als ich hierhergekommen bin, hatte ich gerade einen Schwangerschaftsabbruch hinter mir, nachdem ich rausgefunden hatte, dass mein Verlobter mit 'ner anderen rumvögelt. Ich war total fertig, als hätte mich jemand mit 'nem Laster überrollt.«

»Oh nein, Becca ...«

»Ich war froh, dass ich mich mit Mark und seinen Problemen ablenken konnte. Ich hab gedacht, er könnte mir über das alles hinweghelfen. Aber das hat er nicht, Süße. *Ich* hab mir geholfen. Die Zeit hat meine Wunden geheilt, genau wie bei dir. Ich hab kein Interesse an Mark Waverley, Kleines, aber ich glaube, du schon, und ich glaube, das hast du auch schon seit deinem ersten Tag hier.«

Ich ließ den Blick nach oben schweifen zu der Reihe verblasster Rosetten, die Mark in seiner Kindheit gewonnen hatte und die seine stolze Mutter vor so vielen Jahren an die Wand gepinnt hatte. Ich stellte mir sein Gesicht vor, dieses einzigartige, liebevolle, tapfere Gesicht, und ich dachte daran, wie er mich jeden Tag dazu antrieb, besser zu werden, und welches Vertrauen er mir entgegenbrachte, indem er mir seinen geliebten Stumpy überließ. Und ich dachte daran, dass ich immer noch jeden Morgen aus meinem Zimmerfenster blickte und ihm dabei zusah, wie er über die Boxentür hinweg mit seinem

Pferd schmuste, ihm Leckerli gab und mit ihm sprach. Er war hoffnungslos verliebt in seinen felligen Freund.

Becca hatte recht. Ich war verrückt nach ihm.

»Ich stehe nicht auf ihn«, beharrte ich. »So gar nicht.«

Becca musterte mich lange und gründlich. »Okay. Ich schätze, dann sind Joe und ich wohl an Weihnachten allein. Nur Joe und ich und heißer Sex.«

Sie hielt einen Moment inne. »Iih.«

Die Doku begann recht nett. Mit vielen Infos über Marks glanzvolle Karriere und darüber, dass er sich quasi aus dem Nichts hochgearbeitet hatte, ohne Geld und mit einer tragischen Vergangenheit. Als sie Fotos und einige alte Videos von Mark als Zehnjährigem zeigten, fing mein Magen an, komische Verrenkungen zu machen.

Mit Marks Kindheit hielt der Film sich jedoch nicht lange auf. Schon kurz danach folgte der Unfall, in schrecklicher Detailliertheit dokumentiert von dem Kameramann, der sich oberhalb des Sprungs auf einem Gerüst befunden hatte. Wie weggeworfenes Spielzeug flogen Mark und Stumpy durch die Luft, dann liefen auch schon Sanitäter und Offizielle auf das furchtbare Knäuel aus Pferd und Reiter zu, das mit verdrehten Gliedmaßen am Boden lag.

Und dann sah man mich, wie ich auf sie zuraste. Meine panischen Schreie legten sich wie eine hohe, abgehackte Tonfolge über die gebannte Stille der Zuschauer.

Mein Lauf wurde in Zeitlupe gezeigt, und mitten auf dem Bildschirm war jetzt mein Gesicht zu sehen: qualverzerrt.

Die Welt um mich herum wurde still.

Oh Gott, dachte ich. *Oh Gott, nein …*

Ich spürte Beccas Hand auf meiner Schulter. »Süße?«, flüsterte sie. »Süße, ist alles okay?«

Ich stand auf, um den Raum zu verlassen, doch mitten in der Bewegung wurde mir bewusst, dass ich damit nur noch mehr Aufmerksamkeit auf mich lenken würde, und so sank ich zurück in meinen Stuhl. Das Blut hämmerte in meinen Ohren. Ich musste weg. Ich musste abhauen. Sofort. Heute Abend noch. Sobald die Doku zu Ende war. Ich musste so viel Abstand zwischen mich und den Hof bringen, wie ich nur konnte.

In der Werbepause schob Becca mich in die Küche. »Okay«, sagte sie. »Es reicht. Ich will jetzt alles wissen, Kate, und komm mir nicht noch mal mit diesem Scheiß von wegen Burn-out.«

Also erzählte ich ihr alles. Bevor irgendjemand hier eintraf, würde ich sowieso schon weg sein.

Becca versuchte, mich zum Bleiben zu überreden, versuchte, mir zu versichern, dass es keinen Grund gab, warum mich irgendjemand mit Mark in Verbindung bringen sollte. »Du warst nur eine geschockte Zuschauerin, Süße«, beruhigte sie mich sanft. »Hör mir zu: Ist dir gar nicht aufgefallen, dass es auch Aufnahmen von anderen Leuten gab, die genau das Gleiche gemacht haben? Schreien? Rennen? Weinen? Woher sollte irgendwer wissen, dass du für Mark arbeitest?«

Sie hielt mich an den Schultern fest, als würde ich mich sonst in Luft auflösen. Ich zitterte wie Espenlaub.

»Süße, du musst dich wieder beruhigen. Ich verstehe dein Problem, aber bei Nacht und Nebel davonzurennen ist keine Lösung.«

Ich begann zu wimmern.

»Komm und schau dir den Rest an«, schlug Becca vor. »Und danach entscheiden wir, was wir tun. Du kannst zu mir kommen und heute Nacht bei mir pennen, wenn du willst.«

Prüfend blickte sie mich an. »Atmen, Süße«, sagte sie ruhig. »Einatmen und ausatmen. Bitte.«

Als wir wieder ins Zimmer kamen, um den nächsten Teil zu gucken, musterte Mark mich. Kaum sichtbar hob er eine Augenbraue. *Alles okay?*

Ich senkte den Kopf. Ihn anzuschauen tat einfach zu weh, weil ich wusste, dass ich morgen früh nicht mehr da sein würde.

Der Film ging weiter, doch ich kriegte kaum etwas davon mit. Gegen Ende wurde gezeigt, wie Mark das erste Mal stehen konnte, mit wackligen Knien und vor Anstrengung ganz weiß im Gesicht. Alle im Wohnzimmer hatten Tränen in den Augen, ich dagegen war wie erstarrt.

Plötzlich erregte das Geschehen auf dem Bildschirm allerdings wieder meine Aufmerksamkeit. »Mark bringt seiner einzigen verbliebenen Angestellten Kate das Reiten bei«, sagte der Sprecher. Die Kamera fokussierte sich auf Marks Gesicht, ich war nur unscharf im Hintergrund zu sehen. »Es ist alles gut«, flüsterte Becca und drückte meine Hand. »Man erkennt nicht mal ein winziges bisschen von dir, Süße.«

Mit wildem Blick schaute ich zum Fenster, halb in der Erwartung, dort irgendwelche Fratzen zu entdecken, die mich anstarrten.

Marks Gesicht auf dem Bildschirm verzog sich gerade zu einem breiten, stolzen Lächeln, als ich meinen ersten fliegenden Galoppwechsel ritt. »Sehr gut«, rief er. »Ich habe Kate sehr viel zu verdanken«, gestand er in einem unerwartet offenherzigen Moment in die Kamera. »Sie hat mich jeden Tag besucht, während ich im Krankenhaus war.«

»Warum, glauben Sie, hat sie Sie jeden Tag besucht?«, fragte der Regisseur aus dem Off. Diese Typen kriegten echt alles mit.

»Ich hab keine Ahnung«, antwortete Mark. »An ihrer Stelle hätte ich es nicht getan. Aber sie hat es gemacht. Ihr Besuch war immer der Höhepunkt meines Tages. Sie hat mir Videos von Stumpy mitgebracht und eine Menge schlechter Witze gerissen. Und als ich mich in Selbstmitleid gesuhlt hab, hat sie mich da rausgerissen.«

Der Regisseur machte eine bedeutungsschwangere Pause. »Das klingt, als hätte sie weit mehr als nur ihre Pflicht getan«, kommentierte er.

Mark sah mir dabei zu, wie ich die Reithalle umrundete. »Ja, das hat sie. Ich bin mir nicht sicher, ob ich heute laufen könnte, wenn sie das nicht gemacht hätte. Sie hat mir Hoffnung gegeben und mich dazu gebracht, zu kämpfen … Sie hat eine Wahnsinnskraft.«

Dieses Mal war die Pause des Regisseurs noch viel dramatischer – und zu meinem Erstaunen schluckte Mark den Köder. »Sie hat mich mehr als einmal angeschrien und mir gesagt, ich soll aufhören, mich selbst zu bemitleiden, und dankbar sein, dass ich noch lebe. Sie war ziemlich schonungslos, aber genau das hab ich auch gebraucht.« Im Hintergrund fluchte ich gerade laut, als ich meinen zweiten fliegenden Galoppwechsel vermasselte. »Allerdings war das nicht das Einzige. Kate hat so was an sich, so eine Entschlossenheit, das Positive in jedem Unglück zu sehen. Sie hat immer einen Scherz parat oder einen albernen Kommentar. Und sie ist immer am Lächeln. Jemanden wie sie hab ich vorher noch nie getroffen. Sie ist so anders.«

»Dann bedeutet sie Ihnen also sehr viel?«, fragte der Regisseur. Seine Begeisterung war fast mit den Händen zu greifen.

Mark wandte sich ab. »Mehr Innenschenkel«, schrie er mir zu und ignorierte die Frage.

Hier und jetzt im Wohnzimmer war Marks Blick starr auf den Fernseher gerichtet. Ich hatte das Gefühl, mich gleich übergeben zu müssen.

Als die Doku vorbei war, klatschten alle, dann wurde es still, damit Mark etwas sagen konnte. Doch wie es für ihn typisch war, hielt er keine Rede. »Lasst das«, beschwor er die anderen, schnappte sich eine Handvoll Erdnüsse und starrte mit rot glühenden Wangen auf den Boden.

Ich schlüpfte aus Sandras Wohnzimmer und verließ das Haus. Leise schloss ich die Tür hinter mir. Dirk und Woody lagen schlafend auf der Veranda; träge schlugen sie mit den Schwänzen auf den Boden, als ich über sie hinüberstieg und zum Stallgebäude flüchtete. Auf dem Weg dorthin sah ich mich immer wieder um und vergewisserte mich, dass mir niemand auflauerte. *Es dauert noch mindestens vier Stunden, bis hier jemand auftaucht*, rief ich mir in Erinnerung. *Mindestens. Wahrscheinlich sogar noch länger.* Doch jetzt gab es eine Spur. Eine Spur, die zu Kate Brady auf die Hythe-Farm in Somerset führte.

Draußen war es windig und frisch; kleine Regentropfen fingen sich in meinem Haar, als ich hinüber zu Stumpys Box rannte.

Er war noch wach und zupfte an seinem Heunetz.

»Hallo«, begrüßte ich ihn. Kaum berührte ich ihn an der Nase, füllten meine Augen sich mit Tränen. »Ich bin hier, um dir Auf Wiedersehen zu sagen.«

Stumpy ließ eine Ladung Heu auf meinen Arm fallen. *Hast du irgendwelche Snacks dabei?*, wollte er wissen. *Leckerli? Karotten? Überhaupt irgendwas Essbares?*

In diesem Moment fing ich an zu schluchzen.

Stumpy hörte einen Augenblick mit dem Kauen auf und starrte mich an.

»Ich hab dich so lieb, du Frechdachs«, flüsterte ich. »Du hast mir das Leben gerettet. Du und dein Herrchen.« Ich schlang die Arme um seinen Hals und drückte die Wange an seine warme, süß duftende Mähne. »Ich hab dir so viel zu verdanken«, sagte ich zu ihm. Einige Sekunden lang rührte Stumpy sich nicht, doch am Ende gewann sein Magen, und er bewegte sich weg, um einen weiteren Bissen von seinem Heu zu nehmen.

Er kam jedoch direkt wieder zu mir zurück und betrachtete mich aus seinen großen, freundlichen Augen. »Ich werde dich bis an mein Lebensende vermissen«, flüsterte ich, während mir die Tränen über die Wangen strömten. »Mein tapferer, kleiner Kindskopf. Mein Süßer. Mein kleiner Frechdachs.«

Und bevor ich noch die Zeit hatte, es mir anders zu überlegen, drehte ich mich um und ging davon. *Nicht zurückblicken, Brady. Immer geradeaus, keine Spuren hinterlassen.*

»Was machst du denn hier draußen?«

Ich schrie auf. Meine Stimme wurde vom Wind eingefangen und über die Koppel getragen, wo die dicke Eiche sich unruhig hin und her wiegte und mit den Ästen über die Oberfläche des Halbmondes kratzte.

»*Kate?* Was ist denn los? Ich bin's doch nur.«

Mark. In einem wahnsinnig unmodernen Pullover, auf dessen Vorderseite der Name seines Sponsors prangte – sein Versuch, sich für seine Gäste »schick zu machen«. Vorhin hatte mich das noch zum Lächeln gebracht, und mir war ganz warm ums Herz geworden, als ich es gesehen hatte, doch das war gewesen, bevor mein Leben erneut aus den Angeln gehoben worden war.

»Tut mir leid, Chef«, murmelte ich. »Du hast mich erschreckt.«

Mark legte den Kopf schief. Er roch nach Rauch vom Kaminfeuer im Wohnzimmer. »Ich hab uns Schweinepastete mitgebracht«, verkündete er. »Mum war ganz besorgt, dass du vielleicht keine abbekommen hast. Außerdem haben mich alle angestarrt und die ganze Zeit nur irgendwas von ›Tapferkeit‹ und ›Hoffnung‹ gefaselt.«

Ich lachte, obwohl mir das Herz bis zum Halse schlug. »Ich liebe deine Mum.«

»Ich auch«, sagte Mark. »Aber das mit der Schweinepastete macht mich wahnsinnig. Okay, bringen wir's hinter uns. Kommst du?« Er gestikulierte in Richtung Koppeltor.

Verstohlen blickte ich zur mit Lampen gesäumten Auffahrt. Noch nichts zu sehen.

Ich ging zur Koppel hinüber und lehnte mich gegen das Tor, neben Mark und seine Krücken.

»Äh, Prost«, sagte er und stieß mit seiner Schweinepastete gegen meine. Dann biss er ein großes Stück ab, und ich fragte mich, wie ich mich dazu zwingen sollte, ebenfalls etwas zu essen.

Du musst los!, rief mein Verstand. *Jetzt! Mach dich vom Acker, verdammt!*

Das Problem war: Ich konnte nicht. Während ich dort neben meinem Chef lehnte und diese Augen betrachtete, die ich mittlerweile so gut kannte, und wir beide uns der Dinge bewusst waren, die er über mich in die Kamera gesagt hatte, verspürte ich in meinem Innern eine Intuition, die fast genauso stark war wie meine Angst.

Irgendwann schaffte ich es schließlich, einen Bissen zu essen.

Und so standen wir da, in der windigen Nacht, und aßen Sandras Schweinepasteten.

»Also, was ist los?«, fragte Mark, nachdem wir alles aufgegessen hatten.

»Ach, äh, du weißt schon«, begann ich, während ich mir mit zitternden Händen die Krümel von der Kleidung wischte. »Dies und das.«

»Verstehe.« Er lächelte. »Kate, du zitterst. Willst du meinen Pullover haben?«

»Nein.«

»Wirklich nicht? Du zitterst ziemlich heftig.«

Ich überprüfte die Zufahrt. »Wenn ich deinen Pullover nehme, frierst du auch«, lautete meine lahme Ausrede. »Und das will ich nicht.«

Mark nahm seine Krücken und ging in Richtung Sattelkammer davon. »Bleib da«, wies er mich an.

Ich blieb. Und beobachtete weiter die Zufahrt.

Mark kam mit einer Stalldecke zurück, die er um uns beide legte. Stocksteif standen wir beieinander, näher als je zuvor, und blickten auf die Wiesen. Brutal peitschte mir der Wind ins Gesicht, und die Regentropfen waren immer noch wie kleine kalte Dornen. Doch das alles spürte ich gar nicht.

»Okay, das ist der aktuelle Stand in meinem Leben«, begann Mark, offenbar dadurch ermutigt, dass er mich nicht direkt ansehen musste. »Ich lebe in Scheidung, ich kämpfe mit einer bösen Frau um das gemeinsame Sorgerecht für meine wundervolle kleine Tochter, und meine Knochen fangen gerade erst an, sich nicht mehr anzufühlen wie ein Haufen Trümmer. Meine Physiotherapie ist zermürbend, und ich mache mir fast in die Hose vor Angst, dass ich nie wieder bei einem Turnier antreten kann. Oder weil ich vielleicht gar nicht mehr antreten *will*. Und weißt du, was das Komische daran ist, Kate? Die meiste Zeit denke ich gar nicht an all diese Sachen, sondern an etwas völlig anderes.«

Mir zitterten immer noch die Hände, obwohl mein Körper sich seltsam ruhig anfühlte. »Das kann ich gut nachvollziehen.«

»Ja?«

»In den letzten Jahren hatte ich das Gefühl, als ob sich in meinem Kopf ein riesiges Schlachtfeld befindet«, erzählte ich verhalten. »Wo überall Minen rumliegen, die jederzeit explodieren können. Und irgendwie ist das alles in den Hintergrund gerückt, und es gibt da etwas anderes. Einen anderen … Menschen.« Meine Stimme schwankte und wurde vom Wind davongetragen.

Jetzt konnte ich die Wärme von Marks Körper durch meinen Pullover fühlen. Gott, das Leben war echt ein Wunder. Dieser Mann hätte tot sein können. Hätte in Badminton sterben können oder im Rettungshubschrauber. Doch stattdessen war er hier: quicklebendig und der tollste Mann der Welt in diesem Moment.

»Gut zu wissen, dass ich damit nicht allein bin«, sagte Mark langsam. »Damit, die ganze Zeit mit den Gedanken woanders zu sein, meine ich.«

»Ja.«

Es folgte ein langer Moment des Schweigens. Hinter uns flogen heruntergefallene Blätter über den Hof, und ich roch die nasse Erde und den Rauch des Feuers. Das war mein Zuhause.

Für wie lange noch? Eine Stunde?

»Ich finde, einer von uns sollte jetzt irgendwas sagen«, setzte Mark das Gespräch schließlich fort. »Wir sollten beide was sagen, irgendwas Mutiges.«

»Das finde ich nicht«, widersprach ich schnell. »Ich finde, wir sollten uns beide wie zwei richtig große Feiglinge benehmen.«

»Aber das will ich nicht. Ich will mutig sein, Kate.«

»Das bist du doch! Im Krankenhaus warst du so mutig wie, ich weiß nicht, ein Bär! Ein großer Bär, der Bäume ausreißen kann und mit Löwen kämpft und so …«

Ich konnte Marks fröhliches Lachen spüren, wie es durch seinen Pullover in meinen Körper vibrierte. »Ich glaube nicht, dass Bären und Löwen dieselben Regionen bevölkern«, meinte er. »Aber es gefällt mir, ein Bär zu sein.«

Er nahm einen tiefen Atemzug. »Kate …« Vor lauter Nervosität war seine Stimme ganz brüchig, aber ich konnte die Entschlossenheit darin hören. *Lass nicht zu, dass er es sagt*, dachte ich, und Panik stieg in mir auf. *Du hast schon genug Leben durcheinandergebracht. Zerstör nicht auch noch seins! Hau ab!*

Ich fühlte, wie mir eine warme Träne über die Wange lief. »Ich kann dieses Gespräch nicht führen«, presste ich hervor. »Es tut mir so leid, Mark, aber das ist nicht der richtige Zeitpunkt. Ich muss gehen.«

»Was – in eine leere Scheune? Während deine ganzen Kollegen nebenan sind? Und ich dir zu sagen versuche …«

»Ich hab Bauchschmerzen«, unterbrach ich ihn verzweifelt.

Mark drehte sich zu mir um. »Ich weiß nicht, was hier los ist«, begann er sanft. »Aber ich muss dir was Wichtiges sagen. Etwas, das nicht ungesagt bleiben sollte. Und das ich auch sagen *will*. Lässt du mich?«

Ich schüttelte den Kopf, während meine Augen sich mit neuerlichen Tränen füllten. »Ich muss dir auch was sagen, Mark. Aber wir können jetzt nicht darüber reden. Du musst mir vertrauen.«

Mark musterte mich. Wie hatte ich früher nur finden können, dass er kalte Augen hatte? Wie hatte ich so borniert sein und überall nur Gemeinheit und Grausamkeit sehen können, wo doch in Wirklichkeit Wärme und Großzügigkeit waren, die nur von Schüchternheit überdeckt wurden. »Hör mal, Kate«, fuhr Mark leise fort. »Ich dachte, du hättest einen Burn-out gehabt. Ich verstehe nicht, warum das gleichzeitig heißt, dass du nicht … jemanden gernhaben darfst.«

»Ich weiß«, entgegnete ich und versuchte erfolglos, mir das Gesicht mit der Hand trocken zu wischen. »Aber ich kann es wirklich nicht. Vor allem nicht die Person, über die wir hier reden. Auch wenn mir dieser Jemand die ganze Zeit im Kopf rumspukt und ich mich bei ihm stark fühle und glücklich.« Ein lauter Schluchzer brach aus mir heraus. Ich konnte das alles nicht mehr ertragen.

»Aber was, wenn dieser Jemand dich auch gernhat, Kate? Was, wenn er nachts wach liegt, den Mäusen auf dem Dachboden zuhört und sich fragt, wie es wohl wäre, dich in den Armen zu halten, während du schläfst?«

Der Wind blies Mark einige Haarsträhnen ins Gesicht. »Ich würde das nicht zulassen, weil er mir dafür viel zu viel bedeutet«, flüsterte ich. »Wenn er das wirklich täte, würde ich gehen. Weil es kein gutes Ende nehmen würde, wenn dieser wundervolle Mensch den Mäusen zuhört.«

»Aber dieser Mensch hat fast alles erlitten, was man erleiden kann«, beharrte Mark. »Und er hat's überlebt. Ein Grund, warum er überlebt hat, ist, dass du ihm Hoffnung gegeben hast. Er denkt an dich, Tag und Nacht. Was für Sachen solltest du denn noch aus dem Ärmel schütteln, womit du ihm wehtun könntest?«

»Viele«, rief ich weinend. »Sehr viele. Mark, bitte tu das nicht. Ich hab Probleme. Große Probleme.«

Mark schwieg eine Weile. Dann blickte er mich wieder an, die Augen so dunkel wie der Nachthimmel. »Ich hab gerade noch mal den Mann befragt, der verrückt nach dir ist«, erzählte er, und ich sah, wie sein Mund sich zu einem wunderschönen Lächeln verzog. »Er hat gemeint, egal, was du für Probleme hast, er kommt mit allem klar.«

Irgendwie war Marks Arm um meine Taille geraten. »Deine gebrochene Rippe«, protestierte ich.

»Halt die Klappe.«

»Ich rieche nach Schweinepastete«, fügte ich hinzu, und wieder spürte ich das sanfte Vibrieren seines Lachens durch den Pullover.

»Ich auch.«

Sein Atem strich mir über die Stirn. Ich war wie betäubt vor lauter Verwirrung, Sehnsucht und Schmerz. Eigentlich war ich doch Kate Brady, die fröhliche Kleine aus Dublin, aber in diesem Moment konnte ich mich kaum an meinen eigenen Namen erinnern, mal ganz zu schweigen davon, dass ich keine Ahnung hatte, was ich tun sollte.

»Du könntest jetzt gehen«, sagte Mark, und wie von Zauberhand wandten unsere Gesichter sich einander zu. »Oder es einfach mal fünf Minuten lang versuchen. Ich meine, irgendwas zu sagen. Oder auch gar nichts zu sagen.«

Unsere Nasen berührten sich. *Ich verliebe mich gerade in dich*, dachte ich. *Das ist ein Albtraum. Ein perfekter, wunderschöner Albtraum.*

Eine weitere Träne lief mir über die Wange. »Ich trau mich nicht«, flüsterte ich.

»Ich mich schon«, entgegnete Mark.

Und dann küsste er mich, und alles verlangsamte sich. Zärtlich ließ Mark seine Hände in mein Haar gleiten, und zum ersten Mal in meinem Leben bekam ich einen kurzen Einblick in die Liebe. Nicht die Liebe aus Filmen oder Gedichten oder die illusorische Art von Liebe, die man sich in seinem Hirn ausmalt, wenn man einsam und verzweifelt ist, sondern wahre Liebe, die viel größer war als all die Probleme, die sie mit sich brachte.

Ich musste heute Nacht noch verschwinden.

Aber ich konnte es nicht, und ich tat es auch nicht.

Kapitel 23

Annie

Im Schneidersitz hockten Lizzy und ich in unseren Schlafanzügen vor einem frischen Kaminfeuer und öffneten die kleine Auswahl von Weihnachtsgeschenken, die Dad für uns besorgt hatte. Er übertrieb es nie, aber dafür war jedes seiner Geschenke stets perfekt. Dieses Jahr hatte er mir eine antike silberne Armbanduhr gekauft, weil meine kaputtgegangen war, und einen wasserabweisenden Überzug für meinen Rucksack, damit meine Sachen nicht ruiniert wurden, falls ich tatsächlich nach Tibet fahren sollte, um meine Massageweiterbildung zu machen.

»Was hat Stephen dir denn geschenkt?«, fragte Lizzy. Sie hatte eine antike Halskette bekommen und eine sehr coole Sonnenbrille, die Dad von einer »Janet auf Facebook« empfohlen worden war. Seine wachsende Präsenz in den sozialen Medien war echt unglaublich. Jedes Mal, wenn ich mir sein Profil auf Facebook ansah, hatte er eine neue Freundschaft geschlossen oder war wieder irgendeiner Gruppe beigetreten, und außerdem hatte er (was mir extrem peinlich war) ein Fotoalbum von mir und Lizzy erstellt, mit Bildern aus der Zeit, als wir noch pummelige kleine Mädchen gewesen waren.

»Er gibt mir mein Geschenk erst in Paris«, antwortete ich auf Lizzys Frage. »Ich bin so aufgeregt – es ist echt unfassbar, dass ich noch nie da war!«

Stephen hatte mich noch nicht angerufen, was völlig okay war. Nein, wirklich, *völlig* okay. Es war seine erste Familienweihnacht ohne seine Mum, und mich über seine Funkstille aufzuregen wäre extrem egoistisch von mir gewesen. Am Tag nach dem zweiten Weihnachtsfeiertag würde er mit mir für eine Woche nach Paris fahren – das reichte doch, oder?

Neujahr war eigentlich immer für Le Clöbb reserviert, aber dieses Jahr hatten wir keine Pläne gemacht, deshalb hatte ich auch nicht unbedingt ein schlechtes Gewissen wegen der Reise. Seit unserem desaströsen Treffen im Oktober hatten wir uns nicht mehr als Gruppe verabredet. Ich war immer noch sauer auf Claudine. Aber auch wenn ich den Verdacht hatte, dass Lizzy in vielen Punkten Claudines Meinung teilte, wusste ich dennoch, dass sie mir gegenüber immer loyal sein würde. Und dann gab es da natürlich noch Tim.

Tim.

Mich darüber in der Therapie auszuheulen hatte geholfen – wenigstens ein bisschen –, und je länger wir keinen Kontakt mehr hatten, desto ruhiger wurde ich. An guten Tagen fragte ich mich, ob ich mir das alles nicht vielleicht doch nur eingebildet oder zumindest überreagiert hatte. Doch die Tatsache, dass Tim sich seit zwei Monaten nicht mehr gemeldet hatte, sprach Bände.

Manchmal waren die Schuldgefühle darüber, dass ich ihn einfach so im Stich gelassen hatte, unerträglich, aber die Angst war noch größer. Ich wollte keinen Mann in meinem Leben haben, der sich *Gedanken* über mich machte – nicht mal einen, den ich schon so lange kannte und dem ich jahrelang vertraut hatte.

Vor Lizzy geheim zu halten, dass Tim und ich nicht mehr miteinander redeten, war ziemlich schwierig gewesen. Auch die Wiederaufnahme meiner Therapie gestaltete sich alles andere als einfach, vor allem, weil ich mich nebenher noch um einen Mann kümmerte, der vor lauter Stress auf der Arbeit am Ende seiner Kräfte war. Ich war noch ziemlich weit davon entfernt, geheilt zu sein, und Stephen hatte eine ernsthafte Diskussion mit mir führen müssen, als ich ihn gebeten hatte, ein zusätzliches Schloss an seiner Haustür anzubringen.

Es war die reinste Schinderei. Doch momentan fühlte es sich so an, als läge eine Veränderung in der Luft. Stephen und ich würden Silvester in Paris verbringen, und nach unserer Rückkehr würde ich offiziell bei ihm einziehen.

»Ich finde, wir sollten Dad definitiv betrunken machen und ihn dann über seine eventuelle Freundin ausfragen«, meinte Lizzy und lehnte sich vor, um mit Dads altem Lederblasebalg das Feuer anzuheizen.

»Einverstanden. Er ist ein Schlitzohr, unser alter Daddy.«

»Ach ja? Wieso das?« Dad kam mit Mums altem, windschiefem Tablett herein, das mit unglaublich aussehenden Canapés beladen war. »Eine Kleinigkeit, um uns bis zum Mittagessen über Wasser zu halten«, verkündete Dad und lächelte über unsere verblüfften Gesichter.

»DAD! Wie zum Geier hast du die denn hingekriegt?«

»Ich hab ein Bild davon auf Pinterest gesehen«, erklärte er ernst. Lizzy und ich brachen in schallendes Gelächter aus. »Und letzte Woche hab ich sie dann gemacht. Allerdings hatte ich ein bisschen Hilfe dabei«, ergänzte er und errötete leicht. »Ich hab sie eingefroren. Weil ich keine Lust hatte, den ganzen Weihnachtstag in der Küche zu verbringen.«

Wie die Wilden fielen wir über die Köstlichkeiten her.

»Die sind verdammt lecker!«, rief Lizzy, den Mund voll mit gewürztem Lammkotelett. »Du bist echt genial!«

Dad, der gerade etwas knabberte, das von einer zarten Blätterteighülle umgeben war, strahlte vor Freude.

»Okay.« Lizzy goss ihm ein Glas Sherry ein. »Es reicht jetzt, Daddy. Du musst uns jetzt sofort alles über deine Freundin erzählen. Wer ist sie? Wie kam das mit euch? Hast du sie im Internet kennengelernt? Sieht sie gut aus?«

Dad starrte Lizzy an, und dann – zu unserem Entsetzen – füllten sich seine Augen mit Tränen.

»Nicht, Daddy«, flüsterte Lizzy erschrocken. Sie rannte davon, um Taschentücher zu holen, und ich trennte mich von meinen Crostini, um ihn zu trösten. Dad blinzelte gegen die Tränen an, die ihm still aus den Augen liefen.

»Hier.« Lizzy hielt ihm einen riesigen Haufen zusammengeknüllten Toilettenpapiers unter die Nase.

Dad wischte sich über die Wangen und beruhigte sich langsam wieder. »Tut mir leid«, entschuldigte er sich schließlich. »Ich bin nur etwas traurig und fühle mich ein bisschen schuldig. Ich weiß, Georgie hätte gewollt, dass ich jemanden kennenlerne, aber euch beide hier zu sehen hat mir das Gefühl gegeben, ich hätte sie betrogen. Versteht ihr?«

Mitfühlend nickten wir und dachten im Stillen, dass Mum wahrscheinlich stinksauer auf ihn war, weil er fast dreißig Jahre lang gewartet hatte.

»Ich habe tatsächlich eine Frau kennengelernt«, gestand Dad tapfer. »Linda, ich nenne sie allerdings Linnie. Sie wohnt in Bakewell und hat einen Sohn im Teenageralter namens Rob, der mich auf den Tod nicht ausstehen kann. Sie ist Physiklehrerin, ist das zu fassen?« Er lächelte leicht schwärmerisch, und ich spürte, wie mein Magen vor Freude zu hüpfen begann. Eine Physiklehrerin! Perfekt! Aus Bakewell! Perfekt!

»DADDY!« Lizzy warf sich auf ihn, landete dabei geschickt in seinem Schoß und rollte sich dort so zusammen wie früher, als er uns immer selbst ausgedachte Geschichten erzählt hatte.

»Sie ist wirklich lieb«, kam Dads Stimme unter Lizzy hervor. »Ein echter Schatz. Sie leitet den Frauenchor von Bakewell und geht ganz wunderbar mit meiner, äh, Zurückhaltung um.«

Wir kicherten alle. »Für das Ganze hast du ja auch nur knapp drei Jahrzehnte gebraucht«, bemerkte ich. »Du solltest also definitiv nichts überstürzen.«

Dad erzählte uns von »Linnie« und wie toll sie ihm dabei geholfen hatte, die Schuldgefühle und Traurigkeit zu überwinden, die ihn überkommen hatten, weil er endlich wieder eine Frau kennengelernt hatte. »Sie hat nicht einmal mit der Wimper gezuckt, als ich wegen Georgie geweint habe«, fügte Dad hinzu. »Nicht ein Hauch von Eifersucht oder Unsicherheit oder irgend so 'nem Quatsch. Tatsächlich hat sie mich sogar dazu ermutigt, ein Tagebuch über all die schönen Dinge zu schreiben, die seit Georgies Tod passiert sind. Meine kleinen Mädchen aufwachsen zu sehen, die Umgestaltung des Gartens, die Arbeit mit all den fantastischen Autoren … Es war ja nicht alles traurig, oder, ihr Lieben?«

»Absolut nicht«, entgegnete Lizzy.

»Nein, das war es auch nicht. Und Linnie ist wirklich eine kluge Frau, weil sie mir geholfen hat, das zu erkennen.«

Ich hatte das Gefühl, gleich vor Rührung zu platzen.

»Ich hab beschlossen, ein Online-Tagebuch zu führen anstatt ein handgeschriebenes«, fuhr Dad fort, »so ein Blog-Dings, damit, falls ich mal an den Punkt komme, wo ich mit dem Schreiben aufhören will, das alles trotzdem weiter existiert.«

»Das ist eine schöne Idee«, befand ich.

Dad sah ganz stolz aus. »Ich habe eine echt coole Seite designt, wisst ihr?«

Wieder kriegten Lizzy und ich uns nicht mehr ein.

»Aber ich denke, jetzt bin ich tatsächlich damit fertig«, erklärte Dad. »Ich werde die Zeit, die ich bisher für den Blog aufgewendet habe, dafür nutzen, meinen Roman weiterzuschreiben. Immerhin sitze ich jetzt schon seit mehr als einem Vierteljahrhundert daran, ich denke, es wird Zeit …«

Es erforderte ziemlich viel Überredungskunst unsererseits und einige Gläser Brandy, aber schließlich zeigte Dad uns seinen Blog. Lizzy und ich wechselten uns mit dem Lesen der Einträge und der Zubereitung des Weihnachtsessens ab. Da Mum Veganerin gewesen war, hatten wir an Weihnachten immer ein Hippie-Essen gezaubert, doch dieses Jahr hatte Dad etwas total Verrücktes gemacht und einen Truthahn gekauft. Keiner von uns hatte auch nur den Hauch einer Ahnung, was wir damit anstellen sollten. Wir klickten hin und her zwischen einer Koch-Webseite und Dads Blog, lachten und weinten auch manchmal, als wir all die süßen Kinderfotos von uns betrachteten – traurige, ängstliche, verletzliche Kinder –, aber, wie Dad schrieb, auch »dickköpfige kleine Biester mit starkem Willen«.

»Der Blog gefällt mir richtig, richtig gut, Dad«, sagte ich, während ich mit einer Tüte Rosenkohl kämpfte. Die Küche war voller Dampf und Chaos, was Lizzy noch dadurch verschlimmerte, dass sie die schlecht aufgenommene CD einer *Mariachi*-Band einlegte, die im Bahnhof St Pancras gespielt hatte. Das letzte Mal, dass ich die Küche so voller Leben gesehen hatte, war schon ziemlich lange her.

Dad freute sich verschämt. »Den Leuten von der Lokalzeitung gefällt er auch ganz gut«, gestand er. »Sie haben den Blog für irgendeinen Preis vorgeschlagen! Viele Leute haben ihn gelesen und mich kontaktiert! Was kommt wohl als Nächstes?«

»Er ist wunderschön«, bestätigte ich. »Unser ganzes Leben steht da drin – einfach alles!«

»Wie geht es Tim?«, fragte Dad, während er ein sehr altes Foto von uns beiden betrachtete.

»Gut«, antwortete Lizzy. Erleichtert atmete ich auf. Sie wusste immer noch nichts. »Le Clöbb streikt gerade ein bisschen, weil Claudine ziemlich schlimm war zu Annie wegen Stephen, aber wir treffen uns sicher bald wieder.«

Dad blickte mich scharf an. »Sie ist davon überzeugt, dass er nicht der Richtige für mich ist«, erzählte ich ihm. »Aber sie hatte überhaupt keinen konkreten Grund dafür. Alles ist gut, Dad. Stephen ist immer noch ein toller Mann, und ich bin immer noch glücklich.«

»Bist du sicher?«

Ich konnte fühlen, wie Lizzy mich ebenfalls beobachtete.

»So sicher wie noch nie in meinem Leben«, verkündete ich. »Das Einzige, was mit meiner Beziehung nicht stimmt, ist, dass offensichtlich alle anderen daran zweifeln. Das ist echt deprimierend.«

Und dann, während wir drei in unbehaglichem Schweigen nebeneinander standen, klingelte mein Handy, und es war Stephen. Endlich.

»Hi, Prinzessin«, sagte er. »Frohe Weihnachten!«

Lizzy wandte sich wieder ihrer Soße zu.

Stephens Tag verlief nicht so schön wie unserer. »Ich musste einen Spaziergang machen«, erzählte er, während der Wind durch die Leitung rauschte. »Sonst hätte ich meinen Dad erschlagen. Es ist der reinste Albtraum. Ich hätte mit dir nach Bakewell kommen sollen.« Seine Stimme klang angespannt.

»Kann dein Bruder nicht eine Weile nach ihm sehen? Oder Petra? Du kannst dich ja nicht die ganze Zeit um ihn kümmern …«

»Ach, die sind alle bei den Eltern meiner Schwägerin. Hier sind nur Dad und ich.«

»Na ja, sonst wäre er jetzt ganz allein. Du vollbringst eine gute Tat.«

»Vermutlich. Aber ganz ehrlich: Er spielt *Computerspiele*!«

»Dein Dad? Echt?«

Trocken lachte Stephen auf. »Mein Dad ist nicht so, wie du ihn dir vielleicht vorstellst.«

»Erzähl mir von deinem Tag«, bat ich. Ich mochte es nicht, wenn Stephen ärgerlich klang: Das war so untypisch für den Mann mit den leuchtenden Augen, den ich so liebte. »Erzähl mir von deinem Spaziergang. Was siehst du?«

»Nichts Besonderes«, entgegnete Stephen. »Im Moment eine Familie von dicken Leuten, die ihren Bullterrier auf den Bürgersteig kacken lassen. Ho-ho-ho.«

»So hab ich mir das Dorf gar nicht vorgestellt!«

Stephens Dad lebte in einem Dorf namens Wisborough Green, das ich mir am Anfang unserer Beziehung bei Google angeschaut hatte, einfach weil … Na ja, es gab keinen guten Grund dafür, abgesehen von Neugier. Es war eine Postkartenidylle mit Wiesen, Ententeichen und wunderschönen alten Pubs, wo freundlich aussehende Männer zwischen Blumenbeeten und sorgfältig getrimmten Bäumen mit ihren Cockerspanieln Gassi gingen. Kein Ort, an dem Bullterrier vor ihren desinteressierten Herrchen auf den Bürgersteig machten.

Stephen knurrte. »Okay, okay, es ist keine dicke Familie und auch kein Bullterrier. Nur eine alte Dame mit ihrem Pudel. Ich hab schlechte Laune und deswegen male ich alles schwarz, verstehst du? Wir Männer sind nicht gut im Schmollen.«

Ich musste lachen. Ich konnte förmlich sehen, wie er die Unterlippe vorschob.

»Will Annie haben«, fuhr er schmollend fort. »Oh, bist du gerade in der Nähe deines Rucksacks?«

»Der ist oben.«

Ich konnte ihn förmlich lächeln hören. »Na, dann geh mal nach oben und guck in die oberste Tasche. Die kleine.«

Ich rannte die Treppe hinauf. Stephens kleine Überraschungen waren wirklich süß.

In der besagten Tasche steckte ein Schmuckkästchen. Ein blaues, samtenes – die Art von Kästchen, die ich noch nie zuvor in Händen gehalten hatte. Mein Schmuck war tendenziell eher von der Holzperlenfraktion.

Eine Sekunde lang verlangsamte sich mein Herzschlag. Das konnte doch nicht … Abrupt setzte ich mich aufs Bett und starrte auf das Dschungelbild, das Mum an die Wand gemalt hatte, als ich noch klein gewesen war.

Mein Leben raste an mir vorbei – all die Hoffnungen und Ängste, die Jahre voller Qualen, die ich verdrängt hatte.

»Lebst du noch?«, fragte Stephen.

»Ja.«

»Und?«

»Moment.«

Ich nahm einen tiefen Atemzug und öffnete die Schachtel. Es war kein Ring. In dem Kästchen lag eine Kette mit einem kleinen silbernen Anhänger – dem Buchstaben P.

»Äh …«

Ich nahm die Kette heraus, um mich zu vergewissern, dass meine Augen mich nicht täuschten. »Äh, es ist ein P.«

Mein Verstand versuchte, die Vorgänge zu verarbeiten, doch er fand keine Erklärung.

»Für Prinzessin!«, sagte Stephen. Er klang begeistert. »Oh Mist, hättest du lieber ein A gehabt?«

»Nein!« Ich fühlte mich plötzlich ganz schwach. Was zur Hölle war mit mir los? Würde ich *je* dazu in der Lage sein, einem Mann zu vertrauen? »Nein, ein P ist perfekt. Schließlich bin ich ja deine Prinzessin. Und es ist wunderschön.« Das war es tatsächlich. Ich hätte es mir zwar selbst nie ausgesucht – und normalerweise war Stephen sehr gut darin, meinen ausgefallenen Geschmack zu treffen –, aber es war wirklich beeindruckend. So klein und schlicht und hübsch. Ich starrte es an, wie es da so still in meiner Hand lag und glänzende kleine Lichtreflexe bis zu meinen Fingern warf.

Stephen lachte. »Ja, du bist meine Prinzessin. Meine nach Sandelholz duftende Prinzessin. Ich liebe dich, Annie.« Ich hörte, wie hinter ihm eine Tür geschlossen wurde, als er zurück in das Haus seines Dads ging.

»Ich liebe dich auch«, flüsterte ich.

»Stephen«, rief eine Männerstimme im Hintergrund. »Mittagessen!«

»Wer war denn das?«

»Dad.«

»Oh! Ich dachte, er sitzt vor seiner Xbox?«

Stephen seufzte. »Tut er auch, aber zum Glück hat er einen Sohn, der kochen kann. Ich hab ihn nur gebeten, die Soße umzurühren, während ich mit dir telefoniere. Und jetzt hat er eine Schürze um und tut so, als ob er die letzten vier Stunden in der Küche geschuftet hätte.« Er lachte leise. »Er ist echt ein Mistkerl, mein alter Herr. Ich schätze, wir können dich ihm bald mal vorstellen. Er scheint sich endlich damit abgefunden zu haben, dass es dich gibt, und heute ist er auch gar nicht mehr so depressiv.«

Ich freute mich, das zu hören. »Gut! Vielleicht können wir ihm ja einen Besuch abstatten, wenn wir aus Paris zurück sind.«

Stephen stimmte mir zu. »Ich gehe jetzt mal besser«, sagte er. »Ich trau mich nicht, Dad so lange in der Küche allein zu lassen. Ich liebe dich, Kleines, bis später.«

Ich wollte mir das P umhängen, hielt jedoch inne. Ich wusste nicht, warum, aber ich war ein bisschen enttäuscht. »Prinzessin« war zwar Stephens Kosename für mich, aber es erinnerte mich auch an Tim.

Ich legte die Kette aufs Bett, hübsch drapiert zwischen den jadegrünen Kringeln auf meiner sri-lankischen Bettwäsche, und gab mir selbst ein Versprechen, in Zukunft nicht mehr so undankbar zu sein.

Kapitel 24

Kate

Liebste Kate,

ich bin mir nicht sicher, ob ich tatsächlich einen Brief für dich an Stumpys Tür hinterlassen soll. Was, wenn Joe ihn zuerst in die Finger bekommt? Der wird nie wieder die Klappe halten, und wir werden uns sein blödes Gekichere und seine zweideutigen Anspielungen buchstäblich für den Rest unseres Lebens anhören müssen.

Nach reiflicher Überlegung habe ich mich allerdings dazu entschlossen, es trotzdem zu tun. Ich weiß, dass du deinen Tag jeden Morgen hier beginnst, und genau das mag ich so an dir. Ich weiß, du wirst diesen Brief finden und ihn hier, direkt vor der Tür, lesen. Stumpy wird versuchen, ihn aufzufressen, und du wirst dich umdrehen und ihm einen Kuss geben. Ich hoffe, du wirst dabei lächeln. Und ich hoffe, du wirst genauso aufgeregt sein, wie ich es in diesem Moment bin.

Wir haben uns letzte Nacht geküsst. Vor sechseinhalb Stunden, falls du es genau wissen willst.

Ich kann es nicht fassen! Ich und Kate Brady, die Frau mit dem wilden roten Haar, der frechen Klappe und dem wun-

derschönen strahlenden Lächeln. Wir haben uns bei Schweinepastete auf einer windigen Winterwiese geküsst, und es hat sich so gut angefühlt, dass ich es eine ganze Stunde lang durchgezogen habe, ohne dabei meine Krücken zu brauchen.

Kate, ich lege die Karten offen auf den Tisch. Das ist wahrscheinlich nicht sehr elegant, aber, wie du ja mittlerweile festgestellt hast, bin ich ungefähr so elegant wie eine Wiese voller Schafe. Ich träume davon, eines Tages ein ganz normales Mitglied der Gesellschaft zu sein – dass ich zum Beispiel in der Lage sein werde, ein Outfit auszusuchen, in dem ich nicht aussehe wie eine Schaufensterpuppe aus einem Hofladen. Und ich träume davon, eines Tages einfach so in einen Raum hereinzukommen und mich ganz locker und angeregt mit anderen Leuten unterhalten zu können.

In kleinen Schritten allerdings. Im Moment lerne ich das alles noch – und eine ganze Menge dieser Dinge lerne ich von dir –, deswegen sage ich es ganz direkt:

Ich finde dich wundervoll, Kate Brady, und ich bin verrückt nach dir. Du hast mich vor einem Tod durch Selbstmitleid bewahrt, als ich im Krankenhaus war, und du hast mich von meiner Ehe erlöst, indem du auf meinen Hof gestürmt bist und mir gezeigt hast, dass Frauen auch nett sein können. Respektvoll, einfühlsam, liebevoll; all das, was meine Frau – Gott sei ihr gnädig – nicht war (ist). Sogar meinem Pferd hast du das Leben gerettet, als Maria versucht hat, es zu beenden. Meiner Mum hast du ebenso das Leben gerettet, als sie nicht mehr weiterwusste. Du hast uns alle gerettet, du verrückte Irin. Selbst Ana Luisa mag dich, wobei sie ganz sicher versuchen wird, dieses schreckliche Geheimnis bis zu ihrem Tode zu bewahren.

Ich kann es kaum abwarten, dich wieder zu küssen. (Ich verstecke mich übrigens nicht in Stumpys Stall und beobachte dich, während du das hier liest. Ich bin wieder ins Bett gegangen.) Aber ich sehne mich wahnsinnig danach, den Duft deiner Haare einzuatmen und dich in meinen Armen zu spüren. Du lebensfroher, witziger, süßer kleiner Dickkopf.

Ich kann es nicht abwarten, mit dir in eine gemeinsame Zukunft zu starten. Ich muss die ganze Zeit an dich denken. Buchstäblich.

Willst du mit mir gehen? Bitte?

Danke.

In Liebe

Mark x x x x x x

Ich kann nicht von hier weggehen, dachte ich, während Stumpy versuchte – genau wie Mark es vorhergesagt hatte –, den Brief aufzufressen, woraufhin ich lachte und ihn küsste, was Mark ebenso vorhergesagt hatte.

Ich kann diesen Ort nicht verlassen.

Ich musste Mark alles erzählen, jede Einzelheit, und dann musste ich wahrscheinlich selbst bei der Polizei anrufen.

Panik breitete sich in meinem Magen aus. *Ich will das nicht! Ich will nicht mit denen reden! Ich will mit niemandem reden!*

Stumpy legte sein Maul auf meine Schulter.

»Vielleicht warte ich noch ein paar Tage«, sagte ich zu ihm. »Und gucke mal, was passiert.«

Stumpy stieß einen langen, gelangweilten Seufzer aus.

Das plötzliche Geräusch eines Motors aus Richtung Zufahrt ließ mich zusammenzucken, doch es war nur der Wagen des Futterlieferanten.

Mit zitternden Händen suchte ich Halt an Stumpys Tür. Ja, ich musste hierbleiben, das wusste ich mit jeder Faser meines Körpers. Vielleicht war diese Entscheidung aber auch eine der dümmsten und gefährlichsten meines Lebens.

Kapitel 25

Annie

»Das ist der falsche Check-in-Schalter«, sagte ich, während ich die Reihe der British-Airways-Schilder über uns absuchte. »Der hier ist für New York.«

»Das stimmt, Prinzessin. Wir fliegen ja auch nach New York!«

Mit offenem Mund starrte ich Stephen an. »Hä? Aber ich war doch dabei, als wir die Tickets gebucht haben! Wir fliegen definitiv nach Paris!«

Stephen grinste. »Das Problem ist, dass du einen unerhört reichen Freund hast, der sich manchmal einfach nicht zurückhalten kann. Er wollte dich mit etwas ganz Besonderem überraschen und dich an einen Ort entführen, wo du noch nie gewesen bist, deshalb hat er die Paris-Tickets gewissermaßen storniert und stattdessen welche nach New York gebucht.«

Ich starrte ihn immer noch an. »Wir fliegen nach New York? Echt? Brauchen wir dafür nicht ein Visum und so 'n Zeugs?«

»Ähm, das hab ich quasi in deinem Namen beantragt, mit deinem Reisepass«, gestand er. »Ich hoffe, das war nicht zu frech von mir ...«

»Oh mein Gott!«

»Und ich fürchte, ich war noch viel frecher und habe kein Zimmer in einem extravaganten Künstlerhotel für uns gebucht, sondern in einem ziemlich coolen, teuren Laden. Wir werden uns so richtig danebenbenehmen und in den teuersten Restaurants essen und uns absolut alles kaufen, was wir wollen. Okay?«

Mir entfuhr ein leicht verrückt klingendes, gackerndes Lachen. »OKAY?«, schrie ich. »DAS IST MEHR ALS OKAY!«

Tatsächlich war ich sogar schon mal in New York gewesen, vor ungefähr zehn Jahren während eines Zwischenstopps von Neuseeland nach Hause, aber ich hatte nur zehn Stunden Aufenthalt gehabt und den Fehler gemacht, zum Times Square zu fahren. Nachdem ich zuvor mehrere Wochen durch die Stille der Gletscher auf der Südinsel gewandert war, hatte ich mich dort überfordert und verloren gefühlt. Ein Verrückter hatte mich am Arm gepackt und irgendetwas von DEN WEISSEN VÖGELN geschrien, während ich in einer Drogerie in der Schlange gestanden hatte, um mir einen furchtbaren Obstsalat zu kaufen. Ich war total ausgeflippt und mit meinem Riesenrucksack fünf Blöcke weit gerannt. Dann hatte ich mich auf den Bürgersteig gesetzt und angefangen, zu weinen, woraufhin mich ein Polizist mit unfreundlicher Miene dazu aufgefordert hatte, weiterzugehen. Vermutlich hatte er mich für eine Obdachlose gehalten.

»Ich weiß, du bist traurig, weil es mit Le Clöbb gerade nicht so gut läuft«, sagte Stephen. »Das ist einer der Gründe, warum ich dir eine Freude machen wollte. Um dich daran zu erinnern, dass es einige Leute gibt – sprich mich –, die dich umwerfend finden.«

Ich zog ihn an mich und küsste ihn, direkt hier, in der Schlange für die erste Klasse – die gar keine Schlange war, sodass wir lediglich der netten Dame hinterm Schalter einen vorknutschten.

Nachdem ich zunächst nur völlig fertig vom Jetlag durch New York getorkelt war, fing ich schließlich doch an, mich in die Stadt zu verlieben. Stephen hatte für uns die luxuriöseste Suite im Nomad gebucht, mit einer privaten Dachterrasse und einem weiten Ausblick über die Stadt. Wir bekamen ein fantastisches Frühstück, das wie aus dem Nichts aufzutauchen schien, sobald wir wach wurden, und Stephen überredete mich sogar zu einem Einkaufsbummel.

Allerdings hatten wir ein kleines Problem – wobei: Eigentlich handelte es sich um ein ziemlich großes Problem. Stephens New Yorker Büro, das für den ganzen Ärger der letzten Zeit verantwortlich war, hatte von seiner Ankunft in der Stadt Wind bekommen. Mindestens einmal am Tag bekam Stephen einen Anruf, den er nicht ignorieren konnte und der dazu führte, dass er – nachdem er sich entschuldigt und versprochen hatte, dass es nicht lange dauern würde – fluchend in ein nobles amerikanisches Auto stieg und sich zu den Büros von Flint-Spark fahren ließ. Ich sagte ihm jedes Mal, es würde mir nichts ausmachen.

Und eigentlich tat es das auch nicht, aber uneigentlich schon. Ich begann, die Stadt zu lieben, lernte, mich ihrer Energie und ihrem Tempo anzupassen, aber nur, wenn Stephen bei mir war. Er bewegte sich ganz lässig durch die Stadt: Innerhalb von Sekunden konnte er ein Taxi anhalten, und er wusste, wo alles war, während ich nur irgendwie verwirrt durch die Straßen streunte.

Aber was hätte ich ihm sagen sollen? Die Reise kostete ihn sicher ein Vermögen. Und er war sehr liebevoll, wenn er bei mir war. Er wagte sich sogar mit mir in die riesige Badewanne der

Suite, trotz meiner kürzlich stattgefundenen (und nicht unbedeutenden) Grenzüberschreitung mit dem Furz.

Also sagte ich nichts. »Ist schon okay«, beruhigte ich ihn und blieb dann im Hotel, bis er wieder Zeit hatte.

Auch an Silvester sollte Stephen mehrere Stunden lang den Feuerlöscher spielen. Bisher hatte er es ganz gut weggesteckt, dass man ihn dauernd ins Büro bestellte, aber ich konnte sehen, dass ihn dieser eine Anruf wütend machte. Fluchend marschierte er mit dem Handy am Ohr davon, und als er zurückkam, sprühte er Funken vor Wut, wie ein losgerissenes Starkstromkabel.

Das gefiel mir nicht. *Ihm allerdings auch nicht*, erinnerte ich mich im Stillen.

Als Entschuldigung spendierte er mir einen ungeheuer dekadenten Nachmittag im Bliss Spa, wobei ich eigentlich lieber im Hotel geblieben wäre. Es war mir unangenehm, wenn irgendwelche netten Frauen sich an meinen schrecklichen Füßen und hexenartigen Krallen abarbeiten mussten. Ich machte mir Sorgen um Stephen und konzentrierte mich so angestrengt darauf, mich zu entspannen und alles zu genießen, dass ich es – natürlich – überhaupt nicht genoss.

Um sieben Uhr abends, als wir eigentlich zum Abendessen hätten aufbrechen sollen, war immer noch keine Spur von Stephen zu sehen. Um sieben Uhr fünfundvierzig kam ein Page mit einer Schachtel herauf, in der ein hübsches Kaschmirtuch lag. »Wickel dich ein und mach es dir gemütlich« stand in einer maschinengeschriebenen Nachricht dazu. »Hier herrscht das Chaos. Komme, so schnell ich kann. Tut mir wirklich leid.«

Ich guckte *Law & Order: Special Victims Unit* und aß einen großen Grünkohlsalat. In dieser Stadt waren sie verrückt nach Grünkohl.

Neun Uhr fünfunddreißig.

Stephen schickte mir eine Folge wütend klingender SMS, entschuldigte sich, regte sich auf, fluchte.

Zehn Minuten nach elf: *Ich schmeiße sie alle raus*, schrieb er. *Sie haben mich in jeder Hinsicht enttäuscht.*

Schließlich, um elf Uhr fünfundfünfzig, kam Stephen zurück. So wütend hatte ich ihn noch nie gesehen. Ich spürte es sofort – eine unangenehme, knisternde Energie breitete sich im Zimmer aus. Verfrühte Feuerwerkskörper schraubten sich schon in den Himmel über Manhattan, und in der Leiste am unteren Rand des Fernsehbildes teilte man mir mit – falls es mir noch nicht aufgefallen sein sollte –, dass es nur noch fünf Minuten bis NEUJAHR waren!

»Was ist passiert?«, rief ich. Er war direkt bis ins Bad durchmarschiert, mit den Worten, er müsse aufs Klo, aber das stimmte eindeutig nicht. Er war hineingegangen und hatte die Tür hinter sich abgeschlossen – was er sonst nie tat –, und jetzt herrschte eine schreckliche, wütende Stille.

»Stephen? Ist alles okay, Schatz?«

Nichts. Das neue Jahr begann, und eine einzige große Explosion von unzähligen Feuerwerkskörpern erleuchtete den Himmel; ein leises *Bumm, Bumm, Bumm* drang durch unsere dreifach verglasten Fenster.

Ich schaltete den Fernseher aus und starrte auf den dunkel werdenden Bildschirm, während ich darüber nachdachte, was ich jetzt tun sollte. Das Gefühl von Wut mochte ich nicht. Vor allem mochte ich keine wütenden Männer. In meinem Innern begannen Alarmglocken zu schrillen.

Ich streckte einen Fuß aus dem Bett, zog ihn jedoch wieder zurück.

Fünf Minuten später kam Stephen aus dem Bad, mit einem Lächeln im Gesicht, das sein Ziel allerdings nicht ganz erreichte. »Tut mir leid«, sagte er leise. »Es war ein wirklich harter Tag im Büro. Wobei ich heute überhaupt nicht in diesem verfickten Büro hätte sein sollen, an Silvester, in meinem Urlaub, verflucht noch mal. Ich bin echt angepisst. Verdammt angepisst.«

Seine gereizte Stimmung machte mir Angst, aber ich breitete trotzdem die Arme aus. Ich konnte schließlich nicht erwarten, dass er nur aus Rücksicht auf meine Vergangenheit niemals wütend wurde. Er hielt inne, dann wandte er sich ab.

»Lass mich erst duschen gehen«, rief er. »Ich dusche, und ich mache das Handy aus. Und selbst wenn das gesamte New Yorker Büro in Flammen aufgeht, wonach es verdammt noch mal aussieht, genießen wir das, was von der Nacht noch übrig ist.«

»Okay«, sagte ich zu der Badezimmertür, die er mir erneut vor der Nase zugemacht hatte.

Armer Stephen. Ich fragte mich, ob er sich sein Leben so vorgestellt hatte, als er vor all den Jahren FlintSpark gegründet hatte. Dass er sich so würde zerreißen müssen und so an ihm herumgezerrt würde, von Leuten in Anzügen, überall auf der Welt, die ihn in Meetings brauchten, Entscheidungen von ihm einforderten und die Autorisierung unglaublicher Geldsummen verlangten.

Als er wieder aus dem Bad kam, breitete ich erneut die Arme aus.

»Jetzt lass das doch endlich, Herrgott noch mal! … Hör endlich auf, so verdammt nett zu sein.«

Mit klopfendem Herzen starrte ich ihn an. »Wie bitte?«

Eine ganze Weile blickte er mich nur an.

»Tut mir leid«, sagte er schließlich. »Tut mir leid, Prinzessin. Ich denke, ich gehe jetzt besser schlafen. Und morgen fangen wir noch mal von vorn an, okay?«

»Ja«, flüsterte ich. »Ist okay.«

Um zwei Uhr morgens lag ich immer noch wach, während Stephen neben mir fest schlief. Seine Brust hob und senkte sich in gleichmäßigem Rhythmus, die Wut war verflogen.

Reiß dich zusammen, ermahnte ich mich. Es war ja nicht so, als hätte er mich bedroht.

Zwanzig Minuten später hievte ich mich aus dem Bett und tapste hinüber zu meinem Handy, das seit sieben Uhr, als es in London Mitternacht geworden war, andauernd gesummt hatte. Mit einem abwesenden Lächeln scrollte ich durch die *Frohes-neues-Jahr!*-SMS.

Nichts von Tim.

Ich checkte meine E-Mails. Claudine hatte mir vor gut anderthalb Stunden eine Nachricht geschickt. Ich runzelte die Stirn. Wieso um alles in der Welt war sie um diese Zeit noch wach? In Großbritannien musste es jetzt sieben Uhr morgens sein. Sie war nicht der Typ, der die ganze Nacht feierte.

»Dringend« hieß es im Betreff ihrer Mail.

Ich öffnete sie. Und obwohl mein Leben sich bereits in dem Moment geändert hatte, als Stephen Flint meine Praxis betreten hatte, wurde mir das erst in diesem Augenblick so richtig bewusst.

Annie, ich habe schlechte Nachrichten. Bitte entschuldige, dass ich so kurz angebunden schreibe, aber ich muss dir das erzählen. Stephen ist auf einer Dating-Plattform im Internet. Ich weiß das, weil ich selbst ein Profil habe. Ist eine längere Geschichte, aber ich kann dir zumindest sagen, dass er gerade online ist. Innerhalb der letzten vierundzwanzig Stunden hat er sogar versucht, mich zu einem Treffen zu überreden. Ich hab da nur ein unscharfes Foto eingestellt, weil ich verheiratet bin, und anscheinend hat er gar nicht gemerkt, dass ich das bin. Ich schäme mich dafür – und auch für eine Menge anderer Dinge, die ich in letzter Zeit getan habe, aber jetzt ist nicht der richtige Zeitpunkt, um über mich zu reden.

Es tut mir so leid. Das ist wirklich furchtbar. Ich werde versuchen, dir das alles besser zu erklären, wenn wir uns sehen. Erzähl bitte niemandem was von meinem Online-Dating-Profil, und komm bitte nach Hause. Ich hänge einen Screenshot von seinem Profil an, damit du weißt, dass ich nicht einfach nur eine fiese alte Ziege bin. Er betrügt dich. Und ich denke, das tut er schon seit eurer ersten Begegnung.

Als du uns von Stephen erzählt hast, kannte ich ihn schon, und leider hatte ich damals schon einen Grund, ihm nicht über den Weg zu trauen. Ich hatte den Verdacht – der sich inzwischen auch bestätigt hat –, dass er all die Eigenschaften besitzt, die man von einem Konzernchef erwartet, Annie – er ist skrupellos, unehrlich, manipulativ … Und es würde mich nicht überraschen, wenn er auch ein Psychopath ist. Viele Männer in seiner Position sind das; ich habe neulich ein Buch darüber gelesen. Ich habe zugesehen, wie du immer abhängiger von ihm geworden bist; wie du alle anderen weggestoßen hast und deine alten Ängste und deine Paranoia sich langsam wieder ausgeprägt haben. Und ich kann mir nicht helfen, aber ich denke, das ist nicht deine Schuld, sondern seine. Du hast dir sicher eingeredet, du seist psychisch labil, aber mein Gefühl sagt mir, *er* hat dafür gesorgt, dass du dich genau so fühlst.

Ich möchte nicht, dass du dir Sorgen machst, er würde dir irgendwas antun. Ich bin mir nämlich sicher, dass er das nicht tun wird. Allerdings glaube ich, es ist besser, ihn nicht damit zu konfrontieren, solange du da draußen allein bist, ohne irgendwelche Unterstützung. Mein Rat ist: Schleich dich heimlich davon, komm nach Hause, lass mich dir alles erklären, und dann können wir zusammen entscheiden, wie du weiter vorgehen solltest. Ich bin für dich da.

Noch mal: Es tut mir so leid. Ich habe wochenlang mit mir gerungen, was ich dir überhaupt von der ganzen Sache erzählen soll, aber ich habe auch erst Beweise gebraucht, Annie. Jetzt habe ich sie.

Komm nach Hause.

Hab dich lieb.

Claudine

Ich legte das Handy weg und stellte fest, dass ich einen meiner Zehen umklammert hielt. Ich starrte ihn an, als gehörte er zu jemand anderem.

Dann nahm ich mein Handy wieder hoch, las Claudines Mail noch einmal und öffnete den Screenshot von Stephens angeblichem Dating-Profil. Da war er, den Arm um mich gelegt. Außer meinem geflochtenen Zopf war alles von mir abgeschnitten worden.

Das konnte unmöglich wahr sein. Claudine versuchte bestimmt nur, mir den Urlaub zu vermiesen, diese blöde Kuh. Was war eigentlich ihr Problem?

Ich las ihre Mail ein drittes Mal und fühlte ein starkes Ziehen in der Magengegend, als hätte sich eine Tür mit der Aufschrift »Horror« einen Spaltbreit geöffnet.

In der Nähe unseres Hotels hörte ich das Geräusch eines Hubschraubers. An der Wand das Summen des Temperaturreglers. Ein leises Tropfen aus der Dusche, die Stephen nicht ganz abgestellt hatte.

Und das gleichmäßige Auf und Ab seiner Atemzüge. Hier lag er und schlief, der liebe, große, gut aussehende Stephen, nur wenige Meter von mir entfernt.

Kapitel 26

Annie

Ich saß auf der breiten, flachen WC-Brille und dachte geistesabwesend über amerikanische Toiletten nach. Darüber, wie tief und flach sie waren. Und wie viel bequemer.

Über Stephen dachte ich nicht viel nach. Irgendetwas passierte in mir, wenn ich es versuchte. Eine Art Reißen, ein grausames Ziehen, das sich wie der Tod anfühlte.

In meiner Hand kam eine weitere SMS an, angekündigt von einem kurzen selbstgewichtigen Summen. *Hast du meine E-Mail gelesen?* Die Nachricht war von Claudine.

Stephen ist ein echtes Schwein, du musst nach Hause kommen, schrieb sie mir zwei Sekunden später. *Bitte lies meine Mail. Ich sage es zwar nicht oft genug, aber ich hab dich lieb, meine kleine Freundin.*

Ich fragte mich, wen ich anrufen sollte. Claudine konnte ich nicht anrufen. Ich konnte mir jetzt nicht die ganzen Fakten anhören, die mich kaputt machen würden.

Lizzy. Lizzy würde wissen, was zu tun war.

Ich starrte auf Stephens Kulturtasche, während mein Handy versuchte, uns zu verbinden. »Flannie?«, murmelte sie. Ihre Stimme klang gedämpft, als käme sie aus einem Kissen.

»Hat Claudie dich angerufen?«

Noch mehr Kissengeraschel. »Nein. Was ist los? Geht's ihr gut?«

Ich nahm einen langen, zitternden Atemzug. »Ja, ihr geht's gut. Sie hat mir eine Mail geschrieben und mir gesagt, dass Stephen mich betrügt. Er ist auf einer Dating-Plattform im Internet. Sie hat mir einen Screenshot von seinem Profil weitergeleitet und eine Mail, in der er sich mit ihr treffen will. Heute Nachmittag hat er sie gefragt, während ich mir die Nägel hab lackieren lassen. Orange.«

Ich fixierte die Kulturtasche.

»Was?«, fragte Lizzy. »Ich … *Was*?«

Ich hatte das Gefühl, dass mir gleich die Tränen kommen würden; und dann würde ich sie nicht mehr aufhalten können. Fest presste ich den Unterarm gegen die Augen und atmete tief und zitternd ein.

»Stephen würde so was doch nicht machen, oder? Und was meinst du damit, Claudie hat ihn auf einer Dating-Seite entdeckt?«

»Ich weiß nicht, was mit ihr los ist. Aber ich hab 'nen Screenshot von seinem Profil. Er nennt sich ›AnführerDesVolkes‹. Das war mal so ein Gag von ihm. Er hat immer zu mir gesagt: ›Ich bin der Anführer des Volkes.‹ Manchmal hat er sich sogar Gott genannt. Lizzy, ich kann das nicht. Ich sterbe.«

Ich hörte, wie Lizzy sich im Bett aufsetzte. »Schatzi«, sagte sie mit sanfter Stimme. »Es tut mir so leid, meine Kleine. Komm nach Hause. Setz dich ins nächste Flugzeug.«

Ich presste das Handgelenk noch stärker gegen meine Augen. »Nein, ich glaube, Claudie will mich nur aufstacheln.«

Schweigen.

»Wirklich?«

»Ja. Guck doch mal, wie komisch sie sich aufgeführt hat,

Lizzy! Total schlimm! Sie konnte ihn vom ersten Tag an nicht leiden! Von dem *Moment* an, als ich ihn erwähnt hab!«

Ich konnte mir meine große Schwester richtig gut vorstellen: im weichen Baumwollschlafanzug, die Augenmaske über die Stirn geschoben wie Carrie Bradshaw. Meine wunderschöne, perfekte, seelisch verwundete Schwester.

»Annie«, beschwor sie mich schließlich. »Ich denke, du solltest vielleicht trotzdem nach Hause kommen. Bis sich die ganze Sache aufgeklärt hat. Ja, vielleicht will Claudie dich tatsächlich nur aufstacheln, aber besser, du findest das heraus, während du …«

»Prinzessin?«

Stephen ragte mit seinen eins neunundachtzig über mir auf – nackt, blinzelnd, verwirrt.

»Prinzessin? Was ist los? Ist alles okay?«

»Flughafen«, hörte ich eine Stimme in mein Ohr sagen. Ich beendete den Anruf.

»Was ist los?« Stephen gähnte.

Ich blickte zu ihm hoch. Die Luft zwischen uns kam mir irgendwie dick vor, ausgefüllt von meiner Verwirrung und Angst. »Claudine hat mir gemailt, dass du Online-Dating machst«, erzählte ich.

In Stephens Gesicht zuckte nicht ein einziger Muskel. Nicht mal ein Hauch von Schuldgefühl war darin zu erkennen, nicht ein klitzekleines Zeichen von Besorgnis. Er blickte mich nur an. Und dann lächelte er. »Oh Mann«, sagte er. »Spinnt die jetzt total?«

Ich lächelte zurück, und in meinem Magen glomm ein mattes Fünkchen Hoffnung auf. »Wahrscheinlich.«

»Ich meine, zuerst mal: Claudine macht *Online-Dating*? Ich dachte, sie ist verheiratet! Mit … Wie hieß er noch … Sylvester?«

»Ja. Ist sie. Ich glaube, sie mag dich einfach nicht. Was viel mehr über *sie* aussagt als über dich. Echt schlimm, sich so was auszudenken. Ich weiß nicht, was sie geritten hat.« Unvermittelt rannen mir die Tränen aus den Augen. »Es ist doch nicht wahr, oder, Stephen?«

Stephen umfasste mein Gesicht mit den Händen. »Nein. Natürlich ist das nicht wahr, und es wird auch niemals wahr werden. Wie könnte es auch? Annie, ich liebe dich. Du bist meine große Liebe.« Er zog mich an seine Brust. Sein Herz klopfte schneller als sonst.

»Sie hat mir 'nen Screenshot von dem Profil geschickt. Und von den E-Mails, die sie sich mit dem Typen hin und her geschrieben hat. Das warst du.«

Zärtlich strich Stephen mir übers Haar. »Nein, das war ich nicht, Prinzessin«, sagte er traurig. »Natürlich war ich das nicht. Vielleicht ist das irgend so ein Psycho, der mein Foto benutzt … Oder es ist Claudine selbst. Aber ich war das ganz sicher nicht. Zeig mir das mal.«

Ich schob die Hand in meine Hosentasche, um mein Handy herauszuholen. Meine Hand zitterte. Sie zitterte sogar ziemlich stark. Stephen brachte mich zurück in die Suite, musste mich beinahe tragen. Im Wohnbereich angekommen, knipste er eine Lampe an und setzte mich sanft auf dem großen cremefarbenen Sofa ab. Unter uns brummte und surrte der Broadway.

Stephen hielt mich mit einem Arm umklammert, sodass ich ihm nicht von der Seite weichen konnte, und für den Bruchteil einer Sekunde – einem winzig kleinen Stückchen Zeit – verspürte ich eine andere, tiefer sitzende Angst, die weit mehr umfasste als den möglichen Verlust meiner wundervollen Beziehung. Es war die Angst eines kleinen Mädchens, das hinter einem Feld kauerte und von Präriegras am Kinn gekitzelt wurde; ein kleines Mädchen, das darauf wartete, dass gleich etwas sehr Schlimmes passieren würde.

Während sich die Screenshots aus Claudines E-Mail aufbauten, betrachtete ich mit leerem Blick die Suite, in der überall unsere Sachen lagen; kleine Häufchen, verteilt auf dem polierten Holzboden und den eleganten Möbeln. Auf einmal kam mir das Hotel vor wie eine widerliche Verschwendung.

»Hier.« Ich reichte Stephen das Handy. Sein Gesichtsausdruck wechselte von erstaunt zu amüsiert und wieder zu erstaunt. Dann wurde er wütend. Extrem wütend. Sein Arm, der immer noch um meine Schultern lag, wurde zum Schraubstock.

»Ich muss da anrufen«, sagte Stephen leise. »Ich muss bei dieser Webseite anrufen und herausfinden, wer zur Hölle mir so was antut und wie so was überhaupt passieren kann. Und dann müssen wir deine …«, er hielt inne, und ich konnte die wahnsinnige Wut spüren, die aus ihm herausströmte, »… deine *Freundin* anrufen und sie fragen, was sie sich eigentlich dabei denkt, verflucht noch mal. Wie kommt sie dazu, dir einfach so zu mailen, ohne irgendwelche Fakten?«

Mucksmäuschenstill und mit klopfendem Herzen saß ich da und dachte nur: *Ich will dir glauben, mehr als alles auf der Welt.*

Stephen las sich das Ganze noch einmal durch. »Verdammte Scheiße. So was kann ich jetzt echt nicht auch noch gebrauchen. Ich hab schon genug am Hals. Was fällt denen eigentlich ein? Was fällt *ihr* eigentlich ein?«

»Aber, Stephen, sie hat gesagt …«

»Es ist mir *scheißegal*, was sie gesagt hat«, brüllte er, schnappte sich erneut mein Handy und warf es durchs Zimmer. Erschrocken keuchte ich auf. »Wie kann sie es wagen? Und wie kannst *du* es wagen, Annie? Nachdem du diese ganze paranoide Scheiße mit mir abgezogen hast, wie kannst du es wagen, das noch mal zu machen, hier, jetzt? Nach allem, was ich für dich getan hab?«

Ich kauerte mich zusammen. Ich musste hier raus. *Ich muss hier raus.*

»Es tut mir leid«, flüsterte ich.

»Ich hab nie ein schlechtes Wort über deine verfickten Freunde verloren«, schrie Stephen. Seine Augen waren jetzt eiskalt und funkelten wütend. »Ich hab dir nicht mal erzählt, was ich wirklich denke, nämlich, dass du ihnen sagen solltest, sie sollen sich verdammt noch mal verpissen, weil du dich nämlich beschissen fühlst und völlig verängstigt bist wegen denen. Aber, bei Gott, Annie, ich wünschte, ich hätte es dir gesagt. Guck, was sie angerichtet hat, diese Schlampe! Und guck, wie leicht du ihr geglaubt hast!«

Er starrte mich an, und ich fühlte, wie überall um mich herum Risse aufbrachen, als würde eine Eisskulptur plötzlich anfangen, zu zerfallen. Die Panik in meiner Brust wurde immer stärker.

»Ich kann keine Beziehung mit jemandem führen, der mir nicht vertraut«, verkündete Stephen. Seine Stimme war jetzt ganz ruhig, wie eine glatte Wasseroberfläche.

»Nicht«, begann ich. »Sag das nicht. Ich vertraue dir, ich weiß nur nicht, wie ich mir das erklären soll, was Claudie …«

»SCHEISS AUF CLAUDIE!«, brüllte Stephen. »SCHEISS AUF SIE!«

Er erhob sich, ragte drohend über mir auf, und ich hörte mich hysterisch schreien, betteln, flehen.

Dann legte sich plötzlich ein Schalter um.

»Oh Gott«, sagte Stephen unvermittelt und hockte sich vor mich hin. »Oh Gott, ich mache genau das, was sie will. Oh Gott, Annie, es tut mir so leid. Verzeih mir, meine schöne Prinzessin. Ich hab ihr genau in die Karten gespielt.« Er beugte sich vor und drückte mich an sich.

Doch ich spürte seine Wärme gar nicht. Ich konnte überhaupt nichts spüren außer meinem ohrenbetäubend kreischenden Nervensystem. Stephen lehnte sich zurück, um mich anzusehen, und erst in diesem Moment traf mich die Erkenntnis wie ein Keulenschlag.

Ich kenn dich gar nicht, dachte ich. *Ich hab dich auch nie gekannt.*

»Komm wieder ins Bett«, flüsterte Stephen in mein Haar hinein. »Komm ins Bett, Schatz. Wir reden morgen früh darüber. Bitte, Annie, komm mit ins Bett. Ich werde dich nie wieder anschreien. Das verspreche ich.«

Und so legte ich mich neben ihn in das gigantische Bett. Ich hielt ihn in meinen Armen, bis er eingeschlafen war, dann verfiel ich in einen schrecklichen Zustand der Trance.

Als ich aufwachte, war Stephen in der offen gestalteten Dusche und sang ein Lied, das ich nicht kannte. Hinter den luxuriösen blickdichten Vorhängen im Schlafzimmer waren zarte Lichtstreifen zu sehen, dünn wie Rasierklingen. 06:00 stand auf der Uhr neben meinem Bett.

New York, Neujahr.

Bewegungslos lag ich einige Augenblicke lang einfach da und erspürte jedes meiner Körperteile, als könnten sie über Nacht plötzlich verschwunden sein.

Dann beugte ich mich hinüber, nahm mir Stephens Handy und öffnete seine E-Mails. Die Nachrichten auf seinem Blackberry ignorierte ich: Mich interessierten nur seine privaten Mails. Ich scrollte durch seinen Posteingang: nichts. Ich scrollte durch die Liste mit seinen E-Mail-Ordnern: nichts. Stephen sang immer noch.

Ich klickte auf den Ordner »Gesendete Objekte«.

»Na, also«, sagte ich mit einer mir fremden Stimme. »Da haben wir sie ja.« Da waren sie tatsächlich: Stephens Antworten auf Mails, die von der Dating-Plattform gekommen waren und in deren Betreff so etwas stand wie: »Sarah_Smiles hat dir eine Nachricht geschickt«; »BrixtonGirl30«; »HaileyTheSailorGirl«. Nachrichten an Frauen namens Roisin, Becky, Kerri.

Ich klickte auf eine Antwort, die er im Juni an Arty_Girly geschickt hatte. Was für ein komischer Username für eine Frau in den Dreißigern. Nur, dass sie das gar nicht war. Arty_Girly sah aus, als wäre sie kaum älter als zwanzig. In jeder E-Mail-Antwort tauchte automatisch ihr Foto auf: ein einfältig und unsicher dreinblickendes Mädchen mit Schmollmund, das gerade erst aus den Teenagerjahren heraus war, Vintage-Klamotten mit Tüll trug und eine langweilige Frisur hatte. Ein typisches Hackney-Mädchen.

Ich betrachtete Arty-Girly mit einer schrecklichen Kälte in meinem Innern und hörte, wie die Dusche abgestellt wurde. Ich dachte: *Das Mädel kommt mir ziemlich bekannt vor.* Und dann dachte ich: *Oh, das ist ja Petra. Petra ist also nicht die Tochter von Stephens Bruder. Petra ist ein Mädchen aus dem Internet, das er vögelt.*

Stephens Antworten an Arty_Girly über die Dating-Plattform hatten sich ab Mitte Juni in persönliche E-Mails an ein Mädchen namens Petra Navarro verwandelt. Ungefähr zur selben Zeit, als wir »frisch verliebt« gewesen waren. Ich klickte auf eine Mail, die er Mitte Juli geschrieben hatte.

Meine Psycho-Ex Annie stalkt mich immer noch. Ich denke, zu deiner Sicherheit sollten wir uns weiterhin außerhalb von Hackney treffen, wobei: falls du ihr über den Weg laufen solltest, ist es sicher das Beste, wenn du weiter so tust, als ob du meine Nichte wärst. Du hast ja gesehen, wie sie sich neulich in dem Restaurant aufgeführt hat! Ich denke die ganze Zeit an dich. Letzte Nacht bin ich wieder und wieder gekommen, wenn ich an das gedacht hab, was wir in Berlin gemacht haben. Du bist so verdammt heiß, Petra, ich bin verrückt nach dir. Können wir uns Donnerstagabend treffen? Dein ergebener Sexsklave, Stephen xxxxxxxx

»Guten Morgen, Prinzessin«, begrüßte Stephen mich, während er ins Zimmer kam. Er war nackt, abgesehen von einem flauschigen weißen Handtuch, das ihm um den Hals hing. An meinem Oberschenkel konnte ich die Wärme seines Handys fühlen. »Hast du gut geschlafen?« Er kam herüber und küsste mich lange und zärtlich auf den Mund.

Ich gab einen kurzen Laut von mir.

Stephen setzte sich neben mich aufs Bett. »Sicher?«

Ich nickte. Ich musste mir etwas überlegen, und das schnell, doch ich konnte keinen klaren Gedanken fassen.

Bis Stephens Handy dicht neben meinem Oberschenkel zu klingeln anfing. Stephens Blick glitt durchs Zimmer, dann nach unten und schließlich zu mir. »Ist das *mein* Handy?«, fragte er sanft.

Ich nickte und bemerkte, wie sich etwas in seinem Blick ganz leicht veränderte.

Stephen streckte die Hand unter die Bettdecke, griff sich das Handy und starrte mich mit einer gefährlichen Neugier an. »Hast du rumgeschnüffelt? Und Claudines schwachsinnige Story überprüft?«

Ich schüttelte den Kopf. Mein Blickfeld verengte sich.

»Ich hab 'ne Mail an die Dating-Seite geschickt«, erklärte Stephen kühl. »Sie haben mir auch schon zurückgeschrieben und mir mitgeteilt, dass anscheinend tatsächlich jemand meine

Identität gestohlen hat. Die Kreditkarte, die für dieses Konto benutzt wird, gehört offensichtlich jemand anderem, aber wem, können sie mir nicht sagen. Sie wollen das überprüfen und haben die Sache sogar an die Polizei weitergeleitet.«

Er ließ mich nicht aus den Augen. »Wenn du mir mein Blackberry gibst, zeige ich dir die E-Mail, die sie mir vor einer halben Stunde geschickt haben.«

Hilfe. Ich brauche Hilfe. Ich muss hier raus.

»Das waren die schlimmsten vierundzwanzig Stunden meines Lebens«, sagte Stephen. »Aber das Schlimmste von allem ist – wie ich gerade feststelle –, dass du mir nicht vertraust.«

Ich war wie erstarrt.

»Tu mir das nicht an«, flehte Stephen. »Bitte lass nicht zu, dass irgend so eine Schlampe uns das antut, Annie. Ich liebe dich.«

Über seiner Augenbraue schwoll eine Ader an.

»Aber Claudine hat mir dein Profil gezeigt. Es war …«

»Hörst du jetzt endlich mal mit Claudine auf, verdammte Scheiße?«, schrie er mir direkt ins Gesicht.

Ich schnappte nach Luft und drückte mich flach in mein Kopfkissen.

»Tut mir leid«, murmelte er. »Tut mir leid, Schatz. Ich bin einfach wahnsinnig gestresst, und ich kann nicht fassen, dass das hier gerade passiert. Du weißt doch, dass ich nicht so bin.«

Voller Angst kauerte ich mich zusammen.

Bevor ich noch wusste, wie ich reagieren sollte, hatte Stephen mich mit schraubstockartigem Griff am Handgelenk gepackt und aus dem Bett gezerrt. »Hör mir zu!«, zischte er. »Hör auf, dich so zu verhalten, als wäre ich irgendein Mörder, Annie! Irgendein Psychopath! Ich bin nicht der Mann, der deine Mutter umgebracht hat! Ich bin dein Freund! Dein Geliebter! Dein bester Freund! HÖR VERDAMMT NOCH MAL AUF, MIR ZU MISSTRAUEN!«

Ich versuchte, vor ihm zurückzuweichen, doch er folgte mir, bis ich mit dem Rücken zur Wand stand. Sein Gesichtsausdruck hatte sich erneut verändert. In seinen Augen lag jetzt eine tödliche Ruhe.

»Hör mir zu, Annie, hör mir genau zu.«

Ein winziges bisschen Luft schaffte es bis in meine Lunge.

»Ich hab dich aus diesem beschissenen Leben befreit, in dem du gefangen warst«, raunte er, das Gesicht direkt neben meinem. Ich konnte seine Zahnpasta riechen und seine geduschte kalte Haut. »Ich hab dir einen Job gegeben und zahle dir ein fantastisches Gehalt. Ich hab dir alles gegeben, was du dir gewünscht hast. Ich hab dich mit nach Frankreich genommen. Ich bin mit dir in den Urlaub gefahren und hab dir Kurztrips spendiert. Ich bin mit dir hierher nach New York geflogen. Ich hab dich vom Boden aufgekratzt und dich wieder aufgerichtet, *jedes einzelne Mal*, wenn du Scheiße gebaut hast, Annie – ich hab dir geholfen, deine Sachen zu suchen, wenn du sie verloren hast, ich hab dir dein Handy ersetzt, und zwar jedes Mal, wenn du es wieder irgendwo vergessen hast, und ich hab dich vor deinem Psychopathenfreund Tim beschützt, der nachts wachliegt und davon träumt, dich zu ficken.«

Ich fing an, zu weinen.

»Und ich hab diese ganzen Panikanfälle und dieses Rumgeheule, von dem du ja nicht genug kriegen kannst, toleriert, weil …«, er atmete langsam und tief ein, »… weil ich dich liebe. Du schuldest mir was, Annie. Du brauchst mich. Ohne mich funktionierst du nicht.«

Ein zitterndes bisschen Luft. Ich konzentrierte mich auf jeden kleinen Atemzug, der keuchend in meine Lunge drang. Noch einer. Und noch einer. Und noch einer.

»Ohne mich funktioniert dein Leben nicht, und das weißt du auch.«

Er strich mir mit der Lippe übers Kinn. »Also, hör auf, alles kaputt zu machen«, flüsterte er. »Und hör nicht auf die Leute, die dich unglücklich gemacht haben. Deine Schwester, die zu beschäftigt ist mit ihren Affären, anstatt für dich da zu sein. Claudine, die dich anscheinend hasst und will, dass du allein bleibst. Und Tim, der so besessen von dir ist, dass er dich sogar bei dir zu Hause stalkt. Und du hast das nicht mal *gemerkt*. Mach nicht alles kaputt, indem du auf sie hörst, und hör stattdessen auf mich. Ich mache dich nämlich glücklich, sie nicht.«

Er wich ein Stück zurück, sodass ich seine Augen sehen konnte. Ein tödlicher Blick lag darin.

In meinem Handgelenk pochte es, dort, wo Stephen es gegen die Wand gerammt hatte.

»Es tut mir so leid«, hauchte ich, und Tränen liefen mir über die Wangen. »Es tut mir so leid. Es ist Claudies Schuld, sie hat das mit mir gemacht. Natürlich vertraue ich dir. Ich liebe dich so sehr.«

Stephen ließ mein Handgelenk los und nahm mich in die Arme. »Gott sei Dank«, sagte er. Er zog mich noch enger an sich und strich mir übers Haar. »Ich dachte schon, ich hätte dich an die dunkle Seite der Macht verloren.«

»Schon okay«, flüsterte ich. Stephen hielt mich so fest, dass ich kaum noch atmen konnte. »Ich hab mich einfach von Claudine manipulieren lassen.«

Ich rang nach Luft, während Stephen mich weiter festhielt und mir ins Ohr murmelte, wie sehr er mich liebte. Dann wurde das Frühstück gebracht – perfekt angerichtete Teller mit Eiern, Chicorée und getrüffeltem Schinken. Nachdem wir gegessen hatten, ging Stephen auf die Toilette, um sein großes Geschäft zu verrichten – wie jeden Tag nach dem Frühstück –, und ich zog meine Jeans an, nahm meinen Reisepass, meinen Mantel und meine heruntergekommene Handtasche – die in einem Hotel wie diesem völlig fehl am Platz wirkte – und verließ das Zimmer. Ich nahm den Aufzug hinunter bis in die Lobby, und dann rannte ich schneller, als ich je zuvor in meinem Leben gerannt war, hinaus auf die Straße in die eisige, neblige Kälte. Ich stürmte in ein Taxi und sagte dem Fahrer, dass er mich nach Newark bringen solle, weil ich wusste, dass Stephen mich am JFK suchen würde. Einer Sache war ich mir nämlich absolut sicher: Ich wollte nicht, dass er mich fand.

Als wir nach links abbogen, um uns einen Weg durch den östlichen Teil von Manhattan zu bahnen, sah ich, wie Stephen aus dem Hotel rannte und sich nach links und rechts umdrehte. Sogar von hier aus konnte ich die Wut in seinem Gesicht erkennen. Es war die Art von Wut, die mir in meinen Träumen begegnete, seit ich sieben war.

Kapitel 27

Annie

»Tim«, murmelte ich der Empfangsdame im Zentrum für Psychische Gesundheit zu. »Tim Furniss, Tim, wo ist Tim …«

»Entschuldigung? Wie kann ich Ihnen helfen?« Die Frau hinter dem Glasfenster blickte ganz resigniert drein.

»Tim«, wiederholte ich und fing an, zu weinen.

»Sind Sie eine Patientin von ihm?«, fragte die Frau. Auf ihrem Schreibtisch stand ein Schild mit der Aufschrift »Ein Lächeln kostet nichts!«

Ich versuchte, zu lächeln, aber es gelang mir nicht. Stephens Flugzeug war gelandet, und er war auf dem Weg nach Hackney. *Ich finde dich*, stand in der SMS, die er mir vor fünf Minuten geschickt hatte. *Hör auf, davonzulaufen, Annie. Du machst es nur noch schlimmer.*

»Ich bin keine Patientin von ihm, nein. Es ist privat. Es tut mir so leid, ich weiß, Sie haben hier alle sehr viel zu tun. Aber könnten Sie ihn bitte anrufen? Und ihm sagen, dass Annie hier ist und es sehr dringend ist?«

Die Frau seufzte. »Nehmen Sie Platz«, sagte sie. »Ich werde sehen, was ich tun kann.«

Er war gekommen – der Moment, den ich immer wieder im Kopf durchgespielt hatte, solange ich denken konnte. Der Moment, in dem ich von einem Mann verfolgt wurde.

Zuerst waren die Anrufe, die auf mein Handy einbrandeten – erbarmungslos und unaufhörlich wie sturmgepeitschte Wellen –, aus Amerika gekommen. Selbst als ich gestern Abend um neun Uhr in Heathrow gelandet war, hatte er mich immer noch aus dem Hotel am Broadway angerufen.

Als es jedoch Nacht geworden war in New York, musste es ihm schließlich gedämmert haben, dass ich das Land verlassen hatte. Dann hatte er angefangen, mich von seinem Handy aus anzurufen. Ich hatte mir vorgestellt, wie er wütend im Taxi durch den Queens-Midtown-Tunnel raste – kochend, weil man ihn ausgetrickst hatte.

Sieben gruselige Stunden lang hatten die Anrufe aufgehört, während Stephen durch die Nacht geflogen war, doch heute früh hatten sie wieder angefangen. In der ersten SMS hatte gestanden: *Ich bin in Heathrow und komme zu dir, um dir zu helfen. Wir müssen dich zu einem Arzt bringen, und zwar schnellstens. Ich bin dein bester Freund, Prinzessin, und möchte mich um dich kümmern. Ich kenne dich besser als irgendjemand sonst. Bitte vertrau mir. xxx*

Fast hätte ich laut gelacht. *Ich kenne dich besser als irgendjemand sonst?* Wenn er glaubte, ich würde in derselben Stadt bleiben – auf demselben *Kontinent* – wie der Mann, der mich gegen die Wand gepresst und mich bedroht hatte, dann kannte er mich nicht im Geringsten.

Stephen hatte keine Ahnung, wie hypervorbereitet ich darauf war, jeden Moment an jedem beliebigen Tag von jetzt auf gleich zu verschwinden. Er hatte keine Ahnung, dass ich mein ganzes Leben lang an einem Plan gearbeitet hatte, was zu tun war, wenn so etwas wie das hier passierte. Meine Therapeutin bezeichnete das als negative Fantasien, aber ich hatte das immer als unfair empfunden. Es war ein Selbsterhaltungstrieb, und wenn man die gerade stattgefundenen Ereignisse als Maßstab nehmen konnte, war der auch vollkommen berechtigt.

Du kannst den Menschen, den du liebst, nie wirklich kennen, hatte mal jemand zu mir gesagt. Wie wahr! Was für eine deprimierende und schreckliche Erkenntnis. Jetzt allerdings kannte ich meinen Freund. Seit ich das Hotelzimmer verlassen hatte, waren dreißig Stunden vergangen, und in dieser Zeit hatte ich eine ganze Menge über Stephen Flint gelernt. Es war erstaunlich, was man alles herausfinden konnte, wenn man wusste, wo man suchen musste.

Auf meinem Weg hierher hatte ich mit Lizzy gesprochen. Sie war außer sich gewesen. »Ich hab echt gedacht, er wäre ein ganz toller Mann«, hatte sie fassungslos gerufen. »Ich kann das überhaupt nicht glauben. Bitte, bitte, *bitte* komm zu mir, sobald du bei Timmy fertig bist. Sag ihm, er soll dich herbringen. Ich mache sofort Feierabend, wann immer du willst.«

Ich presste die Hände gegen meine Beine, als würden sie dadurch vielleicht aufhören, zu zittern. Ich hatte keine Ahnung, wie Tim auf dieses ganze Chaos reagieren würde. Und auf mich. Wenn er überhaupt käme, wäre das schon ein Wunder, aber ich musste ihn einfach sehen. Ich brauchte Informationen, und das schnell.

Oh, wie ich mich dafür hasste, dass ich Tim Furniss misstraut hatte! Dass ich mich so leicht hatte in die Irre führen lassen! Ich wusste immer noch nicht, was tatsächlich passiert war an dem Tag, als ich auf der Flucht vor ihm die Straße hinuntergerannt war, überzeugt davon, er würde über mich herfallen (oder Schlimmeres). Doch je mehr ich in den letzten dreißig Stunden über Stephen gelesen hatte, desto sicherer war ich mir geworden, dass Tim nicht in mich verliebt war – oder auf eine düstere Art besessen von mir, oder eins der anderen furchtbaren Dinge, die Stephen ihm unterstellt hatte. Ich war mir jetzt sicher, dass Tim nie mitten in der Nacht bei mir aufgekreuzt war, wie Stephen behauptet hatte. Und dass ich an jenem Morgen, als ich Tim vor der Bäckerei gesehen hatte, so einen Horror empfunden hatte, war eine brillante Manipulation gewesen, von niemand Geringerem als meinem mich liebenden Freund.

Es tut mir so leid, Tim, dachte ich, während meine Fersen unkontrolliert auf den Boden eintrommelten.

»Annie?«

Tim sah unerschütterlich und verlässlich aus mit seinem Schlüsselband vom Gesundheitsdienst um den Hals und seinen hochgekrempelten Hemdsärmeln.

Schuldgefühle rollten über mich hinweg wie eine Dampfwalze.

»Bist du okay?«, fragte er.

»Es tut mir so leid«, flüsterte ich. Tim warf einen Blick auf seine Armbanduhr, dann hielt er mir die Tür auf und zeigte mit einem Armvoll Pappordner nach drinnen. In einem Raum links von mir schrie sich jemand die Lunge aus dem Leib. Es drangen ziemlich viele Flüche nach draußen, und mehrfach fiel der Name Chesney. Für einen kurzen Augenblick musste ich lächeln. Chesney klang wie »cheese knee« – weiche Knie. Das war ja mal ein passender Name. Ein wirklich passender Name.

Wir gingen durch betont harmlos eingerichtete Flure – aufgepeppt durch euphemistische Plakate, die mich an meine Zeit als Teenager nach dem Selbstmordversuch erinnerten – und betraten schließlich ein kleines, heißes Verwaltungsbüro, an dessen Tür Tims Name stand. Tim deutete auf einen Stuhl, der in eine Ecke gequetscht war, und schloss die Tür hinter uns. Wieder klingelte mein Handy.

Ich kauerte mich auf den Stuhl und fing an, zu schluchzen.

»Ach, Annie.« Tim reichte mir eine Taschentuchbox und wartete, eine Hand auf mein Knie gelegt, bis ich mich ausgeweint hatte.

»Sind wir hier sicher?«

Tim lächelte. »Sollte Stephen dich hier suchen, werde ich ihn einsperren lassen, noch bevor du das Wort … äh, keine Ahnung … *Sicherheit* sagen kannst.«

»Woher weißt du, dass es um Stephen geht?«

Darauf verweigerte Tim höflicherweise jede Antwort. »Brauchst du Schokolade?«, fragte er stattdessen. »Oder Eis? Oder ein bisschen Heroin?«

Ich brachte nicht einmal ein Lächeln zustande. »Stephen ist hinter mir her. Ich hab herausgefunden, dass er mich betrogen hat, mehrfach, und als ich versucht hab, mit ihm darüber zu reden, hat er mich gegen eine Wand gestoßen und festgehalten.«

Tim fiel alles aus dem Gesicht. »Oh Gott …«

»Er ist in diesem Moment auf dem Weg nach Hackney. Von Heathrow aus. Er hat gesagt, er findet mich. Ich hab … keine Ahnung … hundert entgangene Anrufe von ihm. Oder noch mehr. Und wahrscheinlich genauso viele SMS. Er ist wahnsinnig, Tim.«

»Okay. Bevor wir irgendwas anderes machen, müssen wir die Polizei anrufen.« Er hatte bereits das Telefon in der Hand.

»Nein!«

»Doch. Ich bin zwar kein Anwalt, Annie, aber es klingt verdammt danach, dass er dich bedroht hat, und die Anrufe und SMS sind Belästigung. Genau wie seine Drohung, dich zu ›finden‹. Wenn er auf dem Weg zu dir ist, brauchen wir die Polizei vor Ort.«

Du Idiotin, beschimpfte ich mich innerlich. *Du Volltrottel!*

Ich hatte einen Plan. Und dieser Plan war auch schon angelaufen. Es war ein ziemlich guter Plan, der alle Möglichkeiten bedachte – ich hatte Jahre damit zugebracht, daran zu feilen –, aber sein Erfolg hing davon ab, dass die Polizei nicht miteinbezogen wurde.

»Tim«, sagte ich so ruhig wie möglich, »wir können gern die Polizei rufen, und das werden wir auch tun. Aber noch nicht jetzt. Bitte vertrau mir.«

Tim seufzte. »Das ist ziemlich viel verlangt«, entgegnete er leise. »Verdammt viel, Annie, nach all den Monaten.«

»Ich weiß. Aber bevor ich rechtliche Schritte einleite, muss ich mir erst noch über einige Dinge klar werden. Stephen ist clever. Er kann mich sehr leicht austricksen, wenn meine Version der Geschichte nicht Hand und Fuß hat.«

Widerstrebend nickte Tim. Ein paar Minuten blieben mir.

Ich holte tief Luft. »Tim, warum haben wir seit fast drei Monaten nicht mehr miteinander gesprochen?«

Er runzelte die Stirn. »Was meinst du damit?«

»Ich meine, warum haben wir seit fast drei Monaten nicht mehr miteinander gesprochen?«

Tim stand auf dem Schlauch. »Du *weißt* doch, warum wir nicht miteinander gesprochen haben. Du hast mir im Oktober eine SMS geschickt, dass es dir gerade nicht so gut geht und du mich eine Weile nicht sehen willst.«

»Echt?«

»Ja, echt. Erinnerst du dich nicht?« Er fing an, mich so anzusehen, als wäre ich eine seiner Patientinnen.

Ich ignorierte seinen Gesichtsausdruck. »Damit wir uns richtig verstehen: Du hast eine SMS bekommen, von meiner Handynummer, in der stand: ›Hi Tim, ich brauche eine kleine Auszeit von unserer Freundschaft‹?«

Tim nickte. »Ja.«

»Und du hast bloß gedacht: ›Oh, alles klar, ist okay‹?«

»Nein«, entgegnete Tim ernst. »Natürlich nicht. Ich hab dich sofort angerufen. Und als du nicht drangegangen bist, hab ich dich noch mal angerufen, und dann noch mal und noch mal.«

Stimmt. Das Handy hatte auf dem Stuhl geklingelt, während Stephen und ich in der Badewanne gesessen hatten.

Wie ein dumpfes Gewicht senkte die Wahrheit sich auf mich. »Ich hab diese SMS nicht geschickt«, erklärte ich. »Das war Stephen.«

Tim war verblüfft. »Was? Wieso?«

»Okay, dann erzähle ich dir mal, was *ich* in den letzten drei Monaten geglaubt hab«, verkündete ich und fühlte, wie mir die Röte ins Gesicht stieg. Das würde nicht einfach werden. »In meiner unendlichen Weisheit bin ich zu dem Schluss gekommen, lieber Timmy, dass du damals in der U-Bahn-Station von mir geredet hast, als du meintest, du wärst seit Jahren in eine Frau verliebt, die deine Gefühle nicht erwidert.«

Tim blickte ein wenig durcheinander drein. »Äh, echt?«

»Das war Stephens Schuld. Er war von Anfang an davon überzeugt, dass du Gefühle für mich hast. Er hat die ganze Zeit davon geredet, hat mich auf Sachen hingewiesen, die du gesagt und getan hast. Ich hab's ewig lange ignoriert, aber am Ende ist es mir unter die Haut gegangen, und ich hab angefangen, ihm zu glauben. Wie du ja weißt, brauche ich traurigerweise nicht lange, um Männern zu misstrauen.« Angespannt stieß ich den Atem aus. »Ich schäme mich schrecklich, weil ich dir misstraut hab. Ausgerechnet dir. Das macht mich echt sehr traurig.« Ich blickte ihn an, betrachtete sein freundliches, vertrauenswürdiges Gesicht.

»Ich bin wirklich, ehrlich nicht in dich verliebt, Annie.«

»Kein Grund, so angewidert zu klingen.«

»Ach komm, Annie! Das wär ja so, als wäre ich in meine Schwester verliebt!« Er errötete. »Ich hab von …« Er stockte. Seine Wangen waren jetzt glühend rot. »Ich hab von Lizzy gesprochen. Nicht von dir.«

Für einen winzigen Moment vergaß ich, dass ein Mann mit einer ernsthaften Persönlichkeitsstörung auf dem Weg zu meinem Haus war. *»Lizzy?«*

»Ja, Lizzy. Tut mir leid, ich kann mir vorstellen, dass es irgendwie komisch für dich ist, das zu hören. Wenn nicht sogar abstoßend.« Seine Stimme war jetzt fast nur noch ein Flüstern.

Ich versuchte, das alles zu begreifen. Tim war in meine Schwester verliebt? Er *was*?

Ich konnte mich noch ganz genau an den Tag in den Neunzigern erinnern, als ich Tim mit Lizzy bekannt gemacht hatte. Damals hatte er eine Boyband-Frisur getragen und ein T-Shirt von Ocean Colour Scene und große Vans-Turnschuhe angehabt. Lizzy hatte gerade Soul II Soul gehört, einen bauchfreien Pullover getragen und dazu einen Lippenstift in der Farbe Heidelbeere. Sie hatte Tim kaum beachtet, und als er und ich anschließend im Garten gesessen hatten, Ingwerbier getrunken und uns über Verlust unterhalten hatten, hatte er mich gefragt, ob Lizzy einen Freund habe. Danach war er zwei Stunden lang knallrot im Gesicht gewesen. Ich hatte das gar nicht beachtet, weil sowieso alle auf meine große Schwester standen, und Tim hatte auch nie wieder von ihr gesprochen. All diese Jahre, all die Freundinnen, die er gehabt hatte. Armer Tim!

»Ich weiß, es ist hoffnungslos und ich werde nie eine Chance bei ihr haben. Du brauchst also nichts zu sagen. Und außerdem ist jetzt auch nicht der passende Zeitpunkt, um über dieses Thema zu reden.« Seine Stimme klang brüchig.

Ich starrte ihn einfach nur an. »Warum hast du denn nie was gesagt?«

Tim war feuerrot. »Was für einen Sinn hätte das denn gehabt? Du wärst total angewidert gewesen – und dann hättest du es ihr erzählt und sie hätte mich abgewiesen.«

»Nein, Timmy! Lizzy mag dich sehr, sie …«

»Lizzy mag mich auf die gleiche Art wie du, Annie. Diesen einen Tag lang war ich etwas übermütig und hab beschlossen, es dir zu erzählen – deshalb hab ich dich gefragt, ob wir uns treffen können, um zu reden. Ich hab's nicht mehr ausgehalten. Aber aus ziemlich ersichtlichen Gründen hat dieses Treffen ja nie stattgefunden. Hör mal, können wir das Thema jetzt bitte lassen? Wir müssen uns im Augenblick über wichtigere Dinge unterhalten.«

Wie um das Gesagte zu unterstreichen, klingelte mein Handy. Es war Stephen. Zum millionsten Mal krampften sich meine Eingeweide vor Angst zusammen. Ich drückte den Anruf weg, und fast in derselben Sekunde klingelte es erneut. Diesmal war es Lizzy. »Ich bin bei Tim«, erzählte ich ihr. »Ich mache mich bald auf den Weg.«

»Gott sei Dank.« Sie seufzte. »Wenn hier irgendwer aus diesem ganzen Chaos schlau wird, dann Tim.«

Tim konnte offensichtlich hören, was sie sagte. Er errötete, und ich fragte mich, wieso ich das alles vorher nie bemerkt hatte.

»Okay, Prinzessin«, sagte er. »Erzähl weiter.«

Ich schauderte.

»Annie?«

»Er nennt mich auch Prinzessin. Schon ewig. Ich glaube, das war so 'ne Art kranker Gehirnwäsche. Damit hat er mir absichtlich die ganze Zeit Gedanken an dich in den Kopf eingepflanzt. Er …« Meine Stimme zitterte, aber ich zwang mich, weiterzusprechen: »… Er hat mir zu Weihnachten ein kleines silbernes P an einer Kette geschenkt und behauptet, das P steht für Prinzessin. Nur ist mir mittlerweile klar, dass er sich vertan und mir die falsche Kette gegeben hat. Mein P war – da bin ich mir fast sicher – für Petra bestimmt, das Mädel, das wir im Sommer im Restaurant gesehen haben – die hat er die ganze Zeit gevögelt.«

Tim starrte mich an. »Petra, seine *Nichte*?«

»Nein, mein lieber, gutgläubiger Tim. Diesen Quatsch hat ihm die liebe, gutgläubige Annie auch abgekauft. In Wahrheit war sie nur irgendeine, die er im Internet kennengelernt hat. Ich würde sie ja gern Schlampe nennen, aber sie ist bestimmt sehr nett. Wobei ihre Beziehung zu ihm eher auf Sex zu basieren scheint, von den paar Mails zu schließen, die ich gelesen hab.«

»Wow.« Tim rieb sich übers Gesicht. »Wow, Annie. Das tut mir echt leid. Arme Kleine.«

Ich schüttelte den Kopf. Wir hatten jetzt keine Zeit, uns mit Affären und Liebeskummer zu befassen. Innerhalb der ziemlich kurzen Zeitspanne von gerade einmal zehn Minuten konnte Stephen schon vor meinem Haus stehen.

»Wie seltsam, dass er geglaubt hat, er müsste einen Keil zwischen uns treiben«, sinnierte Tim, »wo doch *er* die ganze Zeit derjenige gewesen ist, der untreu war. Ich frage mich, welche Motive er hatte.«

»Keine Ahnung«, log ich. »Lass uns erst mal nur auf diesen einen Tag zurückkommen. Stephen hat dich angerufen und gesagt, ich hätte mir den Magen verdorben. Ich hab ein Bad eingelassen. Ich konnte hören, wie er mit dir geredet hat, also nehme ich mal an, dass er sich nur mit dem Freizeichen unterhalten hat. Die einzige wirkliche Kommunikation mit dir war eine SMS, die er dir von meinem Handy aus geschickt hat, und darin stand, dass ich dich nicht sehen will.«

»Was für eine Scheiße.«

»Allerdings. Also, du hast mich direkt angerufen, als du die SMS bekommen hast. Du hast dreimal angerufen, dann ist Stephen drangegangen. Was hat er gesagt? Hat er dir nicht erzählt, dass ich mir den Magen verdorben hab?«

Tim hob den Blick zur Decke und versuchte, sich an die Details zu erinnern.

»Nö. Er hat eigentlich nur das wiederholt, was du in der SMS geschrieben hast – dass du total fertig wärst wegen irgendwas und dass es dir momentan besonders schwerfallen würde, Männer um dich zu haben. Abgesehen von ihm. Er …« Verwirrt kratzte Tim sich am Kopf. »Eigentlich war er sogar ziemlich nett. Er hat über deine Mum gesprochen und gemeint, das alles hätte seiner Meinung nach damit zu tun, dass ihr zusammenziehen wollt, und dabei wären wahrscheinlich alte Wunden aufgebrochen.« Schweigen. »Das klang tatsächlich recht plausibel. Typisch für einen Soziopathen.«

»Und die Sache mit dem Café? Mit der Bäckerei? Als du später noch vorbeigekommen bist?«

»Oh Gott!«, rief Tim, als ihm klar wurde, dass er ein weiteres Mal ausgetrickst worden war. »Gott, er ist echt gut!«

Ungeduldig nickte ich. Er sollte endlich weiterreden.

»Ich war früh dran«, erzählte Tim. »Und ich hab mir gedacht, ich sehe mal nach dir auf dem Weg zur Arbeit, weil du vielleicht in einem traumatisierten Zustand bist und professionelle Hilfe brauchst.«

Guter alter Tim.

»Ich bin auf dem Weg zu eurem Haus gewesen, als Stephen aus der Bäckerei gekommen ist. Ich hatte euch beide da drin gar nicht gesehen, war also überrascht. Stephen war ziemlich sauer und hat mich gefragt, warum ich deine Wünsche nicht respektieren würde. Ich hab gemeint, dass ich sehr gut mit deiner Vergangenheit vertraut wäre und das Gefühl hätte, du bräuchtest Unterstützung von einem Fachmann. Daraufhin ist er ziemlich persönlich geworden, beleidigend. Ich war gestresst und bin etwas ausgerastet, was er natürlich genossen hat. Ich hab ihn sogar angeschrien! In dem Moment bist du aufgetaucht. Und dann hab ich dich wegrennen sehen …« Tim versagte die Stimme. »Arme Annie«, fuhr er dann sanft fort. »Ich dachte, du hättest eine Panikattacke. Vielleicht hattest du das tatsächlich, so schnell, wie du vor mir weggerannt bist …«

Mein Handy klingelte.

Wieder Stephen. Stand er schon vor meinem Haus?

»Red weiter«, flehte ich Tim an. Ich musste das alles unbedingt wissen.

»Ich hab dich wegrennen sehen, und in dem Moment hab ich Stephen seine Geschichte komplett abgenommen.« Tims Augen wurden feucht, und einen kurzen, bittersüßen Augenblick lang war er wieder der sechzehnjährige Tim. So jung und so verletzt, und doch so entschlossen, nicht zu weinen, während er immer wieder sein abgegriffenes Exemplar von *Unterwegs* in den Händen zusammengerollt hatte, deren Fingernägel zu entzündeten Halbmonden heruntergekaut waren. »Nur damit du das weißt, Annie: Ich hab dir am nächsten Tag noch eine letzte E-Mail geschickt. In der stand, dass ich dich nicht mehr kontaktieren werde, es sei denn, du willst es, aber dass ich jederzeit für dich da bin. Ich hab auch eine Antwort bekommen, in der stand, dass ich dir bitte keine Mails mehr schicken soll.«

Ich legte den Kopf in die Hände und ließ mich langsam vornübersinken. »Oh Gott. Er hat auf meine E-Mails zugegriffen. Oh Gott, Tim.«

»Krass«, flüsterte Tim sichtlich geschockt. »Was für eine Scheiße. Ich hatte da so ein ungutes Gefühl, er könnte vielleicht so was machen, aber ich hatte genug mit meinem eigenen Kram zu tun – wegen Lizzy, dass ich es nie geschafft hab, über sie hinwegzukommen –, und ich schätze, ich hab einfach … Ich schätze, ich hab einfach beschlossen, dir zu glauben. Aber ich hätte trotzdem mehr um unsere Freundschaft kämpfen und dich weiterhin kontaktieren sollen, egal, was du gesagt hast.«

Wieder rieb er sich das Gesicht. Er sah furchtbar aus. »Ich hab dich im Stich gelassen«, stellte er traurig fest. »Ich hätte auf mein Bauchgefühl hören sollen.«

Nein, dachte ich. *Ich hab* dich *im Stich gelassen. Und ich werde es wieder tun, und du wirst nie erfahren, wie sehr ich mich dafür hasse.*

»Ich glaube, Stephen hat ständig mein Handy benutzt, um meine SMS und Mails zu lesen«, sagte ich schlicht. »Er hat immer so viel gewusst, Tim. Dinge, von denen er dann behauptet hat, ich hätte sie ihm erzählt, aber ich war mir sicher, dass ich das nicht gemacht hab.« Aus meinem Mund drang ein Laut, der entfernt an ein Lachen erinnerte. »Dann hat er immer gesagt: ›Gott, du vergisst echt alles, oder?‹«

Tim schüttelte den Kopf. »Das ist echt furchtbar.«

»Toll ist es nicht. Einige Le-Clöbb-Treffen hab ich sicher nur verpasst, weil er eure SMS gelesen und dann einfach gelöscht hat. So durch den Wind war ich bestimmt nicht, davon bin ich überzeugt.«

»Verdammte Scheiße.«

»Stephen ist allerdings auch ziemlich raffiniert, Tim. Er hat mir mehrmals unterstellt, ich würde ihn stalken, und ich hab echt die Panik gekriegt, dass er vielleicht recht hat! Dass ich, na ja, irgend so 'ne zwielichtige Stalkerin bin, die sich schämen sollte!«

»Das verstehe ich nicht.«

»Na ja, zum Beispiel hat er irgendwann mal ein Foto von sich auf meinem Handy entdeckt, das ich am Anfang unserer Beziehung gegoogelt hatte, und seine Reaktion war: ›Haha!

Meine kleine Stalkerin!‹ Und das hat er mehr als einmal gesagt. Ich bin jedes Mal im Erdboden versunken. Und in Wirklichkeit hat er die ganze Zeit in meinem Handy rumgeschnüffelt, und in meinen Mails und in meinem Leben.«

Tim, der zunehmend blasser aussah, blickte auf seine Armbanduhr. »Okay, ich hab heute Nachmittag nur Verwaltungskram zu erledigen, das heißt, wenn ich das heute Abend nachhole, kann ich mir jetzt ein paar Stunden freinehmen. Ich schlage vor, wir fahren jetzt zu dir nach Hause und packen ein paar Sachen ein, damit du bei mir wohnen kannst. Oder bei Lizzy. Oder Claudine, wenn du dich traust.«

Ich konnte nicht darüber lachen.

»Und wir sollten die Polizei anrufen, finde ich.«

»Noch nicht.«

»Wieso nicht?«

»Weil ich es nicht will, Tim. Ich glaube, dir ist nicht klar, wie raffiniert Stephen ist, wie leicht er sich aus einer Sache herausreden kann. Er hat die besten Anwälte und ist hochintelligent. Wenn ich nicht eine *erdrückende* Beweislast gegen ihn in der Hand hab, ist er innerhalb einer Stunde wieder draußen und steht vor meiner Haustür. Ich brauche noch ein paar Tage Zeit, um das Puzzle zusammenzusetzen. Gibst du mir die?«

Misstrauisch blickte Tim mich an.

Wieder klingelte mein Handy. »Hallo, Claudie.«

»Oh, mein kleiner Pfefferstreuer«, begrüßte Claudine mich traurig. »Lizzy 'at mir gerade erzählt, dass du wieder da bist. Es tut mir so wahnsinnisch leid, Annabel. Isch komme 'eute Abend bei Lizzy vorbei. Dann können wir reden. Oder wenn dir das lieber ist, reden wir nischt darüber. Aber isch werde da sein.«

»Danke.«

»’ast du was von Stephen ge’ört?«

»Mehrmals.«

Claudine gab einen besorgten Laut von sich. »Sei vorsischtisch, mein kleines Ferkelschen. Isch glaube, Stephen ist sehr clever.«

»Da bin ich absolut deiner Meinung. Ich bin auf jeden Fall vorsichtig.«

Ich beendete den Anruf. »Claudie hat gerade das Gleiche gesagt. ›Stephen ist sehr clever.‹ Ich flehe dich an, Timmy, schalt nicht die Polizei ein. Noch nicht.«

»Okay. Aber beim ersten Anzeichen von Ärger rufe ich da an«, murmelte er.

Ich fühlte nicht mal einen Hauch von Erleichterung, als wir bei meinem Haus ankamen und die Treppe vor der Haustür verlassen vorfanden. Wenn er jetzt noch nicht hier war, dann würde er es bald sein. Und wenn er kam, würde ich meinen Plan in die Tat umsetzen müssen und damit nicht nur Tim, sondern auch Lizzy und Claudine wehtun. Und – was am schlimmsten war – meinem Dad. Meinem lieben, guten Daddy.

Tim hielt meine Hand, während er mit mir durch mein kleines Haus ging und mir half, meine Sachen zusammenzusuchen. »Ich will die Polizei anrufen«, sagte er immer wieder, aber ich ließ ihn nicht.

Nachdem wir eine Tasche gepackt hatten, gingen wir hinunter in meine Küche, um die Heizung auszuschalten.

Und in diesem Moment blieb mir das Herz stehen.

Da war er.

In meinem Garten.

»Annie!«, rief Stephen, und während er mit großen Schritten auf meine Terrassentür zukam, hörte ich Tim irgendetwas rufen.

Zuerst war mir gar nicht klar, was da gerade passierte. Meine Arme begannen zu zittern, dann meine Beine, ich war atemlos und hatte das Gefühl, zu schweben.

»Polizei«, hörte ich Tim in sein Handy sagen, und dann rief er Stephen zu: »Ich hab den Notruf gewählt!« Am Rande nahm ich wahr, dass Stephen etwas durch meine Hintertür schrie und Tim mich aus dem Zimmer schob. Dann wurde mir die Brust eng, und alles kam wieder: das Gefühl, nicht atmen zu können, und das Geräusch, wie ich keuchend nach Luft schnappte. Mir brach am ganzen Körper der Schweiß aus und lief an mir herunter wie Öl, während ich verzweifelt nach den Fäden meines Lebens tastete, um nicht sterben zu müssen.

Und dann hörte alles auf, und ich dachte: *Das war's. Ich bin gestorben.*

WHATSAPP GRUPPENCHAT

LE CLÖBB
Tim, Lizzy, Claudie, Du

Annie:

HALLO AUS THAILAND! ÜBERRASCHUNG! Und sorry ...! Das hier ist der Blick aus meiner Hütte! ☺ Leute, es tut mir so leid, dass ich abgehauen bin, aber ich hatte das Gefühl, keine andere Wahl zu haben. Ich konnte nicht rumsitzen und Formulare für eine einstweilige Verfügung ausfüllen, ich musste einfach weg. Bitte versucht, das zu verstehen, und bitte denkt immer daran, dass ich euch liebe und dass es mir leidtut. Lizzy, ich hab Dad angerufen und ihm gesagt, dass ich mir nicht mehr sicher bin, was Stephen angeht, und mir einen schönen Urlaub gönne. Bitte erzähl ihm NICHT, was wirklich passiert ist. Das würde ihn total aus der Bahn werfen, und das kann ich ihm nicht antun. Ich bin sowieso nur zwei, drei Monate weg – die gehen schnell rum, und wenn ich zurückkomme, hat Stephen mich abgehakt. Ich bin übrigens nicht durchgeknallt, mir geht's GUT. Es tut mir nur leid, wenn ihr euch jetzt Sorgen um mich macht. Ich liebe euch alle. X 06:52 ✓✓

Lizzy:

Oh Gott, Annie! Bitte geh an dein Handy. Sag uns bitte, wo du bist. Du kannst uns ja einen Brief schicken, wenn du glaubst, das ist sicherer. Biiiiiitte, Schwesterchen. Oder komm einfach zurück, hier kann dich die Polizei beschützen. Hab dich soooooo lieb. Xxxxxxxxx 07:11 ✓✓

Claudine:

Oje, Annie. Es tut mir leid, dass ich das alles hier zum Teil mitverursacht hab. Ich kann nur das wiederholen, was deine Schwester geschrieben hat: Bitte sag uns, wo du bist. Es ist wichtig, dass jemand Bescheid weiß. Pass auf dich auf, mein kleiner Flipflop. Ich hab dich auch lieb. 07:12 ✓✓

Tim:

ANNIE! Bitte komm nach Hause. Und sag uns bis dahin, wo du bist. Bitte, Süße. X 08:00 ✓✓

Annie:

Ich sag euch lieber nicht, wo ich bin, nur für den Fall … Bitte macht euch keine Sorgen um mich! Ich glaube zwar, bei Stephen ist gerade 'ne Sicherung durchgebrannt, aber ich denke, sobald er merkt, dass ich weg bin, gibt er auf. Wenn ich wieder da bin, ist das alles für ihn nur noch ein winziger Punkt in seiner Vergangenheit. Und außerdem, ihr wisst ja, im Ausland bin ich immer am glücklichsten. Vor allem in Asien. Ich esse scharfe Suppen und höre dem Gezwitscher der Vögel in den Bäumen zu. Ich sollte mich öfter von durchgeknallten Stalker-Freunden trennen! Ehrlich, mir geht's GUT. Es ist wahnsinnig schön hier, und ich bin seit ewigen Zeiten zum ersten Mal wieder entspannt. xxx 08:57 ✓✓

Kapitel 28

Annie

Ich war nicht in Thailand und aß scharfe Suppen, während ich dem Gezwitscher der Vögel in den Bäumen lauschte. Ich war auch nicht entspannt. *Kann das nicht einfach weggehen?*, dachte ich, während ich in einem fensterlosen Gebäude auf dem glatten, kalten Fußboden saß. *Kann das nicht einfach aufhören?*

Doch es passierte nichts dergleichen.

Ich hatte ein Flugticket nach Bangkok gebucht, mit einem Zwischenstopp in Abu Dhabi – wo ich gerade auf dem Flughafen wartete –, allerdings hatte ich gar nicht die Absicht, den Anschlussflug zu nehmen. Stephen hatte Zugriff auf meinen E-Mail-Account gehabt. So viel stand fest. Trotzdem wusste ich nicht, ob er mich nur übers Handy ausspioniert oder gar mein Konto gehackt hatte. Das hier war mein Test.

Wenn Stephen meine E-Mails hackte, würde er von diesem Flug wissen. Und wenn er so krank war, wie ich mittlerweile vermutete, hätte es ihm nicht gereicht, einfach nur in Heathrow aufzutauchen, um mich zu überreden, zurückzukommen: Er würde hierherfliegen und mich während meines langen Zwischenstopps suchen. Um eine angemessene »Rettung« zu inszenieren und mir zu zeigen, *wie viel* ich ihm bedeutete; wie verzweifelt er mich zurückhaben wollte. *Ich würde dir bis ans Ende der Welt folgen, Prinzessin. Jeden Cent ausgeben, den ich habe. Wir gehören doch zusammen.*

Geld war kein Hindernis für Stephen Flint. Und mich in Heathrow abzufangen hätte ja schließlich nicht viel hergemacht. Wo wäre denn da der Triumph geblieben? Nein. Dieser Flughafen mit seinem gewaltigen orientalischen Mosaik an der Decke, sechstausend Kilometer entfernt von London, würde dem Ganzen doch eine viel aufregendere Kulisse bieten. Ein großer Auftritt, passend zu einem großen Mann.

»Ich bin der Anführer des Volkes!«, hatte er immer gesagt. »Ich bin Gott! Und Gott nimmt sich auch keinen Tag frei!« Was hatte ich gekichert.

Und wie wäre mir das Kichern im Halse stecken geblieben, hätte ich auch nur die leiseste Ahnung gehabt, dass er das tatsächlich ernst gemeint hatte.

Als du zugelassen hast, dass Tim die Polizei ruft, hast du die Grenze überschritten, hatte er mir gesimst. *Ich gebe dir achtundvierzig Stunden, um mich anzurufen und mir das zu erklären. Glaub nicht, dass ich dich nicht finde.* In anderen SMS schwafelte er die ganze Zeit herum, wie sehr er mich doch liebe und dass er ohne mich nicht leben könne. Und dann gab es da noch die Nachrichten, die er auf meine Mailbox geschrien hatte: »HAST DU ÜBERHAUPT IRGENDWELCHE GEFÜHLE? ODER SIND DIE ALLE ABGESTORBEN? RUF MICH AN, VERDAMMT NOCH MAL. DAS HIER IST DIE SCHLIMMSTE WOCHE MEINES LEBENS, DU KALTHERZIGES MISTSTÜCK. DENK DRAN, ICH HAB BEWEISE, DASS DU MICH GESTALKT HAST. UND DASS DU TOTAL BEKLOPPT BIST.«

Jedes Mal, wenn eine Nachricht von ihm kam, schien ein

weiteres Stück von mir wegzubrechen. Mittlerweile war nur noch sehr wenig von mir übrig. Zurück blieben nur Splitter – nicht zusammenpassende Fragmente von dem unschuldigen kleinen Hippie, der ich mal gewesen war.

»Ist alles in Ordnung, Madam?«, fragte mich eine Dame in schicker *Etihad*-Uniform mit weichem arabischem Akzent. Sie lächelte mich an, als wäre ich eine hochwichtige Erste-Klasse-Passagierin und nicht irgendein Freak mit altem Filzhut, der zusammengekauert in einer Ecke der Galerie saß wie ein streunender Hund. »Madam? Es sieht nicht so aus, als hätten Sie es hier besonders bequem!«

»Oh, tut mir leid«, antwortete ich, während mein Gehirn seine Arbeit wieder aufnahm. »Der Jetlag! Mir geht's gut, danke. Ich warte nur auf meinen Mann. Er kommt aus London, und dann fliegen wir zusammen weiter nach Bangkok. Von hier oben kann ich ihn besser sehen, wenn er kommt!«

»Ah, natürlich, Madam«, sagte sie. »Viel Glück bei der Suche!« Mit schnellen Schritten eilte sie davon, und das klackernde Geräusch ihrer blank geputzten Schuhe verlor sich im leisen Gemurmel des Terminals.

Wie einfach es doch ist, zu lügen, dachte ich. Wie leicht man die Welt doch davon überzeugen konnte, dass man etwas vollkommen Unschuldiges tat – obwohl man eigentlich genau das Gegenteil machte –, wenn man nur den richtigen Akzent hatte oder die richtige Sprache sprach.

Ich fragte mich, ab welchem Alter Stephen aufgehört hatte, zu merken, dass er log, oder ab wann es ihm egal geworden war. Ob es diesen Zeitpunkt wohl tatsächlich gegeben hatte oder ob er einfach schon gelogen hatte, seitdem er sprechen konnte.

Hattest du einen schönen Tag in der Schule, Schatz?

Ja, sagte der fünfjährige Stephen. *Ich hab die beste Mathehausaufgabe gehabt, Mum!* Obwohl er in Wahrheit einen seiner

Klassenkameraden verprügelt und den Nachmittag im Büro des Schulleiters verbracht hatte. *Ich hab 'nen goldenen Stern bekommen!*

Immer noch keine Spur von ihm. Ich fragte mich, ob ich irgendetwas essen sollte.

Ich schleppte mich in ein Café, wo eine Frau mit Kopftuch Kaffee zubereitete, während sie sich mit einem männlichen Gast über dessen Fußpilzinfektion unterhielt. Im Hintergrund lief U2 – dieses Lied über die Stadt mit den blendenden Lichtern –, und ein kleines, libysch aussehendes Mädchen brachte ihrem noch kleineren Bruder den *Gangnam-Style*-Tanz bei. Die Welt war mir noch nie so seltsam vorgekommen.

Ich bestellte mir ein Plunderteilchen, obwohl ich wusste, dass ich es niemals runterkriegen würde, und dazu einen Kaffee, der mich wahrscheinlich völlig hibbelig machen würde. Anschließend holte ich das Notizbuch heraus, das ich eng an meinem Körper trug, seit ich vor drei Tagen herausgefunden hatte, dass Stephen mich nicht nur betrogen hatte, sondern ziemlich sicher auch unter einer gefährlichen Persönlichkeitsstörung litt.

Psychopath hatte ich oben auf die erste Seite geschrieben und das Bein des *h* so lange gekringelt, bis es vom Blatt fiel.

Ich wusste, Claudine würde sich dafür verfluchen, dass sie dieses Wort in ihrer E-Mail verwendet hatte. Wahrscheinlich hatte sie es getan, um ihren Anschuldigungen gegen Stephen mehr Gewicht zu verleihen, und es dann später bereut, weil sie wusste, dass mich schon die bloße Erwähnung des Wortes fertigmachen würde. Na ja, damit lag sie auch ziemlich richtig. Sobald mein Taxi den Holland Tunnel verlassen und sich in den Reißverschlussverkehr zum Flughafen Newark eingefädelt hatte, war ich auch schon bei Google gewesen. *Was ist ein Psychopath?* hatte ich eingegeben – mit dem erschreckend sicheren Gefühl, dass die Antwort meinen Freund beschreiben würde.

Ich hatte überraschende Dinge herausgefunden – zum Beispiel, dass Psychopathen oft eine wichtige Rolle in der Gesellschaft spielten und eher selten mit Äxten herumrannten –, und auch einige nicht besonders überraschende Dinge wie etwa, dass sie eine skrupellose Persönlichkeit hatten und nicht zu Empathie fähig waren – ihnen fehlte der moralische Kompass, ohne den eine Gesellschaft nicht funktionieren kann. Sie hatten keinerlei Impulskontrolle, waren narzisstisch, über die Maßen selbstbewusst und hatten vor nichts und niemandem Angst.

Doch dann war erst das eigentlich Schockierende gekommen: *Psychopathen sind oft außergewöhnlich charmant und geben sich sehr viel Mühe, bescheiden, liebenswürdig und äußerst unterhaltsam zu erscheinen. Sie haben selten Probleme damit, neue Beziehungen zu knüpfen, allerdings bereitet es ihnen große Schwierigkeiten, diese aufrechtzuerhalten.*

Innerhalb von zwei Stunden hatte ich zehn Seiten mit Notizen aus dem Internet vollgeschrieben und angefangen, meine Flucht zu planen.

Es kümmerte mich nicht, ob das übertrieben war. Mir war nur wichtig – fast noch wichtiger als die Luft zum Atmen –, dass ich Stephen loswurde. Ich konnte nicht damit leben, von einem Mann verfolgt zu werden. Vor allem nicht von einem, der eine verdammte Persönlichkeitsstörung hatte.

»... nach London Heathrow«, sagte eine Stimme über die Lautsprecheranlange, und einen Moment lang erstarrte ich.

Ein und aus, erinnerte ich mich im Stillen. *Atme ein und dann wieder aus, Annie.* Wenn Stephen das tat, was ich glaubte, würde er innerhalb der nächsten fünfundvierzig Minuten nicht hier sein.

Ich wandte mich wieder meinen Notizen zu.

Psychopath stand in meinem Notizbuch. Das fühlte sich nicht an wie eine Bezeichnung für einen Menschen, der einen im wahren Leben begegnet war, mit dem man sich in seinem Behandlungsraum unterhalten hatte und mit dem man schließlich Sex in einem Weinberg gehabt hatte. »Psychopath« fühlte sich an wie ein Wort aus einem Film. Ein Wort aus dem Forschungsbereich einer Universität. Ein altes Wort, das man mit viktorianischen Verliesen und verrückten, schreienden Menschen verband. Trotzdem waren Psychopathen anscheinend überall unter uns. Sehr häufig waren sie Konzernchefs, doch sie konnten auch dein Arzt sein, dein Hotelrezeptionist – oder sogar dein Lehrer. Einer von zweihundert, behauptete eine Quelle. Einer von *fünfundzwanzig*!, behauptete eine andere.

Stephen Flint. Mein Ritter in seiner beschissenen strahlenden Rüstung.

Mein Psychopath in seiner strahlenden Rüstung. Vielleicht hätte ich sogar darüber lachen können, wenn es nicht das Unlustigste gewesen wäre, das mir je passiert war.

Ich versuchte, mein Plunderteilchen zu essen, während ich mir erneut die Erkenntnisse durchlas, die ich aus einer Psychopathen-»Checkliste« gewonnen hatte – entwickelt von einem kanadischen Psychiater.

- *Übersteigertes Selbstwertgefühl: ✓ Stephen nennt sich selbst Gott*, hatte ich in zittrigen blauen Buchstaben geschrieben. *Er sagt, er ist der Beste in der Branche. Er nennt sich selbst Anführer des Volkes. Er nennt sich Gott, Jesus, König. Er erinnert ständig alle daran – selbst mich –, wie mächtig er ist, und findet das witzig.*
- *Oberflächlicher Charme: ✓ In den ersten fünf Monaten hat er mir dauernd mit irgendwelchen großartigen Gesten gezeigt,*

wie toll und charmant er doch ist. All seine Freundlichkeit und Selbstironie. Haha, schau her, ich mache idiotische Fotos in Hackney. Haha, schau her, ich kleckse beim Frühstück im französischen Château herum. Ich bin ja SO NORMAL. Haha, schau her, ich unterhalte mich mit Le Clöbb und zeige ihnen, wie toll und aufmerksam ich bin. Wie könnte Annie jemandem wie mir widerstehen? Haha! Und die ganze Zeit vögele ich mit anderen Frauen!

Ab diesem Punkt waren die zittrigen Buchstaben von Tränen verwischt.

- *Neigung, sich schnell zu langweilen: ✓ Der Mann kann nicht still sitzen. Kein Wunder, dass er mehr als eine Beziehung hinter meinem Rücken hatte. Monogamie bietet weder Gefahren noch Aufregung. Und mal fünf beschissene Minuten lang echt zu sein macht ja auch keinen Spaß.*
- *Krankhafter Lügner: ✓ Äh, wo soll ich anfangen?*
- *Mangel an Empathie und Reue: ✓ Man schaue sich nur mal an, wie er über die Leute geredet hat, die er gefeuert hat! Und wie er dann gleich »Annie, das war doch nur ein WITZ« gesagt hat, wenn ich entsetzt geguckt hab! Ich bin mir ziemlich sicher, das arme Mädel aus Australien, das ich immer massiert hab, hat FlintSpark wegen Stephen verlassen. Sie war genau sein Typ. Wieder ein Opfer weg, abgefertigt, zerstört. Und ihm ist das scheißegal.*

So ging es endlos weiter. Seine ausgeprägte Libido, die heimtückischen Geschäftstaktiken, sogar das gerahmte Foto von ihm, wie er den Frosch aufschneidet. Überall hatte es Hinweise gegeben, aber ich hatte natürlich nicht danach gesucht. *Mein Freund war ein Psychopath.* Einer der erfolgreichen, die es schafften, unerkannt zu bleiben. Im Gegensatz zu den nicht erfolgreichen, die sich nicht unter Kontrolle hatten und ständig Amok liefen. Stephen war ein Mann, dessen Gehirn sich extrem von dem anderer Menschen unterschied; ein Mann, der nie »geheilt« werden konnte.

»Großartig!«, sagte ich leicht hysterisch zu meinem Kaffee. »Echt großartig!« All das noch einmal zu lesen war zwar schrecklich, aber es erinnerte mich auch daran, dass ich nicht verrückt war.

Ohnehin wusste ich mittlerweile genug, um zu verstehen, dass ich, als ich meine eigene Psyche infrage gestellt hatte, wahrscheinlich unter dem Einfluss eines begabten Manipulators gestanden hatte. Psychopathen – das hatte ich gelernt – waren sehr gut darin, ihren Opfern einzutrichtern, dass sie verrückt waren. Man schaue sich nur mal an, wie clever Stephen mich gegen Tim aufgehetzt hatte. Es war eine erschreckend brillante Strategie gewesen; er hatte genau meine Schwachstellen gekannt und seine kleinen Bemerkungen über Tim geschickt darauf zugeschnitten. »Ich denke nicht, dass du dir allzu große Sorgen machen musst«, hatte er gesagt, »aber …« Ich war schreiend die Straße hinuntergerannt, als mein ältester und bester Freund vorbeigekommen war. Ich hatte sogar Stephens Vorschlag zugestimmt, mich medikamentös behandeln zu lassen!

Wenn ich so darüber nachdachte, war es ihm eigentlich ziemlich gut gelungen, mich gegen alle meine Freunde aufzuhetzen, nicht nur gegen Tim. Mir wurde schlecht, als mir wieder einfiel, wie er mir mit Tränen in den Augen gesagt hatte, er habe es so satt, dass Le Clöbb ihn nicht leiden könne. Gott, war er widerlich. Und Gott, war er gut.

»Gaslighting« hatte man das auf den Webseiten genannt. *Jemanden durch psychologische Manipulation dazu bringen, an seinem Verstand zu zweifeln.* Das mit dem Gaslighting war in vielerlei Hinsicht das Schlimmste. Wenn ich zum Beispiel die letzten vier Monate durchging und daran dachte, wie oft Stephen mich darauf hingewiesen hatte, ich hätte ein Gedächtnis wie ein Sieb. »Daran, dass du mir deinen Namen gesagt hast, kannst du dich aber schon noch erinnern?«, hatte er einmal lachend auf meine Frage geantwortet, woher er denn wisse, was Lizzy beruflich mache.

Ich war mir ziemlich sicher, dass ich in Frankreich nicht meinen Reisepass verloren hatte, sondern dass Stephen ihn mir geklaut hatte, um mein Selbstvertrauen zu schmälern. Auf der Suche nach dem Pass hatte ich mein ganzes Zimmer umgekrempelt. Das ganze verdammte *Château* hatte ich umgekrempelt. »Du bist echt ein hoffnungsloser Fall«, hatte Stephen mit einem Lächeln gesagt, als er mir das Dokument zurückgegeben hatte.

Gott, war er clever. Ein kleines Missgeschick direkt am Anfang, und er hatte zugegriffen. All die Handys, die ich »verloren« hatte, meine Unaufmerksamkeit, die kleinen Fehler, die mir in den letzten Monaten passiert waren. Der schreckliche Verdacht, dass ich irgendwie anfing, zusammenzubrechen, auseinanderzufallen, den Verstand zu verlieren. Sogar schon an meinem ersten Tag bei FlintSpark, als ich geglaubt hatte, ich hätte meine Klientenliste verloren. Da hatte Stephen schon damit angefangen! Da hatte er mich schon dazu gebracht, an mir selbst zu zweifeln!

Ich legte mein Teilchen weg. Es schmeckte wie Pappe.

»Ich war mit einem Psychopathen zusammen«, murmelte ich, um auszuprobieren, wie sich das anhörte. Das kleine Mädchen, das seinem Bruder auf der anderen Seite des Cafés den Gangnam-Tanz beibrachte, lächelte mich an, dann winkte es schüchtern. Ich winkte zurück. Am liebsten hätte ich angefangen, zu weinen. *Ich wünsche dir, dass du dein Leben lang sicher bist und beschützt wirst*, dachte ich. *Dass du nie einem Stephen Flint begegnest, du kleine Süße.*

Ich hatte gelesen, dass es oft lange dauerte, bis die Partner eines Psychopathen die Wahrheit akzeptierten. Selbst wenn man ihnen Beweise für die wiederholte Untreue und die Lügen vorlegte, hielten einige Frauen noch monatelang – manchmal sogar jahrelang – an dem ursprünglichen Bild fest, das sie sich von ihren Männern gemacht hatten, anstatt der Realität ins Auge zu blicken. Dass ich nur circa fünf Minuten gebraucht hatte, um das alles zu glauben, muss ich wohl nicht extra betonen. Ich schätze, das ist einer der wenigen Vorteile, die extreme Paranoia und emotionale Verletzungen mit sich bringen. Man hängt nicht herum und macht sich was vor, wenn man mit Freddy Krueger zusammen ist. Man sieht zu, dass man Land gewinnt.

Ich zwang mich dazu, das Teilchen aufzuessen. Es würde alles gut werden. Ich hatte ja meinen Plan. Ich war in Sicherheit, und Dad würde hoffentlich keinen Wind von der ganzen Sache bekommen.

Ich wandte mich wieder meinem Notizbuch zu.

Einer der Blogs, die ich gelesen hatte, war von einer Frau geschrieben worden, deren Partner das Internet nach jeder noch so kleinen Information über sie durchkämmt hatte. *Googeln Sie sich selbst*, hatte sie geschrieben. *Sie werden überrascht sein, was Sie alles finden.*

Das Erste, was unter meinem Namen aufgetaucht war – abgesehen von meiner Massage-Homepage –, war der Blog, den ich vor einigen Jahren kurzzeitig geschrieben hatte. Damals war ich ziemlich unglücklich gewesen über meine beschissene berufliche Situation. Es war Tims Vorschlag gewesen, ein Tagebuch von Dingen anzulegen, die ich liebte, und damit meine positive Energie anzuzapfen. Als ich mir noch einmal die Einträge durchgelesen hatte, war mir klar geworden, dass Stephen sie alle – jeden einzelnen verdammten Post – durchforstet hatte.

Da gab es zum Beispiel den Blog über Flat Whites. Stephen hatte sich geradezu daraufgestürzt! Bei unserer ersten Begegnung hatte er einen doppelten Espresso getrunken. Und am Morgen, als er mich angerufen hatte, um mir den Job anzubieten, hatte ich gehört, wie er – ebenfalls – einen doppelten Espresso bestellt hatte. Seit ich jedoch bei FlintSpark angefangen hatte, trank er nur noch Flat White. Schwärmte von australischem Kaffee. Mit speziellem Milchschaum. Er hatte es einfach nicht fassen können, dass wir die gleiche alberne Begeisterung für australisch-neuseeländischen Kaffee teilten!

Und ich war zu *blöd* gewesen, um es zu merken!

Und dann diese Geschichte, dass Stephen als Kind Strandurlaub in Tresaith gemacht hatte. Und Karamellwaffeln aus dem kleinen Laden gegessen hatte. Das war *meine* Geschichte gewesen, ein Blog über schöne Erinnerungen, den ich an einem besonders schlimmen Abend geschrieben hatte. Als ob so ein vornehmer Typ aus West Sussex auf einem winzigen Campingplatz in einer abgelegenen Ecke von Wales Urlaub gemacht hätte, Herrgott noch mal!

Falls Stephen denn überhaupt aus West Sussex kam.

An einem anderen Tag hatte ich einen süßen kleinen Blog darüber geschrieben, wie verzweifelt ich mich in meiner Teenagerzeit nach einem Freund gesehnt hatte. Dass ich von einem Mann geträumt hatte, der mir Blumen und Pralinen und selbst aufgenommene Kassetten schenkte. An meinem ersten Arbeitstag bei FlintSpark hatte Stephen das wortgetreu wiederholt! Dann gab es da noch den Abschnitt, den ich über das *Counter Café* in Hackney Wick geschrieben hatte: dass Tim und ich es liebten, dort zu frühstücken. Und wen hatten wir dort auf dem Uferweg getroffen?

Gott.

Und dann hatte ich die traurige, sogar noch abstoßendere Entdeckung gemacht, dass Stephen auch Dads Blog gefunden und sich daran bedient hatte. Er hatte ihm sogar eine Freundschaftsanfrage auf Facebook geschickt, und mein lieber, guter Dad hatte die Anfrage angenommen. Es machte mich rasend vor Wut, wenn ich mir vorstellte, wie Stephen in das Leben meines Vaters eingedrungen war und ihn beeinflusst hatte, gerade als Dad Fortschritte gemacht und sich wieder in die Welt hinausgewagt hatte.

Alles, was Stephen wusste, hatte er von Dads Facebook-Seite gestohlen und von dessen Blog: dass Dad Rioja liebte und den Schriftsteller Borges; Lizzys Namen und dass wir uns Le Clöbb nannten; meine Ankündigung mit einundzwanzig, dass ich von nun an auf Gluten, Zucker und Milchprodukte verzichten würde (und es nie geschafft hatte, mich daran zu halten). Es war alles da. Stephen hatte mich jedes Mal, wenn er eins dieser kleinen Informationshäppchen in die Unterhaltung eingestreut hatte, davon überzeugt, ich hätte ihm davon erzählt.

Und der Anrufer, der sofort wieder aufgelegt hatte, als ich Dad besucht hatte – natürlich war das nicht Dads neue Freundin gewesen. Welche Frau in den mittleren Jahren würde schon den Hörer auflegen, nur weil die erwachsene Tochter ihres Freundes ans Telefon ging? Nein, das war natürlich Stephen gewesen. Das Raubtier, das nach seiner Beute sah, das Risiko suchte, ein bisschen Spaß hatte.

Das Schlimmste war allerdings, dass es sich für Stephen definitiv gelohnt hatte, all diese Risiken einzugehen. Ich hatte nur die Dinge gehört, die ich hatte hören wollen, und alles so interpretiert, wie es mir gepasst hatte. Es war seltsam, wie der Verstand einem etwas vorgaukelte. *Hi Annie, hier ist Hinweis für Hinweis, dass dein Freund verrückt ist, aber weil du ihn so magst, mache ich all diese Hinweise unsichtbar. Na, wie gefällt dir das?*

Das kleine Mädchen und sein Bruder verließen jetzt zusammen mit ihrer Mutter das Café. Das Mädchen drehte sich um und winkte mir noch einmal zu. *Verlasst mich nicht*, dachte ich. *Geht nicht.*

Doch sie gingen.

Ich schob meinen Kaffee zur Seite. Noch mehr Stimulation, und ich würde durchs Dach fliegen, wäre für immer im heißen Smog von Abu Dhabi verschwunden.

Ich armes, verblendetes Mädchen. Ich hatte das alles für Liebe gehalten: tiefe, berauschende Liebe – die Art von Liebe, von der ich kaum gewagt hatte, zu träumen. Es hatte sich allerdings herausgestellt, dass es doch keine Liebe war. *Liebe Annie, bedauerlicherweise müssen wir Ihnen mitteilen, dass Sie aufgrund unvorhergesehener Umstände doch nicht verliebt sind. Wie Sie aus den beigefügten Unterlagen ersehen werden, befinden Sie sich stattdessen in einer »Beziehung mit einem Psychopathen«.*

Wie lange, fragte ich mich, wäre das wohl noch so weitergegangen, wenn Claudine ihn nicht entlarvt hätte? Wie lange noch, bis er angefangen hätte, mich offen zu misshandeln und nicht nur hinter meinem Rücken? Und wie hatte eine Frau wie ich, die eine so tief sitzende Angst vor Männern hatte, das zulassen können?

»Hör auf«, befahl ich mir leise. »Das ist passiert, weil Stephen es auf mich abgesehen hatte, und damit hat es sich.« Niemand, nicht einmal eine hochgradig ängstliche und paranoide Frau wie ich, hätte an einem Mann gezweifelt, der sich so bescheiden, selbstironisch und durchweg liebevoll verhalten hatte wie Stephen Flint mir gegenüber. Und man schaue sich nur mal Claudine an! Wie sie von Sylvester verarscht worden war!

Arme Claudine. Nachdem wir Stephen in meinem Garten entdeckt hatten, ich in eine Panikattacke geschlittert war, Tim die Polizei angerufen hatte, ich endlose Fragen hatte beantworten müssen und irgendwann die Polizisten angebettelt hatte, mich nach Hause zu lassen – und nachdem ich Tim angefleht hatte, mir irgendein Beruhigungsmittel zu verschreiben –, hatten wir uns alle bei Lizzy versammelt. Ich war so geschockt von den Ereignissen gewesen, dass ich Le Clöbb beschworen hatte, das Thema ruhen zu lassen. Stattdessen hatte ich den Großteil des Abends damit verbracht, Tim und Lizzy zu beobachten und Claudine zu fragen, was um Himmels willen mit ihrer Ehe los war.

Die Antwort war erschütternd gewesen.

»Isch 'asse Sylvester«, hatte Claudine mit dünner Stimme gesagt. »Er ist ein fetter, fauler Sack, und er be'andelt misch wie eine Sklavin. In den letzten fünf Jahren 'ab isch das ganze Geld nach 'ause gebracht. Er ist in irgend so einer bescheuerten Sexsekte, die vorgibt, eine therapeutische Gemeinschaft zu sein. Sie tun so, als wurde es da nur ums ›Erwachen‹ und die ›Überwindung von Traumata‹ gehen und …«, ihre schlanke, manikürte Hand zitterte, »… und in Wahrheit sind sie nischt mehr als eine Gruppe kranker Leute, die sisch gegenseitig ficken und Wörter wie ›spirituell‹ als Reschtfertigung dafür benutzen. Sylvester verteidigt das Ganze ve'ement. Er sagt, isch würde das nischt verste'en. Außerdem sagt er schrecklische Dinge zu mir. Oft. Er würde misch nie schlagen, aber er beleidigt misch seit Jahren. Isch bin sehr unglücklisch.«

Sie hatte die Hände so fest ineinander verschränkt, dass ihre Knöchel nur noch traurige weiße Punkte waren. »Und wie ihr wisst, bin isch eine dumme stolze Frau, des'alb 'abe isch misch bei einer Datingplattform angemeldet, anstatt mit meinen Freunden zu spreschen.«

Lizzy hatte mitfühlend gelächelt. »Das klingt nach meiner Art der Problemlösung«, hatte sie gesagt. Und ich hatte gesehen, wie ein gequälter Ausdruck über Tims Gesicht gehuscht war.

Stephen, hatte Claudine mir erzählt, hatte sie übers Internet um ein Date gebeten – ein paar Tage bevor ich ihn kennengelernt hatte. Sein Profil hatte ihr von Anfang an nicht gefallen. »Er 'at sisch AnführerDesVolkes genannt«, hatte sie abfällig gesagt. »Isch bitte disch.«

Stephen war immer noch online gewesen, als er und ich schon zusammen gewesen waren, deshalb hatte Claudine ihm in einer Mail klargemacht, dass sie eine Freundin von mir war, und ihn gefragt, was zum Teufel er da tue. Einige Tage später hatte er geantwortet: Er habe gedacht, er hätte seinen Account gelöscht, und er habe sich auch seit Wochen nicht mehr eingeloggt. Der Account war noch am selben Tag gelöscht worden, deshalb hatte Claudine im Zweifel für den Angeklagten entschieden. Als Sylvester jedoch vor Kurzem zu einem seiner Sex-»Besinnungswochenenden« aufgebrochen war, hatte Claudine sich auf einer anderen Seite angemeldet, und Stephen, der ihr Foto nicht erkannt hatte – sie hatte erneut versucht, ihre Identität einigermaßen geheim zu halten –, hatte ihr wieder gemailt und sie um ein Date gebeten.

An Silvester hatte er Claudine sogar regelrecht gedrängt, sich mit ihm zu treffen, und das, während er sich um den ganzen Scheiß in seinem New Yorker Büro gekümmert hatte.

Es war unglaublich. »Wir sind beide reingelegt worden«, hatte Claudine sanft gesagt. »Aber deswegen sind wir noch lange keine dummen Frauen. Na ja, isch schon, weil isch meinen Mann noch nischt verlassen 'ab. Aber das werde isch. Isch brauche nur noch ein bisschen Zeit.«

Claudine war nicht dumm. Und ich auch nicht.

Erneut suchte ich das Terminal mit Blicken ab und fragte mich, wie viel Zeit mir wohl noch blieb. Die Menschen strömten weiter an mir vorbei, zogen Trolleys und Kinder hinter sich her, blickten auf ihre Handys oder zu den Anzeigetafeln. Im Café lief jetzt Paul Weller. Meine Hände hatten aufgehört, zu zittern; sie sahen faltig und alt aus.

Doch das war mir egal.

Müde dachte ich an all die Lücken, die noch in meinem Verständnis der Geschehnisse klafften, die Geheimnisse, die ich noch nicht enträtselt hatte. Es gab immer noch diverse Dinge, die ich mir nicht damit erklären konnte, dass Stephen mich gegoogelt, meine E-Mails gehackt oder meine SMS gelesen hatte. Ich fragte mich, ob ich mit dem Ergebnis würde leben können, wenn ich irgendwann einmal herausfinden sollte, was wirklich passiert war. Vor allem aber fragte ich mich nach dem Warum. Warum ich? Warum hatte Stephen beschlossen, mich zum Opfer zu machen?

Und dann, als ich den Blick wieder durch das Terminal unter mir schweifen ließ, den Hut halb übers Gesicht gezogen, sah ich ihn. Auch er ließ seinen Blick schweifen, ruhig und unauffällig, vom Rande aus. Groß und sonnengebräunt stand er da mit seinen leuchtenden Augen. Eisblau. Eiskalt. Bevor diese Augen nach oben zur Galerie schwenkten, drehte ich mich in einer einzigen Bewegung um und schlüpfte außer Sichtweite.

Dann holte ich mein Ticket aus dem Portemonnaie – das andere Ticket, das ich vor ein paar Stunden in Heathrow gekauft und bar bezahlt hatte. Zu diesem Ticket gab es keine E-Mails. Keine Spur aus Papier. Keine Möglichkeit für Stephen, mich zu finden.

Im Moment ging er nämlich davon aus, dass ich hier war und nervös auf meinen Anschlussflug nach Thailand wartete. Es würde ihm gar nicht in den Sinn kommen, dass – zum ersten Mal – *ich* diejenige war, die *ihm* einen Schritt voraus war. Er würde hier auf mich warten, und wenn er mich nirgendwo entdeckte, würde er einfach den Weiterflug nach Bangkok nehmen und dort auf mich warten. Ein schaurig genialer Plan.

Doch meiner war besser.

Ich werde nämlich nicht da sein, sagte ich im Stillen. *Ich werde Tausende von Kilometern weit weg von Bangkok sein. Ich werde an einem Ort sein, an dem du mich niemals suchen wirst.*

In meinem Innern breitete sich ein angenehm benebelndes Gefühl der Ruhe aus. Mit meiner alten gewebten Handtasche unterm Arm, dem einzigen Besitz, den ich mitgenommen hatte, ging ich weiter und fing an, zu lächeln. Stephen war tatsächlich hier aufgekreuzt und hatte damit bewiesen, dass er meinen E-Mail-Account gehackt hatte und dass er – *bestenfalls* – psychisch labil war. Und sein Auftauchen bewies noch etwas: Ich verlor nicht den Verstand, und ich hatte allen Grund, vor Stephen davonzulaufen.

Seit ich ihn kannte, hatte ich immer wieder an mir gezweifelt, hatte meine geistige Gesundheit infrage gestellt, hatte zugestimmt, eine Therapie zu machen und mein Gehirn mit Medikamenten zu betäuben.

Doch jetzt reichte es. Nie wieder würde ich jemandem erlauben, mir zu sagen, ich sei verrückt.

Ich stellte mein Handy aus und warf es in einen Mülleimer.

Kapitel 29

Kate

Eine junge Frau liegt wach und sieht zu, wie der Morgen langsam die Nacht durchdringt. Die Zimmerdecke über ihr wirkt noch grau und körnig, schwarze Schatten verdunkeln die Ecken.

Plötzlich, als hätte man ihr einen Schlag versetzt, rollt die junge Frau sich auf die Seite und umklammert die gestreifte Patchworkdecke vor lauter Glück so fest, dass ihre Fingerknöchel weiß hervortreten. Langsam und gleichmäßig atmet sie ein und wieder aus, staunt über die Fähigkeit ihres Körpers, sich selbst zu regulieren, während es sich anfühlt, als hätte man ihr eine Mischung aus Sonnenlicht, Musik und reinstem Sauerstoff gespritzt. Sie beobachtet, wie die Brust des Mannes neben ihr sich hebt und senkt, und ihr Inneres wird erschüttert von einem erdbebenartigen Gefühl der Freude.

Mehr als alles andere sehnt sie sich danach, sich vorzubeugen und ihn zu küssen, ihn festzuhalten und ihm beim Aufwachen zuzusehen, doch das wird sie nicht tun. Sie will, dass er sich ausruht. Sie macht sich Sorgen, dass das, was letzte Nacht endlich passiert ist, seinen immer noch zerbrechlichen Knochen zugesetzt hat, auch wenn die vergangenen Stunden die zärtlichsten und liebevollsten ihres Lebens waren.

Deshalb lässt sie ihn schlafen, drückt nur einen hauchzarten Kuss neben seinem Kopf auf das Kissen.

Vorsichtig lässt sie die Füße auf den Boden sinken – vielleicht hat sie Angst, dass die Gefühle in ihrem Innern durch die Bretter laufen und wie geerdete elektrische Ströme im Boden verschwinden. Doch das tun sie nicht. Eine Woche ist vergangen seit ihrem ersten Kuss, und noch immer haben die Gefühle keinen Fluchtversuch unternommen. So langsam glaubt die junge Frau, dass sie vielleicht tatsächlich bleiben werden, und mit dieser leisen Hoffnung breitet sich eine vollkommen neue Zukunft vor ihr aus: eine, von der sie nie zu träumen gewagt hätte.

Natürlich sind da immer noch ihre Ängste, und einige halten sie mit eisernem Griff umklammert. Doch jetzt, wo sie weiß, wie es sich anfühlt, in seinen Armen zu schlafen, ist sie sich sicher, dass es für alles eine Lösung gibt.

Schläfrig schiebt sich ein Arm unter der Bettdecke hervor – wie eine Tatze – und legt sich um ihre Taille, gerade als sie aufstehen will. Hinter ihr ertönt ein gedämpfter Laut, und sie lässt sich lachend zurück zu dessen Quelle ziehen, die wieder zum Leben erwacht ist. »Du darfst nirgendwohin gehen, ohne mich vorher zu küssen«, verlangt die gedämpfte Stimme. Er klingt wie ein schlafender Bär und bringt ihr Herz damit beinah zum Platzen. »Das ist eine neue Regel. Küssen und Kuscheln, bevor du zur Arbeit gehst, auch wenn ich noch schlafe.«

Sie schlingt die Beine um ihn, küsst seinen Kopf, sein Ohr, sein Haar, bis sein Gesicht aus dem Kissen zum Vorschein kommt. Es ist zwar noch schlafumnebelt, aber trotzdem schon erleuchtet von einem Lächeln, bei dem sie nur so dahinschmilzt.

»Hallo«, sagt das Gesicht und rutscht über das Kissen, um sie zu küssen. »Du bist das Beste«, murmelt er und vergräbt seine Nase in ihrem Haar. »Das Beste von allem in meinem Leben.«

»Hallo, Bär.« Sie bedeckt die Tatzen des Bärs mit Küssen.

Und sie denkt: *Ich liebe dich.*

Schnell und mühelos zieht sie sich an und ist innerhalb von Minuten draußen in der kalten Luft, die die Aussicht auf Regen mit sich bringt. Das Licht ist dunkelviolett und grau; der Tag rückt näher.

Als ein Auto die Zufahrt heraufkommt, zuckt die junge Frau vor Schreck zusammen, beruhigt sich jedoch wieder, als sie sieht, dass es nur der Postwagen ist. Sie muss mit Mark sprechen. Mit ihrem Bären. Heute noch. Sie kann es nicht länger aufschieben. Er hat bemerkt, wie schreckhaft sie ist; wie sie ständig die Zufahrt beobachtet, wenn sie draußen ist.

Sie geht zum Briefkasten, und während sie versucht, sich Marks Reaktion vorzustellen, krampft ihr Magen sich unruhig zusammen.

Die Hecke hängt voller Schlehen, Hagebutten und Zaunrüben. »Es wird alles gut«, redet sie sich gut zu, als eine Schar von Schwalben stumm über sie hinwegfliegt. »Es wird alles gut.«

Sie greift in den Briefkasten und stellt sich die Leute vor, die ihrem Geliebten heute geschrieben haben mögen. Buchhalter, die Auskunft über seine finanzielle Situation geben. Ein Mann, der um ein Autogramm auf der Geburtstagskarte seiner Frau bittet. Ein Hufschmied, der bezahlt werden möchte.

Vielleicht zwanzig Sekunden lang hält die junge Frau das schmale Bündel von Briefen in ihren Händen, bevor sie nach unten blickt und sieht, was ganz oben liegt. Dann stutzt sie, und die Kamera fährt schnell zurück, weg von ihr: von der jungen Frau, die um sieben Uhr morgens allein in einer ruhigen

Ecke von Somerset steht. Die anderen Briefe sind sanft zu Boden gesegelt; einer lehnt treu an ihrem Knöchel.

Das Gesicht der jungen Frau ist kalkweiß, während sie auf den Umschlag in ihrer Hand starrt. Sie spürt, wie die Welt um sie herum zusammenbricht. *Ich war so glücklich*, denkt sie, während sie auf die Handschrift starrt, die sie schon hundertmal in ihren Träumen gesehen hat. *Ich war so glücklich.*

Annie Mulholland
Hythe-Farm
Bei Wootton Courtenay
Somerset
TA24 0ZX

»Stephen«, sagte ich in den geschäftigen Morgen hinein. »Stephen hat mich gefunden.« Und in diesem Moment fuhr das Fallgatter zu jener Welt, in der alles möglich zu sein schien, herunter wie eine Guillotine.

Ich setzte mich ins feuchte Gras. Das Blut pochte mir in den Ohren, während ich auf den Umschlag starrte. Stephen Flint hatte mich gefunden. Es hatte lange gedauert – fast zehn Monate –, aber er hatte es geschafft.

Durch den Dokumentarfilm natürlich. »Warum bist du nicht gegangen?«, flüsterte ich verzweifelt. »Warum bist du nicht gegangen, als du es noch konntest?«

Natürlich hatte er mir geschrieben. Es musste viel befriedigender für ihn sein, wenn er sich vorstellte, wie ich zusammengekauert auf dem Boden neben dem Briefkasten saß, zitternd wie ein dünnes Blatt im Herbst und mit hämmerndem Herzen. Viel befriedigender als ein plötzlicher, dramatischer Auftritt auf dem Hof in einem schicken, unbekannten Auto, während ich anfing, zu schreien, und die Pferde durcheinanderliefen.

Fast in der Sekunde, in der ich mich hingesetzt hatte, sprang ich wieder auf. *Er ist hier gewesen*, wurde mir bewusst. *Bestimmt ist er hierhergefahren und hat sich umgesehen, damit er sich genau vorstellen kann, wie ich in diesem Moment reagiere. Ich, seine Beute.*

Entlang der Hecke ging ich zurück zum Hof, auf Beinen, die mir nicht richtig gehorchten. Irgendwo in meiner Nähe gurrte eine einsame Waldtaube. Uu-uuuu, uu-uu-uu, sagte sie. Ich fragte mich, ob Stephen mich tatsächlich gerade beobachtete.

Unvermittelt beugte ich mich vor und übergab mich ins Gras unter der Hecke. Wie wild griff ich nach den knorrigen Zweigen, um Halt zu finden, aber ich bekam nur die Dornen eines Brombeerbuschs zu fassen.

Ich brauchte eine gefühlte Ewigkeit, um meinen sicheren Hafen zu erreichen. Als er jedoch in Sicht kam, wich ich zurück. Blut von meinen Fingerspitzen hatte den Umschlag verschmiert, und mein Atem ging nur noch stoßweise. Das konnte ich Stumpy nicht antun.

Ich machte kehrt und ging zum anderen Stallgebäude, das immer noch leer stand. Dort hockte ich mich in die Box, die früher Madge gehört hatte.

Annie. Meine liebe kleine Annie, die nur danebengestanden und zugesehen hat, wie ihr Freund mich an die Polizei verpfiffen hat.

Hier steckst du also, meine Geliebte. Mein süßer Schatz. Versteckst dich auf einer Farm wie eine Ratte in einem Schuppen. Eine interessante Wahl, Prinzessin. Was hat dich denn dahin verschlagen? Die Vorstellung, dass du den nächsten reichen Mann ausnehmen kannst? Wieder so ein ahnungsloser Kerl, der versucht, sich seine Brötchen auf ehrliche Weise zu verdienen, während du alles aus ihm rauspresst, was du krie-

gen kannst: Geld, Liebe und vielleicht eine mietfreie Unterkunft?

Ach, Annie. Ich habe dir geglaubt. Ich habe geglaubt, du wärst ein ehrliches Mädchen, das mich wegen meiner Persönlichkeit liebt und nicht wegen meines Besitzes. Ich dachte wirklich, dir wären mein Geld und meine Position völlig egal. Aber natürlich waren sie das nicht. Euch ist es ja nie egal! Du wolltest eine Wohnung, jemanden, der dich beschützt, jemanden, der deinen Urlaub bezahlt, jemanden, der dich in teure Restaurants ausführt. Du wolltest jemanden, der dafür sorgt, dass dir dein kaputtes Leben nicht mehr so schwer vorkommt.

Du hast mich ausgenommen, Annie, und dann bist du weggerannt, wegen irgendeiner lächerlichen Behauptung, die deine psychisch labile Freundin in die Welt gesetzt hat, weil ihr Mann der Anführer einer verdammten Sexsekte ist und sie sich dafür an allen Männern rächen wollte. Es geht mir nicht in den Kopf, dass ich dir nicht mal erklären durfte, was wirklich passiert ist, dass ich dir nicht zeigen durfte, auf welch dilettantische und boshafte Weise deine »Freundin« mich reingelegt hat. Stattdessen hast du einfach das Schlimmste angenommen, und zoom – weg warst du!

Und trotzdem habe ich nie aufgegeben. Auch wenn du offensichtlich aufhören konntest, mich zu lieben – ich konnte das nicht. Deshalb habe ich, als ich dich in irgendeiner Wiederholung im Spätprogramm gesehen habe, auch angefangen, zu weinen, Annie. Ich habe dagesessen und geweint und gedacht: »Das ist meine Annie.« Gott, wie hat es mich gerührt, dass du dich um einen völlig Fremden sorgst, der beim Turnier in Badminton verletzt wurde. Und wie überrascht war ich, als ich beim Reitstall dieses »Fremden« angerufen habe und mir die dämliche Tante am Telefon gesagt hat, dass die junge Frau, die im Film schreiend auf Mark Waverley zugerannt ist, »sei-

ne nette irische Pferdepflegerin Kate« ist. Sie hat mir auch erzählt, dass sie große Hoffnungen in dich und Mark setzt. Du hättest ihn mit deinem Lachen gesund gemacht. Wie rührend! Wie nett!

Du schuldest mir was, Annabel. Du schuldest mir eine ganze Menge. Du hattest deinen Arbeitsvertrag erst halb erfüllt, deshalb schuldest du mir knapp zwanzigtausend Pfund für die restliche Laufzeit, um dich aus dem Vertrag herauszukaufen. Außerdem schuldest du mir was für all die Reisen, die wir gemacht haben, und für all die vielen, vielen Dinge, die ich dir gekauft habe, während du mich schamlos ausgenutzt hast. Du schuldest mir Miete und Essen, und vor allem schuldest du mir was für die harte Zeit, die ich durchgemacht habe, weil du so plötzlich verschwunden bist.

Doch was auch immer dir deine Freunde eingetrichtert haben, ich bin ein anständiger Kerl. Ich weiß, dass du nicht so viel Geld hast, deshalb bin ich zu einem Handel bereit. Trotz der furchtbaren Dinge, die du mir angetan hast – die Sache mit der Polizei; dein Mangel an Vertrauen, der mich sehr verletzt hat; dass du so schnell dazu bereit warst, aus meinem Leben zu verschwinden, ohne dich um mich und meine Gefühle zu scheren; und nicht zu vergessen die hohe Geldsumme, die du mir schuldest –, bin ich bereit, wieder mit dir zusammen zu sein. Weil ich tief drinnen nur ein ganz normaler Mann bin, der dich liebt. Wenn du zurückkommst und wieder bei mir einziehst, werde ich dir alles verzeihen.

Denk daran, Annie: Du schuldest mir was.

Ich komme ganz bald vorbei, um das alles mit dir zu besprechen.

Dein Stephen xxxx

Ich knüllte den Brief zusammen und saß reglos auf den Fersen da. Im Stall herrschte Stille. Es roch nach Putzmittel; Joe und ich hatten hier erst gestern alles geschrubbt. Mittendrin hatte Mark mir eine SMS geschrieben und mich gebeten, ihn in dem Heuschuppen auf der obersten Wiese zu treffen. Glücklich und mit klopfendem Herzen war ich dorthin gerannt und hatte gedacht, dass Jilly Cooper die Szene genauso geschrieben hätte. Mal abgesehen davon, dass wir keinen hemmungslosen Sex hatten und uns niemand zu einer Orgie am Swimmingpool eingeladen hatte. Es hatte keine feuchten Büsche gegeben oder schwarz umrandete Augen oder Frauen, die Parfümflaschen über sich entleert hatten.

Tatsächlich war es sogar sehr züchtig zugegangen: Mark und ich hatten in einer kleinen Mulde im Heu gelegen, Händchen gehalten und schuldbewusst über unsere zerstörte Kindheit gelacht. Ich hatte ihm erzählt, wie Mum gestorben war, und es war mir total leichtgefallen. Mark hatte nicht versucht, mich vom Weinen abzuhalten oder mich zu heilen. Er hatte auch nicht so getan, als wäre seine Mutter ebenfalls gestorben.

Ich war mir sicher, dass Stephen den Tod seiner Mutter nur erfunden hatte. Offensichtlich war das ein ziemlich gängiges Werkzeug im Betrugsrepertoire von Psychopathen: »Meine Familie ist momentan zu labil, um dich kennenzulernen«, erzählten sie ihren Freundinnen. »Ein andermal …« Und in Wirklichkeit liefen sie los und hatten Sex mit ihren anderen Opfern.

Ich hatte mich oft gefragt, wer Stephens trauernder Vater wohl tatsächlich gewesen war. Petra? Oder noch eine andere? Und dann dieses Gespräch, das wir am Weihnachtstag gehabt hatten, als er mir erzählt hatte, er gehe gerade in dem vermeintlich idyllischen Dorf, in dem sein Vater wohnte, die Straße hinunter und sehe einem Hund dabei zu, wie der auf den Bürgersteig machte – wo war er da wirklich gewesen? Mit wem hatte er tatsächlich Weihnachten verbracht?

Eine Windböe blies an den Ställen vorbei und brachte den Geruch von feuchtem Torf und nasser Heide aus dem Moor mit. Ich musste hier raus. Er konnte buchstäblich in ein paar Minuten hier sein.

Ich rannte ins Haus und schaffte es, eine Begegnung mit Joe zu vermeiden, der schon die Wassereimer befüllte. Ich schloss mich in mein Zimmer ein und fing an, Sachen in meinen Rollkoffer zu werfen. Alle paar Sekunden hielt ich inne, um einen prüfenden Blick aus dem Fenster zu werfen. Plötzlich piepte mein Handy, weil eine SMS angekommen war, und ich keuchte erschrocken auf.

Morgen, meine Süße, stand in der SMS. Sie war von Mark. *Keine Spur von dir, weder in Stumpys Box noch auf dem Hof. Ich würde viel Geld für ein bisschen Kuscheln bezahlen. Bitte komm aus deinem Versteck. Mum hat mich gerade gefragt, warum ich so ein breites Grinsen im Gesicht hab. xx*

Ich fing an, zu weinen. Jetzt war ich wieder da, wo ich angefangen hatte: Ich flüchtete vor meinem eigenen Leben, schaute ständig über die Schulter, erschreckte mich zu Tode beim Klang einer knarzenden Bodendiele. Nur, dass ich jetzt auch noch Schuldgefühle hatte, weil ich meine Familie verlassen hatte, und Liebeskummer, weil ich Mark verlieren würde. Mark, meinen liebevollen warmen Bären mit den sanften Tatzen, den großen, gütigen Augen und dem süßen, zögerlichen Lächeln.

»Warum?«, fragte ich das leere Zimmer. »Warum muss mein Leben so sein?«

Das Zimmer zuckte mit den Schultern. *Jetzt reicht es eben*, sagte es. *Du konntest dich nicht bis in alle Ewigkeit verstecken.*

Das ist das Schlimmste, dachte ich, während ich den Inhalt meiner Frisierkommode in eine Tragetasche warf. Ich war wieder Annie Mulholland und konnte nicht mehr länger so tun, als wäre ich Kate Brady.

Aber ich wollte nicht Annie Mulholland sein! Ich hasste es, sie zu sein! Ich wollte weiter Kate Brady sein! In meiner Zeit als Kate hatte ich so viel gelacht! Ich hatte Spaß gehabt! Freude! Wieso fand diese verdammte Annabel Mulholland – mit ihrer Trauer, ihren Zusammenbrüchen und ihrem kleinen angsterfüllten Leben – mich eigentlich *immer* wieder, egal, wo ich mich versteckte?

Ich stopfte den Inhalt meiner kleinen Kommode in meinen Rollkoffer – durchlöcherte Socken, durchlöcherte Handschuhe, durchlöcherte Pullover –, und damit hatte ich wieder mal mein Leben eingepackt.

Ich rief Becca an. »Morgen, Süße«, begrüßte sie mich. Ich konnte hören, wie sie auf ihren trockenen Cornflakes herumkaute. »Wie schaut's?«

»Er hat mich gefunden«, sagte ich. »Stephen hat mich gefunden.«

»Okay, Süße«, entgegnete Becca sofort. »Ich bin in fünf Minuten bei dir.«

»Ich muss hier weg. Diesmal richtig. Fährst du mich nach Bristol zum Flughafen?«

Becca schwieg.

»Bitte, Becca. Ich flehe dich an.«

»Hältst du das wirklich für 'ne gute Idee?«, fragte sie unsicher. »Wäre es nicht einfacher, die Polizei zu rufen?«

»Nein. Letztes Mal war er nach vier Stunden wieder draußen, Becca, und jetzt ist er wütend.«

»Okay«, lenkte sie widerwillig ein. »Ich kläre das mit meiner Chefin und springe dann ins Auto.«

»Bitte beeil dich.«

Ich saß da und umklammerte meine Beine mit den Händen. Was hätte ich dafür gegeben, nur zwei Stunden länger Kate Brady sein zu dürfen. Oder auch nur zwei Minuten.

Als ich vor zehn Monaten an Silvester herausgefunden hatte, dass mein Freund verrückt war, und wahrscheinlich auch gefährlich, hatte ich gewusst, dass ich meinen schon lange existierenden Notfallplan in die Tat umsetzen musste. Zu diesem Zeitpunkt war es mir jedoch noch gar nicht in den Sinn gekommen, mich für jemand anderen auszugeben, nachdem ich von Abu Dhabi aus heimlich wieder in Großbritannien gelandet war.

Ich hatte lediglich ausgearbeitet, dass ich den ersten Zug raus aus Paddington nehmen und Richtung Westen fahren würde. Wo immer der Zug endete – hoffentlich in irgendeiner abgelegenen Gegend in Devon oder Cornwall –, würde ich mir ein Zimmer in einem Bed and Breakfast nehmen und mir einen Job suchen. Irgendeine Arbeitsstelle mit Unterkunft, wo man mich bar bezahlte; in einem Pub vielleicht. Ich würde mein Handy wegwerfen und mir ein neues kaufen, mit einer neuen Nummer, und ich würde meine E-Mail-, Facebook- und Skype-Accounts löschen. Und alles andere, auf das Stephen womöglich zugreifen konnte.

Als mein Flieger nach Abu Dhabi jedoch in der Luft gewesen war, hatte ich angefangen, Panik zu bekommen. Mein Leben im Internet existierte nicht mehr. Bald würde ich auch mein Handy abschalten und in den Müll werfen, und wenn ich das nicht mehr hatte, würde ich völlig allein sein. Auf der ganzen Welt wusste niemand, wo ich war. Ich würde ganz auf mich allein gestellt sein, während ich versuchte, irgendwo noch einmal von vorn anzufangen. Wie genau sollte ich diesen ominösen Job finden? Wie viel würde man über mich wissen wollen? Was, wenn mich jemand erkannte?

Plötzlich hatte mich eine Art schreckerfüllte Benommenheit überkommen. Ich hatte in meine kleine Tasche gegriffen und nach den Notfalltropfen gesucht, doch bevor ich sie gefunden hatte, war mir ein dicker Umschlag in die Finger geraten. Kate! Natürlich, ich hatte einen Brief von Kate. Er hatte ganz oben auf dem Stapel auf meiner Fußmatte gelegen, als Tim und ich bei mir zu Hause gewesen waren und Stephen im Garten entdeckt hatten. Im Flugzeug hatte ich den Brief nun geöffnet und ein wenig verzweifelt darum gebetet, dass er mich aufheitern würde. Oder mich wenigstens von meiner geistigen Lähmung befreite.

Und das hatte er tatsächlich getan. Ein bisschen zumindest. Es war ein typischer Brady-Brief gewesen – ein derber, witziger und ziemlich berührender Bericht von ihrem sechsmonatigen »Hof-Sabbatical« irgendwo in Kilkenny.

> *Ich hab die beste Zeit meines LEBENS gehabt* [hatte sie geschrieben]. *Und jetzt hocke ich wieder in meiner winzigen Wohnung, quetsche mich jeden Morgen in den Bus, um zu Google zu fahren, und frage mich, was ich mir verdammt noch mal dabei gedacht hab, nach Hause zu kommen. Ich haue mir die ganze Zeit mit einem meiner schicken kupfernen Soßentöpfe auf den Schädel – meine Mum hat mich gezwungen, die zu kaufen – und schreie: WAS HAST DU DIR DABEI GEDACHT?*
>
> *… Das war das Beste, was ich je gemacht hab* [schrieb sie weiter unten in einem nachdenklicheren Absatz]. *Dieser Geruch nach Erde und das Gefühl, dass man den ganzen Tag hart gearbeitet hat. Die süßen Pferde. Die Tatsache, dass man keinen Handyempfang hat. Annie, kannst du dich noch daran erinnern, wie sich das angefühlt hat? Wenn ich jemanden anrufen wollte, musste ich in eine Telefonzelle gehen! Es war herrlich! Wobei ich es wirklich vermisst hab, mit dir zu chatten.*

Ich hatte mir den Brief wieder und wieder durchgelesen und mich jedes Mal ein bisschen weniger ängstlich und allein gefühlt.

Und dann hatte ich plötzlich gedacht: *Ein Hof?*

Der erste Zug aus Paddington hatte mich nur bis Exeter gebracht, was sich immer noch nicht weit genug weg von London angefühlt hatte, deshalb hatte ich den nächsten Zug genommen und war in Barnstaple gelandet. Dort hatte ich mir ein Zimmer in einem ruhigen Bed and Breakfast genommen, von dem aus man ein kleines Stückchen vom Meer sehen konnte, und hatte dann, nach einem kurzen, unruhigen Schlaf, angefangen, das Internet nach Jobs in Reitställen oder auf Bauernhöfen zu durchforsten. Wenn das bei Kate funktioniert hatte, konnte es doch auch bei mir funktionieren.

Nach einigen Wochen war auf einer Jobseite für Pferdepfleger eine kleine Anzeige erschienen – geschrieben von Sandra –, für eine Stelle, die sich nur etwa dreißig Kilometer von meinem damaligen Aufenthaltsort entfernt befand. »Unbezahlt«, hieß es in der Anzeige, aber Verpflegung und Unterkunft würden gestellt.

Super, hatte ich gedacht. Wenn ich kein Gehalt bekam, würden sie auch keine Sozialversicherungsnummer oder Kontodaten von mir haben wollen. Ich bezweifelte zwar, dass Stephen sich auch in Banksysteme hacken konnte, aber ich würde kein Risiko eingehen. Und seit er mich in seiner Firma eingestellt hatte, waren Unsummen auf mein Konto geflossen, die ich nicht ausgegeben hatte, weil Stephen für alles bezahlt hatte. Ich konnte es mir also leisten, eine Weile nichts zu verdienen, solange ich Essen bekam und ein Dach über dem Kopf hatte. Stephen hatte mir – ironischerweise – meine Flucht finanziert.

Eilig notierte ich mir die E-Mail-Adresse – eine Dame namens Sandra Waverley; Marks Frau vielleicht? – und verfasste ein Bewerbungsanschreiben.

Anfangs fiel mir das ziemlich schwer. Sollte ich so tun, als hätte ich Berufserfahrung, obwohl ich keine hatte? Sollte ich mich erst ein bisschen über Mark Waverley informieren? Und was war mit den Pferden? Sollte ich versuchen, möglichst kompetent zu klingen?

Erneut las ich Kates Brief. Vielleicht stand darin ja irgendwelches nützliches Reitstallvokabular, das ich klauen konnte.

Doch da war nichts.

Was würde Kate schreiben?, fragte ich mich.

Und so begann es. In dem Moment, als ich versuchte, wie Kate Brady zu denken, fing ich an, zu schreiben. Ich schrieb einen kurzen, lustigen, ehrlichen Brief an Sandra – keine Lügen, keinen Schwachsinn, nur eine nette E-Mail, die wahrscheinlich einen anständigen und fleißigen Eindruck von mir vermittelte, und keinen verzweifelten, ängstlichen.

Für einen Moment verharrten meine Hände über der Tastatur, als es daranging, meinen Namen unter das Anschreiben zu setzen. Ich konnte mir nicht vorstellen, wie Stephen mich je dort finden sollte, aber Annie Mulholland war ein ziemlich auffälliger Name. Und es war ein Name, den viele Leute kannten: das arme Mädchen, dessen Mutter vergewaltigt und ermordet worden war, oben im Peak District, damals in den Achtzigern. *Erinnerst du dich? Schlimme Sache.*

Was, wenn diese Sandra meinen Namen erkannte und ihn jemand anderem gegenüber erwähnte?

Und so unterschrieb ich den Brief mit »Kate Brady«. Das »K« formatierte ich in einer schnörkeligen Schrift, wie Kate es wahrscheinlich getan hätte, und stellte fest, dass ich lächelte. Leicht manisch, aber dennoch war es ein Lächeln.

Am nächsten Tag bekam ich, zu meiner großen Überraschung, eine nette Antwort von Sandra, die mich einlud, auf den Hof zu kommen, »zu einer netten Unterhaltung bei einer Tasse Tee«. Ich lief zum Friseur und ließ mir die langen blonden Haare rot färben, dann kaufte ich mir einen Haufen Klamotten; die Art von Klamotten, von denen ich annahm, dass moderne Leute sie tragen würden. Normale Leute. Leute wie Kate. Auch Kosmetika kaufte ich; dafür gaben normale Leute schließlich auch Geld aus. Ich kaufte mir sogar eine Flasche von Kates Parfüm.

Wieso auch nicht?

Als ich zurück in mein Bed and Breakfast kam, war ich glücklicher und fühlte mich unsichtbarer. Zu dieser Zeit fing ich schon langsam an, mich von Annabel Mulholland zu verabschieden, wobei mir das damals noch nicht klar war.

Auf meinem Weg zum »Bewerbungsgespräch« mit Sandra einige Tage später überkam mich wieder eine furchtbare Panik. Was, wenn sie mir den Job nicht geben würden? Was dann?

Was wurde Kate tun?, unterbrach ich diesen Gedankengang. Ich holte tief Luft. Zuerst einmal würde Kate sich nicht in der Schlimmen Scheiße suhlen. Sie würde hier in diesem Bus sitzen, vielleicht ein Lied pfeifen oder sich mit dem verrückten alten Mann auf dem Platz hinter ihr unterhalten. Vielleicht würde sie auch alle Bäume, die wie Ziegen aussehen, zählen, was sie immer während der langen Busfahrten auf unseren Reisen getan hatte.

Als ich auf der Hythe-Farm ankam, fühlte ich mich so leicht wie seit Tagen nicht. »Siehst du?«, murmelte ich in Kates irischem Akzent vor mich hin, während ich die Zufahrt hinaufging. »Siehst du, wie viel besser das Leben ist, wenn du nicht in der Schlimmen Scheiße sitzen bleibst?«

Ich hielt inne. Irischer Akzent? Würde ich den auch annehmen?

Natürlich nicht. Das wäre ja verrückt! Ein Fall für die Klapse!

Doch ich verharrte immer noch auf der Stelle. Mum war Irin gewesen. Nachdem ich mich nicht mehr an ihr Gesicht hatte erinnern können, ohne mir ein Foto anzusehen, war ich aber zumindest noch in der Lage gewesen, ihre Stimme zu hören, wenn ich die Augen geschlossen hatte. Weich und melodisch, als hätte jemand all die scharfen Kanten des englischen Akzents abgeschliffen und nur die sanften Hügel und weichen Täler übrig gelassen. Lizzy und ich hatten unseren irischen Akzent perfektioniert, seit wir kleine Kinder gewesen waren, und jetzt, als Erwachsene, ging er mir fast so leicht über die Lippen wie der britische.

Trotzdem, dachte ich, *das ist und bleibt* verrückt.

Und dann hörte ich Kate Brady sagen: *Du kriegst das schon hin. Hör auf, dir so 'nen Kopf zu machen, du Riesenknallkopf! Nichts wie ran! Das ist 'n super Plan!*

Es war mir egal, dass das Ganze verrückt war. Mir war eigentlich alles egal, außer, dass sich meine Spur in den nächsten Monaten nicht zurückverfolgen ließe.

Das war's also. Ich trennte mich von Annabel, weil ich nicht mit ihr klarkam, und ich wurde zu Kate, weil das Leben in ihren Schuhen erträglicher war. Meine Riesenangst vor Stephen war nicht verschwunden. Auch nicht das Chaos in meinem Leben. Doch als Kate würde ich mit alldem klarkommen. *Was würde Kate tun?*, fragte ich mich tagein, tagaus. *Wie würde Kate reagieren? Was würde Kate* denken? Und nach einer Weile stellte ich fest, dass ich angefangen hatte, die Welt mit Kates Augen zu sehen, ohne darüber nachzudenken.

Als Kate suchte ich nach dem Humor in allen Dingen; ich hatte immer einen Witz auf Lager oder eine Anekdote zu erzählen. Als Kate fasste ich Vertrauen zu anderen Menschen und mochte sie; ich konnte mich frech und locker mit anderen unterhalten, was mir früher nie gelungen war. Darüber hinaus spürte ich eine Hoffnung in mir: die Hoffnung, dass ich diese ganze Schlimme Scheiße schon irgendwie durchstehen und wieder ein richtiges Leben führen würde.

Kate Brady hatte die bestmögliche Version meiner selbst zum Vorschein gebracht. Sie hatte mich zu einem Menschen gemacht, den die Leute mochten. In den sich sogar jemand verliebt hatte. Sie hatte mich glücklich gemacht.

Ein plötzliches Klopfen an der Tür ließ mich aufkeuchen und versetzte mich in Panik, als würde ich mit einer Waffe bedroht.

»Kate?« Es war Mark. »Kate, ist alles okay?«

»Bestens«, rief ich. Ein fürchterliches Schluchzen drang aus meinem Mund und würgte mir das Wort ab.

»Was ist los?«

»Mir geht's bestens«, wiederholte ich. »Ich mache ein bisschen Papierkram.«

»Wirklich?«, fragte Mark. »Papierkram? Schreiend und schluchzend?«

»Ja.«

Die Bodenbretter knarzten immer noch: Mark ging nicht weg. Für den Bruchteil einer Sekunde konnte ich sein Lächeln spüren – dieses warme, zögerliche, wunderschöne Lächeln, das mich dahinschmelzen ließ.

»Ich glaube dir nicht, dass du Papierkram machst«, sagte er. »Lass mich rein.«

»Mache ich«, rief ich. »Aber später. Ich brauche ein bisschen Zeit um, äh …«

»Um deinen Papierkram zu erledigen?«

»Ja.«

»Du bist wieder seltsam und geheimnisvoll.« Marks Stimme klang weich. »Wie war das noch? *Nescio et mirum*?«

Es brach mir das Herz. Ich musste Abstand zwischen diesen wunderbaren Mann und mein problembehaftetes Leben bringen, und ich musste es jetzt tun. Wo blieb denn Becca? »Ich melde mich später bei dir«, rief ich. »Okay?«

»Also, jetzt hör mal …«, er senkte die Stimme, »… Du, ich hab mich gerade mit meinen kaputten Beinen zwei Treppen raufgeschleppt, und ich hätte ganz gern einen kleinen Kuss und eine Umarmung, bevor ich wieder runtergehe. Kann ich nicht wenigstens das bekommen?«

»Nicht jetzt«, rief ich, und wieder kam ein fürchterlicher Schluchzer aus meinem Mund.

»Okay, du verrücktes Huhn. Aber ich reserviere schon mal für später ein bisschen Knutschen und Kuscheln bei dir, Kate Brady, das hast du jetzt davon. Ich finde nämlich, darin bist du ziemlich gut.«

Und ich konnte nicht antworten, weil ich so furchtbar weinen musste. *Ich bin nicht Kate Brady*, hätte ich am liebsten gerufen. *Ich bin nur eine durchgeknallte Irre, die kurz davor ist, dich zu verlassen, ohne sich von dir zu verabschieden. Und es bricht mir das Herz in tausend Stücke.*

Stumm weinte ich in meine Hände, und schließlich hörte ich, wie er davonging.

Ich bin draußen, simste Becca mir kurze Zeit später. *Parke hinter der Scheune. Mark gibt ein paar Kindern vom Pony Club Reitstunden, und Joe ist mit einem der Pferde ausgeritten. Die Luft ist also rein.*

Ich ließ mein Handy in die Hosentasche gleiten und schnappte mir meine Sachen. Noch während ich das tat, piepste es erneut.

Hallo Prinzessin.

Mein Handy kannte die Nummer nicht, ich aber schon.

In meiner Brust breitete sich ein Gefühl aus, das sich genauso wenig fassen ließ wie Luft. »Oh Gott«, wimmerte ich und rannte die Treppen hinunter. »Oh Gott, oh Gott, oh Gott.«

Kapitel 30

»Ich hab mich nicht von Stumpy verabschiedet«, murmelte ich, während ich die Autotür zuschlug und mich einschloss.

»Nein, Süße, das hast du nicht«, antwortete Becca und ließ das Auto an. »Aber du hast dich auch nicht von Mark verabschiedet, und mit dem gehst du immerhin ins Bett.« Sie legte mir beruhigend die Hand auf die Schulter. »Ich weiß, das hier fühlt sich an wie das Ende der Welt, Süße, aber das ist es nicht. Du wirst Stumpy wiedersehen. Und Mark auch. Es wird alles gut werden.«

»Glaubst du das wirklich?«

Becca ließ das Auto langsam anrollen und lehnte sich vor, um zu schauen, ob die Luft rein war. »Ja, das tue ich. Siehst du Joe irgendwo?«

»Nein.«

»Okay, dann fahren wir mal los.«

»Ja, bitte.«

Becca beschleunigte. »Es ist verdammt komisch, dich mit britischem Akzent sprechen zu hören, Süße. Bist du sicher, dass du keine Irin bist?«

»Ganz sicher. Ich bin nur verrückt.«

»Du bist nicht verrückt. Ich bin doch auch auf den Hof geflüchtet, erinnerst du dich?«

»Ja, aber du hast nicht so getan, als wärst du in Thailand. Und du hast auch nicht die Identität deiner Freundin gestohlen.«

»Stimmt.« Wir bogen auf die Zufahrt ein. Von Mark war immer noch nichts zu sehen.

»Ich hab meine Familie die ganze Zeit belogen«, murmelte ich traurig. »Das war echt die Hölle, Becca. Ich bin vor lauter Schuldgefühlen fast verrückt geworden. Und trotzdem hab ich einfach weitergelogen.«

»Das hast du gemacht, um sie zu schützen. Und dich auch«, entgegnete Becca sanft. »Hör auf, dich dafür runterzumachen.«

Sie drehte sich kurz zu mir, und ich konnte ihr Gesicht sehen, dessen Konturen weich gezeichnet waren von der tief stehenden Sonne. »Du siehst so hübsch aus, Becca«, sagte ich und fing an, zu weinen. »Ich will dich nicht verlassen. Dich und Mark und Stumpy und Joe und Sandra. Ich will nicht zurück in mein beschissenes Leben.«

Becca hielt das Auto neben der Reitschule an und hielt meine Hand, während ich weinte.

»Ich ertrag's nicht, wieder Annie Mulholland zu sein. Ich hab es geliebt, Kate zu sein.«

Becca reichte mir einen schmutzigen alten Handschuh mit Noppen, genau wie am Tag unserer ersten Begegnung. »Putz dir die Nase mit dem dreckigen Teil«, kommandierte sie mit beruhigender Stimme. »Und dann hör mir zu, Süße: Du warst immer Annie Mulholland.«

Verzweifelt blickte ich sie an.

»Ich weiß, du glaubst, du bist irgendwie zu deiner Freundin Kate ›geworden‹, Süße, aber ich fürchte, das ist totaler Schwachsinn. Ich kenne die Frau ja nicht, aber ich bin mir verdammt sicher, dass du einfach nur ihre positive Einstellung zum Leben übernommen hast. Du warst immer noch du – immer noch Annie.«

Wäre es doch nur so gewesen. »Nein … Die echte Kate Brady ist 'ne wunderschöne, verrückte Frau aus Irland, mit der man unglaublich viel Spaß haben kann. Sie sprüht nur so vor Lebensfreude, ist wahnsinnig witzig, und alle lieben sie. Ich dagegen bin bloß 'ne deprimierte, abgewrackte, ängstliche Chaotin. Glaub mir, Becca, ich hab ziemlich lange in dieser Haut gesteckt. Mark hätte sich nie in mein wahres Ich verliebt. Er hat sich in Kate verliebt. Irgendwann sollte ich die beiden mal einander vorstellen«, ergänzte ich und weinte noch heftiger.

Kam es mir nur so vor, oder lächelte Becca? *Hallo, geht's noch?* »Süße«, begann sie sanft, »wie ich schon sagte: Du redest Schwachsinn. Du hast nie aufgehört, du selbst zu sein. Du hast dich nur dafür entschieden, glücklicher zu sein und selbstbewusster. Mehr Kontrolle über deine Gefühle zu haben, anstatt dich von ihnen kontrollieren zu lassen, wie meine Mum sagen würde.«

Sie schob mir einige Haarsträhnen hinters Ohr. »Die Frau, die unseren Reitstall aufgelockert hat, warst *du*. Und die Frau, in die Mark sich verliebt hat, warst auch du. Annie Mulholland.« Sie stockte. »Verdammte Scheiße, ist das komisch«, fuhr sie mit einem Grinsen fort. »Annie Mulholland!«

»So heiße ich.« Ich tupfte mir die Augen mit Beccas dreckigem und jetzt auch noch verrotztem Handschuh ab.

Becca betrachtete mich liebevoll. »Bist du dir sicher«, fragte sie, »dass du dich nicht von den anderen verabschieden willst?«

Ich schwankte. Ich könnte noch einmal Mark sehen, hätte eine letzte Chance, jedes Detail von ihm im Gedächtnis abzuspeichern. Ich könnte noch ein letztes Mal Stumpy umarmen, seinen warmen Atem spüren, seine runden Ohren streicheln und von seinem absolut zuverlässigen Talent profitieren, mich in eine bessere Stimmung zu versetzen. Und ich könnte Joe noch mal sehen, und Sandra, und die süßen Hunde.

»Nein«, entschied ich schließlich leise. »Mark hat schon genug durchgemacht. Ich rufe ihn heute Abend an, wenn er wieder im Haus ist und seine Mum bei sich hat.«

Becca wirkte nicht überzeugt. »Okay. Dadurch wird er sich ganz bestimmt besser fühlen.«

Mein Handy piepte laut, und ich zuckte zusammen. Angst zwickte mir in den Magen. Ich zog das Telefon aus meiner Hosentasche und reichte es mit zitternden Händen an Becca weiter. »Ist *er* das? Ich traue mich nicht, draufzugucken.«

Becca fiel alles aus dem Gesicht. »Ich fürchte schon, Süße«, antwortete sie leise. »Dieser verdammte Mistkerl. *Bald werde ich neben dir in meinem Bett aufwachen, Prinzessin. Was für eine Vorstellung. Ich werde eine Weile brauchen, um dir das alles zu verzeihen, aber ich werde es schaffen, das weiß ich. S xx P. S. Ist die Landschaft in Somerset nicht großartig?*

»Arschloch«, murmelte sie. »Verdammtes Arschloch. Süße, können wir *bitte* die Polizei einschalten? Ich kenne mich zwar nicht aus, wie das rechtlich ist, aber für mich klingt das nach Stalking. Ich meine, woher hat er überhaupt diese Nummer?«

Mein Blick war auf die Zufahrt gerichtet. »Wir müssen los. Sofort.«

Seufzend drehte Becca den Zündschlüssel um, und dann glitt alles ganz langsam an mir vorbei. Die Hecke neben der Zufahrt, die Scheunen, der Trainingsplatz, auf dem einige aufgekratzte Mädchen, die zweifellos genauso in Mark verliebt waren wie ich, ihre Runden trabten. Joes Rücken, der mit dem Panzer um den Misthaufen herumfuhr, während er vorne vier bedrohlich wackelnde Strohballen balancierte. Mein Leben, mein Ort des Glücks. Ich zwang mich, geradeaus zu blicken.

In dem Moment, als ich vor uns ein silbernes Auto in die Zufahrt biegen sah, wusste ich, dass es wieder passieren würde. Mein Atem kam in immer kürzeren Stößen, bis er fast ganz aufhörte, und ich spürte ein schreckliches Gewicht auf meiner Brust. Während die Kraft aus meinen Muskeln wich, versuchte ich zu schreien: »Dreh um! Fahr hier weg!«, doch alles, was ich hören konnte, war nur ein Keuchen, das aus meinem Mund kam.

Das Auto. Direkt vor unserem. Mein Herz raste, dann hörte ich ein Kreischen, und wie von fern drang Beccas Stimme in langsamen Wellen an meine Ohren.

Dann rief eine andere Stimme: »Annie, oh mein Gott …«

Eine Hand schob sich durchs Fenster. Blondes Haar, das in der Sonne leuchtete, eine starke Parfümwolke. Irgendwie war ich aus dem Auto herausgekommen und lag in den Armen meiner Schwester, und sie weinte – weinte und lachte und sagte mir, wie sehr sie mich liebte und wie sehr sie mich vermisst hatte.

»Ich glaube, sie hatte gerade so was wie 'nen Herzinfarkt«, mutmaßte Becca, woraufhin eine männliche Stimme – Tim! – sagte: »Wahrscheinlich hat sie eine Panikattacke«, und dann wurde ich von zwei vertrauten Armen vorsichtig auf der Zufahrt abgesetzt.

Benommen starrte ich Lizzy an. War sie es wirklich? Meine große Schwester? Neben ihr standen zwei Beine, die jetzt einknickten, und dann kam Tim in mein Sichtfeld. Tim Furniss, in einem marineblauen Mantel, der ihm ziemlich gut stand und ihm etwas Doktormäßiges verlieh. Direkt hinter mir stützte mir jemand den Rücken. Becca. Sie erzählte den anderen, was gerade passiert war. »Ich wusste, es ist besser, nicht zum Flughafen zu fahren«, berichtete sie gerade.

»Genau rischtisch«, sagte eine andere Stimme – eine französische Stimme – besorgt und mit einem Hauch von Boshaftigkeit.

»Claudie«, flüsterte ich.

»Ja«, bestätigte sie. »Jetzt ist Schluss mit Wegrennen, meine Liebe. 'ast du misch verstanden?« Und dann erschien sie ebenfalls in meinem Blickfeld, mit Tränen in den Augen. »Du verrückte kleine Elfe«, murmelte sie und umarmte mich. »Du verrückte kleine Elfe mit deinen gefärbten roten 'aaren – tust so, als wärst du die ganze Zeit in Thailand. Wir 'aben disch so vermisst.«

Nach einer Weile fühlte ich mich wieder gut genug, dass ich mich richtig hinsetzen konnte. Nachdem die anderen sich ebenfalls zu mir auf den Boden gesetzt hatten, versuchte ich, zu erklären, was in den letzten Monaten passiert war. Vor lauter Schuldgefühlen war mir ganz schlecht.

»Es tut mir so leid, dass ich euch angelogen hab«, murmelte ich, als ich meinen Bericht beendet hatte. »Es tut mir so schrecklich leid.«

»Ist schon okay«, befand Lizzy. »Bitte hör auf, dich zu entschuldigen. Ich bin mir sicher, ich hätte an deiner Stelle genau dasselbe getan. Echt, Schatzi, das war ein Wahnsinnsplan! Wie im Film! Und wir haben dich ja zumindest über Skype gesehen.«

»Ich hab jeden Tag die Zufahrt hier beobachtet«, erzählte ich weinend. »Jeden einzelnen Tag, weil ich Panik hatte, die Polizei taucht auf und sagt mir, dass Stephen euch was angetan hat … Oder er kreuzt selbst hier auf und zerrt mich einfach in sein Auto.«

»Oh, Annie!«

»Vor 'nem Monat oder so ist ein Polizeiwagen hier gewesen, und ich bin fast in Ohnmacht gefallen. Ich hab die ganze Zeit nur gedacht: ›Oh Gott, sie suchen mich, weil Lizzy im Krankenhaus liegt oder so was …‹«

Lizzy blickte zu Tim, als wollte sie fragen: *Wie schlimm ist es?*

Irgendwo in dem ganzen Chaos in meinem Kopf registrierte ich ein Gefühl von Überraschung. Das war ein ziemlich vertrauter Blick gewesen. »Du weist mich doch jetzt nicht ein oder so was, Tim?« Ich versuchte, mir die Tränen mit dem Ärmel trocken zu tupfen.

Tim lächelte. »Nein.«

»Echt nicht? Obwohl ich mir die Haare rot gefärbt hab und monatelang mit irischem Akzent gesprochen hab?«

Aus dem Augenwinkel konnte ich sehen, dass Claudine lächelte. »Du kleines verrücktes 'ühnschen«, murmelte sie.

»Annie«, sagte Tim liebevoll, »findest du nicht, es ist verständlich, dass du das Schlimmste befürchtest, wenn du ein Polizeiauto siehst? Nach allem, was du durchgemacht hast?«

»Ich hab keinen blassen Schimmer mehr, was verständlich ist und was nicht.«

»Ich weiß. Aber bitte hör auf mich, ich hab nämlich schon einen Schimmer. Eine Beziehung mit einem Mann wie Stephen ist so ungefähr das Schlimmste, was jemandem mit deiner Vorgeschichte passieren kann – *natürlich* hast du darauf nicht gut reagiert. Und du brauchst dir dafür auch nicht die Schuld zu geben. Stephen war, wie jeder Soziopath, am Anfang unwiderstehlich. Er hat uns alle getäuscht!«

»Misch 'at er nischt getäuscht«, bemerkte Claudine spitz, wurde jedoch von Tim freundlich aufgefordert, die Klappe zu halten.

»Keiner von uns hätte das, was Stephen getan hat, vorhersehen können«, fuhr Tim fort. »Es war furchtbar und kam völlig überraschend, und ich werde dich ganz sicher nicht mit

Handschellen an Beccas Lenkrad ketten, nur, weil du die Dinge selbst in die Hand genommen hast. Du bist nicht die erste Frau, die das getan hat.«

Nein, das war ich nicht. Ich hatte Berichte über Frauen gelesen, die am anderen Ende der Welt ein neues Leben angefangen hatten. Manche von ihnen hatten sich nicht einmal von ihren Familien verabschiedet. Viele hatten ihren Namen geändert; eine hatte sich sogar einer plastischen Operation unterzogen. Manche hatten Polizeischutz bekommen; andere hatten das Gefühl gehabt, die eigene Sicherheit nicht jemand anderem überlassen zu können, und daher beschlossen, den Weg allein zu gehen.

All diese abgebrochenen Leben. All diese Frauen, die plötzlich weg waren. Einfach so. Verschwunden.

»Du hattest das Gefühl, nirgendwo hinzukönnen, weil er *wollte*, dass du dich genau so fühlst«, sagte Tim gerade. »Er hat dein Selbstvertrauen über die Monate systematisch zerstört und dich von deiner Familie und deinen Freunden abgeschottet, damit du vollkommen von ihm abhängig bist. Genau so machen diese Typen das, Annie. Also, nein, ich halte dich nicht für ›verrückt‹.«

»Ich bin in allen Punkten seiner Meinung«, fiel Lizzy bewundernd ein und drückte Tim die Hand. Der erwiderte die Geste.

Dann rückten sie voneinander ab, allerdings nicht, ohne sich vorher noch einen Blick zuzuwerfen.

Hä?, dachte ich. Lizzy lächelte Tim immer noch an, während der sich die Haare aus dem Gesicht schob.

Als er bemerkte, dass sie ihn ansah, errötete er leicht. Und dann wurde auch Lizzy rot.

Moment mal, dachte ich. *Einen Moment …*

»Ja, du liegst rischtisch«, flüsterte Claudine plötzlich hörbar.

»Mit deinem Verdacht. Es ist fürschterlisch, Annie. Sie benehmen sisch wie Teenager.«

Langsam drehte ich mich zu ihr um.

»Sie 'aben was miteinander«, erklärte Claudine, jetzt etwas leiser. Schuldbewusst blickte sie zu Tim und Lizzy hinüber, die knallrot geworden waren. »Tut mir leid. Isch bin nur … Es ist so widerlisch, dass isch es mit jemandem teilen musste.«

Die beiden lächelten, und Lizzy ließ ihre Hand in die von Tim gleiten. »Jetzt ist nicht der Moment dafür«, murmelte sie mit dem breitesten Grinsen, das ich je bei ihr gesehen hatte.

»WAS?« Dümmlich starrte ich sie an. »Wie lange? Wie …«

»Sechs Monate«, sagten sie gleichzeitig.

»Wobei das Ganze ja eigentlich schon seit siebzehn Jahren läuft«, fügte Tim hinzu. »Es hat sich nur keiner von uns getraut, irgendwas zu unternehmen.« Er sah aus, als würde er gleich vor Stolz platzen, und Lizzy sah aus, als würde sie gleich vor lauter Liebe platzen. Ich hatte das Gefühl, gleich vor lauter Schock zu platzen.

»Ich … Oh mein *Gott.*«

Claudine nickte wie wild. »Genau, Annabel. Isch übergebe misch regelmäßisch, aus Protest.«

Ich musste kichern. Lizzy und Tim. Tim und Lizzy. Seit Jahren heimlich ineinander verliebt. Wie hatte mir das entgehen können? Lizzy hatte sich so oft betrunken und mir geschworen, Tim sei in mich verliebt! Und jedes Mal hatte dabei dieser schmerzvolle Ausdruck in ihren Augen gelegen! Die ganze Zeit, während all ihrer Beziehungen, hatte sie an Tim gedacht! Und er an sie. Ich schüttelte den Kopf, als würde mein Gehirn die ganze Sache dadurch besser verstehen. Lizzy und Tim. Tim und Lizzy.

Das Geräusch eines Fahrzeugs auf der Straße grub sich wie eine Kettensäge in meine Gedanken, und ich sprang hektisch vom Boden auf, um mich in Beccas Auto zu flüchten. »Stephen, oh mein Gott, das ist Stephen, Hilfe, ich …«

Behutsam setzten Becca und Tim mich wieder auf der Zufahrt ab, während das Auto vorbeirauschte und in Richtung Moor davonfuhr.

»Sorry«, entschuldigte ich mich und ließ mich gegen Becca sinken. »Sorry.«

»Schon okay.« Lizzy nahm meine Hand. »Hör zu, Schatzi, wir haben dich neulich im Fernsehen gesehen, und es hat ein paar Tage gedauert, bis wir rausgefunden haben, was zum Teufel hier abgeht. Wir, äh, haben natürlich gedacht, du bist in Thailand.«

»Ich weiß. Entschuldigung …«

»Jetzt fang doch nicht schon wieder damit an, Süße. Du warst sehr clever: die ganzen Skype-Anrufe, wo du Trägershirts angehabt hast und übers Schwimmen und Bergwandern et cetera geredet hast – du solltest Drehbücher für Spionagefilme schreiben oder so was! Du bist ganz schön ausgebufft!«

Ich lächelte hilflos. Ich konnte mir echt schönere Begabungen für mich vorstellen.

»Na ja, wie auch immer, Claudine hat dich in der Doku gesehen …«

»Isch 'ab kein rischtiges Leben mehr, seit isch Sylvester rausgeschmissen 'ab«, warf Claudine bedauernd ein.

»Und nach reiflicher Überlegung haben wir dann in Marks Reitstall angerufen, weil es ja sein konnte, dass sie seit dem Unfall irgendwie Kontakt zu dir gehabt haben. Die nette Dame am Telefon hat uns erzählt, dass eine Pferdepflegerin namens Kate Brady bei ihnen arbeitet, und wir dachten uns: ›Aha!‹«

»Stephen hat genau das Gleiche gemacht«, erzählte ich. »Er hat mir geschrieben. Heute Morgen. Deshalb will ich auch hier weg.«

Die anderen waren entsetzt. »Er hat *was*? Wo ist er?«

»In Somerset. Er schickt mir dauernd SMS. Ich weiß nicht, wo er genau ist, aber sicher irgendwo in der Nähe.«

»Arschloch«, zischte Claudine. »Isch bringe ihn um. Isch 'acke ihm seinen blöden englischen Arsch ab.«

Ich war immer noch ganz benommen von der Panikattacke, aber ich spürte auch das Adrenalin, das sich seinen Weg durch meinen Blutkreislauf bahnte. »Ich muss wirklich hier weg«, wiederholte ich. »Ich muss zum Flughafen und irgendwo hinfliegen, wo ich 'ne Woche oder so bleiben kann, um zu überlegen, wie's weitergeht.«

»Nein«, sagte Lizzy.

»Nein«, sagte Tim.

»E'er bringe isch disch um, als dass isch das zulasse«, sagte Claudine.

»Ich auch«, meldete Becca sich schuldbewusst zu Wort. »Tut mir leid, Süße.«

»Hört mir eigentlich keiner von euch zu? Er ist auf dem Weg hierher! Er ist *irre*!«

»Na ja, eigentlich bezeichnet man das als Persönlichkeitsstörung«, setzte Tim an, doch Claudine hielt die Hand hoch, um uns alle zum Schweigen zu bringen, und wir gehorchten – wie immer.

»Annabel!«, begann sie ruhig. »Isch sage dir jetzt, was du machst: Du kommst zurück mit uns nach London ...«

»Doch«, beharrte sie, als ich wimmernd mit »Nein!« protestierte.

»Du kommst mit uns zurück und ziehst bei Lizzy ein. Wir 'aben das alles geplant. Isch 'abe Tim verboten, bei Lizzy zu übernachten, wenn du da bist, weil du disch nämlisch – verständlischerweise – aus dem Fenster stürzen würdest, wenn du den beiden beim Sex zu'ören müsstest.«

Ich hielt den Kopf in den Händen. Das war mir alles zu viel.

»Wir beantragen ein Kontaktverbot für Stephen, und dann …«

»*Nein!* Niemals! Spinnst du, Claudie? Kapierst du nicht, wie gefährlich er ist?«

Claudine seufzte. »Lies das 'ier, bitte«, wies sie mich an. »Und dann reden wir.«

Es war ein Brief von einer Frau namens Ros Martin, der an Lizzys Arbeitsstelle adressiert war.

Liebe Lizzy,

ich versuche, Ihre Schwester zu kontaktieren, aber ich finde keine Möglichkeit, sie zu erreichen. Deshalb habe ich beschlossen, Ihnen diesen Brief in Ihre Firma zu schicken – ich hoffe, das ist in Ordnung. Wenn Sie den beigefügten Brief an Ihre Schwester lesen, werden Sie vielleicht verstehen, warum ich mir solche Mühe gegeben habe, Sie zu finden.

Sie können den Brief gern lesen und dann entscheiden, ob Ihre Schwester in der Verfassung ist, sich mit dem Inhalt auseinanderzusetzen.

Nervös blickte ich zu Lizzy, doch sie lächelte mir ermutigend zu. »Es ist nicht schön, aber gut«, ermutigte sie mich. »Wir sind alle bei dir, Annie.«

Ich suchte die Straße nach Autos ab, aber es regte sich nichts. Dann fing ich an, zu lesen.

Liebe Annabel,

ich habe lange darüber nachgedacht, ob ich diesen Brief abschicken soll oder nicht, aber es fühlte sich falsch an, es nicht zu tun.

Es tut mir sehr leid, wenn der Inhalt dieses Briefes ein Schock für Sie ist. Mein Name ist Ros, ich wohne in Lea Bridge und arbeite dort als Malerin. Bis vor ein paar Monaten hatte ich eine Beziehung mit einem Mann namens Stephen Flint, den Sie wohl leider auch kennen dürften.

Zuerst war Stephen ein wirklich toller Partner, doch als ich mein Handy an Stellen wiederfand, wo ich es nicht hingelegt hatte, wurde ich misstrauisch. Ich gehöre nicht zu den Menschen, die vergessen, wo sie Dinge ablegt haben, und mir kam die Vermutung, dass er meine SMS liest, auch wenn ich mir nicht vorstellen konnte, warum er das tun sollte.

Ich wurde rot. Wie scharfsinnig diese Ros Martin war, dass sie die Sache mit ihrem Handy bemerkt hatte. Und was für eine Vollidiotin *ich* gewesen war.

Zur gleichen Zeit fing er an, bis spät in die Nacht zu arbeiten, und er war ständig gereizt und schlecht gelaunt. Ich habe mich bemüht, verständnisvoll zu sein, weil Beziehung für mich heißt, dass man nicht nur die guten Zeiten genießt, sondern auch die schlechten gemeinsam durchsteht. Doch wie es aussieht, gab es in unserer »Beziehung« viel mehr schlechte Zeiten, als ich mir je hätte vorstellen können.

Einmal habe ich um etwa elf Uhr nachts in der Zentrale von FlintSpark angerufen, kurz nachdem Stephen mir gesimst hatte, er habe gleich eine Videokonferenz mit San Francisco. Der Nachtwächter hat mir gesagt, es sei überhaupt niemand im Gebäude außer den Sicherheitsleuten. Als ich allerdings einige Minuten später Stephen auf seiner direkten Durchwahl angerufen habe, hat er behauptet, er sitze an seinem Schreibtisch. Da ist mir klar geworden, dass er seine Anrufe auf sein Handy umleiten lässt.

Langer Rede kurzer Sinn: In diesem Moment habe ich beschlossen, herauszufinden, was da eigentlich genau vor sich ging. Mir war klar, dass er mich regelmäßig belogen hat, und eines Nachts, während er im Bad war, habe ich schnell seine E-Mails durchsucht. Nicht die feine Art, aber es hat sich ausgezahlt: Ich habe einige schockierende Dinge entdeckt und stehe mittlerweile in Kontakt mit vielen Frauen, deren Leben er zerstört hat.

Was Sie betrifft, habe ich herausgefunden, dass er einen Mann dafür bezahlt hat, Ihren E-Mail-Account zu hacken und Sie in Thailand zu suchen. Es tut mir sehr leid – das ist sicher sehr enttäuschend für Sie –, aber ich wollte, dass Sie das wissen. Soweit ich das sagen kann, ist er sogar selbst nach Thailand geflogen, hat Sie dort jedoch nicht gefunden, und das Hacken Ihrer E-Mails war offensichtlich sinnlos, weil Sie Ihren Account gelöscht haben.

Ich hoffe, Sie sind da draußen in Sicherheit.

Als ich Stephen mit Ihnen konfrontiert habe – Sie waren die Erste, von der ich wusste –, hat er gesagt, Sie seien mit einem Haufen seines Geldes verschwunden und er lasse Sie suchen, um Sie vor Gericht bringen zu können. Seine Argumente klangen sehr schlüssig, und einige Tage lang habe ich ihm geglaubt. Ich wünschte, ich hätte es nicht getan. Zu diesem Zeitpunkt war mir schon bewusst, dass er kein guter Mensch ist. Das Problem ist – wie Sie sicher selbst wissen –, dass er unglaublich überzeugend und lieb sein kann, wenn er jemanden auf seine Seite ziehen will. Obwohl ich extrem misstrauisch war, hat er es trotzdem geschafft, mich zu manipulieren.

Im Zuge meiner Nachforschungen stehe ich derzeit mit sechs Frauen in Kontakt, mit denen Stephen in den letzten zwei Jahren eine »Beziehung« gehabt hat. Zwei waren anscheinend zur selben Zeit mit ihm zusammen wie Sie – Pet-

ra Navarro, die Sie, wie ich glaube, in einem Restaurant in Hackney kennengelernt haben, und Nancy Stevens, die in New York lebt.

Nancy hat an Silvester mit Stephen Schluss gemacht, weil sie die Vermutung hatte, dass er sich mit einer anderen trifft. Einige Tage vor Silvester ist er nach New York geflogen, um sich mit ihr auszusöhnen, aber sie hat herausgefunden, dass er zusammen mit einer anderen Frau im Hotel gewohnt hat. Nach den Informationen zu schließen, die sie zusammengetragen hat, waren Sie diese Frau.

Fassungslos lehnte ich mich zurück. Stephens spontane Entscheidung, mit mir nach New York zu fliegen und nicht nach Paris; die ständigen Telefonanrufe aus seinem »Büro«, und dann diese kalte Wut in ihm, als er schließlich erst kurz vor Mitternacht zurückgekommen war – *da war er gerade abserviert worden!* Von einer anderen Frau. Und anschließend hatte er versucht, sich mit Claudine übers Internet zu verabreden. Das war echt filmreif.

Was Petra betrifft, so hat Stephen ihr erzählt, Sie hätten psychische Probleme; Sie hätten mit sechzehn einen Selbstmordversuch unternommen und seien seitdem psychisch labil. Er hat ihr außerdem gesagt, Sie würden ihn ständig stalken, seit er mit Ihnen Schluss gemacht habe. Später hat Petra herausgefunden, dass das überhaupt nicht stimmte und dass Sie und er immer noch zusammen waren, als Sie den beiden in einem Restaurant in Hackney über den Weg gelaufen sind.

»Ein bisschen was Wahres ist da allerdings dran«, sagte ich, jetzt richtig verängstigt. Ich rieb mir mit der Hand übers Gesicht. »Oh Gott, was hat er gemacht …«

»Was meinst du, Süße?«, fragte Becca. Sie saß immer noch neben mir, hatte einen Arm um meine Schulter gelegt und las den Brief zeitgleich mit mir.

Ich schluckte. »Ich hab tatsächlich mit sechzehn versucht, mir das Leben zu nehmen.«

»Oh, Süße«, murmelte Becca mitfühlend.

Lizzy drückte mir sanft den Fuß.

»Aber das ist gar nicht der Punkt. Der Punkt ist, dass ich Stephen das nie erzählt hab.« Mit wildem Blick sah ich zu Tim. »Woher weiß er das? Kann er irgendwie auf meine Krankenakten zugreifen?«

Tim schüttelte den Kopf. »Unmöglich. Bist du sicher, dass du ihm nie davon erzählt hast?«

»Hundertprozentig«, flüsterte ich. »Was hat er gemacht? Woher weiß er das?«

Ich war wie betäubt. Stephen war ein Monster. Ein Monster, das überhaupt keine Grenzen kannte.

»Ich muss hier weg«, drängte ich. »Wir müssen fahren. Bitte!«

»Hör zu«, entgegnete Tim mit fester Stimme. »Wenn Stephen jetzt hier aufkreuzt, bringt deine Schwester ihn wahrscheinlich um. Und wenn *sie* es nicht tut, dann tut es Claudine. Wir alle. Im Moment bist du nicht in Gefahr.«

»Lies weiter, Schatzi«, bat Lizzy. »Es ist alles gut.«

Ich ließ einen langen Atemstoß entweichen. Ja, ein bisschen was konnte ich schon noch verkraften. Irgendwo tief in mir, inmitten von Angst und Panik, hatte sich ein Funken Wut entzündet.

Ich stehe auch in Kontakt mit Stephens persönlicher Assistentin, Natasha Everidge, die vor sechs Monaten endlich den Mut hatte, bei FlintSpark zu kündigen. Sie selbst hatte nie etwas mit ihm – ich nehme an, sie war zu nützlich für ihn –, aber sie hat ihm wiederholt dabei geholfen, so zu tun, als würde er spätabends noch arbeiten. Ihr tut die ganze Sache sehr leid. Sie hat uns außerdem die Mitarbeit von Stephens ehemaligem leitendem Geschäftsführer Rory Adamson zugesichert. Stephens hartnäckige Angewohnheit, mit seinen weiblichen Angestellten zu schlafen, hat offensichtlich zu einigen Auseinandersetzungen geführt, weil Stephen dadurch mehrfach wichtige Meetings und Termine verpasst hat.

Natürlich – Rory. Der Blick, den er Stephen im Château zugeworfen hatte, als der mich zu ihnen auf die Terrasse eingeladen hatte. *Nicht schon wieder, Flint*, musste Rory gedacht haben. *Nicht die auch noch …*

Es gibt noch eine weitere Frau in dieser Gleichung, von der ich Ihnen erzählen muss. Ihr Name ist Penny Flint, und sie ist – wie Sie sich wahrscheinlich schon gedacht haben – seine Noch-Ehefrau. Sie haben einen Sohn, Sebastian, zu dem Stephen keinen Kontakt haben darf.

»Oh mein Gott!«, rief ich. Barnaby, sein Neffe. *Barnaby heißt eigentlich Sebastian und ist Stephens* Sohn?

»Arschloch«, murmelte Claudine.

Penny hat auf meinen Brief geantwortet und mir geschrieben, dass sie und ihr kleiner Sohn mittlerweile genug durchgemacht hätten und nicht in der Lage seien, uns bei unserem Fall zu helfen. Sie wünsche uns jedoch viel Glück. »Sie werden es brauchen«, hat sie geschrieben, was ich – muss ich gestehen – etwas entmutigend fand.

Jetzt aber zum Kern der Sache: Drei von uns sieben sind

von Stephen körperlich angegriffen worden, er ist in zwei unserer Wohnungen eingebrochen, und wir alle wurden von ihm belästigt, womit er gegen das Gewaltschutzgesetz verstoßen hat. Wir haben beschlossen, gemeinsam Klage gegen ihn einzureichen. Die Anklagepunkte beinhalten Belästigung, Stalking, schwere Körperverletzung und Hausfriedensbruch. Zu jedem dieser Punkte gibt es ausreichendes Belastungsmaterial.

Dennoch ist Stephen – wie Sie ja wissen – sehr clever und wird die besten Anwälte des Landes anheuern, damit wir vor Gericht unterliegen. Derzeit weiß er noch nicht, dass wir eine Klage gegen ihn vorbereiten, aber er ist bereits ziemlich wütend, weil wir alle ein Kontaktverbot gegen ihn erwirkt haben. Ich mache mir Sorgen, dass er seine Bemühungen, Sie zu finden, verdoppeln wird, da Sie momentan nicht unter rechtlichem Schutz stehen.

Wir würden uns freuen, wenn Sie sich uns als weitere Klägerin anschließen würden, Annie, sofern Sie sich dazu in der Lage fühlen. Wir arbeiten mit einer brillanten Anwältin zusammen, die vollkommen auf unserer Seite steht – sie ist entschlossen, Stephen hinter Gitter zu bringen, und sie glaubt, Sie können unserer Klage noch mehr Gewicht geben.

Vielleicht sind Sie auch für immer nach Thailand gezogen, aber falls Sie doch in England sind und bereit wären, sich uns anzuschließen (und auch wenn Sie nicht dazu bereit sind), würde ich Ihnen sehr dazu raten, ein Kontaktverbot gegen Stephen zu erwirken. Er hat uns alle gnadenlos belästigt und gestalkt, und auch wenn keine von uns glaubt, dass er die letzte Grenze überschreiten würde, wollen wir die Gewissheit haben, hier in London in Sicherheit zu leben.

Falls Sie sich gegen eine Klage entscheiden sollten, verstehen wir das. Uns haben die Erfahrungen auch sehr mitgenommen, aber umso dringender wollen wir verhindern, dass Stephen das Gleiche noch weiteren verletzlichen Frauen antut. Denn – da sollten Sie sich nichts vormachen – er sucht sich gezielt verletzliche Frauen aus.

Unten finden Sie meine Kontaktdaten, falls Sie mit mir über diesen Brief sprechen möchten.

Ich wünsche Ihnen alles Gute, egal, wie Ihre Entscheidung ausfällt.

Ros

Ich schloss die Augen und sog in tiefen Zügen die kalte Somerset-Luft ein. »Das ist ja furchtbar«, sagte Becca in die Stille hinein. »Dass er sich nur verletzliche Frauen aussucht, meine ich.«

Abwesend blickte ich sie an. In meinem Kopf begann sich ein Gedanke zu formen. Ganz langsam, wie ein Polaroid-Foto, das sich entwickelt.

»Ich war verletzlich«, erklärte ich. »Sehr sogar. Hut ab, jemand so Verletzliches wie mich muss man erst mal finden.«

Ein Windhauch wehte das entfernte Gekicher der Pony-Club-Mädchen zu uns herüber. Ich erinnerte mich an den Tag, an dem ich Stephen zum ersten Mal begegnet war. Müde, kraftlos, mitgerissen von einer Flut, gegen die ich nicht anschwimmen konnte, weil mir die Energie dafür fehlte. Ich erinnerte mich daran, wie nett er gewesen war und dass es mir so vorgekommen war, als hätte er eine Lampe angeknipst und in meine Seele geblickt. Mir fiel der ganze Kram wieder ein, den er mir erzählt hatte – dass er selbst auch das Gefühl habe, festzustecken, und die Geschichte über den Mann, der sich selbst umarmt hatte, um sich besser zu fühlen.

Ich erinnerte mich an das zarte Glimmen in meinem Innern, das ich an jenem Abend auf dem Nachhauseweg gespürt hatte. Das Gefühl, nicht mehr ganz so allein auf der Welt zu sein.

Und dann schloss ich erneut die Augen. Das Polaroid-Bild entwickelte sich, und plötzlich sah ich alles ganz klar vor mir – das ganze Bild von dem, was Stephen getan hatte.

»Ich werde mich ihnen anschließen«, verkündete ich langsam. »Ich gehe vor Gericht.«

Lizzy starrte mich an. »Ernsthaft?«

»Ich werde ihn mit allen Mitteln bekämpfen, die mir zur Verfügung stehen. Was nicht viele sind, aber besser als nichts.«

Becca rieb mir mit der Hand über den Rücken. »Klasse, Süße«, murmelte sie. »Klasse.«

Claudine lächelte mich an. »Du 'ast gerade eine wunderbare Entscheidung getroffen«, befand sie. Ihre Stimme klang belegt. »Das ist sehr mutisch von dir, und einfach wundervoll«, fügte sie hinzu, und ich sah, dass sie weinte.

Tim drückte mir nur ganz fest die Hand.

»Das hab ich nicht erwartet«, gestand Lizzy. »Ich dachte, wir müssten den ganzen Weg bis zum Flughafen mit dir diskutieren.«

»Am Anfang des Briefs hab ich das auch gedacht«, gab ich zu. »Aber was sie am Ende schreibt … dass Stephen sich verletzliche Frauen aussucht …«

Lizzy nickte verwirrt.

»Er hat mich gefunden«, erklärte ich. »Er wusste, wer ich bin.«

»Was meinst du damit?«, fragte Becca.

»Die Leute erinnern sich oft an meinen Namen, weil in den Zeitungen monatelang über die Ermordung meiner Mum berichtet wurde, bis man Neil Derrick verknackt hat. Ich war ›Das Mädchen im Wald‹. Und Stephen war … hm, dreizehn oder vierzehn, als das passiert ist. Er hat das definitiv mitgekriegt.«

Alle hörten mir aufmerksam zu.

»Ich glaube, er hat Massagetherapeuten in der Nähe von FlintSpark gegoogelt, vielleicht ist das mit seiner vorherigen Therapeutin nichts geworden …« Ich brach ab. »Ich frage mich, ob das eine von den sieben ist. Ich frage mich, ob Jamilla eine von den sieben ist.«

Wahrscheinlich.

»Dann hat er eine gewisse Annie Mulholland gefunden, die mittwochnachmittags in der Nähe seines Büros Massagen anbietet.«

Lizzys Unterlippe begann, zu zittern. »Oh Gott.«

»In dem Moment hat er wahrscheinlich gedacht: ›Warte mal, den Namen kenne ich doch‹.«

Auch Becca verstand so langsam, worauf ich hinauswollte.

»Ich glaube, als Nächstes hat er meinen Namen gegoogelt, und es ist ihm ziemlich schnell wieder eingefallen, warum der ihm so bekannt vorkommt. *Bingo!*« Ich schloss die Augen. »Ich war das perfekte Projekt. Es dürfte ziemlich schwer sein, eine verletzlichere Frau zu finden als die, deren Mutter vergewaltigt und ermordet wurde, während sie zusammen Verstecken gespielt haben.«

Ich blickte hoch in Richtung Moor. »Stephen hat sich auf mich vorbereitet. Schon bei unserer ersten Begegnung war er vorbereitet. Er hat genau die richtigen Fragen gestellt, und er hat genau gewusst, was er sagen musste. Er war so lieb. So verständnisvoll. Ich hab das Gefühl gehabt, er ist so was wie ein Engel.«

Lizzy standen die Tränen in den Augen – Tränen der Wut und des Abscheus.

»Ich hab mein beschissenes Leben hinter mir gelassen und mich in seine Arme geflüchtet, genau wie er es geplant hat. Es war perfekt!«

Tim legte den Arm um Lizzy. Ich sah meiner Schwester zu, wie sie weinte, und fühlte die Wut in meinen Schläfen pochen. Es war sehr, sehr lange her, dass ich wütend gewesen war, aber es gefiel mir ganz gut. Dieses Gefühl brachte eine wunderbare Klarheit mit sich.

»Ich werde zusammen mit diesen Frauen vor Gericht ziehen«, wiederholte ich. »Und davon abgesehen hab ich auch Beweise.« Aufregung raste durch meinen Körper – genauso intensiv wie die Wut –, als ich in meine Tasche griff und die Finger um meinen alten Haustürschlüssel legte. »Ich weiß genau, wie Stephen das mit meinem Selbstmordversuch rausgekriegt hat! Ich trage den Beweis seit Monaten mit mir rum, ohne es zu wissen.«

»Beweise!«, zischte Claudine hämisch. »Und Gerischt! SO GEFÄLLST DU MIR!«

»Ja, so gefalle ich mir auch«, fiel ich in den Kanon mit ein.

Dann hielt ich meine glänzenden Schlüssel hoch. »Schaut euch die hier mal an«, forderte ich die anderen auf. »Meine Haustürschlüssel aus Hackney. Fällt euch daran irgendwas auf?«

Verwirrt blickten meine Freunde die Schlüssel an. »Na ja, da ist zum einen der Punkt, dass du sie wahrscheinlisch gar nischt mehr ’aben solltest«, bemerkte Claudine. »Schließlisch wohnst du da nischt mehr.«

»Ich weiß, ich weiß. Ich wollte sie Mr Pegler zurückschicken, hab's aber nicht gemacht. Zum Glück. Kommt schon, was fällt euch auf?«

»Sie glänzen?«, merkte Lizzy skeptisch an.

»Genau!«

»Genau, was? Süße, wir kommen nicht mehr mit«, rief Becca.

»Ich hab *jahrelang* in diesem Haus gewohnt«, entgegnete ich. »Jahrelang. Meine Schlüssel waren uralt – total angelaufen und abgenutzt. Aber auf magische Weise hat sich ein neues Set in meinen Besitz geschlichen. Stephen ist zwar clever, aber nicht clever genug. Er muss ein Schlüsselset für mein Haus nachgemacht haben, damit er reinkommen und rumschnüffeln konnte. Wahrscheinlich während ich seine Angestellten massiert hab. Er hat mir das falsche Set gegeben und das alte behalten. Und mir ist das nie aufgefallen!«

»Krasser Scheiß«, murmelte Becca. »Bist du sicher?«

»Absolut. Guck mal, wie neu diese Schlüssel sind – ich hab sie ganz sicher nicht nachmachen lassen. Er hat schon ziemlich am Anfang einiges über mich gewusst. Zum Beispiel war er immer misstrauisch, was Tim und mich anging – ein kurzer Blick in meine Fotoalben reicht ja schon, um auf diesen Trichter zu kommen. Und er hat sich schon ziemlich früh Sorgen um meine Psyche gemacht. Ich glaube, er war sogar schon bei mir im Haus, bevor wir zusammengekommen sind.«

Wir alle starrten auf meinen glänzenden Schlüsselbund. »Psychopathen sind Jäger«, sagte ich bitter. »Und je mehr sie über ihre Beute wissen, desto besser können sie sie kontrollieren.

»Du glaubst also, deine alten Schlüssel sind immer noch bei ihm im Haus?«, fragte Lizzy.

Ich nickte.

»Gott«, rief sie.

Ich blickte meine wundervollen Freunde an. »Helft ihr mir? Helft ihr mir, das hier durchzuziehen? Jetzt bin ich noch wütend, aber das wird nicht anhalten. Ich werde bestimmt zigmal versuchen, zu kneifen. Seid ihr dann für mich da?«

»So sischer wie das Amen in der Kirsche«, rief Claudine, und ich umarmte sie. »Wie das Amen in der Kirsche«, wiederholte meine Freundin mit ihrem starken französischen Akzent.

Becca schlang ebenfalls die Arme um uns. »Ich komme jederzeit in dieses Drecksloch London, wenn du mich brauchst«, versprach sie mit belegter Stimme. »Du kannst dich immer auf mich verlassen, Süße.«

Jetzt warfen sich auch Lizzy und Tim noch auf uns drauf.

»Äh, sorry«, wandte Tim sich höflich an Becca. »Ich hoffe, ich zerquetsche dich nicht.«

»Wir kriegen ihn«, verkündete Lizzy.

»Oh, mein kleines Nähkästschen, das werden wir«, stimmte Claudine mit ein. So blieben wir eine Zeit lang sitzen, ein seltsamer Haufen von Menschen auf der Zufahrt neben Beccas Auto, bis ich Marks Stimme hörte.

»Kate?«, fragte er. »Kate? Was ist hier los? Ist alles in Ordnung?«

Mark winkte seinen Schülerinnen vom Pony Club hinterher, die mit ihrem Pferdetransporter die Zufahrt hinunterrumpelten. Ich konnte sehen, dass er Mühe hatte, zu verstehen, was ich ihm gerade erzählt hatte. Dirk und Woody, die uns bis zu den Wiesen gefolgt waren, hatten schnell das Interesse verloren und kämpften jetzt in dem Buchenwäldchen miteinander um einen heruntergefallen Ast.

Mark sah vollkommen fertig aus.

Mein Bär, dachte ich unglücklich. *Wie sehr hat die Welt dich enttäuscht. Wie tapfer hast du dich durch all die Scheiße durchgeboxt, mit der das Leben dich beworfen hat, und wie unermüdlich hast du versucht, deinen Weg zu finden. Und jetzt, wo du endlich einen hoffnungsvollen Pfad gefunden hast, hab ich so eine Bombe platzen lassen.*

»Es tut mir so leid«, flüsterte ich. »So furchtbar leid, Mark. Aber ich verspreche dir, was dich und mich betrifft, hab ich nichts erfunden. Dieser Teil war echt.«

In der Ferne unterhielten sich meine Freunde miteinander und taten so, als würden sie uns nicht beobachten.

»Wenn das hilft: Ich hab versucht, mich nicht in dich zu verlieben«, sagte ich. »Als ich hierhergekommen bin, hab ich beschlossen, für den Rest meines Lebens nie wieder einen Mann an mich heranzulassen.«

Marks Gesicht blieb regungslos.

»Doch dann bist du offener geworden, und ich hab gesehen, wer du wirklich bist. Und dann kam noch dein Reitstall hinzu, Mark, die Pferde, die Luft, Exmoor, all das – und ich konnte nicht anders. Ich war immer glücklich, wenn ich in deiner Nähe war. Warum konntest du nicht einfach ein Arschloch bleiben?«

Vielleicht zog der Hauch eines Lächelns über Marks Gesicht, aber bevor ich noch die Zeit hatte, es einzufangen, war es schon wieder vorbei. Er lehnte sich an den Zaun und fummelte an einem Faden, der sich an seiner Reithose gelöst hatte. Obwohl Mark noch weit davon entfernt war, sich wieder auf ein Pferd zu setzen, trug er immer noch jeden Tag Reithosen. *Genau wie ich mit meinen langen Röcken und Batikshirts*, dachte ich traurig. *Kleine Uniformen, mit denen wir Distanz zwischen uns und der realen Welt schaffen.*

»Ich wollte dir die Wahrheit sagen. Eigentlich hatte ich sogar beschlossen, es dir heute zu sagen. Aber dann ist der Brief gekommen …« Ich verstummte. Mark sagte immer noch nichts.

Meine Augen brannten vor Tränen. Ich konnte das alles nicht ertragen.

»Gibt es noch Hoffnung für uns?«, flüsterte ich. »Wenigstens ein bisschen?«

Ich blickte Mark an, aber er erwiderte den Blick nicht.

»Tut mir leid«, begann er nach einem langen Moment des Schweigens. Er sackte gegen den Zaun, als gäbe er damit seine Niederlage zu. »Aber es ist … einfach zu viel für mich. Ich versuche immer noch, mit der ganzen Sache mit Maria klarzukommen, und ich … ich glaube einfach nicht, dass ich das hier auch noch auf die Reihe kriege.«

»Aber wir könnten uns zu einem Date verabreden, noch mal von vorn anfangen … Ich muss nicht zurück nach London gehen. Ich kann die Klage auch von hier aus unterstützen. Ich könnte mir irgendwo in der Nähe eine Wohnung suchen, und wir könnten uns richtig kennenlernen …«

»Nein, Kate, ich … Annie.« Er seufzte. »Siehst du? Ich kenne ja nicht mal deinen Namen.«

»Ich weiß, du bist verletzt und verwirrt und sehr wahrscheinlich auch sauer, aber können wir nicht wenigstens versuchen, zu …«

»Nein«, unterbrach er mich, und in seiner Stimme lag eine furchtbare Endgültigkeit. »Ich lerne mich ja selbst gerade erst kennen, und ich kann das alles hier nicht. Nicht jetzt.«

Er wandte sich zu mir um. »Hör zu. Ich bin überhaupt nicht sauer. Ich bin schockiert von dem, was du durchgemacht hast, und ich verstehe vollkommen, warum du lügen musstest.« Eine wunderschöne Sekunde lang berührte er meine Hand. »Meine arme Kleine.« Seine Stimme schwankte, und er räusperte sich. »Aber die Wahrheit ist: Das mit dir und mir war so unkompliziert, und jetzt herrscht da zwischen uns dieses heillose, unangenehme Durcheinander, und ich kann nicht noch einen Berg erklimmen.«

»Aber ich liebe dich«, stieß ich hervor und konnte die Tränen nicht länger zurückhalten. »Ich hab mich wirklich in dich verliebt.«

»Und ich hab mich in dich verliebt.« Er nahm mein Gesicht zwischen seine Hände. Es tat weh, die Traurigkeit zu sehen, die in seinen dunklen Augen lag.

»Ich wünschte, ich hätte mehr Kraft für diese Beziehung«, sagte er sanft. »Aber ich habe sie nicht. Respektier das bitte, und bitte sei stärker als ich, Annie. Du musst stark sein und gegen dieses Monster angehen.«

Lautlos rannen mir die Tränen übers Gesicht, während die Sonne hinter einer Wolke hervorschlüpfte und uns in ihr strahlendes Herbstlicht tauchte. »Das ist deine Chance«, beschwor Mark mich. »Ergreife sie. Geh, leb dein Leben und genieße es. Lebe deine Freiheit. Fahr raus aus London und verbring ein bisschen Zeit mit deinem Dad. Kauf dir ein Pferd. Aber vergiss mich.«

»Das kann ich nicht.«

Dirk kam angelaufen und ließ seinen Stock vor Marks Füße fallen. »Das musst du aber«, entgegnete Mark, ohne den Hund zu beachten. »Ich bin noch nicht so weit. Und ich wusste das schon, bevor du mir das alles erzählt hast. Ich schätze … Ich schätze, Stephen hat mir die Entscheidung abgenommen.«

»*Nein!* Er darf das mit uns nicht kaputt machen! Das darf er nicht!«

Mark strich mir mit dem Daumen über die Wange. »Das hat er nicht getan«, flüsterte er. »Mein Leben hat uns kaputt gemacht. Meine Lebensumstände.«

Bevor ich überhaupt begriff, was passierte, hatte er sich vorgebeugt und mich geküsst.

»Ich liebe dich«, sagte er. »Mach's gut.«

Und damit ging er über die Zufahrt davon und verschwand aus meinem Leben.

Kapitel 31

Sechs Monate später

»Dublin, meine Königin.« Joe gab ein freches Kichern von sich. »Komm her zu mir, Dublin, du schnuckeliges Ding. Lass uns unseren ersten Kuss direkt auf diesem netten kleinen Grashügel hier haben. Das wird traumhaft. Ein Mann kann nicht ewig warten, Süße.«

Kate Brady und Joe flirteten miteinander. Sie flirteten sogar ziemlich heftig. Wieso hatte ich das nicht kommen sehen?

Kate Brady und Joe Keenan. Herr im Himmel. »Dein Typ Joe ist echt *schnuckelig*«, hatte Kate vorhin im Bierzelt zu mir gesagt, mit ungewöhnlich rosigen Wangen.

Ich hatte sie angesehen und gerufen: »Oh nein …«

»Lass es, Süße. Das ist die Filzläuse nicht wert«, hatte Becca ihr geraten, und ich hatte gelacht, weil ich mich daran erinnert hatte, wie sie vor all den Monaten genau das Gleiche zu *mir* gesagt hatte.

Kate hatte eine Weile darüber nachgedacht und dann entgegnet: »Danke, aber ich riskier 's trotzdem. Den könnte ich echt zum Frühstück vernaschen.«

Klar könntest du das, dachte ich dankbar. *Du dürftest* jeden *zum Frühstück vernaschen, Kate Brady. Du weißt gar nicht, wie viel ich dir zu verdanken hab.*

Natürlich hatte ich ihr davon erzählt. Ich hatte ihr alles erzählt über die Monate, in denen ich ihren Akzent, ihre Haare und – das Beste von allem – ihren Wesenskern gestohlen hatte, um nach Exmoor verschwinden zu können, und sie hatte sich köstlich darüber amüsiert. Sie hatte gelacht und geweint und mich als echten Freak bezeichnet. Zu meiner Überraschung hatte sie sich die ganze Geschichte sogar so detailliert eingeprägt, dass sie im April in einer Mail ihre Absicht verkündet hatte, im Mai mit mir nach Badminton zu fahren. *Ich hab's nachgeguckt, und dein Typ Mark tritt nicht an*, hatte sie geschrieben. *Es besteht also keine Gefahr, dass du ihm über den Weg läufst. Ich glaube nur, der Ausflug wäre ganz gut für dich. Um einige deiner alten Dämonen zum Schweigen zu bringen, Annie.*

Äh, okay, hatte ich geantwortet. *Okay, Brady, die Wette gilt.*

Und hier waren wir nun, in Badminton, Annie Mulholland und Kate Brady, und machten ein Picknick in der Nähe des Geländeparcours, zusammen mit Becca Phillips und Joe Keenan. Letzterer lag bereits viel zu dicht neben Kate auf einer Decke in der sengenden Frühlingshitze und flüsterte ihr unanständige Sachen ins Ohr, während Becca und ich schottische Eier, Mangoschnitze und dicke Scheiben Brie auf Haferplätzchen aßen. Wir beobachteten das furchtbare Schauspiel vor unseren Augen und tauschten verzweifelte Blicke, während in der Ferne die Wettkampfteilnehmer durch den Geländeparcours donnerten und die Menge »Oh« und »Ah« machte.

Glücklich wackelte ich mit den Zehen im Gras. Es war schön, Joe und Becca nach so langer Zeit wiederzusehen, und noch viel schöner, dass ich sie endlich mit Kate hatte bekannt machen können, nachdem ich all die Monate so getan hatte, als wäre ich sie. Am schönsten war es jedoch, wieder hier zu sein, bei den Badminton Horse Trials, und zu wissen, dass Stumpy und Mark am Leben waren.

»Ich will nichts über Mark wissen«, hatte ich im selben Moment gerufen, als Joe und ich uns umarmt hatten. »Aber ich würde gerne wissen, wie es ihm und Stumpy geht.«

»Denen geht's gut«, hatte Joe diplomatisch geantwortet. »Sind beide wieder auf dem Damm. Kein Grund zur Sorge, Galway, du kannst also aufhören, so zu schreien und dich wie 'ne Irre zu benehmen.«

»Tu ich doch gar nicht.«

»Nö, überhaupt nicht, Galway, du bist nur kurz vorm Durchdrehen!«, hatte Joe lachend gerufen und sich auf die Schenkel geklopft. »Wobei: Du bist ja gar nicht Galway, du kleine Gaunerin! Du bist Bakewell!«

»Ich benehme mich nicht ›wie 'ne Irre‹! Ich bin die Ruhe selbst. Und bitte nenn mich weiter Galway. Ich mag das.«

Joe hatte verständnisvoll gelächelt. »Schön, schön. Also, Stumpy und sein alter Herr erfreuen sich beide bester Gesundheit.«

Ich hatte mich weggedreht, damit er nicht die Erleichterung und die Traurigkeit auf meinem Gesicht sah.

Seit diesem Tag auf dem Hof vor sechs Monaten hatte ich keinen Kontakt mehr zu Mark gehabt, und ich würde ihn auch nicht kontaktieren. Irgendwann, ganz langsam, würde ich aufhören, ihn zu lieben, auch wenn ich fast daran verzweifelte, dass dieser Prozess schon so lange dauerte. Jeden Tag wachte ich auf und horchte voller Hoffnung in mich hinein, aber das Gefühl war immer noch da. Überall. Die tiefe Sehnsucht nach einem Mann, den ich nie würde haben können. Die Erinnerung daran, nachts neben seinem warmen Körper zu liegen und ihm beim Schlafen zuzusehen, war immer noch genauso stark und schön wie vor sechs Monaten. Wann würde das endlich aufhören?

Geduld, ermutigte ich mich im Stillen. *Wenn du diese ganze Schlimme Scheiße hinter dir lassen konntest – was du mit Bravour gemeistert hast, Annie –, dann kannst du sicherlich auch irgendwann Mark hinter dir lassen.*

Doch es kam immer wieder die gleiche Frage auf: *Was, wenn ich Mark gar nicht hinter mir lassen* soll*?*

»Wie geht's deinem Kopf?«, fragte Becca gerade. »Auf mich wirkst du ziemlich gesund, Süße.«

Ich lachte. »Es wird langsam.«

»Na los, erzähl doch mal von deiner Therapie.«

»Eigentlich mache ich gar keine Therapie. Das hab ich irgendwann aufgegeben. Weißt du, ich wollte endlich eine Lösung haben. Ich hab keinen Bock mehr gehabt, mich in meinen Problemen zu wälzen.«

»Interessant! Erzähl weiter!«

Als ich zurück nach London gegangen und bei Lizzy eingezogen war – und Lizzy mir verboten hatte, extra Schlösser an ihrer Tür anzubringen, und wir mein ganzes altes Zeugs aus dem Lager geholt hatten, und Claudine darauf bestanden hatte, das meiste davon zu verbrennen, und wir alle ziemlich viel Wein getrunken hatten und ich lange geweint hatte, weil ich Mark so sehr liebte und das Gefühl hatte, ich würde nie über ihn hinwegkommen –, hatte ich mich hingesetzt und mehrere Stunden damit verbracht, mir potenzielle Lösungen für mein schon Jahre bestehendes Problem »Posttraumatischer Stress« anzusehen.

Irgendwann hatte ich aufgehört »Trauma«, »Posttraumatischer Stress« und »Therapie« zu googeln, weil jede der Webseiten, die ich gefunden hatte, voll von deprimierenden Inhalten gewesen war. Anscheinend wollte mir jeder dabei helfen, mein kaputtes Leben zu managen, anstatt mir zu sagen, wie ich es ändern konnte.

Also hatte ich stattdessen beschlossen, Suchbegriffe à la »Wie wird man glücklich?«, »Wie nimmt man sein Leben selbst in die Hand?« und »Wie mache ich mein Leben besser?« einzugeben.

Ich hatte gar nicht so viele Webseiten durchsuchen müssen, bis ich das Gesuchte gefunden hatte. Wörter wie »Umprogrammieren«, »Werkzeuge« und »Lösungen« waren immer häufiger aufgetaucht, und bei ihrem Anblick hatte sich ein Lächeln auf meinem Gesicht ausgebreitet.

»Ich hab die Nase voll von Therapien«, hatte ich am Telefon zu einer Frau namens Clare gesagt. »Ich hab Jahre davon hinter mir, und die ganzen Probleme hab ich jetzt echt oft genug durchgekaut. Ich will das alles einfach nur noch hinter mir lassen und glücklich sein. Ich weiß, ich kann das, ich brauche nur das richtige Handwerkszeug dazu.«

Clare hatte fast hörbar durchs Telefon gelächelt. »Klingt so, als wären Sie mehr als bereit für eine Veränderung«, hatte sie gesagt. »Was bedeutet, dass ich Ihnen helfen kann.«

Ich versuchte, Becca das Ganze zu erklären, aber es gelang mir nicht gut. »Ich lerne einfach, wie ich die verschiedenen Bereiche meines Hirns nutzen kann«, erzählte ich. »Es ist schwer zu erklären. Aber, mein Gott, Becca, es funktioniert echt super. Ehrlich, ich gehe in diese Sitzungen mit den Anwälten rein, und die schauen mich an nach dem Motto: ›Junge! Diese Annie hat aber Feuer!‹«

Becca kicherte. »Klar hast du das. Ich bin sehr stolz auf dich, Süße.«

Grinsend streckte ich mich im Gras aus. »Hey!«, rief ich hinüber zu Joe, der gerade an Kates Ohr knabberte. »LASS DAS.«

»Verzieh dich, Galway«, zischte er. »Du hattest deine Chance.«

»Ich hab immer noch meine Rückfälle«, wandte ich mich ergänzend an Becca. »Stephen hat gegen das Kontaktverbot verstoßen und mir vor ein paar Tagen 'nen Brief geschickt, an Lizzys Adresse. Ein paar Sekunden lang war ich total geschockt, aber dann hab ich mich zusammengerissen und den Brief zur Polizei gebracht. Das ist echt ein wahnsinniger Fortschritt. Früher hätte ich mich im Bad eingeschlossen und vor Angst geweint.«

Becca reichte mir noch ein schottisches Ei. »Das freut mich sehr«, sagte sie. »Und auch, dass du das so schnell hingekriegt hast.«

»Na ja, das ist das Tolle am Gehirn. Es kann sich schnell verändern. Neuroplastizität nennt man das.«

»Echt?« Becca warf einen leicht angewiderten Blick hinüber zu Joe und Kate. »Das Gehirn kann sich also bei jedem Menschen verändern?«

»Bei jedem.« Ich grinste. Joe erzählte Kate gerade schmutzige Limericks.

»Na ja, vielleicht könntest du mal an seinem da drüben rumbasteln«, schlug Becca vor.

Wir stießen mit unseren Plastikbechern an.

»Wie auch immer, was ist der neueste Stand in Sachen Stephen?«, wollte Becca wissen.

Joe und Kate setzten sich auf, um ebenfalls zuzuhören. In Flecken tanzte das Sonnenlicht über ihre Gesichter, die ganz gerötet und erregt waren vom Rausch ihrer gegenseitigen Anziehung. Für den Bruchteil einer Sekunde ließ ich die Erinnerung zu, dass ich mich in Marks Gegenwart genauso gefühlt hatte.

Hör auf, ermahnte ich mich im Stillen. *Das ist nicht hilfreich.*

»Also, das Ganze geht jetzt an den Crown Court«, erzählte ich. »Was ziemlich deutlich macht, wie schwer der Fall ist.«

»Super!«, kommentierte Joe. »Holen wir die Queen mit ins Boot. Die wird's ihm schon zeigen.«

Kate kicherte – und Becca verzweifelte.

»Nächste Woche geht's los«, verkündete ich. »Und natürlich bin ich nervös, aber in verhältnismäßigem Rahmen. Ich meine, trotz der Beweislast wurde Stephen schon auf Kaution freigelassen. Damit hat er uns demonstriert, wie gut seine Anwälte sind. Keiner von uns erwartet, dass es leicht wird.«

Ich spielte mit einem Grashalm an meinem Knöchel herum. »Aber ich denke, für mich ist das Wichtigste, dass es mir gut geht, egal, wie das ausgeht. Es könnte gut sein, dass Stephen ungestraft davonkommt, und wenn das passiert, muss ich damit klarkommen. Ich darf mich nicht in das Gefühl reinsteigern, dass mein Leben vorbei ist, sollte er nicht verurteilt werden.«

»Das klingt sehr weise«, sagte Becca. »Sehr weise, Süße.«

»Also, meine liebe kleine Annie, ich lasse ihn gerne in der Zwischenzeit für dich umbringen«, versprach Kate Brady. »Du musst nur was sagen, Süße.«

»Oh, hör auf damit, Dublin, du starke Kriegerin, du«, schnurrte Joe. »Mein Schwanz ist schon ganz hart!«

»Gott, Joe! Kannst du jetzt endlich mal die Schnauze halten?«, rief ich. »Oh. Tut mir leid«, fügte ich hinzu, weil die Mutter eines kleinen Jungen mich ziemlich empört anstarrte.

»Da siehst du, was passiert, wenn du dich der wahren Liebe in den Weg stellst«, tadelte Joe milde.

Kate warf ihm einen Blick zu. »Hier gibt's keine wahre Liebe«, verkündete sie. »Ich werde nur deinen Körper benutzen und dann wieder nach Ranelagh verschwinden!«

Alle lachten, und Becca machte eine Flasche Prosecco auf.

»Danke«, sagte ich in die Runde. »Danke, dass ihr hergekommen seid. Das tut mir echt gut.«

»Auf Galway«, prostete Joe und hob seinen Plastikbecher mit dem sprudelnden Schaumwein hoch. »Auf unsere kleine Königin, die uns alle mit ihrem komischen Akzent und ihren feuerroten Haaren hinters Licht geführt hat. Auf Galway, weil sie mutig genug ist, wieder hierher nach Badminton zu kommen. Nicht zu vergessen, dass sie uns diese tolle Frau hier aus Irland mitgebracht hat: Kate Brady.«

»Auf Galway«, rief Kate lachend, und wir stießen alle miteinander an.

»Hey, Joe, du Loser!«

Ich erstarrte, den Becher schon auf halbem Weg zu meinem Mund.

»Wer ist denn deine Neue?«

Ich traute mich nicht, mich umzudrehen. *Das konnte nicht sein. Sie konnten heute nicht hier sein!*

»Ana Luisa, du verdammter kleiner Teufel«, rief Joe gut gelaunt. »Darf ich dich bitten, auf deine Wortwahl zu achten? Hier ist eine Dame anwesend.«

Oh Gott. Oh, heiliger Gott im Himmel. Joe strahlte übers ganze Gesicht und blickte zu einem Punkt oberhalb meiner Schulter, während er aufstand. »Schön, dich zu sehen, Chef …«

Becca zwinkerte mir zu und stand ebenfalls auf. »Hi, Mark«, sagte sie, »und hi, An…«

»BECCA!« Plötzlich stürzte sich ein kleines Mädchen mit dünnen Beinen und glänzendem braunen Haar auf Becca. »DU HAST MIR GEFEHLT!«

Ana Luisa umarmte meine liebe Geordie-Freundin mit einer solchen Heftigkeit, dass es der die Tränen in die Augen trieb. »Du hast mir auch gefehlt, du kleines Frettchen«, sagte Becca mit brüchiger Stimme und legte die Arme um Marks Tochter.

In diesem Moment hatte ich alles, was Clare mir beigebracht hatte, vergessen.

Meine Knie waren so butterweich, dass ich nicht aufstehen konnte. Panisch hockte ich da. *Steh auf, verdammt noch mal!*, schrie ich mich innerlich an.

Wir können uns nicht bewegen, verdammt noch mal!, schrien meine Beine zurück.

Schließlich gelang es mir doch, aufzustehen, und ich drehte mich zu Mark um, der gerade Kate vorgestellt wurde. Höflich lächelte er mir zu und streckte die Hand aus, um meine zu schütteln.

Doch als er mich richtig ansah, verharrte er in der Bewegung. Alles verharrte in der Bewegung. Mark starrte mich an, und ich starrte *ihn* an, und alles, woran ich denken konnte, war, wie sehr ich ihn liebte. *Ich bin so stolz auf dich!*, hätte ich am liebsten gerufen. *Es ist so mutig von dir, wieder hierherzukommen! Ich liebe dich!*

Und dann, als Mark klar wurde, wer Kate war, wandte er sich langsam wieder um und musterte sie eingehend.

»Kate«, sagte er fasziniert.

In diesem Moment fiel der Groschen auch bei Kate. »Oh!«, war ihr einziger Kommentar, bevor sie verstummte.

»Oh«, echote Ana Luisa, als sie mich erkannte. »Nette Farbe, Kate. Das Rot stand dir eh nie.« Unsicher, ob ich sie umarmen sollte, drehte ich mich zu ihr um. Ana Luisa umarmte mich höflich, dann trat sie zurück, die kleinen Hände in die schmalen Hüften gestemmt. »Stehst du immer noch auf meinen Dad?«, fragte sie salopp.

Ich gab einen seltsam krächzenden Laut von mir. Ana Luisa kicherte. »Stehst du immer noch auf Kate, Dad?«

Hilflos blickten wir sie beide an. Sie war erst sieben Jahre alt, und doch konnte sie viel besser ausdrücken, was hier vor sich ging, als ich es mit meinen fünfunddreißig Jahren oder Mark mit seinen siebenunddreißig hingekriegt hätte.

»Ana Luisa, du kleine Ratte«, tadelte Becca, »Kate heißt in Wahrheit Annie, und das hab ich dir bestimmt schon hundertmal gesagt. Hör mal: Ich setze dich jetzt ab, und wenn du Glück hast, kriegst du 'nen kleinen Schluck Prosecco ab …«

»Keinen Prosecco«, protestierte Mark schwach.

»Okay. Du kriegst keinen Prosecco, aber Schweinepastete und ein paar Erdbeeren.«

»Während Dad und Annie hinter den Baum da gehen und rumknutschen?«, fragte Ana Luisa. »Gott. Das ist ja wie auf dem Schulhof.«

Mark, dessen Blick immer wieder kurz zu mir herüberschwenkte, fing an, zu lachen. »Ich liebe dich«, sagte er zu seiner Tochter, »aber könntest du bitte, nur dieses eine Mal, deine Klappe halten? Ich knutsche mit niemandem hinter einem Baum rum.«

»Wer's glaubt …« Ana Luisa setzte sich neben Becca auf die Decke.

Völlig verblüfft starrte Kate Mark an. »Der ist ja absolut HEISS«, formte sie stumm mit den Lippen in meine Richtung. Ja, das war er. Seine Haut war sonnengebräunt, und er hatte sich die Haare kürzer schneiden lassen. Er war so sexy, dass mein Gehirn ganz matschig wurde.

Und bevor ich wusste, wie mir geschah, spazierten wir zusammen davon.

»Ähm, das ist ja wirklich 'ne Überraschung«, ergriff Mark nach gefühlten drei Stunden das Wort. Er klang genauso nervös, wie ich mich fühlte. »Also, von all den Orten, an denen ich damit gerechnet hätte, dir über den Weg zu laufen, ist das hier so ziemlich der letzte. Haha.«

»Hahaha. Haha. Ha. Äh, geht mir auch so. Ich dachte, du wolltest nicht kommen.«

»Ich trete nur nicht an.«

»Aber du bist zum Zuschauen gekommen. Haha!« Ich klang total gestört. »Und? Wie geht's dir?«

»Gut.« Er wandte sich kurz zu mir um, aber ich schaffte es nicht, ihn anzusehen. Ich konzentrierte mich nur darauf, einen Fuß vor den anderen zu setzen. Im Gras waren Gänseblümchen.

Ich hasste Gänseblümchen, aber mittlerweile konnte ich mit ihnen umgehen. Sogar ihr Geruch war okay.

Ich nahm einen tiefen Atemzug und verlangsamte meinen Herzschlag. Ich brachte meine Fäuste dazu, sich zu lösen. Wenn ich mit Gänseblümchen umgehen konnte, dann konnte ich auch mit Mark umgehen.

Wir entfernten uns weiter vom Geländeparcours und gingen durch die üppig bewachsene Parklandschaft dahinter. Die Lautsprecherdurchsagen wurden leiser, und das Geräusch des Fernsehhubschraubers über uns wurde vom Gezwitscher der Vögel und dem Rascheln der Blätter abgelöst.

Vor lauter Sehnsucht war ich innerlich ganz aufgekratzt. Ich konnte Marks Olivenseife riechen, und wenn ich einen Blick zur Seite warf, konnte ich die gebräunte Haut seiner Unterarme sehen. »Du siehst auch echt gut aus«, sagte ich zu ihm. »Schön gebräunt …«

Mark lachte leise. »Du wirst es nicht glauben, aber ich hab Urlaub gemacht. So richtig mit Swimmingpool, Riesensonnenschirmen und Leuten, die mir Essen kochen.«

»Gibt's ja nicht!«

»Doch. Ich bin mit Ana Luisa und ihrer besten Freundin nach Marokko geflogen, und wir haben in einem Luxus-*Riad* gewohnt. Ich hab mit Kreditkarte bezahlt und mir einmal keine Sorgen ums Geld gemacht. Es war echt beeindruckend.« Er stockte. »Ich war von mir selbst beeindruckt. Ich hab die ganze Woche am Pool gelegen und nichts gemacht außer auf die Mädels aufzupassen. Wer hätte das gedacht?«

Ja, wer hätte das gedacht?

Er fuhr sich mit der Hand über den Arm, der gebrochen gewesen war. »Es ist alles verheilt«, erzählte er. »Auch das Reiten geht wieder ohne Probleme. Ich hab wirklich Glück gehabt.«

»Wow. Es freut mich sehr, dass du wieder reitest, Mark, das sind fantastische Neuigkeiten.« Es hörte sich an, als wäre ich eine entfernte Bekannte.

ICH LIEBE DICH, brüllte jemand in meinem Kopf. SECHS MONATE LANG HAB ICH JETZT VERSUCHT, DICH NICHT ZU LIEBEN, ABER ES GEHT NICHT. ICH LIEBE DICH SO SEHR, DASS MIR ALLES WEHTUT: MEIN GESICHT, MEINE BRUST, MEIN GANZES LEBEN. ALLES TUT WEH, WEIL ICH DICH SO LIEBE.

»Mein Physiotherapeut meint, ich kann Mitte des Sommers wieder anfangen, bei Turnieren zu starten, wenn ich es ruhig angehen lasse«, berichtete Mark. »Das kam echt überraschend.«

»Überraschend, ja. Ähm, sollen wir uns setzen?«

Wir setzten uns hin, aber ich bereute es sofort. Trotz der Hitze war das lange Gras immer noch feucht, und ich spürte, wie das Wasser direkt in meine kurze Hose sickerte.

»Hier ist es wirklich schön«, bemerkte ich, während sich der Tau bis zu meinem Slip vorarbeitete. *Himmelherrgott, steh auf!*, befahl ich mir im Stillen. Aber ich wollte nicht. Marks Knie befand sich nur Zentimeter von meinem entfernt. Eine seiner Operationsnarben blitzte unter seiner kurzen Hose hervor – eine schüchterne kurze rosafarbene Linie zwischen den dunklen Haaren auf seinem Bein. Am liebsten hätte ich ihm all die Schmerzen weggeküsst, die sie ihm bereitet hatte.

»Mein Arsch ist nass«, sagte Mark höflich. »Vielleicht sollten wir wieder aufstehen.«

»Ja. Gute Idee.« Wir erhoben uns und gingen weiter – voreinander stehen zu bleiben und sich angucken zu müssen wäre der reinste Albtraum für uns beide gewesen.

»Und denkst du, dass du in dieser Saison noch antrittst?«

Mark schüttelte den Kopf. »Nein … Um ehrlich zu sein, hab ich mich zur Ruhe gesetzt.«

Jetzt starrte ich ihn doch an. »Du hast *was*?«

Mark hatte den Blick auf den Geländeparcours gerichtet, wo gerade jemand über eine glänzende Rasenfläche auf einen Zaun zu galoppierte. Selbst aus dieser Entfernung konnten wir den schaumigen Schweiß sehen, der sich an den Flanken des Pferdes gebildet hatte.

»Ich hab mich zur Ruhe gesetzt. Die Presse weiß noch nichts davon, aber ich hab es letzte Woche beschlossen.«

»Krass!«

»Das war die schwerste Entscheidung, die ich je getroffen habe. Aber die Leute haben angefangen, mir Pferde zu bringen, mit denen ich trainieren soll, und das waren alles so wundervolle Tiere. Ich liebe Pferde.« Mark errötete. »Und das ist genau das Problem. Bei jedem Pferd, mit dem ich trainiert hab, dachte ich: ›Soll ich dir das wirklich antun? Was ist, wenn du dir auch ein Bein brichst?‹«

Hör auf, so nett zu sein, dachte ich im Stillen. *Das ist nicht hilfreich.*

»Und dann hab ich angefangen, mir die gleichen Gedanken über mich selbst zu machen. Will ich wirklich riskieren, mir noch mal alle Knochen zu brechen? Will ich riskieren, dass Ana Luisa ihren Vater verliert?« Er grinste. »Will ich wirklich für den Rest meines Lebens um sechs Uhr dreißig morgens aufstehen? Also hab ich mich zur Ruhe gesetzt. Und ich werde den Hof verkaufen.«

»Du machst WAS?«

Mark zuckte die Achseln. »Ich will einfach nur neu anfangen«, erklärte er. »Ich will ein Haus haben, das nichts mit Alkoholsucht zu tun hat oder mit bösen Exfrauen oder gebrochenen Knochen. Ganz zu schweigen von gebrochenen Herzen. Ich will mein altes Leben hinter mir lassen.«

»Aber … Aber das ist doch das Haus deiner Familie! Seit Generationen!« Den Teil mit den gebrochenen Herzen ignorierte ich.

»Tatsächlich geht es nur auf meinen Großvater zurück. Aber selbst wenn es auf einen Höhlenmenschen namens Waverley zurückgehen würde: Ich muss es verkaufen. In einem Geisterhaus fängt man nicht neu an.«

»Wow.«

Egoistische kleine Stimmchen meldeten sich in meinem Kopf: *Aber* ich *will, dass du weiter auf dem Hof wohnst! Was ist mit all meinen schönen Erinnerungen? Die dürfen nicht jemand anderem gehören!*

»Ich kann's nicht glauben«, brachte ich schließlich heraus. »Das ist heftig.«

»Ja, nicht wahr?« Da er mich mittlerweile ansah, versuchte ich, möglichst ermutigend dreinzublicken. »Wahrscheinlich kaufe ich mir irgendwas in Oxfordshire, näher bei Ana Luisa, damit sie die Wochenenden nicht auf der Autobahn verbringen muss. Und dann führe ich erst mal nur einen Pensionsstall und trainiere weiter andere Reiter, während ich den nächsten Schritt plane. Oh, und ich will mir einen Halbtagsjob suchen. Ich hab gedacht, ich … Du weißt schon … Ich wage mich ein bisschen mehr nach draußen in die Öffentlichkeit.«

»Wow«, murmelte ich und schaffte es nicht, die Traurigkeit in meiner Stimme zu verbergen.

Mark war darüber hinweg. Nicht nur über seine Schlimme Scheiße, sondern auch über mich.

»Ich bin immer noch feucht im Schritt«, war alles, was ich sagen konnte.

»Hör zu, Kate«, setzte Mark an. »Annie. Tut mir leid.«

»Ist schon okay. Ehrlich.«

Mark lächelte, aber ich konnte ihn einfach nicht ansehen.

»DAD!«

Ana Luisa kam auf uns zu marschiert, wie ein kleiner Tiger. Sie würde einmal genauso hübsch werden wie ihr Vater. »DAD, wir müssen los. Wir wollten uns doch mit Bea treffen.«

»Okay, ich komme.« Er wandte sich zu mir um, doch ich konnte ihm immer noch nicht in die Augen sehen. »Bea ist ihre Freundin. Hör zu, ich hab dich nicht mal gefragt, wie es dir geht. Joe meinte, du hast das mit der Klage durchgezogen, aber ich hab keine Ahnung, wann der Prozess anfängt oder was ...«

»*DAAAAD!*«

»Ich komme! Okay, ich melde mich bei dir«, sagte Mark entschuldigend, obwohl wir beide wussten, dass er das nicht tun würde.

Ich hätte heulen können. »Es war schön, dich wiederzusehen«, murmelte ich. »Und es freut mich, dass es bei dir so gut läuft.«

»Viel Glück mit dem feuchten Schritt«, rief Mark noch, während er von seiner Tochter davongezogen wurde.

»Tschüss«, flüsterte ich.

»Mit blonden Haaren sieht sie viel besser aus«, hörte ich Ana Luisa sagen. »Aber du brauchst 'ne zuverlässigere Frau, Dad.«

Kapitel 32

»Bist du sicher, dass ich nicht mitkommen soll?«, fragte Lizzy, während sie sich für die Arbeit fertig machte. »Ich kann nämlich immer noch schwänzen. Ich will nicht, dass du da allein hingehst und eine Panikattacke oder so was kriegst …«

»Ich kriege keine Panikattacke. Mir wird es total super gehen.«

Lizzy und Tim machten sich auf den Weg zur Arbeit, und ich musste kichern, als ich mitbekam, wie sie sich an der Haustür stumme Küsse zuwarfen. Es hatte eine Weile gedauert, bis ich mich daran gewöhnt hatte. Manchmal konnte Tim sich nicht länger zusammenreißen, nahm Lizzys Gesicht in beide Hände und formte stumm ein ICH LIEBE DICH SO SEHR mit dem Mund. Ich glaube, er dachte, ich würde es nicht bemerken, wenn er nur die Lippen bewegte, anstatt die Worte auszusprechen. Tatsächlich fand ich es wunderschön, mitanzusehen, wie leidenschaftlich Tim meine große Schwester liebte. Lizzy war so glücklich, dass sie unter der Dusche sang. Außerdem hatte sie mit dem Trinken aufgehört und gab nicht mehr so viel Geld aus. Sie sprühte nur so vor Glück.

Nachdem die beiden gegangen waren, setzte ich mich in Lizzys strahlend weiße Küche auf einen der strahlend weißen

Stühle und trank Tee an der strahlend weißen Kochinsel. Die Insel verfügte über einen dieser Wasserhähne, aus denen auf Wunsch sofort kochendes Wasser kam, und Steckdosen, die wie aus dem Nichts erschienen, und in der Mitte stand eine Schüssel voller Pfirsiche, die alle paar Tage ausgetauscht, aber nie gegessen wurden. Lizzy spann total, was ihre Küche anging, und ließ sie ungefähr alle zwei Jahre renovieren – sie konnte nicht mit dem freigelegten Mauerwerk und den Filament-Glühbirnen aus der letzten Saison leben, wenn in dieser Saison gerade strahlend weiße Einheiten und polierte Betonböden in waren. »Stell mir keine Fragen«, blockte sie immer ab, wenn ich wissen wollte, wie sie sich das leisten konnte. »Diese Küche ist mein persönlicher Tempel.«

Was allerdings nicht im Geringsten stimmte. Lizzy konnte nicht einmal ein Spiegelei braten.

Leichter Regen prasselte gegen die Fenster. Es war einer dieser wechselhaften Tage: strahlender Sonnenschein gefolgt von grauen Regenteppichen. Es wirkte nicht wie der Tag der Abrechnung. Ich aß mein Hefeküchlein auf und erinnerte mich liebevoll daran, wie fanatisch und von Schuld zerfressen ich mein Leben früher nach dem Essen ausgerichtet hatte. Gott sei Dank hatte ich das hinter mir. Wie so viele andere Dinge auch.

Schweigend saß ich in Lizzys riesiger Küche, wie eine Figur auf einem Edward-Hopper-Gemälde, und sah zu, wie der Mairegen die Straßen von Chelsea sauber wusch. Zeit, zu gehen. Heute begann der Prozess.

Natürlich musste ich nicht dabei sein. Es würde noch mindestens eine Woche dauern, bis man mich vorladen würde, und keine von den anderen Frauen wollte dem Prozess beiwohnen. Aber ich hatte das Gefühl, dass es wichtig für mich war. Ich wollte daran teilhaben. Kein Versteckspiel mehr.

Ich schaffe das, versicherte ich mir. *Und egal, was dabei rauskommt, ich komme damit klar.*

Als ich mich aufmachte, Lizzys nobles Apartmentgebäude zu verlassen, klarte der Himmel auf, und ich ließ meine Lederjacke bei ihr im Flur liegen. Wenn schon das Wetter besser wurde, würden auch die nächsten Stunden gut laufen.

Ich spürte, wie mein Atem sich beschleunigte, als ich unter der Eisenbahnbrücke hindurchging und die grimmige Fassade des Southwark Crown Courts vor mir sah. Hier war ich nun also – ich, ganz allein – und nahm an allen Bereichen meines Lebens teil, den guten und den schlechten.

Nur, dass ich gar nicht allein war.

Auf der Treppe vor dem Gerichtsgebäude stand Mark.

Ich blieb stehen. Auf der Treppe vor dem Gerichtsgebäude stand Mark?

Ich hob die Hand, um meine Sonnenbrille abzunehmen, aber ich hatte gar keine auf.

Mark?

Mark?

Mark. Er kam auf mich zu, und er lächelte, und er sah so sexy und toll aus, dass ich fast an Ort und Stelle auf der Straße in Ohnmacht gefallen wäre.

»Oh«, war alles, was ich herausbrachte. *Oh?*

»Hallo.« Er war vor mir stehen geblieben und sah einfach absolut umwerfend aus. »Ähm … Also, hi. Mein Name ist Mark, und deiner ist offensichtlich Annie. Ich hab mich gefragt, ob du vielleicht Lust hättest, irgendwann mal was mit mir trinken zu gehen?«

»Oh …«

»Ich würde dich wirklich gern kennenlernen.«

»Oh«, sagte ich zum dritten Mal. Na toll.

Er blickte hoch zu dem glanzlosen Gebäude, das vor uns aufragte. »Ich weiß, du hast hier erst noch was zu erledigen, aber vielleicht könnten wir uns danach treffen. Du darfst auch den Ort aussuchen. Oder besser gesagt: *Bitte* such du den Ort aus. Ich bin nämlich von Paddington aus direkt mit dem Taxi hierhergefahren und hab keine Ahnung, wo ich hier bin.« Er grinste. »Und wo ich schon dabei bin: Du wirst wahrscheinlich nachher zahlen müssen, weil mich das Taxi ein ganzes Wochengehalt gekostet hat.«

Ich starrte ihn immer noch an. Leider schien ich nicht in der Lage zu sein, irgendetwas anderes zu tun.

»Ähm, das war nur ein Witz«, versuchte er es weiter.

Nichts. Mein Gehirn war wie eingefroren.

»Ich probier's noch mal: Annie, darf ich dich bitte auf ein Getränk einladen?«

»Ooooh …«

Verzweifelnd schüttelte er den Kopf. »Okay, hör mir zu«, begann er. Am Kragen seines Rollkragenpullovers hing ein Stück Heulage. »Ich hab noch nie jemanden um ein Date gebeten, und offensichtlich vermassele ich's gerade. Kannst du mir bitte helfen und was sagen? Irgendwas?«

Wenn du noch mal »oh« sagst, drohte ich mir im Stillen, *bringe ich dich um. Buchstäblich.* Und plötzlich schmolz das Eis in meinem Gehirn, einfach so, und Sonnenlicht strömte hinein. »Mark Waverley«, sagte ich lächelnd. »Ich hätte sehr gern ein Date mit dir. Ich könnte mir sogar nichts Schöneres vorstellen.«

Mark seufzte. »Puh, lieber Gott, ich danke dir. Wenn man von der Einladung auf das Date schließt, wird's ziemlich furchtbar werden.« Er fuhr sich mit der Hand durch die Haare, die frisch gewaschen waren und glänzten und einfach toll aussahen. Am liebsten hätte ich daran gerochen.

»Wir haben also ein Date.« Plötzlich fing er an, zu grinsen.

»Ein richtiges Date! Ich bin ganz aufgeregt! Ich will nämlich schon ziemlich lange ein Date mit dir haben.«

Eine ganze Flutwelle des Glücks strömte durch mich hindurch. »Ich auch!«

Mark war wegen mir hierhergekommen! Er war frühmorgens von Exmoor bis hierhergefahren und hatte den Weg durch eine Stadt auf sich genommen, die er weder kannte noch mochte!

»Also.« Er schob die Hände zurück in die Taschen seiner Jeans. »Da das mit dem Date ja jetzt klar ist, kommen wir mal aufs Wesentliche zu sprechen«, schlug er vor. »Dich.« Er schenkte mir sein typisches breites Lächeln, und ich schmolz noch ein wenig mehr dahin. »Ich hab mir gedacht, ich komme her und leiste dir ein wenig moralischen Beistand. Das ist ein großer Tag für dich, oder?«

»Woher wusstest du, dass ich heute hier bin?«, war das Beste, was mir einfiel.

Mark wirkte verlegen. »Ich hab 'nen kleinen Tipp bekommen.«

»Einer meiner Freunde?«

»So ziemlich alle deine Freunde.«

Ich fühlte, wie ich mich innerlich entspannte. *Ich liebe dich*, dachte ich. *Ich liebe dich, und ich liebe meine Freunde.* »Das ist wirklich 'ne schöne Überraschung«, erklärte ich und blickte lächelnd zu ihm hoch. »Wahrscheinlich die schönste Überraschung, die ich je bekommen hab.«

Das Leben war wirklich ein Wunder! Es hatte so viel Glück zu bieten, man musste nur die Hand danach ausstrecken und es sich schnappen.

»Wie fühlst du dich? Bist du okay?« Er schenkte mir ebenfalls ein Lächeln – und nicht nur sein schüchternes halbes Lächeln, sondern sein breites schönes.

»Ich gehe gleich da rein und schaue zu, falls du das gemeint hast.«

Mark nickte. »Natürlich machst du das.« Er nahm meine Hand und drückte sie, dann zog er seine Finger abrupt wieder zurück. »Tut mir leid. Wir sollten erst mal das Date abwarten, bevor ich anfange, dich zu betatschen.«

Du darfst mich jederzeit betatschen, ständig, bis in alle Ewigkeit, dachte ich aufgekratzt.

»Na ja, ich wollte dir auch nur sagen: Ich finde, du bist unglaublich mutig und machst das echt toll. Wenn ich mir vorstelle, was du alles durchgemacht hast, könnte ich vor Stolz platzen.« Seine Wangen röteten sich, doch er hielt meinen Blick fest. »Du bist absolut in der Lage, da gleich allein reinzugehen«, fuhr er fort, »aber ich wollte, dass du weißt, dass es mir nicht egal ist. Und dass ich sehr stolz auf dich bin.«

Es folgte ein langer Moment des Schweigens, während wir uns einfach nur anblickten und ich dachte: *Wenn ich ihn nicht gleich küsse, falle ich tot um.*

»Ähm, und woher wusstest du, dass ich hier bei diesem Gericht bin?«, fragte ich schließlich. Ich konnte es immer noch kaum fassen, dass er hier war.

»Meine Informanten haben mir ziemlich genau gesagt, wo ich dich finde und zu welcher Uhrzeit.« Auf einmal blickte er über meine Schulter und lachte leise. »Ich schätze, wenn du es dir doch noch mal anders überlegt hättest, dann hätten sie wohl eingegriffen.«

Ich blickte mich um. Lizzy hatte sich ganz lässig an einen Laternenpfahl gelehnt. Gegenüber von ihr auf der anderen Straßenseite wartete Tim unter einem Baum. Und direkt in der Mitte der Pocock Street stand Claudine wie eine kleine Bulldogge, die Arme vor der Brust verschränkt.

Ich brach in schallendes Gelächter aus, und Mark fiel mit ein.

»Sprescht nischt mit ihr«, wies Claudine die anderen an. »Annie, 'ör zu. Wir sind für disch da. Wir lieben disch. Bitte geh da rein und zieh diese Sache dursch, und danach gehst du bitte mit Mark was trinken. Falls du nischt ge'orchst, 'ast du mit einer grausamen Strafe zu reschnen.«

Wieder lachte ich. Ein Gefühl des Glücks und der Kraft schwoll in meiner Brust an. Ich konnte *alles* tun! »Wir sehen uns dann danach«, sagte ich zu den anderen. Dann drehte ich mich wieder zu Mark um.

»Möchtest du, dass ich mit reinkomme?«, fragte er.

Ich strich mit dem Finger über sein wunderschönes Gesicht und machte mir gar keine Gedanken über die spontane Berührung. »Ich will definitiv, dass du da mit reinkommst. Aber ich glaube, ich sollte das allein durchziehen.«

»Ich bin hier, wenn du mich brauchst.«

»Danke.« Ich nahm seine Hand und küsste sie. Der Duft seiner Haut sandte ein Beben durch meinen gesamten Körper. »Vielen Dank, dass du hergekommen bist. Du bist wundervoll.«

Ich musste das allein durchziehen. Für mich und die Mädels, und all die anderen Frauen, die Stephen zu zerstören versucht hatte. Vor allem aber musste ich es für Mum tun.

»Deine Mutter wäre sehr, sehr stolz auf dich«, sagte Mark leise. »Falls dir das hilft: Meine Mum platzt fast vor Stolz da unten in Somerset.«

»Ach, Sandra …«

»Viel Glück, meine wunderschöne Annie. Sei so stark und furchtlos, wie ich dich kenne.«

Und dann nahm er mein Gesicht in beide Hände und küsste mich auf den Mund. »Meine Süße«, flüsterte er.

Er drückte noch ein letztes Mal meine Hand, dann ging ich die Stufen zur Eingangshalle hoch.

Ich hatte keine Ahnung, was passieren würde. Ich hatte keine Ahnung, ob Stephen verurteilt werden würde und was passieren würde, wenn nicht.

Aber ich war bereit, zu kämpfen. Meine Zeit war gekommen.

Kapitel 33

Es war Heiligabend. Ich hatte Heiligabend noch nie in London verbracht. Es war der reinste Irrsinn!

Während ich mir einen Weg durch die feiertagsverstärkte Menge in St Pancras bahnte und nach dem Zug aus Chesterfield Ausschau hielt, fragte ich mich, wie hier irgendjemand sein Gepäck in irgendein Fahrzeug kriegen sollte. Soweit ich das erkennen konnte, schleppten die Leute buchstäblich ihren gesamten Hausrat mit sich herum. Große gelbe Tüten von Selfridges, gestreifte Tüten von John Lewis, H&M und Topshop, vereinzelt auch Fortnum & Mason und sogar eine anständige Handvoll Primark-Tüten – alle bis zum Bersten gefüllt oder schon eingerissen. Lange Rollen Geschenkpapier, Rentiergeweihe, große Schachteln mit Christbaumkugeln, *Panettone*, Champagner oder Blumen. Ich blickte hinunter auf meine treue Tasche aus Burma – in der so gut wie nichts drin war – und lächelte.

Okay. Gleis fünf. Ich sammelte all meine Kräfte und stürzte mich ins Gefecht. Während Menschen und Koffer an mir vorbeiströmten, musste ich an all die vielen Fahrten denken, die ich im Laufe der Jahre zu Dad unternommen hatte, und an all die Male, als ich genau dieselbe Rolltreppe hochgestiegen war, in der Hoffnung, dass sich irgendetwas verändert hatte, dass Dad auf dem Wege der Besserung war. Und daran, wie ich jedes Mal ein paar Tage später wieder hier angekommen war, froh, ihn gesehen zu haben, aber auch traurig darüber, dass sein Leben wieder ein großes Stück zusammengeschrumpft war im Vergleich zu meinem letzten Besuch.

Ich liebe dich, Daddy, dachte ich. *Du bist so ein tapferer, wundervoller Mensch. Ich liebe dich von ganzem Herzen.*

Und dort war er. Mein Daddy, zum ersten Mal seit fast dreißig Jahren wieder in London, und seine wundervolle Freundin hielt seine Hand, während ihr jugendlicher Sohn neben ihnen her stampfte und irgendwas in sein iPhone tippte. Dad entdeckte mich beinahe sofort.

»ANNIE!«, rief er. »FROHE WEIHNACHTEN!«

Mit Tränen in den Augen rannte ich zu ihm hin und umarmte ihn. »Willkommen in London, Daddy. Besser spät als nie.«

»Wo ist denn deine französische Freundin?«, fragte Dad später. Er saß auf Lizzys gigantischem Sofa – über dessen Größe er sich köstlich amüsierte – und war schon beschwipst von dem Champagner, den ihm meine übers ganze Gesicht strahlende Schwester stetig nachschenkte.

»Du kannst meinen Anteil haben«, verkündete sie dabei jedes Mal. »Und denk dran, mein Anteil war immer ziemlich groß, Dad.«

»Claudie ist in Antigua und macht ›Luxus-Weihnachtsurlaub‹«, erzählte ich und schob meine Pantoffeln unter Marks Beine. Er legte einen Arm um mich und küsste mich von der Seite auf die Stirn. »Sie hat vor circa drei Monaten 'nen Typen kennengelernt, und die Sache zwischen den beiden hat sich, äh, nennen wir's mal ›vertieft‹. Allerdings auf eine gute Art.«

Lizzy grinste. »Uns hätte sie umgebracht, wenn wir uns so ein Ding nach drei Monaten Beziehung geleistet hätten!«

Dad sah erst sie an, dann mich. »Also, verzeiht, meine Lieben, aber ihr habt euch doch auch in einem recht frühen Stadium eurer Beziehungen ein paar ziemlich große Dinger geleistet, oder etwa nicht?« Betont blickte er auf Lizzys Babybauch und auf den Ring an meinem Finger. »Ihr habt auch nicht gerade lange gewartet.«

»Wir sind ja auch schon alte Omas«, sagte Lizzy zu ihm. »Viel Zeit hatten wir ja nicht, Dad.«

Dad hatte ein amüsiertes Funkeln in den Augen. »Also, ich hab fast dreißig Jahre auf Linda gewartet«, entgegnete er, »und deshalb finde ich, es geht doch nichts über eine gute alte Portion Vorsicht.« Mark lachte leise und stand dann auf, um die Gläser aufzufüllen. Der Anblick meines Bären in einem richtigen Hemd brachte mich zum Lächeln. Wenn das so weiterging, würde er sich noch eine Trendfrisur schneiden lassen. (Würde er nicht.)

»Ich bin nur froh, dass Linda so viel Geduld hatte.« Lizzy grinste. »Jede andere hätte schon nach ein paar Monaten aufgegeben.«

Linda, die definitiv der netteste Mensch war, den ich je kennengelernt hatte, drückte Dads Hand. »Ich wusste, dass ich ihn irgendwann knacken würde«, sagte sie zärtlich. »Bei ihm musste man nur ganz behutsam vorgehen.« Und ohne sich darum zu kümmern, was irgendeiner von uns dachte, lehnte Dad sich vor und drückte ihr einen festen Kuss auf den Mund.

»Mein Erdbeermäulchen«, hörte ich ihn eindeutig sagen.

Mark drückte meinen Hintern, was eine seiner Lieblingsbeschäftigungen war.

»Und deine Freunde aus dem Stall?«, fragte Dad. »Marks ehemalige Pferdepfleger, wie geht's denen? Ihr habt doch noch Kontakt, oder? Sie haben so nett geklungen!«

»Das sind sie auch«, versicherte ich ihm. »Sie besuchen uns

auf dem neuen Hof, so oft sie können. Aber sie …« Ich verstummte. »Oh Gott, Mark, was machen wir nur? Ich trau mich gar nicht, daran zu denken. Ich hab Angst, dann krieg ich ’nen Schlaganfall oder so was.«

Becca hatte mich vor einigen Tagen angerufen und eine halbe Stunde lang nur seltsames Zeugs von sich gegeben. Als ich schließlich gefragt hatte, was mit ihr los sei, hatte sie tief Luft geholt und gestanden: »Süße, es ist nicht leicht, das zu sagen, aber ich hab was mit Joe. Tut mir leid, wenn du jetzt ’nen Herzinfarkt kriegst.«

Tatsächlich hatte ich kein Wort mehr herausgebracht.

Becca hatte daraufhin weitererzählt: »Es ist irgendwie so über uns gekommen, Süße, und in den letzten drei Monaten waren wir höchstens mal fünf Minuten getrennt.« *Drei Monate?* Joes Affären dauerten selten mal drei Tage!

Beccas Stimme war auf einmal samtiger geworden, und ich hatte mir vorgestellt, wie sie purpurrot wurde. »Wir denken beide, es könnte was Dauerhaftes sein«, hatte sie gesagt. »Es schockiert mich zwar total, Süße, aber ich bin tatsächlich sehr glücklich.«

Mark neben mir lachte – ein amüsiertes, ungläubiges Rumpeln, das aus den Tiefen seiner Brust kam. »Das gehört eindeutig zu den schlimmsten Dingen, die ich je gehört habe«, gab er zu, »aber es gefällt mir.«

»Oh, mir auch! Aber kannst du dir vorstellen, dass sie es tatsächlich miteinander tun? Oh Gott!«

Zu verliebt, um mich davon abzuhalten, drehte ich mich zu Mark um und küsste ihn, gerade als Tim, der eben noch Lizzys Babybauch gestreichelt hatte, sich zu ihrem Hals hinunterbeugte und ihr einen Kuss aufs Haar drückte. ICH WERDE DICH IMMER LIEBEN, sah ich ihn stumm in ihr Haar hineinsprechen.

Rob, der Teenager, stand auf. »Ich gehe«, verkündete er. »Das hält man ja echt nicht aus.«

Wir alle baten ihn um Verzeihung und setzten uns um, damit wir nicht mehr in der Nähe der Person waren, die wir küssen wollten. Armer Rob: Für ihn musste der Abend bisher ziemlich abstoßend verlaufen sein. Wäre ich an seiner Stelle gewesen, ich hätte die Wohnung in Brand gesteckt.

»Ich finde, wir sollten einen Toast ausbringen«, verkündete Mark.

»Das finde ich auch!«, stimmte ich ihm zu und warf Dad einen Seitenblick zu. Würde er auf Mum anstoßen wollen? Jetzt, wo Linda hier war?

Er wollte nicht.

»Ich finde, wir sollten auf alle anstoßen, die hier im Zimmer sind«, sagte Dad ernst. »Weil wir alle einen Neuanfang machen. Wir schaffen uns jetzt neue Erinnerungen, gemeinsam, als neue Familie, und ich finde, wir sind eine verdammt tolle Familie. Auf uns.«

»Auf uns«, riefen wir alle und standen auf, um miteinander anzustoßen.

Trotz der Tatsache, dass wir eigentlich Rücksicht auf Rob nehmen wollten, fand ich mich irgendwie neben meinem Mann wieder, und während Mark seine Hand über meine Jeans gleiten ließ und erneut meinen Po tätschelte; während Lizzy sagte: »Ach, scheiß drauf, noch ein bisschen Champagner wird dem Baby schon nichts ausmachen« und Tim entgegnete: »Doch, wird es«; während Dad einen Kuss zu Linda hinüberwarf und Rob aus dem Zimmer stürmte und vor sich hin murmelte, wir seien alle echt eklig, dachte ich: *Ich bin angekommen. Hier in meinem Leben.*

Und dort werde ich auch bleiben.

Danksagung

In der Regel lesen sich zwar nur Autoren und deren Freunde die Danksagungen durch, bevor sie mit dem Buch beginnen, aber nur für den Fall: Diese Seite enthält Spoiler. Blättern Sie also wieder zurück!

Zuerst und vor allem möchte ich mich bei den Frauen bedanken, die mutig genug waren, mir von ihren Erfahrungen mit Männern wie Stephen zu erzählen. Ihr alle seid außergewöhnliche Frauen. Mein aufrichtiger Dank geht an S.

Vielen Dank an die Vielseitigkeitsreiterin Izzy Taylor, die mir erlaubt hat, ihr überallhin zu folgen, und die meine vielen seltsamen Fragen beantwortet hat. Vielen Dank auch an Jessica Pidcock, die mich auf das Thema gebracht hat, und an Jane Tuckwell von den Badminton Horse Trials, die mich durch die beeindruckenden Stallungen geführt hat.

An Clare King, die mir meine Recherchen zum Thema Vielseitigkeitsreiten erleichtert und das gesamte Manuskript geprüft hat.

An Dr. Mark Cross für seine sehr hilfreichen Ratschläge zum Thema Psychopathie. Außerdem habe ich auf Material aus den folgenden Büchern zurückgegriffen: *Die Psychopathen sind unter uns* von Jon Ronson, *Menschenschinder oder Manager: Psychopathen bei der Arbeit* von Paul Babiak und Robert D.

Hare und *Gewissenlos: Die Psychopathen unter uns* von Robert D. Hare.

An den orthopädischen Chirurgen Alpesh Kothari für die vielen E-Mails und Telefonate, in denen wir uns schlimme Verletzungen für Mark ausgedacht haben.

An die auf Pferde spezialisierte Tierärztin Sally Cobald für ihre herausragende Hilfe bei Stumpy. Und an Mike Rayment, der wirklich Geld von mir verlangen sollte.

An David Martin für seine sehr hilfreiche Beratung zu Annies rechtlicher Situation.

Ein spezielles Dankeschön geht an meine Verlegerin bei Michael Joseph, Maxine Hitchcock, die mich durch ihre klare Vision, was die Publikation dieses Romans anging, jeden Tag motiviert hat – von ihrer wundervollen Unterstützung ganz zu schweigen. Du warst ein Fels in der Brandung. Danke an die brillante Celine Kelly, die meine Bücher mit so viel Vorstellungskraft und Talent lektoriert! An meine unvergleichliche Korrektorin Hazel Orme – die eine bessere Autorin aus mir macht – und an meine brillante Presseagentin Francesca Pearce. Danke an Sarah Arratoon, die so ein großartiges Marketing macht, und an Lee Motley für den tollen neuen Einband. Nick Lowndes, Anna Derkacz, Sophie Overment, Olivia Whitehead und Helen Eka – noch einmal: Danke. Ich bin so froh, euch alle zu haben.

Danke an George, dass du mich jeden Tag zum Lachen bringst. Du bist der Beste. Danke an meine Freunde, die jedem, der es hören will, von meinen Büchern vorschwärmen. An meine Autorenkolleginnen und -kollegen, ohne die ich definitiv verrückt werden würde, und an meine Leser, ohne die ich gar nicht als Autorin arbeiten könnte! Auch an euch, ihr unermüdlichen Blogger: Ohne euch geht es nicht.

Danke an meine Familie für all die glücklichen Jahre, die

wir auf dem Rücken der Pferde verbracht haben. War das nicht toll? Abgesehen von den Momenten, wenn wir versucht haben, Wriggle und Ben in einen Transporter zu bekommen.

Danke an die brillanten Leute aus dem tollen Team bei David Higham Associates: Harriet, Laura, Alice, Emma, Emily – ich hoffe, ihr wisst, wie sehr ich euch schätze.

Und zum Schluss: Danke an Lizzy Kremer, ohne die ich mich zur Ruhe setzen würde. Und zwar komplett. Du bist die beste Agentin der Welt.

LESEPROBE

Lucy Diamond

Das Jahr, in dem wir alles wagen

Man sollte irgendwie vorgewarnt werden, wenn sich das Leben für immer verändert. Ein Schwirren in der Luft, eine flüsternde Brise, ein sanfter himmlischer Schubs, der einen dazu auffordert, das wertzuschätzen, was man hat, bevor es zu spät ist. Gemmas Morgen begann jedoch mit einer trügerischen Vertrautheit: Spencer, der im Badezimmer nebenan rumorte, das Rauschen der voll aufgedrehten Dusche, dann seine Stimme, die enthusiastisch, wenn auch ziemlich schief »My Girl« schmetterte.

Gemma zog sich das Kissen über den Kopf, um die Geräusche auszublenden. Nur noch fünf Minuten, schwor sie sich. Fünf Minuten eingekuschelt in die warme Decke, dann würde sie sich zum Aufstehen zwingen und in die Gänge kommen.

Doch wie ein weiches Tuch legte sich der Schlaf über sie und ließ sie ins Land der Träume zurückdriften. Sie bemerkte weder, wie ihr Mann eine dampfende Tasse Tee auf ihrem Nachttisch abstellte, noch, wie er ihr zehn Minuten später fröhlich »Tschüss!« zurief.

Wenn sie zu diesem Zeitpunkt schon gewusst hätte, wie folgenschwer dieser Vormittag verlaufen würde, wäre sie Spencer nachgelaufen, hätte ihm die Arme fest um die Hüften geschlungen und sich geweigert, ihn gehen zu lassen. *Nicht heute,* hätte sie gesagt. *Du gehst nirgendwohin, Spencer Bailey.*

Aber sie hatte es nicht gewusst. Sie hatte nicht die leiseste Ahnung gehabt. Und so nahm der Tag seinen Lauf.

Drei Wochen vorher

Es war Silvester – die Nacht der tausend Partys und gegen die Decke ploppenden Sektkorken, die Nacht für farbenprächtiges Feuerwerk am Himmel und elegante Abendgarderobe auf der Tanzfläche. Im ganzen Land hatte man Weihnachten mit seinem Lametta und den Rentiergeweihen ausrangiert und widmete sich einer letzten, von Alkohol befeuerten Schlag-noch-einmal-über-die-Stränge-Feier, bevor der triste, enthaltsame Gute-Vorsätze-Januar kalt und abschreckend heraufzog. Die Vorbereitungen in den Bars, Clubs und Gemeindesälen des Landes waren abgeschlossen – zahllose Flaschen Prickelwasser kalt gestellt, mit Frischhaltefolie überzogene Büfetts auf weißen Tischtüchern arrangiert, Besteck und Gläser auf Hochglanz poliert. In den Badezimmern und Schlafzimmern der Städte und Dörfer legte man letzte Hand an, trug glitzerndes Make-up auf, frisierte Haare, ließ das Bügeleisen zischend über die allerletzten Knitterfalten gleiten und kaschierte die schlimmsten Weihnachtssünden durch Bauch-weg-Unterwäsche und viele gemurmelte Diätvorsätze.

Doch in dem kleinen Dorf Larkmead in Suffolk stand Gemma Bailey nur ein angekokeltes Kanapee von einem totalen Nervenzusammenbruch entfernt. Wieso, dachte sie verärgert, ist aus der ursprünglich geplanten kleinen Feier mit Freunden, ein paar Cocktailexperimenten und Knabbereien eigentlich eine Je-mehr-desto-besser-Party für alle Welt geworden, mit der sie sämtliche Nachbarn gegen sich aufbringen würden? Dumme Frage. Natürlich war Spencer daran schuld, ihr geselliger Mann, der fröhlich und ohne nachzudenken seine Fußballkumpel, deren bessere Hälften und ein paar Arbeitskollegen eingeladen hatte. Er hatte sogar diese Frau zum Kommen überredet, die nach dem Tod ihrer Mutter nach Larkmead zurückgekehrt war, und das, obwohl er sie seit ihrer Schulzeit nicht mehr gesehen hatte. »Sie hat mir leidgetan!«, hatte er sich gerechtfertigt, als Gemma ihm einen leidenden Blick schenkte. »Was hätte ich denn machen sollen?«

»Oh, ich weiß nicht, vielleicht tröstend ihren Arm tätscheln und ihr dein herzliches Beileid aussprechen, wie jeder andere normale Mensch?«, hatte sie erwidert und die Augen verdreht.

Und als ob die Zufallsgästeliste nicht schon lang genug wäre, hatte Spencer dann auch noch zwei Wochen zuvor bei einem Weihnachtsquiz in der Schule total beschwipst dem Quizmoderator, der kein Geringerer als der stellvertretende Rektor war, das Mikro aus der Hand gerissen und praktisch alle anwesenden Eltern zusätzlich eingeladen. Gemma hatte den Mund geöffnet, um zu protestieren, aber es war nur ein leises Wimmern herausgekommen. Jetzt war es ohnehin zu spät. Alle hatten bereits erfreut zugesagt und behauptet, sie könnten es kaum erwarten, ihr neues Haus zu sehen. Das neue Haus mit den alten Raufasertapeten, den abgewetzten Teppichen, den eklig riechenden Abflüssen und dem schrecklichsten rosa Bad der Welt. Na klasse! Gemma hatte die Hauseinweihungsparty eigentlich erst im Sommer veranstalten wollen – vor allem ohne die wetteifernden Mütter aus Darceys Klasse, deren Häuser so gepflegt waren wie ein Museum und die eine einzige

Staubfluse bei nachlässigem Staubsaugen schon aus zehn Metern Entfernung erschnüffeln konnten.

Ihr wurde immer noch ganz heiß vor Scham, wenn sie daran dachte, wie ihr Sohn Will mit sieben einmal einen Freund zum Tee mit nach Hause gebracht hatte. Jack Barrington – so lautete sein Name –, damals ein kleiner Junge mit wuscheligen Haaren und einer Fistelstimme. Inzwischen maß er gut eins achtzig, hatte ein pickeliges Aknegesicht und eine satte Bassstimme. Jacks Mum hatte ihn abgeholt, und als sie sich von Gemma verabschiedete, hatte Jack ihr mit geschockter Stimme zugeflüstert: »In Wills Haus ist es total unordentlich, Mum! Und es gab Pommes frites zum Tee!« So war das eben in Larkmead: Muttersein war ein einziger Wettbewerb. Gemma hatte es längst aufgegeben, in diesem Bereich irgendwelche Lorbeeren verdienen zu wollen.

»Es macht dir doch nichts aus, oder?«, hatte Spencer gefragt, als sie im winterlichen Mondlicht nach dem Weihnachtsquiz nach Hause wankten. »Wir können doch gleich eine richtige Silvesterparty schmeißen, findest du nicht auch?«

»Ich bin mir nicht sicher, ob das Haus schon reif für eine Party ist«, erwiderte Gemma. Ihre Gedanken schweiften von einem Horrorszenario zum nächsten: die verblassten, schmutzigen Gardinen, die die Vorbesitzer ihnen hinterlassen hatten, der Schimmelfleck in der Küche, die spinnenverseuchte Toilette im Erdgeschoss mit der kaputten Glühbirne – sie war noch immer nicht dazu gekommen, sie auszuwechseln. Schließlich waren sie ja auch erst vor sechs Wochen eingezogen und hatten noch nicht mal alle Kisten ausgepackt, geschweige denn irgendwelche Heimwerkerwunder vollbracht.

»Ja, genau. Deshalb ist es ja auch nicht schlimm, wenn irgendwas kaputtgeht.« Er stieß ihr mit dem Ellbogen in die Seite. »Wir müssen uns keine Gedanken machen, wenn jemand Wein auf den Teppich schüttet. Wir reißen die Teppiche eh bald raus. Also, ich finde, das Haus ist ideal für eine Party.«

Damit hatte er schon recht. Das Haus war toll. Basta. Oder vielmehr, es würde toll sein, wenn sie es erst mal hergerichtet hatten. Sie hatten sich mit dem Kauf des prächtigen alten Bauernhauses am Rande des teuren Viertels von Larkmead finanziell schwer verhoben, aber eines Tages würde es sich sicher auszahlen. Es gab vier große Schlafzimmer, einen hübschen Garten und eine Garage für den glänzend schwarzen Mazda, von dem Gemma hätte schwören können, dass Spencer ihn mehr liebte als sie. »Tonnenweise Möglichkeiten«, hatte der Immobilienmakler gesagt. »Tonnenweise Charme.«

Sie würden auch tonnenweise Energie und harte Arbeit hineinstecken müssen, um es in ihr Traumhaus zu verwandeln, vor allem, da sie ihre Ersparnisse völlig aufgebraucht hatten und kein Geld mehr für Handwerker übrig war. Aber das war schon okay, hatten sie beide festgestellt, denn schließlich war dieses Haus eine Anschaffung fürs Leben, das Einzige, das sie je brauchen würden. Es bestand kein Grund zur Eile. Tja, zumindest bevor Spencer das halbe Dorf zur Feier des Jahres eingeladen hatte.

Immerhin kam sie gut voran. Küche und Wohnzimmer waren inzwischen fleckenlos sauber, ebenso die Toilette im Erdgeschoss. Sie hatte ein Büfett vorbereitet und die unappetitlich aussehenden selbst gemachten Kanapees ganz hinten versteckt. Außerdem hatte sie die Dips vom Supermarkt aus der Plastikverpackung in ihre schönen blauen Glasschälchen umgefüllt. Zusätzlich gab es eine große Quiche aus dem Delikatessenladen, haufenweise Käse, der noch von Weihnachten übrig war, und einen halben, mit Cognac getränkten Früchtekuchen, bei dem man nach drei Bissen doppelt sah. Das musste reichen. Und wenn die wetteifernden Schulmütter wegen ihres halbherzigen Büfettversuchs missbilligend die Augenbrauen hoben, dann war das eben so. Es kümmerte sie nicht. Na ja, nur ein bisschen.

Spencer hatte sich angeboten, die Kinder zum Übernachten zu seinen Eltern zu bringen. Allerdings brauchte er verdächtig lange für einen Weg von höchstens zehn Minuten. Zweifellos hatte sein Vater Terry seine Whiskyflasche geöffnet, und die beiden diskutierten jetzt vor dem Kamin über Gott und die Welt. Es konnte noch Stunden dauern, bis er zurückkam.

Seufzend polierte sie die Sekt- und Weingläser mit einem sauberen Geschirrtuch und reihte sie auf der Arbeitsfläche auf. Sie wünschte, sie käme allmählich in Partylaune. Der Neujahrsabend stimmte sie immer nachdenklich. An diesem Tag schien das Leben zwischen zwei Zeitebenen zu hängen: der Vergangenheit und der Zukunft. Man wurde unweigerlich gezwungen, Inventur zu machen und herauszufinden, wo man im Leben stand und wohin man wollte. In letzter Zeit beschlich sie immer öfter das unbehagliche Gefühl, dass die Jahre an ihr vorüberflogen, jedes Jahr ein wenig schneller als das davor, und dass sie nicht genug aus ihrem Leben machte. Sicher, sie war Spencers Frau und die Mutter von Will und Darcey, und dafür war sie auch dankbar. Aber welche Spuren würde sie sonst noch auf der Welt hinterlassen? Manchmal überfiel sie der Gedanke, dass sie von jetzt auf gleich von der Bildfläche verschwinden könnte, und niemand würde es bemerken.

»Was macht deine Mum denn so?«, hatte Nicolette Valentine vor ein paar Wochen auf dem Weg in Darceys Zimmer gefragt. Nicolette war neu in Larkmead und hatte eine mittelmäßig berühmte Schauspielerin zur Mutter. Ihr Vater arbeitete als Assistenzarzt im örtlichen Krankhaus.

»Ach, nicht viel«, hatte Darcey geantwortet. »Sie ist nur eine Mum.«

Sie ist nur eine Mum. Als wäre das nichts. Darcey hatte sogar beschämt geklungen, als sei sie sich Gemmas Versagen bewusst.

Seitdem quälte Gemma der Gedanke, dass sie kein gutes Vorbild abgab. Ihre Freundinnen mit Kindern arbeiteten inzwischen längst wieder in Teilzeitjobs, die schicke Kleidung und Make-up erforderten, und überprüften mit geschürzten Lippen auf dem Spielplatz die Nachrichten auf ihren Smartphones. Und sie? Sie war bloß eine pummelige Hausfrau, die die Wäsche und den Einkauf erledigte und dafür sorgte, dass ihre Kinder rechtzeitig zur Schule kamen. Und gelegentlich verdiente sie sich etwas durch Näharbeiten dazu. *Sie ist nur eine Mum. Nicht viel.*

Manchmal, wenn sie sich mies fühlte, fragte sie sich, ob Spencer sie genauso sah.